Les vrais paradis sont les paradis qu'on a perdus.
Les années heureuses sont les années perdues, on attend une souffrance pour travailler.

MARCEL PROUST

À LA RECHERCHE DU TEMPS PERDU

La Prisonnière

追忆
似水年华

第五卷　女囚

[法国] 马塞尔·普鲁斯特 著
周克希 张小鲁 张寅德 译

译林出版社

LA PRISONNIÈRE

目 录

第五卷
女囚

每天清早，我脸对着墙，还没转过身去看一眼窗帘顶上那条阳光的颜色深浅，就已经知道当天的天气如何了。街上初起的喧闹，有时越过潮湿凝重的空气传来，变得暗哑而岔了声，有时又如响箭在寥廓、料峭、澄净的清晨掠过空旷的林场，显得激越而嘹亮；正是这些声音，给我带来了天气的讯息。第一辆电车驶过，我就听得出车轮的隆隆声是滞涩在淅沥的细雨中了，还是行将驰向湛蓝的晴空。但也许还在我听到这些声音之前，已经有一种更敏捷、更强烈的，不断弥漫开来的东西，悄悄地从我的睡梦中掠过，或是给蒙眬的睡意罩上一层忧郁的色彩，预兆冬雪的即将来临，或是让某个时隐时现的小精灵一首接一首地唱起礼赞太阳光辉的颂歌，直到我开始在睡梦中绽出笑脸，闭紧眼睑准备承受耀眼的光亮，终于在一片热闹的音乐声中醒来。说起来，我在这段时期里简直是足不出户，只在这间卧室里感受着外界的生活。我知道布洛克曾经说过，他在傍晚来看我时，总听见有说话的声音；既然我母亲远在贡布雷，而他在我房间里又从没发现有旁人，所以他认定我是在自言自语。过了好久，等他知道阿尔贝蒂娜当时跟我住在一起，而且我把她藏起来，不让她见任何人以后，他就声称他总算明白了，我在那段时间里为什么从来不肯出门。他错了。但他又是情有可原的，因为每件事情，即便从情理上来说是势所必至的，我们也没法在一开始就把它的本来面目看得一清二楚；而有些人，往往爱抓住别人生活中某个确有其事的细节，就忙不迭地引出全然不是那么回事的结论，或者根据刚刚发现的一丁点儿事实，就立时做出根本风马牛不相及的解释。

此刻我在想着，我这位女友跟了我从巴尔贝克回来以后，就丢开了乘船旅行的念头，在巴黎和我住在同一幢房子里，她的房间跟我相隔不过二十步路，就在走廊尽头，在父亲的那间装饰着挂毯的书房里。每当夜深我俩分手的时候，她总要把舌头伸进我的嘴里，仿佛这就是我每天的食粮和营养品，世上有着那么些肉体，我们为之所受的痛苦，最终会使我们享受到一种精神上的愉悦，她的舌头就有这么一种近乎神圣的品质。作为比较，我马上联想起的并不是承蒙鲍罗季诺上尉允许让我在兵营度过的那个夜晚，他的好意所能治愈的毕竟只是一种短暂的苦恼，我想起的是父亲让妈妈来睡在我旁边的小床上的那个夜晚。每当生活又一次要将我们从看来无法逃避的痛苦中解脱出来的时候，它往往是在种种不同的，甚至完全相反的情况下这么做的，以至于我们在看清它所赐予的恩宠的那会儿，不免感到其中似乎有一种渎圣的意味！

阿尔贝蒂娜从弗朗索瓦丝那儿听说，我把窗帘拉得紧紧的待在黑黝黝的房间里，但是并没有睡觉，她就放心大胆地洗澡，不怎么怕在她那间盥洗室里弄出声音来了。这样一来，我也常常不再多等一会儿，就提前进我那间跟她毗连的舒适的浴室去洗澡。从前有过一位剧院经理，花费了好几十万法郎，用真的绿宝石星星点点地镶嵌在红角儿扮演皇后坐的宝座上。俄国人的芭蕾舞却教会了我们，只要灯光打得恰到好处，单凭光线的闪烁就能变幻出同样奢华夺目，然而更绚丽多姿的奇珍异宝来。这种相对来说已经是非物质的装饰虽则美妙，但是当早晨八点钟的阳光倾泻进来，使一个要睡到中午才起床的人所见到的日常的一切顿时熠熠生辉的时候，那景观却显得美妙得多。两间浴室的窗子，用的都不是光玻璃，而是一种老式的磨砂玻璃，为的是让人从外面瞧不见里面。阳光骤然照亮了蒙着薄纱似的玻璃，给它们抹上一层金黄色，沐浴在这舒适的阳光中的，仿佛不再是长久以来被雷同的生活节奏所湮没的我，而是一个更年轻的我，我陶醉在回忆之中，宛如置身于空旷的大自然，面对染成一片金黄的树丛，甚至耳边还依稀有一只鸟儿在鸣啭。这是因为我听见阿尔贝蒂娜在反复不停地哼着一支歌：

心中的忧伤本就疯疯癫癫，
谁听它倾诉，谁就更加疯癫。[1]

我太爱她了，对她的这种糟糕的音乐趣味，我只是挺快活地笑了

[1] 法国通俗作曲家泰奥多尔·博特雷尔（1868—1925）的《风笛》中的叠句。

笑。这支歌，去年夏天曾经叫邦当夫人喜欢得不得了，但没过多久她就听说这是首愚蠢无聊的歌曲，从那以后她逢到有客人来的时候，就不叫阿尔贝蒂娜唱这支歌，而让她唱：

一支告别歌从骚乱的心间涌出。[1]

它后来也变成了“这个女孩让咱们听得耳朵起茧子的一首马斯内的老曲子”。

一片乌云掠过天际，掩蔽了阳光，我看着那遮羞的压花磨砂玻璃黯淡下去，融进一片灰暗之中。两间盥洗室的隔板很薄（阿尔贝蒂娜的那间完全一样，也是一间浴室，以前妈妈在时，因为怕有声音吵我，从来不使用，好在她在我们的套间的另一头还有一间），我俩在各自的盥洗室里洗澡时，可以彼此交谈，除了水声，不会有别的声音打断我们的谈话，这种亲昵的感觉，住旅馆时由于住所狭小而又贴得很近，常常可以体味到，但在巴黎就很难得了。

有些个早上，我就这么躺在床上，尽着性子做我的白日梦，因为我吩咐过，我没打铃谁也别进我的房间，而装在床上方的拉线开关又装得很不方便，总是要找好半天才能找到，往往我找着找着就不耐烦了，宁可一个人在床上躺着，这一来就几乎又要睡上一觉。这并不是说我对阿尔贝蒂娜住在这儿漠不关心。她跟那

---

[1] 法国作曲家朱尔·马斯内（1842—1912）的《爱情诗篇》中的一个乐句。

些女友的分手，使我的心得以免受新的痛苦，让它能在一种假寐中得到休憩，来愈合它的创伤。然而，她带给我的这种宁静，却并不是欢乐，而只是一种减轻痛苦的抚慰。这样说，并不意味着我没有从这宁静中重尝我曾因过于强烈的悲痛而与之绝缘的许多欢乐，但那绝非阿尔贝蒂娜给我带来的，而且，我不再觉得她有什么漂亮可言，我对她已经感到厌烦了，我清楚地感觉到我并不爱她，相反地，那些欢乐恰恰是阿尔贝蒂娜不在我身边时我才尝到的。所以，一早醒来，尤其是在天好的日子，我并不马上让人去把她叫来。我觉得前面说起过的那个在身体里面唱歌的小精灵，比她更让我高兴，我就先那么待着，再躺上一会儿，听它独个儿对我唱那礼赞太阳的颂歌。我们每个人都是由一些小精灵组成的，其中最重要的并不就是那些最外露的。在我身上，等它们一个接一个地被病魔击倒以后，大概还会剩下两三个生命力特别顽强的精灵，其中少不了有那么个哲学家，他只有在两件艺术品，在两种感觉之间找出共同之处以后，才会感到快乐。不过，这最后的一位，我有时暗自在想，不知是否很像贡布雷的眼镜商放在橱窗里预报天气的那个小矮人儿，每逢晴天他就掀开风帽，碰上雨天就又戴上。这个小矮人儿，我是领教过它的自私的：天快下雨时我总会闷得透不过气来，这阵发作要等雨下来了才会缓解，而这个小矮人儿根本不管这些，当我渴盼已久的雨点终于落下来的时候，他就收起了那副快活的模样，怒气冲冲地把帽兜砰地盖上。反过来说，我相信在我弥留之际，当我身上所有其他的那些“我”都已经结束生命，我也只存最后一息的那会儿，倘若有一绺阳光从天际洒下，这个气压计小人儿也准会怡然自得地掀开风帽欢唱：“哦！终于放晴喽。”

我按铃唤弗朗索瓦丝。我打开了《费加罗报》。浏览一遍以后，知道报上没登我寄给报社的文章，或者说所谓的文章吧，那还是很久以前当我坐在贝斯比埃大夫的马车里，凝望马丹维尔的钟楼时写的，最近找出来以后，只是稍稍做些改动就寄出了。接下来，我读妈妈的来信。一个年轻姑娘单独和我住在一起，使她感到不可思议，大为反感。离开巴尔贝克的那天，正当她瞧着我神情沮丧，觉得让我独自一人待在巴黎很放心不下的时候，她听说阿尔贝蒂娜也和我们一起，而且看着人家把阿尔贝蒂娜的箱子也装上小火车，这时她也许是挺高兴的，那几只又窄又长的黑箱子，就挨在我们自己的箱子（就是在巴尔贝克旅社让我在它们旁边哭了一宵的那些箱子）的边上，我只觉得它们的样子挺像棺材，但并不知道它们将给家里带来的是生命还是死亡。不过我当时甚至都没往这上头去想，因为在唯恐羁留巴尔贝克的担惊受怕过后，能在那么个阳光明媚的早晨偕阿尔贝蒂娜同行，在我已经是喜出望外了。但对这安排，如果说一开始妈妈并没有什么敌意（她对我这位女友说话的态度非常客气，就像一个儿子刚受了重伤的母亲在对尽心竭力照顾他的那位年轻情妇表示感激之情），那么当她看到这个安排全部兑现，这位姑娘在我们家愈待愈久，而且没有其他家庭成员在家的时候，她的态度就完全改变了。然而我得说，这种敌意，她从来没有在任何场合向我表示出来过，正像过去她已经不敢责备我的浮躁和疏懒一样，现在她顾虑重重——这一点也许我当时并没有完全看出来，或者说不愿意看出来——生怕对这位我说过将来要做我妻子的姑娘说长道短，会给我的生活投下阴影，削弱我今后对妻子的恩爱之情，还说不定就此在我心里撒下内疚的种子，使我在母亲离开人世时，会因为自己娶了阿尔贝蒂娜让她感到过不快而追悔莫及。对一项她自知已无法让我改变的抉择，她宁愿做出赞成的姿态。可是，所有在那段日子里见过妈妈的人都对我说，她除了因为外婆去世而显得很悲伤以外，还总有一种终日忧心忡忡的神情。这种无法排遣的思虑，这种内心波澜的起伏，使妈妈感到太阳穴发胀发烫，她整天都把窗子开着，想让自己凉爽些。但她始终没能做出决断，她害怕会给我不好的“影响”，破坏她所认为的我的幸福。她甚至下不了决心不准我先让阿尔贝蒂娜暂时留在家里。妈妈不想显得比邦当夫人更苛刻，这事儿先是这位夫人担着干系，可她倒是一点儿没觉得有什么不合适的，这真叫妈妈大为吃惊。但无论如何，她在动身去贡布雷那会儿，总觉着把我和阿尔贝蒂娜两人这么撂下，还真有些懊悔，因为我姨祖母日夜都需要她照料，所以她在那儿可能要待上（事实上是确实待了）好几个月。可她到了贡布雷以后，却叨惠于勒格朗丹的高情雅意和一片至诚，简直没什么事要干的，那位先生不辞劳苦地把大小事儿都包揽下来，一星期一星期地推迟返回巴黎的行期，其实他跟我姨祖母并不很熟，他这么做，只是因为首先她是他母亲的一位朋友，其次他觉得这位行将弃世的病人喜欢由他照料，离不开他。附庸风雅是一种大可诟病的心态，可是它不会蔓延，不致损伤整个心灵。我的想法跟妈妈正相反，对她去贡布雷我心里大为高兴，因为不然的话我就得担心（因为我不能对阿尔贝蒂娜明说，让她别露口风）妈妈早晚会发现阿尔贝蒂娜和凡德伊小姐交情很好。在母亲而言，这不仅是对一桩她要求我先别对阿尔贝蒂娜把话说死，而我自己也愈来愈觉着难以忍受的婚事，同时也是对阿尔贝蒂娜获准待在这个家里这件事本身的一个不可逾越的障碍。除了这个至关重要而妈妈却毫不知情的原因之外，妈妈的态度还受到两方面的影响，一方面，由于外婆很崇拜乔治·桑，主张美德在于心地高尚，而妈妈又以外婆为楷模，因而受了这种富有教益、豁达大度的思想观念的影响，另一方面我的一些有伤风化的所作所为也使她受到影响，在这双重影响之下，她现在对女性的言行举止是颇为宽容的，换了从前，或者即便是今天，但换了属于她在巴黎或贡布雷的中产阶级圈子里的女友，她是会显得很严厉的，可是现在有我在她面前极力称颂这些女性心地高尚，而她又那么爱我，所以有好些地方她也就原谅她们了。

不过，就算撇开合适不合适的问题不说，我相信阿尔贝蒂娜还是有很多地方使妈妈觉得难以忍受的。从贡布雷，从莱奥妮姑妈，从所有的亲戚那儿，妈妈保留了做事有板有眼、讲究条理的习惯，而在我这位女友的头脑里，是根本没有这种概念的。她进房间从来不知道关门，而要是房门开着，她也会毫无顾忌地直闯进去，就跟一条狗、一只猫没什么两样。她那有点不很知趣的妩媚，这会儿就使她在这家里简直不像一位年轻姑娘，而像一只家养的小猫小狗，就那么在房间里进进出出，冷不丁地出现在每个你没想要她来的地方，有时还走来跳上床跟我并排躺着——这在我倒是一种极好的休息——就像为自己做了个窝儿，一动不动地待着，全然不来惹我；换了是人的话，可就不会这样了。但后来，她终于还是向我的睡眠制度屈服了，非但不再贸然闯进我的房间，而且在我按铃之前再也不弄出声音来了。叫她不敢对这些规矩掉以轻心的，是弗朗索瓦丝。她是贡布雷那些忠心耿耿的女仆中的一个，她们知道自己主人的地位，她们所能做的最起码的事就是让他不折不扣地得到她们认定他该得到的一切。当一位生客告辞，想要给弗朗索瓦丝一些赏钱，让她跟帮厨的年轻女仆去分的时候，往往还没等这位先生来得及把钱放进弗朗索瓦丝的手里，她已经在对那个跑来道谢的女仆发话了，说出的话既快当，又板实，不容对方不听，直到那女仆照她吩咐的那样，不是忸忸怩怩的，而是大大方方地道了谢才算完事，贡布雷的本堂神甫并不是一位天才，但他也清楚有哪些事是自己该做的。由于他的劝引，萨士拉夫人的一位信新教的表兄弟的女儿改宗皈依了天主教，而且结下了一段在他看来完美无缺的姻缘。这桩婚事的对方是梅塞格利丝的一位贵族。年轻人的父母写了一封信，原意是想了解些情况，但口气相当倨傲，对女方原宗新教颇有微词。贡布雷本堂神甫写了封措辞强硬的回信，结果那位梅塞格利丝贵族马上回了封口气迥然不同的信，谦恭卑顺之至地恳求能有跟年轻姑娘结合的殊荣。

弗朗索瓦丝毕竟没有本领做到让阿尔贝蒂娜对我的睡眠抱有敬意。但在她身上，真可以说浑身上下渗透了传统的乳汁。对于阿尔贝蒂娜全然出于无心地提出要进我房间或让我给她要件什么东西的诸如此类的要求，她不是三缄其口，就是断然回绝，阿尔贝蒂娜在惊愕之余，终于明白了自己是置身于一个奇怪的地方，这儿时兴一套陌生的习俗，举手投足都得受一些不容她违抗的规矩的管束。她在巴尔贝克时对此已有预感，而到了巴黎，就干脆打消了抗拒的念头，每天早上耐心地等听见我的铃声以后才敢弄出响声。

再说，弗朗索瓦丝对阿尔贝蒂娜的训导，对这位老女仆本身也有好处，她从巴尔贝克回来后成天价不停地长吁短叹，现在渐渐地听不见了。当初临上火车那会儿，她忽然想起忘记跟旅社的“管家”告别了，那个照看各个楼面的长唇髭的女人，几乎都不认识弗朗索瓦丝，只是见面时对她颇为客气。但弗朗索瓦丝执意要下火车赶回去，到旅社去对这位女管家说声再见，等第二天再动身。我出于理智，更出于骤然产生的对巴尔贝克的惧怕，没有同意她去实现这份心意，她却因此怏怏不乐，终日处于一种病态的、焦躁不安的恶劣情绪之中，即便事过境迁，情况依然不见好转，她把这种情绪一直带到了巴黎。因为，按照弗朗索瓦丝心目中的法典，正如她从圣安德烈教堂的浮雕画上看来的那样，盼着一个敌人早点死掉，甚至亲手去置他于死地，都是可以允许的，但倘若没有把自己该做的事做好，没有向人还礼，像个不折不扣的粗人那样，没有在动身前向一位楼面总管告别，那可就是大逆不道了。在整个旅途中，没有向那个女人道别的追忆，无时无刻不重现在弗朗索瓦丝的眼前，使她的双颊升上一片样子很吓人的鲜红颜色。一路上直到巴黎，她不吃一点东西，不喝一口水，这与其说是为了惩罚我们，或许不如说是因为那段回忆压在她的胃里，真的把“胃袋”弄得“沉甸甸”了（每个阶层都有它的病理学）。

妈妈每天有一封信给我，每封信里必定有德·塞维尼夫人《书信集》的摘句，这么做的原因是多方面的，其中也含有对外婆怀念的因素。妈妈在信上写道：“萨士拉夫人请我们去吃了一顿她独擅胜场的早餐，要是你可怜的外婆还在，她又该摘引德·塞维尼夫人的话说，这早餐让我们不邀客人来家而得以排遣孤寂了。”我一开头回信时，傻乎乎地说了句：“从这些摘句，你的母亲一眼就看得出是你摘的。”这一下，三天以后我就读到了：“可怜的孩子，如果你是为了对我说声我的母亲，那么你找德·塞维尼夫人帮忙可是找错门了。她会像她回答德·格里尼昂夫人那样对你说：‘她对您就那么不算回事吗？我还以为你们是一家子的呢。’”

这会儿，我听见了我的心上人在她的房间里进进出出的脚步声。我按了铃，因为已经是安德烈带司机来接阿尔贝蒂娜出去的时间了，这个司机是莫雷尔的朋友，是从维尔迪兰家借来的。我曾经对阿尔贝蒂娜说起过我俩结婚的颇为渺茫的可能性；可我从没对她很正式地谈过这事；她呢，出于矜持，每当我说到“我不知道，不过也许是有可能的”，她总是带着忧郁的微笑摇摇头，像是在说：“不，不会的。”那意思也就是说：“我太可怜了。”于是，我在跟她说我俩的将来“什么都说不准”的同时，眼下就尽量让她开心些，日子过得舒坦些，也许我还下意识地想通过这样做来使她希望嫁给我。对这种奢靡的生活，她抱着一种取笑的态度。“安德烈的母亲瞧我成了像她一样的阔太太，一位照她的说法‘有车有马有画儿’的夫人，一准要对我板起脸来了。怎么？我从没告诉过您她是这么说的？哦，她是个怪人！让我吃惊的，是她居然还把画儿抬到能跟轻车骏马相提并论的地位。”

下面我们就会看到，尽管阿尔贝蒂娜说话傻里傻气的习惯还没改掉，但确实已经有了令人惊异的长进。可这跟我全然不相干，对一个女人在智力上的优点，我一向看得很淡漠。也许，能让我感到有趣的，只有塞莱斯特那种另有一功的语言天才。比如说，当她瞧准阿尔贝蒂娜不在，抽空跑来跟我攀谈的时候，我总禁不住要轻轻地笑一阵子，她称我是：“在床上休憩的天使！”我说：“瞧您说的，塞莱斯特，怎么是‘天使’呢？”“哦，要是您以为您跟那些在咱们这块卑微的土地上游荡的凡夫俗子有什么共同之处，那您就大错特错了！”“那怎么又是在床上‘休憩’呢？您明明瞧见我是在躺着睡觉。”“您可不是在躺着睡觉啊，难道您见过有谁是这样躺着睡觉的吗？您只是在这儿休憩一下。这会儿，您穿着这件白睡衣，再加上这么摆动脖子的姿势，看上去就像只白鸽儿。”

阿尔贝蒂娜，即使是在一些最琐屑不过的事情上，也跟不多几年以前在巴尔贝克的那个小姑娘判若两人了。在说到一桩她很反感的政治事件的时候，她居然也会说什么“这可真是太妙了”，我不知道是不是也就在这个时候，她学会了对一本她认为写得很糟的书这么说：“这本书还挺有趣的，不过话得说回来，写这本书的倒像是头猪。”

我的房间在我按铃以前禁止入内，这使她觉得挺逗的。由于她得了我们家寻章摘句的家传，她就从她在修道院演过，而我又告诉过她我很喜欢的那几出悲剧中引经据典，一个劲儿地把我比作亚哈随鲁[1]：

未经召见擅自进见
就是胆大妄为罪不容诛。

不论官爵，不问男女，
厄运概莫能逃，令人胆虚。

就连我……
亦为律条所囿，与其他女子无异，
为和他说话，若非静等驾幸
至少亦得候他召见。

她的外貌也起了变化。那双细细长长的蓝眼睛——现在更细更长了——有点变了模样；颜色依旧没变，但看上去就像是一汪清水。以至于当她闭上眼睛时，你会觉得就像是合上了一道帘幕，遮蔽了你凝望大海的视线。在我脑子里留下最深印象的，大概就是她脸上的这个部位——当然这只是指每晚跟她分手时而言。因

[1] 法国剧作家拉辛的悲剧《以斯帖》中的人物，波斯国王。该剧取材于《圣经》故事，下面引用的是第一幕第三场中王后以斯帖的台词。

为，比如说吧，等到了第二天早晨，那头波浪起伏的秀发又会使我同样地感到惊叹不已，就像我瞧见的是一件从没见过的东西似的。不过，在一位年轻姑娘笑吟吟的目光之上，又有什么东西还能比紫黑光亮的华冠似的一头秀发更美的呢？笑容平添了几分情意，而浓密秀发的末梢上的那些澄莹的小发卷，却更接近可爱的肌体，仿佛这就是从那儿传来的乍起的涟漪，叫人看得心旌飘摇。

她一走进我的房间，就纵身跳到床上，有时候还会一本正经地向我解释我这人有哪些地方怎么怎么聪明，以一种真诚的激情向我起誓，她宁愿死去也不愿离开我：那些日子我都在刮好脸以后才叫她来的。她属于那种不会找出自己产生某种感觉的原因的女人。一张胡子刮得很干净的脸使她们引起的愉悦，会被解释成一个在她们眼里将为她们的未来奉献幸福的男子在道德品行上的优点，但这种幸福却又会随着胡子的生长而变得黯然失色，成为莫须有的东西。

我问她要去哪儿。“我想安德烈要带我到比特-肖蒙公园去，我从没去过那儿。”当然，我没法从那么些其他的话中间判断出她这句话是不是在说谎。再说，我相信安德烈会把阿尔贝蒂娜和她一起去过的地方都告诉我的。在巴尔贝克，我对阿尔贝蒂娜感到极其厌烦的那会儿，曾经半真半假地对安德烈说过：“我的小安德烈，要是我早些碰到您有多好！那样我就会爱上您的。可现在我的心已经给押在别的地方了。不过我们还是可以经常见见面，因为对另一个女人的爱情使我感到无限忧伤，只有您能帮助我，给我以安慰。”谁料这几句戏言，时隔三星期之后却当了真。安德烈在巴尔贝克那会儿想必是以为我在说谎，我其实爱的是她，这会儿在巴黎，也许她也仍然是这么想的。因为对我们每个人来说，事情的真相到底如何，实在是变幻莫测，所以旁人是简直没法领会其中奥妙的。而由于我知道她会把她跟阿尔贝蒂娜一块儿做些什么，一五一十地都告诉我的，所以我就请她上这儿来，她也接受了邀请，几乎天天来找阿尔贝蒂娜。这样一来，我就可以放心地待在家里了。安德烈曾是那帮姑娘中的一员，凭这一点，我就相信她是会从阿尔贝蒂娜身上得到所有我想知道的东西的。说实话，我现在可以真心诚意地对她说，唯有她能慰藉我的心灵，使它得到宁静。另一方面，我之所以挑选安德烈（她正好改变主意，不回巴尔贝克，留在巴黎了）跟阿尔贝蒂娜做伴，跟阿尔贝蒂娜告诉我的话也有关系，她告诉我说，在巴尔贝克那会儿，她的这位女友对我很有情意，可我一直以为安德烈那时挺讨厌我，如果我当初知道是这么回事，也许我爱上的就是她了。“怎么，您对这事一点都不知道？”阿尔贝蒂娜对我说，“我们可是常拿这事开玩笑呢。再说，难道您从没注意到她说话想事都在学您的样子吗？每逢她刚从您那儿回来，事情就更是显而易见了。用不着她告诉我们她有没有跟您见过面。她这么一到，只要是刚从您那儿来的，那么从她脸上一眼就看得出来。我们几个人你瞧我我瞧你的，笑得个不亦乐乎。她就像个烧炭佬，浑身从头黑到脚，却要人家相信他不是烧炭的主儿。磨坊伙计不用告诉人家他是干什么的，别人一瞧他那一身面粉，还有肩上那扛包的印儿，就全明白了。安德烈也是这样，她跟您一个模样地皱着眉头，过后又把长长的颈脖这么一扭，还有好些我说不上来的名堂。要是我从您房间拿了一本书，哪怕我走到外面去看，人家也知道书是从您这儿拿的，因为这书上有股子熏药的怪味儿。还有些事，说起来都是琐屑不起眼的小事，可是骨子里还真是些挺够意思的事儿。每当有人说到您怎么怎么好，看样子对您挺看重的，安德烈就会欢喜得出神。”

不过，我担心阿尔贝蒂娜会趁我不在跟前耍些花样，所以还是劝她这天别去比特-肖蒙公园，换个别的地方，比如去圣克鲁玩玩。

当然这压根儿不是因为我还爱着阿尔贝蒂娜，这我自己也清楚。爱情，也许无非就是一阵激动过后，那些搅得你的心翻腾颠动的旋流的余波而已。阿尔贝蒂娜在巴尔贝克对我说起凡德伊小姐的那会儿，的确有过这样的旋流搅得我的心上下翻腾过，可是它们现在平息了。我不再爱阿尔贝蒂娜了，因为此刻在我心中，当我在巴尔贝克的火车上了解到阿尔贝蒂娜的少女时代，知道她或许还是蒙舒凡的常客时我所感到的那种痛楚，确实已经不复存在了。所有这一切，我已经翻来覆去地想够了，痛楚已经平复了。但是，阿尔贝蒂娜说起话来的某些样子，不时还会让我揣测——我也不知道为什么——在她那尚且如此短暂的人生历程上，她一定接受过许许多多恭维和求爱的表示，而且是满心欢喜地，也就是说是以一种狎昵风骚的姿态去接受的。因而她对什么事都爱说：“是吗？真的吗？”当然，要是她就像奥黛特那样地说什么：“瞧他吹的，是真的吗？”我是不会多生这份心的，因为这种话本身就够可笑的，让人听了只会觉得这个女人头脑简单，有点傻气。可是阿尔贝蒂娜说“是吗？”的那种探询的神气，一方面给人一种很奇怪的印象，觉得这是一位自己没法做出判断的女同胞在求助于你的证实，而她则像是不具备与你同等的能力似的（人家对她说“咱们出来一个钟头了”或者“下雨了”，她也问：“是吗？”），另一方面，遗憾的是这种无法对外界现象做出判断的能力上的缺陷，又不可能是她说“是吗？真的吗？”的真正原因。看来倒不如说，从她长成妙龄少女之日起，这些话就是用来应付诸如“您知道，我从没见过像您这样漂亮的人儿”“您知道我有多么爱您，我爱您都爱得要发疯了”之类的话的。这些“是吗？真的吗？”就是在卖弄风情地应承的同时，故作端庄地给那些话一个回答，而自从阿尔贝蒂娜和我在一起以后，它们对她只剩一个用处，就是用一个问句来回答一句无须回答的话，比如说：“您睡了一个多钟头了。”“是吗？”

我觉得我对阿尔贝蒂娜已经没有任何爱情可言，回忆往日的欢乐时我从不会去想起我俩在一起度过的那段时光，但对她每日的行止，我始终在暗中挂着心；当然，我逃离巴尔贝克，为的就是让她再也没法去跟这个那个的朋友会面，我一直对她的这帮朋友提心吊胆的，生怕她跟她们混在一起会为了逗个乐儿，说不定还是为了拿我逗个乐儿，就干出些伤风败俗的事来，因此我当机立断决定离开那儿，意在一劳永逸地斩断所有这一切对她有害的联系。阿尔贝蒂娜有一种不同一般的惰性，一种把什么事情都忘在脑后、随遇而安的本领，以至于那些联系一旦切断之后，纠缠我多时的恐惧症也就不治而愈了。但正像它所由缘起而又无以名状的邪气一样，这种恐惧也会以各种模样出现。在我的嫉妒还没有找到新的附体以前，我还能在痛苦已成过去之际，得到一段时间的安宁。可是，些许细微的诱因，就能引起一种慢性病的复发，同样，对激起这种嫉妒的人的邪恶而言，一点小小的机缘就能触发它（在一段贞洁的间歇过后）再度施威于不同的对象。我可以把阿尔贝蒂娜和她的同伙分开，从而驱走邪魔似的缠绕着我的幻觉；但是，即使我能够让她忘掉那帮人，切断她和她们的联系，她的寻欢作乐的欲望却是根深蒂固，而且也许正等待时机随时准备宣泄出来的。而巴黎和巴尔贝克同样地为这种宣泄提供着机会。无论在哪个城市都是一样的，她根本无须去寻找，因为邪恶不仅存在于阿尔贝蒂娜身上，而且存在于别人身上，任何寻欢作乐的机会都是那些人所求之不得的。只消一个心领神会的眼神，就能把两个如饥似渴的人撮合在一起。对一个机灵的女人来说，先装出什么也没瞧见的样子，过五分钟再朝那个已经心领神会、兀自等在一条小马路上的人走去，三言两语就安排好一次幽会，这真是再容易不过的事了。有谁能看出半点破绽来呢？对于阿尔贝蒂娜，事情更加简单，她若想把那种暧昧关系保持下去，只用对我说她挺喜欢巴黎的某处近郊，很想再去一次就行了。所以，只要她回来得太晚，或是出去兜风的时间长得难以解释（尽管结果也许还是让她轻而易举地给解释了过去，而且其中绝无半点与情欲有涉的理由），就足以让我旧病复发，这回它可是跟我想象中的一幕幕背景并非巴尔贝克的场景缠在了一起，而我则极力想把这些场景连同以前的印象一并抹去，仿佛排除一次转瞬即逝的诱因，就能消弭一场先天疾病的病因似的。我没有意识到，我之所以能这么做，靠的正是阿尔贝蒂娜多变的性格，正是她那种对不久前还是情之所钟的对象说忘就忘，甚至立时生出厌恨来的本领，我这样做，不时会使某个我不认识但曾给她以乐趣的对象蒙受深切的痛苦，我更没有意识到，我把痛苦加在这一个个对象身上，其实也是枉然的，因为这些对象都将相继被抛弃、替补，在被她轻率抛弃的旧人横陈沿途的这条通道之侧，还有一条平行的小路展示在我面前，那是一条只容我偶尔停步匆匆喘口气的无情的畏途；如果当时能仔细想一想，我该明白只有在阿尔贝蒂娜和我两人中有一个已经走到生命尽头的那个时刻，我的痛苦才会休止。还在我们刚回到巴黎的那会儿，我就对安德烈和司机关于陪阿尔贝蒂娜外出兜风的报告不满意，当时我就感觉到，巴黎的近郊和巴尔贝克的近郊同样的使我不放心，有好几天，我亲自陪阿尔贝蒂娜出游，可是不管上哪儿，我照样摸不透她到底在干些什么，她照样尽可以背着我做小动作，我一个人监视她，困难更多，最后我干脆带她回了巴黎。说实话，离开巴尔贝克那会儿，我还以为就此带着阿尔贝蒂娜离开了蛾摩拉呢；唉！蛾摩拉在这世上真是无所不在。我一半出于嫉妒，一半出于对这种兴趣（非常难得遇到的情形）的懵懂无知，无意间安排下了一场捉迷藏的游戏，而阿尔贝蒂娜在这中间始终没让我逮住过。我会冷不丁地向她发问："喔！顺便问一句，阿尔贝蒂娜，不知是我瞎想还是您真对我说过，您认识希尔贝特·斯万？""是嘛，我说过她在课堂里老爱跟我说话，因为她有一套法国历史的笔记；她还挺客气的，把这些笔记借给我，我看完以后就带回教室去还她，我俩只在课堂上见面。”“您看她是不是属于那种我所不喜欢的姑娘？”“哦！完全不是，正好相反哪。”

不过，除了一味做这种类似审讯的聊天以外，我更经常地是把待在家里节省下来的这点精力，全部花在想象阿尔贝蒂娜出游的情景上，我用一种热切的口吻跟她谈到我俩一起出游的计划，无从兑现的计划使这种热切显得那么无可指摘。我表示了去巴黎圣礼拜堂[1]重睹彩绘玻璃风采的强烈欲望，并为无法单独陪她成行深感遗憾，她瞧着我那种热切的模样，就温柔地对我说：“哦，我的小乖乖，既然您看来这么想去，那么就上点劲儿，和我们一块儿去呗。只要您愿意，我们等多久都行，等到您准备好为止。另外，要是您觉得单独和我在一起更有趣的话，我只消打发安德烈回家，让她下回再来就是了。”然而这些邀我出游的话，却正增强了我的安全感，使我更安心地待在家里了。

我没想到，把看守阿尔贝蒂娜以平息我内心骚乱的任务，如此这般地托付给安德烈和司机，让他俩去费神监视阿尔贝蒂娜之后，我却就此变得愈来愈迟钝，那种绞尽脑汁驰骋想象的冲动给遏制下去了，那些由揣度、阻止别人要做的事的意愿所激发的灵感也不复出现了。更危险的是，就我的个性而言，可能性所构成的世界总要比日常生活的现实世界更让我觉得容易明白些。这固

---

[1] 位于巴黎市中心的古教堂，其中建造于13世纪的彩绘大玻璃窗极为壮观。

然有助于去了解人的心灵，但也容易受人欺骗。我的嫉妒由想象而生，是一种精神上的自我折磨，而与可能性并不相干。然而，人们乃至整个民族（因而我也包括在内），在其生命史上都可能会有那么一天，感到自己身上需要有一个警长，一个明察秋毫的外交官，一个安全部门的首脑，这些人物从不根据可能性去做八面来风的臆测，而是进行准确的推理，暗自在算计着："倘若德国如此这般宣称，那么它必是另有企图，那绝非某种泛泛而谈的企图，而是极其明确的某事某事，而且可能已在付诸实施。""如果此人已经逃跑，他一定不是逃往目的地 a、b、d，而是逃往目的地 c，必须在该地组织搜捕，具体方案如下……"天哪，这方面的本领我生来就欠缺，现在我又习惯了让别人去代我操那份监视阿尔贝蒂娜的心，自己图个清静，所以干脆听任那点微弱的本能麻木、萎缩乃至消亡。

至于我想待在家里的原因，我是很不愿意向阿尔贝蒂娜讲穿的。我告诉她说，医生嘱咐我卧床。这不是真话。即便是真话，当初这道医嘱也并没能阻止我陪阿尔贝蒂娜出游。我请她允许我不跟她和安德烈一起出去，在此我只想说其中的一个原因，一个出于明智的考虑的原因。每次我和阿尔贝蒂娜出去，只要她稍稍离开我一会儿，我就会惴惴不安：我揣想她也许是在和什么人说话，或者是在拿眼风瞧什么人。要是她情绪不佳，我又会想，大概我把她的约会给搅了或是耽误了她的时间。真实，从来就只是一种把我们引向未知世界的诱饵，而我们在探索这未知世界的道路上，是没法走得很远的。最好的办法是尽量不去知道，尽量不去多想，不为嫉妒提供任何具体的细节。遗憾的是，即使与外界生活隔绝，内心世界也会滋生种种事端；即使我不陪阿尔贝蒂娜出去，独自在家遐想，纷沓的思绪中时而也会冒出一鳞半爪真实得不能再真实的东西，它们就像一块磁铁那样，把未知世界的某些蛛丝马迹牢牢地吸住，从此成了痛苦的渊薮。哪怕我们生活在密封舱里，意念的联想和回忆，仍然在起作用。但这些内心的撞击并不一定是即刻产生的。阿尔贝蒂娜刚出门，孤独所具有的那种启人心智的效能，俄顷之间就使我恢复了生气；我也要在这刚开始的一天享受自己的乐趣。可要是当天的天气不仅不能唤起我对往昔的想象，而且也不能向我展示眼前的真实世界，展示这个对任何没有为一些不起眼（因而不足道）的情况所迫，非得待在家里不可的人来说都是一目了然的真实世界，那么光凭享受一番乐趣的一厢情愿的愿望——这种任性的、纯粹出于本能的愿望——是还不足以给我带来这些乐趣的。有些个晴天，寒意袭人，街上的声音异常清晰地传到耳际，与我之间的沟通显得那么畅达，仿佛房子四周的墙壁都给拆了似的，每逢电车驶过，它那叮叮当当的铃声就宛如一把银刀在敲击玻璃的房子。更美妙的，是我在心里听到的那把潜在的小提琴奏出的令人陶醉的新的旋律。随着温度和外界光线的变化，琴弦变得时而紧张，时而放松。在我们体内，这潜在的乐器在日复一日单调划一的生活节奏中保持着沉默，让它奏出如歌旋律的正是差异和变化音乐的那个源泉：有些日子里，天气的变化会使我们即刻从一种音乐氛围转换到另一种氛围。我们会回忆起一支久已忘怀的曲调，歌的旋律会以数学般的精确浮现在记忆中，甚至都来不及去辨认这到底是哪支歌，便会信口唱了出来。唯有这些内在的变化（尽管它们也是受外界影响产生的），才会引起我对外部世界印象的改变。脑海中那扇久久关闭的交流沟通之门开启了。小城生活的片段，欢愉郊游的场景，都在意识中浮现出来了。随着琴弦的颤动，我全身都震颤了起来，我相信，为了能再有一次如此奇妙的体验，我会愿意付出业已逝去和行将到来的全部生命作为代价——这些生命所留下的痕迹，早晚是要给习惯这块橡皮擦拭殆尽的。

虽然我没有陪阿尔贝蒂娜去做长途的郊游，但是我的心神却比她的行踪更加飘忽不定，我拒绝了用我的感官去领略这个美好的早晨，但我在自己的想象中欣赏着所有那些与之相似的早晨，那些已经有过和还会再有的早晨，更确切地说，我在欣赏的是某一个典型的早晨，所有跟它相似的早晨都只是它时断时续的再现，我一眼就能认出它们；因为清冽的风儿吹过，就会把当天的福音书掀到一页页合适的位置，稳稳当当地齐着我的视线，让我躺在床上就能清楚地看到它们。这个理想的早晨，以酷肖所有类似的早晨的永恒的真实，充实我的心灵，给我带来一种不因体质孱弱而兴味稍减的欢乐：幸福舒畅的感觉，往往并不是从健全的体魄，而是从不曾消耗的盈余精力中产生的，我们不必靠充实精力，只需靠缩减活动，就能同样地获得这种感觉。我在病床上积累的充盈精力，使我全身震颤，心头突突地跳个不停，犹如一部不能移动的机器兀自在原地运转。

弗朗索瓦丝来生火，往炉膛里扔了些小树枝引火。一个夏天下来已被遗忘的那股气味，氤氲在炉膛四周，生成一个魔幻般的氛围，我在其中依稀觉得自己正在看书，一会儿在贡布雷，一会儿又在东锡埃尔，我感到快活极了，尽管人还在巴黎的房间里，却仿佛正要动身沿梅塞格利丝的方向去散步，要不就是去找圣卢和他的那些在军营的朋友。常常有这样的情况，我们回想积聚在记忆中的往事所感受到的乐趣，在有些人身上，例如在那些身受病痛折磨而又时刻怀着康复希望的人身上，会表现得格外强烈，难支的病体和怀抱的希望，一方面使他们不可能到大自然中去寻找跟回忆吻合的图景，另一方面又使他们有足够的自信，以为自己很快就能那么去做，因而面对这些回忆仍会显得充满渴念、无限神往，面前的这一切，在他们已不仅仅是回忆或图景。然而，即使它们对我来说永远只是些回忆而已，即使我在回想起它们时仅仅是看见一些图景而已，有时冷不丁的，由于一种感觉同一效应，它们会使我整个儿的变成那个当初见到它们的孩子或少年。不仅户外的天气起了变化，室内的气味有了异样，而且在我身上年龄倒了回去，人也变了模样。清冷的空气中透出的树枝气味，宛如一段逝去的岁月，一块从往昔的冬日漂来的见不到底的浮冰，闯进了我这间不时留有这种香味或那种亮光痕迹的屋子，这些痕迹犹如岁月流逝留下的印痕，甚至还在我怀着契阔已久的希望的喜悦辨认出它们以前，我就已经置身其间，整个儿沐浴在它们当中了。阳光照在我的床上，穿过我瘦弱躯体的透明遮挡，温暖着我，使我有如水晶玻璃似的变得通体灼热。这会儿，我就像一个连医生还禁止他吃的菜肴也照吃不误的饿慌了的恢复期病人，又想起了阿尔贝蒂娜，心想跟她结婚势必会弄糟我的生活，既然我得承受把自己奉献给别人这么一个对我来说过于沉重的负担，而且由于她无时无刻不在我眼前，我势必得过一种丧失自我的生活，再也没法享受到那种悠然独处的乐趣。

问题还不止于此。即便我们所要求于生活的只是它能给予我们的种种愿望，其中也总有一些——那些不是由物，而是由人激起的愿望——会有它们独特的禀性。所以，倘若我从床上起来，撩开一会儿窗帘，那可并不仅仅是像音乐家打开一会儿琴盖那样，也不仅仅是为了证实一下阳台和街上的阳光是不是完全和我的回忆合得上辙，我那样做，也是想瞧一眼那个挎着筐衣裳的洗衣女工和穿着件蓝罩衫的面包铺女掌柜，或者是那个用弯弯的扁担挑着牛奶罐、穿着围裙翻出白帆布袖口的送奶女人，再不就是想瞧瞧那个跟在家庭女教师后面、满脸娇气的金发小姑娘，总之，我想瞧的是这样一幅图景，它跟其他图景在外表上看似微不足道的差别，已足以使它跟那些图景之间，用音乐的语言来说，有如两个不同的音符那样迥然相异，而我只要有哪一天见不到它，这一天就会因其无法为我追求幸福的愿望提供对象而显得苍白贫乏。不过，见到这些事先想象不到的女性，虽然给我带来了愈来愈多的欢愉，使这街道，这城市，这世界都变得更令我向往，更值得我去探索，但因此也使我急不可耐地渴望恢复健康，走到外面去，没有阿尔贝蒂娜在身边，做个自由自在的人。有多少次，当那个将把遐想留给我的陌生女人或是步行，或是把车子开得飞快地从屋前经过的时候，我总为自己的病体没法跟上目光而感到痛苦，我的目光追随着那个女人，犹如火枪的枪子儿从窗洞里射出去似的落在她身上，不让她的脸容从我的眼里消失，因为我在这张脸上期待着幸福——一个幽居如我的人从未尝到过的幸福——的赐予！

至于阿尔贝蒂娜，我对她的情况已经不再感兴趣。她变得一天比一天难看。只有当我听说她怎么撩拨起别的男人的欲念的那会儿，我才重又感到痛苦，想把她从他们那儿夺回来，让她当着我的面被高高地吊在桅杆上。她能使我痛苦，但绝不会使我快乐。正是这种痛苦，维系着我和她之间的这种乏味腻人的关系。一旦这种痛苦得以解脱，减轻痛苦的努力——它有如一种让人备受折磨的游戏，逼得我付出全部精力——也随之变得全无需要之后，我就觉得她对我已经变得毫无意义，而我对她想必亦是如此。使我感到沮丧的是这种状况还会持续下去，我有时甚至希望听到她干下了什么骇人听闻的丑事，能让我在病体康复之前跟她吵一场，然后好让我们俩重归于好，让那根把两人拴在一起的链子换个样儿，变得柔软些。

与此同时，我又利用许许多多个场合，许许多多次作乐的机会，在两人的交往中给她制造了一种幸福的幻想，而这种幸福我自问是无法真正给她的。我一旦身体恢复，就要去威尼斯；可是，倘若我娶了阿尔贝蒂娜，我怎么能成行呢？我对她百般猜疑，哪怕就在巴黎，当我决定要走动一下的时候，也总要带着她一块儿出去。即便我整个下午都待在家里，我的思绪还是一路跟随着她，我眼前会浮现出一幅蓝蒙蒙的幽远的场景，以我为中心绵延生成一片朦胧空廓、飘移不定的地带。“要是阿尔贝蒂娜，”我对自己说，“在哪回兜风的时候，想到我不再跟她提起结婚的事儿，下个狠心就此不回来，干脆上她姨妈家去，也不要我对她说声再会，那她就会省掉我不少事，免得我为两人的分手去那么担心了！”我的心，自从它的伤口愈合以后，开始跟我的这位女友分道扬镳了；我可以在想象中毫不费力地把她挪开，让她离得我远远的。没有了我，十有八九会有别人娶她的，而她，有了自由，也许就会去干出那种种叫我胆战心惊的荒唐冒险的事儿。可是，这会儿的天气这么好，我拿准她晚上就得回来，所以即使她可能干下傻事的念头在我脑子里冒了头，我还是能很洒脱地把它甩在一边，让它在头脑里的哪个旮旯里无声无息地待着，就像那是某个想象中的人物干的坏事，跟我的现实生活毫不相干似的；我的脑子轻松自如地运转着，觉得自己具有一种既是生理上的又是心理上的力量，它好似一种肌肉的活动，一种精神的亢奋，使我超越始终羁绊着我的忧心忡忡的状态，开始在自由自在的氛围中活动，而一旦进入这种氛围，就觉得不论是死命地去阻止阿尔贝蒂娜跟别人结婚，还是想方设法不让她跟别的女人相好，它们在我自己眼里，就跟在一个不认识她的陌生人眼里同样的显得有悖情理。

然而，嫉妒又属于那种诱发因素变化莫测、无从控制的间发症，这些诱发因素往往在这个病人身上是一个样儿，在另一个病人身上完全是另一个样儿。有的哮喘病人发病时，非得打开窗户，站在风口里呼吸从冈峦拂来的新鲜空气，病情才能缓解，而有的哮喘病人却得待在城里，躲在烟雾缭绕的房间里才行。但既然生的同是嫉妒病，他们又都有对某些事可以循例不究的脾气。有的人并不在乎受骗上当，只要别人把事情告诉他，让他知道真相就行，有的人却但愿别人能把事情瞒着他，其实这两种人同样可笑，因为，如果说后一种人由于别人对他隐瞒了真相而更称得上真正受了骗，那么前一种人要知道真相则无非是要让烦恼滋生、延续、周而复始。

而且，嫉妒的这两种不同的偏执表现，对隐情恳请告知也好，拒不与闻也好，常常都会走到偏执狂的地步。我们看到，有些受了情妇疏慢的嫉妒的男子，依然允许她委身于别的男人，只要事情得到过他的许可，而且就在近边，即使不在他眼皮底下，至少也是在他的屋顶底下进行。在那些上了些年岁，而情妇还很年轻的男人中间，这种情形是屡见不鲜的。这种男人感觉到自己已经难以讨得情妇的欢心，有时甚至已经无法满足她的要求，于是，与其让她欺骗自己，倒不如把一个能使她开心却不会给她出坏主意的男人，引进家里的一间邻室。对另一些人，情况截然相反：在一个他所熟识的城市里，他决不允许情妇离开自己半步，完完全全把她当奴隶一般看待，但他又可以同意她跑开一个月，到一个他完全陌生的、无从想象她在那儿会怎样生活的国家去。我对阿尔贝蒂娜，就同时有着这两种以偏执求安宁的心态。如果她是在我的附近寻欢作乐，而且是由我纵容她这么做的，我就能监视她的一举一动，不用担心会受她的骗，所以也就不会嫉妒；如果她去了一个我完全陌生的遥远的国度，叫我无从想象，不能也不想再去了解她是怎样行事的，那我或许也不会嫉妒。在这两种情形下，或是由于了如指掌，或是由于一无所知，都无从产生疑窦。

夕阳吐着余晖，回忆把我带进了一种久远而清新的氛围，我感受着这种氛围，犹如俄耳甫斯呼吸到人间不曾有过的、来自天堂的美妙气息那般的欣喜。可是暮色终于降临，将我沉浸在忧郁之中，我下意识地望望挂钟，看阿尔贝蒂娜还有多久才能回来，我发觉还来得及穿好衣服下楼去，就某些衣着打扮的问题，请教一下房东德·盖尔芒特夫人，因为我正打算买些东西给阿尔贝蒂娜。有时候，我在院子里碰到公爵夫人徒步出门去买东西，而且即便天气不好，她也总戴着女便帽，穿着皮大衣。我心里很清楚，在好些聪明人的眼里，这位太太根本算不了什么，既然现在已经没有公爵领地或亲王封邑，那么德·盖尔芒特公爵夫人这个名头也就全无意义了；可是我对公爵亲王也好，城堡封地也好，都有另一种不同的看法。这位不分晴雨都穿着皮大衣的太太，当年她作为公爵夫人、亲王夫人、子爵夫人所拥有过的那些城堡采地，在我眼里似乎仍在她手里，就如建筑物巨石门楣上镌刻着的那些人物擎着他们所建造的大教堂或者他们所保护的城市。不过这些城堡、森林，只有我心灵的眼睛才能看见它们擎在这位穿皮大衣、戴手套的太太，这位国王表妹的手上。我的肉眼，在天色阴沉的日子所能看见的仅仅是公爵夫人敢于用来武装自己的一把雨伞。“天有不测风云，还是带着保险些，要不万一我走得挺远，汽车讨的价钱又太贵，我可怎么办哪。”“太贵”呀，“我可付不起”呀，这些话都是公爵夫人整天挂在嘴上的，还有一句是：“我可太穷啦。”让人分不清她这么说，是因为她觉得作为一个有钱人，说说自己很穷挺有趣，还是因为她觉得作为一个贵族（尽管装得像一个乡下女人似的）不像那些有了几个钱就看不起穷人的暴发户似的视财如命，自有一种潇洒的意味。但也可能这只不过是她在某个生活阶段的一种习惯，她挺富有，但相对于支撑这个场面的开销来说又不够富有，总难免感到钱不够用，而她又不愿意让人觉得她想瞒着人家，于是就干脆自己放在嘴上说了。一个人用开玩笑的口吻说的事儿，往往正是使他感到心烦意乱的事儿，只是他不愿意显出烦恼的样子，而且暗地里也许还怀有一种侥幸心理，指望谈话的对方听出自己开玩笑的口吻，也就以为这事儿不能当真了。

不过在晚上的这个时候，我知道公爵夫人一般总是在家的，对此我感到挺高兴，因为这样我就可以更方便地向她详细请教阿尔贝蒂娜用得着的种种知识了。我下楼去的时候，几乎根本没去想一想这事儿说起来有多奇怪：这位让我在童年时代感到那么神秘的德·盖尔芒特夫人，这会儿我上她家里去仅仅是出于实用的目的，想让她派上用场，就像是在打个电话似的，当年电话曾是个不可思议的东西，它的奇迹曾让我们感到神乎其神，惊叹不已，可是时至今日，逢到要约裁缝来或者招呼店家送冰淇淋来的时候，我们拿起电话就打，脑子里压根儿就没想着电话这回事。

阿尔贝蒂娜对各种各样的小玩意儿都有强烈的爱好。我也禁不住每天都要给她买点新鲜玩意儿。每当她眉飞色舞地对我说起她那双一眼就能看出某件衣物是否风雅的眼睛隔着窗户或是在院子里瞧见德·盖尔芒特夫人围在颈脖里、披在肩膀上或是拿在手里的长围巾、皮披肩或阳伞的时候，我心里很明白，这位小姐的口味生来挑剔（跟埃尔斯蒂尔交谈，受了他的趣味的影响之后，越发变得考究了），别说一件只不过是看上去还过得去的东西，就算它确实很漂亮，在一般人眼里已经是很雅致的了，但只要实际上并非全然如此，它就绝不会合她的口味；我悄悄地跑去请教公爵夫人，阿尔贝蒂娜喜欢的那件衣裳是在哪儿定做，怎么定做，照什么样子定做的，我要怎样才能一模一样地也弄到这么一件，还包括制作者的秘密，他的特色（阿尔贝蒂娜把这叫作“风度”“派头”），确切的名称——名头响亮也至关重要——以及我得让人选用的料子的质地。

刚到巴尔贝克那会儿，我就告诉阿尔贝蒂娜说德·盖尔芒特公爵夫人跟我们在同一幢楼里，就住我们对面，她听见这个显赫的头衔和姓氏时的那副神气，说它是冷漠、敌对、蔑视都还嫌轻，那是一个生性高傲、感情炽烈的人在无力实现自己愿望时的一种情绪流露。尽管阿尔贝蒂娜的性格可能自有它了不起的地方，但它所包含的那些优点却只能在我们的爱好这个框框里面，在我们对自己不得不放弃的那些爱好（对阿尔贝蒂娜来说就是冒充高雅）的哀悼——这就是平时所说的反感——中间，去求得发展。阿尔贝蒂娜对社交圈子里的人的这种反感，仅仅是她性格中很小的一个部分，但它作为其中最具有革命精神的一个侧面，使我感兴趣——那就是对贵族的一种饱含怨懑的眷恋——这恰好跟德·盖尔芒特夫人的贵族气质所表现出来的法兰西性格形成一个有趣的对照。对那种贵族气质，阿尔贝蒂娜因其无法企及，也许倒并不怎么放在心上，但她记得埃尔斯蒂尔曾对她说过公爵夫人是巴黎穿着最讲究的女人，所以在我这位女友身上，对一个公爵夫人所表现的具有共和色彩的蔑视让位给了对一位装束优雅的女人的强烈兴趣。她常常向我打听德·盖尔芒特夫人的情况，而且怂恿我上公爵夫人那儿去征询有关她的衣着打扮的意见。这些事其实我可以去向斯万夫人讨教，出于这一目的我也确实给她去过一封信，不过我觉得德·盖尔芒特夫人在穿着艺术上似乎更胜一筹。如果我在拿准她没出门，而且关照好等阿尔贝蒂娜一回家就通知我以后，我下楼去瞧见公爵夫人穿着一袭薄雾似的灰色中国绉纱长裙，一派飘飘欲仙的样子，我就会觉得她之所以像这样子出现在我眼前，是出于一些很复杂的原因，而且是应该这样而不可能是别的样子的，我听凭自己浸润在这种恬适的氛围里，有如置身于某些雾气蒙蒙、笼罩在珠灰色调中的宁谧的下午；如果反过来，她穿的是一件缀满朵朵黄的、红的火苗的中国睡袍，那我就会出神地望着它，犹如望着一轮耀眼的落日；这些衣着，并非一种无所谓的、可以随便更换的装饰，而是一种确定的、带有诗意的现实，如同一天的天气，如同这一天中某个时刻特定的光线。

在德·盖尔芒特夫人的所有这些长裙和睡袍中间，最能反映一种明确倾向、具有一种特殊意义的，要算是福迪尼仿照威尼斯古图案制作的那些长裙。也不知是由于它们的这种历史渊源，还是由于它们中间的每一件都是独一无二的缘故，这些长裙被赋予了一种非常特殊的性质，使穿着这些长裙等你前去或是跟你接谈的这个女人，变得异乎寻常地重要起来，仿佛这装束是长时期深思熟虑的成果，仿佛这谈话是超脱于日常生活之上，有如小说中的场景似的。在巴尔扎克的小说中，我们见过其中的女主角在接待某位来客的日子特意穿上这件或那件装束。如今的服饰已经不像这般的具有个性了，但福迪尼的长裙算得上是个例外。写小说的人在描写这些长裙时，不会有任何含糊之处，因为这些长裙是确实存在的，它上面的最细微的图案，也像一件艺术品的真迹那样可以让你细细端详。面对两件绝非大致上差不多，而是每件都有鲜明个性，甚至可以分别给它们取个名儿的长裙，究竟是穿这件，还是穿那件，这位夫人的确是得做一番选择的。

不过，说了长裙，我还得再说说这位夫人。我觉得这会儿的德·盖尔芒特夫人，甚至比当初我恋慕着她的时候更可爱了。因为我在她身上已无所期待（我去她那儿已不是出于看望她的目的），所以当我把脚搁在壁炉柴架上听她说话，仿佛在读一本用往昔的语体写作的书的时候，我几乎是像独自一人待在那儿似的无拘无束，心境平和而宁静。我的精神境界是超脱的，因而我能够细细地品味她的谈吐中那种法国式的典雅，其韵味的纯正，在今天的口头和书面语言中都已是不可复得了。我听着她娓娓而谈，犹如聆听一首风味纯正的可爱的法兰西民歌，甚至觉着依稀能在其中听出她对梅特林克有所微词（不过，鉴于女人缺乏主见，易为文学界的时尚所左右，如今她或许已经受了姗姗来迟的褒誉的影响，对这位比利时剧作家赞赏不已了），正如我能觉着梅里美对波德莱尔，司汤达对巴尔扎克，保尔-路易·古里埃对维克多·雨果，梅拉克对马拉美都有过微词一样。我知道，这些嘲贬别人者就思想而言都比他们嘲贬的对象有更大的局限性，然而他们的语汇却是更纯正的。德·盖尔芒特夫人的语汇几乎跟圣卢的母亲不相上下，简直到了一种令人赞叹的境界。今天的那些爱说“实则”（而不说“其实”）、“更有甚者”（而不说“尤其”）、“大惊失色”（而不说“大吃一惊”）等等等等的作家，我可不是从他们的苍白乏味的语汇中，而是从跟一个叫德·盖尔芒特夫人或者叫弗朗索瓦丝的女人的交谈中学到古风的语体和一个个词儿的真正读音的，我在五岁那年就从弗朗索瓦丝那儿知道，大家是不说塔尔纳，而说塔尔，不说贝阿尔纳，而说贝阿尔的。所以我在二十岁进社交圈子时，就用不着再让人教我不该像邦当夫人那样说“德·贝阿尔纳夫人”了。

如果我说公爵夫人并没意识到自己身上的这种乡土味和半拉子的村妇气，或者她在表现这种味儿时没有某种矫情之处，那我就是在说诳话了。不过在她而言，这与其说是贵妇人学乡下人的样子故作天真，与其说是对藐视不相识的农妇的富婆嗤之以鼻的公爵夫人的骄傲，倒不如说是一位清楚自己的魅力所在，而且不愿让它给摩登的粉饰糟蹋掉的女人的颇带几分艺术家气质的审美趣味。有个例子跟这很相像，我们大家都知道在迪弗有个诺曼底人店主，就是那家“征服者威廉”的老板，他执意不肯让自己的小客栈沾上现代化宾馆的奢侈习气，虽说他已是百万富翁，他的说话、穿衣仍保持着诺曼底农民的做派，而且就像在乡下农舍一样，让顾客跑进厨房来看他亲自掌勺烹制一顿绝不比最豪华的大饭店逊色，但价钱也贵得多的晚餐。

但凡古老的贵族世家，单有那点本乡本土的生命力是不够的，家族中还必须降生一位聪明恰到好处的成员，才能不至于鄙薄这种生命力，不至于让它湮没在世俗的粉饰下面。德·盖尔芒特夫人，可惜才情太高，巴黎味儿也太足，当我认识她时，她除了口音以外已经没有半点儿外省气了，但她至少在描述自己当年轻姑娘那会儿的生活时，找到了一种（在似乎过于俚俗的外省人的声腔和矫揉造作的文绉绉的谈吐之间）折中的谈话方式，这种风格的语言，正是使乔治·桑的《小法岱特》以及夏多布里昂在《墓畔回忆录》中讲述的某些传说显得那么可爱的语言。我最喜欢的事就是听德·盖尔芒特夫人讲那些有农民和她一起出场的故事。古老的名字，悠远的习俗，使这些城堡映衬下的村落别有一种诱人的情趣。

她的那种发音方式，如果其中没有任何做作之处，没有任何创造一套语汇的意图，真称得上是一座用谈话作为展品的法兰西历史博物馆。“我的叔祖菲特-雅姆”不会使人感到吃惊，因为我们知道菲兹-詹姆斯[1]家族是会很愿意申明他们作为法兰西的名门望族，不想听到人家用英国腔来念他们的名字。不过有些人，他们原先一直以为得尽力按照语法拼读规则来念某些名字，后来却突然听见德·盖尔芒特夫人不是这么念的，于是又尽力照这种他

[1] 菲兹-詹姆斯（1670—1734）：英国贵族、元帅；1710年被法国国王路易十四册封为法国公爵。“菲特-雅姆”是这个英国名字按法语读音习惯的念法。

们闻所未闻的念法来念那些名字，这些人驯顺到如此可怜的地步，倒是实在令人吃惊。比如说，公爵夫人有一位曾祖父当过德·尚博尔伯爵的侍从，为了跟后来当了奥尔良党人的丈夫开个玩笑，她总喜欢说“我们这些弗罗施多夫的旧族”。那些原先一直以为该念“弗罗斯多夫”的客人当即改换门庭，满嘴“弗罗施多夫”的说个不停。

有一回我问德·盖尔芒特夫人，她介绍说是她侄儿，但我没听清他名字的那位风度翩翩的年轻人是谁，因为公爵夫人说这个名字时，尽管用她那低沉的喉音说得很响，但发音含混得很，我只听见“这位是……翁，罗贝……兄弟。他认定他的头盖骨跟远古时代的威尔士人是一模一样的”。后来我才明白她是说“这位是小莱翁（德·莱翁亲王，其实是罗贝·德·圣卢的内弟）”。“诚然，他是不是真有这样的头盖骨，”她接着说，“这我可说不上来，不过他在穿着上的高雅情趣，可把那鬼地方给甩远了。我和罗昂一家在若斯兰[1]那会儿，有一天我们去做礼拜，碰到好些从布列塔尼各地来的农民。有个高大的乡下汉子，莱翁家的一个佃户，大惊小怪地瞅着罗贝内弟的那条浅色长裤。‘你这么瞧着我干吗？我敢打赌说，你还不知道我是谁哪。’莱翁对他说。然后，因为那乡下佬说他不知道，莱翁就接着说：‘听着，我就是你的亲王。’‘噢！’那乡下佬一边忙不迭地脱帽致歉，一边回答说，‘我

[1] 若斯兰是位于布列塔尼地区莫尔比昂省内的小镇，以建于 12 至 13 世纪的教堂、城堡著称。

把您当作英国佬了。'" 如果我趁此机会，怂恿德·盖尔芒特夫人再讲讲罗昂家的事（她的家族跟他们家时有联姻的情况），她的叙述就会充满一种矜悯的伤感情调，而且，就像那位真正的诗人邦比耶也许会说的那样，"有股子在荆豆萁火上煎出来的荞麦薄饼的呛人味儿"。

关于那位德·迪洛侯爵（我们都知道这位侯爵晚年境况很凄凉，他失聪后常让人把他带到失明的H夫人家去），公爵夫人跟我讲当他的境况还稍好些时，他怎么在盖尔芒特围猎之余随随便便地穿着便鞋跟英国国王一起喝午茶，并不觉着这位国王比自己就特别尊贵些，而且显而易见的是，他在这位国王面前半点儿也不感到拘束。她把这一切描绘得惟妙惟肖，甚至还让侯爵像自命不凡的佩里戈乡绅那样戴了顶带翎饰的火枪手便帽。

而且，即使在判断某人的乡籍这类小事情上，德·盖尔芒特夫人也流露出很浓的乡土气息——这正是她的魅力所在——能够说出人家出生在某省某地，从小生长在巴黎的女人是无论如何也做不到这一点的，在她从一幅颇有圣西门[1]韵味的肖像画谈到外省风光时，也常会如数家珍地报出安茹、普瓦图、佩里戈这些地名。

咱们再回过来说德·盖尔芒特夫人的发音和语汇吧。所谓贵族气质，那正是在这方面表现出它们真正的保守性的。这里的保

[1] 圣西门（1675—1755）：法国贵族，撰有反映路易十四宫廷生活的《回忆录》21卷，其中对人物的刻画相当生动活泼。

守二字，是在这个词儿的那种有点稚气，有点危险，那种对一切发展变化都深闭固拒，但同时又对艺术家颇有吸引力的全部含义上来说的。我颇想知道从前人们是怎样拼写Jean这个名字的。收到德·维尔巴里西斯夫人的侄儿给我的一封信后，我就明白了这一点，他的签名是——因为他是在哥达[1]受的洗礼，又在那儿颇有名望——Jehan（约翰）· 德·维尔巴里西斯，多了一个漂亮而累赘的、纹章学意义上的H，正如我们在祈祷书或彩绘玻璃上看到用朱红或群青颜色画着的那个令人赞美的字母一样。

可惜我没法坐在那儿听她没完没了地说话，因为我得尽量赶在阿尔贝蒂娜之前回到家里。不过，我也只能一点一滴地从德·盖尔芒特夫人那儿获得我所需要的有关衣着的有用的指点，以便让人尽着年轻姑娘合适的范围，给阿尔贝蒂娜裁剪同样款式的衣装。

“比如说，夫人，上回您先在圣德费尔特府上吃晚饭，然后去德·盖尔芒特亲王夫人府邸的时候，穿一身红色的长裙，配一双红鞋子，那真是绝了，看上去就像是一朵嫣红嫣红的花儿，一颗火红透亮的宝石，那是叫什么料子来着？年轻姑娘也能穿吗？”

公爵夫人布满倦意的脸，顿时变得容光焕发了，这种表情正是以前斯万恭维德·洛姆亲王夫人时那位亲王夫人脸上有过的表情；她笑出了眼泪，用一种揶揄、探询、欣喜的眼神瞧着德·布雷奥代先生，那位每逢这种场合必到的先生，此刻从单片眼镜后

[1] 哥达，德国东部城市。刊载欧洲名流家谱的《哥达年鉴》即在该地编纂出版。

面漾起一阵笑意，好像是对于在他看来全然由年轻人强自克制住的感官上的狂热所引起的这种理智上的昏乱表示宽容。公爵夫人的神气则像是在说：“他这是怎么啦？他准是疯了。”随后，她转过脸来温存地对我说：“我不知道我那天到底是像颗宝石，还是像朵花儿，不过我倒还记得，我是有件红裙子：是用适合那个季节穿的红色绸缎料子做的。年轻姑娘如果真要穿，也未尝不可，不过您告诉过我，您的那位姑娘晚上从不出门。可这长裙是晚礼服，平时白天出客是不能穿的。”

最奇怪的是，虽说那个夜晚并不是很久以前的事，可是德·盖尔芒特夫人除了她穿的裙子以外，已经把有一桩（我们下面就会看到）她原本该牢记心头的事情都给忘了。看来，对这些活动家（社交场上的人物都是些小而又小、不足道焉的活动家，但毕竟还是活动家）来说，他们的精神由于始终集中在一小时之后会发生什么事情之类的问题上，因而几乎无法再在记忆中存储多少内容了。比如说，常有这样的情况，当有人对德·诺布瓦先生提起他前不久预言要跟德国签订和约，结果却并无此事的这个话茬时，他就会说出下面一大通话来，而其用意倒也并非转移目标或为自己开脱：“您准是听错了，我根本不记得我说过这样的话，再说这话也不像是我说的，因为在这种谈话中，我总是出言非常谨慎的，对于那种往往只是出于一时冲动，最终通常会酿成暴力行为的所谓惊人之举，我是不可能去预言它会成功的。毫无疑问，在相当长久的未来，法德两国关系将会变得密切起来，这对两国都有好处，在这笔交易中间，我想法国也是不会吃亏的，可是这个看法我还从没说过，因为我觉得时机还不够成熟，如果您要问我对跟当年的老对头正儿八经地结盟做何看法，我的回答是，那将是一步败着，我们会因此蒙受重大的损失。”德·诺布瓦先生说这番话的时候，他并没有在说谎，他只不过是太健忘了而已。再说，凡是没有经过深思熟虑的事情，凡是你通过模仿而得到，或者由于旁人的怂恿而接受的东西，忘记起来总是特别快的。它们会起变化，而我们的记忆也会随之改变。比起外交官来，那些政客就是有过之无不及了，他们对自己在某个场合所持的观点可以忘记得干干净净，在有些情况下，他们的出尔反尔，并非有什么野心勃勃的目的，而确实只是健忘所致。至于社交场上的人物，他们向来就记不住什么东西。

德·盖尔芒特夫人对我肯定说，她穿红裙子的那天晚上，她不记得德·肖斯比埃尔夫人也在场，一定是我弄错了。可是，天晓得从此以后，公爵，甚至公爵夫人的脑子里是不是整天尽想着肖斯比埃尔夫妇呢！事情是这样的。骑马俱乐部的主席去世后，德·盖尔芒特先生是资格最老的副主席。俱乐部里有一批人，他们本人没有多少身价，却以对不请他们吃饭的人投反对票为唯一的乐趣，这时他们结成一伙来反对德·盖尔芒特公爵了，公爵本人则自以为稳操胜券，而且又并不怎么把这个相对于他的社会地位来说几乎无足轻重的主席位置看在眼里，所以按兵不动。那伙人到处放风，说公爵夫人是德雷福斯派（德雷福斯案件早已结案了，不过即使过二十年以后人们还会提起它，何况当时才不过是两年以后），接待过罗特希尔德，还说人们长期以来太让像德·盖尔芒特公爵这样有一半德国血统的半外国佬的权贵占便宜了。这伙人处于很有利的地位，因为俱乐部的其他成员也对这些过于显眼的角色妒火中烧，对他们的巨大家产恨得牙痒痒的。肖斯比埃尔的家产不可谓不大，却没使人感到不快：他从不乱花一个子儿，夫妻俩住一套简朴的公寓，做妻子的穿黑呢衣服出门。德·肖斯比埃尔夫人酷爱音乐，常在家里举办一些小型音乐会，邀请的女歌手远比盖尔芒特府上要多。可是平时谁也想不到提起这些音乐会，因为参加的人连清凉饮料也喝不到一杯，而且做丈夫的也不到场，整个演出是在椅子街那个不起眼的角落里进行的。在歌剧院里，德·肖斯比埃尔夫人来去从不引人注目，和她在一起的人并非等闲之辈，他们的名字会使人想起查理十世近臣中那些最极端的保皇党人，但是他们都很谦逊，从不招摇。到了选举那天，出乎众人的意料，显赫不可一世的居然败了北，灰溜溜不起眼的却得了胜：第二副主席肖斯比埃尔当选骑马俱乐部主席，德·盖尔芒特公爵却名落孙山，也就是说，跌在了第一副主席的位置上没能爬上去。当然，当个俱乐部主席对于像盖尔芒特夫妇这样权势炙手可热的显贵来说，本来是算不了什么的。可是明明该是他的缺却没能顶上的这个主席位置，眼看着让一个叫肖斯比埃尔的家伙捞了去，这却让公爵感到难堪，要知道，这家伙的老婆，奥丽阿娜在两年前非但不屑于去跟她打招呼，而且对这个不知打哪儿冒出来的三等货色居然敢跟自己打招呼都觉得愤愤然的呢。他声称他根本不把这次失败放在眼里，并且认定这事的根子是在他和斯万的交往太深。骨子里，他余怒难消。有件事说起来挺奇怪的，以前从没人听德·盖尔芒特公爵说过“压根儿”这么个颇为俗气的字眼儿；可自从俱乐部选举过后，只要有人提起德雷福斯案件，即刻就有“压根儿”冒出来了：“德雷福斯事件，德雷福斯事件，说得倒轻巧，可这说法本身就措辞不当；这又不是宗教事件，这压根儿是个政治案件。”如果说在这以后的五年当中没人再说起德雷福斯案件，那么你耳边可以不再听见“压根儿”这三个字，但倘使过了五年以后，德雷福斯这个名字又让人提起了，那么“压根儿”这三个字也会即刻冒出来。公爵简直无法容忍任何人提到这个案件，“就是它，”他说，“造成了那么多的不幸。”虽然实际上真正触动了他的无非就是他在俱乐部竞选主席败北的这桩事情。

结果在我刚才说到的那个下午，也就是我对德·盖尔芒特夫人说起她在她妯娌家穿过红裙子的那次聚会上，德·布雷奥代先生颇有些不受欢迎，原因就是他脑子里不知有了一种什么秘而不宣的联想，还非想说出来不可，于是翕动母鸡屁股似的嘴唇开了腔：“说到德雷福斯案件……”（他干吗要说什么德雷福斯案件呢？刚才那会儿不是还在说红裙子吗，当然这个可怜的布雷奥代，他想的只是让大家逗个乐儿，说这话绝无恶意，然而单单是德雷福斯这个名字，就已经让德·盖尔芒特那两道朱庇特式的威严的眉毛蹙紧了。）“……有人告诉我，咱们的朋友卡地亚曾经说过一句绝妙的话，真是妙不可言（我得提醒读者注意，这位卡地亚是德·维尔弗朗什夫人的兄弟，跟同名的那位珠宝商并无丝毫关系！），不过这并没叫我吃惊，因为他本来就绝顶聪明。”“哦！”

奥丽阿娜打断他的话说，“我可不欣赏他的聪明。我简直没法对您说，您那位卡地亚叫我有多讨厌，我每回去拉特雷默伊耶府上总要碰见他，我真不明白夏尔·拉特雷默伊耶和他夫人干吗对这么个讨厌家伙感到那么趣味无穷。”“我竟（亲）爱的公阙（爵）夫人，”布雷奥代回答说，他发 c 这个音有困难，“我觉得您对卡地亚太严厉了。没错，他也许往拉特雷默伊耶府上是跑得太勤了些，可这毕竟是对雅（夏）尔的一种，怎么说呢，一种忠诚的表示吧，眼下这样的人也是不多见的了。言归正传吧，人家告诉我的话是这样的。卡地亚似乎是说，如果左拉先生要想卷进一桩诉讼案而且让自己给判刑的话，那他无非是想获得一种他还不曾有过的体验——坐牢的体验。”“所以他在被逮着以前就溜了，”奥丽阿娜接着说，“这种话可站不住脚。何况，即使情况真是这样，我也认为这句话说得再蠢也没有了。可您居然觉得它绝顶聪明！”“天哪，我竟（亲）爱的奥丽阿娜，”布雷奥代看见公爵夫人表示异议，就开始退缩了，“这话可不是我说的，我只是怎么听到就怎么说哪，咱们别管它得了。可不是，就为这，卡地亚先生还让那位出色的拉特雷默伊耶狠狠地给剋了一通呢，因为他有一百个理由不愿听到有人在他的客厅里谈论那些——怎么说好呢？——那些眼下正在风头上的案件吧，尤其是因为有阿尔丰斯·罗特希尔德夫人在场，他就更加不高兴了。卡地亚挨拉特雷默伊耶这顿臭骂也是活该。”“当然啰，”公爵情绪极坏地说，“阿尔丰斯·罗特希尔德夫妇虽说小心翼翼，绝口不提这桩讨厌的事件，可是在他们心底里，就跟所有的犹太人一样，都是德雷福斯派。这确实是一种 ad hominem[1]（公爵有些乱用了 ad hominem 这个词儿）的论据，以前被忽略了没拿来用作犹太人不可信的一个证明。如果一个法国人偷了东西、杀了人，我想我不会因为那个人像我一样是法国人而认为他是无罪的。可是那些犹太人，哪怕他们心里知道得一清二楚，也从来不会承认他们的某个同胞是卖国贼，而且根本不去考虑他们中间一个人所犯的罪行，会产生多么严重的后果（公爵自然是想到了肖斯比埃尔和那该死的选举）……暧，奥丽阿娜，您不会认为就凭这还不足以断定犹太人都会庇护一个卖国贼吧。您也不会对我说就因为他们是犹太人所以不能这么断定吧。”“当然会喽，”奥丽阿娜回答说（她心里暗暗有些恼火，只想要对这个声若洪钟的朱庇特抬个杠、顶个嘴，从而把“理智”置于德雷福斯案件之上），“也许正因为他们是犹太人并且了解自己的同胞，所以他们知道一个犹太人不一定就是卖国贼，不一定就是反法分子，好像德吕蒙[2]先生就是这么说的吧。当然，要是他是个基督徒，那些犹太人是不会对他感兴趣的，可是他们这么做了，因为他们很清楚，如果他不是犹太人，人家就不会这么轻易地把他当作天生的卖国贼，我的侄儿罗贝敢情就会这么说吧。”“女人懂什么政治呢，”公爵目不转睛地望着公爵夫人喊道，“这桩耸人听闻的罪行，并不单单是个犹太人的案子，而压根儿是起重大的民族事件，它会给法国带来最可怕的后果，凭这一点就该把那些犹太人统统

[1] 拉丁语，从字面直译为针对此人，公爵即按此义理解，但它的实际含义是仅从个人爱好或偏见出发。

[2] 见第三卷 358 页注释。

驱逐出境，虽说我也承认，直到目前为止所采取的惩罚措施全都（以一种亟须匡正的卑鄙的方式）并非针对他们，而是针对站在他们对面的那些最卓越的人，那些跟他们给我们可怜的国家所造成的不幸毫不相干的地位最显赫的人。”

我觉着再这么下去事情快要不对头了，所以赶忙又拾起裙子的话题。

“您还记得，夫人，”我说，“我有幸第一回见到您……”“他有幸有一回见到我。”她笑吟吟地瞧着德·布雷奥代先生说，这位先生的鼻尖变得玲珑了，脸上的微笑也由于对德·盖尔芒特夫人的礼貌而变得柔和了，但那刀子放在磨刀石上磨也似的嗓音，让人听到的只是些含糊的尖溜溜的声音。“……您穿一件黑色大花头的黄裙子。”“我的孩子，那也一样，也是晚礼服。”“还有您那顶矢车菊颜色的帽子，我觉得好看极了！不过这些都是旧话了。我想给我提到过的那位姑娘定做一件皮大衣，就像您昨天早上穿的那件一样。不知道我能不能再看一下您那件大衣？”“那可不行，阿尼巴尔马上就得走了。您来我家吧，我的贴身女仆会都让您看的。就是有一点，我的孩子，您想要的我都可以借给您，不过要是您找那些小裁缝去定做加洛、杜塞、巴甘的款式，那就非得走样不可。”“我根本没想过去找小裁缝呢，我知道那非走样不可，不过我还是挺感兴趣想弄弄明白，究竟为什么会走样的呢。”“您也知道我向来不善于解释任何事情，我呀，笨嘴拙舌的，就像个乡下婆子。不过这里面有个手工和式样的问题；要说做皮大衣，我至少还可以写个便条给为我做皮装的裁缝，别让他敲您竹杠。不过您知道，就这样您也还得花八九千法郎呢。”“您在另一个晚上穿的那件有股挺特别的味儿的睡袍，就是毛茸茸的有碎花点和金色条纹，像个蝴蝶翅膀的那件呢？”“哦！那件呀，是在福迪尼的店里做的。您的那位姑娘在家里穿那件挺合适的。我有好几件呢，回头我让您瞧瞧，要是您喜欢，我可以给您一两件。可是我很想让您看看我表妹塔列朗的那件。我得写信去向她借一下。”“您那些鞋子也漂亮极了，那也是在福迪尼店里做的吗？”“不是，我知道您说的是哪双鞋，您是说那双金面山羊皮的鞋子，那是当初孔絮洛·德·曼彻斯特陪我在伦敦采购时买到的。那可真是绝了。我总也不明白，那皮子是怎么染色的，看上去倒像那山羊长的就是金皮。在当中再配上那么一小粒钻石，简直就再好不过了。可怜的德·曼彻斯特公爵夫人已经死了，不过要是您愿意，我可以写信给德·沃里克夫人或者马尔勃罗夫人，让她们设法去觅一双一模一样的。我在想，说不定我还有些这种山羊皮呢。您也许在这儿也可以定做。我今晚就去瞧瞧，找到了会让人通知您的。”

我因为想尽可能赶在阿尔贝蒂娜回家前离开公爵夫人，结果就常常在走出德·盖尔芒特夫人的府邸时，正巧在院子里碰上德·夏吕斯先生和莫雷尔，他俩是上男爵最爱光顾的絮比安裁缝铺去喝茶。我并没有天天都碰到他俩，不过他俩可是每天必去的。说起来，有件事颇值得注意，那就是一种习惯的持续程度往往是跟它的荒谬程度成正比的。惊人之举，一般只能偶尔为之。然而，一个有怪癖的人非要拒欢乐于门外、非要去蒙受最大的不幸的荒谬生活，却是日复一日，从不间断的。倘若有谁出于好奇，连续观察上十年，那他就会发现这十年来，那个可怜虫在他本该享受一下生活乐趣的当口却闷头睡觉，而在什么事也干不了，上街去只能白白让人捅上一刀的时候，偏又出门上街去，这个可怜虫整年害着感冒，可一觉得热又非喝冰镇饮料不可。其实只消有那么一天，发一下兴，就能一劳永逸地改变这种状况。可是这种生活又偏有个德行，就是让你发不起这个兴。这种单调生活的另一个侧面就是堕落，因为任何表达意志的行为，都能使这种生活变得不至于那么令人难以忍受。当德·夏吕斯先生天天带着莫雷尔上絮比安的铺子去喝茶时，我们同时可以看到生活的这两个侧面。德·夏吕斯先生有一次发的脾气，就表明了这种日常习惯是怎么回事。那个专做背心的小裁缝的侄女，有一天对莫雷尔说："这么着，明儿你们来，我请你们喝茶。"男爵颇为有理地认为，这话出自一个他几乎看作未来媳妇的女孩之口，实在太粗俗了；而由于男爵生来肝火旺，不发发脾气过不了瘾似的，所以他并不是简简单单地告诉莫雷尔让他教那姑娘要懂礼貌些，而是在回家的路上骂骂咧咧地嚷个不停。他用最蛮横无理、最傲慢不逊的口气喊道："我说嘛，会拨弄琴弦未见得就是'触觉'好啊，这不，您整天摆弄小提琴，结果就阻碍了您嗅觉的正常发展，要不您怎么会居然对请客喝茶，我想那才不过是十五个生丁的事吧，这种俗不可耐的说法听之任之，让它的恶臭来玷污我高贵的鼻孔呢？当您拉完一曲小提琴独奏，难道您在我家里看见过有谁不是拼命对您拍手，或者意味深长地保持静默，而是对着您放个屁吗？他们之所以保持静默，是因为他们已经被您的琴声感动得如痴如醉，生怕会忍不住哭出声来（可不像您的未婚妻对着您一把眼泪一把鼻涕的那样）。”

要是一个职员让上司这么劈头盖脸地训斥了一顿，第二天他准得给解雇。可是莫雷尔的情况是不同的，对德·夏吕斯先生来说再没有比辞退莫雷尔更让他感到可怕的事了，他甚至担心自己方才已经说过头了，于是开始絮絮叨叨地说一大通对年轻姑娘的恭维话，他自以为说得大方得体，不料无意中又漏出不少唐突无礼之词。“她挺可爱的。既然您是个音乐家，我想她准是靠嗓子勾上您的，她在高音区的声音很美，听上去够得到您拉的升 B 音。她的低音我不大喜欢，那想必是跟她的脖子有关系，她的脖子长得很细，样子挺怪的，一波三折，像是就要到头了，却突地又冒出一截；不过尽管有这么些不足之处，她的侧影还是挺中我的意。既然她是裁缝，想必剪刀使得很好，您得让她剪一张她本人的侧影像给我。”

夏利对于人家称赞他未婚妻的可爱之处，一向不怎么放在心上，因而对男爵的这番恭维话就更当耳边风了。不过他回答德·夏吕斯先生说：“那当然，我的老弟，我会给她一块肥皂，让她别再这么说话的。”莫雷尔像这样对德·夏吕斯先生说“我的老弟”，可并不是因为这位出色的提琴师糊涂到不明白他的年龄刚够得到男爵的三分之一。他这么说，也跟絮比安说这话不同，在他，这么说无非是对某些交往抱一种天真的想法，认为在表示亲热（在他莫雷尔，是装出来的亲热，在别人则是真心实意的亲热）

之前，必须先心照不宣地取消年龄上的差别。就这么着，那一阵子德·夏吕斯先生还收到过这样一封信：“我亲爱的巴拉麦德，什么时候才能再见到你呢？你不在，我真闷死了，老是想着你，等等等等。你的皮埃尔。”德·夏吕斯先生绞尽脑汁也想不出这位居然用如此亲昵的口气给他写信的皮埃尔到底是谁，看来一定是跟他很熟稔的朋友，但虽说是熟朋友，这位皮埃尔又不过是粗通文墨而已。凡是能在《哥达年鉴》里占一席之地的亲王显贵的名字，一连几天在德·夏吕斯先生的脑子里打着转。终于，信封背面的一个地址让他豁然开了窍：原来此信的作者是德·夏吕斯先生有时去玩玩的一家俱乐部的听差。这个听差并不觉得用这种口气给德·夏吕斯先生写信有什么失礼之处，其实在他眼里，德·夏吕斯先生还确是个地位显赫的贵人哩。但他心想对一位曾不止一次地拥抱过他，并且通过这种拥抱——以他的天真，他是这么想的——来表达自己感情的先生，要是不以“你”相称，未免就显得生分了。其实，德·夏吕斯先生打心眼里头喜欢这种忒熟的劲儿。有一次他甚至就为了能让这封信在德·福古贝先生面前露个脸，特地陪着这位先生兜了一上午风。可谁都知道，德·夏吕斯先生最讨厌跟德·福古贝先生一块儿出去了。因为那位戴单片眼镜的先生总爱评头品足地上下打量路上的年轻人，更叫人受不了的是，那位先生每当和德·夏吕斯先生在一起时，总爱肆无忌惮地使用一种让男爵讨厌之至的语言。他把所有男人的名字都加以女性化，而且，因为他天生是个蠢货，他还以为这种玩笑开得很聪明，拉开嗓门笑个不停。但他又是对自己的外交官职位看得很重的家伙，所以只要在街上看见有上流社会人士走过——见到公务员更其如此——就会即刻刹车，收敛起那种拙劣可笑的行径。“那个送电报的小个子女人，”他用臂肘碰碰阴沉着脸的男爵，“我认识她，可她却躲着我们，这个骚货！喔！那不是拉法耶特商场发货的老兄吗，敢情他也在呀！老天爷，刚才走过的是商务部的次长哟。但愿他没瞧见我指手画脚的样子才好！要不他会去告诉大臣，大臣会把我列进退职人员名册去的，因为他自己也得退呢。”德·夏吕斯先生听得满肚子的火没处发。临末了，为了让这次叫他感到恼火的散步早点结束，他决定把那封信拿出来给这位大使先生看一遍，但他特别叮嘱对方别声张出去，因为照他的说法，夏利会为了表明自己的多情而吃醋的。“所以啊，”他用一种极其可笑的好好先生的口气说，“事情总得防患于未然才是。”

在回过头来说絮比安的裁缝铺以前，作者想先声明一下，如果这些离奇古怪的事情使读者感到了不快，那他真是万分遗憾。从一个方面（而这是问题的一个次要的侧面）来说，读者也许会感到，本卷中对贵族阶层世风日下的指摘相对于其他社会阶层而言显得多了。如果情况真是这样，那也不足为奇。那些最古老的望族，到头来也只能靠一只鼻结很大的红鼻子，靠一张歪里歪气的大下巴来显示某些让人赞叹的“血统”特征了。然而在这些代代相承、每况愈下的脸相容貌之间，还有两样看不见的东西，这就是秉性和趣味。倘若有人说，所有这些都跟我们不相干，我们应该从近在身边的事实中找出它的诗意来，那么尽管他说得有理，他所表示的也毕竟是一种更为严重的反对意见了。诚然，从我们最熟悉的现实中抽象出来的艺术确实是存在的，而且它们的领域可能是最为广阔的。但是同样确实的是，一样强烈的兴趣——有时它就是美感——也可能来自某种气质导致的活动，它们跟我们所能感觉和相信的东西实在相去太远，以至于我们根本无法理解它们，以至于当我们看到它们展示在面前时只觉得那是一种无端凭空而来的场景。薛西斯，那位大流士[1]之子，命令用笞鞭去抽打吞噬了他的船队的大海，难道还有比这更气势磅礴的诗篇吗？

莫雷尔准是已经利用他的魅力所赋予他的对那年轻姑娘的权威，把男爵的评语当作自己的意见告诉了她，因为“请客喝茶”就此从那家裁缝铺里消失得无影无踪，就好比一个天天都上你家来的熟人，为了这个那个缘故，或者是你跟他吵翻了，或者是你不想让人在家里瞧见他，只愿跟他在外面碰头了，总之，他就此从你的客厅里消失了。德·夏吕斯先生对此感到很满意，他从中看到的是自己具有足以左右莫雷尔的影响的一个证明，是那年轻姑娘拭去了那点白璧微瑕。总之，就跟所有像他这般的人一样，真心作为莫雷尔和他的准未婚妻的朋友，作为他俩结合的最热心的支持者，男爵虽说喜欢有那么点权柄，高兴时随便说些好歹还算是无伤大雅的过头话，但除此之外他对莫雷尔始终就像兄长那样保持着奥林匹亚神祇的威严。莫雷尔对德·夏吕斯先生说过，他爱絮比安的侄女，想娶她为妻，男爵很高兴陪这位年轻朋友一

[1] 大流士一世（约公元前558—前486）：波斯帝国国王，曾两次率军大规模入侵希腊，皆受挫。公元前480年，其子薛西斯率舰队经德摩比利入侵希腊亚提加半岛，旋即在萨拉米海战中大败。薛西斯亦译泽尔士一世，在历史上以刚愎暴虐著称。

起去拜访那家裁缝铺，他在其中扮演的是宽容而审慎的未来公公的角色。这真让他再开心不过了。

我个人的看法是，“请客喝茶”还是莫雷尔自己先说出来的，年轻的裁缝姑娘只是出于爱情的盲目，学用了心上人的一种说法而已，这种说法的粗俗实在是跟她平日谈吐的文雅格格不入的。她平素的谈吐温文尔雅，这就跟她有德·夏吕斯先生这么个靠山相得益彰，使得她的好些主顾对她优渥有加，邀请她去吃晚饭，把她引荐给她们的朋友，而姑娘总得先征得男爵的允许，才在他以为合适的场合去赴宴。“一个当裁缝的姑娘敢情也能踏进上流社会？”有人会说，“真是愈说愈离谱了！”但他怎么不想想，当初阿尔贝蒂娜半夜三更来看我，现在又跟我就这么住在一起，这些难道不更离谱吗？对一个别的姑娘，也许不妨说离谱云云，但对阿尔贝蒂娜，这两个字是根本用不上的，她从小没爹没妈的，生活放任无羁，以至于在巴尔贝克那会儿，我起先还以为她是一个赛车手的情妇呢，她最近的亲戚就是邦当夫人，这位太太在斯万夫人家里曾对外甥女的没有教养啧有烦言，可现在却闭上眼睛，巴不得能就此把她打发出去，攀上门阔亲家，她这当姨妈的多少也能得些好处。（在最上层的社交圈子里，那些出身高贵而钱囊羞涩的母亲，给儿子物色到阔绰的亲家后，会接受小两口的孝敬，收受那位她并不喜欢但还是引荐给朋友们的儿媳妇所馈赠的皮衣、汽车和金钱。）

或许将来会有那么一天，当裁缝的姑娘们都能踏进上层社会，对此我是不会感到惊讶的。可惜絮比安的侄女只是一个孤立的例子，还不足以让我们预见那个前景，独燕不成春嘛。不过，虽说絮比安侄女的这些无伤大雅的举措已经使某些人感到有些悻悻然，莫雷尔却并非如此，因为从某种意义上说，他真是愚蠢得无以复加，他不仅认为这位远比他聪明一千倍的姑娘“傻里傻气的”，也许她就在爱他这一点上是有些傻，而且还把那些乐于接待她而她并没因此就飘飘然的体面人家的夫人都看作冒险家，是装扮成贵妇人的裁缝铺娘们。自然，盖尔芒特府上的不在此列，甚至凡是跟盖尔芒特府上有些交往的也都可以除外，他所指的是那些手面阔绰、举止文雅的布尔乔亚女子，她们的脑筋真是自由新派得很，居然以为接待一个女裁缝并不会降低她们自己的身份，她们的脑筋又真是盲从因循得很，居然会因为厚待了一位德·夏吕斯男爵殿下每天都诚心诚意去看望的年轻姑娘而感到某种满足。

男爵想起这门亲事就满心欢喜，他觉得这样一来就没人会把莫雷尔从他身边夺走了；就像絮比安的侄女在她差不多还是个孩子的那会儿，犯了桩“过错”似的。德·夏吕斯先生虽说也在莫雷尔面前说些恭维她的话，但倘若有机会把这桩秘密在莫雷尔面前抖搂出来，让他火冒三丈，弄得小两口反目，那在男爵真可说是何乐而不为了。其实，虽说德·夏吕斯先生用心歹毒，但他也跟许许多多的好人并无两样，他们通过恭维某个男人或女人来表明自己的慷慨大度，但对任何能给对方带来和睦安宁的肺腑之言，却是火烛小心，绝口不说的。尽管如此，男爵却从不说含沙射影的话；其中有两个原因。“要是我告诉他，”男爵暗自这么思忖，“他的未婚妻并不是洁白无瑕的，准会伤害他的自尊心，他就会怨恨我。再说，我怎么知道他没真的爱上她呢？要是我什么也不说，这蓬草秸的火很快就会烧完，我就能随着我的心意来控制这两口子的关系，我要他对自己的未婚妻爱到什么程度，他就会爱到什么程度。要是我对他说了他未婚妻以前犯下的过失，谁保得定我的夏利不会依然对她一往情深，反倒吃起我的醋来呢？这样一来，由于我自己的失着，我就把一段本来可以捏在手里的逢场作戏的调情，变成我难以驾驭的真正的爱情了。”就为这两个缘故，德·夏吕斯先生三缄其口，表面上看去审慎至极，不过从另一个角度来说，这也确是很值得称道的了，因为他这种类型的人，能做到三缄其口已属非常难能可贵。

何况，那年轻姑娘也确实很可爱，无论从哪个方面她都满足了德·夏吕斯先生对女性所能具有的审美趣味，她就是给男爵一百张她的照片，他也不会嫌多的。德·夏吕斯先生不像莫雷尔那么笨，听说有那么些他凭自己的社交嗅觉一嗅就能嗅出颇有身份的夫人邀请这姑娘去做客，他觉得挺高兴。但在这一点上，他也对莫雷尔保持缄默（以便保持绝对的控制权），而莫雷尔碰到这种事真是傻瓜一个，他仍然一个心眼地认定，除了“提琴界”和维尔迪兰府上，就只有盖尔芒特府上和男爵说起过的那几个差不多算得上王族的府邸，所有其他的人都只是些“渣滓”和“群氓”。夏利这是一字不差地在搬用德·夏吕斯先生的用词。

让那么些大使和公爵夫人终年翘首以待却不肯赏光的德·夏吕斯先生，就为人家请德·克罗瓦亲王走在他头里，当场拂袖而去不肯跟亲王同桌进食的德·夏吕斯先生，居然把他回避这些名流贵妇的所有时间，全都花在一个裁缝的侄女那儿了！首要的原因是莫雷尔在那儿。大概只有饭店的侍者才会以为，一位腰缠万贯的富翁必定天天穿一身鲜亮的新衣服，而一位风流倜傥的先生自然会请六十位宾客一同入席，出进则必定以车代步。他们想错了。常见的情形是腰缠万贯的富翁一年到头穿着件磨损露线的旧上装，风流倜傥的先生在饭店里只跟店堂的伙计攀攀话，回到家里也就跟自己的跟班玩玩牌。就这样，他照样可以拒绝走在德·缪拉亲王后面入席。

德·夏吕斯先生喜欢两个年轻人的这桩婚事，其中还有个原因是这样一来絮比安的侄女就成了莫雷尔本人，因而同时也是男爵对他所拥有的权力和所具有的了解，在某种意义上的延伸。要说“欺骗”（就夫妻关系的意义而言）提琴师未来的妻子，德·夏吕斯先生从没往这上面想过，所以也不曾感到过良心的不安。可是，有了一对“年轻夫妇”要指导，感觉到自己成了莫雷尔的老婆（她将对男爵视若神明，从而证明亲爱的莫雷尔对她灌输过这种想法，她身上也因而会含有某些莫雷尔的东西）尊崇敬畏的、无所不能的保护神，却使德·夏吕斯先生的统治方式有了新的变化，从他的“小东西”莫雷尔身上派生出了另一个存在，一个配偶，这就是说又有另外一个新鲜好玩的小东西可以让他来宠爱了。这种统治，现在甚至可能是比以往任何时候都更强有力了。因为在莫雷尔只是一个人，或者说赤条条无所牵挂的那会儿，他还会在拿得准事情不至于没法收场的情况下顶撞顶撞男爵，但一旦结了婚，有了个家，有了房子，有了小两口的打算，他就不会再敢那么行事，德 · 夏吕斯先生就可以更方便、更牢靠地把他捏在手里。所有这些，再加上必要时，也就是说当他在哪个晚上觉得无聊时，还可以去撩拨那两口子吵上一架（男爵对干仗吵架是百看不厌的），都让德 · 夏吕斯先生感到美滋滋的。但比起想到小两口对他的依赖所感觉的得意来，这些也就算不得什么了。德 · 夏吕斯先生对莫雷尔的宠爱，每当他转到下面这个念头时，就会有一种妙不可言的新意：“不光他属于我，他老婆也是属于我的；他俩的一举一动都得考虑到别让我生气，而我再怎么使性子耍脾气，他俩还是会百依百顺，所以这就成了一个我几乎已经忘怀但对我又是如此珍贵的事实的（至今我还不曾注意到的）标志，表明对全世界，对每个将要看见我给他俩保护、给他俩房子的人，还有对我自己来说，莫雷尔都是属于我的。”能有这么个在别人眼里也好，在他自己眼里也好都是明明白白的证据，德 · 夏吕斯先生没有比这更高兴的事了。因为，一个人对他所钟爱的对象的占有，是一种比对它的钟爱更强烈的快乐。通常，那些生怕这种占有为人所知的人，他们之所以那么讳莫如深，无非是害怕会失去那个弥足珍贵的对象罢了。而他们的乐趣，也由于这种三缄其口的审慎而变得逊色不少。

读者可能还记得，莫雷尔曾经告诉过男爵他打的如意算盘，他的主意是先把一个姑娘，特别是眼下的这位勾到手，为了能得手兴许还要许愿跟她结婚，但等占到了姑娘的便宜，就来个“金蝉脱壳”，逃之夭夭。可是这番话，德 · 夏吕斯先生在莫雷尔跑来告诉他怎样对絮比安的侄女求爱的当口，早已忘到九霄云外去了。

何况，莫雷尔自己也不见得还记得。莫雷尔的秉性——就像他恬不知耻地承认过，或许还颇为精明地夸张过的那样——离他真正为这种秉性所左右的时候，这中间敢情还有着段空隙呢。跟那姑娘接触多了以后，他觉得自己挺喜欢她，爱上了她，而因为他实在缺乏自知之明，所以他还以为自己大概一向就是这么爱她的。当然，起初打的那些主意，那个邪恶的计划，并没从此消遁匿迹，但是一重重的感情之网编织交叠，把它给严严实实地遮蔽在下面了，所以，如果这位提琴师声称那个邪念并非他行动的真实动机，那么谁也不能说他这话不诚恳。况且还有过一段为时很短的期间，他虽说连对自己都不肯明确地承认，但还是觉着这桩婚事看来是对他非常必要的。那段期间莫雷尔的手常抽筋，他觉得自己已经面临放弃拉琴的可能选择。而他这人除音乐之外，简直疏懒得叫人不可思议，因此他感到必须有别人来照顾自己；而与其让德·夏吕斯先生，他宁可让絮比安的侄女来承担这个义务，因为他与她的结合将会给他带来更多的自由，而且还能提供在一大群各式各样的女人中间进行挑选的机会，从他可以让絮比安的侄女去帮他勾到手的常换常新的裁缝铺女学徒，到他可以撺弄她去跟她们苟合的那些漂亮的夫人。至于未来的妻子会不会乖谬悖理到拒绝接受他的这份美意，他可是想也不曾去想过。再说，既然抽筋已经止住，这些算计现在也就让位给纯真的爱情了。凭他的这把琴，再有德·夏吕斯先生给的那份薪水，也就够了，而一旦他莫雷尔和那姑娘结了婚，这位德·夏吕斯先生自然也就不能再得寸进尺了呗。这桩婚事刻不容缓——为爱情，也为自由。他去向絮比安请求娶他的侄女为妻，做舅舅的去征求侄女的意见。其实这纯属多余。那姑娘全身心都洋溢着对提琴师的爱，那披拂在肩头的秀发，那欢欣地顾盼的眼神，无不透露着同一个消息。至于莫雷尔，几乎每件使他感到愉快、感到有好处的东西，都会唤起他发自内心的激情，引出他发自内心的话头，有时甚至让他流下眼泪。所以，虽说他对絮比安的侄女一个劲地说的这些多愁善感的话（好些游手好闲惯了的纨绔子弟在追逐布尔乔亚阔佬的可爱女儿时，用的也是这种多愁善感的腔调），其热烈的程度正可以跟当初他在德·夏吕斯先生面前大言不惭地陈述勾引、占有姑娘的计划时的下流粗俗比美，但这些话毕竟还是真诚的——如果对他也用得上这两个字的话。只不过，对一个使他有好感的女人的这种合乎道德的热情，以及他和她之间的庄严的婚约，在莫雷尔身上都是有其对立面共存着的。一旦这个女人不再使他感到愉快，或者甚而至于，比方说，这种订婚的约束使他感到不痛快了，她就立刻会成为对莫雷尔而言的一种似乎理由很充分的厌恶的对象，在一阵神经质的心绪不宁过后，这种厌恶能使他在神经系统刚一健全就对自己证实说，即使纯粹从道德的角度来考虑问题，他也是不受任何约束的。

他在离开巴尔贝克前的那阵子，不知怎么搞的，把身边的钱全给丢了，可又不敢告诉德·夏吕斯先生，于是想找个人借点钱。他父亲曾经教过他（不过这位父亲也告诫过儿子千万别做“寄生虫”），碰到这种情况有个办法，就是写信给一位你想说你“有事跟他相商”的先生，请他“约个时间面谈”。这条锦囊妙计使莫雷尔非常着迷，我相信他即便是单单为了尝尝请人家约个时间“面谈”的有趣滋味，也会情愿把钱掉了的。但后来，他看到这条妙计并不如想象的那么灵验。他发现自己久疏笺候的那些先生，收到他“有事相商”的去信以后并不是在五分钟内就作复的。如果莫雷尔等了一下午还没收到回信，他就尽想些诸如此类的理由，或者他找的这位先生还没回家啦，或者人家兴许还有些别的信得先写啦，要不就是出远门或者生病了，等等等等，反正是一个劲地往好里想。倘若侥幸收到封回信约他第二天上午见面，他到时候总有这几句开场白：“我是在想，怎么就不见您的回音呢，我寻思着别是出什么事了吧；得，这么看来您身体挺好呀？”等等等等。因此在巴尔贝克那会儿，他甚至都没跟我说他要“有事相商”，就要我把他介绍给一星期前在火车上让他那么讨厌的这个布洛克。布洛克挺爽快地借给他——或者不如说让纳西姆·贝尔纳先生借给他——五千法郎。从那以后，莫雷尔对布洛克赞不绝口。他热泪盈眶地问自己，怎样才能报答这么一位救命恩人。后来，我就每月代莫雷尔去向德·夏吕斯要一千法郎，要莫雷尔一拿到就马上还给布洛克，好让布洛克觉得他钱还得挺快的。第一个月，莫雷尔满脑子想的还是布洛克的好处，二话不说就把一千法郎还了；但过后他想必是觉得那剩下的四千法郎要是派派别的用场准会更惬意些，因为他开始说布洛克这也不好那也不是了。瞧见布洛克他就觉着不舒服，而布洛克呢，因为已经忘了借给莫雷尔的钱的确切数目，所以开口向他讨还三千五百而不是四千法郎，这下子提琴师就能净赚五百法郎了，可他竟然回答说，对于这么一笔无稽之谈的借款，他非但不会拿出一个子儿，而且那位债主还该额手称庆才是，因为他莫雷尔没去告他一状哩。说这话时，他的两眼发出炯炯的光芒。他先是说布洛克和纳西姆·贝尔纳先生没什么好怨他的，不一会儿又觉得不过瘾，就干脆说他没去怪罪他们是便宜了他俩。原来，大概是这么回事，纳西姆·贝尔纳先生曾经公开说过蒂博拉琴不比莫雷尔差，于是莫雷尔认为自己得为这句有损他的职业荣誉的话向法庭起诉，后来，因为在法国，尤其是就反对犹太人而言，公理正义业已荡然无存（他向一个以色列人借五千法郎，正是他身上的反犹太人意识的自然流露呗），他凡要出门必得带好子弹上膛的手枪。

在莫雷尔对待裁缝侄女的态度上，柔肠百转的温情过后，随之而来的也是这种神经质的反应。诚然，德·夏吕斯先生也可能不自觉地对这种态度的变化起了某种影响，因为他经常把有些话挂在嘴上，说什么只要莫雷尔他俩一结婚，他就不去管他们，让他们靠自个儿的翅膀去飞啦，他这么说其实也是跟他俩逗着玩，根本是有口无心的。光凭这句话，当然还不足以把莫雷尔从那年轻姑娘身边拉开，不过，它一旦在莫雷尔的脑子里生了根，那么有朝一日它就会跟关于她的种种类似的想法掺和在一起，到头来足以成为造成关系破裂的一剂强力催化剂。

不过，我那会儿并不怎么经常碰见德·夏吕斯先生和莫雷尔。等我从公爵夫人那儿出来的时候，他们往往早就去了絮比安的铺子，这是因为跟公爵夫人谈话使我感到兴味盎然，不光忘却了等待阿尔贝蒂娜回家的那种焦急心情，而且把她回家的时间都给忘了。

在德·盖尔芒特夫人家待得很晚的这些日子里，有一天有个小小的插曲，这件事我当时完全没有放在心上，直到很久以后才意识到了它那令人痛苦的含意。这天下午，德·盖尔芒特夫人送给我一束从南方带来的山梅花，因为她知道我喜欢这种花。我从公爵夫人家出来，上楼回家，这时阿尔贝蒂娜已经先到家了；我在楼梯上碰到安德烈，她像是因为闻到了我手里这束花的浓郁香味，感到很不自在似的。

“怎么，您这就要回去了？”我对她说。“是正想走呢，阿尔贝蒂娜要写信，就打发我走了。”“您没觉着她有什么地方不对劲吧？”“没有，我想她是给她姨妈写信。不过，她可是不爱闻太浓的香味的啊，她准不会喜欢您的这些山梅花。”“哟，我干了件蠢事！待会儿我让弗朗索瓦丝拿去搁在后扶梯间里。”“您以为阿尔贝蒂娜不会从您身上闻出山梅花的香味吗？除了晚香玉，这可就是最叫人头晕的香味了。再说，我知道弗朗索瓦丝好像是出去买东西了。”“我今天身边没带钥匙，这可怎么进去呢？”“噢，您按铃就是了，阿尔贝蒂娜会给您开门的。再说这会儿弗朗索瓦丝恐怕也该回来了。”

我跟安德烈告别上楼。刚按了第一下门铃，阿尔贝蒂娜就跑来给我开门，但她很费了些周折，因为弗朗索瓦丝不在家，她不知道电灯的开关在哪儿。好不容易她总算让我进了屋，但山梅花的气味马上又把她吓跑了。我把花放在厨房里，这样一来，我这位女友搁下信不写（我不知道为什么），刚好有时间跑进我的房间从那儿叫我，而且躺在了我的床上。就到这会儿，我仍然毫无察觉，还以为这一切都很自然，至多只是觉着有点儿尴尬，但那也算不得什么的。[1]

除了这个插曲之外，每次我从公爵夫人家回来而阿尔贝蒂娜已经先到家的时候，一切情况都很正常；因为阿尔贝蒂娜没法知道我是否要在晚饭后带她出去，所以我总看见她把自己的帽子、大衣和阳伞放在门厅里以备不时之需。我一进门就瞧见它们，顿时一种家庭的气氛扑面而来。我并不觉得这屋里供氧不足，反倒觉得这里充溢着幸福。我从忧郁中解脱了出来，瞧着这些无关紧要的小物体，我就感到阿尔贝蒂娜是属于我的，我朝着她奔去。

有些日子我不下楼到德·盖尔芒特夫人那儿去，为了排遣阿尔贝蒂娜回家前的这段时光，我就随手翻翻埃尔斯蒂尔的画册、贝戈特的书或者凡德伊的奏鸣曲谱。于是——由于看上去仅仅诉诸视觉和听觉的艺术作品，实际上要求我们在欣赏它们时必须把被唤醒的思维活动跟那两种感官感觉密切配合——我会不由自主地回忆起认识阿尔贝蒂娜以前她在我身上激起的美丽的梦，这些梦，被以后的日常生活磨去了它们的光彩。我把这些梦，犹如加进一口坩埚似的加进乐句和画面中去，用它们来润泽正在读着的书。自然，我觉得这本书变得更生动了。但阿尔贝蒂娜因此也获益匪浅，她从容地往来于我们能够通往、能够将同一对象依次置

---

[1] 她险些让我当场看见她跟安德烈在一起，好在她还有一点时间可以把灯都关掉跑到我房里，免得让我瞧见她床上凌乱的模样，而且装得正在写信似的。可是我是在后来才这么想的，所有这一切，我到今天还弄不明白到底是真是假。——原注

放其间的那两个世界之间，摆脱了物质的重负，在思维的流动空间中遨游嬉戏。刹那间我陡然感到，我是能够体验对这位令人乏味的姑娘的炽烈感情的。这时候的她，似乎就是埃尔斯蒂尔或贝戈特的一件作品，想象和艺术使我对她看得更真切，使我对她产生了一种瞬息间的激情。

过了不一会儿，仆人来通报，说她刚回来；我吩咐过，当我不是独自一人，比如说当我跟布洛克在一起，并且硬要留他再待一会儿，免得让他碰上我那位女友的时候，谁也不许提到她的名字。因为我没告诉任何朋友她住在这儿，就连我在家里见过她这一点，都是讳莫如深的，我生怕我的哪个朋友会迷恋上她，会在外面等她，要不就是她会趁在过道或前厅碰到他的机会，对他做手势，定约会时间。随后，我听见阿尔贝蒂娜的裙子窸窸窣窣地响着，朝她的房间而去，她一则是出于谨慎，二则大概是出于跟以前在拉斯普利埃城堡吃饭时同样的考虑，所以知道我有朋友在场时从不上我的房间去，以免引起我的猜忌。但我突然间意识到，原因还不止于此。我在记忆中追寻着：我当初认识的是第一个阿尔贝蒂娜，后来骤然间她变成了另一个阿尔贝蒂娜，现在的这个阿尔贝蒂娜。这个变化，只能由我自己来承担责任。当我俩只是好朋友的那会儿，她对我起初是口没遮拦，想到随口就说，后来也是好多事都愿意告诉我的，但自从她认为我爱上了她，或者也没想到爱这个字眼，而只是猜到了我身上有一种什么事都得知道（知道了又感到痛苦不堪）、什么事都得刨根问底的叫人难以忍受的脾性以后，话匣子就关上了。从那时起她就样样事情瞒着我。

只要她以为我有朋友在，其实那常常并不是女朋友，而是男朋友，她就会过我房门而不入；而在以前，当我说起哪个姑娘时，她的眼睛就会发亮：“您一定得让她来呀，我挺想见见她。”“可她，照您的说法是风度欠佳的呢。”“对，那才更有趣嘛。”那时候，她或许还是会对我说实话的。即使她在小游乐场从安德烈怀里挣出身子的那回，我想她也并不是因为有我在场，而是因为戈达尔在场，她大概以为这位大夫会张扬出去有损她的脸面。但就在那时候，她已经开始跟我保持一种距离了，从她嘴里听不见可心的悄悄话了，她的一举一动也变得矜持起来。在这以后，凡是有可能引起我感情波动的话或事，她都避免去说去做。关于她生活中那段我不了解的经历，她只给我留下一个清白无邪的印象，由于我的一无所知，就更加深了这种印象。而现在，转变已经完成，我不是单独待着时，她就径直上自己房间去，这不仅仅是为了不打扰我，而且也是为了向我表明，她对谁跟我在一起根本不感兴趣。有一件事，她是再也不会做了，那就是无所保留地把实情都告诉我，除非将来有一天我也许对它无动于衷了，她才会再这么做，而且那时候她光为这点理由就会毫不犹豫地去做。从此以后，我就像个法官一样，只能靠她无意中漏出的片言只语而妄自定案了，这些片言只语，倘若不是我欲加之罪，其实也未必是不能自圆其说的。而阿尔贝蒂娜，也总觉着我又嫉妒又好当法官。

我俩的婚约无异于一堂庭审，使她像罪人一般感到羞愧。现在，每当谈话涉及某人，不论是男是女，只要不是老人，她就会把话题岔开。我真该在她还没疑心我对她妒心有这么重的时候，就把想知道的事都盘问出来才是。真可惜错过了那机会。当时，咱们这位朋友不只肯对我说她怎么寻欢作乐，而且把她怎么瞒过别人的办法也都告诉了我。现在她不肯再像在巴尔贝克那会儿一样地对我无话不说了，当时她那么做，一半是出自无心，一半也是为了没能对我表现得更亲热些向我表示歉意，因为我那时已经使她感到有点厌倦了，她从我对她的殷勤态度中看出，她对我不必像对别人那样亲热，就能得到比别人更多的回报——现在她不会再像当时那样对我说这种话了：“我觉得让人看出你爱谁，是最蠢的了，我跟人家不一样：我喜欢谁，就做出根本不去注意他的样子。这一来就把旁人都蒙在了鼓里。”怎么！对我说过这话的，难道就是今天的这个阿尔贝蒂娜，这个自命坦率，自以为对一切都漠然处之的阿尔贝蒂娜吗？！现在她是绝口不跟我提她的这一招了！只是在和我说话提到某个可能惹我生疑的人时，她会略施一下故技：“哎！我可不知道，这么个不起眼的角色，我都没瞧过他。”有时候，打量有些事我可能会听说，就抢在头里先把话告诉我，不过光凭她那声气，不用等我真弄明白她在搪塞、辩解的这事实情究竟如何，我就已经觉出那全是谎话了。

我侧耳听着阿尔贝蒂娜的脚步声，颇为欣慰地暗自思忖她今晚上不会再出去了，想到这位从前我以为无缘相识的姑娘，如今说她每天回家，其实说的就是回我的家，我觉着真是妙不可言。她在巴尔贝克跑来睡在旅社里的那晚上，我曾经匆匆领略过的那种神秘和肉感夹杂参半的乐趣，变得完整而稳定了，我这向来空落落的住所如今经常充盈着一种家庭生活乃至夫妻生活的甜美气氛，连走廊也变得熠熠生辉，我所有的感官，有时是确确实实地，有时，当我独自一人等她回来时，则是在想象中静静地尽情享受着这种甜美的气氛。听到阿尔贝蒂娜走进房间关门的声音，如果我还有客人，就赶紧打发他走，直到确信他已经下了楼才放心，有时我甚至宁可亲自陪他走下几级楼梯。

在过道里我迎面碰见阿尔贝蒂娜。“喔，趁我去换衣服的这会儿，我让安德烈上您屋里去，她是特地上来跟您说声晚上好的。”说着，连我在巴尔贝克送她的那顶栗鼠皮帽上挂下来的灰色大面纱都没撩起，她就抽身回自己房里去了，仿佛她是寻思着安德烈，这位我派去监视她的朋友，准要把一天的情况原原本本向我报告，把她俩怎么碰到一个熟人的前前后后的经过都告诉我，好让我对她们今儿一整天外出散步的行程中那些我因无从想象而存疑的片段有所了解。

安德烈的缺点渐渐暴露出来，她不再像我刚认识她时那样可爱了。现在她身上有一股显而易见的酸涩的味儿，而且只要我说了句使阿尔贝蒂娜和我自己感到开心的话，这股涩味儿立时就会凝聚起来，犹如海面上的雾气凝聚成暴雨一般。即便如此，她对我的态度却越发来得亲热，越发显得多情——我随时可以举出佐证——而且比起任何一个没有这股涩味的朋友来都是有过之无不及的。但是，只消我稍有半点高兴的样子，而这种情绪又不是她引起的，她就会感到一种神经上的不舒服，就像是听见有人砰的一声把门关得很重似的。她可以允许我难受，只要那不是她的干系，但容不得我高兴；如果看见我病了，她会感到忧伤，会怜悯我，会照料我。但如果我有些许满意的表示，比如说当我刚放下一本书，带着心满意足的神气伸着懒腰说："嗨！这两个钟头的书看得可真带劲。真是本好书！"这句话要是让我母亲、阿尔贝蒂娜或者圣卢听见，他们都会觉得高兴的，可安德烈听了就会觉着反感，或者干脆说会觉着神经上的不舒服。我的称心如意会使她感到一种无法掩饰的愠恼。她的缺点还有更严重的：有一天我提起在巴尔贝克跟安德烈的那帮女友一起碰到过的那个年轻人，他对赛马、赌博、玩高尔夫球样样在行，而除此以外却一窍不通，安德烈听着听着冷笑起来："您知道，他的老子偷过东西，差点儿被送上法庭判刑。他们现在牛皮愈吹愈凶了，可我倒想把事情全都张扬出去。我巴不得他们来告我诬告罪。我要出庭做证揭揭他的底！"她的眼睛炯炯发光。然而，我知道那人的父亲并没做过什么见不得人的事，安德烈也跟别人一样清楚地知道这一点。可是她自以为受了做儿子的冷落，就想找个碴叫他难堪，让他出丑，于是编出了这通臆想中的出庭做证的鬼话，而且因为翻来覆去说得次数多了，也许连她自己都弄不清是真是假了。照说，按她现在这样子（且不说那种动辄记恨的疯劲儿），恶意的无端猜疑已经像一道冰冷扎手的箍儿箍住了她那热情可爱得多的本性，光凭这一层缘故，我就不会愿意去跟她见面的。但是关于我那位女友的种种消息，又只有她一人能向我提供，我实在心里放不下，不愿错过得悉这些消息的极其难得的机会。安德烈走进屋来，随手把门带上；她俩今天遇见过一位女友；而阿尔贝蒂娜从没对我说起过这女人。"她们说了些什么？""我不知道，因为我趁阿尔贝蒂娜有人陪着的空儿去买毛线了。”“买毛线？”“没错，是阿尔贝蒂娜叫我去买的。”“那就更不该去了，她说不定正是想支开您呢。”“可她是在碰到那位朋友以前叫我买的呀。”“噢！”我总算松了口气。不一会儿工夫，疑团又冒了出来：“可是谁知道她是不是事先就跟那个女人约好，而且想好这个借口到时候来支开安德烈的呢？”再说，难道我能肯定先前的假设（安德烈对我说的都是真话）就一定是对的吗？安德烈没准也是跟阿尔贝蒂娜串通一气的呢。

爱情这东西，我在巴尔贝克那会儿常这么想，无非就是我们对某位一举一动都似乎会引起我们嫉妒的女士的感情。我总觉着，如果对方能把事情都对你和盘托出，讲个明白，也许是不费什么力就能把你的相思病给治好的。而受难的这一位，无论他怎样巧妙地想把心头的妒意瞒过别人，发难的那一位总会很快就一目了然，而且反过来玩得更巧妙。她故意把我们引向会遭遇不幸的歧路，这在她是轻而易举的，因为这一位本来就毫无提防，又怎么能从小小的一句话里听出其中包藏的弥天大谎来呢？我们根本听不出这句话跟别的话有什么不同：说的人悬着颗心，听的人却没在意。事过之后，当我们独自静思，回想起这句话的时候，会觉着这句话似乎跟事实不大对得上头。然而，到那时我们还记得清这句话到底是怎么说的吗？思绪转到这上头，而又牵涉到记忆的准确性的当口，脑子里往往会不由自主地冒出一种类似于记不清门有没有关好的疑窦，碰到有些神经过敏的场合，我们是会记不起有没有把门关好的，即便回头看过五十次了，照样还是这样。你甚至可以一而再，再而三地重复某个动作，却始终无法形成一个确切而洒脱的记忆。要说关门，至少我们还可以再去关第五十一次，可是那句叫人不放心的话，却已属于过去，听觉上存留的疑窦，并非我们自己所能消释的。于是，我们打起精神再去想她还说过些什么，结果又发觉那都是些无伤大雅的话；唯一的药方——可我们又不愿意服这帖药——就是什么都不去追究，打消弄个水落石出的念头。

嫉妒之情一旦被发现之后，作为其目标的那位女士就认为那是对她的不信任，因而她骗别人就是理所当然、顺理成章的事了。何况，当我们执意想知道一桩事情的时候，也是我们自己起的头去撒谎骗人的。安德烈和埃梅答应过我什么都不说的，结果怎么样呢？布洛克，他自然没什么好答应的，因为他什么也不知道；而阿尔贝蒂娜，她只要跟这三位中间任何一位聊会儿天，照圣卢的说法就是取得一点“旁证”，就会发现我说的不过问她的行动以及根本不可能让人去监视她云云，全是些谎话。于是，在我惯常的关于阿尔贝蒂娜的那种无休无止的疑虑——这些疑虑过于飘忽不定，所以并不使我真的感到痛苦，它们之于嫉妒犹如忘却之于忧伤，当一个人开始忘却时，无形之中就觉得好过些了——之后接踵而至的，就是从安德烈方才向我报告的某个片段中又冒出的那些新问题；跋涉于这片在我周围绵延伸展的广漠区域，我的所获只不过是把那不可知的东西推得更远些罢了，而对我们来说，当我力求要对那不可知的对象形成一个明确的概念时，我们会依稀感觉到那就是另一个人的真实生活。阿尔贝蒂娜一则出于谨慎，二则似乎是要让我有充裕的时间（她自己意识到这一点吗？）来了解情况，所以待在自己房间里磨磨蹭蹭地换了好半天的衣服，我就趁这工夫继续询问安德烈。

“我想阿尔贝蒂娜的姨父和姨妈都挺喜欢我。”我冒冒失失地对安德烈说了这么一句，忘了考虑她的性格。顿时只见她那凝脂似的脸蛋变了样，就像一瓶糖浆给搅过似的；满脸的阴云仿佛再也不会消散。嘴角也耷拉了下来。我初到巴尔贝克那年，她不顾自己的虚弱，也像那帮女友一样向我展示的那种神采飞扬的青春欢乐气息，现在（说实在的，安德烈从那以后也长了好几岁）居然那么迅速地从她身上消失，变得荡然无存了。但我在安德烈就要回家吃晚饭前无意间说的一句话，却又使它重现了光彩。“今天有人在我面前一个劲儿地夸您呢。”我对她说。顿时她的目光变得神采奕奕、充满欢乐了，从她的神情可以看出她确实很爱我。她避开我的目光，睁大两只霎时间变得异常明亮的眼睛，笑容可掬地望着一个什么地方。“是谁？”她带着率真而急切的表情问道。我告诉了她这人的名字，不管这人是谁，她都感到欣喜万分。

到该回家吃晚饭的时候了，她跟我分了手。阿尔贝蒂娜走进我的屋里；她已经换好衣服，穿了一件漂亮的睡袍，关于这种中国双绉长裙或日本睡袍，我曾向德·盖尔芒特夫人咨询过，其中某些进一步的细节还承斯万夫人来信指点过，信是这么开头的：“暌违多时，顷接见询 tea-gown[1] 来信，大有恍如隔世之感。”阿尔

[1] 英语，意为宽松女袍。

贝蒂娜脚上穿一双饰有钻石的黑鞋子，这双被火冒三丈的弗朗索瓦丝斥为木拖鞋的便鞋，就是阿尔贝蒂娜隔着窗户瞧见德·盖尔芒特夫人晚上在家穿的那种，稍过些时候，阿尔贝蒂娜又穿上了高跟拖鞋，有几双是山羊皮烫金面的，另几双是栗鼠皮面的，瞧着这些鞋子，我觉得心里暖乎乎的，因为它们是一种标志（别的鞋子就并非如此了），表明她是住在我的家里。有些东西，比如说那只挺漂亮的金戒指不是我给她买的。我很欣赏那上面刻着的一头展开翅膀的鹰。“这是姨妈送我的，”她对我说，“不管怎么说，她有时候还是挺和气的。瞧着它我就觉得自己老了，因为这还是我二十岁那年她送的。”

对所有这些华美的衣着，阿尔贝蒂娜具有一种远远胜过公爵夫人的强烈爱好，因为正如你想要拥有某件东西时所遇到的阻碍（在我就是这病，它让我没法出远门，可又那么渴望去旅行）一样，贫穷——它比富裕更慷慨——会给予这些女人比她们无力买下的那件衣服更好的东西：那就是对这件衣服的向往，也即对它真切、详尽、深入的了解。阿尔贝蒂娜和我，她因为自己买不起这些衣服，我因为在定制这些衣服时想讨她喜欢，我俩就像两个渴望上德累斯顿或维也纳去亲眼看看博物馆里那些熟悉的名画的大学生。而那些置身于成堆的帽子和裙子中间的有钱的夫人，她们就像事先并无任何兴趣的参观者，在博物馆里转来转去只会使她们感到头晕目眩，又疲乏又无聊。对阿尔贝蒂娜和我来说，哪怕一顶帽子，一件貂皮大衣，一袭袖口有粉红翻边的浴衣，都会有某种分外重要的意义，某种非常吸引人的魅力，在阿尔贝蒂娜，是因为她一见这些东西，就一心一意想得到它们，而又由于这种向往会使人变得执拗和细心，所以她在想象中把它们置于一个更能显出衬里或腰带可爱之处的背景跟前的同时，早已对它们上上下下、里里外外全都了然于心——在我，则是因为曾经去德·盖尔芒特夫人家打听过这件衣裳为什么这么优雅，这么与众不同，这么卓然超群，而那位裁剪大师的独创性又体现在哪儿——这种意义和魅力，对于未吃先饱的公爵夫人来说是不存在的，即便对于我，倘若是在几年前我百无聊赖地陪着这位或那位风雅的女士出入于裁缝店的那会儿，情况也会跟公爵夫人一样的。

阿尔贝蒂娜渐渐成了一个风雅的女人。因为虽说我这么给她定制的每件衣服都是同类款式中最美的，而且都经过德·盖尔芒特夫人或斯万夫人的审定，但这样的衣服她也已经要多得穿不完了。不过这也没关系，既然她见一件爱一件，对它们没一件不喜欢的。当我们喜欢上了某个画家，而后又喜欢上了另一个画家，到头来我们就会对整个博物馆有一种好感，这种好感是由衷的，因为它是由连续不断的热情构成的，每次热情都有其具体的对象，但最后它们联结成了一个协调的整体。

但她并不是浅薄无聊的女人，独自一人时书看得很多，跟我在一起时也爱念书给我听。她变得非常聪明。她对我说（其实她没说对）："每当我想到要不是您，我到现在还是个傻丫头的时候，我就感到后怕。您别说不字，是您让我看到了一个我连想都没想到过的世界，无论我将来会变成怎样的人，我知道我的一切都是您给的。"

我们知道，关于我对安德烈的影响，她也说过类似的话。难道阿尔贝蒂娜和安德烈，她俩都钟情于我吗？那么，她俩之间又是什么关系呢？为了把事情弄个明白，我得先让你俩不动，并且从对你俩永恒的期盼中超脱出来，因为你俩永远在这种期盼中变幻着形象；我得暂停对你们的爱恋，以便脱出身来看着你们，我得暂时不去理会你们那些没完没了的、行色总是那么仓皇的来访，哦，年轻的姑娘，哦，当我在令人眩晕的飞速旋转的光影中瞥见你们那变得几乎让我认不出来的倩影时，我的心是多么激动地怦怦直跳啊。倘若不是一种性感的诱惑在把我们引向你们，引向你们这些永远比我们的期望更美的、永远不会相同的金滴，我们也许根本不会领会到那些飞速旋转的光影，还会以为一切都是停滞不动的呢。一位年轻姑娘，我们每回看见她，总会发觉她跟上回见到时又大为变样了（我们保存在记忆中的印象，以及原先想要满足的欲望，在一见之下就都荡然无存了），以至于我们平日所说的她性格稳定云云，都成了讲讲而已的汗漫之词。人家对我们说，某位漂亮的姑娘如何温柔、可爱，如何充满种种最细腻的感情。我们的想象接受了这些赞词，当我们第一次瞧见金黄色鬈发中露出的那张玫瑰色的脸庞时，我们就在心里对自己说，这位让我们感到自惭形秽的玉洁冰清的少女，我们居然还想当她的情人，那岂不是痴心妄想。退一步说，即便跟她亲近了，我们又是怎样从一开始就对这颗高贵的心灵抱有无限的信任，和她一起编织过多少美妙的希望啊！可是没过几天，我们就为自己的轻信后悔了，因为这位玫瑰似的姑娘在第二次见面时，就像一个淫荡的厄里倪斯[1]那样满口脏话了。在延续几天的一个脉动过后，重又相继呈露在玫瑰色光线中的那些面容，让你甚至都说不清，一种外界的 movimentum[2]作用在这些姑娘身上，究竟有没有使她们改变模样，我在巴尔贝克的那帮姑娘，说不定也是这种情形呢。有人会在你面前吹嘘，一个处女是如何如何温柔，如何如何纯洁。可是说过以后他又觉着还是来点热辣辣的东西会让你更中意些，于是他就去劝她举止大胆泼辣些。至于她自己，心里是不是也想大胆些呢？也许并不，可是在令人眩晕的生活旋流中间，有成百上千个机会让她改变初衷。对于另一位魅力就在于冷峭（而我们指望要按自己的意思去改变这种态度）的姑娘，譬如说，对于巴尔贝克那位从吓得目瞪口呆的老先生们头上一掠而过的可怕的跳高女将，当我们回味着她那冷峻的风致，对她说着些充满深情的话时，不料兀地听见这位姑娘神情腼腆地告诉我们说，她生性怕羞，见到生人不知该怎么说话，所以挺害怕的，还说她跟我们见面以后，过了两星期才能从从容容地和我们谈话，等等等等，听到这么一番话，我们有多扫兴啊！铁块变成了棉团，我们已经无坚可摧了，既然她自个儿先就软成这副模样。事情是在她自己身上，但兴许也跟我们的做法不当有关，因为我们在恭维她的强项时尽说些软绵绵的话，说不定正让她觉着——尽管她并不一定怎么意识到——自己也得软些才是。（这种改变使我们感到遗憾，但也不能

[1] 希腊神话中复仇三女神的总称，她们眼中流血，头发由许多毒蛇盘结而成，一手执火炬，一手执由蝮蛇扭成的鞭子，专管惩罚人类的罪行。

[2] 拉丁语，意为动量。

完全说是弄巧成拙，因为面对这般柔软的态度，我们说不定会为自己居然能把一个铁女人调教得柔情如许而分外欣喜呢。）

我并不是说不会有那么一天，到那时，即便对这些金光耀眼的少女，我们也能把她们的性格说个明白，但这是因为那时候我们已经对她们不再钟情了，当见到她们出现在我们面前，跟我们的心所期待的形象很不相同的时候，我们的心不会再为这新的模样久久不能平静了。到那时，她们的模样将会固定下来，那是我们的一种诉诸理性判断的漠然态度的结果。然而，理性的判断亦未必更明确，因为在理性判定一个姑娘身上有某种缺点，而另一个姑娘身上很幸运地没有这种缺点之后，它又会发现与这个缺点同在的却是一个弥足珍贵的优点。于是，从这种所谓理性的判断（它仅在我们对她们不再感兴趣时才会出现），只能看到年轻姑娘性格上一些恒定的特征；当我们的那些女友，以我们的期望所具有的令人眩晕的速度，每天、每星期变着模样出现在我们面前，而我们没法让它们在旋流中停下来，把它们分类、排序的时候，那些天天见着，但每回见着都让我们惊异的面容固然并没有告诉我们多少信息，而理智的判断也并不见得让我们知道得更多些。对于我们的感情而言，关于这一点我们已经说得够多，无须再絮叨了，在很多情况下，爱情不过就是一位姑娘（对这位姑娘，我们要不是因为有着这么一种感情，也许早就觉得不堪忍受了）的脸蛋加上我们自己怦然的心跳，而且这种心跳总是跟无穷无尽的等待，跟这位小姐对我们爽约、让我们变傻联系在一起的。这些话，并不仅仅对那些在善变的姑娘面前想象力丰富的小伙子才适用。咱们的故事到这会儿，看来（不过我是过后才看出来的）絮比安的侄女已经对莫雷尔和德·夏吕斯先生改变了看法。先前，我的司机为了撺掇她跟莫雷尔相好，在她面前大大吹嘘，把提琴师说成个绝顶温柔体贴的人儿，这些话她听着正中下怀。与此同时，莫雷尔不停地向她诉苦，说德·夏吕斯先生待他就像个混世魔王，她听了就认定这位先生心眼很坏，根本没料到其中有层情爱的缘故。况且，她自然也不能不注意到，每回她和莫雷尔碰头，总有德·夏吕斯先生专横地插进一脚。而且她还听见社交圈子里的女客们谈论过男爵暴戾的坏脾气，这就更证实了他的罪名。但是，近来她的看法完全改变了。她发现莫雷尔身上有着（不过她并不因此而不爱他）居心叵测的坏心眼，而且不讲信义，但又每每有一种柔情，一种真实的感情，抵偿了这些坏处，而德·夏吕斯先生则有着一种不容怀疑的博大善良的胸怀，和她没有见到的那副铁石心肠并存在他身上。于是，她对提琴师以及对自己的保护人的判断，就不见得比我对我毕竟天天见到的安德烈以及对与我共同生活的阿尔贝蒂娜的判断更明确了。

有些晚上，阿尔贝蒂娜不想给我念书，便给我弹点琴或者和我玩几盘跳棋，要不就陪我聊天，无论哪种情形，都会因为我吻她而被打断。我们之间的关系非常单纯，因而也就使我感到非常恬适。正因为她的生活很无聊，她对我要求她做的事便分外热心而且对我百依百顺。在这个姑娘后面，正如在巴尔贝克从我屋里窗帘下面透进来的红彤彤的光影（其时乐师们吹奏正酣）后面，摇曳着大海蓝莹莹的波光。难道她（她在心里习惯了把我看作非常亲近的人，以至于除了她姨妈以外，我也许就是她认为最不必分彼此的人了）不就是我在巴尔贝克初次遇见时那个戴着马球帽，眼睛含着执拗的笑意，倩影映衬在大海的背景上显得那么轻盈的陌生姑娘吗？往日的影像清晰地留存在记忆里，每当我们想起它们时，总会为它们跟我们所认识的人如此不同而感到诧异；我们开始懂得了，日复一日的生活竟能如此奇妙地重塑一个人的形象。阿尔贝蒂娜在巴黎，在我屋里的壁炉边上，会让我看得那么心旌飘摇，是因为海滩上的那群心高气傲、光彩照人的姑娘在我心间激起的欲念还在那儿荡漾，正像拉谢尔在圣卢眼里，即使在他让她离开舞台以后，永远保留着舞台生涯的魅力一样，在远离我带着她匆匆而别的巴尔贝克，幽居在我家中的阿尔贝蒂娜身上，我依然可以看到她在海滨生活的那种既兴奋又激动，与人交往显得慌乱不安的模样，依然可以察觉到她那种永无餍足的虚荣心和变动不居的欲念。如今她深居简出，有些晚上我甚至都不让人去唤她离开自己的房间来我房里，而当初的她，是人人追逐的对象，那回她骑着自行车疾驶而过，我跟在后面赶得上气不接下气的也没跟上她，就连开电梯的小伙子也没法帮我追上她，我心想这下子甭指望她能来了，可还是整夜都在等她。她在旅社门前的那片灼热的海滩上走过，犹如一位大明星在这大自然的舞台上亮个相，甚至不用开口说一句话，就把这大自然的剧场中的常客们弄得神魂颠倒，就让其他的姑娘们显得相形见绌，凡她所到之处，总有妒羡的目光跟在后面；如今这位令人垂涎的明星，叫我从舞台上给弄了下来，关在家里，让那些徒然寻觅芳踪的家伙离得远远的，每天她不是在我的房间里，就是在她自己的房间里描画镂纸，我有时不免要寻思，这个阿尔贝蒂娜，真就是那个阿尔贝蒂娜吗？

现在想起来，阿尔贝蒂娜头一回待在巴尔贝克的那段日子里，她的生活环境跟我不大相同，但已渐渐在趋近（当我住在埃尔斯蒂尔家时），后来，随着我和她先在巴尔贝克，后在巴黎，然后又在巴尔贝克的关系的日渐亲密，两人的生活环境就一致起来了。另外，我前后两次去巴尔贝克，印象中所留下的这些海滨小城的图景，虽然都是由同样的大海，同样的海滨别墅，同样的从别墅去海滩的姑娘们构成的，但这前后两幅图景之间，差别是何等的明显啊！第二次去巴尔贝克时，我对阿尔贝蒂娜周围的那些姑娘已经非常熟悉，她们的优缺点就像写在脸上似的让我看得一清二楚，而在当初，这些清新、神秘的陌生少女，每当她们笑着嚷着冲进那座瑞士山区木屋式样的别墅，在过道里把柽柳碰得簌簌作响的时候，我的心总会怦然而动，难道我第二次在那儿时，还能从这些姑娘身上，辨认出那些少女吗？她们那一双双圆圆的大眼睛不像以前那样明亮了，一则当然是因为她们不再是孩子了，二则也许是因为那些可爱的陌生少女，那些当年充满浪漫情调的演员（从那以后我就不曾中断过对她们情况的调查了解），对我已不复有任何神秘之处了。她们对我的任性已经很迁就，她们在我眼里就不过是些花儿似的少女，我为自己能从中采撷到最美的那朵玫瑰而颇有些感到骄傲。

在这两幕迥然不同的巴尔贝克场景中间，有着一段地点在巴黎、时间长达数年的间隔，其间点缀着阿尔贝蒂娜一次又一次的来访。我是在一生中的两个不同的时期，它们对我来说意味着一生中两个不同的阶段见到阿尔贝蒂娜，因而我感觉到，那些见不到她的日子，那段漫长的时间，实在是很美妙的，我面前的这位玫瑰似的人儿，在时间的透明背景上塑造着她那带着神秘影子的、立体感很强的形象。这种立体感，不仅是由阿尔贝蒂娜在我脑海里的一幅幅不同的影像，而且也是由她在智力和心灵上的众多优点以及性格上的某些缺点，叠合在一起而形成的，这些优缺点，是我事先不曾知道的，是阿尔贝蒂娜把它们作为一种胚芽，一种自我繁殖的苗，一种肉质丰厚的深暗色株体，加进一个先前几乎并不存在，如今却已深不可测的个性中去的。因为任何人物，即使是令我们梦萦魂绕，在我们眼中有如画中的人儿，有如本诺佐·戈佐里[1]画在深绿色背景上的人儿那样，对她们，我们一心以为只要自己待着不动，保持相同的距离，只要光线不变，她们就永远是这个样儿的，其实一旦她们和我们的关系起了变化，她们本身也就变了；从前仅仅是映在大海背景上的那个倩影，现在变得丰满、结实，形体也变大了。

跟我心目中的阿尔贝蒂娜联系在一起的，并不只是薄暮时分的大海，有时，那是在皎洁月光下梦幻般地流连在沙滩上的大海。可不是吗，有时候我起身到父亲的书房里去找本书，阿尔贝蒂娜便要我让她趁这会儿躺一下；她整个上午和下午都在外面游玩，实在是累了，虽说我离开才一会儿工夫，但回屋一看，她已经睡

---

[1] 戈佐里（1421—1497）：意大利文艺复兴早期的著名画家。

着了，这时我也就不去叫醒她。她从头到脚舒展开来，躺在我的床上，那姿势真是浑然天成，任哪个画家都想象不出来的，我觉得她就像是一株长着蓓蕾的修长的树苗，让谁给摆在了那儿；事情也确实如此：那种只有她不在时我才会有的幻想的能力，在她身边的这一瞬间，重新又回到了我的身上，仿佛她在这样睡着的时候，变成了一株植物。这样，她的睡眠在某种程度上使恋爱的可能性得到了实现：独自一人时，我可以想着她，但她令我想念，我没法占有她；有她在场时，我跟她说着话儿，但真正的自我已所剩无几，失去了思想的能力。而她睡着的时候，我用不着说话，我知道她不再看着我，我也不需要再生活在自我的表层上了。

合上眼睛，意识蒙胧之际，阿尔贝蒂娜一层又一层地蜕去了人类性格的外衣，这些性格，从我跟她认识之时起，便已使我感到失望。她身上只剩下了植物的、树木的无意识生命，这是一种跟我的生命大为不同的陌生的生命，但它却是更实在地属于我的。她的自我，不再像跟我聊天时那样，随时通过隐蔽的思想和眼神散逸出去。她把散逸出去的一切，都召回到了自身里面；她把自己隐藏、封闭、凝聚在肉体之中。当我端详、抚摸这肉体的时候，我觉得自己占有了在她醒着时从没得到过的整个儿的她。她的生命已经交付给我，正在向我呼出它轻盈的气息呢。

我倾听着这神秘而轻柔的声音，温馨如海上的和风，缥缈如月光的清辉——那就是她蒙胧的睡意。只要这睡意还在持续，我就可以在心里尽情地想她，同时凝视着她，而当这睡意变得愈来愈深沉时，我就抚摸她，吻她。我此时感受到的，是一种纯洁的、超物质的、神秘的爱，一如我面对的是体现大自然的美的那些没有生命的造物。其实，当她睡得更熟一些以后，她就不再只是先前的那棵植物了；我在她睡意的边缘，怀着一种清新的快感陷入了沉思，这种快感我永远也不会厌倦，但愿能无穷无尽地享受下去；她的睡意，对我来说是一片风光旖旎的沃土。她的睡意在我身边留下了一些那么宁静悠远，那么肉感怡人的东西，就像巴尔贝克那些月光如水的夜晚，那时树枝几乎停止了摇曳，仰卧在沙滩上时时可以听见落潮碎成点点浪花的声音。

我回屋时，先是站在门口，生怕弄出半点响声，屏息静听着均匀连绵地从嘴唇间呼出的气息，它很像海边的落潮，但更安谧，更柔和。聆听着这美妙的声息，我觉得眼前躺着的这个可爱的女囚，她整个儿的人，整个儿的生命，都凝聚在这声息中了。街上来往的车辆传来嘈杂的声响，但她的前额依然是这般舒展，这般纯净，她的呼吸依然是这般轻柔，仿佛轻柔得只存一丝脉息。然后，我看到自己并不会打扰她的睡眠，就小心翼翼地走进房间，先坐在床边的椅子上，再坐在床上。

我跟阿尔贝蒂娜一起聊天、玩牌，共度过不少美好的夜晚，但从没哪个夜晚，有像我瞧着她睡觉这般温馨可爱的。她在聊天、玩牌时纵有演员也模仿不出来的洒脱自然的神气，但总不如在睡梦中那种更为深沉的、在一个更高层次上的洒脱自然的意味更令我神往。长长的秀发沿娇艳的脸庞垂下，撒在床上，不时有一绺头发直直地竖在那儿，看上去使人想起埃尔斯蒂尔那些拉斐尔风格的油画，那些画面深处亭亭玉立在朦胧月光下的纤细苍白的小树。虽然阿尔贝蒂娜闭着嘴，但她的眼睑，从我的位置望去，仿佛并没有合拢，我几乎要疑心她是不是真睡着了。不过，下垂的眼睑已经给这张脸定下了一个和谐的基调，即使眼睛没合拢，也不致破坏这种和谐的完美。有些人的脸，只消稍稍把目光一收敛，就自有一种不同寻常的丰美和威仪。

我细细端详着躺在我脚跟前的阿尔贝蒂娜。不时，她会突如其来地轻轻动弹一下，就像一阵不期而至的微风拂过林梢，一时间把树叶吹得簌簌地颤动起来。她伸手捋了捋头发，然后，由于没能称自己的心意理好头发，又一次伸起手来，动作那么连贯而从容，我心想她这是要醒了。其实不然；她睡意正浓，又安静下来不动了。而且此后她一直没再动弹。她那只手搁在胸前，胳膊孩子气地垂在肋间，瞧着这模样，我差点儿笑出声来，这种一本正经的、天真无邪的可爱神气，是我们在年幼的孩子身上常能见到的。

我在一个阿尔贝蒂娜身上可以同时看到好几个阿尔贝蒂娜，所以此时仿佛觉得看到其他那些阿尔贝蒂娜也睡在我身旁。这眉毛弯弯的样子，我却似乎从没见过，只见这两条眉毛把半球形的眼睑围在中间，看上去像两只柔软的翠鸟窝。她的脸庞上，留下了种族和返祖性的印记，也留下了行为不检的痕迹。她每回把头移动一下位置，就变成了一个新的，往往颇使我意想不到的姑娘。我觉着自己占有的不是这么一个，而是许许多多个年轻姑娘。她的呼吸渐渐变得更深沉了，胸脯很有节奏地起伏着，交叉搁在胸前的双手和那串珍珠项链，也随着这同一节奏以不同的方式律动着，宛如在波涛漂卷拍击下晃动着的小船和缆绳。这会儿，我知道她睡意正酣，我不会碰在此刻淹没在酣睡的海水下面的意识的暗礁上，于是放开胆子悄没声儿地爬上床去，挨着她躺下，一手搂住她的腰，吻她的脸和心口，然后又吻遍全身的每个地方，空着的那只手跟那串珍珠一样，随着熟睡的姑娘的呼吸一起一伏；我和着她那均匀的节奏轻轻地晃动：我的小舟颠簸在阿尔贝蒂娜的睡意上。

有时候，我也从中品味到一种不如这么清纯的乐趣。这在我真是举腿之劳，我把一条腿轻轻搁在她的腿上，就像听任一支船桨浮荡在水面上，不时感觉到从它那传来的轻微的晃动，宛如天际飞过一行恍如入睡的鸟儿，停停歇歇地拍打着翅膀。我选了这个角度来观察她，看到的这张脸是从未有人见过的，美极了。我想有件事还是不难理解的，就是同一个人写给你的信总是大致相仿的，它们勾勒出一个跟你认识的此人大不相同的形象，以至于让你看到了此人的第二天性。但是，一个女人居然会——如同罗西达和多迪加[1]那样——和另一个女人（她的另一种美暗示着另一种个性）如此弥合无间地联结在一起，为了看清其中的这一位，你得从侧面去看，对另一位就得从正面去看，这可有多奇怪啊。阿尔贝蒂娜的呼吸声变得更重了，听上去使人觉得像是快乐达到高潮时气喘吁吁的声响，当我的呼吸也变得愈来愈短促时，我抱她吻她都没有弄醒她。我觉得，在这一时刻我终于更完全地占有

[1] 当时暹罗一对著名的姐妹歌舞演员。

了她，一如占有了沉默的大自然中一件无知无觉、任人摆布的东西。我并不在意她有时在睡梦中喊出声来的那些话，因为我根本不懂其中的意思，何况，就算那是在喊某个我不认识的人，那又怎么样呢，当她的手时而掠过一阵微颤，下意识地搐动时，不还是按在我的手上和脸颊上吗？我怀着一种超然、恬静的爱，兴味盎然地欣赏着她的睡眠，犹如久久流连在海边倾听汹涌澎湃的波涛声。

也许我们是得要让别人给自己吃那么些苦，才能在得到解脱之时，感受到有如大自然给予的那种怡然恬淡的宁静。此刻我无须像在交谈时那样去答话，在交谈中即便她说话时我可以不开口，但在听她说话的同时，我毕竟没法这么深入地看到她的内心里去。我继续不时地谛听、收受着那缕若有若无的微风似的呼吸声，一个全然生理学意义上的生命，从她那纯洁的气息中呈现在我面前，那是属于我的；就像当初在明亮的月光下一连几个钟头仰卧在海滩上一样，我要久久地待在她身旁看着她，听着她的声音。有时人家告诉我，海面起浪了，海湾的风预兆着大海的风暴，而我仍然依偎在大海身边，倾听着它隆隆作响的鼾声。

有时候阿尔贝蒂娜觉得很热，在快要入睡时脱下和服式的睡袍扔在扶手椅上。等到看她睡着了，我在心里盘算，她的信敢情都在这件睡袍的内袋里放着呢，因为她常把信放在那儿。一个信末的签名，一张幽会的字条，就足以让我揭穿她的谎话或是消释我的疑团。我觉着阿尔贝蒂娜已经睡熟了，就从我待在上面悄悄地看了她这么半天的床脚溜下地来，满怀热切的好奇心，往前跨了一步，只觉得扶手椅上有一个生命正可怜兮兮地、全无半点反抗能力地听凭我去刺探它的秘密。我这么走开，或许也因为老是一动不动地瞧她睡觉，终究感到累乏了。于是，我轻轻地朝扶手椅走去，边走还边回头看她有没有醒来。走到椅子跟前，我立定了，久久地凝视着那件睡袍，仿佛这就是在久久地凝视着阿尔贝蒂娜。可是（也许我这是错了）我到底没有去碰它，没有去摸里面的口袋，更没有去看那些信。临末了，我知道自己是下不了决心了，就蹑手蹑脚地走回阿尔贝蒂娜跟前，重又端详起睡梦中的她来——尽管她什么也不会告诉我，而那把扶手椅上的睡袍兴许倒是会告诉我好些事情的。

正像那些就为呼吸一下大海的新鲜空气，心甘情愿地每天花上百法郎在巴尔贝克旅社租下一个房间的人一样，我觉得在阿尔贝蒂娜身上花费更多的钱是很自然的事情，既然我能在脸颊上，能在微微张开跟她的双唇相对、感觉得到她的生命流经我舌尖的嘴上，感受到她那温馨的气息。

看她睡觉所尝到的乐趣，如同感到她生命的律动一般甜美，然而它会被另一种乐趣打断、取代，那就是看她醒来的乐趣。那是在一种更深刻、更神秘的意义上的乐趣——意识到她和我住在同一屋檐下的乐趣。诚然，当她在下午走下马车，朝我的屋子走进来时，我已经感觉到了这种温馨和甜美。但当她在睡乡中登上梦的最后几级阶梯，终于在我房里醒来，一时弄不明白“我这是在哪儿？”而在环顾四周的摆设，瞅见柔和地照着她惺忪的睡眼的台灯以后，才明白这是在我家里醒来，于是再自然不过地对自己说，哦，她是在自己家里呢，这时候的我会加倍地感受到这种温馨甜美的况味。在她睡意未消的这个最初的美妙时刻，我觉得自己重又更完全地占有了她，因为她外出归来时，不是回到她的房间，而是回到我的房间，而且当她醒来认出这个行将把她囿禁在内的房间时，眼睛里并无半点不安的神情，就像没睡过这一觉那样地安然自若。从她的缄默不语流露出来的睡意未消的迷茫神情，在她的眼睛里是全然不见流露的。

她终于能开口了，她称呼我“我的——”或“我亲爱的——”后面是我的教名，我让叙述者取了个跟本书作者一样的名字，所以这称呼是“我的马塞尔”或“我亲爱的马塞尔”。从此以后，我不许家里别人也叫我“亲爱的”，阿尔贝蒂娜口里说出来的这几个可爱的字眼，是不该让旁人给玷污的。她微微噘起嘴说出这几个字以后，经常就势给我一个吻。她刚才那会儿睡着得有多快，这会儿醒得就有多快。

阿尔贝蒂娜体态的丰腴、个性的发展，都并不比时光流逝在我身上引起的变化，也不比我在灯光下瞧着坐在身旁的一位年轻姑娘，而这灯光跟姑娘当初沿着海滩漫步时照在她身上的阳光颇为不同的这个事实，更能成为我现在看她和起初在巴尔贝克那会儿看她的方式迥然不同的主要原因。这两个形象之间，哪怕相隔的年岁更久远些，也未必会产生如此完全的变化；这一变化，是在我得知阿尔贝蒂娜几乎由凡德伊小姐的女友一手带大的消息的刹那间，从根本上一下子完成的。如果说过去我常为从阿尔贝蒂娜眼里看出秘密而欣喜，那么现在只有当我从这双眼睛里，乃至从跟这双眼睛同样传情，这会儿还那么温柔，一转眼却会满是愠色的脸颊上，都能看出没有什么秘密的时候，才会感到高兴。我所寻觅的那个形象，那个使我感到恬适，使我愿意傍着她死去的形象，并不是有着一段陌生经历的那个阿尔贝蒂娜，而是一个尽可能让我感到熟悉的阿尔贝蒂娜（正因如此，这爱情势必只能跟不幸联系在一起了，因为它从本质上不满足神秘的这一条要求），一个并不是作为某个远处世界的表征，而是——确实也有过一些时候，情况好像就是这样——除了和我在一起、和我一模一样，再也不要任何东西的阿尔贝蒂娜，一个作为确确实实属于我的东西的体现，而不是未知世界的化身的阿尔贝蒂娜。

如果爱情就是这样在一个女人让你感到忧心如焚的时刻，在你担心能不能留住她别让她跑掉的心理状态下萌生的，这种爱情就会带上使它得以诞生的骚乱的印记，就会难以使我们回想起在这以前每当想到这个女人时我们心里所见到的影像。在海滨初次见到阿尔贝蒂娜时的印象，在我对她的爱情中或许也占了小小的一席之地；但说实在的，这些往日的印象在这样一种爱情中只能占一个微不足道的位置，不论是在我们卷进激情的旋涡或陷入痛苦的折磨的时候，还是在这爱情感到需要温情，需要向那些宁静温馨的回忆，那些可以让我们沉浸其中，不去过问我们所爱的这个女人的事情（哪怕那是些我们应该知道的可憎的事情）的回忆去寻求庇护的时候，它们都只占一个很小很小的位置——即使我们保存着那些往昔的印象，这种爱情却是由一些不相干的内容构成的!

有时候，我在她进屋以前就把灯熄了。她在黑暗中，凭借一根火柴的微光，走过来挨着我躺下。我的眼睛，那双常常生怕看见她又变模样的眼睛，看不见她的身形，但我的双手和脸颊能感到她的存在。托这种盲目的爱情的福，她或许觉着自己承受的爱抚比平日温柔得多呢。

我脱下外衣躺在床上，阿尔贝蒂娜坐在床沿上，我俩继续刚才让接吻打断的下棋或聊天；而当我们处在唯一能使我们对另一个人的存在及其性格感兴趣的欲望的支配下的时候，我们自己的性格总会充分地表现出来（即使我们已经相继抛弃了好些曾经爱过的不同对象），所以有一次，我抱住阿尔贝蒂娜吻她，叫她“我的小姑娘”时，在镜子里瞧见自己脸上那种忧郁而激动的表情，就像我吻那早已被我忘怀的希尔贝特，或者将来有一天吻另一个姑娘时——如果我早晚得把阿尔贝蒂娜也忘掉——的表情一模一样，它使我想到，我这是超然于个人的考虑之上（本能总是让我们把眼前的对象看作唯一真实的对象），在一种作为祭礼奉献给青春和女性美的、热诚而痛苦的虔敬的遣使下，履行我的职责。然而，在我想就此让阿尔贝蒂娜每晚都能留在我身边的初心中，给青春以“ex-voto”[1]荣耀的愿望，以及关于巴尔贝克的回忆，都掺杂着一种对我来说很新鲜的感觉，一种即使不能说是我有生以来

[1] 拉丁语，意为还愿的奉献物。

从未体验到的，也至少是我在爱情生活中不曾品尝过的感觉。那是一种心灵得到抚慰的感觉，自从母亲在贡布雷的床前俯身吻我送我入睡的那些遥远的夜晚以来，我从未再领略过如此美妙的感觉。在那会儿如果有人对我说，我并不是那么纯洁无邪，甚至说我会去剥夺别人的幸福，我准会十分惊讶。那时候的我，看来是太缺乏自知之明了，因为我这不让阿尔贝蒂娜离开我的乐趣，实在算不得怎样正大光明，那其实是把这位含苞欲放的少女从那个人人都能亲近的世界里拽出来，让她即便不能给我以许多欢乐，至少也不能去给别人。野心和成功，使我变得冷漠了。我甚至都失去了怨恨的感觉。然而在我，肉欲意义上的爱情，毕竟意味着品尝击败众多竞争对手的欢乐。对它我永远不会嫌多，它是一种无与伦比的镇静剂。

尽管在阿尔贝蒂娜回家以前我对她疑虑重重，百般揣度她在蒙舒凡的房间里的一举一动：但一等到她穿着浴衣跟我相对而坐，或者更经常地是我躺在床上，而她坐在我脚跟的床沿上，我就不由得会怀着信徒祈祷时的虔诚，把满脸疑团和盘托出，只指望她帮我卸下这些精神上的负担，消释这些刚在脑海里冒头的疑窦。她整个晚上淘气地蜷缩在我床上，像只胖乎乎的大猫似的跟我耍着玩；卖弄风情的眼神，给她添上了一种在有些小胖子的脸上常能见到的狡狯神气，粉红小巧的鼻子，似乎也显得更加玲珑了，而这鼻子的格局，又使整张脸显得顽皮而倔强；她有时微微闭起眼睛，松弛地垂下双臂，听凭一绺长长的黑发耷拉在玫瑰色的粉腮上，那模样仿佛在对我说“你爱怎么着就怎么着吧”；晚上临走前，她凑过脸来跟我吻别，这种庶几完全是家庭意味的温情，使我情不自禁地在她结实的颈脖两侧吻了又吻，这时我只觉得这颈脖晒得还不够黑，日光斑晒得还不够多，仿佛这些可靠的标记是跟阿尔贝蒂娜身上某种忠诚的美德维系在一起的。

“明天您跟我们一起出去吗，我的大坏蛋？”临分手时她问我。“你们上哪儿呀？”“那得看天气好坏，还得看您高兴哪。不过，您今天有没有写点东西出来呢，小乖乖？没有？哦，那还是别去的好。对啦，我问您句话，我进屋那会儿，您听见我的脚步声，马上就猜到是我了吗？”“那还用说。难道我还会弄错吗？哪怕有一千只小山鹬，难道我还会听不出我那只小家伙蹦跶的声音？我只想她允许我在她睡到床上以前给她脱下鞋子，这会使我感到不胜荣幸。这些雪白的花边把您衬托得有多可爱、多娇艳啊。”

我就是这么回答她的；在这些带有肉欲意味的话语之间，你或许又能嗅出些我母亲和外祖母的气味。因为，我渐渐变得愈来愈像我所有的那些亲人，像我的父亲——不过他大概还是跟我很有些不同，因为旧事即便重现，也是变着样儿来的——那样对天气百般关心，而且跟莱奥妮姑妈也愈来愈像。要不然，我早该把阿尔贝蒂娜当作我出门的理由了，那不就是为了别让她单独一人，脱离我的控制嘛。我耽于种种乐趣，莱奥妮姑妈却信仰诚笃，从来不会享乐，整天只知道数念珠做祈祷，我一心想在文学上有所成就，老为这在折磨自己，莱奥妮姑妈却是家族中绝无仅有的一位，居然不明白看书并非打发时间和“消遣”，结果弄得复活节那一阵，星期天虽说不许干正经事儿以便专心致志做祷告，却是允许看书的，我和这样一位姑妈之间，从外表看真是风马牛不相及，我甚至会发誓说我跟她绝无半点共同之处。然而，虽说我每天都能找出个理由说哪儿不舒服，但我老这么待在床上，却还是为了一个人的缘故，这人不是阿尔贝蒂娜，也不是一个我所爱的人，而是一个比我所爱的人更强悍的人，这人的专横使我甚至不敢流露充满妒意的猜疑，或者至少不敢亲自去证实这些猜疑有无根据，这人就是莱奥妮姑妈。我对天气的关心，比起父亲来可以说是有过之无不及，他只是看看晴雨表，我却自己成了活的晴雨表；我听莱奥妮姑妈的话乖乖地待着看天气如何，而且是待在房间里，甚至待在床上看，这难道还不算有过之无不及吗？现在我跟阿尔贝蒂娜说起话来，就像当年在贡布雷还是孩子的那会儿跟母亲说话，要不就是像外祖母在跟我说话一样。我们每个人到了一定的年龄以后，我们曾经是过的那个孩童的灵魂，以及我们经由他们而来到世上的那些逝者的灵魂，都会把它们的财富和厄运一股脑儿地给予我们，要求和我们所体验到的新的感觉交汇在一起，让我们在这些感觉中抹去他们旧日的影像，为他们重铸一个全新的形象。于是，童年时代遥远的往事，乃至亲人们的陈年往事，都在我对阿尔贝蒂娜算不得纯洁的爱情中沁入了一种既是儿子对母亲的，又是母亲对儿子的温情的甘美。到了生命的某个时刻，我们就得准备迎接所有这些从遥远的地方团聚到我们身边的亲人了。

在阿尔贝蒂娜答应我为她脱鞋以前，我已经解开了她衬衣的扣子。她那两只耸得高高的小小的乳房，那种圆鼓鼓的样子，看上去不像身体的一个部分，倒像两只成熟的果子；腹部往下收去，遮住了那换在男人身上便很丑陋的部位（就像一根铁钩子插在走下壁龛的塑像身上似的），在与大腿交接的地方，形成有如落日收尽余晖时的地平线那般宁静、那般恬适、那般幽邃的一条曲线的两个弯瓣。她脱掉鞋子，在我身旁躺了下来。

喔，想想创世时那对身上还带着黏土的潮气，在混沌中懵懵懂懂地寻求结合的男女的模样吧，造物主用一团泥巴分成了他俩，夏娃在亚当身边醒来时，惊愕而顺从，正像他还是茕独一人的那会儿，在创造他的上帝面前一样。阿尔贝蒂娜伸起两条胳膊枕在黑色的秀发下面，髋部鼓起，腿的线条有如天鹅的颈项一般柔软地弯下，延伸，重又回向曲线的起点。当她完全侧身而睡时，她的脸（正面是那么和蔼，那么秀美的脸）却有一种神态使我心里发怵，莱奥纳尔某些漫画里的那种鹰钩鼻，透着邪恶、贪婪和间谍的狡诈，在家里瞥见这张脸，令我恐怖，它这么侧过去仿佛是卸下了面罩。我赶紧双手捧住阿尔贝蒂娜的脸，把她转过来。

“您可得听话，答应我明天要是不出门，在家里得好好写。”阿尔贝蒂娜边说边穿衬衣。“行，不过您先别穿晨衣呀。”有时候，我就在她身边睡着了。房间变得冷起来，得添些柴火。我伸手往上在墙上摸，想找到拉铃的杆子，但没找到，摸来摸去都是些别的铜杆，看到阿尔贝蒂娜因为怕让弗朗索瓦丝瞧见我俩并排躺在床上，要赶紧从床上起身，我就对她说：“别忙，再睡会儿，我找不到铃。”

看上去，这是些温馨、欣悦、纯洁的时刻，但其中已经蕴含着灾难的可能性：这灾难将使我们的爱情生活充满危险，在最欢

布歇

《博韦附近的风景》

乐的时刻过后会有硫黄和熔浆的火山雨出其不意地袭来，随后，我们由于没有勇气从灾难中吸取教训，马上又在只能喷发出灾难的火山口边上重新安顿下来。我就像那些总以为自己的幸福会天长地久的人一样地掉以轻心。正因为这种温馨对于孕育痛苦而言是必需的——而且它以后还会不时来抚慰缓解这种痛苦——所以男人在吹嘘一个女人对他有怎么怎么好的时候，他对别人，甚至对自己都可能是诚恳的，不过总的来说，他和情人的关系中间，始终潜伏着一股令人痛苦的焦虑不安的暗流，它以一种隐秘的方式流动着，不为旁人所知，或者至多通过一些问题和探询无意中稍有流露。然而，这种焦虑不安必定又以温馨甜蜜作为前奏；即使在这股暗流形成以后，为了让痛苦变得可以忍受，为了避免破裂，不时也需要有些温馨甜蜜的时刻点缀其间；把自己跟这个女人共同生活中不可与人言的痛苦隐藏起来，甚至把这种关系说成非常甜蜜地炫耀一番，这表明了一种真实的观点，一种带有普遍意义的因果关系，一种使痛苦的产物变得可以承受的模式。

阿尔贝蒂娜就在我家里，明天要不是跟我一起，就是在安德烈的监护下出去，这在我已经毫无值得惊奇之处了。这种格局，为我的生活圈定了粗粗的轮廓线，除阿尔贝蒂娜之外谁也无法涉足其中，另外（在我尚不知晓的未来的生活图景上，犹如在建筑师为很久以后才能耸立起来的大厦画的蓝图上），远远的还有好些与之平行、幅度更宽的线条，在（有如一座孤寂冷僻的小屋的）我的心间描画了未来爱情生活多少有些刻板、单调的程式；而所有这一切，实际上都是在巴尔贝克的那个晚上画下的，那个晚上阿尔贝蒂娜在小火车上向我吐露了她从小由谁带大的真情，我听后就想，无论如何不能让她再受某些影响，说什么也不能让她在以后几天离开我的身边。光阴荏苒，这种生活模式成了习焉不察的例行公事，但正如历史学家企图从古代仪式中找出微言大义一样，我可以（但并不很想）回答那些问我这种甚至不再涉足剧院的隐居生活有何意义的人说，它的起源乃是某个晚上的忧虑以及在这以后感到的一种需要，也就是说我感到需要向自己证明，我业已了解她不幸的童年生活的这个女人，即使她自己愿意，也不会再有受到同样的诱惑的可能性了。对这种可能性，我已很少去考虑，但它毕竟还影影绰绰地存在于我的意识之中。看到自己一天天地在摧毁它——或者说尽力在摧毁它——这大概正是我在吻这并不比许多别的姑娘更娇嫩的脸颊时，心里会格外感到乐滋滋的缘故；凡在达到相当程度的肉欲的诱惑背后，必定潜伏着某种贯串始终的危险。

我答应阿尔贝蒂娜，要是不出门一定好好工作。可是第二天，仿佛这屋子趁我睡熟时，奇迹般地飘浮了开去，我一觉醒来，天气变了，时令也不对头了。一个人在出于无奈的情况下登上一片陌生的国土，这时他是不会有心思着手工作的。然而每个新的一天，对我都是一个新的国度。就说我的懒散吧，它一旦换了新的花样，你说叫我怎么还认得出它呢？有些日子，人人都说天气糟透了，逢到这种时候，静静地待在家里，听到屋外淅淅沥沥下个没完的雨声，才能体会航行在海上的那种平静滑行的况味，感受到那种宁谧的乐趣；有时天空响晴，这时候一动不动地待在床上，瞧着光影绕着自己慢慢地转过去，就像瞧着一株大树的影子在转动。也有时候，邻近的修道院刚敲响稀落如同清晨去祈祷的信徒的头遍钟声，半空里纷纷扬扬撒下的雪花，在熏风吹拂下融化、飘散，而天空依然灰蒙蒙的不见透出亮色，但我已经能够辨认出这一天是会风雨交加，还是变幻不定，抑或是个晴朗的好天气，屋顶被骤雨打湿过后，阵阵和风拂过，缕缕阳光照临，它就又在收干，只听得屋檐滴滴答答地在滴水，仿佛这屋顶是趁风儿重新刮起之前，让自己尽情地承受不时从云层探出脸来的太阳的抚爱，青灰色的石板瓦闪耀着美丽的虹彩；这样的日子，风风雨雨的，一天里充满着天气、氛围的变化，懒人因此倒也自得其乐，不觉得这一天是白过了，因为他正兴味盎然地关注着在他不介入的情形下，周围的环境从某种意义上说代他做出的种种表现；这样的日子好比那些发生动乱或者革命的日子，那些日子对于不再去上学的小学生并不是毫无意义的，因为当他在司法大厦四周转悠或是念着报纸的时候，虽说他没做自己的功课，他却会觉着从正在发生的事件中发现了一种对他确有教益，同时也使他对自己的闲散感到心安理得的东西；这样的日子，还好比我们一生中碰上某些特殊的危急关头的日子，这时候，一个向来无所事事的人会这么想，只要这个难关能顺利地渡过，他就会从此养成勤勉的习惯：比如说，那是在一天早晨他出门去赴一场条件特别苛刻的决斗的时候；于是，在这个生命也许行将逝去的当口，他仿佛骤然意识到了生命的价值，这生命他本来是可以用来做一番事业，或者至少好好享受一下人生乐趣的，而他却什么也没干。“要是我能活着回来，”他对自己说，“我一定要马上坐下来工作，还要玩个痛快！”原来，生活突然在他眼里变得那么珍贵了，因为他看到的已经是他以为生活所能给予他的一切美好的东西，而不是日复一日从生活中真正得到的那点可怜的东西。他是按照自己的愿望，而不是根据生活经验所能告诉他的模样，也就是说那种平庸无聊的模样，来看待生活的。此刻，生活中充满着工作、旅行、登山和一切美好的事物，而所有这一切，他对自己说，都将随着这场决斗的悲惨结局化为乌有，他没有想到其实早在有这场决斗以前，由于那种即便没有决斗也会长此以往保持的坏习惯，它们就已经是这样了。他安然无恙地从决斗场回了家。但是他重又觉得阻碍重重，没法去玩儿，去兜风，去旅行，去做那些他一度认为可能将被死亡剥夺的事情；单单生活本身，就已经足以剥夺这些可能了。至于工作——特殊的环境会在一个人身上激发出先前已存在于他身上的秉性，在勤勉的人身上激发出勤勉，在懒散的人身上激发出懒散——他给自己放了假。

我就像这人一样，自从下决心从事写作以来始终依然故我，下这决心已是很久以前的事，但又好像才是昨日的事，因为我把一天天都放了过去，仿佛它们并不曾存在过似的。上面提到的这一天，我也是这么给打发掉的，我无所事事地瞧着它风疏雨骤，瞧着它雨过天晴，心想明天再开始工作吧。可是当湛蓝的天空上没有一丝云彩的时候，我已不复是昨天的我了；教堂大钟金光灿灿的音色里，不仅像蜂蜜一样有着光亮，而且有着光亮的感觉（还有果酱的味道，因为在贡布雷时，这钟声经常在我们刚吃好饭要吃甜食的当口，像只胡蜂似的姗姗来迟）。在这么个阳光耀眼的日子里，整天都那么闭上眼睛躺着，真可以说是桩可以允许的、已成习惯的、有益于健康的、合乎时令特点的赏心乐事，这就跟放下百叶窗挡住强烈的阳光是一个道理。我第二回去巴尔贝克时，头几天就是在这种天气里，听见乐队的提琴声伴着涨潮时蓝莹莹的海水漂卷而来的。然而今天，我是多么完全地占有了阿尔贝蒂娜啊！那些日子里，有时教堂报时的钟声，会让那不断扩散的声波面捎来具体入微的潮湿或明亮的感觉，仿佛它是在把美妙的雨水或阳光转译成盲人的语言，或者不如说，转译成音乐的语言。这时，闭着双眼躺在床上的我，不由得在心里对自己说，瞧，一切都是可以转换的，一个仅靠听觉的世界也是可以跟另一个世界同样地丰富多彩的。日复一日，仿佛乘着一叶小舟缓缓地溯流而上，但见眼前闪过一幅幅不停变换着的欢乐往事的图景，这些图景不是由我挑选的，片刻之前它们都还是无法看见的，现在它们接二连三地、不容我选择地呈现在我的记忆里，我在这片匀和的空间上方，悠悠然地徜徉在阳光之中。

巴尔贝克的这些晨间音乐会并不是遥远的往事。可是，在这些相对来说还是前不久的往日，我却很少想到阿尔贝蒂娜。刚到巴尔贝克的那几天，我甚至都不知道她在那儿。那么，是谁告诉我的呢？喔！对，是埃梅。那天也是像这样的一个阳光明媚的晴天。我的好埃梅！他见到我高兴极了。可是他不喜欢阿尔贝蒂娜。

她并不是个能让人人都喜欢的姑娘。没错，是他告诉我阿尔贝蒂娜在巴尔贝克的。那他又是怎么知道的呢？喔！他碰到过她，他觉得她风度欠佳。当我这么想着埃梅告诉我的事儿，而且碰巧是从一个跟我当时听他讲的那会儿不同的角度去考虑，我那在这以前一直在无忧无虑的海面上惬意飘荡的思绪，冷不丁地乱了套，就像是突然碰上了一颗暗暗埋在记忆中的这个地点而我又没法看见的危险的地雷。埃梅对我说他遇见过她，觉得她风度欠佳。他说风度欠佳是什么意思呢？我当时以为他的意思是说举止俗气，因为我想先发制人，说过她举止优雅之类的话。可是，且慢，没准他的意思是指那种蛾摩拉风度呢？她是跟另一个姑娘在一起，没准两人还彼此搂着腰，一起打量着别的女人，没准她们表现的，确实是有我在场时从没在阿尔贝蒂娜身上见过的一种“风度”呢？那另一个姑娘是谁？埃梅是在哪儿碰上这么个叫人讨厌的阿尔贝蒂娜的？我竭力回忆埃梅对我到底是怎么说的，想弄明白他指的究竟是我揣度的那回事，还是就不过是个普通的风度问题。可是我再怎么问自己也是枉然，因为提出问题的人，和能够提供回忆的人，唉，都是同一个人，就是在下呗，一时间我有了两重真身，可是一点也没变得高大些。不管我怎么提问，总是我自己来回答，毫无新的结果。我已经不去想凡德伊小姐了。由一种新的猜疑引起的骤然发作的嫉妒，使我感到痛苦不堪，它也是一种新的嫉妒，或者说是那种新的猜疑的持续和延伸；场景的地点是相同的，不再是蒙舒凡，而是埃梅碰到阿尔贝蒂娜的那条街；作为对象的，是阿尔贝蒂娜的那几个女友，其中某一个或许就是那天和她在一起的那位。那可能是某个伊丽莎白，或者就是上回在游乐场里阿尔贝蒂娜装出不经意的样子从镜子里偷看的那两个姑娘。她大概跟她们，而且跟布洛克的那位表妹爱丝苔尔，都有那种关系。她们的那种关系，倘若是由某个第三者向我透露的，准会把我气个半死，但现在因为是我自己在揣度，所以就小心设法蒙上了一层足以缓解痛苦的不确定的色彩。我们可以用猜疑的形式，一天又一天地大剂量吞服我们受了骗的这同一个念头，而倘若这药剂是用一句揪心的话这支针筒扎在我们身上，那么一丁点儿的剂量就足以致命。大概就为这缘故，也许还出于一种残存的自卫本能，那个妒意发作的男人往往会单凭人家给他看的一点所谓证据，就无视明明白白的事实，立时三刻想入非非地胡乱猜疑起来。况且，爱情本来就是一种无可救药的顽症，正如有些先天性体质不好的人，一旦风湿病稍有缓解，继之而来的就是癫痫性的偏头痛。一旦充满妒意的猜疑平静下来，我就会埋怨阿尔贝蒂娜对我缺乏温情，说不定还附和着安德烈在奚落我。我不胜惊恐地想道，要是安德烈把我俩的谈话一五一十地告诉了她，她准会这么做的，我只觉得前景不堪设想。这种忧郁的情绪始终困扰着我，直到一种新的充满妒意的猜疑驱使我去做新的寻索，或者反过来，阿尔贝蒂娜对我表现得温情脉脉，让我觉着我的幸福都变得无足轻重了。那另一个姑娘到底是谁呢？我真得写信去问问埃梅，或者设法去见他一次，然后我就可以拿他的证词跟阿尔贝蒂娜对质，让她招认。但现在，我认定了她是布洛克的表妹，所以就写信给懵懵然一无所知的布洛克，要他给我一张她的照片，要不，能安排我跟她见个面更好。

有多少人，多少城市，多少道路，是妒火中烧的我们迫不及待地想要了解的啊！这是一种洞察内情的渴望，凭着它，我们可以从零零碎碎的迹象中，一件件一桩桩地搜罗到几乎所有的信息，但唯独得不到我们所想知道的消息。猜疑是说来就来，谁也没法预料的，因为，冷不丁的，我们会想起某句话意思有些暧昧，某个托词想必背后有文章。可是这会儿人已不在眼前，这是一种事后的，分手以后才滋生出来的嫉妒，一种马后炮。我有个习惯，爱在心里保存好些愿望，我向往得到一位好人家的姑娘，就像我见到由家庭教师伴着从窗下走过的那些少女似的，但圣卢（他是寻花问柳的老手）对我说起过的那位姑娘却格外叫我动心，我向往那些俊俏的侍女，尤其是普特布斯夫人身边的那个妞儿，我向往在早春天气到乡间再去看看英国山楂树和花朵满枝的苹果树，再去领略一下海边的风暴，我向往威尼斯，向往坐下来工作，向往能和别人一样地生活——在心里不知餍足地存储这些愿望，而且对自己许诺说我不会忘记，将来总有一天要让它们实现——也许，这个因循的旧习，这个拖宕永无尽期，被德·夏吕斯先生斥为惰性的习惯，我因久久浸润其中，故而那些充满妒意的猜疑也濡染了它的余泽，尽管我在心里对自己说，可别忘了哪天得让阿尔贝蒂娜把埃梅遇见的那位姑娘（也可能是那几位姑娘，这桩公案在我的记忆里变得有点模模糊糊、含混不清，或者说难以捉摸了）的事解释清楚，但又总是习惯成自然地一天拖一天。总之，这天晚上我没对阿尔贝蒂娜提起这个茬儿，怕让她觉着我妒心重，惹她生气。

可是到第二天，一等布洛克把他表妹爱丝苔尔的照片寄来，我就赶忙寄去给埃梅。与此同时，我记起了早上阿尔贝蒂娜没肯跟我亲热一番，因为那恐怕确实会使她很累。那么她莫非是想留点精力，也许在下午，给某个别人吗？给谁呢？嫉妒心就是这样地纠缠不休，因为即便我们所爱的人，譬如说已经死了，不能再用自己的行为来激起我们的妒意了，也还可能有这种情况，就是事后的种种回忆，蓦然间在我们的脑海里浮现出来，就像那些事情本身那样，而这些回忆，直到那时还并没让我们参透它们的含义，显得无关紧要似的，但只要我们静心细想，用不着任何外来的启发，就能赋予它们一种新的可怕的含义。你根本用不着跟情妇待在一起，只要单独待在她房里细细想想，就能参透她欺骗你的那些新招，即便她已死了也一样。因此，在爱情生活中，不能像在日常生活中那样，先为未来担心，而得同时也为常常要到未来都已成了过去以后才能看清的往事操一份心，这儿所说的不仅仅是在事后才知晓的那些往事，而且是我们久久留存在记忆中，然后突然间明白了其中含义的那些往事。

但不管怎么说，眼看下午就要过去，又可以跟阿尔贝蒂娜待在一起，从中求得我所需要的慰藉了，我心里感到很高兴。可惜的是，这个夜晚恰恰是个没能给我带来这种慰藉的夜晚，阿尔贝蒂娜在跟我分手时给我的那个不同寻常的吻，并不能如同当年临睡前母亲在对我生气，我不敢去叫她来，但又觉得自己睡不着的那些夜晚所终于得到的母亲的吻那样使我的心得到宁静。这种夜晚，现在成了阿尔贝蒂娜已经想好第二天的计划，但又不愿让我知道的夜晚。其实，如果她把自己的计划告诉我，我是会以一种只有她才能在我身上激起的热情，尽力去促成其实现的。可是她什么也没告诉我，而且根本没觉着有必要告诉我；她一回到家，刚在我的房门口露出身影，连那顶宽边帽或软便帽都没摘下，我就看出她正在心里盘算着那种执拗、顽梗、一意孤行，而且不为我所知的念头。而这些夜晚，往往又正是我怀着万般柔情等她回家，盼望着能充满爱怜地搂住她脖子把她紧紧抱住的夜晚。唉，尽管以前跟父母也常有这种情形，我满怀爱心地跑上去吻他们，却发现他们冷冰冰的，在生我的气，但是那点芥蒂，比起情人间的隔阂来，又算得了什么呢？此中的痛苦远非表面呈现的那样，而要难以承受得多，它驻留在心灵更深的层次。

这天晚上，阿尔贝蒂娜还是把心里盘算的那个主意，对我露了口风；我马上明白了她是想第二天去拜访维尔迪兰夫人，这个主意本身，并没任何叫我不高兴的地方。不过事情明摆着，她上那儿去是要跟什么人碰头，准备干那种好事。要不然她是不会对这次趋访如此看重的。我的意思是说，要不然她是不会一再对我说这次出访没什么要紧的。我素来奉行一条原则，跟那些非要等到认定书写文字只是一套符号之后才想到用表音文字的人们背道而驰；多年来，我完全是在别人不受拘束地直接对我讲的那些话里，来寻觅他们真实的生活、思想的线索，结果事情到了这种地步，只有那些并非对事实做出理性的、分析的表述的证据，我才认为它们是有意义的；话语本身，只有当它们通过一个受窘的人涨得通红的脸，或者通过更能说明问题的突然缄默不语得到诠释时，才会对我有所启发。一个小小的字眼（譬如说，当德·康布尔梅先生知道了我是“作家”，尽管他还从没跟我说过话，在谈到有一回他去维尔迪兰府上拜访时，却转过身来对我说：“您瞧，博雷利[1]也在那儿。”）会由于交谈双方都没有明说，但我可以通过适当的分析或者说电解的方法从中提炼出来的两种思想却在无意间，有时甚至很危险地发生了撞击，而在芜杂的话语中蓦然闪耀出光亮来，它告诉我的内容，胜过一席洋洋洒洒的长篇大论。阿尔贝蒂娜谈话间，不时会有诸如此类的珍贵的杂拌儿，我总是听在耳里当下就赶紧“处理”，以便使之转换成明晰的思想。

虽说具体的细节——那是要在对众多的可能情况进行试探、侦查之后才能知道的——如此难以发现，事情的真相却是那么容易看穿，或者说那么容易猜到，这对一对恋人来说可真是件大煞风景的事。在巴尔贝克那会儿，我常发现阿尔贝蒂娜出神地望着某几位向她遽然投来缠绵目光的姑娘，这种目光的交流，就像肉体的接触，过后，如果我认识那几位姑娘，阿尔贝蒂娜就对我说：“咱们叫她们来怎么样？我挺想骂她们几句。”但打那以后，也就是自从她大概摸透了我的性格以后，她就从没提过要请某人来，闭着嘴，目光也变得散漫而黯淡，有点目不斜视的样子，再加上脸上那种茫然失神的表情，却跟当初磁铁似的目光同样的令人起疑。然而我既不能责怪她，也不能对那些按她的说法是小事一桩，

[1] 博雷利子爵是19世纪末贵族诗人，经常出入上流社会。

不值一提，而我却似乎偏要拿来过过“吹毛求疵”的瘾的事情问长问短。问“干吗您老瞧对面那姑娘？”已经是够难的，问“干吗您不瞧她啦？”就更难了。不过，如果说我本来就没打算相信阿尔贝蒂娜的表白，那么对这目光中所包含、所表明的全部内容，我还是明白，或者说至少是应该明白的，正像我明白她说话中自相矛盾之处的含义一样，这些往往是在离开她很久以后才看出来的自相矛盾之处，让我整夜不能成眠，但又不敢对她提起，它们还不时周期性地光临我的记忆。在巴尔贝克海滩或者巴黎街头的那会儿，有时只是瞧见她偷看了人家一眼，我就禁不住会暗自思忖，不知那人只是个她临时属意的对象呢，还是个老相识，抑或是她也只听人家对她说起过，而我曾对这种介绍大为吃惊的某个姑娘——她跟我想象中阿尔贝蒂娜可能结识的姑娘真是相差何止十万八千里。然而当代的蛾摩拉犹如一幅扑朔迷离的拼板图，拼上去的每个小块都是从最意想不到的地方捡来的。这不，我在里夫贝尔的一次晚宴上碰到十位女宾，碰巧我都认识，或者至少都叫得出名字，这十位女士真是要说有多不一样就有多不一样，可她们却处得和睦极了，我简直还从没见过气氛这么融洽的宴会呢——虽说这么混杂。

回过来再说路上遇见的那些姑娘吧，阿尔贝蒂娜对随便哪个老太婆或老爷子，可从没用这么直勾勾的，或者反过来说，这么谨慎克制，仿佛什么也没瞧见的目光去注视过啊。不知情的受骗丈夫，其实什么都知道。但必须等到有更加确凿详尽的证据，嫉妒才能出台。况且，虽说嫉妒能帮助我们发现所爱的女人身上的某种爱撒谎的倾向，但这女人一旦发现了我们的妒意，她的这种倾向就会变本加厉，一发不可收拾。她撒谎（达到前所未有的程度），或是出于怜悯、害怕，或是出于本能以一种巧妙的隐遁躲避我们的探究。当然，也有这样的爱情，一个轻佻女子在爱她的男子眼里自始至终就是美德的化身。但在绝大多数情形下，爱情可以分为两个截然不同的阶段！第一阶段，那位女士以极其自然的态度（只在口气上略加注意，使之显得弛缓些）谈到她对肉欲的兴趣，谈到和他在一起有多么快活，而所有这些，一旦她感觉到对方在嫉妒她，监视她以后，她将会竭尽全力来对这同一个男子加以否认。他会怀念当初这段亲密无间的美好时光，但这回忆刺痛着他的心。如果要这女人仍然对他这么无话不说，那就差不多是要她把这男子日复一日枉费心机在刺探的秘密拱手相送，授人以柄了。然而，当初这亲密无间毕竟包含着倾心相予，包含着几多信任和情谊！如果说现在她在自己的生活中已经无法不欺骗他，那么她至少是作为一个朋友那样地在欺骗他，她会把自己所得到的乐趣告诉他，把他引为一个同伙。他不胜怅惘地回想起两人刚相爱时依稀展露在眼前的美满生活的图景，它已经成了泡影，事态的发展使爱情变成了一场痛苦的折磨，而且还将因具体情况的不同，使这场爱情或则以离异而告终，或则虽欲罢而不能。

我从中破译阿尔贝蒂娜的谎话的那些文字，有时只要反过来念就意义自明了；就说这天晚上吧，她用一种漫不经心的口吻，尽量做得轻描淡写地对我说了句："明天我可能要上维尔迪兰家去，可我实在说不准到底去不去，我并不怎么想去。"这句话反过来说就是："我明天要去维尔迪兰家，雷打不动，因为这对我至关重要。"闪烁其词的迟疑态度，实际上正表明一种无可改变的意向，之所以要这么说，目的在于让我听着不至于意识到这次趋访的重要性。阿尔贝蒂娜惯于用困惑犹豫的语调来表达义无反顾的决心。我的情况也差不多：我就是要让她去不成维尔迪兰小姐家。嫉妒往往就表现为一种欲望，使人心神不安地只想在爱情生活中采取一种专横的态度。我想必是从父亲身上继承了这种粗鲁的专横，非要使我最亲爱的那些怀着希望的人们感到害怕不可，他们心安理得地用这些希望欺骗着自己，而我却偏要向他们揭穿这种安全感的不可信；眼看阿尔贝蒂娜瞒着我，自说自话地盘算好了这么个出门计划，虽说这计划她只要事先告诉我，我一准会极力促成其实现，尽量使她感到轻松愉快，但此刻我却偏不想让她自在，于是我装作心不在焉地回答她说，明天我也要出门。

我开始向阿尔贝蒂娜建议去一些使她去不成维尔迪兰家的地方，口气之间透出一种装出来的冷漠，我想用这种态度来掩饰自己的神经紧张。可是她一眼就给看穿了。我的紧张在阿尔贝蒂娜身上遇到一种反向的电力作用，一下子给弹了回来；在她的眼睛里，我瞅见的是迸射而出的点点火星。可是到这会儿再来注意她的这双眼睛，还管什么用呢？长久以来，我怎么会没有注意到，阿尔贝蒂娜的这双眼睛属于那类（即使在一个极其普通的人身上也有这种情形）像万花筒一样由许许多多小片拼成，其成分视当天此人想去哪些地方——以及对其中哪些地方秘而不宣——而定的眼睛呢？这双眼睛，平时由于说谎而一直软绵绵的没有一点光彩，可是赶上要去赴约，要去赴一个她决计要去的幽会，这双眼睛顿时会变得神采奕奕，从中可以测量得出路程的米数或公里数，这双眼睛，固然会对着诱惑它们的快乐而漾起笑意，但也更会由于赴约可能受阻而布上忧伤沮丧的黑圈。这种女人，即使你把她捏在手心里，她也会逃脱的。要想弄明白为什么这种女人能够，而别的好些甚至更美丽的女人却不能在你心里激起波澜，就必须考虑到她们并非静止不动，而是始终处于运动之中的，从而她们赋予了自己的外表一种堪与物理上表示速度的符号相当的标记。

倘若你影响了她们的日程安排，她们就会把原先想瞒着不告诉你的那桩好事向你摊牌："我可真想五点钟能跟某某我最要好的朋友一起喝茶点！"可是你瞧着吧，等半年过后，你认识了那位某某，这时你就会明白，你影响了她的安排的这位姑娘，是为了让你别缠住她，才布下这个迷魂阵，告诉你她是跟一个要好朋友每天在你见不到她的某个时间一起去喝茶的，你还会知道，那位某某的府上，她压根儿就没去过，她们两人从来也没有在一起喝过茶，因为她对那位某某说，她整天都抽不出空，而陪的不是别人，正是你。这就是说，她告诉你说她要去共进茶点、央求你让她去共进茶点的那个人，这个临时应急的托词，并不是那位某某，其中还有另一个人，还有另一件事！另一件事，可那是什么事呢？另一个人，又是谁呢？

唉，这双魂牵远方、忧郁难消的万花筒般千变万化的眼睛啊，它或许能帮我们测量距离，却没法为我们指示方向。无边无垠的可能性的原野展现在我们面前，即使我们碰巧瞅见真实性就在眼前，也会以为它还远在可能性的旷野之外，结果反会一头撞在这堵突兀冒出的墙上，猛地一阵眩晕，仰面摔个大跟斗。对这种运动，这种逃逸，我们甚至都不用去寻踪循迹，只要定神想想就能了然于心。她答应过给我们写信，于是我们安下心，从爱河中一骨碌爬了起来。可是信没来，邮班等了一班又一班，还是不见信来，“出什么事啦？”忧虑一起，又坠入了爱河。令我们感到悲痛的，往往就是这些激起我们爱情的人儿。因为每当我们为她们体验一次新的忧虑，她们的人品就会在我们眼里失去一层光彩。我们对痛苦逆来顺受，认定爱已是身外之物，我们发觉爱情和忧伤休戚相关，爱情也许就是忧伤，它的对象只是在一种很次要的意义上才是那个黑发姑娘。可是不管怎么说，毕竟是她们激发了我们的爱情。

在绝大多数情况下，爱情只有在融进一种唯恐失去它或是担心不能得到它的情绪时，才会以形体作为对象。而这种忧虑又跟形体有着不解之缘。它给形体添上了一层甚至比美貌更为吸引人的光彩，我们平时看见有的男子置美貌的女子于不顾，发疯似的去爱那些在我们看来很丑的女子，其中的一个原因就在于此。这些女人，这些逃逸的女人，她们自己的品性以及我们的忧虑不安都给她们安上了翅膀。即使她们就在我们身边，她们的目光似乎也在告诉我们，她们是要飞走的。这种由翅膀添加上去的甚于美貌的光彩，其证据就是，同一个人在我们眼里常常会时而是有翅膀的，时而又是没有的。我们愈是害怕失去她，就愈是忘记还有别的女人的存在。但等到我们确信她是我们的了，我们就会把她和别的女人相比，而且立刻就会觉得人家更可爱。由于忧虑的情绪和确信的感觉是可以每隔一个星期就交替一次的，所以一个女人这星期可以让我们为她不惜牺牲一切，下星期却可能会自己成为牺牲品，而且循环往复，长此以往。要能理解这一点，就要懂得（以每个男人在他一生中至少有过一次的不再去爱一个女人、忘记这个女人的体验中去懂得）一个女人在她已不再能拨动我们心弦的时候，就如她还不曾拨动过我们心弦的那会儿一样，几乎是不值什么的。如果明白了这层道理，那么我们就逃逸的女人所说的这些意思，对被隔在藩篱后面、我们以为永远得不到她们的那些女囚，也同样是适用的。因而，男人通常嫌恶拉皮条的女人，因为这种女人方便了逃逸，增强了诱惑，但是反过来说，倘若他们爱上了一个被幽禁的女人，他们又会去求助这种女人帮他的意中人逃脱樊笼，把她带到他们的身边。和被我们诱拐的女子的结合，总是好景不长的，原因就在于我们对她们全部的爱，无非就是生怕得不到她们和唯恐她们逃走，而一旦把她们从丈夫身边骗了出来，从剧院的舞台拽了下来，从离我们而去的诱惑中拉了回来，总之，从我们的不论哪一种不安情绪中分离了开来以后，她们就仅仅是她们自己，也就是说几乎什么也不是了，于是，被那个男人垂涎已久的她，很快就会被曾经那么害怕被她抛弃的那个男人所抛弃。

我问自己："我以前怎么就没想到这些呢？"可是，难道我真的没从到巴尔贝克的第一天就想到这些吗？难道我真的没猜度过阿尔贝蒂娜是这样一种姑娘，在她们肉体的躯壳里面，有比在——我不是说比在纸牌尚未抽出的牌盒中，或是比在人们还没入内的教堂和剧场中，而是说比在一望无际、川流不息的人群中更多的隐蔽的生命在搏动着。不光是有这么些生命，而且每个生命都有着自己的需要，自己充满肉感的回忆和焦虑不安的探求。在巴尔贝克那会儿，我的心情不曾感到纷乱，因为我根本没想到过有一天我会去追寻那些甚至会把人引向歧途的踪迹。即便这样，阿尔贝蒂娜在我眼里已经是由所有这些生命，以及这些生命的一切需要、一切肉感的回忆叠合而成的一个完整的生命。既然有一天她对我提到了“凡德伊小姐”，我心里巴望的自然就不是扯下她的衣裙来瞧她的身体，而是透过她的身体去看清写着她的回忆、写着今后那些热情的幽会日期的记事簿的每一页。

一些似乎微不足道的小事，当一个我们所爱的人（或者一个就缺那份让我们去爱的狡黠的人）对我们隐瞒了它们以后，竟会陡然间变得那么意味深长！痛苦本身并不一定会激发我们对引起这痛苦的人的爱憎：对一个引起我们疼痛的外科医生，我们是无所谓爱憎的。可是一个女人，如果她长久以来一直在对我们说，我们就是她的一切（并非她是我们的一切），而我们也喜欢瞧她、吻她、抱她坐在膝上，那么我们只要从她那儿遭到一次意外的推拒，因而发觉我们并不是想怎么着就能怎么着的，就会感到大为震惊。这时，失望会在我们心里不时勾起对久已忘却的痛苦往事的回忆，然而我们又知道，唤醒这些回忆的并不是这一个女人，而是曾经用她们的无情无义在我们的记忆中留下道道瘢痕的别的一些女人。当爱情全然要由谎言煽起，而其内容乃是冀求看到自己的痛苦能由制造这痛苦的人来抚平，这时在这个世界上我们怎么会有活下去的勇气，又怎么能采取行动去抵御死亡呢？要想从发现这种欺骗和推拒后的沮丧中解脱出来，有一副烈性药就是求助于那些让我们觉得在她的生活中比我们关系更密切的人，尽量跟这个推拒我们、欺骗我们的女人对着干，对她要手腕，让她怨恨我们。可是，这种爱情的折磨又是那样一种折磨，它能叫受害者无一幸免地耽于幻想，以为只要变变姿势就会得到那种悬空的舒适。唉！我们这样做还嫌做得不够吗？在这种爱情中，恐惧全然是由不安引起的，它的根子，就是我们在自己的樊笼里翻来覆去不停忖量着的那些毫无意义的话语；况且，我们的恐惧因她们而起的那些女人，也极少能使我们的肉体在完满的意义上感到愉悦，因为我们借以选择这一时机的，并非那种无法遏制的强烈需要，而是某个不期而至的极度不安的瞬间（这个瞬间，会由于我们性格的懦弱而无限延长，它每晚重复着它的尝试，最终都只是变成了镇静剂而已）。

我对阿尔贝蒂娜的爱情，无疑还不是由于意志薄弱而变得兴味索然的种种爱情中最乏味的那种，因为它还不是完全柏拉图式的；她给了我肉体上的满足，而且她还挺聪明。但这一切又都是多余的，不相干的。我脑子里经常想到的，并不是她会说些什么聪明话，而是这句那句使我对她的行为起疑心的话；我回想她是否说过这句或那句话，用的是什么口气，在什么场合，回答的是我的哪句话，我竭力想起她跟我说话时的整个场景，想起她是在什么场合表示要去维尔迪兰府上做客，而我又是说了哪句话使她脸有愠色的。而那桩最要紧的事，我却并没花费这么多心思去寻根问底，去探究当时确切的气氛和情调。也许这些忧虑不安到了某种使我们不堪承受的地步以后，我们有时反倒会把它们撇在一边，安安生生地睡上一夜。我们所爱的姑娘要去参加一个宴会，而对这种宴会的真实性质，我们已经在心里掂量过好些时日，我们也受到了邀请，在宴会上那姑娘目光始终没有离开过我们，除了我们也不跟任何人交谈，我们把她送回家，这时只感到平日里的焦虑不安都已烟消云散，此刻享受的是一种充分的休憩，如同长途跋涉过后的一场酣睡那般大补元气。一次这样的休憩，无疑值得我们为它付出高昂的代价。但是，若是当初能做到不去给自己买下那份要价甚至更高的烦恼，事情岂不更简单？况且我们知道得很清楚，尽管这种暂时的休憩可以很充分很深沉，忧虑和不安毕竟是无法排遣的。这种忧虑不安，甚至往往还是由一句本意在让我们得到休憩的话给勾起的。妒意的乖张，轻信的盲目，都要比我们钟爱的这个女人所能想象的程度强烈得多。她主动对我们赌咒发誓着说某人只是她的一个朋友，我们暗中却不由得吃了一惊，因为我们这才知道——先前简直就没想到过——那个男子居然会是她的朋友。她为了表白自己的诚意，还一五一十地讲给我们听，当天下午他俩是怎样一起喝茶的，听着听着，我们原先没法看到的场景、没法猜到的情状，仿佛都在眼前显现了出来。她承认说，那人要她当他的情妇，使我们感到揪心的是她居然若无其事地听着他说这种话。她说她拒绝了。可是这会儿，当我们回想起她告诉我们的这番话的时候，我们不禁要忖度一下这种拒绝是否真诚，因为在她絮絮叨叨讲给我们听的事情中间，缺乏一种必要的、逻辑的联系，而这种联系恰恰是比一个人所说的许许多多话更能表明它们的真实性的。随后她又用一种鄙夷不屑的口气说："我挺干脆，对他说这事没门儿。"无论哪个社会阶层的女人，每当她要说谎时，往往都是用的这种口气。可我们还得感谢她拒绝了那人，还得用我们的诚意鼓励她今后继续向我们做这种残酷的表白。我们至多添上这么一句："不过，既然他已经提了这种建议，您怎么还能跟他一块儿喝茶呢？""我不想让他记恨我，说我不够朋友。"我们不敢对她说，她要是拒绝跟他一起喝茶，或许就对我们更够朋友些。

另外，使我大为吃惊的是阿尔贝蒂娜还告诉我，她觉得我说自己不是她的情人（我这么说是为了顾全她的面子）说得很对，因为，她补上一句，"事情明摆着，您不是嘛。"诚然，我也许算不上一个百分之百的情人，可是我不免要想，莫非我俩一起干过的所有那些事儿，她跟每个她赌咒发誓不是人家情妇的男人都干过不成？我情愿出任何代价来弄明白阿尔贝蒂娜到底在想些什么，她去看的是哪些人，她爱上的又是哪些人——说来也奇怪，当初对希尔贝特，我已经体验过同样的愿望，不顾一切地想知道那些今天看来根本不值得介意的名字和事情，现在竟然还会不顾一切地想这么做！其实我也知道，阿尔贝蒂娜的所作所为，就其本身而言并不见得会更值得介意些。但事情就是这么怪，如果说初恋以它在我们心间留下的脆嫩的创痕，为以后的恋爱提供了通道，我们都甭指望因为看到的是相同的症状和病情，就能从初恋中找出治愈新伤的办法。再说，难道真有必要去了解一桩桩的事实吗？难道我们不是从一种普遍的意义上，一眼就已经能看出这些有事瞒着我们的女人干吗要说谎或沉默吗？这中间难道还会有错不成？我们一心要让她们开口的时候，她们却表现出三缄其口的美德。但我们仍能在心里感觉得到，她们一准对那些男人信誓旦旦地说过：“我绝不会说的。谁也甭想从我嘴里问出半句话来，我会守口如瓶。”

一个人把自己的幸福、自己的生命，都交托给了另一个女人，然而他清楚地知道，不消十年，早晚有一天他就会拒绝再给她这份幸福，他会宁愿保留自己的生命。因为到那时，这女人已经离我们而去，剩下我们孤零零的，一无所有。把我们和这些女人维系在一起的，是千丝万缕的根须，是对昨夜的回忆和对明早的憧憬联成的数不胜数的游丝；使我们陷于其中无法脱身的，就是这张由日复一日的生活所结成的连绵不断的网。正如有的吝啬鬼是通过慷慨在攒钱一样，我们这些浪荡子是通过吝啬在挥霍，与其说我们是为了那个女人，倒不如说我们是为了她每日每时都能从我们身上取去维系在她周围的所有那一切，在奉献我们的生命；跟她得到的所有那一切相比，我们尚未生活过的、相对来说还属于未来的那个生命，就显得那么遥远而冷漠，显得那么生疏，那么不像是属于我们所有的。这些网远比她的人重要，我们该做的事就是从中挣脱出来，然而它们却有种效能，会使我们身上产生出一种对她的暂时的责任感，这种责任感使我们不敢离开她，生怕遭到她的贬责，而事过以后，我们或许是会敢于这么做的，因为她离开了我们就不会再是我们自己，而我们其实是只有对我们自己才会产生责任感的（哪怕当这种责任感，从表面上看似乎很矛盾，会导致自杀时，亦是如此）。

倘若我不爱阿尔贝蒂娜（这一点我不能说得很肯定），那么她在我的生活中所占的地位是极为寻常的：我们与之一起生活的并不是我们所爱恋的对象，我们与之一起生活，只是为了扼杀那不堪忍受的爱，不论那是对一个女人，一个地方，抑或是对一个使人想起某个地方的女人的爱。但倘若我们连这个对象也得分离，我们是不会有勇气重新去爱的。对于阿尔贝蒂娜，我却还没到这种程度。她的谎话，她的供认，都给我留下了探明真相的任务：她说谎说得这么多，是因为她不仅仅像那些自以为被人爱上的女人那样喜欢说说谎，而是生来（跟那不相干地）就是个爱说谎的女人（而且极端变化无常，甚至连在对我讲真话，比如讲她对人家的看法时，也每次都讲得跟前回不一样）；她的供认，因为非常难得，而且三言两语就没有下文了，所以凡是涉及过去的，其中总会有大片大片的空白，留待我去补缀——为此当然首先要了解——她的生活经历。

至于眼下的情形，我从弗朗索瓦丝那种女巫预言般的话里听出的意思是这样的，阿尔贝蒂娜不是在个别的事情上，而是归总整个儿地在对我说谎，并且我“早晚有一天”也会知道所有那一切的，瞧弗朗索瓦丝的样子，她是已经知道所有那一切的，但她不肯告诉我，而我也不敢去问她。弗朗索瓦丝想必是出于当初嫉妒欧拉莉的同样的动机，所以才尽说些听上去荒诞无稽的话头，影影绰绰地让我觉着她是在很荒唐地暗示那可怜的女囚（她尽爱恋些女人们）想跟一位看来并非是我的某人结婚。如果真有此事，那么除非弗朗索瓦丝有心灵遥感的本领，否则她怎么能够得知呢？当然，阿尔贝蒂娜对我说的话并不能使我真的释然于怀，因为那些话一天一个样，就像一个转到看上去像是不动的陀螺，颜色时时在变。不过，看来弗朗索瓦丝很可能是由于嫉恨才这么说的。她每天都要说下面这样一通话，在我母亲不在的情况下只好由我恭听了：“您待我好，那是没说的，我永远忘不了感激您的恩惠（这么说大概是让我有个由头对她表示感激），可如今这府上给弄得乌烟瘴气，因为善良把奸诈让进了这屋里，智慧成了我所见过的最蠢的婆娘的保护伞，任凭您有一百个优雅、礼貌、才情、体面，有一位王子那样的外秀内慧，可您听任她把规矩撇在一旁，耍花招，设圈套，我在府上干了四十年了，而今瞧着这种伤风败俗，最粗俗、最低贱的丑事儿，都觉得丢尽了脸。”

弗朗索瓦丝对阿尔贝蒂娜最耿耿于怀的，就是她居然得听这个府上的外人的使唤，这样活儿就加了码，把咱们这个老女仆的身子给累垮了（尽管如此，这一位却不肯让人帮她干掉点活儿，因为她不是一个“废物”）。她的神经紧张，她的恨意难消的愤愤不平，由此都可得到解释。当然，她巴不得阿尔贝蒂娜-爱丝苔尔能滚蛋。这是弗朗索瓦丝的一大心愿。它给这位老女仆以安慰，使她的情绪得以平静下来。不过照我看来，问题还不止于此。如此难消的恨意，只能是出自一个劳累过度的血肉之躯。弗朗索瓦丝比尊重更需要的是睡眠。

趁阿尔贝蒂娜去换衣服的当儿，我想尽快把事情弄明白，于是抓起了电话听筒；我向无情的女神赔着小心，可还是激怒了她们，这怒气传到我耳朵里就是两个字：“占线。”安德烈在跟人家聊天哩。我一边等着她打完这个电话，一边在心里想，既然很多画家都对十八世纪的女性肖像画那么感兴趣——那些画上，精心设计的场景是一种假托，是用来表示等待、赌气、关注和沉思的，那么为什么没有一位当代的布歇或者弗拉戈纳尔[1]，一如《信》《羽管键琴》那般，画下这么个可以称作《电话机前》的场景，将握着听筒的女子唇上那抹唯其因为知道没人看见才这么真实自然的笑容表现出来呢？电话总算通了，安德烈可以听见我说的话了：“您明天来接阿尔贝蒂娜出去吗？”当我说出阿尔贝蒂娜这名字的时候，我想起了那次在德·盖尔芒特亲王夫人府的晚会上，斯万对我说“请来看看奥黛特”的当儿在我身上激起的那种妒羡，当时我想，不管怎么说，在一个名字里必定蕴含着某种很要紧的东西，而它，在旁人眼里也好，在奥黛特眼里也好，都只有在斯万嘴里才会具有它那绝对占有的意义。对整个儿一个存在的这样一种——概括在一个词儿里的——占有，每当我坠入爱河时，总让我感到一定是非常甜蜜的！可是，事实上，当我们能说出这名字的时候，要不是它已经使我们感到漠然不相干似的，就是习惯虽然还没把温情销蚀殆尽，却已把它的甜

[1] 布歇（1703—1770）：法国画家，洛可可风格的主要代表。弗拉戈纳尔（1732—1806）：法国画家，布歇的学生。这两位画家的作品大多以贵族生活为题材。

蜜变成了痛苦。我知道只有我才能用这种口吻对安德烈说“阿尔贝蒂娜”。可是我觉着，无论是对阿尔贝蒂娜，对安德烈，还是对我自己，我又都是那么无足轻重。我意识到爱情是撞在不可能性这堵墙上了。我们以为爱情的目标就是这么一个存在，它安睡在我们面前，寓于一个躯体之中。可是，唉！爱情却是这个存在向它在空间和时间中曾经占据或将要占据的所有那些地点和瞬间的扩张。如果我们没有掌握它与这个或那个地点、这个或那个时刻的联系，我们就没有占有它。然而我们是不可能触摸到所有这些地点和瞬间的，倘若这些地点和瞬间都是一一指明的，或许我们还能设法去摸到它们。可是，我们只是四下瞎摸，结果一无所获。这就发出了怀疑、嫉妒和痛苦的困扰。我们把宝贵的时间浪费在荒诞无稽的线索上，与事情的真相擦肩而过却浑然不觉。

可是那些拥有行动神速令人咋舌的奴仆的、爱发脾气的女神，她们中间有一位已经在不高兴了，倒并不是因为我在说话，而是因为我没在说话。“听着，线空着呢！我已经给您接通好半天了，现在我要拉线了。”不过她没真这么做；正如一位接线员经常会是位大诗人那样，她让我感觉到安德烈就在我跟前，在她四周充盈着家庭的，地区的，以及作为阿尔贝蒂娜的朋友所特有的那种生活的气氛。“是您吗？”安德烈对我说，那位有神力能让声音跑得比闪电还快的女神，把安德烈的声音以一种不可思议的速度向我掷来。“您听着，”我回答说，“你们爱去哪儿都行，可千万别去维尔迪兰家。明天您说什么也不能让阿尔贝蒂娜上那儿去。”“可她说了明天要上那儿去的呀。”“啊！”

说到这儿我不得不打住话头，还做了些吓唬人的动作，因为虽说弗朗索瓦丝依然——仿佛这是件像种牛痘一样恼人，或者像坐飞机一样危险的事情似的——不肯学会听电话，所以碰上那些即便让她听见也无妨的电话，她倒确是不来管我们的，可是反过来，如果我是在打一个不想让人知道，特别是不想让她听见的电话，每次她总会即刻出现在我的屋里。好不容易才见她磨磨蹭蹭地捧着一包杂物走出房间，这些东西从昨晚起就在这屋里了，而且就是再放上一个钟头也不会碍任何事的；临走前她还往壁炉里添了块柴，其实她的闯入已经让我憋了一肚子火，再加上我生怕接线员小姐真的“拉线”，所以浑身燥热，根本不用她来添什么火。“对不起，”我对安德烈说，“刚才有事给打断了。那她明天是非上维尔迪兰家去不可了？”“非去不可，不过我可以对她说您不喜欢她去。”“不，不用这么说；说不定我还会跟你们一起去呢。”“啊！”安德烈的这声“啊”好像很不高兴而且被我这种硬撑到底的厚颜无耻给吓着了似的。“好了，我要挂了，请原谅我为这么点小事来打扰您。”“哪儿的话，”安德烈说着还（因为现在电话的使用已很普遍，于是就像过去有喝茶时的客套话一样，电话也有了一套专门的客套话）加了一句，“能听到您的声音，我感到不胜荣幸。”

我也能这么说，而且比安德烈更真心诚意，因为刚才她的声音深深地打动了我的心，我还从来没有注意到她的声音跟别人有这么大的区别。于是，我回想起许多别人的声音，尤其是女人的声音，她们有的在想说明白一个问题或者集中注意力时会变慢下来，有的说得激动时，滔滔汩汩的话语会让她们气喘吁吁，甚至说不上话来；我逐一回忆我在巴尔贝克认识的每位姑娘的声音，又回忆起希尔贝特的，然后再是外祖母和德·盖尔芒特夫人的；我发现它们都是不一样的，每人的声音都是用自己特有的语言模子压出来的，都是用不同的乐器吹奏出来的，我在心里对自己说，当我看见几十、几百、几千个人的所有这些声音唱起颂歌，和谐悦耳、音色丰满的歌声冉冉升起，飞向天主的时候，旧日画家笔下由三四个音乐天使在天堂演奏的音乐会该是多么黯然失色啊。我挂电话前没忘记向那位握有传声速度大权的小姐诚惶诚恐地说了些表示感谢的话，谢谢她以自己的神力将我卑微的话语变得比雷鸣快过百倍。可是除了线路被切断，我的感恩没收到任何其他的回答。

阿尔贝蒂娜回我屋里来时，穿着一条黑色缎子长裙，更显得面色发白，就像个由于缺乏新鲜空气，由于到处都是人群的氛围，或许还由于不够检点的生活习惯而变得苍白、热情、孱弱的巴黎女人，那双眼睛因为没有了脸颊上红晕的辉映，看上去更显得忧虑不安了。“您猜，”我对她说，“我刚才给谁打电话了：安德烈。”“安德烈？”阿尔贝蒂娜的这声尖叫显得吃惊而激动，按说这么个再普通不过的消息是不至于让她这么激动的。“我想她大概没忘记告诉您我们那天碰到维尔迪兰夫人的事吧？”“维尔迪兰夫人？我不记得她提起过呀。”我装作在想旁的事情的样子回答她说，这同时也是为了显得对她们的相遇并不在意，以及为了不至于出卖安德烈，把她告诉我阿尔贝蒂娜要去哪儿的这件事漏出口风来。但是谁能知道安德烈自己会不会出卖我，明天会不会把我要她无论如何别让阿尔贝蒂娜去维尔迪兰家的这回事告诉阿尔贝蒂娜，或者会不会早就把我几次让她干的类似的事都透露给阿尔贝蒂娜了呢？她对我信誓旦旦地说过她从没说过，可是在我心底里有一种印象在跟它抗衡，那就是不知从什么时候起，阿尔贝蒂娜脸上没有了那种很久以来一直对我表露的信任的表情。

在恋爱中，痛苦偶尔也会消停一下，但那是为了换一种新的形式重新出现。我们流着泪，眼看自己心爱的女人对我们已经没有当初那种充满爱怜的冲动和含情脉脉的亲昵，更使我们感到痛苦的是，从我们这儿消失的这一切，她们却都拿去给了别人；然后，一种更使人肝肠寸断的新的悲怆攫住了我们，令我们暂时忘却了适才的痛苦，因为我们怀疑她所说的昨晚的经过是一派谎话，她必定有什么事情在瞒着我们；而后这种怀疑也消歇了，她对我们表示的情意使我们平静了下来；然而正当此时，一句原来已经忘却了的话从脑海中跳了出来：有人对我们说过，她在交欢时是充满激情的，而我们见到的她总是那么冷静；我们没法想象她跟别人的那种癫狂的样子，感觉到自己在她眼里是那么的无足轻重，我们想起每当我们说话时，她的脸上总有一种厌倦、抑郁、忧愁的神态，我们注意到她跟我们在一起时总穿着满天乌云似的黑睡裙，而那些当初她用来取悦于我们的漂亮衣裙，现在是专门留着在别人面前才穿的。如果情况正相反，她对我们显得温情脉脉，那一时刻该是多么快活啊！可是，瞧着这条纤巧的舌头伸出来像是邀人吻它似的，我们不由得会想，它准是伸给那些姑娘伸惯了，所以即便是和我在一起，即便她也许根本没想到她们，也仍然会这么伸出来，因为这是一种长期养成的习惯，一个下意识的标记。随后，那种感觉又冒了出来，我们觉得自己是使她感到厌倦了。但是，骤然间这种痛苦又变得无足轻重了，我们想到了她的生活中那段不为我们所知的阴暗的往事，想到了那些我们无从知晓的地方，她曾经在那儿生活过，也许现在当我们不在身边时也还去那儿——即使她并不打算真的就在那儿生活下去，她在那儿远离我们，不属于我们，比跟我们在一起时更快活。嫉妒的走马灯就是这样的转个不停。

嫉妒还是一个驱除不去的魔鬼，它随时都会以新的化身重新出现。即便我们能把心爱的姑娘永远留在自己身旁，邪恶的精灵也会摇身一变，变成一种更令人绝望的痛苦，那就是一种只有靠强迫才能得到她的忠贞的悲哀，一种不被人爱的悲哀。

有些夜晚阿尔贝蒂娜仍是很温柔的，但她再也没有当初在巴尔贝克冲着我说“可您对我真好！”时的那种意兴勃发的激情了，而且，尽管她现在心里对我有股怨气，但因为她认为它们是无法消弭也无法忘却的，所以她并不把这种怨意对我流露出来，看上去仍使我觉着她的内心并没保留半点怨意地在向我靠拢，然而这种未经挑明的怨尤，毕竟仍然在她和我中间留下了痕迹，那就是她说话时意味深长的谨慎态度，以及那种令人既尴尬又无奈的沉默。

“可以让我知道您为什么要打电话给安德烈吗？”“我想问问

她，要是我明天跟你们一块儿去，是不是会妨碍她，我在拉斯普利埃那会儿，就答应过要去维尔迪兰府上拜访的。”“那当然随您便啰。可是我得提醒您，今儿晚上有浓雾，到明儿还散不了。我说这话是不想让您受凉生病。您知道，我当然最希望您能跟我们一块儿去了。不过，”她若有所思地接着说，“我根本还不知道明儿去不去维尔迪兰家呢。他们家待我这么好，我实在是受之有愧。除了您，他们就是待我最好的人了，可是他们家有些地方让我挺不喜欢的。反正明儿我一准得去‘好商佳’或是三区商店买条白颜色的披巾，要不那条黑裙子颜色太暗了。”

让阿尔贝蒂娜独自上一家人群摩肩接踵的大商场，那儿出口又特别多，一个女人事后总可以说她出了门没能找到停在远处等她的那辆汽车，我打定主意不同意她这么做，而我的心绪不由得也变得黯然了。然而，我并没有想到，其实我也许在很久以前早就不曾看见阿尔贝蒂娜了，因为她是在这么个可悲的时期进入我的生活的，其间，一个女人被像粒种子似的撒进空间和时间以后，在我们眼前已不复是一个女人，而是一连串我们无法弄清真相的事件，一连串我们无法解决的问题，以及一片我们可笑地想如薛西斯那样鞭笞它、惩罚它的吞噬了一切的大海。一旦这个时期开始了，我们就注定是要被征服的。那些及早识得其中三昧的人是有福了，他们不会苦苦地去进行一场被想象的极限所团团围死的徒劳无益、精疲力竭的争斗，嫉妒在这场争斗中可怜地挣扎着，就好比一个可怜的男子，当初他只要看见那个总在他身旁的女人把目光在别人身上停留片刻，就会想象出一幕私通的场景，就会感到痛苦万分，后来却终于也出于无奈，不单是允许她单独出门，有时还让她跟着那个他明知是她情人的家伙出去——与其不明不白地被蒙在鼓里，他宁可受这份自己至少还能明白的折磨！这是一个定下某种节奏的问题，以后，习惯就会让你随着这节奏亦步亦趋。神经官能症患者绝不肯从任何一次晚宴离席而去，尽管他过后总得好生静养，睡多久也睡不够似的；不久前还举止很轻佻的女人，从这以后就忏悔度日了。嫉妒的恋人为了监视心爱的女人，曾经缩减自己睡眠、休息的时间，却感觉到她的欲望从空间上说是那么广漠而神秘，从时间上说则比他们更强，于是他就让她独自出门，让她去旅游，最后和她分手。就这样，嫉妒由于缺乏养料而枯竭了，它只有在不断得到给养补充时才能长盛不衰。而我，离这种情形还差得远呢。

没错，我现在是自由得很，多会儿想要跟阿尔贝蒂娜一起出去兜兜风，就能说走就走。由于近来在巴黎近郊修了一些机场——它们之于飞机，就如港口之于航船——因而自从有一天在拉斯普利埃附近颇有些神话色彩地碰上那位驾机掠过惊了我的马的飞行员，而我就此把这次奇遇看作一种特许的标志以后，我就常常喜欢把一天出游的终点站定在——阿尔贝蒂娜对此也挺乐意，因为她对所有的体育活动都倾心爱好——其中的某个机场。我和阿尔贝蒂娜来到那儿，心醉神迷地望着飞机升起降落的一派忙碌景象，这种景象对热爱大海的人来说，会使海堤的漫步或沙滩的休憩变得分外迷人，而对热爱天空的人来说，则会为飞行中心近旁的溜达带来可爱的魅力。不时可以看到在一群静静地待着，仿佛下了锚似的飞机中间，有好些机械师在费劲地拉动一架飞机，就像在沙滩拖动一艘游客租去在海上兜风的帆船。随后引擎响了，飞机在跑道上鼓足劲儿往前奔去，然后陡然间，靠着水平速度骤然转换而成的巨大的竖直升力，它以垂直的姿势慢慢地上升了，那样子笨拙而艰难，看上去竟像没有在动似的。阿尔贝蒂娜喜形于色地向机械师问这问那，这时飞机已经上天，他们都陆续走回机棚来了。而这时，那位天际游客已经飞出几公里开外了；我们凝望着那艘庞大的轻舟，眼看它在碧蓝的天际渐渐地变成一个几乎望不见的黑点，不过，在我俩的散步结束以前，它还会飞回来，它的身形会渐渐变长、变大，质感也会愈来愈清晰。驾驶员跳下地面时，阿尔贝蒂娜和我妒羡地望着这位天际游客，他刚刚逍遥自在地遨游了寂远的天际，享受了傍晚时分的宁静和澄莹。然后，我们从飞机场，或是从刚参观过的某个博物馆或教堂一起回家共进晚餐。可是我的心情却不像在巴尔贝克时那样平静，当时我俩一起外出的机会要少些，但我不仅满心欢喜地看到出游持续了整整一个下午，而且过后不时还会瞥见它花团锦簇般地从阿尔贝蒂娜的生活里凸现出来，犹如当我们摒弃一切思虑，望着天空怡然出神时，瞥见它从寥廓的天空中凸现出来一样。阿尔贝蒂娜的时间，从数量上来说，当时并不像今天这么充裕地归我所有。但我觉得当时她的时间更真正地属于我所有，因为我只想着——我的爱情也为之兴奋激动，好像受到一种恩惠的赐予——那些她和我一起度过的时光；而现在呢——我的嫉妒焦躁不安地在其中寻觅行为不端的蛛丝马迹——尽是她不和我在一起的那些时间。

可是昨天，她准会想要有些这样的时光。我必须做出选择，或者中止痛苦，或者中止爱情。因为，爱情就像它起初由欲念所形成那样，它后来唯有靠痛苦的焦虑才能维持生存。我感觉到阿尔贝蒂娜的一部分生活正在从我面前逃逸。爱情，处在痛苦的焦虑中就如处在幸福的渴求中一样，是非要整个儿得到才罢休的。只有当有些部分还没被征服时，爱情才会产生和持续。我们所爱的总是我们还没有全部占有的东西。阿尔贝蒂娜对我说谎，说她可能不去看维尔迪兰一家子，就像我对她说谎说我想上他们家去一样。她无非是想让我别跟她一起出去，而我，这么突如其来地宣布一个我从没想过要实行的计划，则是为了触到她身上我猜想最敏感的痛处，追踪她藏在心里的那个欲望，逼得她承认明天有我在她身边是会妨碍她如愿以偿的。其实，她突然表示不想去维尔迪兰家，也就是承认了这一点。

"要是您不想上维尔迪兰家去，"我对她说，"在特罗卡德罗广场倒有场很精彩的募捐演出。"她依了我的话，但带着一副愁眉苦脸的样子。我对她又开始像在巴尔贝克我第一次感到嫉妒时那样，变得很严厉了。她脸上露出失望的表情，我就用我小时候父母经常用来教训我的，对我那未曾被人理解的童年显得既不明智又很残酷的那些道理，来训斥阿尔贝蒂娜。"不，您做出这副苦相也没用，"我对她说，"我不会因此就怜悯您的；要是您病了，要是您遭到了什么不幸，要是您死了哪个亲戚，我会怜悯您；可您对这些也许倒无所谓，因为您已经把廉价的伤感情绪都滥用在毫无意义的事情上了。再说，我也不欣赏有些人的多愁善感，她们装得很爱我们，却连一点点小事情也不能为我们做一下，她们想到我们时是那么心不在焉，以至于会忘了把托付给她们的那封跟我们前途攸关的信给发出去。”

这些话——我们说的话中间，有一大部分无非就是背诵记忆中的话语——我以前听母亲说过不知多少次了，我母亲（她动辄向我解释说，不该把真情实感和多愁善感混为一谈，“这两个词儿，”她说，“在德语里叫 Empfindung 和 Empfindelei。”德语是她大为赞赏的一种语言，尽管我父亲对这个国家非常反感）有一次在我哭的时候，甚至对我说什么尼禄也许很神经质，而且就为这才那么坏。说真的，就像那些生长过程中分蘖成两枝的植物一样，在当年的我那个敏感的孩子旁边，现在并排地出现了一个另一种类型的男子，他有健全的理智，对别人病态的多愁善感持严厉的态度，就像当年父母对我那样。也许，正因为每人都必须让先人的生命在自己身上延续下去，所以先前在我身上并不存在的那个沉着冷静、冷嘲热讽的男子，跟那个敏感的孩子合为一体了，而轮到我像我父母曾经对我的那样对待别人，也就很自然了。何况，这个新我形成之际，我发现一套套的用语就在这个新我的记忆里现成地贮存着呢，有冷嘲热讽的，也有训斥骂人的，那都是人家曾经对我说过的，现在我只要拿来去对别人用就是了，这些话非常自然地从我嘴里说出来，或许是我凭模仿和联想从记忆中找到了它们，或许是由于生殖能力美妙而神秘的魅力不知不觉地在我身上，就如在植物的叶片上一样，留下了我的先人所有过的同样的语调、手势、姿态的痕迹。再说，难道我母亲（无意识的潜流从我身上每个细小的地方流过，使我变得跟父母愈来愈像了，就连手指最细微的动作亦然如此）不曾因为我跟父亲敲门那么相像，而在我进门时把我当成父亲吗？

另一方面，截然相反的东西成双结对则是生活的律法，繁殖的根源，也是无数不幸的起因，正如人们后来看到的那样。通常，我们憎恶与自己相似的人，要是从外面看到我们自身的缺陷，我们往往恼羞成怒。有的人过了表现天真无邪的年龄，比方遇到棘手无比的时候，便摆出一副冰冷的面孔，对他们来说，要是在一个更加年轻、天真或愚蠢的人身上暴露出他们的那些缺陷，那他们就会倍加气恼，且憎恨这些缺陷。有一些敏感的人，对他们来说，从其他人眼里看见自己强忍住的泪水是件恼火的事情。过分的相似使家庭濒于破裂，尽管还有感情存在，而且有时感情越深便越是如此。

也许在我身上，在许多人身上都是这样，我所变成的这第二个人仅仅只有第一个人的面孔，狂热兴奋，对自身敏感，对其他人则是贤达的良师益友。若从他们与我的关系或对他们本身进行衡量，我的父母也许就是如此。就我的外祖母和我的母亲而言，她们对我严加管束显然是有意的，她们甚至为此付出了代价，然而，在我父亲身上，那种冷漠也许只是他敏感的一种外在表象。因为这也许是内心生活和社会关系这双重方面的人性真实，人们用以表述这种真实的字眼，我过去总觉得内容上荒谬虚假，形式上平庸不堪，他们在提及我父亲时就说："在他冷若冰霜的冷漠底下，蕴藏着一种异乎寻常的敏感；这主要是他羞于表现出来。"在那无休无止但却隐秘的骚动中，难道他不正是掩藏着这种镇定自若吗？为了给人造成在敏感方面表现笨拙的印象，他必要时不惜借助带有教训人味道的沉思，甚至嘲讽。我父亲就是这样的，如今，当我在大庭广众之下，尤其在某些场合，当我面对阿尔贝蒂娜，我往往装出这副镇静的模样。

我确实以为我将在这一天决定我们分手的事，并且动身前往威尼斯。使我与她重新建立关系的原因在于诺曼底，这当然不是因为她有意表示要去那个我曾经嫉妒过她的地方（我很幸运，因为她的种种计划从来没有触及我记忆的痛处），而是因为我当时说："好像我跟您提到过您姨妈在安弗尔维尔的那位女友。"她愤愤然地回答我，可愤怒中又含着快乐，就好似有人跟别人争论，希望自己有尽可能多的论据向我表明我是错的，她是对的："我的姨妈从来不认识住在安弗尔维尔的任何人，我自己也没有去过那里。"她忘了一天晚上谈到那位不知是否确实存在的夫人时她对我撒的谎，她说她无论如何要去这位夫人家喝茶，哪怕她去那里看这位夫人要失去我的友谊并且为此献出生命也在所不惜。我没有提醒她注意她的谎言。但是，这种谎言却使我难以忍受。我又把分手推迟到下一次。为了被爱，谎言不必真诚甚至机智。在此，我将爱情称为一种相互的折磨。

这天晚上，我像我的外祖母那样对她说话，我觉得这样做无可指摘，完美无缺的外祖母曾经这样对我说话，我对她说，我可以陪她去维尔迪兰家，我继承了我父亲的那种粗暴方式，这种方式对我们来说从不意味着一种决定，只是这种方式可能导致我们产生在这种程度上与这种决定本身不相称的最大骚动，我觉得这也是无可指摘的。所以，为了区区小事而显得如此遗憾，我们自感荒唐，能感受到这一点不无裨益，这种遗憾实际上与该事给我们带来的震动是相吻合的。即使——正如我外祖母无法扭转的才智那样——我父亲的这些随心所欲的优柔寡断完善了我身上这种敏感的天性，然而，它们在长时期里与我敏感的天性一直格格不入，在我整个童年时期使我备受折磨，所以如今，我的这种敏感的天性向它们准确无误地指点了它们应该追求且有可能达到的目标：一个做过小偷的人，或者一个战败民族的成员，那是最好的耳目了。在某些撒谎成性的家族，一个兄弟前来看望自己的兄弟，无须任何表面上的借口，离去时他站在门槛上，顺便向他的兄弟打听一件事，甚至没有装作在听的样子，可这已经足以让他的兄弟明白，打听这件事就是他拜访的目的，因为他的兄弟非常熟悉这些若无其事的神情，深谙这些临走时顺带说的话，因为他自己就经常这样做的。不过，也有一些反常的家族，具有血缘上的敏感和手足之间的禀赋，十分精通这种心照不宣的共同语言，在家里，无须明言，相互间就可心领神会。同样，又有谁能比一个神经质的人更加恼人呢？再者，我的行为在这些情况下也许具有一种更加普遍、更加深刻的根源。那是因为，在这些短暂而又不可避免的时刻，当人们憎恶自己喜爱的某个人时——如果是与自己不喜爱的人打交道，这种时刻有时会延续整整一生——人们不想为了不受抱怨而显得和善，然而却想尽可能显得恶毒和幸福，目的在于使你的幸福令人憎恶，并刺伤那个一时的或者长期的敌人的灵魂。我遭受别人莫须有的侮辱已经够多了，原因仅仅是我的“成就”在他们看来是多么不道德，从而激怒了他们！我们应该遵循的，是相反的道路，那就是应该毫不自负地表明自己具备这些优良的感情，而不是竭力去掩饰这些感情。如果人们懂得不再憎恨，永远相爱，事情就会变得容易。因为，假使你只说那些使其他人幸福、动情的话语，你自己也会感到莫大的幸福，你会因此受到别人的爱戴！

当然，我为自己如此怒气冲冲地对待阿尔贝蒂娜感到有些内疚，我心里思忖：“假如我不爱她，她也许会更加感激我，因为这样一来，我对她就不会这么恶毒；不过，这是相应的，因为我也就不会那么殷勤了。”为了替自己开脱，我可以对她说我爱她。但是承认这种爱情，非但难以让阿尔贝蒂娜明白任何东西，而且在我看来，也许比铁石心肠和欺瞒狡诈更使她心寒，而爱情恰恰是铁石心肠和欺瞒狡诈的唯一借口。对所爱的人铁石心肠和欺瞒狡诈是那样的自然！如果说我们对其他人抱有兴趣，但并不会因此而阻碍我们跟他们和睦相处，对他们的欲望百依百顺，那是因为这种兴趣是虚假的。我们对于外人往往是无动于衷的，而无动于衷不会导致恶毒。

晚会结束了，在阿尔贝蒂娜去睡觉之前，假使我们打算讲和，重新开始互相拥抱的话，那就没有很多时间可以浪费了。我俩谁都不曾采取主动。

我感到她确实是在生气，于是我便趁机跟她提起爱丝苔尔·莱维。“布洛克对我说（这不是实话）您很熟悉她的表姊妹爱丝苔尔。”“我可能都认不出她。”阿尔贝蒂娜心不在焉地说。“我见过她的照片。”我气愤地补充道。我在说这话时没有打量阿尔贝蒂娜，所以我没有看见她的表情，那大概是她唯一的回答，因为她一言不发。

那些夜晚，我在阿尔贝蒂娜身边感受到的不再是我母亲在贡布雷的吻带来的那种宁静，相反，我只感受到我母亲因为生我的气或者被客人留住时勉强向我道晚安，甚至不到楼上我的房间里来的那些夜晚带来的那种焦虑。这种焦虑——并非移置在爱情中的那种焦虑——不，就是这种一时间专注于爱情的焦虑，当感情破裂势在必行时，唯一受其影响的焦虑；这种焦虑如今似乎再度呈现在所有的感情面前，重又变得不可瓜分，正如在我的童年时期那样，仿佛我的全部感情全都开始集中和统一到可能比冬天的一个白昼更加短暂，在我的生活中过早来临的那个夜晚，我因为不能把阿尔贝蒂娜当作一个情妇，一个姐妹，一个女儿，一个每天晚上道晚安的母亲滞留在我的床边而颤抖，我重又开始感到童年时期对母亲的那种需要。然而，我之所以感受到我童年的焦虑，是因为使我感到焦虑的人发生的变化，那人使我产生的感情差异，我的性格转变本身使我不可能如同从前向我母亲那样向阿尔贝蒂娜索取这种宁静。我再也不会说：我感到悲伤。我心如死灰地仅仅讲一些不相干的，使我在朝向幸福的结局上毫无进展的话。我在令人痛心的平庸中原地踏步。一个毫无意义的事实，只要它与我们的爱情沾上那么一点边，就会令我们对发现这个事实的人肃然起敬，也许那人是偶然发现的，就像用纸牌算命的女人向我们预告了一件平常的事情，后来果真应验了那样，带着这种理智上的利己主义，我几乎相信弗朗索瓦丝要比贝戈特和埃尔斯蒂尔来得高明，因为她曾经在巴尔贝克对我说："这个姑娘只会给您带来忧愁。"

阿尔贝蒂娜道晚安的时刻一分钟一分钟地逼近，她终于向我道了晚安。然而，她心不在焉，没有碰到我的这个夜晚，她的吻使我变得如此急躁，我的心怦怦直跳，目送着她一直走到门口，心想："如果我想找一个借口叫住她，把她留住，跟她讲和，我就必须抓紧时间，她再走几步就要离开卧室了，还有两步，还有一步，她扭动门把，拉开门，太晚了，她关上了门！"也许现在仍然不晚。就像从前在贡布雷我母亲没有用她的吻安慰我就离开我时那样，我想冲出去追上阿尔贝蒂娜，我感到自己在重新见到她之前心里不会安宁，而这种重逢即将成为至此为止尚未有过的某种重大事件，还有，如果我不能独自排遣这种忧伤的话，我也许会养成那种到阿尔贝蒂娜身边乞讨的可耻习惯；当她已经进入她的卧室时，我从床上跳下来，我在走廊里来回踱步，希望她能出来，呼唤我；我呆呆地站在她的门前，为的是不错过一声轻微的呼唤，我一时回到我的卧室，看看我的女友是否幸好丢下一块手帕，一只手提袋，或某种我可以装作唯恐她缺其不可，让我有借口去她那里的东西。没有，什么也没有。我重又回到她的卧室门口守候，但是门缝里没有一丝光线。阿尔贝蒂娜熄了灯，她已经躺下，我呆呆地伫立在那里，期待着某种不为人知也不会再来的机遇；过了很久，我浑身冰凉地回到自己的卧室，钻进自己的被窝，伤心了整整一夜。

有时，在这样的夜晚，我要一个花招让阿尔贝蒂娜吻我。明明知道她一躺下很快就会入睡（她自己也清楚这一点，因为她一躺下就本能地脱掉我送给她的高跟拖鞋，把她的戒指摘下来放在自己身边，就像她在自己的卧室临睡之前所做的那样），明明知道她睡得很沉，醒来很慢，我借口去找某样东西，让她躺在我的床上。当我回来时，她已经睡着，我打量着眼前的这个女人，当她正面完全对着我的时候，她变成了另一个女人。然而她很快又变成了另一个人，因为我躺在了她的身边，重又看到了她的侧面。我可以抱起她的头，把它抬起来贴在我的嘴唇上，让她的手臂搂住我的脖颈，她还在睡觉，仿佛是一只不停顿的钟表，一株攀缘植物，在人们提供的任何支撑物上繁衍枝蔓的牵牛花。只有她的呼吸随着我的每一次触摸略有改变，好像她是我拨弄的一件乐器，我在拨动这件乐器的这根弦那根弦发出不同的音符时，让乐器演奏转调，我的嫉妒逐渐平息下去，因为我感到阿尔贝蒂娜变成了一个正在呼吸的生物体，她不是别的什么东西，就如有规律的呼吸所显示的那样，这就说明，这种处于流动变幻之中，没有言语和沉默深度的纯粹生理功能对任何恶一无所知，从一根空心的芦苇中而不是从一个人体中透出气息，那是天使纯洁的歌，在这些时刻感受到阿尔贝蒂娜不仅仅在物质上，而且在精神上不受任何干扰，这对我来说确实犹如置身天堂一般。然而在这种呼吸当中，我突然想到，记忆带来的许多人名也许会起作用。

有时，这种音乐甚至还伴有人的声音。阿尔贝蒂娜咕哝了几个词。我真想弄清楚这些词的意思！她嘴里吐出的，有时是一个我们谈到过的人名，这个名字引起了我的妒忌，却没有使我变得不幸，因为把她引向那里的似乎只是对她与我就这个主题谈话的回忆。然而，一天晚上，她闭着眼睛，半睡半醒，温情脉脉地对着我说："安德烈。"我掩饰住自己的激动。"你在做梦呢，我不是安德烈。"我笑着对她说。她也微微一笑："噢，不，我是想问你，安德烈刚才对你说什么来着。""我还以为你像这样睡在她的身边呢。""噢，不，从来没有过。"她对我说。只是在这样回答我之前，她一时用手掩住自己的脸。她的沉默只是烟幕而已，她外表的温柔只是保留了她内心深处千万个使我撕心裂肺的回忆，她的生活中充满了这样的事情：带有嘲讽意味的故事，可笑的传闻组成了我们关于其他人，关于不相干的人的日常闲聊，但是在我们看来，只要有一个人贸贸然地误入我们的心中，这些人就是对她的一生做出的一个非常宝贵的说明，所以为了熟悉这个深邃的世界，我们宁可献出我们的生命。于是她的安睡仿佛向我展示了一个美妙而又神奇的世界，从那个几乎半透明的成分深处不时地冒出人们不了解的一个秘密。然而，一般来说，阿尔贝蒂娜睡着时似乎恢复了她的纯真。平时，我教给她的那种姿势，她在睡眠中很快化为己有，在这一姿态中，她仿佛向我和盘托出。她的脸上失去了一切狡诈或平庸的表情，她向我伸出她的胳膊，把手搭在我身上，在她与我之间，似乎包含着一种彻底的放松，一种不可分离的依恋。再说，她的安睡并没有把我同她分开，反而把我们的温情这个概念留存在她的心间；并起到了消除其余一切东西的作用；我亲了亲她，对她说我要出去走走，她半睁开眼睛，用一种惊讶的神情对我说（确实，当时夜已经深了）：“你这个样子要去哪里，亲爱的？”（同时还喊了声我的名字）说罢，很快又睡着了。她的睡眠只是对余生的一种抹杀，一种平淡无奇的沉默，温情洋溢的亲热话语不时地从上面掠过。若将这些话语彼此连在一起，人们便可编织出不掺杂质的谈话，纯洁爱情的秘密私生活。如此安详的睡眠使我心醉神迷，我就像一位母亲看着自己的孩子熟睡那样高兴，母亲往往将孩子的安睡视为一种良好的资质。她睡得确实就像一个孩子。她的醒来也显得那么自然，那么温柔，无须弄清自己置身于何处，有时我惊恐不安地问自己，来我这儿生活之前，她是否有这样的习惯，从不单独睡觉，当她醒来睁开眼睛时总是有人在她身边。然而她那稚气的雅韵占了上风。我还是像一位母亲那样，对她心情始终如此欢悦地醒来赞叹不已。过了一会儿，她完全清醒了，嘴里说出一些前言不搭后语而又讨人喜欢的话，那仅仅是些叽叽喳喳的声音。她那通常不太引人注目，现在却由于某种位置的交叉移动而变得几乎过分美丽的脖颈显得如此突出，她那由于瞌睡而闭拢的眼睛因此相形失色，她的眼睛是我平常的对话者，她的眼皮一耷拉下来，我就再也不能与之对话了。正如闭拢的眼睛使面部产生一种天真优雅的美，同时驱除了目光表述得过多的一切那样，在阿尔贝蒂娜醒来时不无意义却又被沉默打断的话语中，有一种纯洁的，不像谈话那样时刻都被口语习惯，陈词滥调，露出蛛丝马迹的缺陷所玷污的美。再者，当我下决心叫醒阿尔贝蒂娜时，我可以毫无畏惧地唤醒她，我知道她每次醒来与我们刚刚度过的晚会绝无关系，就如同清晨出自夜晚一样自然。她笑吟吟地半睁开眼睛，把自己的嘴伸向我，虽然一句话还没说，我就已经从中尝到了令人快慰，仿佛来自天亮前仍然一片宁静的花园中的那种清新气息。

那个晚会，阿尔贝蒂娜对我说她也许会去维尔迪兰家参加的，然而她却没有去，翌日，我很早就醒了，半睡半醒之中，我的喜悦就告诉我，隆冬里夹杂着一个春天的日子。屋外，当不同的乐器精心编制的通俗旋律，从瓷器修理工的号角，给椅子填塞稻草的人的小号，直到在晴朗的白天里犹如一个西西里牧羊人的那支长笛，这些旋律轻松地把早晨的曲调改编成一首“节日的序曲”。听觉，这种美妙的感官使街道与我们为伴，向我们描述那里的各种线条，勾勒出经过街道的所有东西的形状，同时还向我们展现出它们的色彩。面包商、乳品商铁制的“门面”昨天晚上还对妇女幸福的所有可能性降下帷幕，现在却向年轻女职员的梦想微微拉开，宛如一艘轮船轻盈的滑轮，那轮船已经做好准备，即将启航，去穿越透明的大海。人们升起铁制门面的声音也许是我在一个不同的街区中唯一的乐趣。然而，在这种街区中，还有其他上百种东西给我带来欢乐，我不愿因为睡得太久而失去其中的任何一种。旁边古老的贵族街区变得平民化，真是奇妙的景观。正如教堂正门不远的地方，常常就有这样的街区（有些教堂正门甚至保留了这样的名字，比如鲁昂教堂的正门就被称为“书市”，因为书商们把自己的商品摆在靠近正门的露天），各种不同的，而且是流动的手工艺工匠从高贵的盖尔芒特府邸前面走过，这种情景不时令人想起从前教士一统天下的法兰西。他们向附近小屋发出的那种逗人发笑的吆喝声，除了极少数以外，与歌声没有丝毫相似之处。同样，这种吆喝声与《鲍里斯·戈东诺夫》和《佩利亚斯》的变奏曲也相去甚远——他们的变奏曲难得带有无法觉察的变化色调；然而另一方面，这种吆喝声却让人联想起一个神甫做弥撒时唱圣诗的情景，街市上的这些场面不过是纯朴的、富有集市气息的又半是礼拜仪式的翻版。自从阿尔贝蒂娜跟我同居之后，我从来没有从中得到过如此多的乐趣；这些场面在我看来恰似她醒来的一种令人喜悦的信号，在我对外界生活感兴趣的同时，这些场面使我进一步地感受到一种宝贵的带来那种令人宁静的功效的出现，这种功效可以像我期待的那样恒定不变。尽管我个人讨厌街上叫卖的某些食物，这些食物却很合阿尔贝蒂娜的胃口，因此，弗朗索瓦丝派她年轻的仆人前去购买这些食物，那仆人也许有点不齿于混迹在平民百姓之中。在这个如此安静的街区（那里的声音对弗朗索瓦丝来说不再是一种悲伤的主题，对我来说已是一种甜美的甘霖），这些平民唱出的宣叙调，就好比《鲍里斯》一剧中那极为通俗的音乐，十分清晰地传入了我的耳鼓，他们每个人都有各自不同的音乐，在这样的通俗音乐中，一个音符朝另一个音符下滑的转调稍稍改变了开头的声调，大众音乐与其说是一种音乐，倒不如说是一种言语。“哎，卖滨螺啰，两个苏买一个滨螺。”这吆喝声使人们争先恐后地走向号角响起的地方，那里有卖这些可怜的小贝壳类动物，假使阿尔贝蒂娜不在这里，我会厌恶这些小贝壳类动物，还有蜗牛，我在同一时辰听到了叫卖蜗牛的声音。

在这里，小商贩令人想起的，正是莫索尔斯基那略带抒情色彩的夸张的吟唱，但又不仅限于此。因为刚刚喊出“蜗牛，新鲜的蜗牛，多漂亮的蜗牛”之后，蜗牛商贩遂带着梅特林克的那种忧伤和迷惘，配上德彪西的音乐，在这些悲怆的最后部分——《佩利亚斯》的作者在这一点上同拉莫是相似的：“即使我理应被人战胜，可战胜我的，难道就是你？”——用一种如歌的忧郁补充道：“六个苏买一打……”

我始终难以理解，为什么这些十分明快的词语会被人用一种如此不恰当的语调如怨如诉地吟诵出来，神秘得就好像那是让大家在梅丽桑德没能带来欢乐的古老宫殿中一个神情凄戚的秘密，深奥得就好像那是试图用十分简单的字眼宣扬一切智慧和命运的阿凯尔老人的一种思想。在这些音符之上，甚至响起了老国王阿勒蒙德或戈洛越来越甜美的声音，那声音说：“不知道这里发生了什么。这看似奇怪。也许并不存在纯属枉然的事件。”或者：“你不必惊恐……那是一个神秘的小可怜儿，跟大家一样。”这些音符被蜗牛商重新用一种不着边际的歌唱性旋律吆喝出来：“六个苏买一打……”但是，这种抽象的哀叹还没有来得及消失殆尽，就被一声嘹亮的小号所打断。这一回，跟吃的东西毫不相干，那歌词是：“给狗剪毛啦，阉猫儿啦，修尾巴耳朵啦。”

当然，每个男的或女的商贩的想象和创造经常把一些变调引进我在床上听到的所有这些音乐言语之中。然而，在一个词中间加进一个惯常使用的休止符，特别是在重复两遍的时候，这个休止符往往勾起人们对古老教堂的回忆。旧衣商坐在一辆母驴拉的小车里，他把车停在每幢房子前面以便走进院子，他手握鞭子，念念有词：“旧衣服，旧衣商，旧衣——服”，在衣服这最后两个音节中间做一同样的停顿，仿佛是在吟唱单旋律圣歌：“Per omnia saecula saeculo...rum”[1]或者“Requiescat in pa...ce”[2]。尽管他不一定相信他的旧衣服会千古流传，更不会把这些旧衣服当作最后安息时用的寿衣奉献出来。同样，从清晨的这一时辰起，各种吆喝声便开始交织在一起，一个叫卖瓜果蔬菜的女贩推着她的小车子，吟唱着格里高利切分的单旋律老调：

鲜嫩鲜嫩，青翠碧绿
朝鲜蓟啦，又嫩又美
朝鲜——蓟。

尽管她对这种对经唱谱可能一无所知，也不知道这七音其中四音象征着中世纪的四学科（算术、几何、音乐、天文），另外三音象征着三艺（语法、修辞、逻辑）。

一个男子身穿工装，手持一条牛筋鞭子，头戴一顶巴斯克贝雷帽，用一支笛子，一支风笛，吹出法国南方他故乡的曲调，在他的家乡，那阳光与晴朗的天气是如此协调。他在一座座房屋前停下脚步。这是一个牧羊人，带着两条狗，他的羊群就在他的前

[1] 拉丁语，意为世世代代。
[2] 拉丁语，意为让他安息吧。

面。由于他来自远方，他很晚才经过我们的街区；妇女们端着一只碗跑出去盛羊奶，据说羊奶会使她们的孩子长力气。然而这个行善的牧人的比利牛斯曲调中已经掺进了磨刀人的铃声，他叫嚷着："磨菜刀、剪刀、剃刀。"磨锯条的人无法同磨刀人匹敌，因为磨锯条的人没有乐器，他只能吆喝道："锯条磨吗？磨锯的来了。"而心情更加愉快的锡匠，吆喝了小锅、平底锅和他可修补的一切之后，念叨着这样的老调子：

当当当，
我是个焊锡匠，
哪怕是碎石路也能焊，
我走南闯北把底修，
世上的破洞都能补，
补洞，补洞，补洞。

还有一些意大利孩子，拿着漆成红色的大铁罐，里面标着输赢的号码，他们摇动着一只木铃，央求道："玩玩吧，太太们，好玩着呢。"

弗朗索瓦丝给我拿来了《费加罗报》。我只瞟了一眼，心里就明白了，我的文章还是没有登出来。她告诉我说，阿尔贝蒂娜问，她能否来我这里，并且让人转告我，不管怎么说，她已经放弃去维尔迪兰家拜访，她打算听从我的建议，跟安德烈一起去骑马散步一会儿之后，去特罗卡德罗观看"无与伦比"的日场演出——

人们如今所谓的盛大活动，不过这种盛大活动已经并不那么重要。既然我已知道她已经放弃了她那也许是邪恶的欲念，不再去看望维尔迪兰夫人，我便笑着说道：“让她来吧！”心里却在想，她想去什么地方都可以，这对我来说无所谓。我知道，在下午即将结束，黄昏来临之际，我说不定会变成另外一个人，忧郁，对阿尔贝蒂娜最微不足道的行踪去向无比重视，而在上午的这个时辰，当天气如此晴好的时候，她的行踪并不重要。因为我的无忧无虑自有其明确的原因，但是却没有因此发生变化。“弗朗索瓦丝肯定地告诉我您已经醒来，说我不会打扰您的。”阿尔贝蒂娜一进门就对我说。不过，正如她最怕在一个很不适当的时刻打开她的窗户让我着凉那样，阿尔贝蒂娜最怕在我醒来的时候走进我的卧室，“但愿我没有做错，”她补充道，“我真怕您会对我说：

‘哪个蛮横无理的亡命之徒前来找死？’”

说罢，她大笑了起来，这笑声往往搅得我心慌意乱。我以同样开玩笑的口吻回敬她说：

“这道如此严厉的命令难道是对着您的？”

我唯恐她有朝一日触犯这道命令，便补充说：“尽管您闹醒我会使我感到恼怒。”“我知道，我知道，您别担心。”阿尔贝蒂娜对我说。我继续跟她玩《以斯帖》的游戏，而街上跟我们的对话声混杂在一起的叫喊声也在继续，为了缓和一下气氛，我补充说：

“只有在您身上我感受到说不出的优雅，

这优雅永远使我着迷，从来不让我厌倦。”

（可我心里却在想：“不，她常常使我厌倦。”）我回想起她前一天说过的话，与此同时我夸张地感谢她放弃去维尔迪兰家，目的是要她再一次服从我去做这样或那样的事情，我对她说："阿尔贝蒂娜，您怀疑爱您的我，却信任那些不爱您的人。"（仿佛怀疑那些虽然爱你，可为了了解情况，设置障碍而对你撒谎的人是不合乎情理似的）我还补充了这些谎话："您内心并不相信我爱您，这真怪。确实，我对您的并不是*敬爱*。"轮到她撒谎了，她说她只信任我，接着又真诚地断定她很清楚我是爱她的。但是这种断言似乎并不意味着她不相信我在骗人并且窥伺她。她似乎原谅了我，好像她从中看到一种伟大的爱情带来的那种无法忍受的后果，或者她本人也觉得自己并不那么出色。

"我求您，我的小宝贝。不要像那天那样想入非非。您想，阿尔贝蒂娜，万一您遭到不测会怎么样！"我当然不希望她出现任何差错。然而，假使她产生了这样一个绝妙的念头：骑着她的那些马去我不知道的、令她愉快的地方，而且不再回到这幢住宅，那该多美！这样一来，如果她在别处生活幸福的话，一切都会变得简单，我甚至不想知道她去哪里！"噢！我很清楚，您不会比我多活四十八个小时，您会自杀的。"我们就这样交换着谎言。不过，一个比我们在真诚的时候说出的事实更加深刻的事实有时可能是用真诚之外的另一种途径表述出来的。

"外面所有的这些声音不妨碍您吧？"她问我，"我嘛，喜欢这些声音。您怎么样，您睡觉时是那样地容易惊醒？"相反，有时我睡得很熟（上面我已经说过，但是接下来即将发生的事情却迫使我再次提醒注意这一点），尤其是在早晨我睡着的时候。由于像这样的一种沉睡效率——平均——要高四倍，对刚刚睡着的那个人来说睡觉的时间也要长四倍，而沉睡的时间实际上却缩短到四分之一。十六倍地递增是一个美妙的错误，这个错误赋予醒来以无数的美感，并且将一种名副其实的更新引进生活，犹如音乐中节奏上的那些巨大变化在一段行板中使一个八分音符包含的绵延等同于一段急板中的二分音符，这些变化对清醒的状态来说是陌生的。在这种状态中，生活几乎始终如一，其中也有旅行带来的失望。好像梦幻有时是用生活中最粗俗的材料编织而成的，但是这种材料却在梦幻中经过了“处理”和搅拌，所以——由于任何清醒状态的时间限制都无法阻止它朝闻所未闻的高度如丝如缕地飘散开去的一种延伸——人们认不出这种材料。早晨，当这笔财富突然落到我的身上，睡意一下子抹去了我头脑中犹如清楚地写在一块黑板上的那些日常事物标记的时候，我必须让我的记忆复活；人们可以凭借意志重新获得由于昏昏欲睡或者由于一种打击而忘却的东西，它们随着眼睛睁开或者麻木消失而逐渐复苏。我曾经在几分钟当中度过了无数个小时，由于我想对弗朗索瓦丝用一种被我称为符合现实，根据时辰调整的语言，我不得不借助我内心的一切强制能力，才没有说出口：“好吧，弗朗索瓦丝，现在已经晚上五点了，我从昨天下午开始就没有见过您。”为了驱逐我的梦，跟这些梦背道而驰，我在对自己说谎的同时厚颜无耻地说出违心的话，而且竭尽全力使自己保持沉默：“弗朗索瓦丝，都十点了！”我甚至不说上午十点，而仅仅说十点，为的是让这些如此不可思议的“十点”说出来的语调听上去更加自然。但是，说出这些话，而不是我这个处于刚刚醒来状态的睡眠者正在继续思考的那些话，这样做要求我拿出平衡的力量，就像有人从一列行进的火车上跳下来，沿途跑上一段时间，最终得以站稳，没有跌倒。他奔跑一段时间是因为他离开的是一个高速运动的环境，与静止的地面截然不同，他的脚一时难以适应。

梦的世界不属于清醒的世界，但并不能因此得出清醒的世界不怎么真实的结论；恰恰相反。在睡眠的世界中，我们感官的负担如此之重，每种感官都因为徒劳无益地超载和堵塞它的一种交叉重叠而变得迟钝，以至于我们甚至无法区分在醒来的迷蒙状态中发生的事情：是弗朗索瓦丝来了呢，还是懒得叫唤她的我在朝她走去？这一时刻的沉默是不做任何泄露的唯一办法，正如人们被一个法官抓住时那样，这个法官知道与您有关的情况，但是人们并不了解这些情况的内幕。弗朗索瓦丝来过吗，我叫唤过她吗？在睡觉的难道不是弗朗索瓦丝，刚刚叫醒她的难道不是我？还有，弗朗索瓦丝不是就囚禁在我的胸中吗？在这个幽暗的世界里，各种人物相互影响，难以辨认，几乎并不存在，在这里，现实的东西就像一头豪猪体内的东西一样，是不太透明的，那差不多没用的感官也许会令人联想到某些动物的感官？再者，哪怕是在这些更为深沉的睡眠之前的那种清醒的狂热之中，如果明智的残片还在闪闪发光地飘荡，如果泰纳、乔治·艾略特的名字在那里还没有被遗忘，那么清醒的世界里也仍会留下这种每天早晨而不是每天晚上有可能继续做梦的优越。但是，也许还存在着比清醒的世界更加真实的世界。我们还看到，艺术中的每次革命对清醒世界的改变大大超过了同一时期使一个艺术家有别于一个白痴的那种天赋或文化程度对它的改变。

多一小时睡眠往往是一种麻木的发作，在此之后必须重新运用自己的四肢，重新学习说话。意志在这里难以获得胜利。人们睡得太多，人们便不复存在。觉醒可以机械地不知不觉地被人勉强感受到，正如人们从一根管道中可以感觉到关水龙头那样。比水母更没有生气的生命在延续，这样的生活让人真的觉得自己是从海底浮上来的，或者来自苦役犯监狱，假使人们能够思考某种东西的话。但是记忆女神却从高高的天上俯下身子，以“索取牛奶咖啡的习惯”这一形式，赋予我们以复活的希望。[1] 女神并不立即赶来；人们以为摁过铃了，实际上却没有摁，人们情绪激烈地说一些精神错乱的话。唯有运动能够产生思想，人们只有在确实摁过床边梨形开关时才能慢慢地，然而又是清楚地说：“确实已经十点了。弗朗索瓦丝，把我的牛奶咖啡给我送来。”

啊，奇迹！弗朗索瓦丝居然没有猜测出我全身心沉湎其中的那个不真实的海洋，我有能力让我那奇怪的问题穿越这个海洋。她果然回答我说：“已经十点十分了。”这就赋予我一种理性的表象，而且使别人无法觉察出无止无休地侵扰我的那些古怪的谈话（在那些并不是一座虚无缥缈的山峰夺走我的生活的日子里）。我

[1] 记忆突如其来的禀赋不总是那么简单的。人们在听凭自己醒来的最初几分钟里，往往觉得自己身边会有各种不同的现实可以选择的，就像打牌那样。那是星期五早晨，我们散步回来，或者是在海边喝茶的时辰。往往在最后，你才意识到自己在睡觉，身上还穿着睡衣。——作者注

凭借毅力重新介入现实。我仍然玩味着睡眠的碎片，这就是唯一的创造，唯一存在于叙述材料之中的更新，所有处于清醒状态的叙述都被文学所美化，不包含这些神秘的差异，而美就是从这些差异派生出来的。谈论鸦片创造的美轻而易举。但是，对一个习惯于仅仅依靠毒品入睡的人来说，出乎意料自然睡着的一个小时会使他发现，一种同样神秘而且更加清新的清晨景象是多么宽阔。在更替时辰的同时，在人们睡觉的地方，用一种人为的方式催眠，或者相反，有朝一日回到自然睡眠上来——对任何一个习惯于用安眠药入睡的人来说，这是所有的事情当中最稀奇古怪的一种——人们终于得到了比花匠培植出的各种石竹或玫瑰还要多上千百倍的各种睡眠。花匠们得到的花，有些是美妙的梦，有些也像是噩梦。当我用某种方式入睡时，我打着寒战醒来，以为自己在出麻疹，或者以为发生了更伤心的事情，比如我的外祖母（我现在不再想她了）在痛苦中煎熬，因为我嘲笑过她，那一天，在巴尔贝克，她以为自己快要死了，她想让我拥有一张她的照片。尽管我已经清醒，可我还是想去向她解释说她没有弄懂我的意思。然而，我已经重新暖和过来。麻疹的症状已经消失，我的外祖母也远远地离我而去，不再让我心里痛苦。有时，一种黑暗突然朝这些不同的睡眠猛扑过来。沿着一条漆黑无光的林荫大道散步使我感到害怕，我听到游荡的人在那里走过的声音。突然间，传来一个警察与一个经常以赶车为业的妇女的争吵，远远看去，这类女人像是年轻的男车夫。在她那笼罩着黑暗的座椅上，我看不见她的人影，可是她在说话，从她的声音中，我辨认出了她那张尽善尽美的脸庞和她那青春勃发的肉体。我在黑暗中朝她走去，想在她重新离开之前登上她的双座四轮轿式马车。车子距离很远。幸好与警察的争吵还在继续。我赶上了仍然停在那里的马车。林荫大道的这一部分亮着路灯。女车夫清晰可见。那确实是一位妇女，不过她已经上了年纪，身材高大而且强壮，大盖帽底下露出白花花的头发，她的脸上有一块红斑。我走开了，心里在想："女人的青春难道就是这个样子？我们遇到的，且期望再次见到的女人怎么突然衰老了？人们渴望重逢的年轻女人难道就像由于对角色缺乏创造力而不得不让位于一些新星演员？然而这绝不是一码事。"

继而，一种忧伤涌上我的心头。我们就这样在我们的睡眠中生出无数的怜悯，正如文艺复兴时期"哀痛耶稣之死的圣母画像"那样，不过我们的怜悯不是表现在大理石上，相反那是无法凝固成形的怜悯。这些怜悯自有它们的用处，那就是让我们回想起某种更加动人、更有人情味的景象，而人们在清醒的时候却千方百计地将之遗忘在有时是充满敌意、冷若冰霜的良知当中。这就令我回忆起我在巴尔贝克许下的永远怜悯弗朗索瓦丝的诺言。至少在整整一个上午，我尽量不让自己为弗朗索瓦丝与膳食总管的争吵而恼火，尽量对弗朗索瓦丝和和气气的，而其他人却对弗朗索瓦丝实在太不和善了。虽然只有这个上午，但我却必须试着为自己制定一个比较稳固的准则；因为，正如人民不会长时期处于一种纯粹凭感情操纵的政治统治之下那样，人们也不会长时期地让他们对梦的回忆统治自己。这种回忆已经开始消逝。我试图回想这种回忆以便描述它，然而却加速了它的消失。我的眼睑不再牢牢地粘住我的眼睛。要是我想竭力重现我的梦，我的眼睑便会完全睁开。必须随时在健康明智与精神享受这两者之间做出选择。而我总是怯于选择前者。再有，我所放弃的那种危险的能量比人们想象的更加危险。怜悯、梦幻并没有单独消逝。像这样改变人们睡眠的环境，消散许多天，有时是好几年的岂止是梦幻，还有不仅做梦而且入睡的能力。睡眠是神奇的，但却不太稳定；最轻微的碰撞也会使之转瞬即逝。睡眠是习惯的朋友，比睡眠更加稳固的习惯每天晚上都把睡眠带往它的圣地，习惯使睡眠免遭任何撞击；然而，如果人们移动了睡眠的位置，如果睡眠没有被固定下来，睡眠就会像一缕青烟那样飘逝而去。睡眠犹如青春和爱情，失去便无法再找回来。

在这些不同的睡眠之中，仍如在音乐中那样，创造美的是音程的上升或降低。我玩味着这种美，但是在这种尽管短暂的睡眠中，我却失去了使我们感受到巴黎手工业和食品业流动的生命的大部分吆喝声。平常（可惜没有预见像这样姗姗来迟的苏醒和我的那些像拉辛笔下的亚哈随鲁那样苛刻的波斯法则很快就会把这一幕呈现在我面前），我尽量一大早醒来，为的是不错过这些吆喝声。我知道阿尔贝蒂娜对这些声音感兴趣，而我自己身在床榻心在外，这都不失为一种乐趣，除此之外，我把他们的吆喝声看作外界气氛，危险动荡的生活的象征，在这种生活中，我只让她在我的监护的范围内进行活动，虽然可延伸到外面，但仍在关押中，使我能够在我愿意的时候把她拉回来，让她回到我的身边。

因此，我尽可能真诚地回答阿尔贝蒂娜："正相反，我对这些吆喝声感兴趣是因为我知道您喜欢这些吆喝。"——"船上卖牡蛎啦，船上。"——"噢，牡蛎，真让我嘴馋！"幸好半是无常半是温顺的阿尔贝蒂娜很快忘记了她想要的东西，还没来得及在我告诉她普吕尼埃家有更好的牡蛎，便传来了鱼贩子的吆喝，她一听到叫卖什么，就跟着想要什么："卖虾啰，多好的虾，活蹦乱跳的鳐鱼，活蹦乱跳。"——"油煎的鳕鱼，油煎的。"——"鲭鱼来了，新鲜的鲭鱼，刚到的鲭鱼。买鲭鱼吧。太太，多漂亮的鲭鱼。"——"新鲜美味的淡菜，卖淡菜啦！""鲭鱼来了"的叫卖声使我不由自主地颤抖起来。但是由于这种叫卖在我看来，对我们的司机并不会起作用，我便一门心思地只想着我讨厌的鱼，我的不安没有持续下去。"啊！淡菜，"阿尔贝蒂娜说，"我太喜欢吃淡菜了。""亲爱的！在巴尔贝克吃淡菜倒是不错，在这里淡菜分文不值；此外，我提请您回想一下戈达尔跟您说过的有关淡菜的话。"但是，我的意见很不合时宜，因为接下来的那个瓜果蔬菜女贩叫嚷的某种东西戈达尔更加忌讳：

直茎莴苣，直茎莴苣！
卖是不卖，只是摆摆。

然而，阿尔贝蒂娜答应我牺牲直茎莴苣，条件是我允诺她在几天后让人去那个吆喝"我有阿让特伊芦笋，我有上好的芦笋"的女贩那里采购。一个神秘的声音在暗示着什么，人们期待着那人更加奇妙的叫卖："桶呃，桶呃！"然而，人们不得不以失望而告终，听到的仅仅是桶而已，因为这个词几乎完全被覆盖了，只听得："玻璃，修玻璃，修门窗玻璃，修玻璃，修玻璃的来了。"这种格里高利式的单旋律老调令我联想起礼拜仪式，但更让我联想起这一点的，是破布贩子的吆喝声，它在不知不觉之中复现了祈祷中那种重音突然中断的情景，这在教堂的仪式中十分常见："Praeceptis salutaribus moniti et divina institutione formati audemus dicere"[1]，神甫在"dicere"[2]上急促地打住。就像中世纪虔诚的平民在教堂前的广场上演出闹剧和傻剧那样，破布贩子令人联想起的正是"dicere"这个词，他拖着长音吆喝一阵之后，那最后一个音节说得如此急促，就像是出自七世纪大教皇嘴中的加重语气："破布，废铜烂铁（这一切是慢慢地吟诵出来的，接下来的两个音节也同样如此，而最后一个音节却结束得比"dicere"还要急促），兔子皮。""巴伦西亚橙，漂亮的巴伦西亚橙，新鲜的橘子。"不起眼的韭葱（"多好看的韭葱"）和玉葱（"我的玉葱卖八个苏"）在翻腾，对我来说就像是激浪的回荡，阿尔贝蒂娜可以自由自在地消失在激浪之中，并且因此像 suave mari magno[3] 的情景那样甜美温柔。

瞧瞧胡萝卜

[1] 拉丁语，意为由健康原则引导，神事机构培养，让我们倾听吧。

[2] 拉丁语，意为听。

[3] 拉丁语，意为多么美呀，在宽广的海面上。

两个铜板一捆。

“啊！”阿尔贝蒂娜叫嚷道，“卷心菜、胡萝卜、橘子，都是我想吃的东西。快叫弗朗索瓦丝去买呀。她可以做奶油胡萝卜。再说，要是大家一起吃这些东西那该多好。我们听到的所有这些声音就可以真的变成一顿美餐了。”——“活蹦乱跳的鲦鱼，活蹦乱跳的！”——“噢！我求求您，至少让弗朗索瓦丝做一道黑奶油鳐鱼。那太好吃了！”“就这么说定了，我的小宝贝。别停下；不然的话，水果蔬菜女贩会推来您要的一切。”“说定了，我就走，可我们以后的晚餐，我只想吃我们听到叫卖的东西。这太有趣了。哎，我们还要等上两个月才能听到：‘青豆，鲜嫩的青豆，瞧瞧青豆。’说得多好：鲜嫩的青豆！您知道，我想要细嫩细嫩的青豆，再淋上酸醋沙司；吃的简直不像是青豆，新鲜得好似露水。可惜呀！这道菜就像奶油小菜心那样遥远：‘上好的奶酪，上好的奶酪，好吃的奶酪！’还有枫丹白露的夏斯拉白葡萄：‘我有漂亮的白葡萄。’”而我却心怀恐惧地想着我将与她相处直到收获夏斯拉白葡萄为止的整整这段时期。“听着，我说过我只想要我们听到叫卖的任何东西，不过我自然可以破例。我去勒巴代那里为我们俩订一份冰淇淋也许不是根本不可能的事情。您会对我说，这不合时令，可我真想吃！”去勒巴代那里的计划使人心神不宁，然而对我来说，“也许不是根本不可能的事情”这些字眼却使得这一计划变得更令人确信，也更加让人怀疑。那是维尔迪兰家会客的日子，自从斯万告诉他们那儿是最好的店家之后，他们就一直在勒巴代那里定做冰淇淋和花式糕点。“定做冰淇淋我没有任何异议，我亲爱的阿尔贝蒂娜，不过还是让我来为您预订吧，我也说不定，不知道是去普瓦雷-布朗施那里，勒巴代那里，还是里茨那儿，总之我看着办吧。”“您要出门？”她用一种疑惑的神色对我说。她总是口口声声地说，要是我多出门走走，她会很高兴，然而，一旦我的哪句话有能够让人想到我不准备待在家的意思，她便显出不安的神情，令人想起她看到我不断外出的那份喜悦也许并非发自真心。“我可能出去，也可能不出去，您很清楚我这人事先从来没有计划。不管怎么说，冰淇淋不是人们在街上推出来叫卖的东西，您为什么要呢？”她马上回答了我，她的那番话确实向我显示出，自从离开巴尔贝克之后，她身上突然增长了多少聪明才智和潜在的情趣，总是说，这类话完全归功于我的影响，归功于经常跟我同居，然而我却从来不会说这些话，就好像有个陌生人禁止我在谈话中运用文学形式。也许，阿尔贝蒂娜的未来与我的未来截然不同。看见她在说话时总是急于使用一些完全是书面的，在我看来似乎适用于另一种更加正规的场合，而且是我至今一无所知的比喻，我差不多便预感到了这一点，她对我说（尽管如此我仍然深受感动，因为我想：我当然不会像她那样说话，但是不管怎么说，没有我她就不会这样说话，她深受我的影响，可见她不会不爱我，她是我的杰作）：“在叫卖的食品当中，我所喜欢的，是那种东西听上去就像是吟诵的古希腊史诗，可一到了餐桌便改变了性质，作用于我的味觉器官了。说到冰淇淋（因为我真希望您只为我定做一些用各种各样建筑形状的老式糕点模具制作的冰淇淋），我每次吃，都有庙宇、教堂、方尖碑、悬岩，我首先看到的好似一种秀丽的风景，然后我才把这些覆盆子或者香子兰建筑物化作我喉间的一份凉爽。”我觉得这话美得有点过了头，但是她却觉得我以为她的话恰到好处，于是，她停顿片刻，如同她每次比喻成功之后，大笑起来，对我来说，她的这种笑声是多么残忍，因为她的笑是那样淫荡：“我的上帝，在里茨饭店，我真担心您找不到旺多姆圆柱形的巧克力或覆盆子冰淇淋，可要想在纪念凉爽的幽径上竖起如同还愿的圆柱或塔门，得有很多这样的冰淇淋才行。他们也制作一些覆盆子方尖碑，这些逐个竖立在我那焦渴的滚烫沙漠之中的覆盆子方尖碑被我用来融化我喉咙里面的粉红色花岗岩，它们比沙漠绿洲更加解渴（话音刚落，响起了深不可测的笑声，也许是为说得如此巧妙而感到满意，也许是嘲笑自己用如此连贯的形象比喻进行表述，也许是凭借肉体快感觉察到自己身上具有某种如此优美，如此清新，导致她产生一种相当于享受的东西，真可惜！）。里茨的那些冰山有时像是罗塞山，而且如果是柠檬冰淇淋，我不会因为它没有建筑形状而讨厌它，哪怕它像埃尔斯蒂尔笔下的山峰那样参差、陡峭。冰淇淋不应当过分的白，应该带点黄色，就像埃尔斯蒂尔笔下的山峰那种脏脏的、灰白颜色的雪。冰淇淋不大也无妨，要是半块也没关系，因为这些柠檬冰淇淋是按等比例缩小的山峰，想象可以恢复其正常比例，就像那些日本矮态树木，在人们的感觉中，仍然是正常的雪松、橡树、芒齐涅拉树，所以，如果在我的卧室中摆上几株沿着小沟生长的矮树，我就会拥有一片沿河伸展的广阔的森林，孩子们会在这片森林中迷失方向。同样，在我那半块黄兮兮的柠檬冰淇淋底部，我清楚地看到了一些驿站马车夫，旅行者，驿站的椅子，我的舌头正在那上面舔着，以引起冰的坍塌，将他们和椅子吞没。”（她说话时夹带的那种残忍的性感引起了我的嫉妒）“同样，”她补充道，“我正在用我的嘴唇一层一层地摧毁这些用草莓做斑岩的维也纳教堂，任由碎片砸落在那些信徒身上。是啊，所有这些建筑从它们石头做的地方来到我的腹中，它们融化时带来的凉爽已经在我的体内激荡。要知道，没有冰淇淋，就没有任何刺激，一切就不会像像温泉广告那样引起干渴。在蒙舒凡，凡德伊小姐家附近没有好的制作冰淇淋的师傅，但是我们在花园里玩我们的环法国自行车赛，每天喝一种矿泉汽水，这种汽水很像维希矿泉水，矿泉汽水往杯里一倒，就从杯子底部升腾起一股白烟，如果不马上喝的话，白烟就会消散，化为乌有。”然而听到她提起蒙舒凡，我简直难以忍受，我打断了她。“我打扰您了，再见，亲爱的。”自从离开巴尔贝克以来，变化多大啊！在巴尔贝克，我曾经对埃尔斯蒂尔表示怀疑，他竟然在阿尔贝蒂娜身上隐隐约约地看到了那丰富的诗意，那是一种不如塞莱斯特·阿尔巴莱奇特，较少个性的诗意。阿尔贝蒂娜永远料想不到塞莱斯特对我说的话；但是爱情，甚至是似乎行将告终的爱情也是片面的。我更喜欢果汁冰淇淋的秀丽风光，它们那十分浅显的美雅在我看来，似乎就是爱阿尔贝蒂娜的一条理由，是我有能力支配她，她也爱我的一个明证。

阿尔贝蒂娜刚刚离开，我就感到这种活动和生活无止无休、难以满足的出现对我来说多么令人疲倦，她用自己的种种活动打扰我的睡眠，她留下的一扇扇敞开的门使我生活在一种永无尽头的寒冷之中，迫使我——一方面是为了寻找正当的理由不去陪伴她，可我并不因此显出病得太重的样子，另一方面也是为了让别人来陪伴她——每天施展出比在《一千零一夜》中更多的妙计。不幸的是，如果那位讲故事的波斯女人用同样的妙计推迟了她的死亡，那么我则是在加速自己的死亡。生活中就是有某些不全是杜撰捏造的情况，比如这种由于恋爱的嫉妒和身体的虚弱而无法分享一个活跃而又年轻的人的生活，然而这种生活仍然从一种几乎是医学的角度提出了一个继续同居生活或者回到从前的分居生活的问题：在大脑的宁静与心灵的宁静两者之间，应该过哪一种生活呢（是继续为日常生活过度操劳，还是回到离别的焦虑中去）？

总而言之，我很高兴安德烈能够陪伴阿尔贝蒂娜去特罗卡德罗，因为在我看来，最近发生的，而且是微不足道的事件使得她的警惕性，或者至少是她警觉的敏锐程度已经不完全像从前那么高了，当然她仍旧相信司机是诚实的，因此，我在最近让阿尔贝蒂娜单独跟他前往凡尔赛之后，阿尔贝蒂娜对我说曾经在里舍伏瓦餐厅吃过午饭；由于司机对我说是瓦泰尔餐馆，在我注意到这个矛盾的那一天，我借口下楼跟司机说话（始终是我们在巴尔贝克见过的那个人），当时阿尔贝蒂娜正在更衣。“您对我说你们是在瓦泰尔吃的午饭，阿尔贝蒂娜小姐却对我说是在里舍伏瓦餐厅。这是怎么回事？”司机回答我说：“啊！我，我是说在瓦泰尔吃午饭来着，可我无法知道小姐是在哪里吃的午餐。她一到凡尔赛就离开我，乘上了一辆出租马车，要是不为赶路，她喜欢乘马车。”一想到她曾经单独一人，我就火冒三丈，可说到底，不过是用顿午餐的时间。我一副客气的样子说（因为我不想让人看出我确实在派人监视阿尔贝蒂娜，要是这样，这对我是个耻辱，而且是双重的耻辱，因为这还意味着她向我隐瞒了她的所作所为）：“你们可以，我不是说同她一起，在同一个餐馆吃午饭嘛。”——“可是，她要我晚上六点才到检阅场去。我不能在她吃罢午饭出来时就去接她。”——“啊！”我试图掩盖自己的沮丧。我重又上楼。这么说来，阿尔贝蒂娜单独一人，自由自在的时间长达七小时之久。我很清楚，出租马车确实不单单是一种摆脱司机监视的权宜之计。阿尔贝蒂娜喜欢在城里坐出租马车闲逛，她说这样看得更清楚，气氛也更加松弛。尽管如此，我对她度过的七个小时永远一无所知。而且我不敢想象她打发这七个小时的方式。我觉得司机十分笨拙，但是我从此对他完全信任放心。因为假使他与阿尔贝蒂娜有丝毫的串通，那他就绝不会向我承认他曾经让阿尔贝蒂娜从上午十一点至晚上六点逍遥自在。司机的这个招供看来只有另一种荒唐的解释。那就是他与阿尔贝蒂娜的不和使他产生了这样的欲望，向我做一个小小的告发，从此向我的女友证明，他是个可以说话的男人，要是这第一次十分客气的警告之后，她还是不按照他的意愿行事，那他就会把什么事都捅出来。然而这种解释是荒唐的，首先必须假设，阿尔贝蒂娜与他之间并不存在什么不和，再者这个始终显得如此和蔼，如此天真快活的美男子司机必须具备一种敲诈勒索的天性。况且，两天之后，我便发现他很善于对阿尔贝蒂娜进行一种隐蔽而又敏锐的监视，而在我那近乎疯狂的猜疑之中，我也没有一刻以为事情会是这样。我得到了机会，把他拉到了一边，跟他谈起他对我说过的在凡尔赛发生的事情，我用一种友好而又超脱的口气对他说："您前天对我说起那次在凡尔赛的散步，这样做很好，您始终无懈可击。但是我要指出一点，不过这无关紧要，自从邦当夫人把她的外甥女置于我的监护之下以后，我责任重大，深恐发生意外，深深地责备自己没有陪伴她，我宁可让您开车带着阿尔贝蒂娜去各处，因为您是那样的可靠，那样的灵活，您不可能发生意外。这样一来，我就什么也不怕了。"像使徒那般可爱的司机微微一笑，一只手搭在他那祝圣十字架形状的车轮上。然后，他对我说了如下这番话（赶走了我心中的不安，这些不安立即化作了喜悦），我听了真想跳上去搂住他的脖子："您别害怕，"他对我说，"她不会出任何事情，即使我的车不带她散步，我的眼睛也到处跟着她。在凡尔赛，我可以说是一直跟着她参观，虽然丝毫没有显出跟着她参观的样子。她从里舍伏瓦餐厅逛到城堡，又从城堡逛到特里亚农，我始终跟着她，却又装作没有看见她的样子，更带劲的是，她居然没有看见我。噢，要是她看见了我，那也没有什么了不起的。我整整一天没事可干，去参观一下城堡，那是很自然的事。更何况小姐肯定不会不知道我很有学问，对所有的名胜古迹都感兴趣（这倒千真万确，假如我知道他是莫雷尔的朋友的话，我甚至会大吃一惊，他的敏感和情趣都超过了小提琴手）。但是她终究没有看到我。”“她可能遇到了一些女友，因为她在凡尔赛有好几个女友。”“不，她始终是一个人。”“人们也许会注视她，一个明艳照人的少女，又是单身一人！”“肯定有人注视她，不过她对此几乎一无所知；她的眼睛一直盯着她的旅游指南，然后抬起眼睛看看油画。”司机的叙述在我看来是准确的，因为阿尔贝蒂娜在她散步的那一天确实给我寄过一张介绍城堡的“游览图”，另一张是介绍特里亚农的。可爱的司机步步紧随的那种一丝不苟令我深受感动。我怎么会假设这种调整——作为对她前天晚上说的话的极大补充——原因在于这两天为司机对我讲过话而感到惊慌的阿尔贝蒂娜屈服了，跟司机讲和了呢？我甚至没有闪现过这种猜疑。显然，司机的这番叙述在让我消除阿尔贝蒂娜欺骗过我的任何恐惧的同时，自然而然地使我对我的女友感到扫兴，并且使我对她在凡尔赛度过的那个白天兴味索然。但是我却以为司机的解释在为阿尔贝蒂娜开脱的同时使我对她更加厌倦，这些解释也许还不足以使我心头得到宁静。几天之中，我的女友前额上的两颗小疱也许更能改变我心中的感情。偶然遇到的希尔贝特的贴身女仆向我透露了隐情，为此我最终与她产生了更大的隔膜（以至于我在看见她时不再想到她的存在）。我了解到，当我每天去希尔贝特家时，她正爱着一个小伙子；她经常去看望他，比看我要勤多了。当时，我也一时有过怀疑，我甚至询问过这个贴身女仆。但是，由于她知道我正迷恋着希尔贝特，她便否认，并且信誓旦旦地一口咬定斯万小姐从未见过这个年轻人。然而现在，她知道我的爱情很久以前就已死灭，几年来我对她的所有信函一概不予理睬——也许还因为她不再服侍那位少女的缘故——她一五一十地向我讲述了我不知晓的这段关于小姐本人的恋爱插曲。对她来说这是十分自然的。回想起她当初的誓言，我还真以为她不了解内情呢。事情却绝非如此，正是她秉承斯万夫人的旨意，在我热恋的女人独自一人时，便前去通知那个年轻人。我当时爱得多深……然而我却问自己，我以前的爱情是否像我想象的那样已经死灭，因为这段故事使我感到极为难过。由于我不相信嫉妒会唤起一种业已死灭的爱情，我猜想我那伤心的感觉至少部分归结于我那遭受挫伤的自尊心，因为有好几个我不喜欢的人在当时，甚至在晚些时候——从此之后发生了很大的变化——对我流露出一种轻蔑的态度，他们肯定知道我在热恋希尔贝特的同时受着蒙骗。我甚至为此在回顾往事的同时扪心自问，我对希尔贝特的爱情中是否没有自尊心的容身之地，因为我现在十分痛心地看到，所有这些使我如此幸福的温存时刻被我不喜欢的那些人当作我的女友为我设置的一个名副其实的骗局。总而言之，爱心也好，自尊心也好，希尔贝特几乎已经在我心中死去，但是她并没有完全消逝，而这种厌倦最终使我无法过多地牵挂阿尔贝蒂娜，况且她在我心中所占的位置又是那样的小。还是回头再谈她（在一大段题外话之后）以及她在凡尔赛的散步吧，凡尔赛的明信片（人们是否能够像这样把一颗受伤的心用在两种彼此交织在一起各自涉及一个不同的人的嫉妒之上呢？）使我产生了一种不太愉快的感觉，每次整理纸张时，我的眼睛总要落到这些明信片上面。我想，如果司机不是一个如此诚实的人，那他的第二次叙述与阿尔贝蒂娜的

“明信片”相吻合就不会有太大的意义，因为她从凡尔赛首先寄给你的不是城堡和特里亚农的明信片，那她又该寄什么呢？除非明信片是由某个热爱某尊雕像的文人雅士，或者某个错把横跨街头的有轨电车站或工场车站当作景观欣赏的蠢货挑选出来的。而且我也不该说蠢货，因为买这样的明信片，当作游览凡尔赛宫纪念的人，也不总是哪个蠢货。近两年来，聪明的人、艺术家觉得锡耶纳、威尼斯、格林纳达是老一套，他们却称道最微不足道的公共汽车，所有的火车车厢：“这才是美的。”后来，这种情趣就像其他情趣那样很快消失了。我甚至都说不明白，“如此摧毁过去的高贵事物”，是不是“亵渎”。不管怎么说，一节头等车厢不再被先验地看作比威尼斯圣马可教堂更美的东西。不过，有人说：“这才是生命所在，倒退是一种人为的东西。”然而人们却得不出明确的结论。不管怎样，在完全信任司机的同时，为了让阿尔贝蒂娜无法甩掉他，除非是他唯恐被当成密探而敢于拒绝跟随她，我只让她在安德烈的守护下外出，而在这以前，司机对我来说就足够了。我当时甚至让她（从此之后我再也不敢这样做了）和司机单独离开三天，并且让他们去巴尔贝克附近，因为她很想坐在简朴的车子里飞快地在公路上奔驰。在这三天当中，我心里十分宁静，尽管她寄给我的一大把明信片我未及时收到，这要归罪于布列塔尼的那些邮局运转情况糟糕透顶（夏季运转良好，但是冬季显然混乱不堪），阿尔贝蒂娜和司机回来一礼拜之后，他们仍然那样的勇敢，就在他们回来的当天早晨，他们竟若无其事地继续他们的日常散步，好像什么事情也没有发生。阿尔贝蒂娜今天要去特罗卡德罗，而且是去参加这次“非同寻常”的日场演出，我对此感到欣喜，然而我尤其为她有安德烈这样一个女伴而感到放心。

我中断了这些回忆，阿尔贝蒂娜也已出门，于是，我来到窗口待了片刻。先是一阵沉寂，牛羊肠肚商贩的哨子声和有轨电车的鸣笛声在空中回荡出一些不同的八度音，犹如一位调音师在盲目地调试钢琴。继而，逐渐变得明朗，互相交融的主题中又增添了新的主题。还有一种新的哨子声，那是一个商贩在叫卖，我怎么也没弄清他到底是卖什么的，哨子声恰恰就像有轨电车的鸣笛声，由于这种声音尚未被快速带走，人们因此以为那是一辆孤零零没有开动或者是出了故障停滞不前的有轨电车发出的，这辆电车不时发出鸣笛声，仿佛是一头垂死的动物。在我看来，假使我有朝一日要离开这个贵族街区——除非是去一个完全平民化的街区——市中心的街道和林荫大道（那里的果品、鱼类等被放置在大食品店里，这就使得那些商贩的叫卖声没有用武之地，再说，他们的叫卖声也无法让人听见）在我看来就会显得十分忧郁沉闷，根本无法居住，因为它们缺乏所有这些小贩和食品流动商贩的老调子，没有一清早就令我陶醉的这支乐队。人行道上走过一个毫无风韵（或者屈从于一种丑陋的时髦）的女人，身穿一件过分耀眼的山羊毛皮宽腰身大衣；噢，不，那不是一位妇女，而是全身裹在他的母山羊皮里面的一个司机，正步行前往他的车库。不同肤色、负责跑腿的服务员步伐轻快地从大饭店里走出来，骑上他们的自行车前往火车站，去迎接那些乘坐早班火车的旅客。类似小提琴的那种声音有时来自一辆路过的公共汽车，有时是因为我没有在电水壶中加进足够的水。这支交响乐中响彻着一种过时的不协调“乐曲”：卖玩具的取代了通常用一只木铃作为伴奏的糖果女贩，只见他芦笛上挂着一个木偶，让它四面转动，牵带着他的木偶玩具走街串巷，他将大格里高利[1]的规范化朗诵，巴勒斯特里纳[2]经过改编的朗诵，还有现代的抒情朗诵全置于脑后，他放声吟唱，就像纯正的旋律姗姗来迟的拥戴者：

来吧爸爸，来吧妈妈，
　　满足你们的孩子吧；
木偶我来做，木偶我来卖，
　　给我来点钱呀。
　　当啷。当啷啷啷当，
　　当啷啷啷啷啷啷。
　　来吧，孩子们！

一些头戴贝雷帽的意大利孩子不打算跟这种 aria vivace[3] 竞争，更何况他们兜售的是小雕像。正在这时，一支小小的短笛迫使玩具商贩走得远远的，并使他的歌唱得更加含混，尽管他用的是急板：

[1] 大格里高利，即格里高利一世（540—604）：曾任第六十四任主教，他简化了礼拜仪式。

[2] 巴勒斯特里纳（1525—1594）：意大利作曲家，曾任红衣主教的音乐指挥。

[3] 意大利语，意为轻快活泼的咏叹调。

“来吧爸爸，来吧妈妈。”这支小小的短笛难道就是早晨我在东锡埃尔听到某个龙骑兵演奏的那种短笛吗？不，因为继之而来的是这样的话：“修彩陶和瓷器的来了。修玻璃、大理石、水晶、骨制品、象牙和古董喽。修瓷器的来了。”在一家肉铺，左面是太阳的光晕，右面是整只被吊起来的牛，一个很高很瘦、金黄头发、从天蓝色衣领中露出脖颈的年轻屠夫正以一种令人眼花缭乱的速度和虔诚，认真专注地把精美的牛里脊剔在一边，把低档的臀部肉剔在另一边，然后将这些肉放在几架亮得耀眼的磅秤上，磅秤上部都成一个十字，一些漂亮的小链条从十字上垂落下来，而他——尽管他接着只是把牛腰、菲力牛排、牛排骨肉陈列在货架上——实际上却更让人觉得他像一位漂亮天使，这位天使将在最后审判的那一天，为上帝做准备工作，根据各人的品质区分好人与坏人，把灵魂掂斤过两。尖细而悠扬的短笛声再度荡漾在天空中，这笛声不再预示着弗朗索瓦丝在每有骑兵团列队走过时便担心的那些破坏，而是预示着一个头脑简单或者爱开玩笑的“古董商”所许诺的“修补”，这个总而言之是无所不会而又毫无专长的人把各种不同材料的物品都当作他施展其技艺的对象。送面包的年轻女工匆匆忙忙地把用于“盛大午餐”的细长形小面包接二连三地装进她们的篮子，而送奶女工则飞快地把牛奶瓶挂在她们的吊钩上。看到这些姑娘勾起了我的怀旧之情，但我能够相信这种景象是确凿真切的吗？我从高高的窗口望下去只能看到在店铺里忙活或者正在赶路的这些姑娘，假使我能让她们之中的一位在我身边停留片刻，她会不会变成另外一种样子呢？为了估算隐居给我造成的损失，即白昼给我带来的财富，就必须在活动横栏的漫长伸展中截住某个拿着内衣或者牛奶的小姑娘，让她在我的门框里待一段时间，仿佛是两个撑架之间的一个活动背景的影子，并将她留在我的眼皮底下，从她身上获得某种信息，使我有朝一日重新找到与现在毫无两样的她，正如鸟类学家或鱼类学家在放掉鸟或鱼之前，在它们的肚子底下系上体貌特征卡，以此来了解鸟类和鱼类的迁移。

因此我便对弗朗索瓦丝说，我想让人去采购点东西，如果那些常来取走或送回内衣、奶瓶或送面包的小姑娘中有谁来了的话，就叫她来我这里，弗朗索瓦丝是经常看这些姑娘办一些事情的。在这一点上我跟埃尔斯蒂尔相似，他不得不把自己关在工作室里，春天，他知道树林里开满了蝴蝶花，有几天，他真想去看一看，于是他就派自己的女门房为他买一束蝴蝶花，他把这一小束植物样品摆在桌子上，这样，他眼前看到的就不是桌子，而是一整片覆盖丛林地面的植被，他从前在树林中见过成千上万条蜿蜒伸展的藤蔓从它们的蓝色尖顶弯曲而下，被花朵的引人遐想的清香包围的地方仿佛成了他工作室里的一块想象之地。

不要指望一个洗衣女工星期天会上这里来。至于那个送面包的女工，不巧的是她恰好在弗朗索瓦丝不在时摁响了门铃，她把细长形小面包留在楼梯平台上的篮子里就走掉了。水果女贩要很晚才来。有一回，我走进一家乳品店订购一块奶酪，我在那群年轻的女雇员中发现了一个真正不同凡响的女孩，她头发金黄，身材高挑，虽然还未成年，她置身于其他送面包女工之中，似乎正带着一种十分高傲的姿态在幻想。我只是从远处看见过她，而且我匆匆而过，所以说不出她长的什么模样，只觉得她可能长得太快了，还有，她那一头羊毛般浓密的头发不大像人的毛发，倒更像一种脱离了平行晶冰的回纹或雕塑装饰。这就是我所发现的一切，还有瘦瘦的脸庞中间，那只线条极其突出的鼻子（这在一个孩子身上是罕见的）令人联想起小秃鹫的喙。再说，她的同伴们围在她的身边并不是妨碍我仔细打量她的唯一原因，还因为我拿不准初次见面以及随后我会在她身上引起什么样的情感，是不合群的高傲或嘲讽，还是她不久后会在她的女友们面前表示的轻蔑。我在一秒钟内所做的关于她的这些轮番假设加重了她周遭的难以捉摸的气氛，她便隐藏在这种气氛里，就像天神隐藏在被雷电震得颤动的雨云里。因为精神上的犹豫不定比眼睛的生理缺陷更能给准确的视觉印象造成困难。在这个过分瘦弱、过分引人注目的少女身上，也许会被另一个人称为魅力的那种过分之处恰恰就是使我不快的东西，然而这种过分之处带来的后果仍然是妨碍我去发现乳品店其他少女的任何东西，当然更妨碍我回想起她们的任何东西，她的鹰钩鼻子，她那沉思、有个性、仿佛在判断的目光——竟然如此令人不快——就像一道使周围的景物变得阴沉的金色闪电，将其他年轻的乳品女工陷于黑夜之中。因此，关于我去乳品店订购一块奶酪的那一次造访，我只记得（如果可以用“记得”这个词的话，因为在一张看得如此不清楚以至近乎乌有的脸上，可以无数次地安一个不同的鼻子），这个使我感到不快的小女孩。这就足以成为一次恋爱的开端。然而我也可能忘记这个不同凡响的金发少女，而且不期望再次看见她，假使弗朗索瓦丝没有对我说，这个小女孩尽管十分顽皮却乖巧伶俐，她即将离开她的女主人，因为她太爱打扮，在街区欠了债。据说美是幸福的一种许诺。反过来，可能得到的乐趣也可以是美的一种开端。

我开始看妈妈的来信。透过她援引的德·塞维尼夫人的那几段话（“我的思念在贡布雷即使不完全悲观无望，它们至少蒙上了阴郁的色彩；我时时刻刻思念你；我祝福你；黄昏时分你有没有想过，你的健康，你的事务，你的远离，这一切会怎么样？”），我觉得我母亲讨厌看到阿尔贝蒂娜继续在我家住下去，讨厌看到我与她结婚的意愿愈来愈坚定，尽管这意愿当时还没向未婚妻透露。她没有更加直截了当地把她的这种想法告诉我，因为她唯恐我把她的来信到处乱放。还有，她在来信中责备我每收到她的信没有立即通知她，尽管这些指责十分含蓄：“你很清楚，德·塞维尼夫人说过：‘当人们远隔千里时，人们不再嘲笑以“我收到您的来信”开头的信函。’”此外还有最使她不安的事，她声称对我的巨大开支感到恼火：“你所有的钱是怎么用的？你像夏尔·德·塞维尼那样不知道自己要什么，并且‘集二三人于一身’，这已经够让我烦恼的了，但是你至少尽量不要像他那样花钱，别让我说你：他有本事花钱不露痕迹，不赌不玩却输得精光，付了钱而未偿清债务。”我刚刚看完妈妈的短信，弗朗索瓦丝就走回来对我说，她跟我提到过的那个有点过分大胆的送牛奶小姑娘正在她那里。“她完全可以替先生送信，买东西，如果路程不太远的话。先生就会看到，她看上去就像小红帽[1]。”弗朗索瓦丝找她去了，我听见领着小女孩的弗朗索瓦丝对她说：“好了，你害怕是因为有条走廊，傻丫头，我还以为你不那么拘谨呢。要我拉着你的手吗？”弗朗索瓦丝正像那种希望别人像她自己一样敬重她的主人的能干而又诚实的女佣那样，摆出一副威严的神情，名画师作品里的拉皮条的女人就有这种使她们显得高贵的威严神情，在这些女人旁边，情妇与情夫几乎变得微不足道。

埃尔斯蒂尔在打量那些蝴蝶花时，根本不必关心蝴蝶花的用途。送牛奶小女孩一进来就扰乱了我这个沉思者的平静，我一心只想让派她送信的谎言变得真实可信，我开始飞快地写了起来，几乎不敢正视她，以免露出为了看她而请她进来的马脚。她带有陌生人的那种魅力，在我看来，这种魅力是那种人们在妓院里能找到的等待着你的漂亮姑娘所没有的。她既没有赤身裸体，也没有浓妆艳抹，然而是一位真正的送奶女工，是那种由于你没有时间接近而被你想象成十分美丽的姑娘；她有点属于那种永恒的欲望，永恒的生活遗憾，这股双重的潮流最终改变了方向，被引导到我们的身边。之所以说双重，那是因为虽然这关系到一个陌生人，在我们想象中，根据她的身高、她的匀称身材、她无动于衷的目光、她高傲的宁静，这应该是一个超凡的造物，另一方面，人们却希望这个女人有一技之长，使我们能够躲进她的那个世界，而一件独特的外衣使我们浪漫地认为那个世界与我们不同。再者，

[1] 小红帽：法国童话《小红帽》中的女孩，常戴一顶红帽子。

如果我们试图用一个公式来概括我们的恋爱好奇心的规律，那么我们必须从一个只被我们瞥了一眼的女人与一个被我们亲近过、爱抚过的女人之间最大限度的差异中去寻找。从前所谓的青楼女子和交际花本身（条件是我们知道她们是交际花）对我们的吸引力之所以如此之小，并非因为她们不如其他女人漂亮，而是因为她们唾手可得；她们把我们正想争取的东西已经拱手奉献给我们；因为她们不是被征服的。这里面的差异微乎其微。一个娼妓已经在街上朝我们微笑，她在我们身边也会这样做。我们是雕塑家。我们希望从一个女人身上得到一尊与我们面前的她截然不同的雕像。我们在海边看见一位无动于衷、傲慢不逊的少女，我们看见一位严肃的、在柜台上忙个不停的女售货员，她生硬地回答我们的提问，哪怕仅仅是为了避免成为她的同伴们的笑柄，或者一个水果女贩勉强地回答了我们。这一来，我们便不肯就此罢休，除非我们能够亲身体验一下，海边傲慢的少女、十分计较人言的女售货员，心不在焉的水果女贩，经过我们巧施妙计之后，是否能改变她们僵硬的态度，用拿水果的手搂抱我们的脖颈，带着默许的微笑和原先那冰冷或漫不经心的眼睛俯向我们的嘴唇——噢，那双工作时严肃的眼睛多么美，那时女工唯恐她的女伴对她恶意诽谤，那双眼睛逃避我们纠缠不休的目光，而现在我们单独面对面地注视她了，在我们谈到要做爱时，那双眼睛却在充满阳光的笑声重压下低垂下来！在女售货员、专心熨衣的洗衣女工、水果女贩、送牛奶女工之间——这个小女孩本人即将成为我们的情妇，存在着最大限度的，乃至趋向极端的差异，这种差异随着职业的习惯性动作而发生变化，在劳作时这些习惯性动作使手臂成了某种与每天晚上缠绕住我们的颈脖（嘴巴却随时准备接吻）的柔软纽带完全不同的东西，正像阿拉伯图案一样。因此，我们才会在对严肃的姑娘做不断更新的、惶惑不安的尝试中度过自己的一生，她们的职业使她们似乎与我们远隔千里。一旦落入我们的怀抱，她们就不再是原来的她们，我们梦想跨越的这段距离也就消失了。但是我们又同其他女人重新开始，我们在这些事情上投入了自己的全部时间、全部金钱、全部精力，我们对赶车太慢的车夫大发雷霆，因为他也许会使我们错过第一次约会，我们正处于狂热之中。尽管我们明明知道，这第一次约会将是一种幻想的破灭。这无关紧要：只要幻觉还存在，人们总想看看是否能将它变成现实，于是我们便想起洗衣女工，我们已经注意到她的冷淡态度。恋爱的好奇心犹如地名在我们身上唤起的好奇心：永远失望，而后又再度复苏，并且永远无法满足。

可惜！一旦来到我的身旁，这个有着一条条发绺的送牛奶金发小姑娘便显得拘谨畏缩，她打消了在我身上唤醒的无数想象和欲望。我的种种假设构成的颤动的云雾不再把她包围在神秘莫测的气氛里。她神情十分窘迫，因为她只有一只鼻子（而不是先后在我回忆中出现而又无法确定的那十只、二十只鼻子），那鼻子比我想象的更圆，令人联想到愚蠢，总之她的鼻子已失去了增殖的能力。这种被截住，被歼灭，被击溃，无法为她那可怜的现实增添任何东西的翻飞已得不到我的想象力的合作。跌落在静止不动的现实当中的我又跃跃欲试；在小店中未曾注意的脸颊现在看来是那样的俏丽，我甚至为此惶恐不安，为了掩饰我的窘态，我对送奶小姑娘说："劳驾您把那里的《费加罗报》递给我，我要看一看我想让您去的地名。"她拿报纸时，就露出一直捋到肘关节的紧腰上衣的红袖子，她用一个灵巧而又可爱的动作把那份观点保守的报纸递给了我，她那熟练迅速而看上去又柔美的动作以及鲜红的色彩使我赏心悦目。我打开《费加罗报》时，想找点话说说，我眼皮也不抬地问那个小女孩："您穿的这件红毛衣叫什么？真漂亮。"她回答我说："这是我的高尔夫球衫。"由于各种时尚通常都会衰退，几年前似乎还属于阿尔贝蒂娜女友们的那个比较风雅的世界的那些服装和那些词，现在却成了女工们的所有物。"这样做真的不太妨碍您吗，"我装作在《费加罗报》中寻找的样子说道，"假使派您到远一点的地方？"一旦我似乎认为，她替我买一趟东西是件苦差时，她立即也开始觉得让她办这事不方便。"是这么回事：我马上要去骑车散步。当然啰，我们只有星期天才有空。""您这样光着脑袋难道不冷吗？""啊！我不会光着脑袋，我会戴上我的马球帽，再说我的头发这么多，我也可以不戴帽子。"我抬起眼皮打量她那金黄色的一绺绺鬈发，我感到发绺掀起的旋风把心儿怦怦直跳的我带到光明和美的风暴之中。我继续看报。尽管这只是为了掩饰我的窘态，以及为自己争取时间，在装作看报的同时，我仍然理解我眼前那些词的意思，下面这些字眼使我大吃一惊："关于今天下午即将在特罗卡德罗的节日大厅中公演的日场节目，我们已经做过报道，节目单上必须加上莱娅小姐的名字，她同意参加《内丽娜的诡计》的演出。当然，她将扮演内丽娜一角，她在这个角色中融入了惊人的激情和让人着魔的轻松愉快。”仿佛有人突然抽掉了包扎我心头创伤的裹伤布，这伤口自打我从巴尔贝克回来之后才开始结痂。我那滚滚而来的焦虑汇成了洪水激流一泻而出。喜剧女演员莱娅是阿尔贝蒂娜一天下午在娱乐场的镜子中看到的两个少女的演员朋友，当时，她装作没有看见她们的样子。阿尔贝蒂娜在巴尔贝克提到莱娅时，的确曾用一种特别一本正经的口吻对我们说过：“噢！不，她绝不是这样一个女人，她是一位十分出色的女人。”看上去她对人们竟然怀疑这样一个贤惠的女人几乎很生气。不幸的是，在我看来，当阿尔贝蒂娜表达这类肯定的意思时，这通常只是不同的肯定的第一阶段。第一阶段刚刚过去，第二阶段便接踵而至：“我不认识她。”第三阶段：当阿尔贝蒂娜跟我提起某个“不容怀疑的”而且是（第二阶段）“她不认识”的人时，她渐渐地忘记了她先前说过她不认识这个人，继而，在她不知不觉地“自相矛盾”的一句话中，又说她认识这个人。在第一次遗忘完成以及新的肯定表述之后，又开始了第二次遗忘，即忘记这个人是不容怀疑的。“难道某某，”我问道，“没有某种某种品行吗？”“那自然啰，这是众所周知的嘛！”她立即重新操起这种一本正经的语调加以肯定，这种肯定是对第一次肯定的十分微弱的模糊反应：“应该说，跟我在一起的时候，她总是礼仪周全无懈可击。自然了，她知道我会让她碰钉子，而且是彬彬有礼地让她碰钉子。然而这也没什么要紧。我不得不感激她始终对我表示真诚的尊重。显而易见，她明白自己在跟什么人打交道。”人们之所以回想起事实真相，那是因为这个事实真相有一个名称，有一些古老的根源，然而一个即兴编造的谎言很快就会被遗忘。阿尔贝蒂娜忘记了这最后一个，也就是第四个谎言。一天，当她想用一些隐私换取我的信任时，她随口提到她不认识，而原先又是很正派的这同一个人：“她曾一度钟情于我。有三四次，她要我陪她去她家，要我进去看望她。大白天在室外当着众人陪伴她，我不觉得有什么不便。但是到了她家门口，我总是找一个借口，我从来没有进去过。”过了一会儿，阿尔贝蒂娜又暗示在这位夫人家里看到的物品之美。毫无疑问，人们终于逐渐使她说出了事实真相，这事实的真相也许不如我想象的那样严重，因为容易跟女人相处的阿尔贝蒂娜也许宁可喜欢一个情夫，现在既然我就是她的情夫，她也许不再思念莱娅。总而言之，关于莱娅我仍然只停留在第一种肯定上，我不知道阿尔贝蒂娜是否认识她。

总而言之，关于许多女人，我只需在我的女友面前把她自相矛盾的种种肯定集中起来做一个综合，就能够向她证实她的谬误（这些谬误如同天文学中的种种定律，它们更容易从推理中得到，而不是来自观察以及现实中的偶然发现）。但是，她却更喜欢说她是在表述这些肯定之一时撒过谎，而不是承认她一开始讲述的这一切只不过是一连串由谎言编织的故事，这样她的退缩彻底摧毁了我的整个体系。《一千零一夜》中也有类似的故事，而且它们让我们入迷。这些由谎言编织的故事使我们为自己所爱的人感到难过，正因为如此，这些故事才使我们能够进一步深入地认识人类的本性而不是满足于在人类本性的表面上游戏。忧虑渗透到我们身上，并且用痛苦的好奇心迫使我们去深入了解。我们感到没有权利隐瞒的种种事实真相即由此而来，因而一个发现了事实真相的处于弥留之际的无神论者，虽然相信虚无，对荣誉毫不在意，却用自己生命的最后时刻试图让人们了解这些事实真相。

这倒无关紧要，反正是一回事。必须不惜代价阻止她在特罗卡德罗重新找到这个熟人或者认识这个陌生女人。我说我不知道她是否认识莱娅；其实我很可能在巴尔贝克早已从阿尔贝蒂娜本人那里了解了这一点。因为遗忘在我身上也和在阿尔贝蒂娜身上一样摧毁了她向我肯定的大部分东西。因为记忆不是始终摆在我们眼前的我们生活中的杂闻逸事的复本，而是一种虚无，有时，当前发生的某件与过去相似的事使我们从这虚无中去提取一些死而复生的回忆；但是仍然有成千上万的小事没有进入这种潜在的记忆，并且永远无法被我们控制。凡是我们不知道它与我们热爱的人的现实生活有关的事，我们对之毫不注意，我们立即忘记了她（他）对我们说的我们不熟悉的某件事或某些人的话，忘记了她（他）跟我们说话时的表情。待到后来那些人激起了我们的妒忌心，为了知道有没有弄错嫉妒的对象，为了弄清我们的情妇某次匆匆外出是否与那些人有关，我们某次过早回家时禁止她外出她的不满是否与那些人有关，于是我们的嫉妒心搜寻过去以便从中归纳出什么东西时，却什么也找不到了；这种始终回顾往事的嫉妒就像一位准备撰写史书而又缺乏任何资料的历史学家；这种始终迟到的嫉妒就像一头乱冲的发怒的公牛，高傲而勇敢的斗牛士戳它以便激怒它，残忍的观众欣赏他的精彩动作和计谋，而它却冲向斗牛士不在的地方。嫉妒在虚无中搏斗，茫然无措，就像我们在某些梦中那样：我们在那座空空如也的房子中找不到我们在生活中十分熟悉的一个人，然而这个人在这里也许是另外一个人，只不过借用了那个人的种种特征，我们为此感到难过；或者就像我们醒来之后试图证实我们梦中这样或那样的细节时那样茫然无措，只是后者程度更甚。我们的女友在对我们说这话时带着怎样的表情呢？她不快活吗，她没有吹口哨吗？她只有在怀有某种爱意以及我们的出现让她心烦和恼火时才吹口哨的。她难道没有告诉我们某件事，而这件事跟她现在向我们肯定的事是相互矛盾的，比方说她认识或者不认识某个人？我们对此一无所知，我们也许永远不会知道；我们热衷于寻找一个梦的不牢靠的残片，在此期间，我们跟自己情妇的共同生活还在继续，在那些我们不知道对我们是至关重要的事情面前漫不经心，却关注那些也许是无关紧要的事，像在噩梦中似的被那些与我们并无现实关系的人所纠缠，充满遗忘、空缺和枉然的焦虑，这就是我们的生活，我们的生活恍如一个梦。

我发觉送牛奶的小姑娘始终待在那里。我对她说那个地方显然太远，我不需要她。于是她也觉得这太使她为难了："一场精彩的比赛马上就要开始了，我不想错过。"我觉得她可能说过喜欢体育，几年后她还会说"过自己的生活"。我对她说我显然不需要她，我给了她五法郎。她几乎没有料到事情会是这样，她心想，什么也没干就得到了五法郎，要是为我买一趟东西准会得到更多的报酬，她开始觉得她要看的比赛无关紧要。"我完全可以替您买东西。一切总是可以安排的。”然而我却将她推向门口，我需要独自一人；必须不惜一切代价阻止阿尔贝蒂娜在特罗卡德罗与莱娅的女友重逢。必须这样做，必须做成功；说真的，我还不知道该怎么去做，在这些最初的时刻，我摊开自己的双手打量着，把手指关节拉得格格作响，也许因为思想无法找到它所寻求的东西时，便懒洋洋地让自己休憩片刻，这时最无足轻重的事物也显得十分清晰，就像火车停在一望无际的田野时，人们从车厢里看到那些土坡上在风中晃动的草尖那样一目了然（这种静止并不总比一头被捕获的野兽因为恐惧而动弹不得或者呆住，一动不动地望着前面时的那种静止更富有成果），也许因为我全身都做好了一切准备——其中包括我内在的智慧，以及智慧中包含的对付这个或那个人的行动方式——好像我的身体只是一种武器，从中将射出能把阿尔贝蒂娜与莱娅以及她的两位女友分开的子弹。诚然，当弗朗索瓦丝早晨前来对我说阿尔贝蒂娜要去特罗卡德罗时，我曾经对自己说：“阿尔贝蒂娜完全可以做她想做的事情。”我以为由于天气如此美好，她的行为对我来说直到晚上都不会有显著的意义。然而使我变得如此无忧无愁的并不如我所想仅仅是早晨的太阳；而是因为我在迫使阿尔贝蒂娜放弃她在维尔迪兰家可能抛出甚至实现的种种计划以后，在迫使她去观看一次由我亲自挑选，为此她不可能有任何准备的日场演出之后，我明白她的所作所为肯定会是清清白白的。同样，阿尔贝蒂娜之所以在不久之后说：“如果我自杀的话，我也无所谓。”那是因为她深信自己不会自杀。今天早晨在我面前，在阿尔贝蒂娜面前，横陈着一种介质（它远比阳光灿烂的天气更有影响），我们看不见它，但是通过这种半透明而变化着的中介，我看到了她的行为，她看到了自己生活的重要性，也就是一些信仰，我们觉察不到它们，但是它们正如包围着我们的空气一样不能与一种纯粹的虚无等同，这些信仰在我们周围形成一种可变的，有时是绝妙的，经常是令人窒息的气氛，人们应该把这种信仰像气温、气压、季节一样仔细地注意并记录下来，因为我们的时日具有自身的生理和心理特征。今天早晨没有被我注意到，但在我重新打开《费加罗报》之前一直包围着我的这种信仰，即相信阿尔贝蒂娜不会做任何坏事，这种信仰刚刚消失。我不复生活在晴朗的白昼之中，而是生活在由担心的情绪在这晴朗的白昼中构成的另一个白昼里，我担心阿尔贝蒂娜与莱娅重逢，而且更容易与那两个少女重逢，假如这两个少女去特罗卡德罗为女演员捧场的话，依我看这是可能的，她们在幕间休息的时候找到阿尔贝蒂娜并非难事。我不再去想凡德伊小姐；莱娅这个名字令我再次看见了阿尔贝蒂娜在娱乐场身边围着两个少女的形象，因而引起我的嫉妒。因为我的记忆中只有阿尔贝蒂娜彼此分开、不完整的、侧面的、暂时的系列形象；所以我的嫉妒对象也仅仅是某种不连贯的，转瞬即逝而又固定不变的表情，以及给阿尔贝蒂娜脸上带来这种表情的那些人。我回想起她在巴尔贝克被那两个少女或者这类女人看了又看时的表情；我回想起我看到那些目光在这张脸上不停地扫视，就像一个准备速写的画师的目光时我感到的那种痛苦，这张脸完全被那些目光所覆盖，毫无疑问，由于我的在场，这张脸带着一种也许暗地里充满快感的被动，装作对此没有察觉的样子去接受这种触摸。在阿尔贝蒂娜恢复镇定对我开口说话之前，她有一秒钟没有动弹，她漫无目标地笑着，带着一副装出来的自然表情，掩饰着心里的喜悦，就像人们正在给她拍照，或者是为了在镜头前选择一个更为潇洒的姿势时那样——我们在东锡埃尔跟圣卢一起散步时她摆过这种姿势：面带微笑，舌头舔着嘴唇，装出逗狗的样子。当然，在这些时刻，她根本不像是对过往的少女感兴趣时的那个她。在后一种情况下，她那狭隘而浓稠的目光则死死地盯住过路的少女，那样的具有黏性和腐蚀性，好像那目光在移开时会揭起一层皮肤。但是此时此刻，这种至少赋予她某种严肃的东西，甚至使她显得痛苦的目光与她在两位少女身边时显得既迟钝又幸福的目光相比，倒使我感到温存些，我宁愿看到她也许是体验到欲望时的那种阴郁的表情，而不愿看到她引起别人的欲望时那种笑眯眯的表情。她试图掩饰她意识到这一点也是枉然，这种朦胧快感的意识沐浴着她，包围着她，使她那张脸像玫瑰花一般绯红。然而，这些时刻阿尔贝蒂娜身上悬置的这一切，在她四周辐射出来并使我痛苦不堪的这一切，当我不在的时候，谁知道她会不会继续不露声色，对两个少女的主动接近（既然我已经不在那里），做出大胆的回应呢？当然，这些回忆在我身上引起了一种极大的痛楚，这些回忆就像阿尔贝蒂娜的趣味的一种彻底的昭示，是她的不忠实的一种整个的忏悔，在它们面前，阿尔贝蒂娜的那些个别的、我愿意相信的誓言，我的不全面的调查得出的那些否定结果，以及安德烈也许与阿尔贝蒂娜串通一气所做的那些保证都无法匹敌。阿尔贝蒂娜可以向我否认她的种种个别的背叛；然而通过她脱口而出的比她那些互相矛盾的声明更加有力的话语，通过那些独一无二的目光，她招认出她想隐瞒的东西，远比某些个别事实更需隐瞒的东西，她招认了她宁可让人杀死也不愿承认的东西：她的爱好。因为任何人都不愿开启自己的心灵。

尽管这些回忆给我造成了痛苦，我是否能够否认正是特罗卡德罗的日场演出节目唤起了我对阿尔贝蒂娜的需要呢？她属于这样的女人，她们的过错必要时可以成为魅力，而且由于她们的善良紧跟着她们的过错接踵而来，并且把温情带给我们，跟她们在一起，我们犹如一个从来没有连续好转两天的病人，不得不去重新获取这种温情。况且，除了我们在热恋她们的同时她们犯的过错，还有在我们认识她们之前她们就有的过错，而最早的过错就是：她们的天性。那样的恋爱之所以变得痛苦，实际上是因为这些恋爱中先就存在着一种女人的原罪，一种使我们爱上她们的原罪，所以，当我们忘却这一点时，我们就不太需要女人，为了重新开始恋爱，就必须重新开始经受磨难。此时此刻，但愿她没有找到那两位少女以及想知道她是否认识莱娅是我最关心的事情，尽管人们不应该对个别的事件感兴趣，除非这些事件具有普遍意义，尽管我们分散好奇心去注意我们始终不了解的残酷现实汇成的看不见的洪流中那些偶然在我们思想上结晶的东西是幼稚可笑的，比旅行和一心想追求女人更幼稚可笑。再说，即使我们摧毁了这种东西，它又将立刻被另一种东西所取代。昨天，我担心阿尔贝蒂娜去维尔迪兰夫人家。现在，我却只为莱娅操心。蒙住双眼的嫉妒心不仅根本无法在包围它的黑暗中发现任何东西，而且还是一种磨难，它的任务就在于不断地重新开始，正如达那伊得斯姊妹的任务和伊克塞翁的任务那样。即使两位少女不在那里，装扮得更光艳动人的莱娅和她的辉煌成就又会使她产生怎样的印象！她会给阿尔贝蒂娜留下怎样的梦幻！会引发她什么样的欲望！这些欲望在我家里即使得到抑制，仍会使她厌倦一种她无法满足这些欲望的生活！

况且，又有谁能说她并不认识莱娅，她不会去莱娅的化妆室看望她？即使莱娅不认识她，又有谁能够向我保证，尽管她在巴尔贝克遇到过阿尔贝蒂娜，可是她不会认出后者，而且莱娅不会从舞台上示意阿尔贝蒂娜，准许她打开后台的门呢？当一种危险已经消除便显得很容易避免。而上述的危险还未消除，我担心它不可能消除，正因为如此，这种危险在我看来才格外可怕。我对阿尔贝蒂娜的爱，当我试图使这种爱变为现实时我感到它几乎正在消逝；而此时此刻我的剧烈痛苦却似乎在某种程度上向我证实了我对她的爱。我不再为任何其他事情操心，我一心只想着阻止她留在特罗卡德罗的种种办法，我可以拿出任何数目的钱塞给莱娅，要她别去那里。假如人们是通过自己的所作所为而不是自己形成的想法来证实自己的偏爱的话，那么我是爱阿尔贝蒂娜的。但是我的痛苦的这种反复并不能使阿尔贝蒂娜的形象在我心中更实在些。她犹如一位隐而不见的女神引起了我的种种苦恼。我在做成千上万个猜测的同时试图躲避我的痛苦，但并没有因此使我的爱变成现实。

首先必须肯定莱娅确实去过特罗卡德罗。我用两个法郎打发了那个送牛奶的小女孩，然后我打电话给布洛克，向他打听莱娅的情况，他与莱娅也有交情。他对此一无所知，我会对此感兴趣似乎使他感到惊奇。我想我必须抓紧时间，弗朗索瓦丝已经穿戴好了，而我还没有更衣，在我起床的时候，我让她乘上一辆车；她应该去特罗卡德罗买一张戏票，在大厅里四处寻找阿尔贝蒂娜，把我的一张字条转交给她。在这张字条里我告诉她，我刚才收到一位夫人的来信，使我感到震惊，正是由于这位夫人，我在巴尔贝克的一个夜晚曾是那样的不幸，这事她是知道的。我提醒她回想一下翌日她指责我没有叫她的情形。因此我冒昧地请求她为我牺牲她的日场演出，回来跟我一起去呼吸一点新鲜空气，好让我重新振作起来。但是，由于我需要很长时间才能更衣准备完毕，她可以利用弗朗索瓦丝在场的机会去三区商店（与“好商佳”相比，这家店更小，因而不那么让我担心）购买她需要的白色珠罗纱无袖胸衣，我会为此感到高兴的。

我的字条大概不是没用的。说真的，我根本不知道阿尔贝蒂娜在我认识她以后和之前做了什么。然而在她的谈话中（如果我对阿尔贝蒂娜提到这一点，她会说我听错了），某些前后矛盾之处，某些修正在我看来就像现行犯罪那样明白无误，但是用这些东西对付阿尔贝蒂娜却行不通，她经常像一个孩子那样进行欺诈，运用这种策略做突然纠正，每每使我的残忍攻击付诸东流，并且平息了事态。这些攻击对我来说是残忍的。她不是由于处心积虑，而是为了弥补她的冒失才使用这些有点像语法学家称之为错格或者我不知其名的句法上的突然变化。在谈论女人时，她信口说道："我记得我最近——"，突然间，在一个"十六分休止符"之后，"我"变成了"她"，这是她作为一个清白的漫步者发觉到而又根本没有付诸实施的东西。行动的主人并不是她。我真想准确地回忆句子的开头，以便让我自己来结束这句话，既然她退缩了。然而，由于我在期待句子结束，所以我很难记得句子的开头，也许是我那饶有兴趣的神情使她偏离了原意，我仍然焦虑地期待着她的真实思想，和她的真实记忆。不幸的是，我们情妇的一个谎言的开头就像我们自己的爱情或者一种志向的开头。这些开头正在形成、凝聚，而并没有被我们注意。当人们想回忆自己是以何种方式开始爱上一个女人时，人们却已经在恋爱了；关于先前的梦，人们不会对自己说：那是一种恋爱的前奏，注意：这些梦惊人地向前推进，我们对此几乎没有觉察。同样，除了一些相对来说十分罕见的情况，这仅仅是为了叙述方便起见我才经常在这里把阿尔贝蒂娜的谎话与她（有关同一主题）最初的说法加以对比。这最初的说法，往往因为我看不到结尾，而且推测不出以后会有哪种前后矛盾的断言与其对应，故而它不知不觉地消失了，我的耳朵当然听到过，但是我没有将它从阿尔贝蒂娜的一连串话语中单独抽出来。后来，当我面对明显的谎言，或当我产生了某种惶惶不安的疑虑而打算进行回忆时；却是枉费心机，我的记忆没有及时得到通知；记忆以为保存副本是没有必要的。

我嘱咐弗朗索瓦丝在她让阿尔贝蒂娜离开大厅时打电话通知我，并且把阿尔贝蒂娜带回来，不管她是否乐意。"她要是不乐意回来见先生，那真做绝了。”弗朗索瓦丝回答。“可我不知道她是否喜欢见我。”“那她未免太忘恩负义了。”弗朗索瓦丝又说。对阿尔贝蒂娜的嫉羡折磨着她，正像多年前对我姑妈身边的欧拉莉的嫉羡折磨过她一样。弗朗索瓦丝不知道阿尔贝蒂娜在我身边的这种地位不是她寻求的，而是我一手造成的（出于自尊心，也为了激怒弗朗索瓦丝，我宁可对她保密），她对阿尔贝蒂娜的机灵既欣赏又厌恶，她对其他用人谈到阿尔贝蒂娜时称她为随心所欲地摆布我的“女戏子”“女骗子”。她还不敢向阿尔贝蒂娜开战，只是对她和颜悦色，在我面前炫耀她在阿尔贝蒂娜与我的关系中为她出的力，心里却想对我说什么也无济于事，她什么目的也达不到，只有窥伺机会；一旦她在阿尔贝蒂娜的处境中发现一个破绽，她定会加以扩大，并且把我们彻底分开。“忘恩负义？噢，不，弗朗索瓦丝，我觉得忘恩负义的是我，您不知道她对我有多好。（装作被爱对我来说是那样的甜蜜！）快走吧。”“我要跑了，马上跑。”

她女儿的影响开始稍微改变着弗朗索瓦丝的词汇。所有的语言就是由于增添了新的语汇而失去其纯洁性的。弗朗索瓦丝这种言语上的堕落（我熟悉她言语上的全盛时期），我对此也负有间接的责任。假如弗朗索瓦丝的女儿仅仅同她的母亲讲方言，那么她大概还不会使她母亲的传统语言蜕变为最低贱的行话，女儿从来没有摈弃这种方言，当她俩在我身边时，如果她们之间有悄悄话要说，她们就在我的卧室中用方言讲，而不是关在厨房里交谈，讲方言是比关紧的门扉更不可逾越的一道屏障。我仅仅猜到母亲与女儿并不总是生活得很融洽，这一点我可以通过我能分辨的唯一一个词“m’esasperate”[1]的频繁出现加以判断（除非这个令她们恼怒的家伙是我）。不幸的是，最不熟悉的语言最终也能学会，如果人们总听这种语言的话。我很遗憾这是方言，我终于懂得了这种方言，如果弗朗索瓦丝习惯于用波斯语表述的话，我大概也会学得同样好。当弗朗索瓦丝发现我的进步时，她加快了讲话的速度，她的女儿也一样，但是这无济于事。弗朗索瓦丝先是为我懂得方言而发愁，继而又为听到我讲方言而高兴。其实，这种高兴是一种嘲讽，因为尽管我的发音最终几乎和她一样，她仍然从我俩的发音中找到了令她开心的巨大差别，她开始为自己再也没有看到故乡的人而感到遗憾，而许多年来，她从未想到过他们，据她说，她的乡亲们要是听到我讲一口如此蹩脚的方言定会捧腹大笑，她真想听听这笑声。仅仅这个念头就使她充满快乐和遗憾，她一一列举出这个或那个会笑出眼泪的农民。然而不管如何，任何喜悦都未能调和我懂得她们的方言而引起的悲哀，尽管我方言讲得很糟。当人们试图阻拦的那个人可以使用一把万能钥匙或者一把撬门铁棒时，钥匙就变得毫无用处了。既然方言变成了一道毫无价值的屏障，她便开始跟她的女儿讲法语，这种法语很快变成了近代法语。

我已经穿戴完毕，弗朗索瓦丝还没有打来电话；不等电话就动身吗？然而谁知道她有没有找到阿尔贝蒂娜？谁知道阿尔贝蒂

[1] 方言，意为令我恼怒。

娜会不会在后台？还有，即使碰到弗朗索瓦丝，阿尔贝蒂娜是否愿意跟她回来？半个小时之后，电话铃响了，我的心中交织着希望与恐惧。那是一位电话员接过来的，一连串即刻飞来的声音给我送来了女接线员而不是弗朗索瓦丝的讲话，因为面对她父辈未见过的东西而感到的一种祖传的腼腆和忧伤使她宁可拜访传染病病人也不去接近电话听筒。她在戏院后座的过道上找到了孤身一人的阿尔贝蒂娜，后者仅仅去通知安德烈说她不留下了，随即很快回到了弗朗索瓦丝那里。“她没有生气吗？噢！对不起！请您问一下这位夫人，那位小姐有没有生气……”“这位夫人让我转告您，她没有生气，一点没有生气，恰恰相反，总而言之，即使她不高兴也看不出来。她们现在要去三区商店，两点钟回来。”我心里明白，两点钟意味着三点钟，因为现在已经两点多了。但是弗朗索瓦丝身上具有这些独特的、一贯的、无可救药的，被我们称为病症的缺点，其中之一就是永远无法看出并且说出准确的时辰。当弗朗索瓦丝看见她的手表指在两点钟而她却说：现在一点钟，或者现在三点钟时，我永远无法理解，这种现象的产生是源于弗朗索瓦丝的视力，她的思想还是源于她的语言；可以肯定的是，这种现象始终存在。人类太古老了。遗传、交配为恶劣的习惯、荒谬的反应增添了一种不可战胜的力量。一个人之所以打喷嚏和嘶嘶喘气是因为他经过一株玫瑰旁边的缘故；另一个人则因为闻到刚刷的油漆味道而出现皮疹；许多人因为必须去旅行而感到腹痛，小偷的孙子即使成了百万富翁而且慷慨大方，他们仍然忍不住要偷我们五十法郎。至于弗朗索瓦丝为什么不可能准确地说出钟点，她从来没有在这方面为我提供任何线索。因为尽管这些不准确的回答通常使我发怒，然而弗朗索瓦丝既不打算为自己的错误道歉，也没有对此做出解释。她默默无语，仿佛没有听到我的话，这终于使我火冒三丈。我真想听到一句辩解的话，哪怕只是为了在她身上打开一个缺口；但是除了无动于衷的沉默之外什么也没有。总而言之，今天的事毫无疑问，阿尔贝蒂娜将在三点钟与弗朗索瓦丝一起回来，阿尔贝蒂娜不会看见莱娅和她的女友们。阿尔贝蒂娜与她们重新接上关系这一危险一旦得以避免，马上就在我眼前丧失其重要性，看到这种危险那么容易避免，我十分吃惊我竟然以为自己无法避免这种危险。我对阿尔贝蒂娜产生了一种强烈的感激之情，正如我看到的那样，她并不是为了莱娅的女友们而去特罗卡德罗的，她用离开日场演出，被我招之即来的举动向我表明她是属于我的，甚至将来也属于我，这一切超过了我的想象。当一个骑车人给我带来她的一张便条时，我对她的感激之情又增加了许多，她让我耐心，其中还有这些她习以为常的客套话："我亲爱的，亲爱的马塞尔，我要比这个骑车人晚到，我真想骑上自行车尽快赶到您的身边。您怎么能以为我会生气，有什么比跟您在一起更使我愉快呢？两个人一起出去该有多好，永远两个人一起出去就更好了。您产生了什么念头？这个马塞尔！这个马塞尔！全心全意属于您，你的阿尔贝蒂娜。"

我为她买的连衫裙，我对她提到过的游艇，福迪尼制的晨衣，这一切不是对阿尔贝蒂娜的这种顺从的回报而是对这种顺从的补充，因而这一切在我看来就像我所享受的种种特权；因为一个主人的义务和责任也是他统治的部分内容，这些义务和责任就像他的权利那样明确和证实了他的统治。而她承认我拥有的这些权利恰恰赋予我的责任以其名副其实的特征：我有一个属于我的女人，她一见我即兴给她的字条便立即郑重其事地让人打电话告诉我她马上回来，让人把她带回来。我比自己想象得更像主人。更像主人意味着更像奴隶。我不再是迫不及待地想看到阿尔贝蒂娜。我确信她正在与弗朗索瓦丝一起采购，她将同弗朗索瓦丝一起在一个临近的时刻回来，我简直想推迟这一时刻，这种确信就像一颗绚丽而又祥和的星辰闪耀着眼前这段时间，我觉得若是让我单独一人度过这段光阴也许会有更大的乐趣。我对阿尔贝蒂娜的爱使我从床上起来准备出去，但是这种爱又使我无法从我的外出中得到享受。我想，在这样的一个星期天，一些年轻的女工、时装店女店员、轻佻的女人大概会去树林散步。而凭着时装店女店员、年轻的女工这些词（我看到一个专有名词或在一篇报道一次舞会概况的文章中看到一个少女的名字时也常会这样），凭着一件白色女上衣，或一条短裙的形象（因为在这些词语和形象背后我放上了一个可能会爱上我的陌生女人），我独自一人杜撰出一些令人向往的女人，我对自己说："她们该是多么令人喜爱啊！"然而，既然我不会一个人出去，即使她们令人喜爱，这对我又有什么用呢？

我利用自己仍然单独一个人的机会，半掩上窗帘以免阳光妨碍我看乐谱，我坐到钢琴前，随手翻开摊在那里的凡德伊奏鸣曲，开始弹奏起来；因为阿尔贝蒂娜还要等一段时间才能回来，但是她肯定会回来，我既有时间，又有精神上的安宁。我沉浸在对她与弗朗索瓦丝一起回来的那种充满安全感的期待以及对她的温顺的信任之中，仿佛沉浸在跟屋外的阳光同样温暖的内心阳光的无上幸福之中，我可以支配我的思想，使之与阿尔贝蒂娜暂时分离，专心致志于奏鸣曲。我甚至没有去致力发现奏鸣曲中快感的主题与焦虑的主题的组合现在是多么切合我对阿尔贝蒂娜的爱，这种爱里曾长久不存在嫉妒以至我曾私下里对斯万说我对嫉妒这种感情一无所知。不，我现在从另一个角度来看这首奏鸣曲，将它视为一个伟大艺术家的作品，流泻的音响将我带回到贡布雷的那些日子——我不是指在蒙舒凡和梅塞格利丝那边的那些日子，而是在盖尔芒特一带的那些散步——那时我曾经希望自己成为一个艺术家。其实，在放弃这个雄心的同时，我是否也放弃了某种现实的东西呢？生活能否用艺术给我安慰呢？在艺术中是否有一种更加深刻的现实呢？在这种现实中，我们的真实个性得到了一种表现，而生活的行为却没有使我们的个性得到表现。实际上，每个伟大的艺术家与其他人是如此截然不同，他使我们那么强烈地感觉到个性，这在我们的日常生活中是寻找不到的！就在我想到这里的同时，奏鸣曲的一个节拍使我感到震惊，而这个节拍我是相当熟悉的，但是专心致志有时会使长期以来就熟悉的东西闪耀出不同的光彩，我们从中发现了我们在熟悉的东西中从未见过的东西。在演奏这个节拍时，尽管凡德伊正在那里表述一个与瓦格纳完全无关的梦，我却情不自禁地低声咕哝了一声：《特里斯坦》，并且微笑了，就像一个家族的朋友从未见过其祖父的孙子的一个语调，一个动作中重又见到其祖父的某种东西时那样微笑。正如

弗拉戈纳尔
《情书》

人们打量一幅能够使人确证相似之处的照片那样，我在谱架上，在凡德伊奏鸣曲上面摆上《特里斯坦》的乐谱，这天下午，在拉穆勒的音乐会上恰好要演奏这首乐曲的片段。我欣赏拜罗伊特[1]的大师时丝毫不带某些人的顾虑，那些人和尼采一样，他们担负着在艺术和生活中逃避那诱惑他们的美的责任，他们要摆脱《特里斯坦》正如他们否认《帕西法尔》[2]，他们通过精神上的禁欲，逐渐地苦苦修行，沿着最血腥的苦难之路，终于升到对《隆朱莫的驿站马车夫》的彻底认识和完全欣赏。我意识到瓦格纳的作品中存在着一切现实的东西，我再次看见在一段乐曲中出现的执着而又短暂的主旋律，它们消失后又卷土重来，它们有时遥远，缓和，几乎断裂，而在其他时刻，在始终模糊不清的同时却又是那样的急促，那样的迫近，那样的内在，那样的有机，那样的发自肺腑，人们会说，这不像是一种主旋律的反复，倒更像是一种神经痛的发作。

在这一点上，音乐与阿尔贝蒂娜那一帮人相去甚远，音乐帮助我自我反省，从中发掘新的东西：那就是我在生活中、旅行中枉然寻找的多样性，而让它那阳光照耀的波浪逐渐在我身旁减弱的音响之波涛则勾起了我对这种多样性的憧憬。双重的多样性。正如光谱向我们显示了光的组合，瓦格纳的和弦，埃尔斯蒂尔的色彩使我们认识另一个人的感觉中质的要素，而对另一个人的爱

[1] 拜罗伊特是瓦格纳的出生地。

[2] 《帕西法尔》是瓦格纳作的一部三幕歌剧。

却无法使我们深入这种要素。还有作品本身内在的多样性，作品之所以具备多样性，用的唯一方法是：集中多种个性。当一个平庸的音乐家声称自己在刻画一个骑士侍从、一个骑士时，他其实在让他们唱同样的乐曲，相反，瓦格纳却在每个名称底下放进了一种不同的现实，每当他的骑士侍从出现时，那都是一个独特的、既复杂又简单的形象，这个形象带着喜悦与封建的两种线条的相互冲突，被记载在广阔的音响之中。因而由许多音乐充实而成的那种音乐是丰满的，其中的每一种音乐都是一个生命。这种生命，也就是大自然的一种瞬间景观给人的印象。即便是大自然中那些与大自然给我们的感触最不相关的事物，也保持了其外部的、完全确定的现实；一只小鸟的啼唱，一个猎人的号角声，一个牧人用芦管吹出的曲调都在天边勾勒出自己的音响形象。当然，瓦格纳会接近和把握这种音响形象，将它写进一首管弦乐，使之服从于最高的音乐意念，同时又仍然尊重这种音响形象的原来特征，正如一个做木箱的木匠会考虑他要加工的木头的纤维和独特的木质那样。

在这些作品中，在行动的旁边，在不仅仅是一些人物名字的那些个体旁边，对大自然的沉思拥有自己的一席之地，然而尽管这些作品极其丰富，我想他的作品仍然多么明显地——即使是极为巧妙地——具有永远不完整的特征，这就是十九世纪所有伟大作品的特征；在十九世纪，最伟大的作家都没有把他们的著作写好，但是他们在工作时仿佛自己既是工人又是法官，他们从这种自我观照中抽出外在于作品而又高于作品的一种新的美，又回溯既往地给予作品一种它原先所没有的统一性和宏大气魄。这种气魄既不停留在事后从自己的小说中看到一出《人间喜剧》的那个人身上，也不停留在把互不协调的诗歌或散文称为《历代传说集》和《人类圣经》的那些人身上，然而难道不能说，这后一本书如此精彩地体现了十九世纪的时代精神，以至于米什莱最伟大的美不应该从他的作品本身去寻找，而应该从他对自己作品的态度中去寻找，不应该从他的《法国历史》或者《法国革命史》中去寻找，而应该从他为这两本书所作的序言中去寻找吗？序言就是写在作品之后的那些篇章，他在序言中审视这些作品，在序言中还必须在这里或那里加上通常以“我要把这一点说出来吗？”开头的句子，那不是学者的谨慎，而是音乐家的一段华彩。另一个音乐家，即此时此刻使我陶醉的瓦格纳，从他的抽屉里取出一个美妙的片段，把它作为事后看来是很必要的主旋律放进一部作品，而他在写作这个片段时并没有想到这部作品，接着，他写出了第一出神话歌剧，继而是第二部，然后又是其他作品，当他突然发觉他刚刚写完一部四联剧时，他大概有点感受到巴尔扎克用一个陌生人和一个父亲的目光打量他的作品时体验到的那种陶醉，巴尔扎克在这部作品中发现了拉斐尔的纯洁，在另一部作品中发现了福音书的简朴，当他给他所有的作品投去回照的光芒时猛然发现，如果这些作品组成一个系列效果会更好，在这个系列中相同的人物可以重新出现，为了衔接这些作品，他给自己的作品增添了最后的，也是最出色的一笔。这个整体是后来形成的，但并非是仿造的，否则就会像平庸作家们的无数体系那样化为齑粉，这些作家用上大量的标题和副标题便自以为是在追求一个统一的卓越超群的构思。并非是仿造的，也许正因为它是后来形成的，是诞生于一个充满热情的时刻的整体所以它才更加真实，在这个时刻，整体是从只需重新聚合的片段中被发现的；整体对自身一无所知，所以它是内在的、非逻辑的，整体没有摈弃多样性，没有把制作搁置一边。整体（然而这次适用于全部）犹如另外组成的、诞生于一种灵感的片段，而不是出于一个论题人为发展的需要，而后再与其余的东西融为一体的片段。在伊索尔德归来之前的一大段管弦乐章前面，是作品本身吸引了几乎被一个牧人遗忘的芦管曲调。而且毫无疑问，当乐队把握了芦管的音符，对它们加以改造，使它们与自身的陶醉水乳交融，打乱它们的节奏，让它们的声调焕发出光彩，加速它们的运动，增加它们的器乐性时，乐队就越是靠近大殿，毫无疑问，当瓦格纳在他的记忆中发现了牧人的曲调，将它收入他的作品，使之产生其全部意义时，瓦格纳本人就越是高兴。而且这种欢乐始终伴随着他。他的身上尽管有诗人的忧伤，但是制作者的轻松愉快却安慰和超越了——不幸的是也稍微摧毁了——这种忧伤。然而，我既被我刚才在凡德伊与瓦格纳的乐句之中发现的相同之处，也被这种火山爆发式的灵巧扰得心绪不宁。难道就是这种灵巧使人以为大艺术家的作品具有一种固有的、不可制服的独特性，表面上像是一种超人的现实的反映，其实却是精心制作的产物？如果艺术只是这种东西，那么艺术并不比生活更加真实，而我也就不必有这么多的遗憾了。我继续演奏《特里斯坦》。尽管音响的屏障把我与瓦格纳隔开，我还是听见了他狂喜并邀请我分享他的欢乐的声音，我听见那永远年轻的笑声和《西格弗里德》[1] 的锤击声愈益加强；此外，最令人惊奇的是那些乐句，艺术创造者的灵巧技艺只是使这些乐句更加自如地离开地面，这些飞鸟不像《罗恩格林》[2] 中的天鹅而更像飞机，我在巴尔贝克看见这种飞机把自己的能量化作飞升，在波涛上翱翔，然后消失在天空当中。也许，正像飞得最高最快的鸟类拥有最强壮的翅膀一样，人们也需要这些粗笨的机器去探索无限，需要标志着神秘的一百二十马力，然而不管飞得多高，强大的马达轰鸣声多少会妨碍人们去体味天空的沉寂。

我不知道为什么我那至此一直追溯着音乐回忆的梦幻流程突然转向我们这个时代最优秀的演奏者，并且有点评价过高地把莫雷尔列入其中。紧接着，我的思绪做了一个急转弯，我开始想到莫雷尔的性格，他性格上的某些独特之处。此外——这一点可以与折磨他的神经衰弱相关联而不是相混淆——莫雷尔习惯讲述他的生活，但是他把他的生活描述得如此晦暗以至于别人很难分辨出任何东西。比方说，他完全听凭德 · 夏吕斯先生差遣，条件是他晚上必须自由，因为他想在晚饭后去上一堂代数课。德 · 夏吕斯先生表示同意，但是要求在上完课后看见莫雷尔。“这不可能，那是一幅古老的意大利油画（这个玩笑搬到这里毫无意义；但是德 · 夏吕斯先生曾经让莫雷尔阅读《情感教育》，在倒数第二章

[1] 《西格弗里德》是瓦格纳的歌剧，四联剧中的一部。
[2] 《罗恩格林》是瓦格纳的歌剧。

中弗里德里克·莫罗说过这句话，莫雷尔在开玩笑时总是在“不可能”后面加上：“那是一幅古老的意大利油画”），这堂课经常上到很晚，而这对教授已经是一个很大的麻烦，他当然会生气的……”“根本不需要上什么课嘛，代数既不是游泳也不是英语。完全可以从一本书中自学。”德·夏吕斯先生反驳道，他立即从代数课猜测出人们根本无法弄清的景象之一。也许莫雷尔是去跟一个女人同床共枕，也许是莫雷尔打算用不正当的手段挣钱，参加了秘密警察，同保安警察一起出去执行任务，谁知道呢？更糟的是在一家妓院里等待人们可能需要的某个小白脸。“从一本书中学甚至更加容易，”莫雷尔回答德·夏吕斯先生说，“因为代数课上什么也听不懂。”“那你为什么不在我家学代数，你在这里不是更加舒服吗？”德·夏吕斯先生可以这样回答，但是他没有说出口，心里却明白，只要能够确保晚上的时间，假想的代数课马上会变成一堂必不可少的舞蹈课或者绘画课。在这一点上，德·夏吕斯先生大概发觉他弄错了，至少是错了一部分：莫雷尔经常在男爵家解方程式。德·夏吕斯先生提出异议，认为代数对一个小提琴家毫无用处。莫雷尔则反驳道，代数是消磨时间和对付神经衰弱的一种消遣。毫无疑问，德·夏吕斯先生可以试着去打听和了解这些神秘而又必要的，只在夜间才教授的代数课的真相。但是德·夏吕斯先生过深地陷于社交事务，没有精力去弄清楚莫雷尔究竟在忙些什么。接待客人或者出门拜访，在社交圈里打发时间，在城里用晚餐，去戏院看夜戏，这一切使他无法去想这件事，也无法去想莫雷尔既粗暴又阴险的恶意，据说，莫雷尔在他去过的各界和不同城市里对自己的这种恶意又是张扬又是隐瞒，在这些地方，人们只是带着一种恐惧的战栗压低声音谈论他，而又不敢讲述任何事情。

不幸的是，他今天让我领教了一次这种恶毒的神经质的发作，当时我离开了钢琴，下楼来到院子里，为的是赶在尚未到来的阿尔贝蒂娜之前。在我经过絮比安的店铺前面时，莫雷尔和我以为即将成为他妻子的女人正单独在那里，莫雷尔声嘶力竭地大声喊叫，发出一种农民般的、通常受到抑制，而且是十分古怪的声音，我不知道他会有这种声音。他说的话也同样古怪，从法语的角度来看有不少错，不过他对一切都懂得不透彻。“您给我出去，荡妇，荡妇，荡妇。”他向那个可怜的姑娘反复嚷道，她一开始显然不明白他想说什么，接着她浑身颤抖而又高傲地待在他面前一动不动。“我叫您出去，荡妇，荡妇；去找您的舅舅来，我要对他说您是什么货色，婊子。”正在这时，院子里响起了跟一位朋友一路聊天回家的絮比安的声音，我知道莫雷尔十分懦弱，所以我觉得没有必要把我的力量与絮比安和他的朋友的力量加在一起，他们再过片刻就要进店铺了，我重新上楼，以免遇到莫雷尔，尽管（可能是为了用一种也许莫须有的讹诈去吓唬和镇住小姑娘）他很想叫来絮比安，但是在院子里一听见絮比安的声音，莫雷尔就赶紧溜掉了。刚才的这些话算不了什么，它们不能说明我重新上楼时心跳加快的原因。我们在生活中目击的这些场景从军人们在进攻上称为突然袭击的那种优势中找到了一种不可估量的力量因素，尽管我从阿尔贝蒂娜不留在特罗卡德罗，而即将回到我身边这件事中感到无限恬静的快意，然而现在也无济于事，我的耳朵里仍然回响着重复过十遍、使我心神不安的词语：“荡妇，荡妇。”

我的烦躁渐渐得到平息。阿尔贝蒂娜即将回来。再过一会儿，我将听到她按门铃的声音。我感到我的生活不再像应有的那个样子，我有一个女人，当她即将归来时，我自然应该跟她一起出去，我身上的力量和活力即将逐渐朝着美化她的方向变化，这种生活使我变成了一根不断壮大，然而又被吸取了它积聚的所有养分的丰满果实压得沉甸甸的树枝。与我一个小时之前还有的焦虑相比，阿尔贝蒂娜的归来给我带来的宁静远远超过了早晨她离开前我感受到的宁静。展望未来，我女友的温顺使我几乎成为更有能耐的主人，好像由于她迫在眉睫，令人腻烦，不可避免而又甜美愉快的出现而变得充实和稳定，那种宁静（它使我们不必从自己身上寻找幸福）来自一种家庭的感情和一种驯服的幸福。家庭和驯服：这种感情在我等待阿尔贝蒂娜时曾给我带来了这么多的安宁，接着我在与她一起散步时又感受到了这种感情。她一度摘下她的手套，也许是为了触摸我的手，也许是为了向我炫耀，让我看看她的小手指上在邦当夫人赠送的一枚戒指旁边的另一枚戒指，戒指上镶嵌着一大块晶莹透亮的浅色红宝石叶瓣。“又是一枚新戒指，阿尔贝蒂娜。您的姨妈真慷慨！”“不，这不是我姨妈的。”她笑着对我说，“这枚戒指是我买的，多亏了您，我才能攒下一大笔钱。我甚至不知道这枚戒指以前是谁的。一个没有钱用的旅客把戒指留给一家旅馆的老板，我去勒芒时就住在这家旅馆。他不知道怎么处置这枚戒指，他打算把戒指低价出售。但是当时这枚戒指对我来说仍然太昂贵了。现在，多亏了您，我变成了一位漂亮的太太，我让人去问他戒指是否还在。戒指就在这里。”“这样就有好多戒指了，阿尔贝蒂娜。您打算把我要送给您的戒指戴在哪里？总之，这枚戒指很漂亮；我分辨不出红宝石周围的雕镂花纹，看上去像是一个扮鬼脸的男人脑袋。不过我的视力不太好。”“您的视力即便再好些也帮不了您多大的忙，我也辨认不清呢。”

从前，我在阅读一些回忆录和一部小说时看到，一个男人始终与一个女人一起出去，跟她一起吃茶点，我经常希望自己也能这样做。有时，我以为我已经做到了，我带着圣卢的情妇一起出去吃晚饭就是其中一例。然而，尽管我自以为当时我出色地扮演了我在小说中向往的人物，这种想法使我坚信我在拉谢尔身边应该得到乐趣，而她却没有给我这种乐趣。那是因为，每当我们打算模仿某种确实是真实的东西时，我们忘记了这某种东西并非产生于模仿的意愿，而是产生于一种无意识的而且也是真实的力量；但是，我希望跟拉谢尔一起散步时能感到一种微妙的快意，这一欲望没有能给我带来特殊的印象，而现在我却在根本没有找寻它时感受到了这种特殊印象，然而那是出于完全不同的其他真实而又深刻的原因；举一个例子，原因之一就是我的嫉妒心使我无法远离阿尔贝蒂娜，而当我能够出去的时候，我不让她在没有我陪伴的情况下出去散步。我直到现在才感觉到这一点，因为认识不是人们要观察的某些外在之物，而是一些不自觉的感受；因为过去虽然一个女人跟我一起坐在同一辆车中，但只要我还没有每时每刻感到我像需要阿尔贝蒂娜那样需要她，只要我的目光对她的不断爱抚还没有经常把这些需要不断更新的色彩归还给她，只要虽已经平息然而又在回忆的感官还没有把味觉和质感置于这些颜色之下，只要与感官和刺激感官的想象融汇在一起的嫉妒还没有用一种如同万有引力法则那样强有力的代偿吸引力使这个女人在我们身边保持平衡，那么实际上这个女人并没有在我身边。我们的车迅速地驶过大马路和林荫道，两旁林立的旅馆像太阳与寒冷的粉红色结晶，它们令我回想起我在斯万夫人家拜访等待掌灯时菊花雅照的情景。

我刚好来得及看到一个年轻的水果女贩，一个送牛奶女郎站在自己的门前，晴朗的天气使她容光焕发，就像我不熟悉的小说开端时的女主角，我的欲望足以使她进入妙趣横生的曲折情节，而眼下我在车窗后面与她们的距离就像我在卧室的窗户后面与她们的距离一样的遥远。因为我不能要求阿尔贝蒂娜停车，而这些少妇已经看不见了，我的眼睛适才仅仅分辨出她们的轮廓，并在笼罩着她们的金色雾霭中爱慕地注视她们的清新容貌。我发觉酒商的女儿站在柜台后面或者一个洗衣女工在街上谈话时所感到的激动不亚于人们认出女神时的那种激动。自从奥林匹斯山不复存在之后，山上的居民们就生活在尘世上。当画家为了描绘一幅神话图，把一些从事最平庸的职业的平民女子请来摆姿势，装成维纳斯或塞雷斯时，他们并没有亵渎圣人而只是给这些姑娘奉还和增添了她们所缺少的神的品质和属性。“您觉得特罗卡德罗怎么样，小疯子？”“离开那里回来跟您在一起我非常满意。我想那是达菲乌设计的。”“我的小阿尔贝蒂娜真有学问！确实是达菲乌设计的，可我忘了这一点。”“您睡觉的时候，我就看您的书，大懒虫。作为建筑，它太丑陋了，不是吗？”“小宝贝，瞧您变得有多快，您变得那样的聪明（这倒千真万确，再者，她能满意地——既然没有其他事令她满意——对自己说在我家度过的时光对她来说至少不完全是浪费，我对此并不感到恼火），所以必要时我会对您说说一般被看作是谬误的，但与我寻求的真理却是一致的某些东西。您知道印象主义是什么吗？”“知道。”“那好，您明白我想说的意思：您还记得骄傲者马库维尔教堂吗？埃尔斯蒂尔不喜欢这座教堂，因为那是新的。他这样把建筑物从包罗它们的总体印象中抽出来看，使建筑物离开它们融于其中的光线，并且像一个考古学家那样审视它们的内在价值，这与他自己的印象主义不是有点相互矛盾吗？当他绘画时，难道一家医院，一所学校，一张墙上的招贴不是跟旁边的一座无法估价的教堂具有同样的价值，构成一幅不可分割的图景吗？您再回想一下，阳光是如何炙烤着教堂的正面，马库维尔这些圣人的雕像如何浮现在光线之中。一座崭新的建筑看上去古老或者不古老又有何妨？古老的街区蕴含的那种诗意已经被榨干了，但是在新的街区里，用新近开凿出来的白得过分的石块为富有的小资产阶级新建的某些房屋不是用一声樱桃味一般尖酸的喊叫划破七月正午酷热的暑气吗？这时，商人们回郊区吃午饭，这喊叫是等待午餐在昏暗的餐厅里准备就绪时发出的喊叫，餐厅里摆刀具时玻璃棱柱反射出五颜六色的光彩如同夏尔特尔大教堂的彩画玻璃一样绚丽。”“您太好了！

如果我有朝一日变得聪明的话，那也是您的功劳。”“在一个晴朗的白天，为什么把视线从拥有长颈形塔楼的特罗卡德罗移开呢？那些塔楼令人想到帕维的修道院。”“这座修道院坐落在高地上居高临下，也令我联想起您收藏的一幅曼泰尼亚[1]的仿制品，我想那就是《圣塞巴斯蒂安》，画面的远景上有一座梯形的城市，人们可以肯定那城市里有特罗卡德罗。”“您瞧，可不是嘛！不过您是怎么看到曼泰尼亚的仿制品的呢？您真让人震惊。”我们来到最有平民气息的街区，每个柜台后面站立着一个女仆维纳斯，把柜台变成了一个市郊的祭坛，我真想在这个祭坛脚下度过我的一生。

正像人们在过早地死去之前会做的那样，我估算着阿尔贝蒂娜彻底结束我的自由后我被剥夺的种种乐趣。在帕西，就在车行道上，因为交通堵塞，一些互相搂着腰的少女以她们的微笑使我赞叹。我没有时间细加分辨，但不可能是我把她们美化了；因为在任何人群中，在任何一群少女当中，总不难遇到一个雕塑般高贵的身影或头像。因此节日里嘈杂拥挤的平民人群对于沉湎声色之辈来说是可贵的。就像能从中发掘出古代纪念章的一片乱七八糟的荒地之于考古学家那样。我们来到树林。我想，假如阿尔贝蒂娜没有随我一起出来，我在这个时候可能会去香榭丽舍大街的马戏场聆听瓦格纳狂风骤雨似的交响乐，它使管弦乐队所有的乐弦震颤，犹如席卷一堆轻盈的泡沫那样把我刚才演奏的芦笛调融

[1] 曼泰尼亚（1431—1506）：意大利文艺复兴时期画家。

汇其中，使之飞扬、成形、变样、分隔，卷入一股逐渐增强的旋风。至少我希望我们的散步时间短暂些，希望我们早早回去，因为我已经决定晚上去维尔迪兰家，我没有把这个决定告诉阿尔贝蒂娜。他们新近寄给我的一份请柬被我连同其他的请柬一道扔进了字纸篓。然而今晚我改变了主意，因为我想知道阿尔贝蒂娜下午在他们家希望遇到的是哪些人。说真的，我同阿尔贝蒂娜的关系已经到了这样一个时刻（假使一切照此继续下去，假使事事正常的话），这时一个女人所起的作用只是帮我们过渡到另一个女人。她依然占有我们的心，不过这种占有极少；我们每天晚上都急于寻找陌生女人，尤其是认识她的陌生女人，这些女人会向我们讲述她的生活。因为，她本人，我们已经掌握并且穷尽了她同意给予我们的她自己的一切。她的生活，也还是她自己，却恰恰属于我们不熟悉的那个部分，我们枉费心机地向她打听的那些事情，我们可以从新结识的人的口中探听到。

如果说我与阿尔贝蒂娜的共同生活使我无法去威尼斯和去旅行，刚才假使我是独自一人的话，我本来至少可以结识一下这个晴朗的星期天沐浴在阳光中三三两两的年轻女工，我把她们的美大部分归之于她们不为我所知的生活。她们的眼睛不是渗透着一种目光吗？人们不了解这种目光所蕴含的种种形象、回忆、期待和轻蔑，又无法将这一切与目光分开。这种生活，即从我们面前走过的人的生活，不是按照其面貌赋予眉头的颦蹙和鼻孔的扩张一种变化不定的含义吗？阿尔贝蒂娜在场使我无法走向她们，也许因此使我不能停止对她们抱有欲望。希望自己保持继续生活的欲望，对某种比通常的事物更美妙的东西抱有信仰的人出去散步，因为街上、林荫大道上有许多女神。然而女神们却不让别人靠近她们。在这里或那里，在树木之间，在某家咖啡馆门口，一位女招待就像山林水泽的仙女守候在圣林边缘。而尽里面三名少女则坐在她们身旁的自行车巨大的弧圈旁边，犹如腾云驾雾或者乘坐神马进行她们神话般的旅行的女神。我发现，每当阿尔贝蒂娜全神贯注地打量所有这些少女片刻后，她立即朝我转过身来。但是，我并没有过多地被这种静观的紧张性及其在紧张中得到补偿的短暂性所折磨；因为，说到这种紧张的静观，阿尔贝蒂娜往往就这样在一种沉思之中审度我的父亲或者弗朗索瓦丝，也许是因为疲劳，也许那是一个专心的人观察时的独特方式；至于她朝我转过身来的速度之快，可能是基于这样的理由：阿尔贝蒂娜了解我的疑虑，她大概不打算给这些尽管尚未得到证实的疑虑留下把柄。再者，当阿尔贝蒂娜这样专心凝视时，在我看来似乎是有罪的（即使关注的对象是年轻男人），而我自己就这样关注着所有的年轻女工，却没有一刻认为自己有罪——与此同时，我几乎觉得阿尔贝蒂娜的在场妨碍我凝视她们，走向她们，因此她是有罪的。人们觉得有欲望是无辜的，他人也有欲望则是残忍的。这种涉及我们或者我们爱恋的女人之间的反差不仅关系到欲望，而且还关系到谎言。比方说，掩饰日趋衰弱的健康状况，还想让外界以为自己身体强壮，隐瞒一样瑕疵，或者在不伤害别人的情况下去获得自己喜爱的东西，有什么比这类谎言更为常见的呢？那是保存自身最必要和最常用的工具。然而我们却试图把谎言排斥在我们爱恋的女人的生活之外，它正是我们到处窥伺、侦察和憎恶的东西。它使我们心烦意乱，足以导致一种决裂，在我们看来它似乎隐瞒了最严重的缺陷，除非它隐瞒得极其巧妙使我们没有任何怀疑。我们正处于这样古怪的境地：我们对一种病原是那样的敏感，这种病原到处迅速而又大量地繁殖使它对于其他人变成无害的，而对不再有免疫力的不幸之人却变得十分危险！

这些漂亮少女的生活——由于长期隐居的缘故，我难得遇见这样的姑娘——在我以及在唾手可得的成功没有减弱想象能力的所有人看来，是某种与我熟悉的东西完全不同而又令人向往的东西，就像旅行会给我们展示的最美妙的城市一样。

在我认识的女人身边或者在我去过的城市里感受到的失望并没有使我不受新闻诱惑力的欺骗，不相信这些新闻的真实性。因此，正如看威尼斯——春天这个季节使我憧憬威尼斯，而跟阿尔贝蒂娜结婚将使我无法了解这座城市——看威尼斯的全景图（茨基也许会说其色调比真正的威尼斯更美），根本无法代替我的威尼斯之行，这段确定的旅程长度在我看来是必须逾越的，虽然这与我毫无关系；同样，一个拉皮条的女人人为地为我弄来的轻佻女人，无论她多么漂亮，对我来说却根本无法代替那个身段呆板、这时正笑嘻嘻地跟一位女友从树底下走过的女人。我从一家妓院中找到的女人即使更加漂亮，也不是一码事，因为我们不能像打量一小块蛋白石或玛瑙那样打量我们不认识的一位姑娘的眼睛。我们知道，使这双眼睛呈虹色的一小束光线或者使它们闪闪发光的晶亮颗粒，这就是我们能看到的一切，却看不到它表达的思想、意志以及记忆，那里面有着我们不熟悉的家族以及我们羡慕的挚友。能够把握这一切是那样的困难，那样的艰巨，这一点比目光本身的实际美更能赋予那目光以其自身的价值（由此大概可以说明，一个年轻男人在一个听说他是威尔士亲王的妇女的想象中能激发起一连串奇想，当她得知自己认错人的时候她就不再注意那个男人了）。在妓院中得到个轻佻女人，这意味着得到一个被抽掉了渗透她的，而且我们渴望与她一起拥有的陌生生活的女人，这意味着我们在接近实际上已变成纯粹宝石的一双眼睛，接近一个像朵皱起的花朵那样毫无意义地皱起的鼻子。不，我与阿尔贝蒂娜的共同生活使我丧失掉的，恰恰就是这个正经过那里的陌生女郎，假使我想继续相信她是真实的，我就必须忍受她的抵抗，并据此改变我的行动方向，我就必须迎战一次侮辱，然后卷土重来，争取得到一次约会，在工场的出口处等待她，逐步了解组成这个小姑娘的生活的一个个细节，吃透我所寻找的乐趣对她包含的蕴意，跨过由于她的不同习惯和她的独特生活而造成的我与我想得到的她的关注和青睐之间的距离，正如假使我想相信比萨是真实的，我就必须坐火车长途跋涉，这样，我就会看到它，它对于我也将不只是一种世界性的景观展览。然而欲望和旅行之间的这些相似性本身使我下决心总有一天要进一步把握这种不可见的而又与信仰或者与物理中的气压同样强烈的力量的性质，这种力量把我不认识的都市、女人托举得如此之高，而当我已接近她们以后，这种力量便抽身逃遁，让她们立即坠落到最最平庸的现实底层。稍远处，另一个小女孩跪在她正摆弄的自行车旁边。自行车一修好，年轻的女骑手就骑上她的自行车，然而她不是像男人那样跨上去的。自行车颠簸了一会儿，女孩的身上仿佛扬起了风帆，插上了巨大的翅膀；不久我们就看到这个半是凡人半是飞人，半是天使半是谪仙的年轻女子飞快地远去，继续她的旅程。

这恰恰是阿尔贝蒂娜在场时我与阿尔贝蒂娜的生活从我这里剥夺掉的东西。是她从我这里剥夺掉的吗？难道我不该想相反是她满足了我吗？如果阿尔贝蒂娜没有与我一起生活，如果她是自由的，那么我就会把所有这些女人想象成她的欲望和她的乐趣可能的，很有可能的对象，而且我有理由这样做。在我眼里，她们就像这些舞女，在一出恶魔出没的芭蕾舞剧中，她们有时代表对一个人的诱惑，有时又把自己的箭射向另一个人的心窝。轻佻的女工，年轻的姑娘、女演员，但愿我能憎恨她们！作为憎恶的对象，在我看来，她们本该被排斥在天地万物的美之外。阿尔贝蒂娜的顺从在使我不再因她们感到痛苦的同时又把尘世的美归还给她们。拔掉了心中的嫉妒这根刺，这些女人对于我已毫无伤害，我就有闲情逸致欣赏她们，爱慕地注视她们，以后也许是以更亲密的方式。在幽禁阿尔贝蒂娜的同时，我便把所有这些在散步中，在舞会上，在剧院里微微作响的绚丽多彩的翅膀还给了宇宙，但它们对我来说重新变得具有诱惑力。因为她，阿尔贝蒂娜，再也不会受到它们的诱惑了。这些闪光的翅膀构成了尘世的美。它们从前也构成了阿尔贝蒂娜的美。正因为我将她看作一只神秘的小鸟，继而是海滩上令人想望，也许是已经到手的大演员，我才觉得她美妙绝伦。某天晚上我看见那只小鸟在堤岸上踱步，周围是一群不知来自何方的海鸥似的其他少女，这只小鸟一旦被捉在我家中，阿尔贝蒂娜就失去了她所有的光彩，连同别人拥有她的一切可能性。她逐渐失去了她的美。我想象她在散步时没有我做伴，而由这个女人或那个年轻男子陪同，必须有这样的散步，我才能再次看到她沐浴在海滩的绚丽色彩之中，尽管我的嫉妒与我的想象乐趣的减退不能等同视之。但是，尽管有这些突如其来的振奋，在这种时刻由于她被别人垂涎，她在我眼里重新变得很美，我仍然完全可以把她在我家逗留的那段时间划分为两个阶段：在第一个阶段，她依然是海滩上那个光彩照人的女演员，尽管其光彩日渐黯淡；在第二个阶段，她变成了一个忧郁的囚犯，沦落到平庸乏味、暗淡无光的地步，只有在我对过去的重新回忆的闪电中，她才重新恢复自己的光彩。

有时，在我对她最冷淡的那些时候，很久以前的回忆会浮现在眼前，那是在海滩上，当时我还不认识她，我对离我不远的那位夫人极为反感，我现在几乎可以肯定她跟这个女人有过来往，她放声大笑，同时肆无忌惮地打量着我。光滑平展的蓝色大海在四周拍击出轻微的响声。在海滩的阳光下，置身于女友之中的阿尔贝蒂娜是最美的一个。那是一位花容月貌的少女，在辽阔大海的这个习惯的背景下，她，受到欣赏她的那位夫人珍视的她，就这样冒犯了我。这个举动具有决定意义，因为那位夫人也许回到了巴尔贝克，她也许注意到阿尔贝蒂娜已经从发亮而又嘈杂的海滩上消失了；但是她不知道这个少女住在我家，只属于我一人。蔚蓝色的汪洋大海，她对这位少女的偏爱以及转而偏爱其他人，全都浓缩在阿尔贝蒂娜对我的当众凌辱中，禁闭在一个令人眼花缭乱而又牢不可破的首饰盒中。于是，对这个女人的仇恨咬啮着我的心；对阿尔贝蒂娜我也同样仇恨，然而仇恨中却夹杂着对这个备受赞赏、秀发迷人的美丽少女的倾慕，她在海滩上放声大笑就是一种冒犯。羞耻、嫉妒、对最初的欲望以及闪亮的背景的再度回忆重新赋予阿尔贝蒂娜以她昔日的美，她从前的价值。就这样，我在她身边感受到的有点沉重的烦恼与一种令人战栗、充满奇妙的形象和怀恋的欲望交替出现，这要看她是在我卧室中待在我身旁还是重又自由地待在我的记忆里，在海堤上，穿着色彩鲜艳的沙滩服装，置身于大海的音乐演奏之中：阿尔贝蒂娜时而像是魔鬼缠身似的退出这个环境，而且并没有多大价值，时而重又置身其间，逃离到一个我无法知道的过去之中躲避我，在那位夫人、她的女友身边冒犯我，喷溅的波涛或者炫目的阳光，阿尔贝蒂娜就像某种具有两栖特性的爱人，或者置身于海滩或者回到我的卧室。

在另一处，一大群人正在玩球。所有这些少女都想充分享受阳光，因为二月的白昼尽管如此明媚，却持续不久，白日的光辉终将衰退。在夜幕降临之前，我们还有黄昏这段时光，因为在径直来到塞纳河之后，我们下车走了很久，阿尔贝蒂娜欣赏的是塞纳河冬天湛蓝的水面上闪耀的红色帆船，远方明亮的地平线上犹如孤零零一朵丽春花那样缩成一团的一幢瓦房，在更远的地方，圣克鲁仿佛是零零星星、容易破碎和并行排列的化石，她的在场却使我无法欣赏这些景致。甚至有时我还把自己的手臂伸给她，我觉得她的手臂勾住我的手臂形成的这个连环把我们两个人连成了一体，并且把我们两个人的命运结合在一起。

我们平行的，继而是靠近和并拢的影子在我们脚下勾勒出一幅令人陶醉的图景。毫无疑问，在家里，阿尔贝蒂娜与我同居，是她躺在我的床上，这已经使我觉得妙不可言。然而，在我如此喜爱的布洛涅湖前，在树林下，恰恰有她的身影，她的大腿和她的上身完美而又简洁的影子，在我的身影旁边，太阳用水彩笔在小径的沙砾上画下了她的身影，这就好比是把我们俩在家的情景朝外输出，朝大自然中输出。我在我们俩影子的交融中感到一种魅力，它也许不如我们俩肉体的接近和交融那样实际，但却同样亲昵。然后，我们重新上车。汽车在蜿蜒曲折的小径中往回开，一路上披挂着常春藤和荆棘的冬季树木像废墟，仿佛通向一位魔术师的住宅。刚刚走到阴森森的树林边，一离开森林，我们重又见到了天日，天色尚早，我想晚饭前我还有时间干我想干的一切，然而才过了一会儿，当我们的汽车接近凯旋门时，我突然间在巴黎上方惊奇而又恐惧地看到一轮过早露面的满月，犹如一只停止不动、使我们觉得已经迟到的时钟的圆盘。我们对车夫说我们回家。对她来说，也就是回到我家。无论多么惹人喜爱的女人都必须离开我们回家去，她们的在场不可能让我们感到坐在汽车最里面，在我身边的阿尔贝蒂娜给我的那种安详，这种在场不是把我们引向人们彼此隔开的空虚时辰，而是把我们引向更为牢固的结合，更好地禁闭在我的家中，那也是她的家，这是我占有她的具体标志。当然，为了占有就必须有欲望。我们只有在心怀爱意的情况下才会占有一根线条、一个平面、一个立体。但是，在我们散步的时候，阿尔贝蒂娜对我来说不像从前的拉谢尔，她不是一种由肉体和衣料组成的浮灰。在巴尔贝克，我的眼睛、我的嘴唇、我的双手凭借想象扎扎实实地构筑着她的肉体，温情脉脉地润色着她的肉体，所以现在，我在这辆车中不用贴近阿尔贝蒂娜也能触摸和控制这个肉体，我甚至用不着看见她，我只要听见她说话就足够了，假使她不言语的话，我只要知道她在我的身边就足够了；我的感官编织在一起完全包围了她，来到住宅前面，她理所当然下了车，我停顿了片刻，告诉司机让他回来接我，但是我的目光却仍然包围着她，她在我的前面走进拱门，看着她这样举止笨重，满脸红光，体态丰腴，囚犯般十分自然地跟我一起回家，犹如我自己的妻子，看着她在墙壁的护卫下消失在我们的住宅之中，我总是体会到那份懒懒的居家的安宁。不幸的是，她似乎觉得自己置身于监狱，并且同意德·拉罗什富科夫人的观点，当人们问这位夫人待在像利扬库尔那样漂亮的住宅里她是否感到满足时，她回答说："世上没有漂亮的监狱。"我可以从那天晚上我们在她的卧室里两个人单独吃晚餐时她的那种忧虑而又倦怠的神情中看出这一点。我对此先是毫无觉察；我还懊丧地想，如果没有阿尔贝蒂娜（因为在一家旅社中她会整天与许多人接触，跟她在一起我会饱尝嫉妒的痛苦），我这时可能在威尼斯的一家小餐厅吃晚饭，这些小餐厅低矮得就像船上的货舱，从那里可以透过四周装饰着摩尔式线脚的拱形小玻璃窗看见大运河。

我必须补充一点，阿尔贝蒂娜很欣赏我家的那尊巨大的巴布迪安纳青铜像，布洛克有无数理由认为这个铜像丑陋无比。但他奇怪我为什么保留这尊青铜像时也许就不那么有理由了。我从未像他那样追求室内的艺术装饰和布置，我实在懒得去管这种事，我对眼前习以为常的一切都无动于衷。既然我的情趣不在那里，我就有权不让室内装饰细腻别致。尽管如此，我也许应该拿掉铜像。但是，丑陋而又豪华的东西却很有用处，因为这些东西摆在那些不理解我们、与我们的情趣格格不入而又可能被我们爱上的人旁边会产生一种威严，而这种威严是一种美的，而又没有显露出自身的美的东西所缺乏的。然而不理解我们的那些人恰恰就是我们必须施用某种威严的对象，而我们的智慧则足以保证我们在那些上等人身边拥有这种威严。尽管阿尔贝蒂娜已开始有鉴赏力，她仍然对这尊青铜像有某种崇拜，这种崇拜投射在我的身上就变成了一种敬意，这种来自阿尔贝蒂娜的敬意对我至关重要（远比保留一尊有点不太体面的青铜像更加重要），因为我爱阿尔贝蒂娜。

然而，我受到束缚这种想法突然间不再使我感到难堪，我希望这种束缚持续下去，因为我仿佛觉得阿尔贝蒂娜痛切地感到她也在受束缚。毫无疑问，每当我问她待在我家她是否愉快，她总是回答我说她不知道在哪里还会比在这儿更加幸福。但是这些话却往往与她那种忧郁和烦躁的神情不相吻合。

显然，如果她真有我以为她有的那些情趣，那么这些情趣的满足受到阻碍就会令她恼火而使我宽慰，如此宽慰以至于我觉得我不公正地谴责了她这一假设十分可能，即使按这种假设我很难解释她的苦心刻意的行径：阿尔贝蒂娜设法从来不独自一人自由行动，她回家时不在门前停留片刻，每当她去打电话时总是让某个能够向我重复她的话的人，比如弗朗索瓦丝或安德烈陪伴她，当她和安德烈一起出去过，事后她总让我单独和安德烈在一起，却又不露出有意为之的痕迹，好让我得到关于她们外出的详尽报告。某些很快克制住的不耐烦的冲动与这种奇迹般的驯服形成了鲜明的反差，这些冲动使我自问，阿尔贝蒂娜是否打算挣脱她的枷锁。一些次要的事件佐证了我的设想。有一天，我单独外出时在帕西附近遇见了希塞尔，我们天南海北地聊开了。我立即对她说我经常看见阿尔贝蒂娜，我为自己能够把这个消息告诉她而非常得意。希塞尔问我她在哪里可以找到她，因为她刚好有什么事要告诉她。“什么事？”“跟她的女伴有关的一些事。”“什么样的女伴？我也许可以向您提供点情况，这不影响您见她。”“噢，是些从前的女伴，我不记得她们叫什么名字。”希塞尔含糊其词地回答道，连忙抽身告退。她离开了我，自以为她的话谨慎得足以让我明白一切。然而谎言终究经不起任何追究，一点点东西就能将它拆穿！如果关系到她甚至不知道姓名的从前的女伴，为什么她“刚好”需要对阿尔贝蒂娜谈谈她们的事呢？“刚好”与戈达尔夫人心爱的口头禅“真凑巧”如出一辙，这个副词只能适用于一种非同寻常、恰到好处，也许是十万火急，与确指的人物有关的东西。此外，她张张嘴，就像人们打呵欠时那样，含糊其词地对我说（同时身体几乎也往后退，正如她在我们谈话的这一刻开倒车那样）：“啊！我不知道，我不记得她们的姓名。”她张嘴说这话的样子使她一脸撒谎相，她的声调与脸是合拍的，而她先前说“我刚好”的那种截然不同、紧张活跃的神情说明了一个事实。我没有盘问希塞尔。这种气魄即盘问她对我来说又有什么用呢？当然，她撒谎的方式跟阿尔贝蒂娜不同。当然，阿尔贝蒂娜的谎言更令我痛心。但是首先，她们之间有一个共同点：就是她们在撒谎这个事实本身，而撒谎在某些场合是显而易见的。并不是真相显而易见，因为真相隐藏在谎言底下。众所周知，每个杀人犯都自以为已经把一切筹划得滴水不漏，不致被人逮住；到头来，杀人犯几乎总要被逮住。相反，撒谎的人却极少被人发觉，特别是其中被人喜爱的撒谎女人。没有人知道她去了哪里，她在那里做了什么。但是在她说话的时候，在她说到的另一件事，而这件事后面有她没有道出的东西的时候，谎言即刻就被发现，嫉妒之心油然而起，因为人们意识到那是谎言却又无法了解真相。在阿尔贝蒂娜身上，谎言是从人们在这段叙述中已经看到的许多特点中让人感觉到的，主要是通过下面这个特点：当她说谎时，她的叙述便或是贫乏、疏忽、不真实，或者相反，充满过多的旨在使叙述显得真实的细枝末节。无论说谎的人怎么想，显得真实根本不等于真实。人们想听某种真实的东西，却听到仅仅是显得真实的东西，它也许比真实更加真实，也许过分真实，有点音乐欣赏能力的耳朵感觉到事实并非如此，正如听见一行错误的诗句，或者听到高声把一个词读成另一个词。耳朵对此有所感觉，如果是一个正在恋爱的人，他心里便会惊慌不安。当人们因为不知道一个女人是经过贝里街还是经过华盛顿街，而改变了自己的生活时，他们为什么不想一想，只要我们明智地持续几年不见这个女人，那么这几米的差距以及那个女人本身将缩小到一亿分之一（也就是缩小到我们无法觉察的数量），那时比格列佛还要大得多的人将会变成任何显微镜——至少是心灵的显微镜，因为无动于衷的记忆显微镜倍数更高而且不那么易碎——都看不见的小矮人！不管怎样，虽然阿尔贝蒂娜的谎言与希塞尔的谎言有一个共同点——撒谎本身——希塞尔撒谎的方式却不同于阿尔贝蒂娜，也不同于安德烈，然而她们各自的谎言彼此之间却配合默契、丝丝入扣，同时又千变万化，以至于这个“小帮子”具有某些商行，比如出版社或者新闻机构的那种不可渗透的严密性，尽管它们的组成人员多种多样，不幸的作者却根本无法知道他是否受到欺诈。报纸或者杂志的主编撒起谎来态度特别真诚、郑重，因为他在许多场合需要欺瞒如下事实，即当他高举起真诚的旗帜对付其他的报纸主编或者戏剧导演以及其他的出版商时，他恰恰在做他所鞭笞过的事情，运用同样唯利是图的手段。公然宣称（正如一个政党的领袖那样，正如任何事物那样）撒谎是可怕的，这样做往往迫使人们在不摘掉庄严的面具、不放下真诚这顶桂冠的情况下比其他人撒谎更多。“真诚的人”的协会会员撒起谎来截然不同，而且样子更加天真。他欺骗他的作者犹如欺骗自己的妻子，使用了滑稽笑剧中的一些噱头。编辑部秘书，一个诚实而又粗俗的人撒起谎来直截了当，就像是向您许诺您的房屋将在房屋尚未开始营造之时竣工的一位建筑师。拥有一颗天使般心灵的主编在其他三个人中间周旋，即使不知道究竟是怎么回事，他也会出于兄弟般情谊的考虑及温柔的同舟共济之情用一句不容置疑的话给他们以可贵的帮助。这四个人生活在永恒的纠纷之中，作者的到来终止了这些纠纷。他们超越个人之间的争吵，人人都记得前去援救受到威胁的“部队”这一伟大的军人职责。很久以来，我一直在这个“小帮子”面前扮演着作者的角色，而自己却没有意识到。如果希塞尔说“刚好”的时候想到了阿尔贝蒂娜的某个女伴，这个女伴一俟我的女友以这样或那样的借口离开我，便准备跟她一起去旅行，如果她想通知阿尔贝蒂娜的时机已经或者即将成熟，那么希塞尔即使粉身碎骨也不会把这些事告诉我的，所以向她提问毫无用处。

像遇见希塞尔这样的一些相会并不是加深我的疑虑的唯一原因。比方说，我欣赏阿尔贝蒂娜的绘画。而阿尔贝蒂娜的绘画，女囚的这些令人动容的消遣，使我深受感动，我为此向她表示祝贺。“不，画得很糟，我可从来没有上过一堂绘画课。”“有一天晚上，在巴尔贝克，您可是派人告诉我说您留下来上绘画课。”我提请她回忆那个日子，并且对她说我当时即刻就明白，人们不在这个时辰上绘画课。阿尔贝蒂娜满脸通红。“确实如此，”她说，“我没有上绘画课，我一开始对您撒了许多谎，这一点我承认。但是我不再对您撒谎了。”我真想知道一开始的谎言究竟是哪些！然而我心里预先就清楚，她的招认会是新的谎言。因此我只是拥抱她。我只要她讲出其中的一个谎言。她回答道：“那好吧！比如，我以前说大海的气息让我感到难受。”面对这种恶意，我就不再坚持了。

一切被爱的人，在某种程度上说甚至是一切人，在我们眼里都是雅努斯，如果这人离开我们，他向我们显露的就是令我们欣喜的那一面，如果我们知道这人永远受我们支配，他向我们展露的就是阴郁的那一面。对阿尔贝蒂娜来说，与她长期共存的社会具有另一种我在这段叙述中无法言表的难以忍受之处。另一个人的生活与她的生活捆绑在一起，就像捆绑着一枚炸弹，丢下炸弹就必定犯罪，这是多么可怕的事。曲折、坎坷、危险、担忧，想到虚假和貌似真实的事以后会被信以为真而自己又无法解释时的恐惧，假使人们的贴心知己中有个疯子的话，就会体验到这些感情，请以这些感情做比较。比如，我对德·夏吕斯先生与莫雷尔生活在一起表示同情（对那天下午情景的回忆立即使我感到我的左胸远比右胸胀大）；姑且不论他们之间是否有关系，德·夏吕斯先生一开始大概不知道莫雷尔是疯子。莫雷尔的美，他的平庸，他的高傲大概使男爵不想去深究，直至凄凉的日子来临，在那些日子里，莫雷尔指责德·夏吕斯先生忧郁，而又无法做出解释，莫雷尔借助荒谬而又极为微妙的推理攻击他的多疑，用绝望的决定威胁他，在这些决定中始终起作用的是对最直接的利益的最奸诈的考虑。这一切只不过是比较。阿尔贝蒂娜不是疯子。

为了让她觉得她的枷锁不那么沉重，对我来说最妙的莫过于让她相信我将亲手砸碎她的枷锁。无论如何，我不能在这个时候把这个骗人的计划向她和盘托出，她刚刚带着过分的殷勤从特罗卡德罗回来；我所能做的，绝不是用与她决裂的威胁折磨她，而充其量是闭口不谈我那颗感激的心正在编织的与她永远共同生活的梦想。在打量她的时候，我很难克制自己不向她泄露这些梦，也许她也觉察到了这一点。不幸的是，梦的表述没有感染力。一个矫揉造作的老夫人的情形，正如德·夏吕斯先生那样，由于他在自己的想象当中只看得见一个骄傲的年轻男子，于是便以为自己也变成了骄傲的年轻男子，正因为如此他变得更加矫揉造作、更加滑稽可笑，这种情形更为普遍，一个热恋之中的情夫的不幸就在于他没有意识到当他看到自己面前的漂亮容貌时，他的情妇却看到了他那张原有的脸，这张脸并没有因美的视觉产生的快意而变得漂亮些，恰恰相反。爱情甚至不能说明所有这些普遍情形；我们看不见我们的身体，其他人却看见了，我们“追随着”我们的思想，对其他人来说那是不可见的；而这是摆在我们面前的东西。艺术家有时将这种东西显示在他的作品中。因此，作者会使欣赏其作品的人感到失望，因为这种内在的美不完全反映在作者的脸上。

我听说，这一天贝戈特死了，感到非常难过。众所周知，他的病拖了很久。当然不是指他起初得的病，那是自然产生的疾病。自然产生的疾病似乎只可能很短暂。但是医学却把握了延长疾病的艺术。药物和药物提供的暂时的缓解及药物中断后又产生的身体不适形成了一种患病的假象，病人的习惯最终会使这种假象稳定下来，而且使它一直照原样继续下去，就像孩子们患百日咳痊愈很久之后还一阵一阵咳嗽那样。接着，药物不太起作用了，人们就增加剂量，药物不再生效，反而由于长期使用不当开始产生危害。药物的天然属性恐怕不会让它们持久发挥作用。几乎可以与这种自然属性匹敌的医学却能够迫使人们卧床，迫使他们继续服药，否则便会死亡，这真是一大奇迹。这一来，人为的疾病扎下了根，变成一种次要而又真实的疾病，区别仅仅在于自然产生的疾病会痊愈，而医学制造的疾病却永远不会痊愈，因为医学不懂得痊愈的奥秘。

几年以前，贝戈特已经足不出户了。再说，他也从不喜欢社交界，或者说他曾经喜欢过一天，那仅仅是为了蔑视它，正如他蔑视其他的一切那样，而且是以他自己的方式蔑视，即并非因为得不到而蔑视，而是刚得到便加以蔑视。他的生活如此简朴，人们猜不出他究竟富有到什么程度，即使知道也可能出错，因为大家认为他非常吝啬，然而从来没有人像他那样慷慨。他跟女人，确切地说跟少女在一起时尤其慷慨，她们为自己付出太少而得到太多感到惭愧。在他自己看来他是可以原谅的，因为他知道，只有在感到自己爱着别人的气氛里他才能更好地创作。爱情，这未免言过其实，微微渗入肌肤的快感有助于文学工作，因为这种乐趣压倒了其他乐趣，比如社交的乐趣，以及普遍认可的乐趣。即使这种爱情带来幻灭，它至少可以用同样的方式触动心灵的表层，否则心灵会变得毫无生气。因此，为了使作家先与别的人既疏远又适应，随后再让一架超过了一定年限，有停顿趋向的思想机器开动起来，欲望对作家来说不无裨益。人无法幸福，然而人却能指出妨碍幸福的原因，假使没有失望这类突然的缺口，这些原因对我们来说仍然是不可见的。梦想是无法实现的，这一点我们明白；如果没有欲望，我们也许就不会梦想，梦想是有益的，为此人们可以看见梦想的破灭，梦想的破灭具有教育意义。贝戈特也在思忖：“我为少女花费的钱比百万富翁花费的钱还多，但是她们给我带来的乐趣或者失望使我写出一本给我带来钱财的书。”从经济角度来看，这种推论是荒谬的，然而他在这样把黄金转化为爱抚，把爱抚转化为黄金的过程中无疑得到了某种乐趣。当我外祖母故世的时候，我们看到，精疲力竭的晚年喜欢憩息。然而在社交界中却只有谈话。她对谈话反应迟钝，但是她有权赶走那些不过是问题和答案化身的女人。出了社交界，女人们重新变成凝视的对象，这使精疲力竭的老人感到那样舒适。总而言之，这一切现在已经不再有问题。我说过贝戈特已足不出户，他在他的卧室起床一个小时浑身就得裹上花格披巾和毛毯，穿着人们在大冷天外出或者坐火车时穿的一切。他只让极少数朋友在他身边出入，在这些朋友面前为了替自己辩解，他指着他身上的花格披巾和毛毯愉快地说：“您还想怎么样，亲爱的，阿纳格萨戈尔说过，人生就是一种旅行。”就这样，他慢慢感到越来越冷，就像一个小星宿预示着地球这个大星宿的景象：温暖逐渐离开地球，生命随即消逝。因此人类靠作品复活是不可能了，因为在将来，人类的作品要想光照后世，首先必须有人类存在。如果某些种类的动物能更长久地抵御严寒的侵袭，那么当人类不复存在的时候，即使贝戈特的荣耀还能持续到那个时候，这种荣耀顷刻之间也会永远消失。能够阅读他作品的并不是最后仅存的那些动物，因为它们不大可能像过五旬节的使徒那样无师自通地学会人类的各种语言。

在去世前的几个月里，贝戈特遭受到失眠的折磨，更糟的是，他刚刚睡着就噩梦缠身，要是他醒了这些噩梦也会使他难以重新入睡。很久以来，他一直喜欢做梦，甚至喜欢不祥的梦，由于这些梦，和这些梦与人们在清醒状态中面对的现实互相矛盾，最迟在醒来时我们就会因做梦而深深感到我们曾经睡着过。但是，贝戈特的噩梦并非如此。当他谈到噩梦时，以前，他老听到一些不愉快事情经过他的脑海；而现在，梦仿佛来自他的身外，他感到一个凶恶的女人手上拿着一块湿抹布从他脸上擦过，竭力把他弄醒；臀部的瘙痒难熬；车夫的狂怒——因为贝戈特在睡梦中曾经低声抱怨他驾驶技术糟糕——那个疯狂暴怒的车夫向作家扑过来，咬他的手指，锯他的手指。最后，当他在睡眠中光线很暗时，大自然便进行了一次不穿服装、用中风夺走他的生命的排练：贝戈特乘坐轿车进入斯万家新别墅的门廊，他想下车。一阵闪电般的眩晕使他呆坐在车座上，看门人试图帮助他下车，他仍然坐着，不能起身挪动他的双腿。他想紧紧抓住他面前的石柱，但是没有足够的力量支撑他站起来。

他看过一些医生，这些被召请的人受宠若惊，诊断出他的不适是由于他过分勤勉（他已经二十年没有做任何事了），由于他过度操劳。他们劝他不要看恐怖小说（他从来不看书），多晒“对生命必不可少的”太阳（他有几年稍感舒服全靠他在家幽居），增加饮食（这使他逐渐消瘦，倒为他的噩梦提供了营养）。他的一个医生擅长于自相矛盾和戏弄人，在没有其他人在场的时候，为了不伤害他，贝戈特一看见他就把别人对他的忠告作为自己的意见转告他，那医生矢口否认，以为贝戈特想让他开出他喜欢的某种药方，便立刻禁用这种药，为了达到目的，他经常用即刻编造的一些理由，在贝戈特用以具体反驳他的明显的事实面前，医生不能自圆其说，不得不在同一句话里自相矛盾，然而他又用新的理由强调同样的禁令。贝戈特回头去找第一批医生当中的一位，这人以头脑灵活而自鸣得意，尤其在一位文人面前，如果贝戈特委婉地说："我觉得某医生好像对我说过——当然是从前——那会使我的肾脏和大脑充血……"那人就会露出狡黠的笑容，举起手指说道："我是说使用，而不是滥用。当然，任何药物，夸张地说，都是一种同时具有利和弊两个方面的武器。"我们的身体具有某种有益于我们健康的本能，正如我们的心灵具有道德责任感，这是医学博士或神学博士的任何准许都无法代替的。我们知道冷水浴会使我们害病，我们仍旧喜欢洗冷水澡；我们总能找到医生来建议我们洗冷水澡，而不是提出洗冷水澡的害处来制止我们。贝戈特明智地遵从每个医生几年来下的禁令。几个星期之后，从前的意外再度出现，新的意外更加严重。每分钟都痛得死去活来，再加上被短促的噩梦打断的失眠，贝戈特不再请医生了，他试着服用各种麻醉药，卓有成效但剂量过多，他信任地看着每种麻醉药附带的简介，简介上都说明睡眠的必要性，但是又含蓄指出，所有催人入睡的药品（除了说明书介绍的瓶内装的产品，这种产品从无毒副作用的）都有毒性，而且因此产生的副作用比病痛更糟。贝戈特试过各种麻醉药。某些麻醉药与我们常用的，由比如戊基和乙基制成的麻醉药类别迥异。人们只能怀着对未知事物的美妙期待吞咽成分完全不同的新药。心跳得就像赴第一次约会。

新的药物即将把我们引向哪些鲜为人知的睡眠和梦幻呢？药物现在已经进入我们的身体、左右着我们的思想。我们将以何种方式入睡？一旦我们睡着了，这种全能的主宰会让我们通过哪些古怪的途径，到达哪些巅峰、哪些无法测量的深渊呢？我们在这种旅行中会有哪一类新的感受呢？新药会使我们不舒服？心情恬淡快活？死亡？贝戈特的死发生在他把自己如此这般地托付给这些朋友（朋友还是敌人？）当中最厉害的一个之后的第二天。

他是在这样的情况下去世的：尿毒症的轻微发作是人们建议他休息的原因。但是一位批评家在文章里谈到过的维米尔的《代尔夫特风景》（从海牙美术馆借来举办一次荷兰画展的画）中一小块黄色的墙面（贝戈特不记得了）画得如此美妙，单独把它抽出来看，就好像是一件珍贵的中国艺术作品，具有一种自身的美，贝戈特十分欣赏并且自以为非常熟悉这幅画，因此他吃了几个土豆，离开家门去参观画展。刚一踏上台阶，他就感到头晕目眩。他从几幅画前面走过，感到如此虚假的艺术实在枯燥无味而且毫无用处，还比不上威尼斯的宫殿或者海边简朴的房屋的新鲜空气和阳光。最后，他来到维米尔的画前，他记得这幅画比他熟悉的其他画更有光彩、更不一般，然而，由于批评家的文章，他第一次注意到一些穿蓝衣服的小人物，沙子是玫瑰红的，最后是那一小块黄色墙面的珍贵材料。他头晕得更加厉害；他目不转睛地紧盯住这一小块珍贵的黄色墙面，犹如小孩盯住他想捉住的一只黄蝴蝶看。“我也该这样写，”他说，“我最后几本书太枯燥了，应该涂上几层色彩，好让我的句子本身变得珍贵，就像这一小块黄色的墙面。”这时，严重的眩晕并没有过去。在天国的磅秤上一端的秤盘盛着他自己的一生，另一端则装着被如此优美地画成黄色的一小块墙面。他感到自己不小心把前一个磅秤秤盘误认为后一个了。他心想：“我可不愿让晚报把我当成这次画展的杂闻来谈。”

他重复再三：“带挡雨披檐的一小块黄色墙面，一小块黄色墙面。”与此同时，他跌坐在一张环形沙发上；刹那间他不再想他有生命危险，他重又乐观起来，心想：“这仅仅是那些没有熟透的土豆引起的消化不良，毫无关系。”又一阵眩晕向他袭来，他从沙发滚到地上，所有的参观者和守卫都朝他跑去。他死了。永远死了？谁能说得准呢？当然，招魂术试验和宗教信条都不能证明人死后灵魂还存在。人们只能说，今生今世发生的一切就仿佛我们是带着前世承诺的沉重义务进入今世似的。在我们现世的生活条件下，我们没有任何理由以为我们有必要行善、体贴，甚至礼貌，不信神的艺术家也没有任何理由以为自己有必要把一个片段重画二十遍，他由此引起的赞叹对他那被蛆虫啃咬的身体来说无关紧要，正如一个永远不为人知，仅仅以维米尔的名字出现的艺术家运用许多技巧和经过反复推敲才画出来的黄色墙面那样。所有这些在现时生活中没有得到认可的义务似乎属于一个不同的，建筑在仁慈、认真、奉献之上的世界，一个与当今世界截然不同的世界，我们从这个不同的世界出来再出生到当今的世界，也许在回到那个世界之前，还会在那些陌生的律法影响下生活，我们服从那些律法，因为我们的心还受着它们的熏陶，但并不知道谁创立了这些律法——深刻的智力活动使人接近这些律法，而只有——说不定还不止呢！——愚蠢的人才看不到它们。因此，贝戈特并没有永远死去这种想法是真实可信的。

人们埋葬了他，但是在丧礼的整个夜晚，在灯火通明的玻璃橱窗里，他的那些三本一摞的书犹如展开翅膀的天使在守夜，对于已经不在人世的他来说，那仿佛是他复活的象征。

我曾经说过，我知道贝戈特是在那一天去世的。我对那些说他是前一天去世的报纸——彼此都重复着同一个调子——的这种不准确十分欣赏。就在前一天，阿尔贝蒂娜遇到过他，她当天晚上就对我讲述了这件事，她甚至因此迟到了一会儿，因为贝戈特跟她聊了很久。毫无疑问，与贝戈特进行最后一次谈话的是阿尔贝蒂娜。她是通过我认识贝戈特的，我已经很久没有看见他了，她出于好奇想要拜见他，我便在一年前写信给这位年迈的大师，把她引荐给他。他同意了我的请求，我想他心里有点不舒服，因为我重新见他只是为了让另一个人高兴，这证实了我对他的冷漠。这些情况经常发生：有时，人们不是为了享受重新跟他交谈的乐趣，而是为了第三者而恳求他或者她，他或者她的断然拒绝使被我们监护的女人以为我们在炫耀自己拥有一种莫须有的能力；更多的则是，天才或者著名的美人同意了，然而由于他们的荣誉受到了侮辱，他们的情感受到了挫伤，他们对我们只怀有一种已经淡薄了的、忧伤而又带点轻蔑的感情。在错误地指责报纸不准确之后，我猜测了很久，因为那一天，阿尔贝蒂娜根本没有遇到贝戈特，但是，当时我却一刻也不曾怀疑过她，因为她向我讲述这件事时神态自然，而且我在很久以后才了解她那坦然撒谎的迷人技巧。她所说的、她所招认的与事实如此不谋而合——我们无可辩驳地看到并了解到这点——所以她就这样在她的生活间隙当中散布了另一种生活的种种插曲，当时我没有怀疑这另一种生活是虚假的，只是在很久以后我才觉察到了这一点。我曾补充说，“当她招认的时候”，下面谈谈为什么。有的时候，一些奇特的比较使我对她产生过嫉妒和怀疑，在这种怀疑里，在过去，或者很遗憾在将来，有另外一个人。为了对我掌握的事实显得有把握，我说出了姓名，阿尔贝蒂娜对我说：“是啊，一礼拜前我在离家几步远的地方遇见过她。我出于礼貌向她还礼。我跟她一起走了两步。但是我们之间没有过任何事情，从来也不会有任何事情。”而阿尔贝蒂娜却根本没有遇到过这个人，最充分的理由就是那人已有十个月没去巴黎。但是我的女友觉得完全否认不足为信。因此她虚构了这次短暂的相会，她说得那么实在，我仿佛看到那位夫人停下脚步，向她问好，跟她一起走了几步。假如我这时在外面，我的感官也许会向我证实，那位夫人没有跟阿尔贝蒂娜走过几步。然而即使我知道事实恰好相反，那也是得之于一系列推理中的一个环节（我们信任的那些人的话语环环紧扣），而不是感官的实证。为了引用感官的这种实证，我必须恰好在外面，而事实并非如此。不过人们可以想象，这样一个假设也不是难以置信的：我有可能在阿尔贝蒂娜那天晚上（她没有看见我）对我说她跟那位夫人一起走了几步的那个时辰外出并且来到街上，那样我就会知道阿尔贝蒂娜在撒谎。这是否确凿？一片该死的阴霾占据了我的头脑，我可能会怀疑我看到过她独自一人，只要我设法了解由于哪种视觉幻象我才没有看见那位夫人，我就不会因为自己的误会大吃一惊了，因为天体世界也并不比人类，尤其是我们热爱的人的真实活动更难认识，这些人为了对付我们的怀疑，会用一些保护他们自己的谎言使他们更加理直气壮。他们可以让我们麻木不仁的爱情相信，我们热爱的女人在国外有并不存在的姐妹、兄弟、嫂子，这种情形又能持续多少年呢？

感官的实证本身也是一种思想活动，在这个活动中自信造就了事实。我们好多次都看到，有时听觉给弗朗索瓦丝带来的不是人们说出的那句话，而是她自己信以为真的那句话，这就足以使她听不进一种更加优美的发音对她的暗中纠正。我们的膳食总管也是如此。德·夏吕斯先生这时穿着——因为他变化多端——颜色很浅、在千万个人当中一眼便能认出的裤子。不过，我们的膳食总管以为“公共小便池”（pissotière）[1]一词（这个词指德·盖尔芒特公爵所谓的朗比托小厕所，听到这样的称呼，德·朗比托先生火冒三丈）就是“pistière”，他一生中从来没听到任何人说过“公共小便池”，尽管人们经常在他面前提到这个词。但是，谬误要比信任更加顽固，而且谬误从不对自己的自信加以反省。膳食总管经常说：“德·夏吕斯男爵先生长时间待在小便池里（pistière）肯定是因为他得了一种病。这就是一个老色鬼的下场。他还穿着

[1] pissotière 比 pistière 多一个音节，而后者是不存在的。

长裤。今天早晨，夫人派我去纳伊买东西。在勃艮第街，我看见德·夏吕斯男爵先生走进了公共小便池。一个多小时之后，当我从纳伊回来时，我在同一个小便池，在老地方又看见了他的黄裤子，他总是待在中间好让别人看不见他。”我认识的人当中没有谁比德·盖尔芒特夫人的一位侄女更漂亮、更高贵、更年轻。然而我却听见我有时去的那家餐厅的守门人在她经过的时候说：“瞧瞧这个自命不凡的老妇人，像什么样子！少说也有八十岁。”关于年龄，我看他对自己的话也难以相信。但是，每当她经过饭店前去看望她那两个离这里不远的可爱的姑婆德·弗桑萨克夫人和德·巴尔鲁尔夫人时，聚集在他身边的那些跑堂的人都要嘲笑一番，他们以为这个小美人的脸看上去有八十岁，守门人形容“自命不凡的老妇人”的八十高龄被用到了她的身上，这也许是开玩笑，也许不是。要是有人对他们说，她比饭店里两个女出纳之中的一个更出色，他们可能会笑破肚子，而那个患着湿疹、肥胖得可笑的女出纳在他们眼里居然是个美妇人。也许只有性欲才能阻止他们产生这样的谬误，假使性欲在所谓自命不凡的老妇人经过时发生作用，那些跑堂的也突然对这位年轻的女神起了馋心。然而，由于一些不为人知的，可能是社会方面的原因，这种欲望并没有起作用。况且其中还有许多值得商榷的地方。对我们大家来说，世界是真实的，在每个人看来世界又是不同的。为了叙述的顺序，如果我们不必局限于一些无聊的理由，有多少更重大的理由使我们能够指出这卷书的开头，有多么肤浅多么骗人，在那一卷里我说我在自己的床上听见世界忽而在这种天气，忽而在那种天气里苏醒了！是啊，我被迫使事物变得浅薄，成为撒谎的人，然而每天早晨醒来的不是一个世界，而是成千上万个，几乎与人类的眼珠和智慧一样多的世界。

提到阿尔贝蒂娜，我从来不知道哪些妇女在使谎言形象生动、染上生活本身的色彩这一点上比她更具有独到的天赋，除非是她的一位女友——我那些如花似玉的少女当中的一位，她也像阿尔贝蒂娜那样娇艳，但是她那凸凹不平的侧影就像一串串玫瑰花，花串又长又弯曲，我忘记了这种玫瑰的名字。从说谎的角度来看，这个少女比阿尔贝蒂娜更胜一筹，因为她说谎时没有一刻显得痛苦，也没有因恼怒而省去什么不说，而这些现象在我的女友那里比比皆是。然而我说过，她在编造一个滴水不漏的故事时迷人可爱，因为听她说话的人在自己面前看到了她说的——却又是想象出来的——那些东西，把她的话当作自己亲眼看见的了。激励阿尔贝蒂娜的只有貌似的逼真，而根本没有使我产生嫉妒的欲望。因为也许并不引人关注的阿尔贝蒂娜喜欢得到别人的奉承。不过，在这部作品当中，即使我有过而且可以有许多机会表现嫉妒怎样增强了爱情，我也是站在情人的立场这样做的。但是，哪怕这个人的傲气几乎已荡然无存，哪怕他会因为别离而死去，他也不会用奉承去响应假想的不忠，他会自己走开，或者并不远远离去，而强迫自己装出冷漠的样子。因此，他的情妇使他备受折磨痛苦，这对情妇来说倒纯粹是一种损失。相反，她可以用一句巧妙的话，用温情脉脉的爱抚去驱除折磨他的种种疑虑，尽管他自以为对此无动于衷，情夫也许并没有体会到由嫉妒引起的爱情的猛烈增长，但他突然不再痛苦，他感到幸福、动情、放松，犹如人们在一场风暴过后大雨降临时感到的那样，当人们还在大栗树底下感受到挂在树上的水珠间隔很久才一滴一滴垂落下来的时候，色彩绚丽的太阳已经重新出现了，他不知道该如何表达他对治愈自己的那个女人的感激之情。阿尔贝蒂娜知道我喜欢报答她对我的盛情，这也许正说明她是为了开脱自己才杜撰出那些故事，承认得那么自然的，我并不怀疑她的故事，其中的一个就是遇到贝戈特，而他当时已经死了。直到现在，我只知道阿尔贝蒂娜这些谎言，比如，弗朗索瓦丝在巴尔贝克向我报告的，我忘记说了，尽管这些谎言使我受到了莫大的伤害："因为她不愿来，她就对我说：'您难道不能对先生说您没有找到我，说我已经出去了？'"然而热爱我们的"下人们"，正如热爱我的弗朗索瓦丝，他们喜欢刺伤我们的自尊心。

晚饭后，我对阿尔贝蒂娜说我想趁着我已经起床的机会去看望一些朋友，比如德·维尔巴里西斯夫人、德·盖尔芒特夫人、康布尔梅一家，我不太清楚，总之是我在他们家里能够找到的那些人。但是我没有说出我准备去看望的维尔迪兰一家的姓。我问她是否愿意跟我一起去。她借口没有裙袍。"再说，我的头发也梳理得太不像样子。您是否坚持要我继续保持这种发型呢？"她突然伸出一只手向我告别，她摊开胳膊，耸起肩膀，就像从前她在巴尔贝克海滩上那样，此后她再没有过这样的动作。这个被人遗忘的动作重又使阿尔贝蒂娜的身体获得了活力，她变成还不大了解我时的那个阿尔贝蒂娜了。这种举动使外表唐突、拘泥虚礼的阿尔贝蒂娜恢复了她原来的新鲜感，她的陌生感，甚至使她回到了她自己的天地。我看到了这个少女背后的大海，自从我不再去海边以后，我从来也没有看到大海像这样向我招手。“我的姨妈觉得这发型会使我显老。”她神情阴郁地补充道。我心想：“但愿她姨妈说得对！”让娃娃脸的阿尔贝蒂娜使邦当夫人显得更年轻，这正是她姨妈最大的追求，还有，最好阿尔贝蒂娜在嫁给我之前别花她的钱，而且从我们结婚那天起她还会有所收益。但是我希望的恰好相反，我愿意阿尔贝蒂娜别显得那么年轻、那么漂亮，少在街上让人回首顾盼，何况无论是讨厌的老妪还是被爱恋的女人衰老的面容都不能使一个嫉妒的情夫感到放心，不过让我感到痛心的是，我要求阿尔贝蒂娜采纳的那种发型在她看来竟然是又一重幽禁。哪怕我远离阿尔贝蒂娜，不断地把我与她联系在一起的还是这种新的居家的亲切感。

我对阿尔贝蒂娜说让她陪我去盖尔芒特和康布尔梅家，我不太清楚我究竟想去哪里，她对我说她没心思去，我便去了维尔迪兰家。正当我动身去维尔迪兰家的时候，我到那里听音乐会的念头使我联想起下午的情景：“荡妇、荡妇”——失恋的情景，也许是妒火中烧的情景，然而又是兽性大发的情景，除了言语之外，其兽性和一头爱上女人（如果可以这么说）的大猴对这女人干得出来的行为一模一样——正当我在街上打算叫一辆出租马车的时候，我听到了一个男人的抽泣声，他坐在一块界石上试图克制住自己的情绪。我走上前去：那人双手捧着脑袋，看上去像个年轻男子；从他大衣里露出的白颜色判断，他似乎穿着套装，系着白色领带。听到我的声音，他才发现自己的脸上挂满泪水，但是他立即认出是我，并且掉转脸去。那是莫雷尔。他知道我已经认出了他，便竭力止住泪水，他对我说，他因为心里难受在这里停停。他对我说："就在今天，我粗暴地侮辱了一个女人，我对她曾经一往情深。卑鄙的家伙才会这么干，因为她爱我。"——"时间长了她也许会忘记。"我回答说，我没有想到这样说话会显得我好像耳闻目睹了下午的情景似的。然而他一个劲地伤心去了，根本没有想到我会知道点什么。"她也许会忘记，"他对我说，"但是我却无法忘记。我为自己感到羞愧，我讨厌自己！不过归根到底，既然已经说了也没有办法，再怎么做也无济于事。当我被激怒时，我不知道自己在干什么。而这对我的健康非常不利，我的神经完全错乱了。"正如所有的神经衰弱患者那样，他对自己的身体十分担心。如果下午我看到的是一头猛兽的爱情怒火，那么今天晚上，几个小时之间恍若过去了几个世纪，一种新的感情，一种羞愧、后悔、忧伤的感情则表明：野兽向人类转变的演化过程中一个冗长的阶段已经过去。尽管如此，我却始终听到"荡妇"的喊声，我唯恐下一轮再循环到野蛮状态。况且我也很难理解所发生的一切，这点再自然不过，因为德·夏吕斯先生本人也完全不知道几天来，尤其是今天，甚至在那段与小提琴手的精神状态并无直接关系的不体面插曲之前，莫雷尔的神经衰弱已经又犯了。实际上他在上个月就飞快地勾搭上了絮比安的侄女，而勾搭的速度却比他原先的期望要慢得多，他可以像未婚夫那样随心所欲地带她出去。然而，当他在准备强奸的勾当中陷得深了些时，尤其是当他对自己的未婚妻说要她跟别的少女交朋友并把她们提供给他时，他遭到了抵制，这激怒了他。这一下（她过于贞洁也好，相反她自愿失身也罢），他的欲望一落千丈。他决定和她断绝关系，不过他觉得男爵这个人虽然邪恶却也十分仗义，他害怕断绝关系之后德·夏吕斯先生会赶他出门。所以，他半个月前就下决心不再去见那个少女，让德·夏吕斯先生和絮比安在他俩之间去解决（他使用了一个更加康布尔梅式的动词），并且打算在宣布断绝关系之前，“溜”到一个不为人知的地方去。

爱情的结局使他有点伤心，因此，尽管他与絮比安侄女的行为在微不足道的细节上恰恰可以同他与男爵在圣马尔斯吃晚餐时他当着男爵的面论说的行为相吻合，这两种行为可能还是截然不同的，而他在自己论说过的行为中没有料到的一些不太恶劣的感情可能美化了他的真实行为并且使之情感化。相反，现实比计划更糟的唯一地方倒在于计划中他觉得在这样一种背弃之后似乎不可能留在巴黎。现在，对他来说，为了一桩如此简单的事情“溜走”未免太过分了。这意味着离开无疑会发怒的男爵，破坏自己的地位。还会失去男爵给他的一切钱财。一想到这一切在所难免，他便心烦意乱，他一连几个小时伤心落泪，为了不去想这些，他用了吗啡，是小心翼翼用的。然后，他的头脑中突然转过一个念头，毫无疑问，这种想法在头脑中逐渐产生成形已有一段时间了，那就是：在和少女断绝关系与完全跟德·夏吕斯先生闹翻之间，也许并非两者必选其一。失去男爵供给的一切钱财损失太大了。

莫雷尔犹豫不决，他有好几天都在发愁，就像他见了布洛克时发愁一样，然后他得出结论，絮比安和他的侄女试图让他落入一个圈套，他们大概在为这桩占便宜的交易而感到庆幸。他觉得总之是那个少女自己不好，她笨拙得简直不知道怎样用肉欲去缠住他。对他来说，牺牲他在德·夏吕斯先生家的地位不仅荒唐，而且他们订婚以来他请少女吃过的那些昂贵的晚餐也很可惜，他也许可以报账，就像那个每月都把自己的“账本”交给我外叔祖父的随身男仆那样，账本对一般人来说意味着印成铅字的著作，而对“殿下”们和随身仆役们来说便失去了这层意思。这个词对仆役来说意味着账本；对“殿下”们则意味着人们记事、签名的本子（在巴尔贝克，一天，卢森堡公主对我说她没有带书，我正想把《冰岛渔夫》和《达拉斯贡城的达达兰》借给她时才明白她想说的意思；并非她日子过得不太愉快，而是因为她没带本子，我要给她留名字就难一些）。

尽管莫雷尔对他行为的后果看法老变，尽管两个月之前当他狂热地爱上絮比安的侄女时，他也许会认为这种行为十分可憎，尽管半个月来他一再重申这种行为本身是自然的、值得称道的，这种行为却仍然使他的神经质状态更加严重，刚才他就是在这样的状态中申明断绝关系的。他已经做好了“出气”的充分准备，即使（除非是在瞬间的冲动中）不拿这个少女出气，残存的爱情使他对少女还心有余悸，也就是说对她还残存一丝爱意，至少也要拿男爵出气。不过，他在晚饭前对男爵守口如瓶，因为他把他本人专业上的精湛技艺看得高于一切，当他要演奏高难度作品的时候（比如今天晚上在维尔迪兰家），他就避免（尽量避免，而这比下午的情景更够他受的）一切可能使他的演奏动作不连贯的东西。就像一个热衷于赛车运动的外科大夫在他要动手术的时候不再开车。因此，他在对我说话的同时轻轻地逐个活动他的手指，看看手指是否恢复了它们的灵活。他皱皱眉头，那意思好像是还有一点神经质的僵硬。然而，为了不让手指更僵硬，他放松面部，正如人们在没有睡着觉或者没有轻易占有一个女人时不让自己激动恼火那样，因为他生怕恐惧症本身会进一步耽搁他睡眠或者享乐的时间。所以，他希望重新恢复心灵的宁静，以便像往常一样专心致志地在维尔迪兰家演奏，他还希望让我证实他的痛苦，因为我后来看出了这一点，为此在他看来，最简单的莫过于恳求我立即离开。他的恳求是多余的，因为离开他对我是一种解脱。当我们往同一幢住宅走去，在离住宅还有几分钟的路程时，我真害怕他要求我开车带他同往，我对下午的情景印象太深，所以这段路如果让莫雷尔在我身边，我不能不感到有点厌恶。莫雷尔对絮比安侄女的爱情，后来的冷漠或者说憎恶很可能发自真心。不幸的是，他已经不是第一次（也不会是最后一次）如此行事，突然“贴上”一个少女，向她发誓永远爱她，甚至向她出示他随身携带的手枪，说假使他卑鄙残忍到抛弃她，他就叫自己脑袋开花。后来他还是抛弃了她，并且感到某种怨恨而不是悔疚。他已经不是第一次如此行事，这也不可能是最后一次，所以许多少女——忘不了他却被他忘怀的少女——感到痛苦——比如絮比安的侄女，她仍然痛苦了很久，她在继续爱着莫雷尔的同时又很蔑视他——

她们痛苦，而且准备在内心苦痛难熬时发泄出来，因为莫雷尔那张坚硬犹如大理石，俊美犹如古代艺术品的面容就像一尊希腊雕像的碎片那样充塞在她们当中的每一个人的脑海之中，还有他那漂亮的头发，机智的眼睛，挺直的鼻子——嵌进不该接受它们的头颅便形成肿块，而这肿块又无法开刀。然而，久而久之，这些如此坚硬的碎片终于滑落到一个地方，在这里它们已引不起太大的痛苦，也不动弹；人们再也感觉不到它们的存在，那就是遗忘，或者说无足轻重的记忆。

我在白天有两个收获。一方面，由于阿尔贝蒂娜的温顺给我带来了宁静，我有可能，从而也下了决心跟她断绝关系。另一方面，我从坐在我的钢琴前等待她的那段时间里反思的结果中产生了这样的想法，我想争取把自己重新得到的自由奉献给艺术，而艺术并不是某种值得人们为它做奉献的东西，而是某种生命之外的东西，它与人生虚浮的荣誉和一事无成都毫不相干，从作品中获得真正的个性这种表象仅仅来自技巧上的逼真。如果说我度过的下午在我身上留下了其他的，也许是更加深刻的东西，那么这些东西是在很久之后才被我了解的。至于我明确地权衡过的这两个收获，它们不会持续很久；因为从那天晚上开始，我关于艺术的看法便在那天下午的感受逐渐减弱时重新占据上风，相反，我说的宁静以及由此而来的我能够献身艺术的自由倒会重新弃我而去。

我的车沿着堤岸驶近维尔迪兰家，我让司机停车。其实我刚刚看见布里肖在波拿巴特街的拐角从有轨电车里走下来，他用一张旧报纸擦拭自己的皮鞋，戴上银灰色手套。我朝他走去。一段时间以来，他的眼疾逐渐恶化，所以他戴了一副——犹如实验室一般阔气的——新眼镜，就像天文望远镜那样功率大而且复杂，眼镜仿佛用螺丝拧在他的眼睛上；他把眼镜的焦距对准我，并且认出是我。眼镜的状况良好。但是，透过眼镜，我却觉察到待在这种大功率的设备底下的是一缕细微的、淡淡的、痉挛的、垂死的漠然目光，正如在那些对人们干的活报酬太多的实验室里，有人把一只微不足道、濒临死亡的小动物置于最精密的仪器之下那样。我把自己的胳膊伸给这个半瞎的人，好让他放心走路。"这一次，我们不是在大舍尔堡附近，"他对我说，"而是在小敦刻尔克旁边碰面了。"我觉得他的话实在无聊，因为我不明白这句话的意思；可是我又不敢问布里肖那是什么意思，与其说是害怕他的轻蔑，我倒更怕他的解释。我回答他说，我很想看看从前斯万每天晚上与奥黛特会面的那间客厅。"怎么，您熟悉这些古老的故事？"他对我说，"不过，诗人完全有理由称之为：grande spatium mortalis œvi。"[1]

在当时，斯万的逝世使我大为震惊。斯万死了！斯万在这个句子中并不只是一个简单的所有格的作用。我从此领会了独特的死亡，由命运派遣为斯万服务的死亡。因为我们说死是为了简化，然而有多少人就几乎有同样多的死亡。有些感官我们并不具备，这种官能使我们能够看见朝四面八方疾速奔跑的死神，命运之神

[1]　拉丁语，意为死而复生的巨大空间。

把活跃的死神往这个人或那个人引过去。这些死神往往只有在两三年之后才能完全从自己的工作中解放出来。飞奔的死神把癌症放入斯万的肋部，然后又跑开去干别的活，直到外科大夫动完手术时再重新回来，以便把癌症再次放进去。继而，人们从《高卢人报》中看到，斯万的健康令人不安，但是他不适的身体正在有效地恢复。于是，在咽气之前的几分钟，死神就像一个不会毁灭你而会照料你的修女前来陪伴你度过最后的时刻，用最后的光环为这个心脏已经停止跳动、身体永远冰凉的人加冕。正是死神的多样性，它们来回走动的神秘性，它们身上致命的披肩的色彩使报纸的字里行间具有某种引起如此强烈感受的东西："我们非常遗憾地获悉，夏尔·斯万先生因患某种痛苦的疾病的后遗症于昨日在巴黎寓所逝世。作为巴黎人，他的思想备受重视，他在有选择的人际关系中始终忠诚可靠，为此也深孚众望，艺术文学界将一致对他的逝世表示哀悼，他对文学艺术高超精微的鉴赏力使他深受喜爱和欢迎。赛马俱乐部全体国人也对这位会员的逝世表示惋惜，他在俱乐部不仅资深而且驯马有方。他还是同盟联谊会和农业联谊会会员。前不久，他递交了王家街联谊会会员的辞呈。他的精神风貌以及他引人注目的声望却仍然在音乐绘画的大型活动中，尤其在艺术预展或开幕式上引起公众的兴趣，他甚至在极少出户的最后那几年仍旧是这些领域忠实的常客。丧礼即将举行，云云。"

从这一点来看，如果一个人不是"有身份的人"，没有名望，缺少头衔，会使他的尸体腐烂更快。毫无疑问，没有突出个性的人只能默默无闻，即使那人是德·于塞斯公爵。然而公爵这顶桂冠还是会把各种因素聚集起来并保持一段时间，有如阿尔贝蒂娜喜欢吃的冰糕暂时保持好看的形状，而那些热衷于上流社会生活的资产阶级人士一俟死去，他们的名字立即就会解体，“脱模”融化。我们看到，德·盖尔芒特夫人谈到卡地亚时把他当作德·拉特雷默伊耶公爵的好朋友，当作一个在贵族圈子中备受推崇的人。对下一代人来说，卡地亚变成了那么不定型的东西，以至于把他归于首饰商卡地亚一类人还算抬高了他的身价，他可能会嘲笑那些无知的人竟然把他跟首饰商混淆起来！相反，斯万却是个具有出色的文化艺术个性的人；尽管他没有任何“作品”，他却有幸留存了一点时间。然而，亲爱的夏尔·斯万，我在年轻时对您了解甚少，而在您离坟墓不远时，因为那个也许被您看作小傻瓜的人已经把您作为他的一部小说的主人公，人们已经又开始谈论您了，也许您因此还会活下去。在迪索描绘王家街联谊会的阳台这幅画中，您在加里费、埃德蒙·德·波利尼亚克和圣莫里斯中间，人们在谈这幅画时之所以经常谈到您，那是因为人们看到，在斯万这个人物身上有您的某些特征。

再谈谈更普遍的事实，我曾经在德·盖尔芒特公爵夫人家里听见斯万本人谈到他的这种预期之中而又出乎意料的死，是在公爵夫人侄女举行宴会的那天晚上。一天晚上我浏览报纸时，他的讣告就像不合时宜地插进来的几行神秘的文字，顿时吸引了我，我当时又重新体会到了同样的死亡独特而又扣人心弦的怪异性。这几行文字足以使一个活生生的人变成只能用姓名，用见诸文字的姓名，而且是突然间从阳世转到阴间的姓名来应答别人的人。正是这几行字使我仍然渴望进一步了解维尔迪兰从前居住过的地方，斯万当时还不是光见诸报纸上的几行文字，他那时经常和奥黛特在那个地方共进晚餐。还应该补充说（这使我为斯万之死悲哀的时间比为另一个人之死悲哀的时间更长，尽管去了解的动机与他的死亡的个别怪异性无关），我没有去看望希尔贝特，而我在德·盖尔芒特亲王夫人家却答应过斯万去看她，他没有把这条“别的理由”告诉我；在那天晚上，他暗示过这条理由，为此他还选择我作为他与亲王交谈的知情人；上千个问题又涌现在我面前（犹如水泡从水底冒上来那样），我想就最不相干的主题问他：关于维米尔，关于德·穆西先生，关于他本人，关于布歇的一张壁毯，关于贡布雷，毫无疑问，这些问题并不迫切，因为我已经把这些问题搁置再三，然而自从他封住了牙关不可能再答复之后，这些问题在我看来便显得至关重要了。

“不，”布里肖又说，“斯万不是在这里遇到他未来的妻子的，至少他只是在最后的时刻，在局部摧毁了维尔迪兰夫人的第一个住处的那场灾难之后才来这里的。”

不幸的是，我唯恐在布里肖眼前展示在我看来似乎不合适的奢侈，因为这位大学教师没有奢侈的份儿，我急急忙忙走下小汽车，司机不明白我为了在布里肖发现我之前躲远点而飞快地对他说的话。结果是司机又走过来与我们攀谈，他问我是否要来接我；我赶忙对他说好吧，并为此对乘坐公共汽车到来的大学教师表示倍加尊重。

“啊！您是坐小汽车来的。”他郑重其事地对我说。“我的上帝，这是最偶然不过的事；我从来不乘小汽车。我总是乘坐公共汽车或者步行。不过，如果您答应我坐进这辆破车，今天晚上陪您回家对我来说也许是莫大的荣幸；我们会有点挤。但您总是对我那么宽厚。”唉，我心想，向他提出这样的建议对我毫无损失，既然因为阿尔贝蒂娜的缘故我得老回家。她在任何人都不能前来见她的那个时辰待在我家，这就使我能够像下午那样自由地支配自己的时间，下午我知道她即将从特罗卡德罗回来，我又并不急于再见她。然而，归根到底，也像下午那样，我感觉到我有一个女人，我在回家时就不会经历孤独引起的有益于健康的兴奋。“我乐意接受。”布里肖回答我说。“在您提到过的那个时期，我们的朋友住在蒙达利维街一个宽敞的带夹层的一楼，夹层对着花园，房屋当然不算豪华，但比起威尼斯大使的住宅我更喜欢这房子。”布里肖告诉我，“今天晚上，‘孔蒂码头’(自从维尔迪兰迁到那里之后，他的老常客谈起他的沙龙便这样称呼)有德·夏吕斯先生组织的盛大音乐‘招待会’。”他还说，在我刚才谈到过的从前那些日子，小核心是另一番景象，基调也截然不同，这不仅仅因为常客们更年轻的缘故。他向我讲了埃尔斯蒂尔的一些恶作剧(他称之为“纯粹的瞎胡闹”)，比如有一天，他在最后一刻装作走掉的样子，然后装扮成临时加班的司厨长走进来，他在递盘子的同时凑到假装正经的普特布斯男爵夫人耳边说了一些放荡的话，男爵夫人又怕又气，满脸通红；接着，在晚饭结束前他消失了，他让人把一个盛满水的浴缸抬进客厅，当人们离开饭桌时，他赤条条一丝不挂地走出浴缸，嘴里骂骂咧咧；还有，有几次大家穿着纸做的，由埃尔斯蒂尔设计、裁剪、绘制的服装前来夜宵，那是他的杰作，有一次布里肖穿了查理七世宫廷中一个贵族大老爷的服装，脚上穿的是尖长的翘头鞋，另一次他穿着拿破仑一世的服装，埃尔斯蒂尔用封信的火漆给这套服装制作了一条荣誉军团饰带。简而言之，布里肖正在他的头脑中重温当时的客厅，客厅里的大窗户，那些被正午的太阳晒糟了、需要更换的矮脚长沙发。他声称，与今天的客厅相比，他更喜欢往日的客厅。当然，我很清楚布里肖所理解的“客厅”——就像教堂这个词不仅指宗教建筑，而且还指信徒的团体——不仅指那个夹层，而且还指常光顾那里的人，他们去那里寻求的特殊的乐趣，在他的记忆中是这些长沙发使那些人和事变得更清晰了，当时有人下午前来拜会维尔迪兰夫人时就坐在这些长沙发上等待她准备就绪，当时外面栗树上的粉红色花朵，壁炉上花瓶里的石竹仿佛是在用它们的粉红颜色笑盈盈地向来访者亲切致意，表示它们聚精会神地期待着姗姗来迟的女主人。然而，这个“客厅”在他看来之所以比现在的客厅更胜一筹，那也许是因为我们的思想就像老普罗透斯[1]，对什么样的形式都无法屈从，甚至在社交生活里，我们的思想也会突然脱离一个艰难而缓慢地臻于完善的客厅，而去喜欢一个不太出色的客厅，正如奥黛特让奥多拍摄的那些“经过整修”的照片，照片中她身穿公主的宽大裙袍，朗代里克为她卷发，比

[1] 希腊神话中的海神，能占卜凶吉，随时变化形状。

起这些照片来，斯万更喜欢照相簿上那张在尼斯拍摄的小照，在这张小照上，她头戴呢绒遮阳阔边女软帽，散乱的头发从绣着蝴蝶花、黑丝绒打结的草帽中露出来（照片越旧，女人们一般看上去也就越老），风姿绰约，看上去年轻了二十岁，就像一个可能比实际年龄大二十岁的小丫鬟。也许他还热衷于向我吹嘘我所不知道的事，告诉我他曾经品尝过我不可能领略的种种乐趣。况且，只要指出这两三个不复存在的人，用他自己的谈话方式赋予这些人的魅力以某种神秘的东西，他也就做到了这一点；我觉得人们向我讲述的关于维尔迪兰家的一切都过于粗浅；就连我从前认识的斯万，我也责备自己没有对他加以足够的注意，对他的注意也没有做到大公无私，在他一面接待我一面等候他的妻子回来吃午饭时我也没有认真听他说话，他给我看一些精品时我也没有认真听他解说，因为我现在明白了，他堪与从前最出色的健谈者相媲美。

来到维尔迪兰夫人家的时候，我发现德·夏吕斯先生正挺着他那大肚子朝我们走来，还无可奈何地让一个流氓乞丐之类的人跟在他身后，现在他经过哪怕表面看去无人问津的角落，这类人也会从那里冒出来，因为这大块头丑八怪总是身不由己地让这类人跟着他，哪怕隔一段距离呢，就像鲨鱼总由它的向导护送一般，这与第一年在巴尔贝克见到的那个外貌冷峻、装出具有男子气概而又高傲的陌生人形成了那么鲜明的对照，我觉得好像发现了一个处于不同公转周期的天体，旁边还有一个卫星，而且这天体只有变圆了才能被人看见，或者说发现了一个病人，这病人现在染上的疾病在几年前只是一个小肿块，当时他很容易掩盖这肿块，所以没有被人察觉它的严重性。尽管布里肖动过的一次手术使他以为即将永远丧失的视力恢复了一点点，我却不知道他是否发觉了不离男爵左右的那个流氓。再说这也无关紧要，因为在拉斯普利埃之后，而且尽管大学教师跟他有交情，德·夏吕斯先生的出现仍然引起了他某种不快。毫无疑问，对每个人来说，别人的生命都在暗地里通过各种途径延伸，谁也猜不出是怎样的途径。谎言，尽管经常骗人，而且人们所有的交谈都少不了谎言，谎言却不能圆满地掩饰厌恶或关心的感情，或一次装作没有进行过的拜访，或和情妇溜出去玩过的一天，而他又不愿意妻子知道——即使不让她猜出自己的坏品行，就是好名声也不能使妻子蒙在鼓里对此一无所知。这些坏品行可以在一生当中不被察觉；夜晚在河堤上的一次相会都会偶然暴露这些不道德行为；况且这通常很难理解，必须有一个知情的第三者向您提供无人知晓的难以得到的内情。然而，这些坏品行一旦为人所知，就会把人吓一跳，因为人们感觉到这事荒唐之至，远远超出道德范畴，德·絮希-勒迪克夫人的道德观念最弱了，她的儿子们用利益去贬低和解释任何事物她都可能加以认可，利益对所有的人来说是可以理解的。然而，当她得知她的儿子们每次去德·夏吕斯先生家拜访，他都仿佛命里注定，必然按时捏他们的下巴，而且彼此互相捏下巴时，她就禁止他们继续去他家。她感受到对生理奥秘的不安，这种感情使她心里琢磨与自己保持着良好关系的邻居是否染上了吃人肉的毛病，男爵再三问她："我最近难道见不到这些年轻人了？"对此她回答说，他们正忙于自己的功课，忙于准备一次旅行，等等，心里却对自己十分窝火。不负责任使错误甚至罪恶罪加一等，无论人们对此怎么说。如果朗德吕（就算他确实杀死过一些女人）这样做是出于私利，对私利，人是可以抵制的，那他还有可能得到特赦，然而如果是出于一种无法抗拒的性虐待狂，他就等不到特赦了。

布里肖在与男爵的友谊刚刚开始的时候，在他家讲一些粗俗的玩笑话，当他讲的话已不再是老生常谈而是表示理解时，那些玩笑就被一种愉快掩盖下的痛苦感情代替了。他在朗诵柏拉图作品的片段、维吉尔的诗行时感到心安理得，因为他这个在头脑方面也是瞎子的人并不明白，在当时爱恋一个年轻男子等于今天（与柏拉图的理论相比，苏格拉底的玩笑对此的揭示更加出色）供养一个舞女，然后同她订婚。德·夏吕斯先生本人可能也不明白这一点，他把自己的怪癖与友谊相混淆，而友谊与怪癖却是两码事，他还把伯拉克西特列斯的竞技者与温顺的拳击手混淆起来。他不想看到，自从十九世纪以来（拉布吕耶尔说过，“虔诚王子手下的虔诚朝臣可能是无神论王子手下的无神论者”），任何习惯上的同性恋——柏拉图的年轻人的同性恋和维吉尔的牧羊人的同性恋都一样——已经消失，残存下来并且日益繁多的只有人们向其他人秘而不宣以及自我扭曲的那种不自愿而又神经质的同性恋。而德·夏吕斯先生的过错也许在于他没有坚决否认异教的家谱。怎样的道德优势才能换取一点点形体美呀！忒奥克里托斯笔下那个牧羊人爱慕一个少年，日后他也并没有理由非得比为阿玛里利斯吹笛子的牧羊人心肠更软，思想更细腻不可。因为前者并不是沾染了什么病而是顺从了当时的风尚。只有这种克服了重重障碍而残存下来、可耻而又缺乏生气的同性恋才是唯一真实的、唯一能够在同一个人身上与道德品质的完美相称的东西。当人们在思考纯肉欲小小的转移，和感官的轻微瑕疵时，一想到肉体竟可能与美德发生关系便会吓得哆嗦，这些美德说明，诗人和音乐家们的天地在德·盖尔芒特公爵眼里如此难以理解，它对德·夏吕斯先生来说却比较能够理解。德·夏吕斯先生内心有家庭小摆设式的情趣，这倒不令人惊讶；可是，竟让他通过狭窄的缝隙借光理解了贝多芬和委罗内塞！然而，这并不能使健康的人遇到这种情况不感到害怕；一个写出一首好诗的疯子用最正当的理由向健康的人解释，他被关起来是错误的，是因为他的妻子太坏，他请求他们去疯人院院长那里进行干预，他还对人们强迫他和别人挤在一起连声抱怨，并且因此得出这样的结论："瞧瞧，这人就要到院子里来同我说话了，我不得不勉强和他接触，这人以为他就是耶稣基督。然而，这正好向我证明我和什么样的疯子关在一起；他不可能是耶稣基督，因为耶稣基督是我！"而就在片刻之前人们还准备去向精神病医生指出他的错误呢。听到上面那些话，即使人们想到这同一个人每天推敲的那首令人赞叹的诗，人们也会远远走开，正如德·絮希夫人的儿子远离德·夏吕斯先生，倒不是因为他对他们有什么伤害，而是因为邀请次数过多而且邀请的结果是捏他们的下巴。诗人值得同情，他必须在没有任何维吉尔引导的情况下穿越由硫黄和沥青组成的地狱的那些圆圈，投身于从天而降的大火中，为的是从天上带回所多玛的几个居民。他的作品没有任何魅力；他的生活与那些还俗的人一样刻板严肃，这些人遵循最清白的单身汉的守则，以便人们只能将他们脱下教士长袍归咎于丧失信仰，而不能归咎于其他。作家的情况就不尽相同了。有什么样的疯病医生经常接触疯子而自己却不会发疯呢？他如能肯定促使他照料疯子的并不是他先天的和潜在的疯病，那倒是幸运的事。精神病医生的研究对象经常反作用于他。但是在此之前，促使他选择这个对象的又是哪种模糊不清的癖好，哪种令人慑服的恐惧呢？

男爵装作没有看见这个紧跟在他身后、形迹可疑的人（当男爵在林荫大道碰运气或者穿越圣拉萨尔车站的大厅时，这些追随者有几打之多，他们抱着得到一枚五法郎银币的希望对他穷追不舍），生怕那家伙斗胆向他开口，他假惺惺低下他那与扑过粉的脸蛋形成鲜明对比的染黑的眼睫毛，使他活像格列柯描绘的一个宗教裁判所的大法官。然而这个神甫却令人生畏，看上去像个被停止职权的神甫，练习他的嗜好和保护这种嗜好的秘诀的必要性强迫他做出各种妥协，结果恰好把男爵试图掩饰的东西暴露在脸孔的表面，这东西就是被说成道德败坏的放荡生活，实际上，无论出于什么原因，这种道德败坏都能一望而知，因为它迟早要具体地表现出来，扩散到容貌上，尤其在面颊和眼睛四周，正如在生理上黄疸是一种肝病的表现，令人厌恶的红斑是一种皮肤病的表现那样。此外，从前被德·夏吕斯先生埋藏在他自己最隐秘的内心深处的邪恶如今却像油脂一样，不仅浮现在这张搽粉的面孔的双颊，确切地说，下垂的脸颊上，在他那自由放纵而且已开始肥胖的躯体的丰满的胸脯、滚圆的臀部上，而且现在已溢露于他的言谈之间了。

“布里肖，难道您晚上就是这样跟漂亮小伙子一起散步的吗？”他说着走近我们。流氓一时不知所措，趁此走开了。“太好了！我们可要把这事告诉您那批索邦大学的年轻学生，原来您才不是一个那么正经的人。话得说回来，和年轻人在一起，对您确实有好处；教授先生，您娇嫩得就像一朵小玫瑰。恕我打扰了你们，瞧你们当时高兴的神情，简直像两个发疯的姑娘。你们当然不需要我这样一个老婆婆来扫你们的兴。既然你们差不多都招了，我就不要特意为这件事去做忏悔了。”絮比安觉得，先不用着急把事情告诉德·夏吕斯先生，保护他侄女不受反击才是当务之急。为此，德·夏吕斯先生对下午发生的事情还蒙在鼓里，对成婚一事深信不疑，心情十分愉快。这些伟大的单身汉仿佛是在用一种虚幻的父性来给自己悲凉的独身生活添加一分温存，寻找某种安慰。

“布里肖，说句真话，”他笑着向我们转过身来补充道，“看见您和别人在一起如此风流，我有点顾虑。你们手挽着手，看起来就像一对情侣似的。嗨，布里肖，您倒是什么也不在乎！”他说这番话，是不是他思想衰老造成的自然结果？如今他的思想不如以往了，没有足够的自控能力，有时候说话会言不由衷，深藏四十余载的隐私会不慎说漏出来。或者他说这番话是不是对平民观点的鄙夷？总而言之，盖尔芒特家的人自己就都是平民之见，连德·夏吕斯的长兄，德·盖尔芒特公爵也不例外，他只是表现形式不同而已。有一次，我母亲亲眼看见，公爵敞着睡衣，毫无顾忌地站在窗口刮胡子。德·夏吕斯先生往后摘下草帽，透开宽阔的前额，利用片刻时间松掉绷在脸上的面具。他是不是在东锡埃尔到多维尔炎热的途中养成了这无拘无束的危险习惯？凡是了解莫雷尔已经不爱德·夏吕斯先生的人，看见他俩还亲如夫妻，都会感到惊奇。德·夏吕斯先生的情况是，淫乱只带给他千篇一律的肉体快感，对此他早已感到腻味，他本能地去寻求和创造新的成绩。对萍水相逢的陌路人厌倦了之后，他便返回另一极端，重新热衷于自以为将永世诅咒的东西，比如模仿起“夫妻生活”或“慈父恩泽”。有时候，对这样一套他犹感不足，还要搞些新花样。他就像一个正常男子一样，平生完全可能愿意与一个小伙子一起过夜，然后又去和一个女人同枕共眠，这完全出于与前番相似的好奇心，只是倒错而已。不过这两种好奇心都是不健康的。男爵由于夏利的缘故，始终以“常客”的身份出入于小圈子。所以，尽管他为了伪装自己，进行了长期努力，其结果恰如有些欧洲人那样，一去殖民地探险或者小住，就不像去法国，忘记了应有的行为准则。但是，内心的革命，较之在维尔迪兰小圈子内消磨的时间，更有效地使德·夏吕斯先生摆脱了最后的社会约束：他起初对自身的异常现象一无所知，日后刚认识到这种异常现象时惊恐万状，过后也就习以为常了，竟至忘了，自己终于不觉羞愧，能够认可的事情，向别人坦然承认却不能没有危险。南极也好，勃朗峰也罢，事实上都不如淫乱的内心，即与众不同的思想，能为我们提供一块长期离群索居的地方。德·夏吕斯先生从前就是如此形容淫乱的。如今他又给它添上了一层可亲的形象，把它看成一个人所难免的瑕疵，犹如懒惰、闲散或贪食一样，甚至可以说讨人喜欢，十分有趣。德·夏吕斯先生不仅意识到自己的特殊性格激发着那种好奇心，而且尽力满足，增加刺激，维持不息，以此寻找某种乐趣。有位犹太记者，每天都在捍卫天主教，也许他并不是指望别人对他刮目相待，而是为了不至于使那些好心的取笑者大失所望；德·夏吕斯先生就和这位记者一样，在小圈子里对那些伤风败俗的事情大加指责，似乎不用别人邀请，他都会乐意模仿英国腔或者穆内-絮利[1]来说话一样。同时他又在众人面前炫耀其艺术鉴赏家的才能，还慷慨解囊，将分摊到自己头上的那份钱毫不犹豫掏了出来。所以，德·夏吕斯先生威胁布里肖，说要到索邦大学告他与小伙子一起散步，这与受过割礼的专栏编辑大谈“教会的长女”[2]和“耶稣的圣心”是一样的道理，也就是说虽然没有假仁假义之嫌，但也难免有哗众取宠之弊。不过，我们不仅应该注意到德·夏吕斯先生的语言内容正在发生变化——现在的话与他从前敢说的话大相径庭——而且还应该注意到他的语调和举止也正在发生变化——他现在的语调、举止和以前受他严厉指责的有些人的语调举止竟十分相似。我们应该从这双重的变化中寻找原因，这才有意味。他现在偶尔会发出几下轻叫声。

[1] 法兰西喜剧演员（1841—1916）：最著名的角色为《安德洛玛克》中的奥雷斯特，还演过哈姆雷特和俄狄浦斯王。

[2] 指法国。

于他，这是无意的，因为这声音十分低沉；然而那些性欲倒错的人这么叫出声来则是故意的。他们互相见面致意一律用“我亲爱的”。对这种忸怩作态，德·夏吕斯先生素来持反对态度。然而，犹如一个全身瘫痪或体内失调的人最终总要显出某种症状一样，德·夏吕斯这类人，恶习发展到一定程度必要做出这种媚态，别人仿佛只是故意进行一种天才而又忠实的模仿而已。其实不然。虽然我曾经见过德·夏吕斯先生身着黑色西服，留一头平发，不苟言笑，而那些年轻人却涂脂抹粉，缀满首饰，但那种纯粹的心理做作告诉我们，他们之间只是表面不同而已。正如一个是烦躁型的人，说话时急迫不安，不停摇晃；另一个是神经病人，说话慢条斯理，始终平平静静，但在医生看来，前一位同样患了精神衰弱症。医生知道，这两个都在忧心忡忡，内心都备受痛苦的煎熬。此外，我们还发现，德·夏吕斯先生已显出各种衰老的迹象，谈话中有些用语从前就大量使用，现在则发展到了出奇膨胀、脱口而出的地步（例如“一系列情况”）。男爵句句不离这些用语，似乎必不可少地要求助于保护人一样。“夏利已经来了吗？”我们正要走到宅邸前去按门铃，布里肖问德·夏吕斯先生。“哦！我不知道。”男爵手在空中一挥，半眯着眼睛说，样子就像怕别人说他守口不严似的。也许男爵因为说漏了有些话，已经遭到了莫雷尔的责备（莫雷尔既是懦夫，又爱虚荣，高兴时借德·夏吕斯先生来点缀自己，不高兴则六亲不认；他把那些无关紧要的话也看得比什么都严重）。“您知道，他干些什么，我全然不知。”如果说两个互有直接关系的人在交谈中互相撒谎的话，那么，一位第三者在和一个情人谈到这位情人的心上人时，那自然更是谎话连篇，不管此人的性别如何。

“您是好久以前见到他的吗？”我问德·夏吕斯先生。我装出一副既不怕跟他谈论莫雷尔，也不轻信他和莫雷尔朝夕相处的样子。“他今天早晨刚巧来过，才待了五分钟。我还没有睡醒，他坐在我的床边，像要强奸我似的。”我立刻想到，德·夏吕斯先生一定是在一小时前刚见过夏利，因为如果我们问一个情妇，她是什么时候见到她那位情夫的——大家都知道那是她的情夫，她也猜测到大家是这么认为的——是否和他一起用了午后点心，她必定回答说：“我是在午饭前一会儿见到他的。”这两个事实之间唯一的区别是，一个是骗人的，另一个是真实的。不过，两个同样是无辜的，或者毋宁说，同样也是有罪的。这些答语是由一定的因素决定的。回答人自己并不知道，决定因素很多，事实的比重却很小，两相不成比例，以至于回答人借此就不顾事实如何了。不了解这一点，我们就无法明白为什么情妇（此处为德·夏吕斯先生）总是选择骗人的事实。但是物理学家认为，即便再小的木球在空间仍然总有它的一席地位，其原因就在于制约着比它大得多的物体的引力定律跟斥力定律之间存在着冲突或者平衡。备忘起见，暂举几例。譬如，那种故意要显出自然洒脱的欲望，那种明明有幽会还遮遮掩掩的本能性动作（这是一种害羞与炫耀的混合心理），那种把自己觉得十分愉快的事情透露给别人，并向人显示出自己正爱人所爱的需要（这是对对方内心活动无言的洞察，这种洞察力超过对方的洞察力，致使对对方做出过低的估计，或者这种洞察力低于对方的洞察力，结果对对方做出过高的估计），那种自然的纵火欲以及起火后丢车保帅的意愿，这种种规律都在互相矛盾中发生着作用，更为普遍地制约着关于各种各样问题的回答。譬如，有一个人我们明明是晚上看见他的，却硬说成是早晨看见的。那么，我们与此人的关系是属于纯洁的、“柏拉图式的精神恋爱”，还是相反，是一种肉体的联系，这就值得探讨。总的来说，尽管德·夏吕斯先生的邪淫有增无减，不时地暗暗流露出来，有时甚至直接编出一些有害于他自己的事情，但是在这一段生活中，他仍在设法表明夏利和他夏吕斯不是同一类人，他们之间的关系只是一种友谊。但他不妨（有时他的话也许是真的）有时又会露出破绽（譬如他矢口最后见到他是在早晨）。也许他是忘乎所以，不慎道出了真情，也许他是为了吹嘘一番，或者出于多愁善感，甚至觉得如能迷惑听者，便能显出自己才智超人，因此他不惜编织弥天大谎。“您知道，他对于我来说，”男爵接着说，“只是一个志同道合的年轻朋友，我对他的感情最为深挚，我敢肯定他对我也抱有同样的感情（看来他对这一点是拿不准的，不然他为什么觉得有必要当众声明，他敢肯定呢？），但是我们俩之间没有任何其他关系，没有那种事情，您可听清楚，根本没有那种事情。”男爵说话的口气十分自然，如同是在谈论一个女人。“是的，他早晨来拉拉我的脚。他明明知道我讨厌别人看见我在睡觉。您不讨厌吗？噢！真难看极了，让人讨厌，丑得让人害怕。我知道我已不是一个二十五岁的人了，我并不是还要装出一副天真少女的样子，但是人保持一点小小的俊俏还是必要的。”

男爵说莫雷尔只是他一个志同道合的年轻朋友，此话也许不假。“他干些什么事，我根本不知道，我对他的生活起居，一概不知。”他说这话时以为自己是在说谎，其实也许说的确是实话。且说（趁德·夏吕斯先生、布里肖和我朝维尔迪兰夫人的公馆走去的当儿，我们插一段后话，将几个星期后的故事提前到这里来叙说；这段后话说完之后，我们再立刻接着原来的故事讲下去），这次晚会以后过了不久，男爵无意之中打开了一封别人写给莫雷尔的信，为之震惊不已，陷入深深的痛苦。这封信反过来大概也引起了我强烈的悲伤。此信出自女演员莱娅之手。该演员只对女人感兴趣，素来以此闻名。她给莫雷尔的信（德·夏吕斯先生做梦也没想到他会认识她）字里行间充满了情欲，其下流程度使我们在此不能全文加以援引。但是我们只需举一个例子，比如莱娅和他说话，通篇都用阴性，比如：“邋遢姑娘，走开！”“我亲爱的美人”“你，你起码也是这种人”，等等，不一而足。信中还提及其他好几位女子，她们跟莫雷尔和莱娅似乎保持着同样亲密的友情。此外，莱娅对供养她的军官奚落起来，犹如莫雷尔对德·夏吕斯先生进行嘲讽那样，每每尖酸刻薄。她说：“他在信中竟劝我老实听话！你听听，我的小白猫。”对于德·夏吕斯先生来说，这些话泄露的天机，其所料不及，也绝不亚于莫雷尔和莱娅之间如此特殊的关系。然而，尤其使男爵感到震惊的是那些关于“也是这种人”之类的话。他起先还蒙在鼓里，久而久之，他终于明白自己“也是那种人”。不过眼下他对业已获得的这一概念重又发生了疑问。原先当他发现自己“也是这种人”的时候，他以为从此事情非常明白，自己的兴趣，如圣西门所说，不在女人身上。然而现在通过莫雷尔的事情，“也是这种人”的说法又加上了德·夏吕斯先生闻所未闻的引申义，而且引申范围之广，足以使我们从这封信中看出，莫雷尔之属于“这种人”，在于他甚至还具有女人对女人的那种兴趣。从此，德·夏吕斯先生的嫉妒再也没有理由仅仅局限于莫雷尔所认识的男人，而必须扩及他所认识的女人们身上。如此而言，所谓“也是这种人”的人，不仅是指他心目中原有的那些人，而且是指全球一大部分人，其中包括男男女女，而男的又是指男女均喜爱的男人。一个如此熟悉的字眼居然又出现这么一个新的意义，男爵的理智和心灵难免焦灼不安，备受折磨。他陷入一个双重奥秘，不明白为什么一方面他的嫉妒心在与日俱增，另一方面一个词的原义突然变得贫乏不足。

在日常生活中，德·夏吕斯先生素来只是一个艺术爱好者。由此可见，上述这类事情对他毫无益处。此事给他的痛苦感受，他只是化作一番雄辩，或者一场阴谋诡计而已。然而这类事情要是落在贝戈特这类德操高尚的人身上，倒是弥足珍贵的。这甚至可以部分地告诉我们（既然我们的行动是盲目的，但我们像虫兽一样，总是挑选有利于我们的花木），为什么贝戈特一类的人通常都和趣味低级、虚情假意和凶狠毒辣的人相依生活。作家那些同伴美于其表，虽然充实他的想象，激发他的善心，但却丝毫无法改变他们固有的本质。我们不时地发现，这批人在远离地表以下数千米的深处生活着，干着令人难以置信的种种勾当，编织的谎言出乎人们的想象，甚至与人们的想象完全背道而驰。他们到处撒谎。不论是关于我们认识的人，我们与这些人之间的关系，还是表现在我们以各种方式完成的行为中的动机，他们都要撒谎。此外，对于我们的人品，我们的心上人，我们对某些人的感情，比如对那些爱我们，并且由于每日亲吻我们就认定已把我们按其模式改塑一新的人的感情，也不免要撒谎。其实这些谎言是一种人间珍品，它能打开我们的眼界，揭开新的未知世界，唤醒我们沉睡着的感觉，使我们静观这个世界；没有这些谎言，我们永远无法认识这一世界。至于德·夏吕斯先生，应该说，莫雷尔有些事精心地瞒过了他。他得知事情真相时惊愕不已，这是不足为怪的。但他由此断言，跟下等人打交道本是一大错误，那他不免有些小题大做了。因为我们在本书末卷中将会看到，德·夏吕斯先生干出的事情叫他的亲友更不知要惊愕几倍呢，相比之下，莱娅泄露的生活私情真是望尘莫及了。

现在该回头再来写男爵了。男爵、布里肖和我正朝着维尔迪兰家门走去。“我们在多维尔见到过的您那位年轻的希伯来朋友，”他转过脸来又对我说道，“他的近况如何？我想过，如果您乐意的话，我们也许可以挑一个晚上请他一下。”德·夏吕斯先生就像一个丈夫或情人一样，雇用了一家侦探代理行，对莫雷尔的一举一动、出出进进都进行无耻的监视。对于其他年轻人他甚至还不满足于此，还要亲自不断地加以注意。他派一名老仆人去让侦探代理行暗中监视莫雷尔，可是这事情做得太不谨慎，以至于跟班们都以为受到了盯梢，害得一名女仆也胆战心惊，连街上也不敢去，就怕身后有密探盯着。老仆人说："她想干什么，随她干呗！这么跟踪她，既浪费时间又浪费钱！好像她的行为跟我们有什么相干似的！"老仆人高声嚷嚷，借机冷嘲热讽一句。尽管他达不到主人那份雅趣，但他因为对主人感情至深，为主人的兴趣如此尽忠效命，到末了他谈起主人的兴趣来竟如同是自己的兴趣一样。"他是正直人的典范。"德·夏吕斯先生对老仆人做了高度的评价，因为最受赏识的人莫过于那些既具备崇高的操行又能无私地用其来为我们的邪癖服务的那种人。况且，涉及莫雷尔的事，德·夏吕斯先生所要嫉妒的只能是男人，女人们根本不会燃起他的妒火。这几乎是适用于夏吕斯一类人物的普遍规律。如果他们心爱的男子对某一女人产生爱情，那毫不碍事，这仿佛是异类动物之间发生了这种事（狮子从不干预老虎的事），他们觉得不仅无伤大雅，而且心里更加踏实。当然，对那些把性欲倒错视为神圣职业的人来说，有时候这种爱情不能不叫他们感到恶心。于是他们责怪朋友不应该坠入这种爱情，这不是怪朋友喜新厌旧，而是怪他意志不够坚定。要不是男爵德·夏吕斯，换一个另外的夏吕斯，如果发现莫雷尔与一个女人发生关系，那就像在广告上看见他这个演奏巴赫和亨德尔的人，竟要去演奏普契尼一样，一定会大发雷霆，因此，那些年轻人出于利害关系，屈尊俯就夏吕斯这类人的爱情，向他们发誓男女之欢只能引起他们的恶心，这正如他们对医生发誓一样，他们从来滴酒不沾，就喜欢喝矿泉水。不过，德·夏吕斯先生有些与众不同，他对莫雷尔的一切都十分崇拜。莫雷尔在女人身上的成功非但没有在他心灵上蒙盖阴影，反而像他在音乐会或在纸牌游戏上获得成功一样，给他带来了欢乐。“可是我亲爱的，您知道吗，他在搞女人啊。”他说这话的神情就像刚发现什么秘密似的，充满了愤慨，不过其中也许又夹带几分嫉羡，甚至是钦佩。“他真了不起，”他又说道，“他所到之处，那些风流名妓也都得把他放在眼里。他每到一处，就引人注目，地铁里也好，剧场里也罢，他都逃不过众人的眼睛。这真叫人讨厌！跟他一起上餐馆，每次伙计都免不了至少要递给他三份女人的情书，而且每次都是些美人儿。不过，这也不奇怪。我昨天看看他，我便理解她们了。他成了一个美男子，那神态绝不亚于布隆奇诺[1]画中的人。他真令人倾倒！”德·夏吕斯先生喜欢这样炫耀，他爱莫雷尔；他要借题发挥，一直说到让人相信，也许说到让自己相信，他也为莫雷尔所爱。尽管这位小伙子也许会给男爵的社交生活带来不利，但男爵依然终日把他当作自尊心一样紧紧守在身边。他目前的情况是（这种情况举不胜举：那些道貌岸然、谈吐高雅的人，纯粹出于虚荣心，断绝一切交往，独为能够和那么一个半上流、半下流的情妇厮守一起，到处去抛头露面。即便别人不再邀请这种女人了，他们仍然为能和这种女人保持联系而得意扬扬），自尊心要求他将已经达到的目的全力摧毁一尽。这一点，我们也许是受到了爱情的影响，我们觉得——只有我们自己觉得，将我们与我们所爱之物的关系公开出来，这将产生一种魅力。另外也许因为我们在社交生活方面的抱负业已实现，所以这方面的热情

[1] 布隆奇诺（1503—1572）：意大利佛罗伦萨画家，画过许多年轻人的肖像。

现在开始消退，好奇心开始转到仆人身上，而且由于这种好奇心带有柏拉图式恋爱的性质，因此更使人专心致志，以至于它不仅达到了，甚而还超过了其他好奇心尚还难以维持的水平。

至于其他小伙子，德·夏吕斯先生以己度人地觉得，莫雷尔的存在对他们并没有什么妨碍。作为小提琴演奏家，莫雷尔已经闻名遐迩，作为作曲家和记者，他也已初露头角。在某种程度上，这对那些小伙子来说甚至还具有强烈的吸引力。偶尔有人向男爵引荐一位格调欢快的作曲家，男爵顿时觉得这可能是发挥莫雷尔才能的天赐良机，他寻找机会向新来的作曲家彬彬有礼地说："您应该给我带一些作品来，可以让莫雷尔拿到音乐会上演奏，也可以拿出去巡回演奏。漂亮的小提琴曲子为数太少了！有新的曲子问世，那是意外收获。外国人就非常欣赏小提琴曲。甚至有些外省小乐队的人也喜爱小提琴曲，那种激情和才智实在令人钦佩。"由于布洛克曾经对男爵说过他"偶尔"也作作诗——男爵讥笑地转述道；每当他找不到妙言隽语的时候，他总是用这种笑声来掩盖语言的平庸——因此夏吕斯不多加诚意地（因为所有这些只不过是充当钓饵之用，莫雷尔极少会乐意付诸实现）对我说："既然这位犹太人是写诗的，您就对他说，他完全应该替我带些来给莫雷尔。作曲家需要漂亮的歌词来进行谱曲，但是暗礁丛生，总是感到难找。我们甚至可以想象用他的诗词来做歌剧剧本。这件事绝不会徒劳无益的，因为诗人受到我的保护，本人又才华横溢，再加上一系列因素的帮助，这事一定能获得某种价值。当然在那些因素中，莫雷尔的才能占首要地位。他目前不仅作曲丰盛，而且还勤于写作，写的东西十分漂亮，这一点我过后还要向您介绍。至于他的演奏技能（这您知道，他已经完全是一名大师了），您今晚就会听到，这孩子拉凡德伊的曲子，拉得是何等的出色。他令我折服。这个年龄，对音乐却已具有如此深刻的理解，然而又还是那么孩子气，那么学生气，真令人不可思议！噢！今晚不过是一次小小的排练。盛大演出将在几天以后举行。但是今天的试演要高雅得多。因此您能光临，我们万分荣幸。”他说——他使用我们这个词，无疑是因为国王就这么说的：我们希望。“鉴于节目精彩，我建议维尔迪兰夫人组织两次晚会，一次放在几天以后，届时她可以邀请她所有的亲朋好友欢聚一堂；另一次就是今天晚上，这一次用法律语言来说，女主人被剥夺了权力。请柬是我亲自发的，我请了几位其他圈子里的人，他们为人和善，对夏利也许有用，当然介绍给维尔迪兰夫妇认识认识那也是一件愉快的事。请最伟大的艺术家来演奏最美丽的乐曲，这自然是件好事，可是如果听众都是些对门的针线商或本街的杂货铺老板，这气氛一定会像捂在棉花里那样压抑，这话在理不在理？您了解我对上流人士文化水平的看法。当然他们也可以起到某种相当重要的作用，诸如报刊在发生社会重要事件时所起的作用，即传播的作用。您明白我的意思吧。比如我邀请我的嫂子奥丽阿娜。她来不来，这还不一定，她绝对什么也听不懂。不过我并不要勉为其难要求她听懂，而是要她说话，这恰恰是晚会所需要的，这一点她会干得非常出色。结果是：一到明天，莫特马尔家里不会是针线商和杂货铺老板的鸦雀无声，而会出现一片热闹的谈话声，奥丽阿娜述说着她听到了绝妙的音乐，听到了一位名叫莫雷尔的演奏，等等。未受邀请的人便会气得无法形容，说：‘巴拉麦德肯定认为我们是不够资格；话说回来，这晚会在这种人家里举行，那都是哪号人参加呀？’这一串反话跟奥丽阿娜的赞词同样有益，因为莫雷尔的名字反复出现，最后就像一篇连诵十遍的课文，牢牢地印刻在众人的记忆之中。对于艺术家和女主人来说，这一切便构成一系列弥足珍贵的环境因素，形成一个扬声器，将一次演出的声音一直传送到远处听众的耳朵里。真的值得光顾：您会看到他取得了何等的进步。而且我们新发现他还有一个才能，亲爱的，他写东西真跟天使一般，我跟您打赌，真跟天使一般。”德·夏吕斯先生不屑于告诉我，近期以来，他跟十七世纪的贵族老爷一样，自己不屑于签署或撰写攻击文章，却唆使莫雷尔起草卑鄙的短文，诽谤莫莱伯爵夫人。读到这些文章的旁观者且都已觉得那尽是些无礼不逊之词，更何况对少妇本人来说，那是多么残酷的打击！除了她自己谁也不会发现，文章中巧妙地引用了她的亲笔书信，书信内容一字不差，可是引用时断章取义，足以像一场残酷至极的复仇，逼得她发疯。结果少妇真的死在这些文字刀下。巴尔扎克会说，巴黎每天都在发行一份口传日报，这要比印刷的报纸厉害多倍。我们日后将会看到，由于这份唇舌之报，夏吕斯风流扫尽，到后来再也没有回天之力，而莫雷尔虽然以前抵不上保护人的百万分之一，此时却借机崭露头角，并且远远超过了他。这种文化生活风尚至少是幼稚的，它虔诚地相信，天才的夏吕斯是索然无味的，而愚蠢的莫雷尔竟具有无可争议的征服力。不过男爵无情的复仇说明他不那么清高无邪。也许他口中挖苦别人的毒液正是由此分泌出来的。每当他怒火中烧，口中便会溢满毒汁，两颊立刻出现黄疸。

“我曾考虑过，您既然认识贝戈特，您也许可以提醒他，让他注意一下这位年轻人的散文。总之您可以跟我合作，帮助我创造一系列机会，促进这位集音乐家与作家的身份于一身的双重人才迅速成长。有朝一日他的声誉也许会与柏辽兹齐名。向贝戈特说些什么，您应该明白。您知道，名流显贵经常有别的事情需要考虑，他们受人阿谀奉承惯了，最后几乎只对自己产生兴趣。可是贝戈特这人却非常朴实善良，为人热心，他一定会向《高卢人报》或其他什么报刊推荐发表莫雷尔那些纪实小品的。这些短文熔幽默家之风与音乐家之才于一炉，文笔可谓熠熠生辉。夏利能为他的小提琴加上这一小支安格尔的羽笔[1]，我实在为他高兴。我知道我这人一说到他就容易言过其实，就跟所有那些带着自己宝贝孩子上音乐学院来的妈妈一样。怎么，亲爱的，这一点您不知道？那说明您对我容易盲目崇拜的性格还不甚了解。我在考场门口引颈翘首，一站就是几个小时。我快活得像一位皇后。回过来说贝戈特，他十分肯定地对我说过，莫雷尔的文章写得确实非常好。”

德·夏吕斯先生认识贝戈特，是通过斯万介绍的，这事已有好久了。夏吕斯确实去见过贝戈特，请求他为莫雷尔找一家报

[1] 安格尔（1780—1867）：法国画家。法语中原有“安格尔的小提琴”一说，因安格尔本为画家，也演奏小提琴，故谓某人的业余爱好。此为成语倒用。

纸，在上面发表一些半幽默的音乐报道。不过走在路上，德·夏吕斯先生有一些内疚，因为他感觉到，作为贝戈特的一名崇拜者，他从来没有为了看望他本人而去拜访过他，每次都是仗着贝戈特对自己的学识和社会地位各掺一半的敬意，为了取悦于莫雷尔、德·莫莱夫人或者某某别人才登门造访的。眼下德·夏吕斯先生除此目的与人不相往来，对此他已变得心安理得。不过事关贝戈特，他觉得这有所不妥，因为他感到贝戈特不是社交界那种只图实利的人，应该待之有别。问题只是夏吕斯忙得不可开交。没有燃眉之急，比如涉及莫雷尔的事情，他绝对不会有分秒空闲。况且，他自己聪颖过人，并不在乎要跟某某聪明人打交道，尤其是像贝戈特这类人，按他的趣味，文人气就太足了一点，更何况又是圈外的人，看问题跟他也不是持同样的观点。至于贝戈特，他对德·夏吕斯先生造访的功利性意图却看得十分真切，但他并不表示责怪。因为他这人，叫他每日施善，他无法胜任。但他愿意让别人高兴，善于体谅别人，而绝不会以教训别人取乐。对于德·夏吕斯先生的陋习，他丝毫不加恭维，但他觉得这是人物身上的一种色彩，是艺术家身上神圣和罪薮的双重特性。这一点不从道德实例，而从柏拉图或索多马[1]的回忆中可见一斑。

“我多么希望他今天晚上能来，他可以听到夏利演奏他的拿手曲子。但是我猜他是足不出户的，他不愿意别人纠缠他，他的想法完全有理。可是您呢，漂亮的小伙子，孔蒂河滨很少见您露面，

---

[1] 索多马（1477—1549）：意大利画家，以壁画著称。

您去得不多啊。”我回答说我经常跟我表妹出去。“瞧您说的！跟他表妹一起出去，真够纯洁的！”德·夏吕斯先生对着布里肖说，然后又转过来对我说，“您干些什么事情，我们并不是要您一一交代，我的孩子。您爱干什么，这完全是您的自由。只是我们被甩在一边，这未免有点可惜。不过您很有眼力，您的表妹长得十分妩媚。您问问布里肖，在多维尔他被弄得怎样神魂颠倒。今晚我们有幸见到您的表妹吗？哦！她人真漂亮。如果她能进一步讲究穿着艺术，那就更加完美了；懂得这门艺术的人真是屈指可数，可她是天生就拥有这门艺术的。”

我在此必须说明，德·夏吕斯先生与我迥然不同。他“天生拥有”洞悉入微的禀赋。他能将某人的穿着打扮观察得仔仔细细，看一幅画，能把任何细部记得一丝不漏。说到衣裙帽饰，有些刻薄的人或专断的理论家一定会说，一个男子如果为男性的魅力所吸引，那么反之他天生就会对女子的服饰发生兴趣，会对此加以考察，精于此道。有时候这种观点还真能灵验。男性们仿佛将夏吕斯之类的人的肉欲和温情都吸引到自己这一方，而女性们从夏吕斯之类的人那里所能获得的满足只能是“柏拉图式的”（此形容词毫不恰当）趣味，甚至简单地说，就是一种趣味；不过这种趣味保你无比讲究，精不厌细。后来有人给德·夏吕斯先生起过一个别号，戏称他“女裁缝”，看来这个别号是非常贴切的。但是它的趣味和他的观察力涉及面很广。上文说过，那天晚上我在德·盖尔芒特公爵夫人家里用过晚餐后前去拜访他，借着他的指点，我才发现，他府邸上珍藏着数件精品。别人不加注意的东西，包括对艺术品和晚餐菜肴（从绘画到饮食，无所不包）他都能一眼看出个中精华。我总是替德·夏吕斯先生惋惜，他不该把自己的艺术天赋局限起来，仅仅满足于画几幅扇面馈赠嫂子（上文说过，德·盖尔芒特公爵夫人拿在手里并不是为了扇风，而是为了炫耀，借以向人显示巴拉麦德对她的友情），或者满足于弹一手钢琴，以便在为莫雷尔小提琴伴奏时不出差错。我说，我总是替德·夏吕斯先生可惜，现在还是如此，因为他从未撰写过什么东西。当然，我这话并不是说，因为他说话写信不乏才气，因此就能断言他有可能成为一名才华横溢的作家。有些才能是不能混为一谈的。我们见过，有些出言平平的人能写出惊人之作，而那些口若悬河的人一旦提笔，竟不及一名庸才。总之我可以断定，如果德·夏吕斯先生愿意试笔，先从他熟谙的艺术题材入手，那么就会火焰喷射、光芒万丈，社交能手定能变成大师级作家。我经常对他这么说，可是他就是不肯提笔。也许这仅仅出于懒惰，或者是那些辉煌的晚会和鄙俗不堪的娱乐活动吞噬了他的所有时间；在盖尔芒特家，听凭他们的需要，海阔天空起来没完没了。我为他惋惜，更是因为他只要与人交谈，其机智就从不能摆脱其性格，即便是在他谈锋极健、光彩夺人时，其情况也是如此，一边是妙语连珠，一边却玩世不恭。他在沙龙里的时候充满智慧，敏锐好奇，但同时，他却欺凌弱者，对并未侮辱过他的人也要施以报复，甚至卑鄙地设法离间朋友。如果他不学沙龙闲人，对书籍既崇拜又憎恨，而是真正著书立说的话，我们得到的将是他洗净恶素以后独有的精神价值。这样没有任何东西会妨碍我们对他大加崇拜，他的许多优点还会使友谊绽开花朵。

当然，他在寸方的纸上究竟能实现什么，我在此所做的估计可能发生错误，但只要他提笔写作，那他就已经做了一件罕见的好事，因为他不仅凡物都能识别，而且所识之物，他能都道出名来。诚然，跟他交谈，即便我没有学会怎么观察事物（我总是走神，感情总是飘向别处），我至少也看出了一些事物；没有他，我对这些事物就会始终视而不见。但是这些事物的名称本来可以帮助我回忆起事物形象和色彩，我却总是听过便忘，无法记住。如果他写在书上，即便是劣等的书——我不信他写出的书会是劣作——那将是一本多么美妙的词典，一类取之不竭的词汇大全啊！不过谁能预料？也许他真的不会发挥自己的聪明才智，却甘受那在我们的命运前面屡设障碍的妖魔的驱使，去写那些味同嚼蜡的连载小说以及那些无人问津的游记和历险记。

“是的，她很注意衣着，更确切地说，很注意穿着打扮。”德·夏吕斯先生接着谈论阿尔贝蒂娜，“我有一丝疑虑，即不知她是否真的做到按照自己天生的丽质来穿着梳妆。此事我也有一定的责任，有时出主意没有经过深思熟虑。我去拉斯普利埃庄园时，常常给您表妹一些指点，可是那些话也许较多地出于当时当地以及附近海滨的特殊环境，而没有考虑到她固有的性格特点，结果使她的举止打扮有些偏于轻佻。我承认，我见过她穿一身漂亮的塔兰丹布妆服，戴着迷人的薄纱围巾和玫瑰红无边小帽；即便上面插了一根玫瑰红的羽饰，也无损于它的美观。不过我深信，她那真实无假的美貌，需要有比这些可爱的破布烂絮更好的衣饰来装点。无边小帽怎配得上这一头茂发，换一俄罗斯冠冕不是更能显出其价值？适于穿古式戏裙的女子不多。但是我们这位已具妇人风姿的姑娘就属例外；她要穿上热那亚天鹅绒的古装裙（我由此想到埃尔斯蒂尔和福迪尼产制的连衣裙）就正合她的体态，如果裙子上再镶挂一些旧时的珍奇珠宝（这是最令人们叹为观止的），如橄榄石、白铁矿和稀世的拉长石岩，我绝不怕这会显得累赘啰唆。她跟体态丰腴的美貌女子一样，身体本身就需要得到一种重量上的平衡。她到拉斯普利埃庄园吃饭去的时候，漂亮的大包小包就随身沉甸甸地背着，这您一定还记忆犹新吧。待到她将来在农庄举行婚礼的时候，除了涂脂抹粉、化妆一番以外，还可以在一个淡蓝的青金石盒里备一些白珍珠和红宝石碾成的脂粉；我想那不会是充假的，因为她可能是和一个富人结婚。”

“够了，男爵！”布里肖打断了他的话。他是担心这最后一句话会刺伤我的心，因为他对我和阿尔贝蒂娜两人的关系是否纯洁、是否真的属于表亲将信将疑。“您就是这样来关心小姐们的！”

“在这孩子面前您最好还是住嘴，烂皮癣。”德·夏吕斯先生奚落道。他的手顺势一挥，样子是要逼布里肖不要多嘴，可那只手却落在我的肩上。“今晚她不来，十分遗憾。不过您不带她来，这么做或许也是对的。凡德伊的曲子，真是妙不可言！可是今天早晨我听夏利说，作曲家的女儿和她的朋友可能也来。这两个人声名狼藉。一个姑娘背上那种名声该是够麻烦的。想到我邀请的客人，这事也使我有点难堪。不过，他们差不多都是上了年纪的人，所以这事对他们影响不大。这两位小姐会光临的，除非她们来不了，因为一下午她们大概都在维尔迪兰夫人家排练。请到她家里去的都是些讨厌的家伙，那些人士今晚一个都不应该在此出现。刚才晚餐以前夏利告诉我，两位我们称呼为凡德伊小姐的姑娘估计一定会来的，可是到现在都没有来。”

我突然想到，阿尔贝蒂娜刚才要求跟我一起来（正如结果先知，原因过后才被发现），我便把这事同凡德伊小姐及其女友要来的消息（我原先不知道）联系起来了，为之心里十分痛苦。尽管如此，我内心仍然十分清楚地意识到，德·夏吕斯先生几分钟前还对我们说过，他从早晨到现在还没有见到过夏利一面，可无意中却泄露出晚饭前他就见到了他。不过我的痛苦越来越明显。“您怎么啦，”男爵问我，“您脸色发白。来，我们进去吧，您受凉了，脸色非常不好。”我对阿尔贝蒂娜的操行产生怀疑已经不是第一次了。刚才德·夏吕斯先生的一番话又唤起了我的疑心。早已有许多别的疑点钻入我的脑海。每次出现一个新的疑点，我们总是认为怀疑已经到了饱和程度，再也无法容纳新的疑点，可是过后我们依然为它找到了空位。这些新的疑点一旦进入我们的生命中心，便立刻遇上竞争对手。我们多么希望信任别人，制造种种理由忘却那些怀疑，以至于很快就对疑点习以为常，终于不再继续理会那些疑点。疑心便像一种仅仅半愈的病痛，一种单纯的痛苦阴影滞留下来。较之于欲望，疑心是属于同一范畴的，两者都占据在我们的心念中间，在其间辐射出无限遥远的微妙的忧愁之波；疑心和欲望一样，一旦有什么事情与我们对心上人的思恋结合在一起，不知何处立刻就有 股愉悦之感喷涌而出。但是每当一种新的完整的怀疑进入我们的内心，痛苦便会苏醒。我们几乎立即可以对自己说：“我能克服，我会找出一套抑制痛苦的系统，那些怀疑是没有根据的。”可是这么自我劝慰是徒劳无益的，因为这和我们信教一样，在一瞬间我们已经感受到了痛苦。如果我们光长着四肢，生活将十分容易忍受。可悲的是，我们体内有那么一个小小的器官，即我们称之为心脏的东西，很容易患病。病发期间，它对涉及某人生活的一切事情都无限敏感，易受震惊；如果这人撒了谎——无论是我们自己还是他人制造的谎言，我们生活在其间都是那么愉快，因此谎言本身是毫无毒害的——便会叫这颗只需外科手术也许就能摘除的小小的心脏引发无可忍受的急症。无须提我们的头脑，一旦病发我们的思想不必再进行无尽的逻辑推理，它无法改变病状，正如牙痛发作时我们聚神凝思又于事何济。诚然，此人对我们撒谎，她是有罪的，因为她对我们发过誓，要对我们永远保持坦诚。但是我们平心揣度一下自己，事情就明白了，这种海誓山盟对于别人又有多大价值。我们明知道她想方设法要对我们撒谎，而且我们看中她的也不是她的品德，然而我们偏偏要去听信她的振振誓言，为的只是这是她发下的誓言。当然，日后她再也不需要对我们撒谎了——正是人心对谎言已经漠然置之的时候——因为我们对她的生活已经失去了兴趣。这一点我们十分清楚，然而尽管如此，我们还是心甘情愿地奉献我们自己的生活。我们为此人毁了自身，或者杀了她自己便被判处死刑，更或因为她几年内弄得倾家荡产，一贫如洗，最后不得不自杀身亡。另一方面，我们在热恋之中，哪怕再自以为心绪安定，内心的爱情也总是处于一种不稳定的平衡状态。一件小事足以将心灵置于幸福的位置，我们心里一时充满了阳光，把一片温情不是直接献给我们所爱的人，而是献给在她眼里突出了我们的价值，使她始终拒绝任何阴险诱惑的人。我们自以为心绪泰然，然而只要听到一句——“希尔贝特不来了”或“凡德伊小姐受到邀请”，我们预期前去拥抱的全部幸福均会倒塌，阳光立刻藏到云后，罗盘顿时改变指向，内心瞬时风云突变，有朝一日我们会对之失去抵抗能力。到了那一天，心灵为此变得脆弱，崇敬我们的一些朋友会痛苦不解，这类微不足道的事情，这些区区小事怎么居然能使我们如此痛苦，竟导致我们走向死亡。可是他们又怎奈何？如果一位诗人得了传染性肺炎，病入膏肓，我们难道可以想象他的朋友对肺炎球菌解释说这位诗人才华横溢，应该让他病除复愈吗？我对凡德伊小姐的怀疑由来已久，不是新近才产生的。不过，由于下午莱娅和她的朋友激起了我的嫉妒，所以把这怀疑给消除了。特罗卡德罗的危险一旦避免了，我便以为因此获得了永久的安宁。对我来说，新疑点的真正出现，是有一次和安德烈一起散步，她对我说：“我们到处走了走，谁也没有碰到。”事实恰恰相反，凡德伊小姐显而易见跟阿尔贝蒂娜约好了在维尔迪兰夫人家见面。现在我宁愿让阿尔贝蒂娜一个人出门，她可以随意去哪儿，只要我能够在什么地方牵制住凡德伊小姐和她的朋友，确保阿尔贝蒂娜无法和她们见面就行。因为一般来说嫉妒是局部的、断续受控的；也有可能因为嫉妒是某种焦虑性痛苦的延续——这种焦虑有时产生于某人，或可能受我们的朋友心爱的另一个人——再不就是因为我们思想狭隘，唯有对能想象的事情才能理解，其余的均一片迷糊，相对而言无法为之痛苦。

正当我们要跨入公馆庭院的时候，萨尼埃特从后面赶上来。他一开始没有认出我们。“可是我们已经打量你们一阵子了。”他气喘吁吁地对我们说。“我竟会犹豫，奇怪否？”在他看来，“奇怪不奇怪”是一种错误的说法，可他偏喜欢用这古词，结果让人听了有一种恼人的亲热劲。“可是你们是可以结为朋友的人。”他消沉的脸色犹如风雨将临昏暗的天空投下的光影。乃至今年夏天，只有当维尔迪兰先生“臭骂”他，他才会开始气喘，可是眼下居然也在喘个不停。“我知道，凡德伊一部未发表的曲子将由一批杰出的艺术家来演奏，其中首推莫雷尔。”“为什么说首推？”男爵问道，因为他从这个字眼中听出了非难的话外音。“我们的朋友萨尼埃特，”扮演翻译角色的布里肖赶紧打圆场说，“是位杰出的文人，喜欢使用古语，古时的‘首推’等于我们今天所说的‘首先要数’。”

走进维尔迪兰夫人公馆前厅的时候，德·夏吕斯先生问起我是否有工作，我回答说没有，但我现在对旧银器和瓷器很感兴趣，他对我说维尔迪兰夫妇家的银器是最为漂亮的，无处可觅，又说，而且我在拉斯普利埃见到过，因为维尔迪兰夫妇借口说器什也是朋友，所以走到哪儿发疯似的把什么都带到哪儿。他还说，一个晚上单为我把什么都取出来，也许不太方便，然而他会请他们把我要看的东西拿出来给我看。我请求他什么也别麻烦。德·夏吕斯先生解开大衣扣子，摘下帽子。我看见他的头顶上已有几处染上了银色。犹如一株珍贵的灌木，不仅秋天替它染上了颜色，而且人们为了保护它的树叶，还要替它包上棉花或者涂上石灰。德·夏吕斯先生的脸上本来已抹了油彩，现在头顶上那几根白发只是替他增添了几分色彩而已。他尽力掩饰，涂脂抹粉，表情丰富，但这无济于事。他几乎在所有人面前继续掩盖他的隐秘，但在我看来，这是欲盖弥彰。看到他的眼睛我就有些窘迫，因为我怕他突然发现我从他的眼睛里公然破译他的秘密；听到他的声音我也感到难堪，因为我觉得各种声调在不知疲倦、不拘礼节地重复着他的秘密。有人通过此人或彼人，如通过维尔迪兰夫妇，了解到了事实的真相。他们虽然相信事实，但是他们与德·夏吕斯先生素不相识。夏吕斯的面容非但没有扩散反而还驱散了不善的传闻。这是因为我们的某些实体变成了一种巨大的概念，以至于我们无法将这一概念与某个熟人的面容对号入座。此外我们对邪癖陋习往往难以置信，犹如我们昨日还和某人一起前去欣赏歌剧，今天突然听说他是个天才，让人不敢相信一样。

德·夏吕斯先生把大衣递给侍从寄存，未看清伸手接衣的是一个年轻的新手，就加了几句熟客式的嘱咐。德·夏吕斯先生现在经常头脑不清，可谓不分东南西北，已觉不出什么事情可行，什么事情不可行。原先在巴尔贝克他有一种令人赞赏的愿望，为了表明有些话题并不能吓倒他，他就大胆地当众说某某人“是一个漂亮的小伙子”，总之敢说一些与他非同类的人敢于说出口的事；现在为了表达这个愿望，连与他非同类的人也绝对说不出口的事他居然都敢说出口来。这些事情萦绕在他的心头，以至于他忘了，这些事情通常不是大家都感兴趣的。这当儿，男爵瞧着新来的侍从，朝空中举起食指，威吓着说："您，我禁止您对我这么暗送秋波。"他以为这是开了一个极其漂亮的玩笑。说完转过身去又对布里肖说："这孩子长得真奇怪，鼻子很逗人。"不知是为了充实一下他的玩笑，抑或让步于某种欲望，他的食指横划了一下，犹豫片刻，随后，再也按捺不住，不可遏制地径直伸向侍从，点在他的鼻尖上，说："鼻子。"说完走进了客厅。布里肖、我和萨尼埃特随着他走了进去。萨尼埃特告诉我们，谢巴多夫亲王夫人六点钟去世了。"这人真怪！"侍从心想。他问同伴，男爵是恶作剧还是神经不正常。"他这人就是这个样子，"领班回答说（领班觉得他有些"疯疯癫癫"），"不过这是我始终最为钦佩的一位夫人的朋友，这人心地很好。"

"您今年打算再去安加维尔吗？"布里肖问我。"我想，我们的老板娘重又租定了拉斯普利埃别墅，尽管她跟别墅的主人发生了一些纠纷。这些事无伤大雅，只不过是一片暂时的乌云，现在已经云消雾散了。"他补充这句话时乐观的口气和报纸的语调如出一辙，"错误确实犯了一些，这不可否认，但是孰人无错？"我是带着如何痛苦的心境离开巴尔贝克的，我至今还记忆犹新，我丝毫没有重返那地方的愿望。同阿尔贝蒂娜的外出计划我一拖再拖。"他当然要去，我们要他去，我们不能少了他。"德·夏吕斯先生带着出于个人利益的殷勤，专横地、不顾他人意愿地宣布说。

就谢巴多夫亲王夫人的逝世，我们向维尔迪兰先生表示我们的悼念之情。维尔迪兰先生对我们说："是的，我知道她现在身体很不好。""不，她已于六时去世了。"萨尼埃特大声说。"您，您说话总是言过其实。"维尔迪兰先生冲着萨尼埃特怒斥道。晚会既然没有取消，他宁可做出她只是卧病的假设，无意之中在仿效德·盖尔芒特公爵的行为。外道门不时地打开，萨尼埃特不是不怕着凉，可是他还是忍耐着，等别人取走他的衣物。"您这是干什么，像狗一样趴在那儿？"维尔迪兰先生问他。"我在等待监管衣物的人来取走我的大衣，再给我一个牌号。""您说什么？"维尔迪兰先生厉声问道。"'监管衣服的人？'您是变糊涂啦？我们只说：'保管衣服的人。'您是不是应该像那些神经受过刺激的人那样重新再学学法语！""监管衣物才是正确的说法。"萨尼埃特嘟哝道。"勒巴德神甫……您，您真叫我讨厌。"维尔迪兰先生用可怕的声音叫道。"瞧您喘得多厉害！您难道刚爬了六层楼梯不成？"维尔迪兰先生的粗暴产生了效果，衣帽室的人让别的来客在萨尼埃特前面先过，每当萨尼埃特把衣物递过来时，他们就回绝说："挨个来，先生，请别这么着急。""这些才是有条有理的人，有工作能力，干得很好，我的朋友。"维尔迪兰先生微笑着赞道，以此鼓励他们将萨尼埃特挤到所有人的后面。"来，"他对我们说，"这个畜生想必是要让我们在他那亲爱的穿堂风中冻死。我们到客厅去暖和暖和。监管衣服！"我们到客厅里后他还在说。"真是傻瓜！""他只是喜欢咬文嚼字，小伙子人倒不坏。"布里肖说。"我没有说他是个坏小伙子，我说他是一个傻瓜。"维尔迪兰先生尖刻地回驳道。

这工夫，维尔迪兰夫人跟戈达尔和茨基正谈得十分投机。莫雷尔刚刚谢绝了一些朋友的邀请（原因是德·夏吕斯先生不能同去），可是她却已经在向那些朋友保证，提琴手会赏光前去的。莫雷尔拒绝到维尔迪兰夫妇朋友组织的晚会上去演奏，这自有他的道理——我们过一会儿将会看到这里面还有更重要的缘故——他之所以强调这个道理，主要是受启发于有闲阶层固有的，而小圈子特有的一种习惯。诚然，如果维尔迪兰夫人暗中听到一位新客和一位熟客低声互道一句什么，估计他们互相认识或者有互相结为朋友的愿望（“那么，星期五在某人家见。”或者：“您哪一天到画室来都行，我一直待到五点钟才走，您能来我真是高兴。”），老板娘便会坐立不安，揣摩起如何给新客创造一个“机会”，以便使他成为小圈子一名灿烂夺目的新成员。她装出什么也没有听见的样子，同时，她那双因常听德彪西的作品而不是多服可卡因而产生黑圈的美丽的眼睛保持着唯有陶醉于音乐才会引起的疲倦神态，可是在她那由于负载着超量的四重奏和累年的偏头痛而明显前突的美丽的额头下却翻腾着并非纯复调的思想。她一分钟也无法忍耐，她要见缝插针。她立刻扑向两位正在交谈的人，把他们拉到一边，指着忠实的常客，对新来的客人说：“您不愿意和他一起来吃晚饭吗？比如星期六，或者您自己挑一天，来吃饭的人都很好。不要过于声张，因为我不准备把这伙人都请来（这伙人一词在五分钟之内用以特指小圈子里的人，为了表示对新客人寄予厚望，有必要暂时怠慢一下小圈子的成员）。”

但是这种迷恋新客乃至制造亲近关系的迫切需要也有它消极

的一面。维尔迪兰夫妇的圈子里每周三的例行聚会在成员之间产生了一种对立的情绪，即挑拨离间的欲望。在拉斯普利埃的几个月当中，大家朝夕相处，这种不和的欲望有增无减变本加厉了。维尔迪兰先生巧妙地抓住某人的把柄，张开蜘蛛网，像网住无辜的苍蝇那样网住他的伙伴。如果没有事情可以指摘，那么无事生非，出人洋相也好。一个圈内的常客只要出去走半个小时，他就对着大家公开地奚落他，装出吃惊的样子说，大家怎么没有发现他的牙齿总是那么脏，或者反过来说，他刷牙成癖，每天要刷二十次之多。若要有人胆敢打开窗户，这种缺乏教养的举止就会使夫妇俩交换愤怒的眼色。过不了片刻，维尔迪兰夫人便会要人给她一块披巾，维尔迪兰先生便借此厉声说道："噢，不，我要把窗户关上，我弄不明白，是谁自作主张把它打开的。"说得开窗的人如犯重罪，满脸通红，一直红到耳根。酒喝得多了一些，也会给你招来指桑骂槐。"您不觉得难受吗？一个工人多喝酒确有好处。"两个常客如果事先没有征得老板娘允准，擅自一起散步，尽管这散步毫无不良动机，结果也会引来无休止的非议。德·夏吕斯先生和莫雷尔的散步属于例外。纯粹是因为莫雷尔住宿军营，男爵没有客居拉斯普利埃的关系，对男爵的厌恶和唾弃才得以推迟了。但是这一时刻已即将来临。

维尔迪兰夫人动怒了，决定叫莫雷尔"分辨清楚"，德·夏吕斯先生让他扮演的角色是多么可笑而又可恶。"我补充一句，"维尔迪兰夫人继续说（她感到自己对某人的感激之情成了一种压在身上的沉重义务，杀了这人又于心不忍；这时候她就把这人的某一严重缺点公之于众，于是她用诚实的手段免除了向该人感恩致谢的义务），“我补充一句，他在我这儿摆出的有些架势，我不太喜欢。”维尔迪兰夫人对德·夏吕斯先生耿耿于怀，除了莫雷尔拒绝参加她朋友的晚会以外，其实还有一个更加重要的原因。德·夏吕斯先生一心一意想着要为维尔迪兰夫人争光，给老板娘孔蒂河滨的沙龙带了一批人来。要是最初按照她的意愿，把她的朋友都邀请来的话，那么这批人一听说被邀人的名字，就绝对不会来了。德·夏吕斯先生用坚决的口气，不容分说地否决了维尔迪兰夫人提出的名单，否定的口吻中掺杂着贵族大老爷那种耿耿于怀和任性傲慢的气质以及节庆活动专家那种艺术憨直精神。他宁可收回棋子，拒绝出力，也绝不愿意屈就让步。据他看来，那会糟蹋整体效果。德·夏吕斯先生只允许森蒂纳赴会，仅此一项已充满了保留意见。德·盖尔芒特夫人为了摆脱森蒂纳妻子的缠绕，对森蒂纳从开始每日亲热会面，发展到最后完全断绝交往。但是德·夏吕斯先生觉得森蒂纳头脑聪明，仍不断地与他见面。在与小贵族杂交的资产者阶层中，所有人都非常富有，而且都与大贵族不曾相识的贵族攀了亲。森蒂纳这朵昔日盖尔芒特家族圈子中的奇葩，就是到这个阶层中来寻找发迹途径的，而且他自以为在此找到了根据地。但是，维尔迪兰夫人自以为知道森蒂纳妻子的贵族背景，对其丈夫的地位却未加注意（因为镇住我们的高度往往是几乎仅仅高出我们一头，而不是那些高不可见、耸入云霄的东西）。她认为有必要邀请森蒂纳，理由是他“娶了某某小姐为妻”，交往一定很广。这个想法恰恰与事实背道而驰，说明维尔迪兰夫人是多么孤陋寡闻，把男爵抹了口红的嘴唇引得笑开了花，散发出宽容的鄙夷和豁达的理解。他不屑于正面作答。然而他热衷于构筑社交理论，以展示他充裕的智慧、傲然的气度，因此他带着遗传性的轻浮，倾吐了他的心思。“森蒂纳结婚前应该征求我的意见才是。”他说，“既有生理优生学，就必有社会优生学，而这一领域我也许是独一无二的大夫。森蒂纳的病例是无可争辩的。显而易见，结了这门姻缘，是给自己背上了一个包袱，爱情的火焰从此熄灭。他的社会生命从此告终。我向他解释清楚，他也了解了我的用意，因为他非常聪明。另一方面，有那么一个人，具备了一切条件，本来完全可以有一个高贵万能、凌驾一切的地位，只是因为有一条可恶的绳索把他牵制在地面上。我半推半拉帮助他砍断了缆绳。现在他怀着胜利的喜悦获得了我给予他的自由和全能。这里需要用一些意志，但是他将得到的报偿却是何等巨大！因此谁只要善于听从我的劝告，谁就成为自身命运的助产士。”显而易见，德·夏吕斯先生在处理自身命运的时候，没有采取妥善的行动。行动不同于语言，尽管你能言善辩；行动也不同于思想，尽管你才思横溢。“但是就我而言，我是一个哲人，我只是用好奇的眼光旁观着我刚才提及的社会动向，而绝不助长这种动向。因此我继续和森蒂纳保持交往，他对我始终表示适度的尊敬和热忱。我甚至还去了他的新居吃过晚饭。这新宅第虽然富丽堂皇，却叫人无聊厌倦，倒不如他生活拮据时，把挚友们都请来聚集在一个小阁楼里那样来得欢乐。反正您可以邀请他，我允许。但您提出的其他的人，我一概否决。您会因此而感激我的，因为如果说我是婚姻问题的行家，那么，在夜庆活动方面我更不逊色。我知道哪些人士能够扩大一次晚会的影响，使它能够腾飞，升高；我同样也清楚哪些人会把晚会搞得默默无闻，一败涂地。”德·夏吕斯先生这些排除客人名字的主张并不是一直基于痴人的积怨或者艺术家的挑剔，而是基于演员的灵巧。当他就某人或某事演了一段曲子大获成功时，他便希望能使尽可能多的人听到这首曲子。但是请第二批听众，必须把第一批听众全部排除干净，不然他们会发现演奏的曲子没有改变，还是老调重弹。他调换演出场地，正是因为他没有更换广告。当他在交谈中获得成功，他还需要组织到外省巡回演出。无论这些排除客人的动机是多么复杂，夏吕斯这么做使维尔迪兰夫人感到她老板娘的权威受到了折损，使她的心灵受到了伤害，甚至使她的社交生涯受到严重挫折。这有两方面原因。首先，德·夏吕斯先生比絮比安更易动怒，莫名其妙地跟维尔迪兰夫人的最佳朋友人选个个都闹得反目。很自然，可以给他们的惩罚首先便是不请他们参加他在维尔迪兰夫人家组织的晚会。这些被排斥在外的人往往是所谓的社会显贵。可是在德·夏吕斯先生的眼里，从他跟他们翻脸之日起，他们就自动失去了显贵的地位。他富有奇妙的想象，一旦这些人不再是他的朋友，与其说对他们吹毛求疵，不如叫他们名声扫地。如果罪魁祸首出身于某个名门世家，但其公爵领地仅仅受封于十九世纪，比如蒙代斯吉乌家族，那么，对于德·夏吕斯先生来说，重要的是看公爵领地受封的年代，而朝夕之间家世渊源变得无足轻重。“他们连公爵都不是，”他嚷道，“是蒙代斯吉乌神甫的头衔张冠李戴到了一个亲戚身上造成的，这事距今还不满八十个年头。如今的公爵，如果确有公爵可言的话，也仅仅是第三代公爵。说说于塞斯、拉特雷默伊耶、吕伊纳这些人，他们都是第十代、第十四代公爵，我的胞兄就是盖尔芒特家族第十二代公爵和孔代家族第十七代亲王。即便能够证明蒙代斯吉乌是望族世家的后裔，它又能说明什么呢？七传八传到他这一代还不早就成了败家孽障？如果换一种情况，跟他不睦的贵族久有一块封地，婚姻堂而皇之，跟王室沾亲带故，只是这份荣耀来得很快，并非列祖列宗所传，比如像吕伊纳一类的人，那么事情又完全变了，唯有家世才是头等重要的。”“我倒想请教一下，阿尔贝蒂先生只是在路易十三时代才洗清污垢，变得斯文起来的！靠着王家公主的恩宠他才得以聚敛封地，在原先他们是根本无权问津的。这又有什么稀罕！”与德·夏吕斯先生打交道，失宠跟着得宠接踵而来，这是盖尔芒特家族人的天性决定的。盖尔芒特家的人要求社交闲谈能结出友谊的果子——这是社交闲谈无能为力的——并且还要能引发恐惧症，使人人害怕自己成为恶语中伤的对象。得宠越甚，失宠越烈。男爵以往对德·莫莱夫人的垂青，众人有目共睹，而又望尘莫及。但是不知从何日开始，突然出现了冷漠的迹象，表明她不配享受这种恩典。伯爵夫人自己总是说她始终没有能够发现个中的奥秘。反正一提到她的名字，男爵便怒火冲天，激起他雄辩至极因而致人重伤的抨击。维尔迪兰夫人觉得莫莱伯爵夫人为人很好。我们将会看到，维尔迪兰夫人将巨大的希望寄托在伯爵夫人身上。老板娘想，伯爵夫人将在她家里见到自己所谓的“法国四方”最高贵的人士，为此，非常高兴，当下建议邀请“莫莱夫人”。“啊！我的天，天地悠悠，人各有志。”德·夏吕斯先生回答说，“夫人，如果您有雅兴请比普莱夫人、希布夫人和约瑟夫·普吕多姆夫人前来一叙，我求之不得。不过，那样的话，最好是放在一个我不在的晚上。刚说几句，我就听出，我们说的不是同一种语言，因为我提及的都是贵族大姓，可是您给我援引的均是一些不见经传的法官，诡计多端、说长道短、居心不良的市井小人。还有那些小家夫人，梦想效尤我嫂子盖尔芒特的仪态风度，但恰如松鹤模仿孔雀，低了八度音。可是，她们还自命为艺术保护者。我要补充一句，有一个人我经过斟酌，决定断绝同她的亲密关系，如果把她引入我非常希望在维尔迪兰夫人家举行的晚会，那将有失体统。这是一个自命不凡的蠢女人，出身本不高贵，又缺乏诚实和才智，居然认定自己能够替演德·盖尔芒特公爵夫人和德·盖尔芒特亲王夫人。企图集两个角色于一身，这本身就是一种愚蠢的想法，因为德·盖尔芒特公爵夫人和德·盖尔芒特亲王夫人，这正好是两个截然相反的人。这就好比有人想同时兼做海森伯格[1]和萨拉·贝尔纳[2]。总之，即使这不相矛盾，那也是极其可笑的。我有权对一位的言过其实付之一笑，对另一位的孤陋寡闻深感不幸。可是这位小资产者像青蛙胀破肚子一样妄想去跟这两位伟大的夫人争比高低，这岂不可谓引得母鸡都要发笑了，因为这两位夫人

---

[1] 苏珊·海森伯格（1853—1924）：法兰西喜剧院演员，专演天真少女的角色。

[2] 萨拉·贝尔纳（1844—1923）：法国著名悲剧演员。

始终表现出本家族无与伦比的高贵气质。莫莱！这就是一个不应该念出口来的名字，您要请她，我就不得不告退了。”他含笑附加了一句，那口气如同一位医生为了病人的利益，却不顾病人本人的意愿，决意不屈从于顺势疗法医生的合作。此外，德·夏吕斯先生还将另一批人归为可以忽视不请之类。对夏吕斯来说这些人确实可以忽视扔到一边，但对维尔迪兰夫人来说，情况未必如此。德·夏吕斯先生自恃出身名门，登天的豪门望族，他或许也无所相求，可是这些名流要聚到维尔迪兰夫人的沙龙里，就有可能将它变为巴黎的一等沙龙。维尔迪兰夫人开始发现，她已经多次坐失良机，这还不算社交界对德雷福斯事件的误解给她造成的社交耽误。其实这一件事也未尝不是成全了她。“我不知道是否对您说起过没有，德·盖尔芒特公爵夫人看见她社交圈里的有些人，心里有多么不快。他们干什么都以德雷福斯事件为上，为了争论重审与反重审的问题，居然把高贵的妇女排斥在外，却把那些低俗的女人迎进门来，连公爵夫人也受到了这些妇人的抨击，说她缺乏热情，思想不正，把祖国的利益置于社交名片之下。”我不知能否问问读者，犹如问一位朋友，跟他交谈了那么多次，但是记不清是否想到过或者找到过机会已把某件事情告诉了他。无论我交代过没有，那时候德·盖尔芒特公爵夫人的态度是可想而知的，而且我们接下去看看后来的一个时期，从社交的观点出发，她的态度甚至似乎是完全正确的。德·康布尔梅先生认为，德雷福斯事件是外国人一手制造的阴谋，目的在于摧毁情报机构，破坏军纪，削弱部队战斗力，离间法国人民，伺机入侵法国。除了几首拉封丹寓言以外，侯爵与文学绝不沾边。于是他委托妻子设法加以证实，作为残酷的观察者的文学，不仅制造了互不尊敬的社会气氛，而且还制造了如此严重的社会混乱。“雷纳克[1]先生和埃尔维厄[2]先生是串通一气的同谋。”她说。人们大概不至于会控诉德雷福斯事件用心险恶，策划阴谋来反对上流社会吧。不过她这番话无疑是打破了框框。上流人士不愿让政治渗入上流社会，恰如军人不愿让政治渗入军队一样，这一点是极为明智的。上流社会的事情跟性趣味相仿，我们一旦听凭审美理性来对性选择发号施令，那么我们不知会发展到什么反常的行为上去。基于那些妇人都是民族主义者这个道理，圣日耳曼区养成了接待别的社交圈妇人的习惯。随着民族主义的出现，道理遁然消失，习惯却沉淀下来。维尔迪兰夫人随波逐流，顺应德雷福斯运动，把有价值的作家吸引到自己身边。尽管他们是德雷福斯派，对她的社交活动一时没有任何用处，但是政治热情和其他热情一样，是不会延续持久的。新一代的人来到时，不再会理解这种热情；即便是表现过这些政治热情的同一代人也会改弦易辙，转而表现出与先前的政治热情并不相仿的政治热情。随着排他原因的改变，他们会恢复一部分原先拒之门外的人的地位。在德雷福斯事件发生过程中，君主主义者再也不是忧心忡忡，整日担心某人如果是反犹主义者或民族主义者，就可能是共和党人、激进派，甚至是反教会分子。

[1] 约瑟夫·雷纳克(1856—1921)：法国政治家和作家。最初是德雷福斯支持者，后来态度改变。

[2] 保尔·埃尔维厄(1857—1915)：法国剧作家，德雷福斯反对者。

万一有朝一日战争爆发，爱国主义也会采取另外一种形态，即便是一个沙文主义作家，人们也不会再去关心他曾经是不是一名德雷福斯派。就这样，维尔迪兰夫人利用一次又一次的政治危机，一场又一场的艺术革新，犹如燕子筑窝一样，接连不断地把碎片捡回家来。这些碎片暂时没有用处，但有朝一日就会组成她的沙龙。德雷福斯事件过去了，阿纳托尔·法朗士却留下了。维尔迪兰夫人的力量表现在她对艺术的真诚的爱，对忠实的圈内成员的一片苦心，以及她不请社交人士而专门酬劳圈内成员的美餐。在她家里，每个人都像贝戈特在斯万夫人那里一样，受到敬重。当这个社团中的某一门客有一天成了杰出人物，众人希望来拜见他，那么在这位维尔迪兰夫人家里，他绝不会像博代尔及夏博[1]烹制的官方宴席或圣查理曼菜肴那样，弄虚作假，而是一位美味芬芳的普通人，一位如同世界空净无人一样完美无缺的人。维尔迪兰夫人手下的演出班子阵容整齐，训练有素，拿出的节目堪称一流，缺的只是观众。自从观众的兴趣离开了某位贝戈特鼓吹的法兰西型的理性艺术，迷上了充满异国情调的音乐以后，维尔迪兰夫人成为一名外国艺术家常派巴黎的特约通讯员，在美丽动人的尤贝尔季也夫公主[2]身边为俄罗斯舞蹈家当起了加拉布斯仙女[3]，虽然老态龙钟，但是法力无边。这批英俊美丽的舞蹈家进驻巴黎，只有那些缺乏艺术趣味的评论家才对她们诱人的魅力提出异议。我们

[1] 博代尔和夏博都是当时巴黎著名的熟食商。

[2] 俄罗斯芭蕾的保护人。

[3] 传说中加拉布斯仙女是行恶仙女，老态龙钟，曲背驼腰。

知道，她们给巴黎带来了狂热的好奇，与德雷福斯事件相比，这狂热不太粗犷激烈，却更富有纯粹的审美情趣，而且也许同样的活泼热烈。维尔迪兰夫人借此又走到了前列，不过其社交效果与以往截然不同。正如我们在重罪法庭开庭期间，看到她总是和左拉夫人并肩坐在法官席下面一样，当一批为俄罗斯芭蕾热情欢呼的新观众纷纷拥向歌剧院的时候，我们总是看见她戴着从未见过的羽饰，和尤贝尔季也夫公主并肩端坐在头等包厢中。在司法大厦一阵激动之后，晚上大家相聚在维尔迪兰夫人家里，从近处端详比卡尔[1]和拉博里，尤其是借此打听最新消息，设法了解，从楚林登[2]、卢贝[3]和儒奥斯特上校[4]那里可以获得什么希望。与此相仿，经过《天方夜谭》[5]或者《伊戈尔王》[6]的舞剧所引起的兴奋之后，大家都无意就寝歇息，便来到维尔迪兰夫人家里。在尤贝尔季也夫公主和老板娘的支持下，每天晚上鲜美可口的夜宵把大家汇聚在一起。有为了舞步更加轻捷而未进食的舞蹈家，有他们的经理和美工，还有伟大的作曲家伊戈尔·斯特拉文斯基[7]和理

[1] 乔治–玛丽·比卡尔（1854—1914）：德雷福斯事件时任中校，后为将军和战争部长。

[2] 埃弥尔·楚林登（1837—1929）：1898 年战争部长，不太相信德雷福斯无罪。

[3] 埃弥尔·卢贝（1838—1929）：曾任法国总统，坚定的德雷福斯支持者。

[4] 儒奥斯特上校：1899 年雷恩军事法庭的审判长。

[5] 俄罗斯作曲家里姆斯基–柯萨科夫（1844—1908）所创作的组曲，由俄罗斯芭蕾舞团于 1910 年演于巴黎歌剧院。

[6] 原为鲍罗丁的歌剧，1909 年由俄罗斯芭蕾舞团改编为芭蕾。

[7] 伊戈尔·斯特拉文斯基（1882—1971）：法籍，后转美籍的俄罗斯裔作曲家。

查·施特劳斯[1]，大家欢聚一堂，形成一个经久不变的小核心。这里犹如爱尔维修夫妇[2]的夜宵，巴黎最为高贵的女士以及外国殿下均乐意垂顾。那些上流人士，自称很有艺术欣赏力，对俄罗斯芭蕾硬做无谓的区分，认为《仙女》[3]的导演较之《天方夜谭》更为“细腻”，不难在《天方夜谭》中找到黑人艺术的影响；尽管如此，他们仍然十分高兴能亲眼看到这些艺术趣味和戏剧的伟大革新者，看到他们的艺术虽然比绘画略多一些做作，但是引起的革命却和印象派一样深刻。

回头再说德·夏吕斯先生。如果他仅把邦当夫人排在名册之外，那么维尔迪兰夫人也许不至于那么痛苦。维尔迪兰夫人在奥黛特家里发现她酷爱艺术，德雷福斯事件期间，她和丈夫到维尔迪兰夫人家里来吃过几次饭。维尔迪兰夫人称她丈夫是个温暾水，因为他并不主张重新审理德雷福斯案件。他极为聪明伶俐，得意地和所有党派都串通关系。和拉博里共进晚餐时他欢乐地表明他的独立态度。他对拉博里只是洗耳恭听，不利的话一句也不说，但在关键之处悄悄插一句，赞扬饶勒斯为人诚实正直。这是任何党派都一致公认的。不过德·夏吕斯先生还除掉了一些贵族夫人的名字，她们是维尔迪兰夫人近时在隆重的募捐、赈济音乐

[1] 理查·施特劳斯（1864—1949）：德国作曲家、指挥家。

[2] 爱尔维修（1715—1771）：法国哲学家，和他妻子在巴黎近郊奥特依举办沙龙，常有哲学家聚会。

[3] 原为肖邦钢琴曲，改编为芭蕾舞剧，1909 年俄罗斯芭蕾舞团在巴黎演出时，斯特拉文斯基担任指挥。

维米尔

《代尔夫特风景》

会上新建立的关系；不管德·夏吕斯先生对她们做如何感想，她们远远胜他一筹；她们是维尔迪兰夫人家新核心的构建因素，而且是贵族核心的基本分子。维尔迪兰夫人把希望寄托在这次晚会上，指望德·夏吕斯先生给她带些贵族夫人来，她另外加上一些她的新朋友。为此她事先就十分庆幸地想到，男爵请来的人可能是她新朋友的亲朋好友，要是她们在孔蒂河滨不期相遇，一定会喜出望外。他的禁令使她大失所望，愤懑不平。她觉得，按照这样的条件，举办晚会是有益还是有害，还值得考虑。如果德·夏吕斯先生请来的客人对维尔迪兰夫人起码都表现出极度的热情，那么损失还不至于太重，因为她们将会成为她的朋友。如果这样，还不算亏本。德·夏吕斯先生拼命想把上流社会这两部分人始终拆成两半。可是，不久有一日开晚会，有人自会把她们重新聚在一起，只是没让他来参加而已。维尔迪兰夫人怀着激动的心情等待着男爵邀请的客人。她不久就会知道那些人是带着何种精神状态前来赴邀的，终于知道了能够和她们建立何种关系。眼下，维尔迪兰夫人正在和忠诚的门客们进行磋商，看见夏吕斯、布里肖和我一同走进来，立时收住了话头。

当布里肖对维尔迪兰夫人说，他得知她的挚友身体如此欠佳，他深表悲伤，她大出我们所料，回答说：“听着，我不得不承认，悲伤我是一点儿也没有感到。自己没有的感情硬要装出来，这是无济于事的……”她无疑是精神不佳才这么说的，一想到整个晚会上她都要装出一副愁容，就已经觉得疲劳了；她这也是出于傲慢，她不想让人觉得自己由于没有取消这次晚会在寻找歉词；不过她又是出于对人性的尊重和深于世故，因为她的缺乏悲痛，如果归之于对亲王夫人突然公开化的个人厌恶，那么总比众人事不关己的态度要高尚、不失气节，因为面对一种无可置疑的诚实，人们容易失去武装：如果维尔迪兰夫人对亲王夫人的故世不是真的无动于衷，难道她会给自己背上一个比这严重得多的罪名来为自己继续接待客人的做法开脱吗？人们忘了，维尔迪兰夫人本来可以承认，她确实非常悲痛，但是她没有勇气放弃一次欢聚的机会。但是，朋友的冷酷无情虽然是一件较为令人震惊、较为缺乏道德的事情，却又不是一件过于丢人的事情，因此比家庭主妇那种轻佻浅薄较为容易承认。从犯罪学的观点来讲，罪犯觉得哪里有危险，就避之不及朝有利的方向坦白；在免受惩治的错误面前，是自尊心决定坦白的内容。有些人为了不让忧伤中断他们欢乐的生活，便反复不休地说，内心的悲哀靠外在的服丧来表现是毫无意义的，也许维尔迪兰夫人觉得这种遁词已经是路人皆知的旧玩意了，因此她宁可仿效那些聪明的罪犯，弃绝老一套的无辜表白，为自己辩解——不知不觉做了一半坦白——的时候就说，凡是众人指责的事情，自己反而会毫不犹豫地去做；可是不巧得很，自己迄今没有机会身体力行。也许维尔迪兰夫人在解释自己行为的时候，采用了无动于衷的论点，她觉得自己既然已经踏上了怨恨的滑坡，不如把怨恨的心情表达出来，这样至少也有几分独特。把这种心情理出头绪，已不失为一种罕见的敏锐；把它公开表白出来，那就更能显示出某种“胆识”。因此，她故意强调自己毫无伤感，内心充满了荒唐的心理学家和鲁莽的戏剧家所有的那种骄傲与满足。“是的，这事很奇怪，”她说，“我一点感觉都没有。我的天，我不能说我不希望她活着，她不是一个坏人。”“她就是一个坏人。”维尔迪兰先生打断说。“啊！他不喜欢她，是因为他觉得我请她做客，有损于我。他为这件事情失去了理智。”“请承认我是正确的，”维尔迪兰先生说，“你们相互来往，我从来没有赞成过。我一直说，她的名声不好。”“可是我从来没有听说过。”萨尼埃特回驳说。“什么？”维尔迪兰夫人嚷道，“这是众所周知的；不是不好，而是可耻，丢人。不，不是出于这个原因。我自己也无法说明自己的感情。我对她并不厌恨，可是她对我们却那么冷漠，以至于当我们得悉她身体严重患病时，连我丈夫都大为惊奇地对我说：‘你对这事好像毫无感触似的。’这不，今天晚上他建议我取消晚会，恰恰相反我偏要举行，因为没有悲伤硬要装出悲伤，我会觉得是在演戏。”她说这番话是因为她觉得这奇怪得像自由剧，而且非常方便。因为冷漠无情或者坦白了的缺德跟肤浅的道德一样，都使生活变得简单了。她把应该受到惩罚的行为变成了一项诚实的义务，为之人们不需要再去寻找开脱的借口。底下的信徒们聆听着维尔迪兰夫人的话语，心头交织着钦佩和不适之感，犹如以前某些以残酷现实和痛苦观察为题材的戏剧所引起的感觉一样。许多人一边赞叹地看到，老板娘的正直坦诚和落拓不羁又变换了新的形式，一边不禁联想到自己的死亡，虽然他们心想，归根结底这不是一回事，但是他们还是在考虑，有朝一日自己突然死去，别人会是悲恸哀哭呢，还是会在孔蒂河滨举行欢庆。“为了我的客人，晚会没有取消，我非常高兴。”德·夏吕斯先生说，他没有发现，他如此表达谢意，恰恰刺伤了维尔迪兰夫人。

这时，我跟那天晚上每个走近维尔迪兰夫人的人一样，闻到一股令人不太好受的诸美果耳利鼻油的气味。事情的原因，就在这里。我们知道，维尔迪兰夫人表达她的艺术感情，从来不是使用心灵的途径，而是使用身体的途径，目的是使这种感情显得更加势在必行，更加深刻动人。如果有人跟她谈起凡德伊的音乐，即她最喜爱的音乐，她会一直毫无反应，仿佛她根本不指望凡德伊的音乐能够使她激动起来似的。她的眼神呆滞，几乎是心不在焉；这样停了几分钟以后，她却开始用准确、实在、近乎失礼的口气来回答你的话，仿佛在对你说："您抽烟，我不在乎。我为的是地毯；地毯很漂亮——这我就更不在乎了——只是它很容易着火，我很怕火，我可不愿意因为您把一个没熄灭的烟头掉在地上，而把你们全都烧着了。"对于凡德伊也是这样。如果有人谈到他，她从不吐露半句钦佩之言，可是过了一阵，她却神情冷漠地对那晚演奏凡德伊的作品开始表示遗憾："我对凡德伊毫无异议。据我看，他是本世纪最伟大的音乐家，只是我听那些作品，一刻都不能停止哭泣（她说'哭泣'时毫无悲伤的神态，自然的样子倒像是在说'睡觉'。有些恶言恶语的人甚至还认为这后一个动词也许更为确切。其实谁也说不准，因为她听那些乐曲的时候，头蒙在手里，有些鼾声，说到底也有可能那是抽泣）。哭一哭对我倒没有害处，哭多久都行，只是过后这会给我添上要命的鼻炎，鼻膜充血，两天以后，我那样子简直就像一个老酒鬼了。要使我的声带恢复功能，我必须连续吸氧几天才行。总之，戈达尔大夫有个学生……——嘿！说到他，我还没有向您表示哀悼呢。他去得真快，可怜的教授！——可是啊，又有什么办法，他死了，跟其余人一样。他杀死的人够多的，这回是该轮到他举刀自戮了。嗯，我刚才对您说他有一个学生，一个十分有趣的人。给我治过这毛病。他有一句相当独特的警句：'治病不如防病。'所以他趁音乐开始之前，就给我的鼻子上药。这玩意儿特别管用。我现在可以像无数失去孩儿的母亲那样放声痛哭，也不会再闹半点鼻炎。现在只是偶尔闹点结膜炎，仅此而已。药效绝对可靠。没有这帖药，我根本不可能继续欣赏凡德伊的音乐，还不是要一次接一次地患支气管炎。"

我再也按捺不住，终于要提一下凡德伊小姐。"作曲家的女儿是不是没有来？"我问维尔迪兰夫人，"还有她的一个朋友也没有来吗？""没有，我刚刚接到她们一封快信，"维尔迪兰夫人支支吾吾地对我说，"她们不得不待在乡下。"我心中一时升起了一线希望，也许她们从来就没有说过要来。维尔迪兰夫人通告说，作曲家派这两个代表来，只是为了给乐队和听众一个良好的印象。"怎么？难道她们连刚才的排练也没有来吗？"男爵假装惊奇地问道，以便让人觉得他没有见到过夏利。夏利走过来向我道安。我凑近他耳边问他凡德伊小姐为什么不来的事。他好像对这件事一点也不了解。我示意他不要大声说话，并且告诉他我们过后再聊。他谦恭地答应说他将不胜荣幸地听凭我的吩咐。我发现他比以前有礼貌多了，恭顺多了。我当着德·夏吕斯先生的面赞扬了他——赞扬他是因为他可能有助于我解开我的疑团。德·夏吕斯先生回答我说："他仅仅做了他应该做的事，他跟贵人们在一起，行为举止如果还那么粗俗，那还有什么意思。"文雅的举止，按德·夏吕斯先生的看法，是法国人的传统举止，不带英国式的呆板。正因如此，当夏利从外省巡回演出归来，一身旅装回到男爵家中时，如果没有过多的人在场，男爵就会无拘无束地亲吻一下他的两颊。他如此炫耀他的温存，也许是想靠这个办法来消除别人脑中认为这种温存是有罪的想法；也许是为了接受一种乐趣，但更主要的，也许是想用文学的方式来维护和弘扬古老的法国礼仪，犹如他会用曾祖母的旧椅子来反对慕尼黑风格或者摩登款式，用见到儿子时毫不掩饰内心喜悦的十八世纪型温和慈祥的父亲形象与不列颠式的冷漠沉静相抗衡。不过这慈父般的喜爱是否蕴含着一丝乱伦的色彩？更有可能的是，德·夏吕斯先生自从丧偶以后，感情生活就一直十分空虚，他的行为方式虽然能满足他的恶习——关于这一点我们将得到一些事实证明——但却不能满足他的感情需要。总之他曾多次考虑过重新结婚的问题，现在脑子又在打着主意，一定要继养一个孩子；周围一些人担心，这欲望别是冲着夏利来的。这事并不稀罕。只有阅读两性人文学才能引起共鸣，手捧着缪塞的《夜》，心里却想着男人，这样一个性欲倒错的人，同样需要担任正常男人的所有社会职能，像舞蹈演员的情人和歌剧院的老听众一样，负起供养的责任，只跟一个情人过规矩生活，跟他结婚或者姘居，做一个父亲。

德·夏吕斯先生跟莫雷尔借口要商讨一下待会儿的演奏，两人一起离开了众客。当夏利拿出乐谱给夏吕斯过目时，夏吕斯得以公开展示他俩的秘密关系，心中充满了甜蜜。这段工夫我可被迷住了。尽管小圈子里姑娘不多，然而遇到举行大型晚会的日子，不少姑娘都被邀请来了作为补偿。我认识其中好几位，都长得十分漂亮。她们远远地向我送来欢迎的微笑。空气中不时闪烁着姑娘妩媚的笑容。这就是晚会上（甚至白天）五彩缤纷的装饰。我们之所以能够回忆起某时某刻的某种气氛，就是因为姑娘们在这气氛中微笑过。

谁要是记下这次晚会上德·夏吕斯先生和多位重要人物偷偷交谈的话，一定会大吃一惊。人物中有两位公爵，一位杰出的将军，一位伟大的作家，一位著名的医生，一位大律师。那些话是这样的："说到这件事。您是否认识那个侍从，不，我是说登上汽车的那个小伙子……""嗳，您堂妹盖尔芒特家，您不知道发生了什么事吗？""目前不知道。""您给说说，大门前面有一个金发小伙子，穿着短套裤，我觉得他非常客气。他叫来了我的车子，十分殷勤，我很想再跟他聊聊。""是的，可是我觉得他不太可爱，有些忸怩作态。您办事喜欢急于成功，您会恶心的。何况我知道这事不好办，我有一个朋友试过。""太可惜了，我觉得他身材苗条，头发别致。""您真的觉得那么好吗？我觉得如果您凑近一些看，您就会失望了。不，两个月以前，在一次冷餐会上您本来可以看到一个真正的奇物，一个两米高的壮小伙子，一身理想的皮肤，而且喜欢这事。可是到波兰去了。""啊！那地方有些远。""谁说得准？也许还会回来。人一辈子总有重逢的机会。"如果我们善于沉入一定的深度，截取一个断面，那么所有大型社交晚会都大同小异：仿佛医生把病人请了来，病人说话很有理智，举止也十分文雅；如果病人不是用手指着一位走过的老先生，靠着你的耳朵说："这是圣女贞德。"你绝对看不出他们是疯子。

"我认为，我们有义务把话说明白，"维尔迪兰夫人对布里肖说，"我所做的，不是要反对夏吕斯，恰恰相反。他为人和善，至于他的名声，我对您说，这类名声于我又有何害！出于我们小圈子的利益，为了我们的聚餐，我反对男女调情，讨厌那些男人正经有趣的事情不谈，却躲到一边跟女人说些不三不四的话。夏吕斯就不同，我不用害怕，我跟斯万、埃尔斯蒂尔以及其他许多人所发生的事情，跟他绝对不会发生，跟他在一起我十分放心。他出席我的晚餐，任凭有多少上流女子在场，我们都可以肯定，桌面上的谈话不会为调情戏谑、窃窃私语所搅乱。夏吕斯与众不同，犹如一名神甫，对他我们十分放心。只是他不能自以为是，对来这里的小伙子发号施令，否则他就连两性人都不如。"维尔迪兰夫人宣布，她对夏吕斯主义的宽容是真心实意的。维尔迪兰夫人如教权在握一般，出现一点不正习气并没有令她大惊小怪；严重的是在她的小教会中出现了那些可能削弱权威原则、有害于正统观念、企图改变既有信条的东西。"不然，我就要给他一点厉害瞧瞧。就是这样一位先生，因为自己没有受到邀请，便阻止夏利也前来参加排练。为此，他要受到一次严正警告，我希望这对他来说够了，再不，他只有自请尊便。他把夏利锁在屋里，我说的是真话。"她接着又说，"现在我们每次见到他，他身边都要有这丑恶的莽汉，保镖似的跟着。”她说这番话，恰恰没有跳出常人的表达方式，因为有些不太常用的说法，遇到某一特殊话题，某一特定场合几乎势必要涌上说话人的记忆；说话人以为是在自由地表达自己的思想，实则只是在机械地重复普世训诫。维尔迪兰先生佯称有事要问问夏利，提议把他引开一会儿，跟他说说。维尔迪兰夫人却担心他受到惊扰，接下去演奏失常。“还是等到他演完以后再对他挑明为好，甚至改日再谈也不着急。”维尔迪兰夫人如果知道丈夫在隔壁房间向夏利说明事实真相，她要想舒舒服服激动一下，那就纯系枉然了。她害怕弄得不巧，夏利一生气，会把十六号[1]的事撇下不管。

那天晚上叫德·夏吕斯先生一败涂地的，是他自己邀请而陆续到来的客人们那缺乏教养的言行——在这上流社会，这是司空见惯不足为奇的现象。公爵夫人们来此，一是出于对德·夏吕斯先生的友谊，再是怀着好奇心进来看看。每位宾客一到，都径直走向男爵，仿佛他是主人负责接待似的。这些人还近在离维尔迪兰夫人一步远的地方问我：“告诉我，维尔迪兰妈妈在哪儿。您认为有必要叫人介绍我认识她吗？我至少希望她别在明天的报上刊登我的名字，这会叫全家人跟我闹翻的。什么？就是这个白发女人？她的模样不是还可以嘛。”这些话一字不漏地钻进了维尔迪兰夫人的耳朵。凡德伊小姐不在，听到谈起她，好几个人都说：

[1] 可能是维尔迪兰夫妇孔蒂河滨公馆的门号，也有可能是莫雷尔第二次音乐会举行的日期。

“啊！奏鸣曲的女儿吗？带过来让我瞧瞧。”她们在此遇到了许多老朋友，一下便三五成群围成一堆，闪烁着好奇与嘲讽的目光，窥视着走进门来的维尔迪兰夫人圈内的门客。她们老老实实，最多只是用手指指点点，表示某人的发型有些奇特——若干年以后，这种发型便在一等的上流社会中蔚然成风了。总之，她们十分遗憾地发现，这个沙龙与她们熟悉和想象中的沙龙没有什么不同，为此不禁大失所望。就像有些上流人士到布吕昂[1]夜总会去，本来满怀希望，能被歌唱家痛骂一顿，不料进门时受到的却是礼貌的致意，而不是预想中的叠唱：“啊！瞧这嘴脸，瞧这丑相。啊！瞧她这副嘴脸。”

德·夏吕斯先生在巴尔贝克的时候，曾经当着我的面，敏锐地批评过德·福古贝夫人，说她尽管聪颖超人，但是意外的发迹升迁，却造成她丈夫彻底的失宠。德·福古贝先生被委派在狄奥多西国王和欧多克西王后的国度里任外交使节。两位君王再度来到巴黎，不过这一次逗留时间较长，因此每日要为他们举行宴庆。王后与德·福古贝夫人早已结识，十年来在自己首都常与她见面，而且在此既不认识总统夫人也不认识部长夫人，所以跟大使夫人结了缘。大使夫人认为德·福古贝先生是狄奥多西王国和法国两国关系的开创者，觉得自己地位稳固，不会受到任何损害。从此，仗着王后对她的偏爱，有恃无恐，得意忘形，丝毫没有担心会有

---

[1] 阿里斯蒂德·布吕昂（1851—1925）：法国通俗歌曲作者与演唱者。在蒙马特高地自办米里通夜总会，以通俗、口语化歌曲讽刺社会。

危险临头。结果几个月以后，这一危险演化成重大事件，德·福古贝先生突然被宣布退休离职。夫妇俩先前过于自信，错误地认为这事绝对不可能发生。德·夏吕斯先生在“小火车”里评论着他儿提时代朋友的倒台，惊奇地认为，这样一个聪明女子在当时的情况下竟没有利用她对君王的影响，说服国王和王后，设法让别人觉得她对国王和王后没有任何影响，教国王和王后把情谊转到共和国总统夫人和部长夫人们身上。当这些夫人以为这份情谊是出自国王和王后本人而不是由福古贝夫妇一手操纵的话，她们就会无比得意，也就是说，欣喜之余，对福古贝夫妇充满感激之情。但是凡是发现别人错误的人，只要稍遇时机，春风得意，便会重蹈覆辙。客人们拨开一条通道前来向德·夏吕斯先生恭贺道谢，把他当作主人看待，这时他就没有想到应该劝他们去跟维尔迪兰夫人寒暄几句。只有与伊丽莎白皇后和德·阿朗松公爵夫人具有同样高贵血统的那不勒斯王后[1]一人跟维尔迪兰夫人聊起天来。她仿佛是专程前来拜访维尔迪兰夫人的，而不是为了来欣赏音乐和看望德·夏吕斯先生。她对老板娘畅叙衷肠，滔滔不绝地说她久已盼望能够跟她拜识，对她的公馆竭尽恭维，然后又像正式访问一样，跟她交换了许多话题。她说，她非常遗憾，本来多么希望把她的侄女伊丽莎白（不久前跟比利时阿尔贝王子[2]结婚的

[1] 玛丽－索菲－阿美丽（1841—1925）：奥地利皇后和德·阿朗松公爵夫人的妹妹，于1859年嫁与弗朗索瓦二世，即两西西里王国的末代国王。

[2] 比利时的阿尔贝（1875—1934）：自1909年至1934年为比利时国王。1900年娶巴伐利亚的伊丽莎白为妻。

那个）也带来。看到乐师们坐到了台上，她收住了话语，叫人指给她看，哪位是莫雷尔。德·夏吕斯先生希望别人对这位演技精湛的小伙子给予如此巨大的荣誉，对其真正动机，她大概不会有什么错觉。但是这位君主体内流淌着有史以来最高贵、最富有阅历、凝聚着怀疑与傲慢的血液：她那君王特有的古老智慧使她把表亲夏吕斯（两人均为巴伐利亚一位公爵夫人的后裔）这类她爱不胜爱的人的缺陷仅仅看作是一种不幸。夏吕斯一类人的这种不幸在她这里得到的支持弥足珍贵，因而她也尤为乐意向他们提供援助。她知道，连这样的场合，她都屈驾亲临，他会双倍感动的。只是，这位妇人目下的心地善良，正如她以往的勇猛顽强。她是一位勇士王后，曾经亲手向加埃特[1]的城墙射击过[2]，至今充满着骑士精神，一见到弱者被欺，便准备拔刀相助。她现在看到的是维尔迪兰夫人孤单一人、受人冷落，殊不知是维尔迪兰夫人本人未敢离开王后一步。她拼命摆出样子，向来客显示，对她——那不勒斯王后来说，这次晚会的中心以及吸引她光顾的引力中心是维尔迪兰夫人。她不停地表示歉意，说她不能待到晚会结束，还有另一个晚会需要光顾——尽管她足不出户。她特别强调，她告辞的时候，请在座的千万不要为她送行，这样，可以免了叫大家向她表示敬意。其实，维尔迪兰夫人根本没有想到这一点。

但是有一点需要为德·夏吕斯先生辩护。虽然他把维尔迪兰

---

[1] 意大利一港口，位于地中海边上。

[2] 那不勒斯王后确实于 1861 年参加过围攻加埃特的战役。加埃特的陷落宣布了两西西里王国的寿终正寝。

夫人忘得一干二净，并且听凭他邀请来的“他的圈子”里的人把她忘得叫她出了丑，可是他却明白，他不能听任这批人用对老板娘同样的恶劣态度来对待“音乐演出”。莫雷尔早已登上演出台，艺术家们也已聚拢，可是交谈声甚至于笑声仍不绝于耳，还有那些“据说必须是内行才能听懂”的话在嗡嗡作响。德·夏吕斯先生立刻挺起胸膛，仰起脖子，跟刚才他来维尔迪兰夫人家时我看到的他那疲沓的样子相比，他似乎换了一个身躯。他摆出一副先知的样子，环顾四周，那严肃的神情似乎在说，现在不该再是说说笑笑的时候了。一时只见许多客人的脸突然发红，犹如当堂受到老师训斥的学生一样。在我看来，尽管德·夏吕斯先生神态十分高贵，但是难免带有几分滑稽。因为他时而双目喷火，对客人大发雷霆，时而又现身说法，把戴着白手套的手举到漂亮的额前，显出肃穆庄重，乃至出神入化的样子（大家都必须照此模仿）。他借此像一本随身携带的“规则手册”一样，向来客指出，必须严格遵守宗教般的静默，抛弃一切社交杂念。为此，姗姗来迟者向他致意，他一律不予理睬：这些人太失礼了，一点儿都不明白，此时此刻，时间已完全属于伟大的艺术。在场所有的人都像被施了催眠术那样全都入了迷，不敢挪动椅子，发出丁点声响。一批虽无修养，但衣冠楚楚的人，受到巴拉麦德名望的感化，对音乐肃然起敬。

我看见，在演出台上排开阵势的，不仅有莫雷尔和一名钢琴师，而且还有其他乐师。我想他们一定是先演奏其他音乐家的作品，而不是凡德伊的作品。我先前以为，晚会仅仅演奏凡德伊的钢琴小提琴奏鸣曲。

维尔迪兰夫人独坐一隅，白皙而略施脂粉的前额呈半圆形，奇异地凸起，头发分两边梳理，一半是为了仿效十八世纪肖像，一半是为狂热的人醒脑之用——这种人羞于公开表达内心状态。她离群独坐，宛如一位主掌音乐盛会的天女，一位专司瓦格纳音乐体系以及偏头痛的女神。看着艺术守护神沦入这批讨厌鬼中间，不免使人想起某种近乎悲怆的诺纳[1]。听到的音乐，她比他们要更熟悉，她自然比平时更不屑于表露她的感受。音乐会开始了。我听不出演奏的是什么曲子，我身临一片陌土。这是何方？我在哪位作曲家的作品之中，我十分希望知道。我身边没有任何人可以求问，我真想化作我爱不释手的《天方夜谭》中的一个人物。书中，每逢你不知所措，就会冒出一位仙人或者一位美貌绝伦的少女。别人看不见她，而身陷困境的主人公却看得真切。她告诉他的事情，恰恰就是他渴望知道的。此时此刻，我恰恰遇到了类似的显灵，获得了帮助。我们有时到达的一个地方，以为是陌生之地，其实我们是绕过了一条路，从陌生的一头朝熟悉之地行走。突然我们发现，我们已经走到另外一条路上，这里一草一木都是熟悉的，只是我们没有习惯从那陌生的一头走过来。这时我们突然会想："这条小路是通往我朋友家花园大门的，我离他们家只有两分钟之遥。"而且就在这时，朋友家的女儿已经顺道迎来向你问好。同样，我听着是全新的音乐，忽然发现自己正在听的是凡德

[1] 诺纳：斯堪的那维亚神话中掌管人间命运的女神。

伊的奏鸣曲。那小乐句比少女更为出奇动人。她身披银装，全身闪闪发光，发出的声音涓涓流淌，又如披肩一般，轻盈柔和。她款款向我走来，崭新的首饰衣束依稀可辨。我看得出，她心里十分喜悦，这喜悦，随着她情深意长、展喉高亢的歌曲在逐级增长，这歌曲如此令人折服，如此纯朴，但并没有因此阻止她身上闪光的美姿放射异彩。不过这一次她的用意仅仅在于向我指点新道，一条与奏鸣曲不同的新道，因为她指点的是凡德伊另一部尚未公开演奏过的作品。在眼下这部作品中，凡德伊只是做了一个暗示——节目单上有一句话，我们应该看到，提到过这一暗示——小乐句只是稍纵即逝地闪现了一下，似乎仅仅在于引逗取乐似的。这小乐句刚刚重现了一下，就遁失了，我再度身临一片陌生世界。我开始明白——一切都在不断地证实我的想法——这个世界就是凡德伊所创造的世界。但我简直不敢相信。我觉得奏鸣曲已是一个枯竭无源的世界，我对之已经产生了厌倦。于是我尽力想象一些与奏鸣曲同样美丽，但面貌又不相同的世界。这时，我的做法与一些诗人的做法没有什么区别，因为诗人在自己诗歌的天堂里点缀一些草原花木、山川河流，这无疑是下界俗世的翻版。我眼下聆听的音乐，在我心里唤起的喜悦心情与我首次听到奏鸣曲时的喜悦心情是完全不同的。现在这段音乐之美，就在于它创造了一个全新的世界。一般的奏鸣曲入曲，是一片百合花般洁白、充满田园气息的晨曦，圣洁羞涩的晨花轻轻绽开，悬挂在乡间忍冬和天竺葵错落交织、结实难解的绿棚上。然而这部作品一开始出现的是拂晓，平静酣睡的海面沉浸在一片沉闷的寂静和无限的空旷之中。狂风骤起，先是死寂和黑夜，然后是一片玫瑰色的曙光，进而整整一个世界从中脱颖而出，在我面前渐渐升腾起来。这片红色如此新奇，如此罕见于温柔抒情、圣洁天真的奏鸣曲，一如朝霞，给天穹染上了一片神秘的希望之光。一首优美的乐曲已经划破天空。乐曲虽然是由七个音符构成，却是闻所未闻，与我想象中的一切都截然不同，既妙不可言，又尖锐刺耳。这已不再是奏鸣曲中鸽子的低咕，而是撕裂长空的高鸣；它跟曲首沉浸的鲜红色一样强烈，如公鸡报晓一般神秘，它乃是永恒的晨曦不可言表但又振聋发聩的呼唤。寒冷、雨洗和带电的空气——与奏鸣曲相比，这空气的质极其不同，气压迥然相异，它离纯洁天真、草木丛生的奏鸣曲相去甚远——时刻都在改变甚至消除通红的、希望的曙光。然而到了正午，顿时出现了炽热的太阳，空气似乎化成一种凝重的、村镇般的、近乎乡野的欢乐。震天而响、疯狂飞打的大钟（这种与把贡布雷教堂灼得火热的大钟相仿，凡德伊大概经常听到那钟声；如同画板上唾手可得的颜料，凡德伊当时轻取一下，就在记忆中找到了这钟声），似乎把最厚实的幸福变成了现实。如实而言，从审美角度来说，这欢乐的动机我并不喜欢。我甚至觉得很丑，那节奏如此步履维艰，拖地而行；从某种程度来说，光用杂音，甚至光用小棒击打桌子，就能模仿其主要节奏。我觉得凡德伊在此缺乏灵感，所以我在此也缺乏了一些注意力。

我瞧瞧老板娘，她倔强地一动不动，似乎在对圣日耳曼区贵族夫人们和着节拍摇晃无知的脑袋表示抗议。维尔迪兰夫人没有说："你们明白，这支曲子我可熟悉，而且还不只是熟悉一点而已！如果要我把我的全部感受都倾吐出来，你们就压根别想有完！”她没有这么说。但是她那正襟危坐的姿势、若无情绪的眼神、难以捉摸的发绺却道出了她的心声，也表达了她的胆略。她似乎在说，音乐家们只要有种，尽可以演下去，不用照顾她的神经；行板不能使她怯阵，快板不会叫她呼救。我又瞧瞧音乐家们，中提琴手双膝紧紧夹住提琴，脑袋往下冲着，线条鄙俗，做作起来的时候，不由得流露出令人作呕的样子，他身子下倾去摸低音，那份耐心恰如仆人择菜一般。他旁边是弹竖琴的姑娘，一脸稚气，穿着短裙，全身框在金光闪闪的四边形中。这竖琴的边框犹如古代巫魔屋中一贯象征太空的金框一样，而姑娘恰如寓意画上的小女神，站立在金栅围隔的天穹之前，采撷颗颗银星一样，在竖琴上上下远近，按照规定之点，求索着美妙的音符。再看莫雷尔，一绺头发先前一直混杂在头发里面，这时却脱离出来，在额前卷成一圈……

我悄悄回过头去观察一下听众，借机了解一下德·夏吕斯先生对这绺头发做何感想。可是我的目光仅仅遇到维尔迪兰夫人的脸，不如说仅仅遇到她的一双手，因为她的脸全部埋在手里。老板娘采用这种定坐的姿势，究竟是想表明，她仿佛正在教堂静思冥想，觉得这音乐与最崇高的祈祷并无两样呢，还是如同有些人进教堂一样，试图躲避不知趣的目光，或者出于廉耻之心，借以掩盖其假冒的虔诚呢？要不她这就是出于对他人的尊重，藏匿其罪恶深重的走神或者说无法驱逐的睡意。我一度认为这后一种假设是正确的，因为有一种并非音乐的声音不断传出。不过我继而发现，这声音虽然是由打鼾造成的，但这不是维尔迪兰夫人，而是她的母狗的鼾声。很快地，铜铃的辉煌动机结束，被其他动机驱散了，我又为这支乐曲所吸引。我觉察到，这首七重奏中的不同乐思相继呈现，最终汇成一体。凡德伊的奏鸣曲以及——正如我日后得悉的——其他作品，较之我眼下发现的完美成功的杰作，都仅仅是一些腼腆的尝试而已。那些初试作品虽然同样脍炙人口，但毕竟还非常稚弱。一经比较，我立刻回忆起，以前每当我想到凡德伊创造的其他音乐世界，就不免要想到我每一次恋爱所构成的封闭世界；现在一经比较，又出现了同样的情况。我必须承认，我上一次恋爱——和阿尔贝蒂娜的恋爱——包含着我和她的初恋时的彷徨（最初是在巴尔贝克，继而是打抽白鼬牌，她在旅社过夜，后来是一个星期日在大雾迷漫的巴黎，盖尔芒特家的晚会，巴尔贝克的重逢，最后又是巴黎，我的生活跟她紧密地连在一起），因此，如果现在不是单单回顾我对阿尔贝蒂娜的爱情，而是回顾我的全部生活，那么，我的其他恋爱经历就同样是一些微弱和腼腆的尝试，是对那更为宽阔的爱情——对阿尔贝蒂娜的爱情——所做的一种准备和呼唤。我不再听音乐，而是再度思忖道——犹如我们内心的痛苦因一时的闲乐而暂时遗忘，现在重又发作一样——不知阿尔贝蒂娜近日是否见过凡德伊小姐。阿尔贝蒂娜在我的内心发生着潜在的影响作用。凡是我们熟识的人，都有一个复影。但是这个复影通常只是处在我们的想象和回忆的边际，所以相对来说它只是留在我们的身外，它所做出的或所能做出的事情，就像一个离我们远远摆放着的物体一样，不会具有什么致害成分，就算看到也不会引起疼痛。涉及这些人的事情，我们也只是用静观的方式来感知而已。我们可能用适当的语言对他们表示同情，使别人感到我们心地善良，可是我们的内心深处却不关痛痒。但是自从我在巴尔贝克受到打击之后，阿尔贝蒂娜的复影就进入了我的心里，沉淀到相当的深度，使我难以摆脱。我从她身上发现了一些东西，心灵受到了伤害，这就好比一个人得了病，感觉器官受到恼人的损伤，视觉中出现的明明是一幅五彩图画，可是在他心里引起的感觉却如身体剜肉一般。幸亏我们没有屈从诱惑，再度与阿尔贝蒂娜断绝关系。待会儿我回家的时候，还需要重新见到她，把她看成一个备受爱恋的女子，这事有些令人烦恼；但是换个情况，如果我只是对她有点怀疑，她却还没来得及对我表示无动于衷，这时就需要跟她分手，那我又会焦虑万分。所以相形之下，这点烦恼算不得什么。我想象着，她在家里等候我，觉得时间漫长，也许已经去卧室入睡片时。我这么想着，七重奏一句温柔的乐句偶尔来轻拂我一下，充满了家常式的亲昵。我们内心生活的一切都盘根错节，叠床架屋；这句乐句凡德伊也许就是从他女儿——他的女儿目前是引起我一切烦恼的祸源——的睡眠中获得灵感的，因为在那些宁静的夜晚，这睡眠为音乐家的工作披上了一层温馨。这句乐句使我心绪安宁，它蕴含的那种静谧柔美的景色能使舒曼的某些梦幻得以平静：在这些梦幻中，即令“诗人在说话”，我们也能猜出“孩子在睡觉”[1]。今

[1] 暗指舒曼的《儿时情景曲集》中的最末两首歌曲，最后一首的曲名正是《孩子入睡》。

晚只要我高兴回家，无论她是已经进入梦乡还是醒着，我今晚就能跟她——阿尔贝蒂娜，我的小宝贝——重逢。可是，我思忖着，这部作品开始的时候，其拂晓的最初几声啼鸣似乎预示了某样比阿尔贝蒂娜的爱情更为神秘的东西。我努力排除对我朋友的思念，一心想着音乐家。于是，音乐家仿佛就在我眼前。作曲家似乎是不朽的，他能在其音乐中获得永生。我们感觉得到，他选择某一音色，给它配上其他音色，这时他的心情是何等快乐。因为，除了一些更为深藏的天赋以外，凡德伊还具备另一种才能，那是一般音乐家，甚至一般画家都望尘莫及的，他使用的色彩不仅如此稳定，而且如此富有个性，以至于它能永远保持新鲜，不为时间所销蚀。即令后生步发明者后尘，模仿他的色彩，又有大师比他更胜一筹，这些都无法使这些色彩的独创性失去光辉。这些个性色彩的问世实现了一场革命，其成果不会无声无息地为后继的时代所融化。每当人们重新演奏这位与世永存的创新者的作品，革命就会重新爆发，震天动地。每一个音色都是匠心独运，令世上任何通晓乐理、博才多学的音乐家都无法模拟。因此凡德伊尽管登峰造极，确立了自己在音乐发展史中的地位，已经到了急流勇退的时候，但一旦有人演奏他的某一作品，他总是重返乐坛，领导潮流。他的作品之所以不为时人所淘汰，仍能绽开新花，这应当归之于那种看似矛盾，实又欺人的特性，即永恒的标新。凡德伊每谱一首交响曲，都是先有钢琴曲为基础的，配了器以后再听，其效果就像夏日的阳光经过窗户的折射和分解以后才照进幽暗的餐室，就如同打开《天方夜谭》的所有宝藏以后，出乎我们的意料，眼前仍是一片琳琅满目的珠光宝气。但是这一成不变、令人目眩的光耀如何能跟那生命，那永恒的欢乐运动等量齐观？我所了解的这位凡德伊曾经是如此腼腆，如此忧愁，但当他需要选择某一音色并配以另一音色的时候，则浑身是胆，而且无论如何理解，他都非常快乐，这一点，他的每一部作品都令人深信不疑。某某音质引起他的快乐，快乐的心情又给他增添了力量，促使他去寻找其他音质，这就把观众从一个发现引向另一个发现，确切地说，是创新者亲自引导着观众，从这个发现走向另一个发现。他一经发现新的音品，便欣喜若狂，充满信心；新的音品又召唤着更新的音品，于是他全力以赴，又去做新的发现。铜管相遇，产生雄壮的音响，他就仿佛火花迸溅，浑身打战，喜不自胜。他绘制巨幅音乐壁画，气喘吁吁，如痴如醉，动作之快，令人头晕目眩，恰如米开朗琪罗用身子缚住梯子，仰身往西斯廷教堂天花板猛烈挥舞画笔一般。凡德伊去世已有多年。但是，他曾有幸用无限的时间，至少将部分生活泡在他所喜爱的乐器中间。他度过的是否仅仅是他人生的一部分？如果艺术真的仅仅是生命的一种延续，那是否还值得为它做出什么牺牲呢？难道生命本身不也是不真实的吗？仔细听这七重奏，我就不能这么认为。诚然，粉红色的七重奏与白色的奏鸣曲是截然不同的；乐句所回答的那种胆怯的探问跟旨在使奇特的希望——这个希望如此尖锐，如此超凡，如此短促，但是却震撼了静寂粉红的海上晨空——获得实现而提出的那种急切的恳求，这两者也是迥然相异的。但是，这些如此相异的乐句是由同一些成分构成的。有些世界需要我们由零看整。我们从某建筑上，某博物馆中，东西各处、一鳞半爪，能看出一个世界。埃尔斯蒂尔的世界就是如此，这是他眼中、生活中的世界。相反，有些世界需要我们由整看零。凡德伊的作品通过一音一符、一拍一调把一个出人意料的世界，一种闻所未闻、不可估价的色彩展示出来。但是由于听众欣赏他的作品，时间上前后是有错落的，这个世界就出现了空隙，造成了间距。这两种探索的方法如此不同，致使奏鸣曲和七重奏的行进节奏也如此不同。一个使用短促的呼唤，将一根纯净延绵的长线切成碎段，另一个则将散乱的残音重新融入同一隐形的调号。一个是如此沉静腼腆，近乎分弓拉奏，又如哲学玄思，而另一个则是如此急促焦虑，苦苦哀求。然而这是同一种祈祷，内心一旦出现不同的朝霞，它就喷溢而出。那些年间，他希望创新，这祈祷便仅仅表现为思想新异、艺术探索的折光。祈祷和企冀说到底并无二致。它们在凡德伊的作品中无论怎样乔装打扮，都能一眼辨认出来；这也正是凡德伊作品的特点。听那些乐句，音乐理论家们自然可以发现，它们与其他伟大音乐家具有一脉相承的关系，但那只是吹毛求疵，是通过巧妙推理而不是通过直接印象发现的外表的雷同。凡德伊的乐句给人的印象与别人的乐句毫无相似之处，仿佛尽管科学对某些规律似乎早已做过定论，可是个体现象依然存在一样。然而正是在个体致力于标新的时候，我们才透过一部作品的表面区别，看出其深层的相似和故意的雷同。凡德伊多次重复一句乐句，翻弄花样，变换节奏。然后又恢复乐句的原状，此刻的相似性是故意的，是巧思的结果，它必定带有人工斧凿的痕迹，永远不可能跟那些隐蔽的、无意的、在两部不同的杰作之间焕发不同光彩的相似性一样引人注目。因为在后一种情况下，凡德伊致力于标新，反躬自问，用他自己的全部创造能量来达到自身的本质，而且达到了相当可观的深度，无论别人向他提出什么问题，他的本质总是用同一种重音，即他自身独有的重音来作答。一种重音，这是凡德伊的重音，它与别的音乐家的重音是互不相仿的。这是由于他们之间有一种区别，它比我们在两个人的声音中，甚至于两种动物的叫声中听出来的区别要大得多。这是一种真正的区别，是某位音乐家的思想跟凡德伊的永恒性探索之间所具有的区别。他使用千万种方式反躬自问，他习惯于纯思辨。但他那种思辨仿佛是在天使国里进行似的，完全摆脱了推理所具有的分析形式，以至于我们可以测量其深度，但是我们无法将其移译成人类语言。这跟脱离肉体的灵魂具有相同的道理。当通灵者召唤亡灵，向亡灵询问死亡的奥秘时，亡灵也无法用人类的语言来转译。说它是一种重音，它毕竟是一种重音；看一看下午使我为之震惊的那后天获得的独创性，再看一看那音乐理论家能够发现的音乐家之间的承袭关系，它毕竟还是一种独一无二的重音。伟大的歌唱家，即独特的音乐家们，不由自主返回到这一重音上来，朝着这重音的高度攀登。这重音表明，完全个体性质的灵魂确实是存在的。凡德伊试图做到更加宏伟庄严，或者创造出强烈活跃的作品，将他感觉到的、反映在观众心灵中的美的东西写出来，却不知不觉将这一切沉没在海底涌浪之下，使他的歌曲永恒不衰，一眼可辨。这别于他人、同于自己的歌曲，凡德伊是从哪里学来、哪里听来的呢？艺术家如同一个异国的公民，他身处这个国家，却对它毫无所知，不把它放在心上，但是他又不同于刚刚远航到岸，登上这片国土的另外一位艺术家。凡德伊最后几部作品所接近的，似乎最多也就是这样一个国度。这些作品的气氛与奏鸣曲的气氛已大相径庭，疑问式的乐句变得更为急促，更为焦虑，回答也更加深不可测。晨曦和黄昏的空气甚至似乎湿润了琴弦。莫雷尔的演奏再为出色，也于事无补，我觉得他那小提琴发出的声音特别尖锐，甚至近乎刺耳。这刺耳的声音叫人听着入耳，它跟有些人的嗓音一样，我们一听便能觉出某种崇高的道德和思想品质。但是这也会叫人吃惊。宇宙观一旦发生变化，得到净化，与内心国土的回忆更加合拍，音乐家自然就会使用大幅度的变音将其转译出来，犹如画家是使用色彩的变幻将其转译出来一样。尽管聪明的听众没有弄错，日后把凡德伊的最后几部曲子称为最深刻的作品，但是却没有一个标题和主题可供人们对其作品做出思想评价。于是人们纷纷猜疑，这会不会是思想深度在声响领域的移植。

这失却的故国，音乐家们统统遗忘干净，无从回忆，然而他们无意识中始终跟它保持某种程度的共鸣。音乐家按照故国的声调而演唱，歌声便充满了喜悦，而有时候他追慕虚荣，就会背叛故国。沽名钓誉，结果是丧失荣誉，而鄙视荣誉，却荣誉加身。即时，音乐家唱起那独特的歌曲，单调的旋律——无论他处理的是什么主题，他与自身始终保持统一——证明了他灵魂的构成因素是永恒不变的。由此说来，这些因素就是那确实不变的沉淀物吗？这是一种无以言传的东西，我们只能专为自己保存着，而无法转达给别人，师友之间和情人之间交谈却无以透露；这每个人自身的沉淀物使个人之间的感受产生质的区别，它被迫留在乐句的门外，因为每个人进入乐句，与他人进行交流，都只能严格遵守大家共有的、毫无意义的外在符号。但是艺术却非如此。凡德伊之艺术和埃尔斯蒂尔之艺术将这隐形的东西呈现出来，将这内心世界的构造外化于五颜六色之中。这内心世界就是我们所谓的个体，离开了艺术我们难道还能认识个体吗？虽然翅膀这种特殊的呼吸器官能使我们穿越茫茫宇宙，但却于我们毫无用处，因为纵然我们飞抵火星或者金星，只要感觉器官不变，那么我们在火星和金星中所见之物仍无异于地球之物。唯一的真正旅行，唯一的青春之路，不是去观赏新的景物，而是获得新的目光，用另一个人，另外成百上千人的眼睛来观察宇宙，来观察成百上千人眼中的成百上千个宇宙，成百上千人所体现的成百上千个宇宙。正是有了埃尔斯蒂尔，有了凡德伊，这一点才成了可能；跟这样的人相处，我们才得以在宇宙星际真正展翅翱翔。

行板刚刚结束。临终的乐句充满了温情，听得我心驰神往。下一个乐章没有立即开始；演奏者放下乐器，稍事休息。听众纷纷谈论起来，交换各自的感受。有一位公爵为了表明自己是一个行家，煞有其事地说："这段曲子不容易拉呀。"一些人较为客气，过来跟我闲聊了片刻。可是，我刚刚跟那超凡越圣的乐句做过交谈，相形之下，他们的言谈还算得了什么？那只能跟人间一切外在语言一样，叫我无动于衷。我像一位天使，被逐出令人陶醉的天堂，而堕落到最无意义的现实之中。我在想如果没有语言的发明、文字的诞生和思想的分析，音乐也许就是所谓心灵交流的唯一实例，犹如有些人就是自然所淘汰的某种生命形式的最后见证一样。音乐仿佛原是一粒种子，没有开花结果。结果是人类走上了别的道路，即口头语和书面语言的道路。因而音乐永远是对混沌初始、非分析状态的回归，一进入这一天堂就令人心迷神醉，出了这个天堂，无论跟聪明与否的人接触，我都觉得索然无味。在音乐进行过程中，我回想起一些人，把他们同音乐糅合在一起；或者更确切地说，我融入音乐的，几乎只有对一个人的思念，即阿尔贝蒂娜。最末一句行板是如此辉煌，我不禁想到，阿尔贝蒂娜被同化于如此伟大的东西，这是何等的荣誉！她不知道这一点，知道了也不会理解。她之所以有感人的嗓音，我们之所以联结在一起，都是出于这如此伟大的音乐。音乐一停，在场的人个个显得淡然无味。有人端来了一些饮料。德·夏吕斯先生不时高声地问某个仆人："您好吗？您收到我寄给您的气压传送信了吗？您来不来？"这样的问话也许含有显贵平易近人的气度，因为他认为这样就是在抬举别人，比资产者更接近民众；但这些问话同时也包含着罪人的狡诈，因为他以为：公开炫耀的事情，顾名思义就是光明正大的事情。他用德·维尔巴里西斯夫人具有的盖尔芒特家人的口吻又说："这是一个正直的小伙子，这是一个好人，我家里经常用他。"可是男爵的巧言巧语对自己却并不一定有利，因为别人听后觉得他跟仆人如此亲善，还寄气压传送信，这里面定有一些原因。何况仆人们听到男爵的话也并不为伙伴骄傲，而是为他们感到羞耻。

这当儿，七重奏重又开始；朝着终曲进行。奏鸣曲乐句反复重现，但多彩多姿，节奏和配器都富有变化，如同生活中重复发生的事情一样，既保持着原样，又带着新貌。有些乐句，我们一时分辨不出，不知它们与某音乐家过去的作品具有何种亲缘关系。这些乐句把这位音乐家的作品当作唯一的住所，不断地出现于其中，成了乐曲中的女仙、山林之卫和亲切的神明。这样的乐句我在七重奏中先听出两三句；它们使我想到的是奏鸣曲。过了一会儿，我又发现了奏鸣曲的另一个乐句。那是在凡德伊作品的最后一个乐段中，这句乐句沉浸在一片紫色的雾霾之中。尽管凡德伊在一些地方插进一段舞曲，但这句乐句仍然被乳白色的烟雾包围着。它如此遥远，我勉强能够辨认出它。它踌躇着走近，似乎怀着愤怒消失了，继而重新返回，跟其他乐句——我后来才知道；这些乐句来自其他作品——交织在一起，又呼唤着其他乐句。其他乐句一旦得到驯服以后，也立即变得引人入胜，进入全音符，充满了说服力。这超群绝伦的全音符，大多数听众无法看见，因为他们的眼前隔着一层朦胧的网纱，挡住了他们的视线。他们听着乐曲感到无聊，甚至觉得会无聊至死，但仍然盲目欣赏，为这乐曲打着节拍。慢慢地其他乐句远离而去，只剩下一句，重复地出现五至六次，我都没有看清它的容貌。但那乐句如此温柔，也许像小乐句之于斯万一样，任何女人所能激起的欲望绝对不能与之同日而语。它用温柔的声音给了我一种真正的幸福。我不懂它的语言，但又完全能够理解。它有可能就是那隐形物，就是我平生遇见的唯一的陌生人。接着，这句乐句又四处弥漫，变幻形态，和奏鸣曲中的小乐句一样，化成曲首那神秘的呼唤。有句显示着痛苦的乐句，跟这呼唤形成了对应。这句深沉的乐句模模糊糊，几乎是发自肺腑、带有器质性的内心呼声，它每次重现，我们都不知道它究竟是某一主题的表现还是神经痛的表现。不一会儿，两个动机展开了肉搏战。一方被打得片甲不留，但我们立即发现，另一方也只剩下残肢断臂。但说实话，这只是两股锐气在短兵相接。说锐气，是因为这互相交锋的生命双方都已经脱离了自己的身体、外表和名称。遇到了我这样一个内在型的听众——我对名称和个别物也是毫不在乎的——我对它们非物质的、充满活力的争斗充满兴趣，津津有味地注视着跌宕起伏的声响变化。最后快乐的动机占据上风。这已不再是苍天后面传出的焦急的呼声，而是似乎来自天国的无以形容的快乐。但这快乐与奏鸣曲的快乐完全不同，犹如曼泰尼亚画中一身猩红、吹奏号角的大天使迥然异于贝里尼画中手抱双弦诗琴、温柔庄重双兼的天使一样。有关喜悦的这一新的微妙区别，这向着超尘脱世的喜悦的召唤，我是难以忘怀的。但是对我来说这喜悦最终可能实现吗？这个问题，我觉得至关重要，因为这句乐句也许最能够体现——恰恰跟我其余的生活和可见世界形成鲜明的对照——我生活中的一系列感受：马丹维尔教堂钟楼以及巴尔贝克海滨近处的树木在我内心激起无限感受。我把这些感受视为构筑真正生活的基准和开端。但是重新回顾这乐句独特的重音，我奇怪地发现，与世俗生活最不相同的感受，向上界乐园最大胆的挺进恰恰不是体现在别人身上，而是体现在圣母同贡布雷所遇见的那位拘于礼节、俗不可耐的小市民身上！对这闻所未闻的喜悦的发现，我一生最为奇特的发现，我怎么可能受之于他？据说，他死后只留下一部奏鸣曲，其余的只是一些毫无价值、无法辨读的记号。别人无法译读，唯有一个人例外。此人曾经在凡德伊身边生活过相当长一段时间，谙熟他的创作方法，能够猜读他的配器记号。此人依靠耐心、智慧和敬佩之意终于破译了凡德伊的手稿。这人就是凡德伊小姐的女友。大作曲家在世时，她就深受其女儿对父亲崇敬的影响。但物极必反，正是出于这种崇拜之情，两位姑娘对他的画像进行疯狂糟蹋，以此取乐。前文对此已有交代（对父亲的崇拜是女儿亵渎行为的固有条件）。毫无疑问，她们本来对这亵渎行为的情感，是应该将其拒之门外，但是这快感并不能充分表达那些糟践的言行。但是这种肉体的和病态的关系，这种暧昧不清的炽烈感情渐渐让位于一团高尚纯洁的友谊之火，那些亵渎行为也就日趋减少，直至彻底消除了。凡德伊小姐的女友有时自寻烦恼，认为也许是她加速了凡德伊的死亡。然而她历经多年，整理了他的遗稿，把那些天书变成了可靠的曲谱。她至少可以聊以自慰，虽然她给作曲家的晚年蒙上了阴影，但是她保证了他的英名永世流芳，并以此补偿了自己的过失。从法律未予认可的关系生发出的亲属关系较之婚姻衍生的亲属关系不仅一样纷繁复杂，而且更加牢固。这种如此特殊的关系姑且不论，单举我们司空见惯的通奸为例，如果通奸奠基于真正的爱情，岂不是非但没有动摇，而且是更加激发了家庭感情和亲属义务吗？通奸在婚后经常变为一纸空文的婚姻契约里加入了实质性内容。一个好姑娘如果纯粹出于礼仪，为母亲的第二位丈夫服丧，那么就不会有充足的泪水来哀悼她母亲百里挑一选中的情人。况且，凡德伊小姐当时的行为仅仅是出于施虐。这当然并不能为她开脱，但过后我想到这一点，便安心得多。我想她跟女友一起糟践她父亲的相片时，一定意识到，这一切仅仅是病态，是疯狂，而不是她真心希望的以恶取乐。想到这只是恶行的一种仿制，这便扫了她的兴。这种想法以后又有抬头，正如它扫了她的兴一样，它大概同时也减轻了她的痛苦。“这不是我，”她一定会想，“我是身不由己的。我，我还可以为我父亲祈祷，对他的善心仍抱希望。”问题是，这一想法出现在她的脑中每每都带着快乐的形态，却从未带有痛苦的形态。我曾希望能将痛苦输入她的脑中。我敢肯定我那样做一定得益匪浅，她和她对父亲的怀念之间一定会恢复一种相当甜蜜的交流。

正如一位天才的化学家不知死神已经降临，把研究发现记录在笔记本上，但是记录无法辨认，很有可能就将永世埋没一样，凡德伊小姐的女友从一些比纸莎草纸上更难以辨认的楔形文字的稿纸中发掘出这富有永恒的事实、千古丰盛的新奇的喜悦形式，发掘出晨曦天使般鲜红的神秘希望。她今晚重新勾起我对阿尔贝蒂娜的嫉妒。对凡德伊来说她只不过曾经是，可是对我来说她曾经是，今晚是，将来更是如许痛苦的根源；但是她也做了抵消。全都亏了她，那奇特的召唤才得以传入我的耳中。我将永不停止地听到这召唤声，把它看作希望：虽然我在一切欢乐之中甚至于在爱情之中遇到的全是虚幻，但是世上还有其他东西存在——毫无疑问只有艺术才能使之实现。虽然我的生活在我看来如此空幻，但至少它还没有完全实现。

人们通过她的辛勤劳动所认识的凡德伊，说实话是凡德伊的全部作品。与这部七重奏相比较，听众唯一熟悉的奏鸣曲的某些乐句便显得极其平凡，以至于我们无法明白，这些乐句如何会引起如此普遍的赞赏。我们惊奇地看到，多年当中，诸如“星空颂”“伊丽莎白的祈祷”[1]等那样毫无价值的唱段在音乐会上居然引起乐迷的狂热，为之鼓掌鼓得筋疲力竭，只要听过《特里斯坦》、《莱茵黄金》和《名歌手》[2]就会发现，上述唱段只不过是味同嚼蜡的破烂货，可是听众却狂呼乱叫“再来一遍”。但是应当想到，那些唱段的旋律虽然缺乏个性，然而包含着惊世之作的某些独到之处。尽管其量微乎其微——也许正因为如此，才不容易被人发现——但当我们回顾起来，这类杰作都是独具风采的；然而如果当时它们就已炉火纯青，听众的理解就会产生困难。那些尚缺乏个性的旋律就为听众日后理解那些惊世杰作铺平了道路。话得说回来，虽然那些旋律使人隐约预感到未来之作的绚丽多姿，但是未来之作毕竟还只是一个彻底的未知数。凡德伊属于这种情况。如果他临死的时候留下的仅仅是他的完成之作——奏鸣曲的某些部分除外——那么我们对他的认识，对他实际的宏伟业绩的认识，就将只是沧海一粟，这就好比雨果如果在写了《约翰亚保卫要道的比武演习》《鼓手的未婚妻》《浴女撒拉》[3]以后便溘然辞世，而

[1] 瓦格纳歌剧《汤豪塞》（1845）第三幕中的两个唱段。

[2] 均为瓦格纳的歌剧。

[3] 前两篇见于《颂歌集》，后一篇为《东方集》的第二十篇。

根本未及写下《历代传说集》和《静观集》一样。果真如此，他的真正作品就可能始终是一部潜而不发之作，永不问世，犹如我们的感知无法企及，我们永远无法认识的宇宙之谜。

天才的内涵（包括才华甚至德行）和邪恶的外表，两者之间初看反差强烈，实则是相辅相成。正如凡德伊身上所体现的，才华常常被包容和保留在邪恶的外套之中。音乐一结束，我置身于宾客之中。客人的云集，其本身就犹如一张通俗寓意画，透视出天才的内涵和邪恶的外表之间的这种关系。这种聚会大同小异，尽管这一次举行了维尔迪兰夫人沙龙，但与其他许多沙龙的聚会并无什么区别。大部分人并不知道入药的都是些什么成分。消息灵通、达观明理的记者们把这些沙龙称作巴黎沙龙、巴拿马丑闻沙龙，或者德雷福斯沙龙，但是他们万万没有想到这些沙龙在彼得堡、柏林、马德里到处可见，而且任何时代都大量存在。有一位负责艺术的副国务秘书——是位真懂艺术、富有修养、风度翩翩的人——几位公爵夫人、三位偕同夫人的大使一齐光临维尔迪兰夫人的公馆，他们之所以选择同时露面，其直接原因就在于德·夏吕斯先生和莫雷尔之间存在的关系。这层关系促使男爵希望他年轻偶像的艺术成就获得巨大反响，替他争取荣誉军团勋章。这次晚会得以举行的一个次要原因，是一位跟凡德伊小姐保持着类似夏利跟男爵关系的姑娘发掘整理出一系列天才的作品，此发现之重大以至于国民教育部刻不容缓，亲自出面主持募捐，筹措资金为凡德伊竖立一尊塑像。况且，男爵跟夏利的关系，如凡德伊小姐跟其女友的关系一样，对这些作品是有百利而无一害的。

他们之间的关系是一条捷径。世人凭借着这条道路，即可径直跟这些作品汇合，而避免多走弯路。这虽然不是说世人将对作品一直迷惑不解，但至少多年之间，他们将是一无所知。每当发生了能为达观明理的记者那平庸心理所理解的事件——通常是政治事件——时，达观明理的记者深信不疑地认为，法国必定发生了什么重大变化，从此这类晚会行将销声匿迹，人们再也欣赏不到易卜生、勒南、陀思妥耶夫斯基、邓南遮、托尔斯泰、瓦格纳、施特劳斯。达观明理的记者认为，官方举办的艺术活动都有可疑的内幕，他们以此为据，认定官方颂扬的艺术总有某种颓废的意味，然而一本正经的往往正是这种艺术。当然，德高望重的达观记者中间，没有一个人的大名能足以使人举办这类奇怪的晚会，尽管其奇怪的特性并不那么引人注目，甚至被掩盖得天衣无缝。从另一个角度来说，这次晚会的鱼目混珠、成分混杂不免令我吃惊。我掌握了识别能力，比任何人都能更清楚地将他们区分开来。我主要区分的是这样一些人：一部分是与凡德伊小姐及其女友有关的人。这些人使我回想起贡布雷，也叫我想起阿尔贝蒂娜，也就是说想到巴尔贝克。因为我曾经在蒙舒凡见到过凡德伊小姐，知道她女友跟阿尔贝蒂娜（就是我过一会儿回到家里，见到的在等候我让我不孤单一人的阿尔贝蒂娜）有亲密的关系；另一部分是与莫雷尔和德·夏吕斯先生有关的人，他们使我想起巴尔贝克——我就是在巴尔贝克附近的东锡埃尔看见他们结成关系的——也使我想起贡布雷及其两边人家。因为德·夏吕斯先生是盖尔芒特家族——贡布雷诸伯爵——的一员，虽然在贡布雷没有宅邸，却在那里居住，犹如彩绘玻璃上的痞子吉尔贝一样，头顶青天，脚踩土地。而莫雷尔便是叫我认识粉红裙子的女士并在多年以后又使我认出她就是斯万夫人的那位老仆人的儿子。

“演奏得不错吧，嗯？”维尔迪兰先生问萨尼埃特。“我只怕，”萨尼埃特支吾着答道，“莫雷尔本人的精湛技艺会不会有些冲淡了作品的总体感觉。”“冲淡！您这话是什么意思？”维尔迪兰先生吼道。客人们都像一头头狮子，随时准备扑上前去把这被问得哑口无言的人吞噬掉。“噢！我并不是仅仅针对他……”“瞧，他真不知道在胡说些什么。针对什么？”“我……我应该再听……听一遍，才能下一个严谨的结论。”“严谨！他疯了！”维尔迪兰先生说话时两手捧着脑袋，“我们得把他带走。”“我的意思是说准确，您……您自己说……说过……严谨准确。我是说我不能做严谨的判断。”“我，我说，我要您走。”维尔迪兰气疯了，两眼喷火，手指着门对他叫道，“我不许有人在我家里这么说话！”萨尼埃特像个醉汉踉踉跄跄打着圈子走了。一些人以为，这么被撵出门外，那一定是个不速之客。有一位夫人在此之前一直跟他非常友好。前一天他还借给她一本珍贵的书籍，可是第二天她用一张纸草草包上这本书，叫总管在纸上干巴巴地写上萨尼埃特的地址，一句话不说就把书还给了他。她可不愿意对一个被赶出小圈子失了宠的人“欠下任何债务”。可是萨尼埃特对夫人这无礼的行为一直不得而知。因为维尔迪兰先生怒骂后未出五分钟，便有家仆前来禀报，萨尼埃特突然跌倒在公馆院子里。当时晚会还未结束。“叫人把他送回家里。这没有什么。”主人说。按照巴尔贝克旅社经理的话说，维尔迪兰“公馆”就跟有些大旅社一样，有人猝死，为了不使住客受惊，人们急忙遮掩其事，将死者暂时藏在食品贮存间里，无论他生前是如何才华出众、慷慨大度，此刻都只能屈尊秘密地从专供“潜水员”[1]和调味师之用的门出去。可是说到死，萨尼埃特还不至于。他还多活了几个星期，只是知觉没有一刻恢复。

音乐会结束，德·夏吕斯先生的客人纷纷起来向他告辞。这时候他又犯了客人到达时的错误。他没有请他们去向老板娘道别，请他们在向他表示谢意的同时，把她和她丈夫结合进去。告别队伍很长，但是长龙只是排在男爵一人面前。他对此却一点儿也没有觉察，因为几分钟后他是这么对我说的：“艺术活动形式后来出现了‘圣器室’般的有趣色彩。”大家甚至找出各种话题，延长致谢的时间，以便在男爵跟前多留片刻，结果逼得那些跟在后面尚未向他的晚会的成功致以祝贺的人停滞不前、原地踏步。不止一个做丈夫的想就此离开，可是身为公爵夫人但也很懂时髦的妻子反对说：“不，不，我们应该等候一小时，在这样的情况下，不应该对巴拉麦德不谢一声就离开。他真是呕心沥血，时下只有他能够常举办这样的晚会了。”没有一个人想到要跟维尔迪兰夫人结识。这情景就像是在戏院里，一位贵妇人为晚会带来一批显贵名流，谁也不会想到设法把自己介绍给引座的女郎。“表哥，您昨天是否在奥丽阿娜·德·蒙莫朗西的府上？”德·莫特马尔夫人问道，她想借此拖长谈话的时间。“嗯，没有。我非常喜欢奥丽

[1] 意为洗碟盘的人。

阿娜；可是我不太理解她的请柬的含义。我也许有一点儿不太开窍。”他痛快地绽开笑脸说。德·莫特马尔夫人此时感到她将捷足先登，抢到“巴拉麦德的头条新闻”，如同她常在奥丽阿娜那里所获得的一样。“两个星期前我确实收到过可爱的奥丽阿娜的一份请柬。她在蒙莫朗西这个颇有争议的名字上方写着这样一句客气的邀请：‘我的好友，望您施恩，请在下周五九点半想着我。’下面写着这样五个不太施恩的字：‘捷克四重奏。’这一行字，字迹模糊，而且看不出跟上面的句子有什么联系。这犹如有些写信的人，开了一个头，‘亲爱的朋友’，没有写下去，没有换信纸，反过来又写，结果背面的字透了出来。这可能出于粗心，也可能是为了节省信笺。我很喜欢奥丽阿娜，所以我并不责怪她。我只是不把‘捷克四重奏’那几个奇怪而又不得体的字放在心上。我是一个井井有条的人，我把周五九点半想着德·蒙莫朗西夫人的请柬搁在壁炉上面。众所周知；尽管我的天性如布丰对骆驼的评价，温顺守时（德·夏吕斯先生周围响起一片笑声。他知道，恰恰相反，别人把他看成一个最难相处的人），但是为了脱去白天的衣服我还是迟了几分钟。不过我没有过分内疚，心想说是九点半，权作十点钟吧。十点钟一敲，我便立即穿上高级睡服，脚蹬厚软的便鞋，端坐于炉火边，开始照奥丽阿娜的请求想她，强烈的思念一直到十点半才稍稍减退。烦请转告她，我严格服从了她大胆的请求。我想她会高兴的。”

德·莫特马尔夫人笑得前仰后合。德·夏吕斯先生也跟着仰天大笑。“那么明天，”她根本不考虑早已超过了别人可以让给她的时间，接着又说，“您去我们的族亲拉罗什富科家吗？”“啊，这，这我办不到。我看他们邀请您和我去参加的是一件最难想象和最难实现的事情。按请柬的说法，这事情被称作‘茶舞会’。我年轻时可算是四肢灵巧了，可是现在不得不怀疑，让我一边跳舞一边饮茶，会不会有失体态。而且我从来不喜欢用不卫生的方式来吃东西和喝东西。您一定会说，如今我不一定要跳舞。可是，即便舒舒服服坐在那里饮茶——况且既然叫作舞茶，这茶的质量如何，我不敢恭维——我还是害怕，那些比我年轻，却没有我年轻时那么灵巧的客人，万一把茶杯打翻在我的衣服上，这会扫了我的兴，结果连茶也喝不了。”德·夏吕斯先生海阔天空，无所不谈，但偏偏不谈维尔迪兰夫人（他津津乐道，大肆发挥，故意使他的朋友们无休止地“排队”站着，精疲力竭，耐心等着轮到他们，以满足他那残酷的取乐心理）。即便这样，他犹嫌不足，居然对维尔迪兰夫人负责的晚会部分开始了品头论足。“说到茶杯，那似碗非碗的东西，是什么怪玩意？倒有几分像我年轻时，布瓦雷·布朗什餐馆给我送冰冻果汁用的盛器。有人刚才对我说这是用来盛‘冰冻咖啡’的。可虽说是冰冻咖啡，我既没有见到咖啡，也没有见到冰。真是用途不明的奇物！”说这番话时，德·夏吕斯先生赶紧将戴着白手套的手捂住嘴巴，瞪圆眼睛，谨慎地暗示别人，仿佛怕被主人听见甚或看见似的。可这只不过是装装模样而已。没过几分钟，他已经开始对老板娘本人品头论足起来：“特别注意不要再用冰冻咖啡杯了！您希望哪位朋友的家变得丑一些，您就把它们送给哪位朋友。但是叫这位朋友特别注意不能把这些杯子放在客厅里，别让客人搞错，以为走错了房间。因为这些杯子看着实在是和便桶没有什么区别。”

“可是，我的表哥，”客人说话时压低嗓音，并带着疑惑的神情瞧着德·夏吕斯先生，这倒不是害怕惹维尔迪兰夫人生气，而是怕由于自己还未洞悉一切，会冲犯了德·夏吕斯先生，“她可能不懂……”“我会教她的。”“啊！”客人笑道，“她找不到比您更好的老师！她真有运气！有您的指教，可以肯定不会出错。”“不管怎么说，音乐会至少没有出错。”“啊！那演奏得真是妙极了。那种喜悦叫人无法忘怀。说到这位天才的小提琴家，”她天真地以为德·夏吕斯先生感兴趣的是小提琴“自身”，接着说，“您认识另一位小提琴家吗？那一天我听他演奏了一首福雷的奏鸣曲，他的名字叫弗朗克……”“知道，那是什么破烂。”德·夏吕斯先生回道。他说话毫不留情，粗硬的回驳意味着他表妹毫无欣赏趣味。“论小提琴家，我劝您听听我这位就足够了。”德·夏吕斯先生和他表妹重新开始交换那低垂而又窥觑的眼色，德·莫特马尔夫人满脸通红。为了弥补她的蠢言，她热情地向德·夏吕斯先生建议举办一次晚会，专听莫雷尔演奏。不过对她来说，这次晚会的目的不在于奖掖人才——她会说这确实就是她的目的，实际上这倒是德·夏吕斯先生的真正目的——她只是觉得这是一次天赐良机，可以借此举办一次超高雅的晚会。为此她已经算计起来，应该邀请哪方人士，又该放弃哪方人士。这样筛选是晚会举办人（上流报刊大胆地或者愚蠢地称作“精英”的人）首先关心的大事；与催眠师的暗示相比，这种筛选对记者的眼光甚至文字能够产生更加深刻的影响。德·莫特马尔夫人未及考虑莫雷尔将演奏什么乐曲（这件事被认为是次要问题。这样认为并不是没有道理。瞧瞧来客们，他们看在德·夏吕斯先生的分上，音乐会进行过程中，规规矩矩保持着安静，没有大声喧哗，然而真正想到要听音乐的却没有一人）。她首先决定把德·法古尔夫人排除在“入选者”之外。出于这一决定，她立刻露出一副策划阴谋者的神情，大有将那些不顾飞短流长的上流女子一扫而光的气势。“有没有什么办法，让我来举办一次晚会，听您的朋友演奏？”德·莫特马尔夫人低声问道。她虽然在跟德·夏吕斯先生单独说话，可是像着魔似的，禁不住向德·法古尔夫人（被排除者）瞥了一眼，为的是肯定德·法古尔夫人离她有足够的距离，无法听见她说些什么。“不，她不可能听清我在说些什么。”德·莫特马尔夫人瞥了一眼以后放心地下结论道。然而这一眼在德·法古尔夫人身上所产生的效果恰恰与它的目的背道而驰：“瞧，”德·法古尔夫人心想，“玛丽-泰雷兹跟巴拉麦德在商议什么，一定是没有我的份。”“您是指受我保护的人吧。”德·夏吕斯先生纠正道。他对表妹的语法知识和音乐天赋都丝毫不加恭维。他也不顾她赔着笑脸已在表示自歉，暗中求饶，继续大声说：“当然有办法……”他声音之大足以使全沙龙的人都听得一清二楚。“一个如此富有魅力的人才被放到这样的环境里是会遇到危险的，他的固有力量会遭到削弱。尽管如此，固有的力量需要适应环境才行。”德·莫特马尔夫人心想，她这么压低声音、小心谨慎地提问，看来全然是徒劳无益，因为回答都是从嘴漏斗里哗啦啦流出来的。德·法古尔夫人什么也没有听见，原因是她一句话也听不懂。德·莫特马尔夫人原先害怕自己的阴谋遭到挫败，害怕由于自己跟德·法古尔夫人关系过于密切，如果“事先”被她知道不请她有所不妥，请她又实在违心，现在她的担心减少了。如果她没有再度抬起眼皮，朝埃迪特方向看一眼——仿佛是为了居安思危。可是她迅速地重又低下眼皮，为的是别过早备战——她的担忧早就彻底烟消云散了。她计划举办晚会以后第二天给埃迪特写一封信，补充一下她刚才那意味深长的目光。有人以为这种信是巧妙的伪装，其实是直言不讳的不打自招。譬如：“亲爱的埃迪特，我跟您一样对这一切感到十分厌倦。昨天晚上我没有太指望您会来（埃迪特肯定会想她既然没有邀请我，怎么会指望我来？），因为我知道您对这类聚会不是十分喜欢，而是十分讨厌。假如您光临肯定使我感到十分荣幸（德·莫特马尔夫人在信中除了需要给谎言披上真心话的外衣以外，绝不轻易使用“荣幸”一词）。您知道，我永远欢迎您来我家做客。不过，您走得很对，因为这次完全没有搞好，靠两个小时临时拼凑起来的东西怎么会搞得好。”等等，不一而足。可是，德·莫特马尔夫人向埃迪特这新瞟去的一眼，已经足以使她明白，德·夏吕斯先生那转弯抹角的语言里究竟包藏的是什么东西。莫特马尔的目光是如此强烈，以至于它先打击了德·法古尔夫人，现在它所蕴含的公开秘密以及故弄玄虚的意图转而波及了一位秘鲁小伙子。其实，德·莫特马尔夫人倒是打算邀请他的。但是，他却以为看透了别人在搞鬼名堂，没有注意到这目光根本不是冲他而来的。他立时对德·莫特马尔夫人充满了仇恨，发誓要用成百上千次的恶作剧来回报她，比如在她闭门谢客的日子里，给她送去五十份冰咖啡，而在接待客人的日子里，到报上刊登启事，说聚会因故延期，并且还胡编乱造，谎称以后还有聚会，列举了一些名不见经传的人物，把他们渲染成远近闻名的达官显贵，并且谎称鉴于种种原因，主人不希望接待他们，甚至也不希望认识他们。德·莫特马尔夫人想为德·法古尔夫人担心实在是错了。德·夏吕斯先生将亲自挂帅，全面负责把这预计的聚会搞得面目全非，这是德·法古尔夫人的光临所万万不及的。“可是，我的表哥，”她瞬间的敏感使她悟出了“环境”一词的含义，于是针对那句话回答说，“我们会避免任何麻烦的。我负责叫希尔贝照管一切。”“不，绝对别叫希尔贝，因为他本身就不在被邀请之列。一切都由我来操办。最重要的是要排除那些有耳无聪的人。”德·夏吕斯先生的表妹起初希望借莫雷尔的声誉来举办一个晚会，以便可以吹嘘说，她跟那么多的亲戚都不一样，“她得到了巴拉麦德”。现在她的思绪突然离开了对德·夏吕斯先生名望的眷恋，想到如果由他插手操办，邀请哪位、排除哪位全由他来决定，那一定会有许多人跟她反目。一想到德·盖尔芒特亲王（她打算排除德·法古尔夫人一部分就是考虑到他的缘故，因为他不见德·法古尔夫人）将不被邀请，德·莫特马尔夫人不由得惊慌失措，眼里露出忧虑的神色。“是不是灯光太亮，您有些受不了？”德·夏吕斯先生假装一本正经地问道，那骨子里的嘲讽丝毫未被领会。“不，一点儿也不。我是在想，如果希尔贝知道我举办了一次晚会，而没有邀请他，这也许会造成一些麻烦。这当然不是指给我造成麻烦，而是指给我的家里人。他这人向来家里来四个猫太太也都非请我不可……”“恰恰如此，我们首先就去除那四只只会叫的猫。我想大概沙龙里的喧哗声使你没有听明白我的话，举办这样一次晚会不是要借此向人行礼致意，而是要按照庆祝活动正规的惯例行事。”此刻德·夏吕斯先生倒还没有觉得排在后面的一位已经等候多时，而是觉得她这人心里光顾着自己的邀请“名单”，而根本没有莫雷尔，给她过多的优惠是不合适的。德·夏吕斯先生于是就像一名觉得诊察了足够的时间的医生开始停止门诊，向他的表妹示意可以告退了。他没有向她说再见，而是把脸转过去，朝着接踵跟上前来的人。“晚上好，德·蒙代斯吉乌夫人。刚才的音乐会非常精彩吧？我没有看见埃蒙娜。请转告她，总不能放弃参加任何活动。哪怕这种放弃出于再高贵的理由，也总该视具体情况而定。今晚的晚会这样灿烂辉煌，遇到这种情况，就该有个例外。自命不凡，这并非坏事，但是能以高雅取胜而不以消极的非凡取长，岂不更好。您的妹妹对那些专请她去但与她身价不相称的活动一概缺席，对她这种态度我比任何人都加以赞赏。但是，像今天这样值得纪念的活动，她只要前来出席，得到的就是首席的荣誉。您妹妹本身已名声卓著，现在更会声名大噪。”他说完又转向第三位。这时候我看见了德·阿尔让古尔先生，感到非常惊奇。此人从前对德·夏吕斯先生非常冷酷无情，现在变得既和蔼可亲，又阿谀奉承。他请德·夏吕斯先生把自己介绍给夏利，并对他说，希望夏利来见自己。这人原来见到德·夏吕斯先生那类人非常害怕，可是现在他自己身边就生活着这么一批人。当然情况并不是说连他也已变成了德·夏吕斯先生的同类，而是一段时间以来，他几乎抛弃了自己的妻子，对一位上流女子产生了崇拜。这位女子极其聪颖，她要他跟她学，也对聪明人产生兴趣。她非常希望能把德·夏吕斯先生请到自己家中做客。但是德·阿尔让古尔先生嫉妒之心很强，同时却有些阳刚不足，觉得自己不太能够使被自己征服的人得到满足。他既希望她受到安全保护，又希望她能消遣解闷。要不出危险地做到这一点，唯一的办法就是在她身边安插一些于她无害的男人。这些男人就扮演了后宫警卫的角色。他们觉得他变得非常客气，说他要比他们想象当中聪明得多。他和情妇听了都不亦乐乎。

很快地，德·夏吕斯先生的客人都走了。许多人说："我可不愿意去圣器室（指男爵把夏利拉在身边，接受别人祝贺的小客厅），可是应该让巴拉麦德看见我，让他知道我是一直坚持到结束才走的。"没有一个人搭理维尔迪兰夫人。还有好几个人甚至佯装跟她根本不认识，错去跟戈达尔夫人道别，指着戈达尔大夫的妻子对我说："这就是维尔迪兰夫人吧？"德·阿巴雄夫人在老板娘听觉范围内问我："首先得弄弄清楚，究竟有没有叫维尔迪兰先生的人，那还是一个问题呢。"公爵夫人们还待着没走。她们原先期待着这地方一定跟她们见识过的地方大不相同，可是居然什么特殊奇异的东西都没有发现。她们无可奈何，只好面对着埃尔斯蒂尔的画捧腹大笑，以弥补这一损失。她们没有想到，其余的东西跟她们见识过的如出一辙。于是她们对德·夏吕斯先生恭维道："巴拉麦德真会布置！一经他的安排，车库和盥洗室都会变成仙境，发出夺目的光彩。”最高贵的要数那些向德·夏吕斯先生至诚恭贺晚会成功的夫人。举办这次晚会的真正动机，有些人不是不知道，然而却并没有为此感到难堪，因为在这个社会中肆无忌惮跟光大门楣已发展到了同样远的地步。也许这只是出于对某些历史时期的眷恋，那时候，她们的祖先已经完全寡廉鲜耻，并以此为荣。她们当中有好几位当即邀请夏利到她们的晚会上来演奏凡德伊的七重奏，可是竟无一人想到要邀请维尔迪兰夫人。维尔迪兰夫人已经恼羞成怒。可是德·夏吕斯先生此时得意忘形，非但对此毫无警觉，居然还请老板娘来分享他对晚会的喜悦之情。这位艺术聚会的正统理论家，这时候也许倒不是出于老气横秋，而是出于文学情趣，对维尔迪兰夫人说：“怎么样，您高兴吗？我想客人至少是高兴的。您瞧，凡是我来操办一次晚会，那就绝不会只是一半成功。我不知道您的纹章概念是否能使您准确地估计一下这次活动究竟有多大规模，我举托起多大的重量，又为您移走了多少空气容积。您见到了那不勒斯女王、巴伐利亚国王的兄妹以及三位元老重臣。凡德伊若是穆罕默德，我们便可以说，我以为他搬走了最难移动的大山。想一想，那不勒斯女王为了参加您的晚会，是专程从纳伊赶来的，对她来说这要比离开两西西里还要难得多。”尽管他对女王充满了敬意，但是他说这话怀着一种险恶用心。“这是一次历史性的事件。想一想，自从加埃特沦陷以后，她也许一直深居简出。今后词典有可能将加埃特沦陷之日和维尔迪兰晚会并列定为两个辉煌灿烂的日子。她为了替凡德伊鼓掌而放下的扇子一定要比德·梅特涅克夫人因为有人起哄瓦格纳而折断的扇子更加著名。”“她连她的扇子也忘了带走了。”维尔迪兰夫人说道，并指着椅子上的扇子给德·夏吕斯先生看。回想起女王对她的客气，她一时气也消了。“噢！太激动人心了！”德·夏吕斯先生叫道，虔敬地走近圣物。“正是因为它样子丑陋才那么感人至深。那小紫罗兰真令人不可思议！”激动和嘲讽轮番地穿过他的周身，使他全身为之痉挛。“我的天哪，我不知道您对这些东西的感受是否跟我一样。斯万要是看到这玩意，我担保他会一蹶不振。女王如要拍卖这把扇子，不管如何要价，我是买定了。我很清楚她肯定是要出售的，她已分文不名了。”他又补充道。在男爵这里，恶言恶语和赤诚崇拜始终相互掺杂，相互映照；尽管这两者源于两种截然相悖的天性，可是在他身上却获得了统一。

这两种相悖的天性甚至可以在同一件事情上得到轮番的表现。德·夏吕斯先生是一位富足安逸的人，他从心底里睥睨女王的贫困，但他又经常颂扬这种贫困。有人谈起缪拉公主，两西西里女王，他就回击道：“我不知道您想说的是谁。那不勒斯只有一位女王，就是那一位，她没有小轿车，但她是至高无上的。她坐在普通马车上，都能叫任何车马随从都黯然失色。她所到之处，平民百姓都在尘土飞扬中下跪迎候。”

“我要把扇子赠给一家博物馆。当务之急是先替她送回去，以免她再自己掏钱派人坐着马车前来寻找。鉴于这件物品的历史意义，最聪明的办法莫过于把它窃走。但是这样做，会使她难堪，因为她可能只剩下最后一把了，”他放声笑道，“总之，您瞧，她看在我的面上来了。我创造的还不止这一个奇迹。我请来的人我不相信时下还有谁有此能耐把他们请来。当然，每人都有自己一份功劳。夏利跟乐师们的技艺如此精湛，如天神一般。而且，我亲爱的老板娘，”他屈尊说道，“您本人在这次晚会中也起到了很大的作用。您的大名不会被轻易遗漏。史书上不也清楚地记载着贞德出征时那位替她披甲戴盔的侍从的名字嘛。总之，您起到了破折号的作用，您使凡德伊的音乐跟它天才的演奏者得以结合在一起。您深刻地明白了一系列环境因素具有绝对的重要性。有了这些因素，演奏者才得以受益于一位重要人物——如果不是我，我甚至于可以说是上帝派来的一位人物——的全部影响。您英明地请了这位人物来，确保了晚会的声誉，把原来一副副耳朵都直接系在最受人恭听的舌头上，现在您把它们带到了莫雷尔的小提琴前面。不，不，这不是无谓的细节。在一次圆满的成功中不存在无谓的细节。成功是一切因素促成的。那位迪拉斯表现十分出色。总之，一切都十分出色。正是由于这一点，”他好为人师地总结道，“我才反对您邀请那些人。他们是些充当除数的人，他们要是遇到我给您带来的那些举足轻重的人，就可能像在数字中加上了一个小数点，把别人都挤到小数点后面去了。在这些事情上我的感觉是非常可靠的。您明白吗；我们举办一次晚会要无愧于凡德伊，无愧于他天才的演奏者，无愧于您，我甚至敢说，无愧于我的晚会，为此必须杜绝一切容易引出丑闻的事情。您要请那个莫莱，那一切都会砸锅。别看这只是微水一滴，但它是不利物质，它会起中和作用，将一剂药的效力化为乌有。电灯会因此熄灭，小糕点会送不上来，橘子汁客人喝了会闹腹泻。这个人是万万不能请来的。只要说出她的名字，就会发生仙国里的事情，铜管就会立刻变成哑管，长笛和双簧管就会黯然失音。纵然莫雷尔本人还能拉出几个音来，但也一定会离弦走调，拉出的不再是凡德伊的七重奏，倒是贝克梅塞对凡德伊的戏仿[1]，不被哄下台才怪呢。我听到莫雷尔拉出的广板犹如一朵鲜花，自始至终盛开不败，愉快的终曲更使其鲜艳夺目。那不是一段普通的快板，其轻快的节奏是独一无二的。我从中清楚地感到，人的影响作用是很大的，莫莱不在，演奏家们就充满了灵感，连乐器都心花怒放。更何况，人们款待贵客的日子，当然是不请自己的门房的。”德·夏吕斯先生说起她都是“那个莫莱”（如同他把迪拉斯非常友好地称作“那个迪拉斯”一样），他这么称呼是为了对她讲公道。因为这类女子充其量只不过是社交场上的演员。外界传说德·莫莱伯爵夫人在此方面具有出众的才华，坦率地说，即使以此水平衡量，她都与这名不副实。她享有这种声誉，不禁使人想到有些劣等演员或文学家。这些演员和小说家一度被捧为天才，名声大噪，完全是由于他们的同人水平低劣，没有一位艺术家出类拔萃，能够向人们显示，什么是真才实学，不然就是由于观众和读者水平太低，其中虽然不乏杰出分子，但却没有一个具有欣赏能力。针对莫莱的情况，仅取第一种解释较为合适，甚至是完全正确的。上流社会既然是一个虚幻的王国，那么上流女子相互之间孰优孰劣，其差

[1] 瓦格纳《名歌手》中的人物。他反对灵感，以技巧取胜。

异是微乎其微的，德·夏吕斯先生只是出于积恨或想象，才将其做了疯狂的夸大。诚然，他刚才之所以要使用这种语言——艺术和社交珍奇的大杂烩——来说话，是因为他那老妪似的怒气和他的社交修养夹在一起，为他所向披靡的雄辩提供了一个毫无价值的话题。由于我们的感知将一切国度均划为第一，地球表面就并不存在一个互有差异的世界。因此“上流社会”之间就更无差异可言了。但是是否有某个地方存在差异呢？凡德伊的七重奏似乎告诉我是有差异的。但是差异又在何处呢？由于德·夏吕斯先生还喜欢搬弄是非、挑拨离间，所以他又说：“您不邀请德·莫莱夫人，就使她失去了机会说：‘我不明白这位维尔迪兰夫人为什么要请我去。我不知道那都是些什么人，我跟他们又不认识。’这纯粹是一个疯子，根本不用再请她。说到底，她又不是一个那么了不起的人。她们可以到您府上来，但她再也不可能给您制造麻烦，因为有我在。总之，”他总结道，“我觉得您可以感谢我了，从整个过程来看，晚会是完美无缺的。德·盖尔芒特公爵夫人没有来，我不敢说，但也许这样更好。我们不会责怪她，我们下一次仍然会想到她的。况且，我们也忘不了她，她的一双眼睛就在对我们说，别忘了我，因为那是两棵勿忘我草（我在想，公爵夫人跟我一样，也需要有多么坚强的盖尔芒特精神——决定去一地，而不去另一地——才能战胜对巴拉麦德的恐惧）。而对一次如此圆满的成功，我们不禁像贝尔纳丹·德·圣皮埃尔[1]一样，处处看见上

[1] 贝尔纳丹·德·圣皮埃尔（1737—1814）：法国作家，著有《保尔和维吉尼》。

帝之手。德·迪拉斯公爵夫人非常高兴。她还托我向您说明这一点。”德·夏吕斯先生一字一顿地说道，仿佛是要让维尔迪兰夫人把他的话看作对她足够的敬意。这敬意岂止是足够的，简直是令人难以置信的，因为他觉得为了使人相信，就有必要说：“真的。”其激动到了忘乎所以的程度，而其理智失常犹如被朱庇特逐出天国的人。“她已经跟莫雷尔说定，请他到她府上把这套节目重演一遍，我已想过，让她也邀请维尔迪兰先生。”德·夏吕斯先生对其丈夫一人表示敬意，万没有想到，这是对妻子最血腥的侮辱。维尔迪兰夫人按照在小圈子内实行的某种莫斯科法令[1]，认为演奏家未经自己特殊恩准，不得擅自外出演奏。她做好了决定，绝不让莫雷尔参加迪拉斯的晚会。

德·夏吕斯先生仅这一番饶舌，就激怒了维尔迪兰夫人。她不喜欢别人在小圈子内另立山头。在拉斯普利埃的时候，当她听到男爵跟夏利一人喋喋不休，不是老老实实地和着圈内全体人员的节奏唱他的声部，她就指着男爵怒斥过：“瞧他这张嘴，真是一张贫嘴！噢，说他是张贫嘴，真是名不虚传！”这事已屡有发生。可是这一回，情况更为糟糕。德·夏吕斯先生这么胡言乱语，殊不知他是在给维尔迪兰夫人规定角色，给她圈定了一个狭窄的疆域。这不能不激起她仇恨的感情，而她内心的这种感情仅仅是嫉妒的一种特殊形式，即嫉妒的一种社会形式而已。维尔迪兰夫人

[1] 莫斯科法令，指拿破仑一世于1812年10月15日在莫斯科签发的法令。这一法令后来成为法兰西喜剧院的章程，对剧院分红演员的行动具有严格规定。

真心喜爱小圈子里的门客和信徒，她希望他们把一切都奉献给她老板娘。有些嫉妒心强烈的人，不是不允许别人欺骗他，而是要求在他自己家里，甚至于在他的眼皮下欺骗他，也就是说不欺骗他。她就属于这种人，她采取的是丢一保全的办法。她愿意做出让步，允许别人有情妇和情夫，条件是在她公馆之外不得造成任何社会后果，结缘、恋爱只能在每周例行聚会的严格庇护下进行。从前，奥黛特在斯万身边偷偷卖笑，已够钻她心窝的了，不料最近又出了个莫雷尔和男爵在那儿窃窃私语。她难忍忧伤，找到了一个聊以自慰的办法，即拆散别人的幸福。她再也无法眼看男爵沉浸在幸福之中，而自己长受煎熬。而男爵呢，自以为压低了老板娘在小圈子里的地位，正在自鸣得意，哪料到已经大难临头。她看得清楚，莫雷尔步入上流社会依靠的不是她，而是男爵的保护。补救的办法只有一个，就是让莫雷尔在男爵和她之间进行选择。她利用关系，编造谎言，真真假假为莫雷尔提供一些方便，创造条件让他本已深信不疑、后又亲眼所见的东西得到证实。同时她又张开罗网，让那些天真的人休想逃脱。这样，她得以向他显示，自己具有惊人的预见力，以此对他产生巨大影响，然后利用这巨大的影响，促使他选择她而放弃男爵。至于那些来参加晚会，然而没来见她的上流女子，待她弄明了她们为什么犹豫或者放肆以后，她立刻说："啊！我明白了这都是些什么东西，全是些老淫妇。我们不要这种人，这是她们最后一次看见这个沙龙。"她宁可去死也不会说，没想到别人对她不那么客气。

"啊！我亲爱的将军。"德·夏吕斯先生突然扔下维尔迪兰夫人叫道，原来他瞅见了共和国总统府的秘书德都尔将军。夏利要获得勋章，这人可能会起举足轻重的作用。将军向戈达尔请教完一个问题，匆匆忙忙正准备抽身。“晚安，亲爱而又迷人的朋友。怎么样，难道您不跟我道别就打算偷偷溜走吗？”男爵既笑容可掬，又傲气十足地说。他心里明白，别人总是乐意跟他多聊一会儿的。接着，仍处于激动状态中的夏吕斯，尖声尖气，一个人自问自答起来：“怎么样，您还满意吧？确实很美吧？您是说行板，是不是？从来没人写得那么感人至深。我料定听到曲终没有一个人不热泪盈眶。您能来真是太赏脸了。我说，今天早晨我收到弗罗贝维尔一封令人鼓舞的电报，他告诉我荣誉勋位管理会方面，照流行的说法，困难均已夷平。”德·夏吕斯先生嗓门还在提高。那声音极其刺耳，跟他平时的嗓音截然相异。听起来犹如律师辩护时那夸张激昂的论辩，完全离开了他通常的语速。这是过度激动和神经兴奋造成的声音放大现象。这同样的激动和兴奋也曾使德·盖尔芒特夫人在一次晚宴上，将声音升到极高的音域，目光也越抬越高。“我正在打算明天早晨派一名卫士给您送信去，把我的激动心情告诉您。我本来倒是希望能当面向您表示这种心情的，可是，瞧，那么多的人等着跟您说话！弗罗贝维尔的帮助当然是万万不能小看的，但是从我这方面来说，我已经得到了部长的许诺。”将军说。“啊！太好了。况且，您已亲眼看见，这样一位天才确实是受之无愧的。霍约斯[1]听了非常满意，可是我没有看见大

[1] 德·霍约斯伯爵，当时奥地利驻巴黎大使。

使夫人。除了那些有耳无聪、生着舌头却不会说话的人以外，谁还会不为之欢欣鼓舞呢？”维尔迪兰夫人趁男爵走开去跟将军说话的机会，跟布里肖打了个手势。布里肖不知道维尔迪兰夫人会对他说些什么。不过他走近对老板娘说：“男爵看见凡德伊小姐跟她的女友没有来，非常高兴。他对她们十分反感。他说了，她们的道德品行叫人害怕。您无法想象，男爵的德行是多么纯洁和严肃。”布里肖说这番话只想到要让老板娘高兴，也不顾我听了心里有多么痛苦。可是完全出乎他的预料，维尔迪兰夫人听了一点儿也没有高兴：“他是一个淫邪之徒。”她回答，“您去把那位夏吕斯拉过来，建议跟您一起抽支烟，设法别让他发现，我丈夫把他的杜尔西内带走了。”布里肖似乎有些犹豫不决。“我对您说，”维尔迪兰夫人为了消除布里肖最后一丝疑虑，又说，“我家里出现这类事情我有些不太放心。我了解，他有过那些肮脏的前科，警察的眼睛正盯着他呢。”维尔迪兰夫人一旦获得恶毒的灵感，立刻就会显示出即兴编造的天赋，她绝不肯只说两句就此罢休：“据说他还坐过监狱。真的，真的，这是消息非常灵通的人告诉我的。而且他的一个街坊还告诉我，真令人难以想象，他甚至还引狼入室，把强盗歹徒带进自己家里。”布里肖经常出入男爵家，他不同意这种传言。见布里肖不信，维尔迪兰夫人越发激动起来，居然高声叫道：“既然我这么对您说，我就敢向您保证！”这是她信口雌黄以后竭力表明自己是言出有据时的惯用语，“他有朝一日也会遇到他同类一样的命运，遭人暗害。他甚至还不一定能活到那一天，他正落在那个叫絮比安的手里呢。他竟有脸把他送到我这儿来。

这人原来是一个苦役犯。您知道吗？我可一清二楚，哼，我是经过调查的。他掌握着一些不堪入目、让人害怕的信件，以此把夏吕斯捏在手里。这是一个亲眼看到那些信件的人告诉我的：‘要是您读了那些话，您一定会病倒的。’那个絮比安用木棍赶着他走路，叫他把自己所需要的钱吐出来。放在我，情愿去死，也不要像夏吕斯那样苟且偷生。总而言之，如果莫雷尔的家人决定向他提出起诉，我可不想被指控为同谋。他要执迷不悟，那是他自己愿意铤而走险，我可做到了仁至义尽。有什么办法呢，并不是天天都有快乐的事情。”维尔迪兰夫人盼望着她丈夫快跟小提琴手交代，想到这里她非常兴奋地对我说：“您问问布里肖，我是不是一位打抱不平的朋友，我对伙伴是不是赤胆忠心、肝胆相照。”（这话暗指她及时挑动布里肖，先后跟他的洗衣妇和德·康布尔梅夫人闹翻。这阵反目以后，布里肖的理智几乎丧失殆尽，而且据说还有了吗啡瘾。）“您是一个无与伦比、眼光敏锐、见义勇为的朋友。”大学教授天真激动地附和道。“维尔迪兰夫人使我避免了一件天大的蠢事。”维尔迪兰夫人离开后布里肖对我说，“她毫不犹豫地采取了果断的措施。我的朋友戈达尔说过，她是一位干预别人事务的专家。我得承认，想到可怜的男爵还蒙在鼓里，不知道自己快要受到打击，我十分难过。他还狂热地迷恋着那小伙子呢。如果维尔迪兰夫人这一手成功的话，那这个男人就要倒霉了。当然她难保一定会成功。我只担心她只能在他俩中间挑起不和，到最后，不能把他们拆开，只能叫他俩一起跟她反目。”维尔迪兰夫人跟门客们经常发生此类事情。显而易见，她需要维护自身跟门客之间的友谊，但在她身上这种需要日益为另一种需要所支配，即她需要她与门客之间的友谊永远不受门客们相互间友谊的约束。同性恋只要不涉及正统，她不会提出什么异议；一旦触及正统，她却跟教会一样，宁可牺牲一切，也不会做出半点让步。我有些害怕起来。她之所以对我耿耿于怀，别不是由于我不让阿尔贝蒂娜白天上她家里来的缘故。她不要像她丈夫在小提琴手面前拆夏吕斯的台那样，也在阿尔贝蒂娜身边着手或者已在从事着同样的工作，以此来离间我们两人的关系。“去吧，快去把夏吕斯找来，找一个借口，是时候了，”维尔迪兰夫人说，“特别注意，我不派人去找您，尽量让他回来。噢，都成了什么晚会哟！”维尔迪兰夫人还在说，她气急败坏的真正原因昭然若揭。“给这帮蠢货演奏这样的杰作！我不是指那不勒斯女王，她是个聪明的人，是一个讨人喜欢的女人（请理解为：她对我很客气）。可是其余的人！噢！简直叫你发疯！有什么办法，我，我可不是一个二十岁的人了。年轻的时候，别人告诉我应该学会烦恼，我当时还能尽力而为。可是现在，噢！不！这是不由自主的，我已经到了随心所欲的年龄，生命太短暂了。要我自寻烦恼，跟蠢人交往，还要弄虚作假，假装觉得他们很聪明，噢！这我怎能办到。去吧，怎么啦，布里肖。我们可磨蹭不起。”“我这就去，夫人。这就去。”布里肖见德都尔将军已经走掉，终于答应说。不过大学教授先把我拉到一旁说：“道德责任，并不像我们的伦理学所教导的那样，清晰明了，具有绝对的必要性。尽管神智咖啡馆和康德啤酒店认为道德责任是必不可少的，我们却仍然十分可怜，连善的本质是什么都说不清楚。我本人就为我的学生讲解此位名叫埃马纽埃尔·康德的哲学，可不是自吹，也不是有什么偏见，关于目前面临的社交决疑论的情况，我在那本《实践理性批判》中没有发现任何明确的阐述。这位伟大的还俗者信奉柏拉图学说，是为了按照日耳曼的方式，建立一个具有史前情感和枢密院意志的德国，完全是出于某种波莫瑞神秘主义特有的实用目的。他讲的当然是《会饮篇》，但他是在哥尼斯堡讲课，使用的是那地方的特有方式。讲课内容虽然严肃庄重，但都难以消化，因为里面讨论的尽是腌酸菜，却避而不谈小白脸。[1] 我们的女主人请求我助她一臂之力，遵照正规的传统道德，我不能拒绝她的请求。确实不应听人花言巧语，上当受骗，不然就会说出许多蠢话。可是也应该说回来，我们也应该毫不犹豫地承认，如果让母亲们获得选举权，可惜得很，那男爵在教授品德的评比中就有可能要名落孙山，他是带着一个放荡者的气质在从事教育事业的。请注意，我可没有说男爵的坏话。这位男子举止温文尔雅，可切起烤肉来谁也比不上他。他虽然具有诅咒的天才，但又拥有无边的善心。他倒像一名高级小丑，能引人发笑，可是我跟有些同人——请别弄错，是学士院院士——在一起，如同色诺芬[2] 所说的每小时花一百个德拉克马[3]，竟买了一个无聊。但我担心的是他有些超过了道德健康

[1] 柏拉图《会饮篇》中讨论过各种爱情类型，其中论及成年女子对美少年的恋爱问题。

[2] 色诺芬（约公元前 430—约前 355 或前 354）：古希腊历史学家、作家。

[3] 古希腊银币名。

的要求，对莫雷尔施与了过多的善意。尽管我们不知道年轻的苦行僧对教理讲授人给他规定的特殊修行项目表现出何种程度的顺服或反抗，但是我们不必成为大主教也能断定，如果我们视而不见，放任自流，向他发放许可证，听其崇拜撒旦，那我们就如人们所说，对圣西门和佩特罗尼乌斯[1]传给我们的这蔷薇十字会就犯了宽容的错误。然而，维尔迪兰夫人让我去牵制住夏吕斯。她是出于对这道德罪人的好意，并想试一试她的医治方法灵不灵。她要直言不讳地跟蒙在鼓里的小伙子挑明一切。这会夺去他所喜爱的一切，甚至还会给他以致命的打击。对此，我不能说无动于衷，我觉得我似乎在把他引入陷阱，似乎在向卑鄙的行为让步。”布里肖说得动听，可这卑鄙的行径，他毫不犹豫地就去做了。他挽住我的胳膊说：“走，男爵，我们去抽一支烟怎么样。这位小伙子还没有领略公馆的全部奇观呢。”我托词说我得回家了。“再待一会儿吧。”布里肖说，“您知道您得带我回去，我可没有忘记您的应诺。”“您真的不要我取出银器来看看吗？没有比这更方便的了。”德·夏吕斯先生说。“您答应过我，对莫雷尔，一字别提他受勋的事情。我想过一会儿等人走空一些，再把这个消息告诉他，让他大吃一惊。尽管他说，艺术家对这套东西并不稀罕，倒是他叔叔希望他获得这个荣誉（我听了脸都红了，因为维尔迪兰夫妇从我祖父那里打听到了，究竟谁是莫雷尔的叔叔）。怎么样，您真的不要我把最漂亮的银器拿出来让您瞧瞧啦？”德·夏吕斯先生

[1] 佩特罗尼乌斯：古罗马作家，生活于公元前1世纪，著有淫秽故事。

对我说，“不过您熟悉那套银器，您在拉斯普利埃见了都不下十次了。”我未敢对他说明，可能使我产生兴趣的，并不是那几件散发着布尔乔亚气息的劣等银餐具，即便是最为富丽堂皇、配套最为齐全的餐具，我也毫不在乎，我感兴趣的是巴里夫人收藏的几件餐具样品，那纵然是出现在一张美丽的木刻画上，也一定赏心悦目。我心事重重——尽管这并不是由于发现了凡德伊小姐没来而引起的——在社交场合我总是心不在焉，坐立不安，难以把注意力集中在漂亮程度不同的玩物上。能使我聚精会神的唯有向我想象发出召唤的某种现实。比如我下午如此渴望见到威尼斯，要是能让我看上一眼，今晚我就有可能达到聚精会神的境地。有些凡常的因素也具有这种功能。凡常因素与表面事物虽有许多相似之处，但却比表面事物更为真实。凡常因素总是唤醒我体内通常沉睡着的心灵；当心灵浮上意识的表层，我便感到莫大的喜悦。我随布里肖和德·夏吕斯先生走出称为剧场的客厅，又穿过其他的客厅。这时我发现一件件家具中夹杂着一些拉斯普利埃的气息，但我当时却从未加以注意。公馆的陈设和古堡的陈设之间透发着某种令人熟悉的格调，体现着一种长时不变的统一性。布里肖笑着对我说：“瞧，您看见这客厅的布置了吧，现在您对二十五年前蒙塔利维街的情形至少有了一个大致的概念，纯属 grande spatium mortalis œvi[1]。”我对布里肖此番话略有所悟。布里肖微微一笑，将这笑献赠给业已逝去而又重见天日的沙龙。我明白了，布里肖

[1] 拉丁语，意为死而复生的巨大空间。

自己也许并没有意识到，他喜欢旧沙龙之处，并不是那落地大窗，也不是主子及其门客活泼的青春气息，而是那部分非现实的东西（我自己从拉斯普利埃跟孔蒂河滨公馆之间的相似中看出了这部分非现实的东西）。沙龙如其他一切事物一样，其外表是现实的，众人都能觉察的部分，仅仅是那非现实部分的延伸而已。这非现实部分脱离了外在的世界，隐藏到我们灵魂之中，赋予我们的灵魂以一种剩余价值；与非现实的东西在我们灵魂深处与自己通常的实体融为一体，脱胎换骨——我们回忆起摧毁的房屋、旧时的人们、夜宵水果盘等等——嬗变为洁白如玉、晶莹透明的回忆。我们无法向人道明，这回忆具有何种色彩。我们向别人谈及过去的事情，告诉别人，过去切切实实发生过的事情，别人对这些事情仍无法有清晰的概念，因为这跟他们的阅历毫无相似之处，然而我们自己内心想起这些事情的时候，不能不产生激动，因为我们想，往日之事之所以得以延长生命，熄灭的灯火之所以还能发出余光，枯败的千金榆之所以还能飘香，这全都是因为有我们的思恋存在。在布里肖眼里，由于有蒙塔利维街沙龙的影子存在，维尔迪兰夫妇如今的沙龙的魅力减弱了。但是，另一方面教授又觉得，原来的沙龙又为目前的沙龙增添了某种新来的人无法发现的美感。这里放置了一些原沙龙的旧式家具，有时摆放的位置也保持着原样，连我都能发觉这是原封不动地照搬拉斯普利埃的样子。目前的沙龙掺进了一些旧日的气氛，有时竟能以假乱真，让人错以为是置身于旧时的沙龙；明明在一片现实的环境中，却不现实地以为自己身置别处，看到一片业已摧毁、残壁断垣的世界。从实实在在、崭新的座椅之间，梦幻般冒出沙龙、玫瑰红丝绒面的小椅子以及挖花毯面的赌台。这赌台跟人一样有一段历史，有一段记忆。它曾被带到多维尔去过，每日里从花园这头，望着远处的深谷，等候戈达尔和小提琴手前来一起下注。尽管它现在身处孔蒂滨河街客厅寒冷的阴影之中，却仍然保持着从蒙塔利维街以及多维尔的落地玻璃门照射进来的炽热阳光（它跟维尔迪兰夫人一样，对日起日落的时间十分熟悉）。自此以后，这赌台便平步青云，荣升到与人的爵位相等的高度。再看一幅画着紫罗兰和蝴蝶花的水粉画。这是一位伟大的艺术家朋友馈赠的礼物，不久以后这位朋友就去世了。于是这幅画便成了一个不留痕迹、悄然逝去的生命所遗存下来的唯一残片。它蕴含着一位艺术家的杰出才华和一段长久的友谊，它令人想起艺术家作画时那专心而又温柔的眼神，那厚实而又漂亮的大手。另外还有一些门客馈赠的漂亮玩意儿，杂七杂八东堆西放着。主妇走到哪里，这些玩意儿就跟到哪里，与之朝夕相处形影不离，结果身上被打上了某种性格和命数的烙印。最后还有大量的花束和整盒整盒的巧克力。所有这些东西，或此或彼都在按照统一的方式开花。它们千奇百怪，却毫无用处，只是莫名其妙地在积存成堆；它们总是带着从礼盒里刚刚取出的样子，而且终年不变，一直保持着新年礼物的样子。这些东西我们看不出跟其他东西有什么区别，但是在布里肖这位维尔迪兰公馆晚会的常客眼里，它们却具有古玩的色泽和光润，还有着一层灵魂色彩，因而具有某种深刻的意义。这一切杂乱无章的东西，犹如一排排响亮的琴键，对着他高声歌唱，在他内心唤醒了相似的爱物，勾起了他模糊的回忆。它们四处点缀着这完全现时的客厅，犹如晴天缕缕阳光筛选着空气一样，切割、划分着家具和地毯。它们从靠垫到小花瓶，从方凳到香水怪味，从点灯方式到色调安排，在其间追逐嬉戏；它们雕琢着，回想着，透发着灵性，栩栩如生地体现着维尔迪兰夫妇今昔住宅所固有的某种理想款式。“我们来试试，”布里肖凑近我耳边说，“叫男爵谈谈他喜欢的话题。谈到那些事情，他是非凡出众的。”一方面我很想从德·夏吕斯先生口中得到有关凡德伊小姐和她女友的确切消息。为了这消息，我先前还决定过离开阿尔贝蒂娜，可是另一方面，我不愿意让阿尔贝蒂娜长时间独自待着，这倒不是因为她会趁我不在，干出什么不好的事情（她难以知道我何时回家，何况这个时候有人来访，或者她自己出门都会过分引人注目），而是为了别让她觉得，我离开她时间太久了。想到此，我便对布里肖和德·夏吕斯先生说，我再跟他们待一会儿，但时间不会太久。“还是来吧。”男爵对我说。这时候他的社交激情虽然已经消退，但还需要拉长谈话的时间。我在德·盖尔芒特公爵夫人府上和他家里都已发现过他的这种需要。虽然这是盖尔芒特家族特有的需要，但更广泛地看，有些人跟他们也差不多；由于他们的智慧只表现为交谈的本领，即一种不完美的本领，所以尽管别人已经奉陪他们许多时辰，可他们犹感未足，谈兴仍浓，越发贪婪地缠住对方死死不放。对方已经精疲力竭，他们却因社交乐趣未能尽兴，居然错误地要求从对方这里获得满足。“来吧，”他又说，“是不是，客人们都走了，现在才是尽情欢乐的时刻。唐娜·莎尔[1]的时刻来到了。希望我们不要欢聚一场却落得那么凄惨的结局。可惜，您急着要走，您急着要去办的事情也许是您最好不要办的事情。急事人人都有，可是往往人们告辞的时候正是应该到达的时候。我们犹如库蒂尔[2]画中的哲人，现在该是回顾一下晚会的时候了，用军事语言来说，就是进行所谓的战况分析。我们请维尔迪兰夫人给我们送一份小小的夜宵来。不过我们得小心一点，不要把她也给请来。我们光请夏利——说说又回到了《艾那尼》[3]上——来专为我们再拉一遍那段柔板。这是不是很美，那段柔板够美的吧？可是这位年轻提琴家上哪儿去了？我还要向他祝贺呢。现在是表示激动和互相拥抱的时候了。布里肖，您得承认，他们演奏得真像天使一般，尤其是莫雷尔。一绺头发分开的时候，您注意到了吗？啊，真是！我亲爱的，那您算是什么都没有看到。那一声升F调，足以使埃内斯库[4]、加贝[5]和蒂博[6]嫉妒而死。我敢向您承认，我强作镇静，可还是徒劳无益，听到那一声，我的心都碎了，我简直要哭出声来了。全场人的呼吸都加剧了。布里肖，我亲爱的，”男爵猛地摇着大学教授的手大声说道，“真是盖世绝

[1] 此处暗指雨果戏剧《艾那尼》的结局：女主人公唐娜·莎尔为三人所爱，最后与艾那尼结婚。但艾那尼对唐娜·莎尔之舅立下诺言，婚后即自杀身亡，唐娜·莎尔也随之殉情。

[2] 库蒂尔（1815—1879）：法国画家，所作《没落的罗马人》一画，背景为两位哲人正在交谈。

[3] 《艾那尼》中另一主人公唐·卡洛斯，其名在拉丁语中与夏利为同一词源。

[4] 埃内斯库（1881—1955）：罗马尼亚著名小提琴家和作曲家。

[5] 加贝（1873—1928）：法国著名小提琴家。

[6] 蒂博（1880—1953）：法国著名小提琴家。

伦。只有年轻的夏利，犹如磐石，一动不动，我们甚至都看不出他在呼吸。他当时的表情正如泰奥多尔·卢梭[1]所说的，就像人间没有生命的东西，自己虽然没有思想，却能发人深省。”然而突然间，德·夏吕斯先生做了一个大幅度的动作，犹如在描绘一个戏剧性的转折一样，大声说道：“这时候……一绺头发！这时候，他正拉到动人的小四组舞曲那活跃的快板。您知道，这绺头发甚至对于头脑最为迟钝的人来说，都是一个启示信号。塔奥米那公主至此为止耳朵一直聋着，因为没有比有耳不听的人更聋的了，但面对这奇迹般的发绺，她无法否认事实，立刻明白这是音乐，而不是扑克。啊！那真是庄严的一刻。”“对不起，先生，请允许我打断一下。”我对德·夏吕斯先生说，以便把他拉回到我感兴趣的话题上来，“您刚才对我说，作曲家的女儿本来该来的。对此我很感兴趣。您是否肯定，说好了她要来？”“啊，我不太清楚。”德·夏吕斯先生也许不由自主地也服从了人类普遍使用的指令，即不要向嫉妒者通告消息。他这么做也许是为了向挑起嫉妒的女士表示尊敬，尽管别人十分憎恨这位女士，他却荒唐地表明自己是个“够朋友”的人；他这么做也有可能倒是出于对这位女士的恶意，因为他以为一个人嫉妒了，反而会加倍地表示爱情。再不然，他就是要成心与人作对，对大多数人都讲真情，就是对嫉妒者守口如瓶，这样，嫉妒者因被蒙在鼓里而备受痛苦；在大多数人的想象中事情至少就是如此。为了折磨别人，大多数人都以己

[1] 卢梭（1812—1867）：法国画家。

度人，拿自己以为最为痛苦的事情——也许那本来就是错觉——来折磨别人。“您知道吗，这里有些像争比高低的场所，人都不错，可就是人人都喜欢从此发迹，出人头地。可是您的脸色有些不好，这间屋子如此潮湿，您会着凉的。”他边说边把一把椅子推到我的身边，“您既然身体不舒服，就应该小心为好。我去把您的外套拿来。不，您自己别去，您找不到，而且会着凉的。瞧瞧，真是太不谨慎了。可是您毕竟不是一个四岁的孩子了。您还真需要一个像我这样的老仆人来照料您才行。”“男爵，不用您劳驾，我去。”布里肖说着就离开了。布里肖也许没有发现，德·夏吕斯先生倒是真的为了向我表示友谊，他那狂妄自大、折磨别人的急性发作已经过去，眼下又恢复了平易近人、真诚相待的态度。布里肖还记着，维尔迪兰夫人是把德·夏吕斯先生当作囚犯那样交给他严加看管的，就怕他以去取我的大衣为借口，偷偷去跟莫雷尔幽会，结果把老板娘的计划搞得全盘皆输。

我对德·夏吕斯先生说，我打扰了布里肖先生，我很遗憾。“噢，不，他非常乐意，他很喜欢您，大家对您都十分喜欢。有一天大家都说，怎么老不见他的人影，他是把自己锁起来了还是怎么的，布里肖真是一个正直的好人。”德·夏吕斯先生只看见伦理教授跟他说话的样子和蔼可亲、坦诚相见，绝没有料想到，他会在背后肆无忌惮地讥讽他。“这是难能可贵的人，他知识渊博，却没有陷于迂腐，不像许多人那样变成一个书库里的老鼠，浑身散发着墨水气。他视野宽阔、胸怀豁达，在他的同人中纯属罕见。看他对生活能有那么深刻的理解，那么善于因人制宜，尊重每人的个性，有时候我们不禁纳闷，他不过是索邦大学一名普普通通的小教授，原来甚至只是个中学教师，究竟是从哪儿学到这一手本领的，连我都常常百思不解。”听到夏吕斯关于布里肖的这番赞赏，我比夏吕斯还要百思不解。就连德·盖尔芒特夫人圈子里最无修养的人都嫌布里肖笨拙迟钝，他怎么竟能取悦于德·夏吕斯先生这位最挑剔的人。取得这一成绩跟有些事情的影响是分不开的。且举一例，当然这事跟夏吕斯的事情并不一样。斯万与奥黛特热恋，在小圈子里度过无数美妙的时光。结婚以后，他又觉得邦当夫人非常客气，她佯装对斯万夫妇无比崇拜，不断来看望那女人，对有关丈夫的事情津津乐道，还用轻蔑的口吻谈论他们。这情况如同作家们把智慧的桂冠不是戴在最富有智慧的人头上，而是戴在寻欢作乐者的头上，原因是他们就某一男子对某一女子的情欲发表过大胆而又宽容的议论；作家和附庸风雅的情妇听了那种议论以后一致认为，到家里来的所有人中间，就数那漂亮的老头傻气最少，因为他在爱恋方面具有丰富的阅历。出于同样的道理，德·夏吕斯先生觉得布里肖比他的其他朋友都聪明，他不仅对莫雷尔非常客气，而且还到希腊哲学家、拉丁诗人、东方说书人中去采撷精品，用一种奇异迷人的诗意来装点男爵的情趣。德·夏吕斯先生现在年纪已经不轻，换了维克多·雨果，就喜欢身边有法克里跟莫里斯[1]这样的人簇拥着。无论是谁，只要能接受

[1] 法克里（1819—1895）：法国作家。其兄为雨果之女婿；莫里斯（1820—1905）：雨果的弟子和遗嘱执行人。

他的生活观，他就喜欢。“我经常见到他。”他继续说道。他说话声音很高，一字一顿，但是除了嘴唇一张一合以外，没有任何动作。脸上涂脂抹粉，如同一张假面具，铁板似的一丝不动。教士般的眼皮故意低垂着。“我听他的课，拉丁区的气氛可以使我换换环境。那里有一批勤奋好学、善于思考的青年。年轻的布尔乔亚们，比起我那些另一社会阶层的同学要更加聪明，更有知识。他们完全不同，这一点您也许比我更加了解，这是一些年轻的布尔乔亚。”他一字一顿地咬着，先吐了好几下布字，然后才慢慢地将布尔乔亚完整地说出来。他按照演讲的习惯，在这个词上特别加重了语气。他这么咬文嚼字也许是因为他喜欢以此来表达其特有的细腻思维，也许是忍不住要在我面前恣意傲慢一下。德·夏吕斯先生的傲慢无礼，丝毫也没有削弱他在我心中（自从维尔迪兰夫人向我披露了他的用心以后）激起的巨大和深切的同情。我只觉得他的话是在跟我逗乐，即便我对他没有现在这么多好感，他的话也不会伤害我的心。我像我的外祖母，缺乏自尊心到了很容易丧失尊严的地步。固然，从中学开始，我就不断地听到一些我最仰慕的同学说，要是别人对他们无礼，他们不会在意，但要是别人要弄手腕，那绝不能轻易饶恕。久而久之，我在言行中便不知不觉地表现出一种自尊自豪的第二天性，在别人眼里，我这种第二天性甚至于还有些过分，因为我无所畏惧，动辄就跟人决斗——不过连我自己后来也渐渐嘲笑决斗的举止，觉得这种做法降低道德声誉，不用我来说，别人更是觉得决斗是非常可笑的。但是被我们压抑着的天性，并未逐出体外，它依然久驻于我们身上。有时候当我们拜读某位天才的新作时，我们高兴地发现，书中有许多议论都是我们曾经不屑一顾的，书中有许多欢乐和凄凉，是我们曾经克制着不敢表露的，书中有整整一个感情世界曾为我们所不齿；这本书使我们恍然大悟，认识了这些感情的价值。正是如此，生活经历终于使我发现，别人对我进行嘲讽，我还不憎恨，而是报以微笑，那就有所不好了。从此缺乏自尊心和不会耿耿于怀的状况不复出现，我甚至几乎彻底忘了那种状况曾经在我身上存在过，但是那种状况毕竟是我原始的生存环境。我不会愤慨和凶狠，急了只会发怒。而且我对正义感是陌生的，甚至也不知道什么叫道德感。我在内心深处只是完全忠诚于那些最弱、最不幸的人。我对于莫雷尔和德·夏吕斯先生的关系在何种程度上牵涉到善与恶的问题发表不了任何意见，可是想到别人正在算计德·夏吕斯先生；要他受苦，我觉得这是难以容忍的。我真想告诉他，却又不知道如何启齿。“我这样一个老头子，看见这批孩子勤奋好学，打心里高兴。我跟他们不认识。”他抬起手来又加了一句，做出话有保留的样子，证明他是纯洁的，以免别人以为他是在自吹自擂，同时也避免别人将怀疑笼罩在纯洁的大学生身上。“这些孩子都很有礼貌，知道有我这位老态龙钟的先生，经常还替我留一个座。真的，我亲爱的。别不相信，我可是四十出头的人啦。”男爵说。其实他已六十出头了。“布里肖讲课的梯形教室有些闷，不过每堂课都有意思。”尽管男爵喜欢与学生为伍，心甘情愿被人群拥挤，但是布里肖为了免得让他久等，有时候就让他跟着自己一起进教室。到了索邦大学，布里肖该说是回到自己家里，该拿出一点气度了，可还是无济于事。去教室，是负责开门的公务员走在前头，备受青年崇拜的大师却跟在后面，还控制不住某种腼腆的神情。尽管布里肖此刻感到身价百倍，希望借此良机向夏吕斯表示一下友好之情，但他仍感到有些为难。为了叫公务员让夏吕斯进去，布里肖装出忙不过来的样子，矫揉造作地对公务员说："男爵，您跟着我，有人会给您安排座位的。"话一说完，就再也不顾夏吕斯，只管自己，摆好入场"架势"，矫健地步入了走道。年轻教师夹道向布里肖致意。他知道在这些年轻人面前他不用再装腔作势，在他们的心目中，他早已是一名权威，所以向他们频频点头，不断递去眼光，表示心意领了。由于他时刻保持着军人风度，所以他的举止带上了某种诚挚的鼓励和 sursum corda[1] 的色彩，仿佛是拿破仑时代的一位老兵在说："他妈的！我会好好打的。"他一进教室，学生座上便掌声四起。有时候，布里肖借德·夏吕斯先生前来听课的机会，对他加倍奉承，近乎是加倍还礼。他对有些家长，或者有些布尔乔亚朋友说："如果这事能够博得诸位的妻子或女儿的欢心，那我就向诸位宣布，德·夏吕斯男爵，德·阿格里让特亲王、孔代家族的直系后裔，要来听我讲课。对孩子们来说，能目睹一位我国正宗贵族的末代后裔，这是一种值得保留的记忆。孩子们来的话，一眼就能看到他，他将坐在我讲坛的旁边，讲坛旁只有他一位。他是个身材魁梧的人，白发黑须，身挂军章。""啊，我向您表示感谢！"有个做父亲的

[1] 拉丁语，意为加油啊。

说。然后，尽管道谢人的妻子有了安排，但他为了不辜负布里肖的一片心意，硬逼着她去听课，而女儿呢，尽管被人群和热气包围着，颇感不适，却还用好奇的眼睛恨不得把孔代的后嗣一口吞下去；但见到他没有戴什么皱领，跟今人大同小异，不禁觉得有些蹊跷。然而他却顾不上看她一眼。不少大学生并不知道他是何人，只见他非常客气，十分奇怪，对他毫不尊敬，态度生硬。然而男爵走出教室，还沉浸在遐想和伤感之中。“对不起，我又扯到我刚才的话题上来了，”我听到布里肖的脚步声，急忙对德·夏吕斯先生说，“您如果得知凡德伊小姐和她的女友要来巴黎，您能不能用气压传送信预先通知我一下，告诉我她们究竟要逗留多长时间，但千万不要告诉任何人，我向您提出过这个请求，行吗？”我几乎不再相信她已来过，提这个请求是为了预防未来。“行，这事我会替您办的。首先因为我还欠您很大一份情。以前您没有接受我的建议，这对您是不利的，但却帮了我一个大忙，您把自由留给了我。当然，我又用另一种方式丢弃了这一自由。”他继续说道。忧伤的声音听得出他希望倾诉衷肠。“我始终认为，这事包含着不可抗力。有一系列的机遇，您却错过了，没有利用。也许是命运之神在千钧一发之际告诫您，让您不要阻挡我的道路。因为说到底，‘忙碌者是人，支配者是上帝’[1]。谁能预料？我们一起从德·维尔巴里西斯夫人家出来的那一天，要是您接受了我的建议，也许此后发生的许多事情就永远不可能发生了。”我听了这话

[1] 美国哲学家、散文家爱默生（1803—1882）之语。

十分窘迫，赶紧抓住德·维尔巴里西斯夫人的名字，说她的故世使我十分悲痛，想以此扯开话题。“啊！是嘛。”德·夏吕斯先生干巴巴地嘀咕了一句，其声调充满了傲慢不逊，听上去他注意到了我的悲哀，却丝毫看不出他相信我悲痛的心情是真实的。我还发现，谈到德·维尔巴里西斯夫人他毫无悲痛之心，我便想从这位十全十美的贵人这里了解一下，究竟为了什么缘故，德·维尔巴里西斯夫人受到贵族阶层排挤。他不仅对我这个社交方面的小问题不予解答，甚至还露出一副对此闻所未闻的神情。于是我明白了，德·维尔巴里西斯侯爵夫人的地位在她故世以后当然是越来越高，但生前，在愚昧无知的平民百姓眼里，她的地位已是高不可攀的，并且在社会的另一极，在德·维尔巴里西斯夫人的那个阶层，即盖尔芒特家看来，她的地位也已是十分显贵；她是他们的姑母，他们看重的是出身门第和姻亲关系以及祖宗对家族留下的影响。他们把这些看成是“家族问题”而不是“社交问题”。德·维尔巴里西斯夫人的家族比我想象得还要光彩夺目。我吃惊地得悉，德·维尔巴里西斯的名氏是虚构的。不过，贵妇人缔结了门不当户不对的婚姻以后，仍保持着显贵地位的，大概不乏其例。德·夏吕斯先生述说道，德·维尔巴里西斯夫人是某某有名的公爵夫人的侄女。这位公爵夫人是七月王朝时期大贵族中最有名望的人物，但她不愿意跟公民王及其家族有所来往，我是多么渴望聆听有关这位公爵夫人的故事啊！德·维尔巴里西斯夫人，善良的德·维尔巴里西斯夫人，长着布尔乔亚的脸颊，送我如许礼物，我每天毫不费力就能见到的德·维尔巴里西斯夫人，居然是那位公爵夫人的侄女，居然是在她家里，在某某公馆由她亲自抚养成人的。德·夏吕斯先生告诉我：“有一次某某公爵夫人问德·杜多维尔公爵：‘三位姐妹中您最喜欢哪一位？’杜多维尔回答说：‘德·维尔巴里西斯夫人。’某某公爵夫人回斥他道：‘猪猡！’公爵夫人是个非常风趣的人。”德·夏吕斯先生说这句话时用盖尔芒特家的人惯用的发音方式对风趣一词做了强调。他觉得“风趣”一词本身就十分“风趣”，我对他这种想法并不感到惊奇，因为我在多种场合都注意过，有些人客观上有一种离心的倾向，他们仔细观察，认真记录他们自己不屑于创造的东西。一遇上他人饶有风趣，便欣赏不已，立刻放弃自己的严肃，把他人的风趣掠为己有。

“瞧他是怎么啦？他居然把我的大衣给拿来了。”夏吕斯见布里肖去了那么久，结果还错拿了他的大衣，便这么说道。“早知道还不如我自己去呢。算了，您先披上。您知道吗，亲爱的，这很不好，这就好比是两人拿同一个杯子喝东西。我知道您在想些什么。不，不是这样，瞧，还是我来吧。”夏吕斯说着把他的短大衣接过来替我披在肩上，朝脖子前拉了一拉，又替我把领子翻起来。这时他用手在我的下巴上一掠而过，又立刻向我表示了一下歉意。“他这样年纪的孩子，连被子都还不会盖呢，应该好好照顾他，管好他穿戴才是。我错过机会了。这本是我能干的事情我却没有干成。布里肖，我生来就是当保姆的料子。”我想借机告辞，可是德·夏吕斯先生表示想去找莫雷尔，结果布里肖硬把我们俩一起都留住了。此外，我想，待一会儿等我回到家里，肯定能见到阿尔贝蒂娜，这肯定的心情犹如我下午想到阿尔贝蒂娜会从特罗卡德罗回来一样。想到此，我就像同一天弗朗索瓦丝给我打了电话，我坐在钢琴前时一样，反而一点儿也不急于要见阿尔贝蒂娜了。正因为心绪平静，所以虽然谈话过程中我几度想起身告辞，但都经不住布里肖命令式的挽留，还是待着没走。布里肖怕我一走，他一人无法牵制住德·夏吕斯先生，无法一直等到维尔迪兰夫人遣人来叫唤我们了。“行了，”他对男爵说，“再跟我们待一会儿吧，您过一会儿再去跟他拥抱也不迟嘛。”布里肖补充道。他那无神的眼睛盯着我看。他的眼睛接受过多次手术，虽然尚存一丝生气，但要他狡黠地斜瞟一下，却谈何容易，它早已没有那必要的灵活性了。“什么拥抱，他这人真傻！”男爵兴奋地失声说，“我是说，他还以为自己是在领奖。他在梦想他那批小学生。我在想他会不会跟他们一起睡觉。”“您是想见凡德伊小姐吧。”布里肖对我说。显然，他听见了我们那段谈话。“她要来的话，我一定告诉您，我从维尔迪兰夫人那里便可以知道。”布里肖对我说这番话，可能是已经预料到男爵即将会被逐出小圈子。“怎么，您以为我跟维尔迪兰夫人的关系还不如您吗？”德·夏吕斯先生说，“这些声名狼藉的人来不来，难道还瞒得过我吗？您知道，那都是些臭名昭著的家伙。维尔迪兰夫人让她们来是错了。这批人去走私集团也许是件好事，她们跟一伙恶徒是狐朋狗友，要聚会只能到可怕的地方去。”他每说一句，我的痛苦就增加一层，旧的痛苦又换了新的痛苦。我突然回想起，阿尔贝蒂娜曾有过某些焦躁不安的举动，但她都能迅速加以克制，不让其流露出来。我想，她也许在盘算着要离开我，这一想心里不禁感到害怕，更觉得有必要将我们的共同生活延续下去，直到我恢复平静为止。然而，要让阿尔贝蒂娜打消念头——如果她有此念头的话——不让她在我决定一刀两断以前就有所行动，要设法维持我们的生活，使我们的感情纽带变得日益脆弱，直至我在执行决裂计划时不再有丝毫痛苦。我觉得，最精明的办法（也许我也受到了夏吕斯先生的感染，无意中回想起他喜欢演的戏），莫过于使阿尔贝蒂娜相信，是我自己决意要离开她的。待会儿回到家里，我就装出要跟她作最后道别，从此一刀两断。“当然不，我并没有认为自己跟维尔迪兰夫人的关系比您更好。”布里肖赶紧解释说，生怕因此引起男爵的疑心。布里肖见我要告退，又想出花样替我解闷，诱我留下别走。他说：“男爵谈到那两位夫人的名声时，似乎遗漏了一个问题。一个人可能声名狼藉，但有可能他背的是莫须有的罪名，众所周知的冤案错案不胜枚举。据记载，历史上一度谁搞鸡奸谁就要被判刑，结果有些名人清白无辜，根本没有此行也身陷囹圄。直至最近人们才发现，米开朗琪罗曾经与一名女子发生过伟大的爱情。[1]这一新的事实，使得莱翁十世[2]的这位朋友将终于有幸得到平反昭雪。我觉得米开朗琪罗这件事是富有现时意义的，它应该使追逐时流的人产生浓厚兴趣，它会把拉维莱特区[3]的人全部鼓动起来。可是眼

[1] 这里指罗曼·罗兰所著《米开朗琪罗传》一书所披露的事实。

[2] 莱翁十世教皇（1475—1521）确实请米开朗琪罗负责设计过几项工程，尤其是处在佛罗伦萨的美第奇家族之墓。

[3] 拉维莱特为巴黎北面的屠宰场，屠夫和流氓混杂在一起，风气败坏。

下得等另一件事的风波过去以后才行，[1] 现在是一片混乱，有些善良的艺术爱好者都把这件事当成了时髦，我们还不能指名道姓说出来是哪些人，不然又是一场争论。”布里肖一开始对男性的名声问题发表议论，德·夏吕斯先生的脸上就流露出一种特殊的焦躁不安的神情，仿佛是一位上流社会的外行面对着医学专家或军事专家在胡说八道，大谈什么医道或战术。“您说的这些事情，您都知道些什么。”他终于对布里肖说，“您给我举一例冤假错案，说出名字来给我听听。哼，我什么事情没您清楚？”布里肖怯生生地想打断德·夏吕斯先生的话，结果被后者严厉地驳了回来。“以前有些人干这种事是出于好奇，或是向一位已故朋友表示感情专一。另有一种人，害怕自己走得太远，如果您向他夸耀，某某男子长得如何英俊，他会回答说，对他来说，男子美貌问题像汉语那样难以理解，他一窍不通；正如机械不是他的本行，他说不出两部马达孰优孰劣一样，他根本无法区别两个男子谁俊谁丑。他这是纯属瞎扯。我的天，瞧瞧，我不是说有人背着莫须有的罪名（或者背着应该这么称呼的罪名）是完全不可能的事情。只是这种情况实属例外和罕见，可以说基本上是不存在的。不过，我是个好奇的人，喜欢到处打听，我倒确实亲眼见到过这样的事情，那可不是神话传说。真的，我平生观察到（我是说科学地观察到，而不是凭空吹嘘）两起给人强加莫须有罪名的事情。一般来说，造成坏名声的原因经常是两个人的名字相仿，或者由于某种外部的

[1] 可能仍指德雷福斯事件。

迹象，比如有人多戴了几个豪华的戒指，有些昏庸之徒就一定要想象一番，断定这就是您所说的那些事情的典型症状。他们的根据就是农夫说话必定是一句一个‘我的天’，而英国人则是三句不离‘该死的’。这都是林荫道戏剧的俗套。”

德·夏吕斯先生列举性欲倒错的人时，提到“女演员的男友”。这人我在巴尔贝克见过，他是“四友社”的头。夏吕斯提到他，我大为震惊。“那么这位女演员怎么样了呢？”“他拿她当幌子，再说他跟她也确实有关系，而且关系也许要比跟男人们更加密切。跟男人们他倒几乎没有什么来往。”“他跟那三个男人有关系吗？”“一点没有！他们交朋友可根本不是为了干那种事情。其中两人完全是要女人的。另一个虽然是那种人，可不一定就是跟他的朋友。总之，他俩是相互隐瞒着。最叫你们吃惊的是，在平民百姓眼里，这些莫须有的罪名还都是有根有据的。布里肖，来这里的人，尽管您可以保证，此人或彼人德行高尚，但了解内情的人却说某某人早已臭名昭著。于是您也不得不人云亦云，对别人的说三道四将信将疑。众人以为，那人就是代表着那种趣味，其实他倒不是谁愿出两个苏他就肯干的。我说两个苏，是因为如果我们假设那价格是二十五个路易的话，那我们就会发现，那些假正经的人数就会缩减到零。否则的话，正经人的比例，如果您看这里面有正经可言的话，一般保持在十分之三至十分之四左右。”布里肖是针对男性提出名声败坏问题的。可是我听了德·夏吕斯先生的话以后，心里想到的却是女性，是阿尔贝蒂娜。男爵的统计数字把我镇住了，尽管我意识到他可能是随心所欲，在夸大数字，或者是在参照那些说三道四者的报告。我意识到，这些人也许是在说谎，在欺骗别人，总之是在受自身欲望的欺骗。他们的欲望跟男爵的欲望加在一起便构成了男爵的计算。“十分之三！”布里肖叫道，“如果比例颠倒的话，那犯罪人数岂不要成百倍地增长。男爵，如果您没有搞错，如果那人确是您所说的那种人，那我们得承认，您是一位罕见的先知先觉者，您预见了一个别人近在身边都未发现的真理。巴雷斯就是这样的人，他对议会受贿腐败的披露，事后才得到证实；又如勒维里埃[1]关于海王星存在的假说，也是如此。维尔迪兰夫人十分喜欢援引一些人的名字，我在此还是不点名道姓为好。这些人猜测，情报局和参谋部出于爱国热情——我对此表示相信——干了一些秘密勾当，对此我始终难以想象。诸如同行业间的秘密关系。德国间谍机构、吗啡瘾等等，莱翁·都德每天都写一篇神奇的童话，其实写的都是事实。岂止十分之三！”布里肖惊诧不已地继续道。说实话，德·夏吕斯先生将同时代的大多数人都说成了性欲倒错，可就是把跟他有关系的男人都排除在外。因为他们的关系稍微带有一些小说色彩，因此他觉得情况比较复杂。这跟有些及时行乐者的态度相仿，他们根本不相信女子有所谓贞操可言，他们认为只有曾经做过自己情妇的人，才谈得上有那么一点贞操。事后又一本正经、非常神秘地反驳别人说：“不，不，您搞错了，她才不是一

[1] 勒维里埃（1811—1877）：法国天文学家。1846 年曾根据天王星运行轨道的计算，得出海王星存在的假说。这一假说日后得到证实。

位姑娘呢。”这些人说出这令人意想不到的看法，部分是听命于他们的自尊心，因为他们得意扬扬地想，情妇们把爱情专留给了他们；部分是听命于他们的天真幼稚，因为情妇们说什么，他们就相信什么；部分是听命于对生活的某种理解，因为当你接近活生生的人、活生生的事的时候，那些标签称号，那些分门归类都显得过于简单草率了。“十分之三！请您万万小心，可别像那些只有未来才予承认的历史学家那样乐观。男爵，如果您想把您说的那张统计表留给后世，那么后代们就会发现，这是一张错误百出的统计表。他们要找根据，因此需要检查您的资料来源。然而，由于那些当事人对这类集体现象极其关心，竭力使它无声无臭，销声匿迹，因此没有任何材料能够证实这类现象。届时好人们就会群起攻之，把您看成诽谤者或者弄臣。您虽然在风雅比赛中荣膺榜首，成为这块土地上的王子，但九泉之下却王冠落地，饱受忧伤。这又何苦呢。犹如我们的博叙埃所说，上帝饶恕我吧！”“我不是在搞历史，”德·夏吕斯先生说，“犹如可怜的斯万先生所说的，生活对我来说已经足够了，生活是饶有趣味的。”“怎么？男爵，您也认识斯万？我可不知道。他是不是也有那种趣味？”布里肖神情担忧地问道。“他这人真俗！您难道以为我认识的竟是那号人吗？不，我想大概不至于吧。”夏吕斯眼睛低垂地说。他设法在权衡利弊，心想，说到斯万，众所周知，他与那种倾向恰恰背道而驰。对那种说法半承认半否认，于所指者毫无损害，而别有用心者听了又以为说话者是有所影射，自然会觉得满意。“我并不是说过去在中学里偶然有过那么一次也不可能。”男爵似乎是不由自主脱口说出的。然后他又若有所思，继续说道："可这事都快两百年了。您怎能要求我记得清楚，您真讨厌。"他笑着结束道。"总而言之，他并不漂亮，不漂亮！"布里肖说。他自己面目可憎，还自以为是，经常替别人挑刺，说人丑陋。"住嘴，"男爵说，"您不知道自己在胡说些什么。那时候，他脸如鲜桃，"他高八度地吐出每一个音节，补充道，"他犹如爱神那般漂亮。再说他后来一直都风度未减。女人们都疯狂地爱过他。""可是您见到过他自己的妻子吗？""瞧您说哪儿去了，他还是通过我才跟她认识的呢。有一天晚上我看到她扮演塞克里本特小姐，半身男装[1]，我觉得她楚楚动人。我跟俱乐部的伙伴们在一起，我们每人都带了一个女伴。尽管我对此不感兴趣，只想睡觉，可是那些尖嘴薄舌的人还是声称我曾经跟奥黛特睡过，人之可恶到了极点。不想奥黛特偏偏利用别人的传言老是来跟我纠缠不清。于是我就把她介绍给了斯万，心想从此可以脱身了。谁想到从那一天起她越发缠个没完没了。她一个字也不会写。写信都要我来代笔，散步也要我来陪伴。我的孩子，这就是所谓的好名声，明白了吧，再说，这种美誉，我是徒有其名，并不完全名副其实，因为是她逼着我，把我拉进她那五六人的可怕的游戏圈的。"奥黛特相继有过多名情人，先后替换；德·夏吕斯先生列举这些情人的名字，就跟背诵法兰西历代国王那样滚瓜烂熟。确实，嫉妒者就如当代人一样，离当代的事

[1] 暗指《在少女们身旁》中的一节。在巴尔贝克，埃尔斯蒂尔的画室里，叙述者惊奇地看到一幅水彩画，表现一位半身男装的女演员，图画题名：塞克里本特小姐。

物太近了，结果什么也看不清楚；只有局外人才能判断有关某人私通的传闻是否具有历史准确性，才有可能开列一串名单。不过局外人所列的名单是没有感情色彩的。名单只有到了另一位嫉妒者的眼里，才会变得凄凉阴沉、令人忧伤。因为就像我一样，这另一个嫉妒者会情不自禁地拿自己的处境去跟他耳有所闻的那个嫉妒者进行比较，会不禁扪心自问，自己怀疑的那个女人会不会也有那么一张如此显赫的名单。然而他什么也不可能了解到。这就如同一场攻守同盟的阴谋，如同集体对新兵进行残酷捉弄一样。就是说，在他的女友相继跟别人发生关系的时候，他的眼睛被蒙上了一块黑布，尽管他竭力想把蒙布撕掉，但都无法做到，因为大家就是希望这个不幸的人两眼一抹黑。这么做的目的，好人是出于善心，坏人是出于恶意，粗俗之徒是因为喜欢搞恶作剧，谦谦君子则是出于礼貌和良好的教养。然而大家都在恪守一个公约，即所谓的原则。“可是斯万是不是知道您跟她有过关系？”“瞧您说的，多可怕！这事怎么能跟夏尔挑明！那非叫他怒发冲冠不可。我亲爱的，简单地说，他会把我杀掉的，他那嫉妒心就像老虎一样凶猛。对奥黛特我从来没有承认过……其实她对这事倒是毫不在乎的……算了，别叫我尽说些傻事了。最厉害的要数她朝他开枪的那件事了，连我都差一点儿中了弹。唉！别提了，跟这一对夫妻算什么趣事都给我碰到了。当然啰，后来还是我出庭做证，驳斥奥斯蒙；为了这事，他始终没有原谅我。奥斯蒙拐走了奥黛特，斯万为了安慰自己，就让奥黛特的妹妹做了自己的情妇，或者说假情妇。好了，您绝不能让我讲斯万的故事，要讲十年都讲不完，您明白吗？他的事我比谁都了如指掌。她凡是不愿意见夏尔的日子，都是由我陪她。我觉得这事很麻烦，更何况我还有一个近亲，名字叫克雷西，虽然他根本无权干涉此事，可是他知道了毕竟不高兴。那时候，别人都管她叫奥黛特·德·克雷西。她完全可以叫这个名字，原来有一个叫克雷西的人，她是他的妻子，只不过后来离异了。那位克雷西非常正宗，是位很好的先生，她却刮尽了人家最后一个生丁。可是，瞧瞧，您这不是成心要我唠叨嘛，我在小火车上看见您跟他在一起的，在巴尔贝克时您还供应他吃饭了呢。可怜的人，他一定需要吃饭。他那时候靠斯万给他的一笔极小的供养费过活。自从我的朋友去世以后，这笔年金就一笔勾销了。我所难以理解的是，"德·夏吕斯先生对我说，"既然您经常出入夏尔家，刚才您怎么没跟我说，让我把您介绍给那不勒斯女王呢？总之，我看得出来，您对任何人都不感兴趣，缺乏好奇心。一个认识过斯万的人这样，我总觉得不可思议。因为斯万对这方面的兴趣是如此浓厚，以至于无法断定，在那方面我们俩究竟谁是谁的启蒙者。这就好比谁要是认识惠斯勒，却不知道什么叫艺术趣味，我同样会感到十分吃惊。我的天，认识她主要对莫雷尔很重要。再说他也非常渴望能够认识她，他这么渴望是极其聪明的。真可惜她走了。不过这不要紧，这几天我再来牵一下线。他一定会认识她。除非她明天就驾崩，这事绝对误不了。可以指望，驾崩这事还不至于发生。"布里肖因为德·夏吕斯先生向他透露了"十分之三"的比例数，受到了很大的震惊，尚未缓过劲来，还在不断地苦思冥想，推理论证。他突然神情阴郁地问德·夏吕斯先生："茨基不是这样的人吗？"这突如其来的发问令人想起预审法官设置圈套，引诱被告招供的样子。其实，这只不过是教授想显示一下自己明察秋毫，但临到要提出如此严重的控告时，他又变得局促不安起来。为了使人信服他那所谓天生的直觉，他选择了茨基，心想既然只有十分之三的人是清白干净的，那么点出茨基的名字，失误率肯定微乎其微，因为布里肖觉得茨基有些奇怪，夜不成眠，还抹香水，总之有些反常。"根本不是。"男爵大声说道，那嘲讽的语气还夹杂着几分挖苦、专断和愠怒。"您的话说得有点走样，不合逻辑，没有说到点子上。要说有谁对此一窍不通，茨基正是一个。如果他真是那种人的话，他样子倒反而不会那么显露，那么像了。我说这话，对他没有丝毫批评的意思，他很有魅力，我觉得他甚至还有几分叫人非常迷恋的神态。""那么，说几个名字给我们听听吧。"布里肖又穷追不舍道。夏吕斯起身傲慢地说："噢！我亲爱的。您知道，我，我是生活在抽象之中的人。这一切只有从超验的角度来看，才使我感兴趣。"他怀着他这类人固有的谨小慎微，带着他谈话特有的浮华做作回答道。"您明白吗，我呀，只对普遍现象感兴趣，我跟您谈这些事感觉是在谈万有引力。"男爵竭力掩饰自己的真正生活。他做出如此谨慎的反应，只是很短的时间。相比之下，刚才连续几个小时，他都在步步为营，促使别人猜测他的生活。他又献殷勤，又挑逗，竭力显示自己的生活。在他身上，倾吐衷肠的需要远远胜过对泄露秘密的恐惧。"我想说的是，"他继续道，"虽然有些人背上了莫须有的恶名，也有成百上千的人是徒具美名。当然，看您是听信那些同类人的话还是其他人的话，徒具美名的人数也随之在变。说真的，其他非同类的人想嫁祸于人的可能性是有限的，他们虽然对恶习犹如对偷盗或谋杀那样深恶痛绝，然而他们对染有恶习的人的高雅情操和善良心地是有所了解的，所以他们只是对那种恶习不予置信而已。相反，同类人嫁祸于人的可能性要大得多。他们希望，取悦于他们的人是可以亲近的；另一些原来抱有同样希望，结果希望破灭的人，向他们提供了消息。他们都一概相信，更何况他们相互之间通常又一直存在着隔阂。我见过一个人，因为这一异癖而遭人鄙视，他说他估计某位上流人士也有同样的异癖，其唯一理由就是那位上流人士跟他非常客气。根据推算出来的人数，”男爵天真地说，“完全有理由乐观。但是外行推算的数字跟内行推算的数字出现巨大差额，其真正的原因在于内行在自己的行为外面包了一层神秘的东西，以遮人耳目之用。别人根本没有办法打听，所以他们只要得悉四分之一的真相，便已惊得目瞪口呆。”“那么我们的时代跟古希腊一样啰？”布里肖问。“什么？怎么跟古希腊一样？您难道以为古希腊以后就再也没有繁衍传代吗？请瞧瞧，路易十四时期的先生[1]、小韦芒杜瓦[2]、莫里哀、路易·德·巴登亲王[3]、布伦瑞克、夏罗莱[4]、布弗莱、孔代

[1] 法国王室自16世纪起称国王的次弟为“先生”，此处指路易十四之弟德·奥尔良公爵。

[2] 德·韦芒杜瓦伯爵（1667—1683）：路易十四之子。

[3] 德·巴登亲王（1655—1707）：路易十四教子。

[4] 德·夏罗莱伯爵（1700—1760）：孔代大人之孙。

大人[1]、德 · 布里萨克公爵[2]。”“我打断您了，我当然知道，我是从圣西门那里读到关于先生和布里萨克的描写的，当然还有旺多姆[3]，还有其余许多人，我都知道。可是圣西门这个该死的家伙写过许多孔代大人和路易 · 德 · 巴登亲王的事情，可是怎么就从来没有提到过这一点。”“堂堂索邦大学的教授，竟要我来向他讲授历史，这未免有些太惨了吧。亲爱的老师，您怎么孤陋寡闻得像条鲤鱼？”“您说话真刺人，男爵，不过也很有道理。来，这回我要叫您高兴高兴。现在我想起一首歌曲，唱的是当年孔代大人在其男友德 · 拉穆塞侯爵[4]陪伴下共游罗纳河，突遇暴风雨的情景。歌词是用诙谐的拉丁语写的。孔代说：

Carus Amicus Mussaeus,

Ah! Deus bonus quod tempus!

Landerirette,

Imbre sumus perituri.[5]

拉穆塞安慰他说：

Securae sunt nostrae vitae,

---

[1] 德 · 孔代亲王（1621—1686）：路易十四手下大将。

[2] 德 · 布里萨克公爵（1645—1699）：圣西门之亲戚。

[3] 德 · 旺多姆公爵（1654—1712）：亨利四世曾孙。

[4] 死于 1650 年。

[5] 拉丁语，意为：
我的朋友拉穆塞，
老天在作什么孽！
哎呀呀，
这雨要把我俩毁。

Sumus enim Sodomitae,

Igne tantum perituri,

Landeriri.”[1]

“我收回我刚才说的话，”夏吕斯尖声尖气、忸怩作态地说，“您真不愧为学识渊博。您会给我写下来的，对不对，我想把它保存在家族档案里，因为我隔三代的曾祖母是亲王先生的妹妹。”“是的，可是，男爵，关于路易·德·巴登，我什么也看不出。况且，一般来说，我以为作战艺术……”“真傻！那个时代，旺多姆、德·维拉尔公爵[2]、德·欧仁亲王[3]、德·孔蒂亲王[4]，要是我再加上东京和摩洛哥的勇士[5]——我是指真正的品行高尚、心地虔诚的人——以及‘新一代的人’，那我更是要叫您大吃一惊了。啊！我要把这告诉正在对新一代进行调查研究的人。布尔热[6]说，这一代人摈弃了前人无谓的纠纷。我那儿有一位小朋友，大家议论纷纷，都说他干了非常出色的事情……不过我不想说什么坏话，还是再说说十七世纪吧。圣西门谈到过许多人，但您知道他是怎

---

[1] 拉丁语，意为：
我俩生命最安全，
就为我们是鸡奸，
要毁只有被火毁，
雨毁我们难上难。

[2] 德·维拉尔公爵（1653—1734）：法国元帅。

[3] 德·欧仁亲王（1663—1736）：军事家。

[4] 德·孔蒂亲王（1664—1709）：孔代大人的侄子。

[5] 此处暗指1883—1887年东京之役，即指远征军；摩洛哥是指1907年的卡萨布兰卡登陆。

[6] 布尔热（1852—1935）：法国文学批评家。

么描述于格塞尔元帅[1]的吗？圣西门说他跟放浪形骸的古希腊人差不多，不屑于藏藏掖掖，不仅玩年轻漂亮的仆人，而且还抓住那些年轻军官不放，加以驯化；在军营里，在斯特拉斯堡，光天化日之下就那么干。他也许读过夫人[2]的书信，男人们都称他为'Putana'[3]。她描写得十分露骨。""她跟丈夫在一起，消息最为可靠，最掌握情况。""夫人真是一个妙趣横生的人物。"德·夏吕斯先生说，"根据她的描写，我们可以对'姨妈'[4]进行抒情性的综合，这首先是一个具有男子气的人。通常来说做姨妈妻子的人是男人，所以姨妈给他生儿育女是易如反掌的事。其次，夫人闭口不谈先生的恶习，而是以了解内情的人自居，大谈特谈别人身上的这种恶习。我们大家都有这种习惯，明明我们自己家里在犯这犯那毛病，但我们讳莫如深，偏喜欢说别人家也在犯这毛病，借此向自己证明，有这毛病并没有什么不正常、丢面子的地方。我刚才对您说过。这种事情始终都是如此。不过，我们这种事，从这个观点来看，又有一些与众不同的地方。尽管我援引了十七世纪的例子，如果我的祖上弗朗索瓦·德·拉什富科生活在我们这个时代，他一定会比生活在他们那个时代更据理力争地说，瞧，布里肖帮助我回忆一下：'恶习每个时代都有见闻，如果世人皆

[1] 于格塞尔（1652—1730）：法国元帅。

[2] 法国王室自16世纪起称国王次弟之妻为"夫人"，此处指路易十四之弟德·奥尔良公爵之妻。

[3] 拉丁语，意为放荡女子、妓女。

[4] 谓鸡奸者。

知的那种人都出生在纪元开初的年代，那我们如今还能侈谈埃拉加巴卢斯[1]的卖淫吗？’世人皆知一句我尤为喜欢。我看得出我那见识卓越的远亲熟谙当时名人的‘叫卖’，就好比我深知当今名人的叫卖一样。不过那种人，今天不仅仅是增多了，而且还添了一些特殊的东西。”我发现德·夏吕斯先生将要告诉我们，此类风尚是如何演变传袭的。然而，在夏吕斯和布里肖说话的过程中，我脑中不断闪现阿尔贝蒂娜在家等我的景象以及凡德伊乐曲抚慰亲切的动机，两者融为一体，时明时暗，但始终没有离开过我。我的思绪不断回到阿尔贝蒂娜身上，事实上我过一会儿必须真要回到她的身边。不管怎样，我重又给自己套上了一副脚镣，它使我不能离开巴黎。此时此刻，我从维尔迪兰的沙龙思及我的家，便实实在在地感觉到了这个家。这个家不是一个虽能激发个性但空荡凄凉的家，而仿佛是充实的——从这一点来说，有一点儿像某一晚上巴尔贝克旅馆的情景——有人存在着；这存在的人一步不离，在那里久久等待着我，我何时愿意，何时便能见到这个人。德·夏吕斯先生不断回到原来话题上来——而且，他那永远朝着一个方向发挥的智慧对这个题目具有某种敏锐的洞察力——那种固执具有某种难以说清的东西，令人难受。他如同一个除了自己专业其他一概漠视的学者，令人生厌，又像一个自恃了解隐秘又急于透露出去的人，令人恼火。他就像有些人那样，别人一说到他们的缺点，便乐不可支，殊不知这种态度多么令人反感。他是

[1] 埃拉加巴卢斯（204—222）：218—222年为罗马帝王，其统治年代，荒淫无度。

怪人，说话言不由衷，他又如罪犯，不可自制，非要闹事。有时候这些特征变得像疯子像罪犯的特征那样明显突出，可是它们却给我带来了某种安慰。我对这些特征进行了必要的移位，把它们推演到阿尔贝蒂娜身上。我又回想起她对圣卢以及对我的态度。我心想，这些往事哪怕再为辛酸，再为凄凉，似乎毕竟还不至于像德·夏吕斯先生的谈话和人格那样透出如此明显的畸变和独一无二的特异。但可惜得很，德·夏吕斯先生匆忙地摧毁了我的希望，摧毁的方式正如他先前给予我希望时那样，即完全于不知不觉之中。“是的，”他说，“我再也不是一个二十五岁的人了，我发现，身边许多事情都已发生了变化，这个社会已经面目全非，栅栏已被推倒。那些不修边幅、不登大雅之堂的人居然把探戈舞乱哄哄一直跳到我家里来了。现今的时装、政治、艺术、宗教，我一概都认不出来了。不过我承认，变化最大的，还要数德国人所谓的同性恋。我的天，我们那个时候，那些憎恶女人的男人和那些只喜欢女人、做事情只出于功利的男人哪儿轮得上号，唯有同性恋个个都称得上是好父亲，只是为了打掩护才偶有个情妇。如果我有女儿出嫁，如果我希望保证她不受苦受难，那我一定到同性恋中间去物色女婿。唉！世道变了。如今有的同性恋甚至都是最狂恋女人的人。我原以为自己嗅觉灵敏，心想，这事绝对不可能，我还以为自己不会看错。嘿！看来我只能认输了。我有一个朋友，干这事是出了名的。我嫂子奥丽阿娜给他找了一个马车夫，是贡布雷的一个小伙子，这人什么活都干过，纯粹是个色鬼，因此我敢发誓，他对那种事情是深恶痛绝的。在许多女人中，他对两个女人十分崇拜，一个是演员，一个是啤酒店老板的女儿，他跟她们发生了关系，欺骗了自己的情妇，使她十分痛心。我的表兄德·盖尔芒特亲王，属于那种聪明得让人恼火、把什么都想象得十分容易的人。有一天他对我说：‘某某人为什么不跟车夫睡觉？谁说得准戴奥多尔（这是车夫的名字）一定不喜欢这事？他的主人不向他献殷勤，他难道也不生气？’我赶紧叫希尔贝快别这样说。我为他这种所谓的敏锐性感到恼火。不加区别，自作聪明，这等于缺乏敏锐。我对他恼火，因为他还使了一个破绽百出的坏心眼，企图把我的朋友某某人也拉到独木桥上冒险一试，逼他去干那种事情。”“德·盖尔芒特亲王难道也有这种癖好？”布里肖惊奇不安地问。“我的天哪，”德·夏吕斯先生兴奋地答道，“这事谁不知道，我想，我要是回答您说这事错不了，我绝对不会有失谨慎。是这样的，第二年我去巴尔贝克，有一个水手有时候带我去捕鱼，他告诉我一些事情。我那戴奥多尔，我顺便提一句，他的姐姐是维尔迪兰夫人的女友，德·普特布斯男爵夫人的女佣。总之，戴奥多尔每次来码头，不是带走这个水手，就是带走另一个，真不要脸，摇着船远远去转一圈，‘也干其他的事’。”这一回轮到我问夏吕斯了，那位老人，我认出来就是整天跟他情妇玩牌的那位先生，是否有点像德·盖尔芒特亲王。“瞧瞧，这是路人皆知的事，他从来也不打遮掩。”“可是他是跟情妇在一起啊。”“那又有什么关系。这些孩子，难道他们还那么天真？”他尖声地对我说，我正想着阿尔贝蒂娜，没想到从他话里提取到的只是苦汁。“他的情妇很动人。”“那么，他其他三位朋友也跟他一样吗？”“一点儿也不。”他捂住耳朵大声说，仿佛我的弹奏离弦走调似的。“现在他又走到另一个极端。照此推理，人们连交朋友的权利都不该有啰？唉！年轻人哪，就喜欢把什么都混为一谈。您应该重新接受教育，我的孩子。不过，”他又说道，“我经历过许多事情，可是这件事情太公开了，以至于我必须尽力保持头脑清醒，防止冒昧。这件事着实叫我十分尴尬。我也许是老朽了，我真弄不明白。”他说这番话，其口吻如同主张法国教会自由独立的人却在大谈教堂的权力至高无上，自由保皇派在大谈法兰西行动组织，或者克洛德·莫奈的弟子在大谈立体派。“我不是对那些创新者进行非难，我对他们倒是十分钦慕。我力图理解他们，但是我百思不得其解。如果他们真的如此喜爱女人，那么为什么他们还需要弄一个他们称为小家伙的人？更何况在这工人阶层，这种事情向来名声不好；他们出于自尊心，干起来都是躲躲闪闪的。看来这事情对他们来说还代表着其他意义。那究竟是什么呢？”“对阿尔贝蒂娜来说，女人还代表着其他什么东西呢？”我思忖着，正是这个问题在使我痛苦不堪。“一言为定，男爵，”布里肖说，“如果院系学术委员会建议开设同性恋课程，我一定首先推荐您。不，这还不好，一个什么特殊心理生理研究院之类的机构也许更能发挥您的特长。我看您尤其适合在法兰西学院执教，您可以致力于个人研究，像泰米尔语或梵语教授那样，把研究成果讲授给对此感兴趣的人。不过听众人数很少，只有两名，另加一名公务员。我这么说，并不是对我们全体教务人员有什么怀疑，我认为他们是无可怀疑的。”“您一无所知，”男爵武断地回驳道，“您以为对这事感兴趣的人寥寥无几吗？您是大错特错了。事实恰恰相反。”他没有意识到，他谈话内容那不变的指向和他将要对别人所做的责备两者之间是有矛盾的，“相反，情况非常可怕，”他愤慨而又悔恨地对布里肖说，“现在这事都成了人们唯一的话题。这是可耻的现象，但倒过来证实了我对您说的话，我亲爱的！据说前天在德·阿伊安公爵夫人家中，整整两个小时，客人们没有谈别的事情。您想想，如果现在妇女们也参与进来谈论此事，那还成什么体统！最可恶的是，那些害人精、那些十足的恶棍把什么都告诉了她们，”他带着平时并不多见的怒火接着说，“譬如夏特勒罗那小子，谁都比不上他，他的事情真是一言难尽。总之这些人当着她们的面尽对别人说长道短。有人对我说，那小子说了我许多坏话，可是我毫不在乎。我想，一个打牌作弊被俱乐部逐出的人，想拿泥块和脏东西砸人，其结果只能掉在自己身上。我非常清楚，如果我是珍妮·德·阿伊安，我会相当珍重自己的沙龙，不允许别人谈论这类话题，不允许别人糟践自己的亲生父母。可是眼下什么社交呀，规矩呀，礼节呀，早都荡然无存，交谈跟服饰都一概不讲究这些东西了。噢！我亲爱的，世界末日来临了。每个人都变得如此凶恶。大家都在攀比，看谁说别人的坏话多。真令人发指！”

我童年在贡布雷就十分怯懦，为了不要看见别人赠送白兰地给我外祖父，不要看见我外祖母苦苦哀求他别再喝酒的情景，我就逃之夭夭。现在我只有一个念头，趁夏吕斯还未受罚，赶快离开维尔迪兰公馆。“我必须走了。”我对布里肖说。“我跟您一起走，”他对我说，“可是我们不能学英国人的样，不告而别。我们去跟维尔迪兰夫人道个别。”教授说完就径直朝客厅走去，像小孩下棋一样，看看“能不能悔棋”。

在我们聊天的时候，维尔迪兰先生遵照妻子的旨意，已把莫雷尔带走了。其实，维尔迪兰夫人经过深思熟虑，觉得暂且不向莫雷尔透露秘密似乎更为上策，可是她已欲罢不能。有些欲望，尽管你把它封在口腔里，但一旦任其膨胀，它就不顾后果如何，坚决要求得到满足。我们见到袒露的玉肩，不会久久地呆视着而不去吻一下，我们一定会像老鹰叼蛇那样，早把嘴唇快快送去；我们不会饥肠辘辘，蛋糕放在面前也不碰一下；我们更不会听到意外的话语而置若罔闻，无动于衷，心灵不激发起惊奇、迷惑、痛苦或喜悦的情绪。维尔迪兰夫人正是处于这种心境，沉醉于情节剧般的伤感情调之中，所以她不由自主地授意丈夫拉走莫雷尔，不惜任何代价要跟小提琴家谈谈清楚。小提琴家本来已在抱怨，那不勒斯女王怎么没等别人把他介绍给她就走了。德·夏吕斯先生曾经再三强调，她是伊丽莎白女王和德·阿朗松公爵夫人的胞妹。因此女王在他的眼里是个非凡的重要人物。可是主子对莫雷尔解释说，他不是来跟他谈那不勒斯女王的。维尔迪兰先生单刀直入，跟他谈了正经的事。“这样吧，”谈了一会儿以后他结束道，“这样吧，如果您不信，您可以去听听我妻子的意见。我发誓，我什么也没有告诉过她。我们一起去听听，她对这件事是怎么看的。我的看法也许有错误，但您知道她的见解是绝对正确的，再说她对您充满了无限的友谊。来吧，我们把是非交给她来评判。”这一边，维尔迪兰夫人已经等得坐立不安。她急于亲自跟高超的小提琴家谈谈，品尝一下激动的滋味。然后等他走了以后，要丈夫详细汇报一下他俩交谈的确切内容。她一边等着一边不停地说："他们究竟在干什么？古斯塔夫把他拖了那么长时间，我希望他至少能够给他适当地加加工。"维尔迪兰先生跟莫雷尔一起走下楼来，莫雷尔看上去神情非常不安。"他向您请教一个问题。"维尔迪兰先生对他妻子说，那样子就像不知道自己的请求能否得到满足一般。维尔迪兰夫人正是激情满怀的时候，也顾不上回答维尔迪兰先生的话，直接对着莫雷尔就说开了："我完全同意我丈夫的意见，我认为这件事情拖的时间够长的了，您不能再这么忍气吞声了！"她激愤地大声说道，至于她跟丈夫刚才商定，丈夫跟小提琴家谈些什么她应该装作一概不知，这一点她早已抛到九霄云外。"怎么回事？什么忍气吞声？"维尔迪兰先生支支吾吾地问，竭力装出十分惊奇的样子。他尽管因乱了阵脚而显得有些笨拙，但仍在竭力维持骗局。"你对他说了些什么，我猜到了。"维尔迪兰夫人回答道。老板娘对能否自圆其说毫不在乎，也不顾小提琴家过后回想起此情此景，对她的诚实性会做何感想。"不，"维尔迪兰夫人继续道，"我觉得您再也不能含垢忍辱，跟这个早已枯朽的人物继续接触了。他已到处不受欢迎。"她也根本不顾这话不太真实，忘了自己就几乎每天都在接待他。"音乐学院的人都把您当成了笑柄。"她感到这是最有说服力的证据。"要再这么拖一个月，您的艺术前途就将成为泡影。没有夏吕斯，您每个月可以多挣十万多法郎。""可是我怎么从来没有听说过什么，我非常吃惊。不过我非常感谢你们。"莫雷尔热泪盈眶喃喃道。他因为不得不还要装出惊讶的样子，掩饰羞耻，所以满脸通红，比他连续演奏贝多芬全套奏鸣曲还要满头大汗，眼眶里涌出了连波恩的音乐大师都肯定无法催落的泪水。雕刻家对这些泪水很感兴趣，他微笑着用眼角示意我注意看夏利激动的样子。“如果真要什么也没有听说过，那就只剩您一个人了。他早已是丑事干尽臭名昭著的人了。据我所知，警察正盯着他呢。其实真要落在警方手里，倒还算是他的福分，免得像他同类那样，临终都倒在流氓的暗刀之下。”维尔迪兰夫人又说。她心里想着夏吕斯，德·迪拉斯夫人的情景不由得浮上心头。她已如痴如醉，盛怒之下随意添油加醋，在夏利可怜的伤口上尽兴撒盐，同时也为自己今晚受到的侮辱解了恨，雪了耻。“再说，即便光是在物质上，他对您已毫无用处了。自从他被那帮家伙捏在手心里，被敲诈勒索，他早已彻底破产，分文不名。连他们都已不能再从他这儿敲到什么，来支付自己的享乐，您就更别想得到报酬了，他的公馆、古堡，一切都给典押了。”莫雷尔十分轻易地听信了这番谎言，其主要原因是德·夏吕斯先生是喜欢把他当作知心人，把自己跟流氓们的关系都一五一十地告诉过他。他这个仆人的儿子，不管自己也荒淫无耻，但对那种人却厌恶至极，其厌恶的程度跟他对波拿巴主义的热情正好形成对照。

莫雷尔阴险的骨子里已经酝酿着一个类似十八世纪所谓盟友叛变的阴谋。他决定永远不向德·夏吕斯先生吐露此事，准备第二天晚上回到絮比安侄女的身边，一切都由他自己来亲手处置。可惜的是，他的计划有可能失败，因为德·夏吕斯先生已跟做背心的裁缝约好，当天晚上要见面。尽管发生了上述事情，莫雷尔还是未敢不去赴约。我们将会看到，继后莫雷尔又接二连三地遇到了一连串其他的事情。絮比安哭丧着脸向男爵诉说自己的不幸。男爵尽管自己也很不幸，但还是向他保证，被遗弃的小姑娘由他来继续供养；小姑娘会得到一个她所拥有的称号，很有可能就叫德·奥洛龙小姐；他会使她补上良好的教育，并给她富足的嫁资，让她成婚。听到这些许诺，絮比安十分高兴，可是他侄女却无动于衷，她依然爱着莫雷尔。莫雷尔趁絮比安不在，不知出于愚蠢还是厚颜无耻，闯进店铺，冷嘲热讽地说："您怎么啦？眼睛怎么一圈都是黑的？是爱情的忧伤吗？夫人，年复一年，岁岁相异。说穿了，我们难道穿一双鞋试试的自由都没有？更何况是个女人，要是她不合您的脚……"他只发过这么一次怒，因为她哭了。他觉得她这么做是卑劣无耻的，是在耍弄手腕。我们有本事把别人的眼泪逼落下来，却不一定总能忍受这被自己逼落下来的眼泪。

不过我们把话扯得太后面去了，因为这一切是到维尔迪兰晚会以后才发生的。我们割断了晚会的情景，现在应当仍然回到刚才断掉的地方。"我压根也没有想到。"莫雷尔接过维尔迪兰夫人的话叹息道。"当然，别人才不会当着您的面说呢，但这并不能证明您不是音乐学院的笑料。"维尔迪兰夫人用心险恶地继续说，希望借此向莫雷尔挑明，事情并非仅仅牵涉到德·夏吕斯先生，而是直接关系到他自己的利益。"我完全相信，您是被蒙在鼓里的，可是别人才不顾这些呢。您问问茨基，那天您走进包厢的时候，别人在谢费亚包厢里，就离开我们一步远，都说了些什么。换句话说，别人都在瞧不起您。我可以对您说，要是别人这么待我，我倒不在意。可是我觉得一个男子汉如此，那岂不出奇地可笑？他会一辈子都做众人笑柄的。”“我不知道如何感谢您才是。”他说这话的语调，就如被牙科医生折腾得痛不欲生却还不愿意流露出丝毫疼痛；这情景又像是一个爱打抱不平的人，能为一句无谓的话而拔刀相助，怂恿你去跟人决斗，对你说，“您绝不能这么白白挨骂。”你听后感激不尽。“我认为您是个有个性的男子汉，”维尔迪兰夫人说道，“尽管他对众人吹嘘，是他撑着您，说您没有种，但您会扬眉吐气的。”夏利寻思着，如何借别人一份尊严来遮盖自身破败不堪的尊严。他突然想起不知在哪儿念到过或者听到过的，灵机一动，郑重宣布道：“我不是靠这份面包长大成人的。从今晚开始，我就跟德·夏吕斯先生一刀两断……那不勒斯女王走了，是吗？否则，我应该先征求一下她的意见，然后再跟他一刀两断……”“不一定要跟他彻底决裂，”维尔迪兰夫人生怕小圈子就此被拆散，赶紧说道，“您在这里见见他没有什么害处，您在我们的圈里是受到好评的，没有人说您的坏话。但是您必须获得自由，另外要注意，不要让他把您拉到那些蠢女人家里去。那些人只是表面对您客气。我很想让您听听她们背后都说您些什么。再说，您有什么可后悔的，您这样倒清除了本来要留一辈子的污渍。从艺术的角度来看，受夏吕斯引荐就不是一件光彩的事，撇开这一点不说，光像您这样在伪上流社会上蹿下跳，也会被人看作不务正业，落得一个业余琴手、沙龙小乐师的名声。在您这样的年纪，落得这个名声，可就没有救了。我明白，那些漂亮的夫人分文不花，把您请去，跟自己的朋友礼尚往来，轻而易举，她们何乐而不为？但是赔出去的是您艺术家的未来。我不是说去那么一家两家也不行。您刚才谈到的那不勒斯女王，她就是一个正直的好人。不瞒您说，我觉得她就不把夏吕斯放在眼里，她主要是看在我的分上才来的。是的，是的，我知道她早就想认识维尔迪兰先生和我了，她那儿倒是可以去演奏的地方。而且不瞒您说，我带着人去，这事情就完全不一样了。艺术家们都认识我，您知道，他们对我向来非常客气，有些人把我看作他们的自己人，他们的老板娘。不过您千万要小心，千万不要去德·迪拉斯夫人家！绝不要去干这类蠢事。我认识一些艺术家，他们到我这儿来说到她，都跟我吐了知心话。您知道，他们明白，对我可以无话不说。”她善于这么突然采用温柔真诚的口吻说话，在脸上添一丝谦和的神色，在目光里加一丝恰如其分的妩媚。“他们就这样，来我这儿说说他们那些日常琐事。有几位，别人都说他们最沉默不语，可是跟我聊起来，一聊就是几个小时。我没办法告诉您，他们个个都多么有趣。可怜的夏布里埃老是说：‘只有维尔迪兰夫人才能叫他们开口。’唉，您知道，每个到德·迪拉斯夫人家演奏过的人无一例外地都伤心不已。这不是单单因为她让手下仆人对他们进行侮辱，以此取乐，而是因为此后就再也没有请他们去演奏过。剧院经理说：‘啊，对，就是那个到德·迪拉斯夫人家去演奏过的人。’一句话就完了。您大可不必这样断送了自己的前程。您知道，上流社会没有一个正经的人。这话说起来让人伤心，但事实就是如此。您哪怕再有本领，只要来个德·迪拉斯夫人，就足以给您添上个业余琴手的美名。您知道，我，您明白我对艺术家最了解，我跟他们打了四十年的交道，是我使他们扬名，是我对他们感兴趣，嗯，您知道，如果谁被他们说这是‘一个业余的’，他们该说的话就都说了。而事实上已经有人开始在这么说您了。为这事，我已经不知道发过多少次火，我要确保不让您到这个可笑的沙龙去演奏。您知道别人是怎么回答我的吗？‘可是他也由不得自己呀，夏吕斯又根本不用告诉他，根本不用征求他的意见！’有人对他说：‘我们非常欣赏您的朋友莫雷尔。’以为这样能够博得他的高兴。可是您知道他是怎么回答的吗：‘您凭什么说他是我的朋友？我们不是一个阶层的人，应该说他是我的创造物，是在受我的保护’。”这时候，在音乐女神突兀的前额下躁动着一样无法抑制的东西，那是一句重复出来就变成既卑鄙又有失谨慎的话。但复述此话的欲望比谨慎守信的欲望更为强烈。老板娘抑郁的半圆形前额经过微微痉挛以后，终于向这欲望做了让步：“甚至有人告诉我丈夫，他曾经说过‘我的仆人’。不过到底说过没有，我无法得到证实。”她补充道。德·夏吕斯先生自己曾经向莫雷尔发誓，谁也不会知道莫雷尔的身世和来历。可是他也是迫于这种吐露秘密的欲望，事隔不久便告诉维尔迪兰夫人：“他是一个家仆的儿子。”这句话一经脱口，就不胫而走了。现在每个人又出于这吐露秘密的欲望在到处传播这句话。此人传给彼人时都说这是秘密，听者答应绝对保密，却难保其密，于是听者又成为说者。这恰如传环游戏，这句话最后又回到了维尔迪兰夫人自己的嘴里，说的人终于听到此话，结果两人很可能闹得不和。对此她早有所

委拉斯开兹

《玛丽娅·特蕾莎公主》

料，可是这句话烫她舌头，她实在难以抑制。另外，她明明知道，说出“仆人”一词完全会刺伤莫雷尔，然而她还偏是说“仆人”。至于她补充说，她无法得到证实，她使用这颇有分寸的说法既是为了表明自己恰恰十分肯定，又是为了表明自己是公正的。她本来只是向别人表明，自己是不偏不倚的，没想到连自己也为自己的公正心所打动，以至于开始充满柔情地对夏利说：“您明白吗？我对他也不能过多指责。他确实是在把您拖下深渊，但这也难怪他，因为他自己就在往山下滚。”她大声地说。她为自己做了这一准确的形象比喻而赞叹不已。她未及注意，这形象比喻是脱口而出的，她赶紧追上去逮住它，准备再尽力发挥一下。“不，我对他的责备，”她像一个尚未成功而先已陶醉的女人一样，柔声柔气地说，“是他对您缺少体谅。有些事情是不能当众宣扬的。譬如，刚才他就跟我们打赌说，如果他向您宣布，您将得到荣誉十字勋章（当然那是扯皮，只要是他推荐，就足以叫您名落孙山），您一定会高兴得满脸通红。这也就罢了，尽管我从来就不太喜欢，”她露出煞有介事和神气十足的样子接着说，“我不太喜欢看见别人欺骗自己的朋友。您知道，有些事情看起来很小，可是我们看不过去，看了很痛心。譬如，他对我们说，您希望得到十字勋章，全是为了您的叔叔，而您的叔叔是个奴才，边说还边捧腹大笑。”“他对你们说过这话！”夏利吼道，听着这些巧妙转述的语言，他深信不疑，维尔迪兰夫人的话字字句句都是真话。维尔迪兰夫人全身沉浸在喜悦的海洋之中，如同一个老情妇，险些被年轻情夫所抛弃，节骨眼上居然使年轻情夫退了婚，化险为夷。老板娘先前确实没有精心设计过如何撒谎，她没有准备撒谎。她是在受一种更为本能的感情逻辑和神经反应的支配。她的目的只是为了活跃生活，维护幸福，在小圈子内“洗洗牌”。因此，她未及检验是否属实，便将那些虽不是绝对正确，却至少是极其富有教益的论点冲口而出。“他如果只对我俩说说，那倒无妨，”她接着说，“好在我们会对他的话做分析取舍的。再说职业也不分高低贵贱，您有您自身的价值，您就是您自己的价值。可是他却拿这话去跟德·博特凡夫人逗乐（维尔迪兰夫人故意举出德·博特凡夫人来，因为她知道夏利非常喜欢她），这事叫我们听了非常难受。我丈夫听到这话以后对我说：‘我宁可受人一巴掌，也不受这份气。’因为您知道，古斯塔夫（我们由此得知维尔迪兰先生就叫古斯塔夫）跟我一样喜欢您。其实他是一个很重感情的人。”“我从来没有对你说过我喜欢他。”维尔迪兰先生装成心地善良的粗汉子喃喃道，“喜欢他的是夏利。”“噢，不！现在我看出了人跟人的区别在哪儿，我被一个卑鄙的家伙出卖了，而你们，你们才是好人。”夏利诚恳地说。“不，不，”维尔迪兰夫人为了既稳保胜利（因为她感到她的每星期三聚会已经有救了）又不要胜利过头，便喃喃道，“说卑鄙倒是有些过分了。他干了坏事，很多坏事，但也不都是明知故犯的。您知道，荣誉军团勋章那件事一下也就过去了。倒是他对您家世所说的那些话，要我全说出来真是太为难了。”维尔迪兰夫人说。这事她早已说了，一点也没有感到为难。“噢，一下子过去了又能解决什么问题？这足够证明他就是一个背信弃义的人。”莫雷尔嚷道。正在这时候，我们走进了客厅。“啊！”德·夏吕斯先生见莫雷尔在那儿，叫了一声，并朝音乐家走去。那轻松愉快的步履仿佛有些男人为了跟一个女子私会，巧妙地组织了晚会，陶醉之余忘了自己给自己设下了陷阱，因为那女子的丈夫早已在晚会上安插好帮手，准备捉奸捉双，当众痛打一顿。“怎么样，看来时间不早了。光荣的年轻人，不久就是年轻的骑士勋章获得者了，高兴吗？不久您就可以佩上十字勋章给人瞧瞧了。”德·夏吕斯先生温情脉脉而又得意扬扬地问莫雷尔。可是，他这番授勋的话附在维尔迪兰夫人的骗局之后，更使莫雷尔觉得夫人的话是毋庸置疑的真言。“走开，我禁止您靠近我！”莫雷尔对男爵嚷道，“您别想在我身上打主意。您想腐蚀的已不是我一个人了。”我想，我唯一能够自慰的是，我会看到，德·夏吕斯先生一定会把莫雷尔和维尔迪兰夫妇驳得体无完肤。我曾经为了比眼下小许多的事，受过夏吕斯疯狂的怒斥。他一旦发怒谁也阻挡不住，连国王都无法镇住他。可是眼下却发生了奇怪的现象。只见德·夏吕斯先生目瞪口呆，掂量着这不幸，却弄不明白祸从何降。他居然一时语塞，无以对答。他抬起目光，带着疑惑、愤怒而又恳求的神色，朝在场的每个人身上扫视了一遍。这似乎不是在问他们，究竟发生了什么事，而是在问他们他应该何以作答。他哑口无言，这里有种种原因。他也许当即感到了痛苦（他看见维尔迪兰先生和夫人避开他的目光，也没有任何人表示要上前来救他一把的样子），但他尤其产生了对将来痛苦的恐惧；也有可能他事先没有想象到这一步，没有早早地先燃好怒火，因此手中一时没有现成的愤怒（他是过于敏感、患有神经质和歇斯底里的人，是个真正的冲动型人物；但他却又是一个假充勇敢的人，甚至是个假充凶狠的人；这一点我始终以为如此，并因此对他抱有好感。他没有重视荣誉的人受到侮辱时通常所有的那种反应），别人趁他手无寸铁，出其不意向他发动进攻；甚至还有一种可能，这里不是他自己的圈子，他感到没有在圣日耳曼区那样挥洒自如、骁勇善辩。但是，无论是出于何种原因，这位贵族大老爷处在这平时为他睥睨的沙龙里，四肢瘫软，巧舌僵硬，惊恐万状，怒不可言，只会盲目地环顾四周，面对别人的粗暴疑惑不解，苦苦哀求（他的有些祖先，面对革命法庭恐慌不安，早就失去了在平民面前的优越感；此时我们也很难说，这种优越感是否在他本性中根深蒂固，不可动摇）。不过，德·夏吕斯先生并没有走投无路，智穷才尽。他不仅辩才出众，而且胆量过人。一旦他心中的怒涛翻腾已久，他便能用严厉至极的措辞，驳得对方哑口无言，彻底失去招架之功。上流人士们常常目瞪口呆，料想不到有人居然会这么厉害。碰到那种场合，德·夏吕斯先生就会急促不安，连连发起神经质的攻击，使众人战栗。但这必须是在那种由他采取主动的场合；由他主动出击，他就能巧舌如簧、口若悬河（正如布洛克最善于开犹太人的玩笑，可是碰到谁当着他的面道出那些犹太人的名字，他却立刻变得面红耳赤）。他对眼前这些人恨之入骨。他恨他们，是因为他觉得自己受到了他们的轻蔑。他们如果客气一些，他才不会对他们满腔怒火，他会拥抱他们的。不过，面对一个如此残酷、出乎预料的情况，我们这位伟大的雄辩家只会支支吾吾地问：“这是什么意思？怎么回事？”谁也没有听见他在说些什么。看来惊慌失措的哑剧是长演不衰的，永久不变的；我们这位在巴黎沙龙里遭遇不幸的老先生无意之中只是做了一个古时希腊雕塑家所表现的潘神追逐中的仙女们那惊呆了的动作。

大使失宠，办公室主任被迫退休，上流人士突遭冷遇，恋人求爱不成，有些人对这类不测的事件要一连研究数月才能明白，为什么自己的希望旦夕之间成了泡影。他们把这不幸的事情放在手中反复揣摩，如同揣摩一块不知从何处飞来，或是由谁投来的陨石一般。他们十分希望探明，这块奇特的飞来物是由什么成分构成的，弄清里面究竟有些什么损人的花招。化学家有的是分析手段，病人不知病因可以请医生诊断，预审法官遇到无头公案迟早也能查个水落石出；唯有我们的同胞干出的那些事情令人大惑不解，很少能让人发现其真正动因。德·夏吕斯先生——且让我们把这次晚会以后几天内发生的事情先行在此交代一番，下文当然还要继续交代——对夏利的态度有些摸不着头脑。男爵认为，夏利曾经常常威胁他，要把他如何钟情于自己宣扬出去，现在夏利肯定以为自己“翅膀已硬”，可以独自飞翔了，所以真的把这话捅了出去；夏利一定是纯粹的忘恩负义，把什么都告诉了维尔迪兰夫人。可是她怎么就如此容易上当（男爵打定主意要矢口否认，所以坚决相信，别人对他那种感情的指责纯属凭空捏造）？也许是维尔迪兰夫人的朋友中有哪位喜欢夏利入了迷，所以才这么先声夺人。因此接下去几天内，德·夏吕斯先生向那些毫不知情的“门客”连连发信，弄得他们以为他疯了。然后，他又去向维尔迪兰夫人情真意切、语重心长地叙述了一番。可是他那些动人的故事却丝毫没有获得预期的效果。维尔迪兰夫人不断地对男爵说：“您就不用再为他操心了，别把他放在眼里，这是个毛孩子。”男爵虽然渴望言归于好，但他想把夏利自以为稳已到手的东西一概取消，迫他言和。他请求维尔迪兰夫人不要再让他进门。这一点遭到了她的严正拒绝。结果德·夏吕斯先生义愤填膺，又写了一封冷嘲热讽的信回敬了她。德·夏吕斯先生东猜西测，却始终摸不着头脑。换而言之，他怎能料想得到，冷拳根本不是莫雷尔发出的。当然，他本可以找莫雷尔聊上几分钟，把事情问个明白；这诚然是个办法。但是这与他的自尊心和爱情观是背道而驰的。他受到了冒犯，得由别人主动上门向他道歉才是。在任何时候，虽然我们一方面想到，私谈一下也许可以澄清事实、消除误会，可是我们又有另一种想法，阻止我们去开诚布公。大凡在二十次场合卑躬屈膝、低头哈腰的人，到了第二十一次，往往需要扬眉吐气一下。然而正是这一次最不应该唯我独尊、固执己见，而需要消除误解，因为不将谎言揭穿，对方的错觉就会日益加深。且说这件事发生以后，上流阶层到处传言，说德·夏吕斯先生要强奸一名年轻音乐家，企图未遂，被维尔迪兰夫妇逐出了门外。听了这个谣传，有人便说，怪不得，维尔迪兰家中怎么再也见不到德·夏吕斯先生的人影了。德·夏吕斯先生偶然在某一地方遇见一个曾经被他怀疑过并辱骂过的人，那人当然对他耿耿于怀，可是夏吕斯自己也不主动跟那人招呼致意；于是别人便觉得，原来一点不假，小圈子里对男爵都早已众叛亲离。

话说德·夏吕斯先生被莫雷尔刚才那番话以及老板娘的态度

弄得哑口无言，只做出一个仙女惶恐受惊的样子，趁此机会维尔迪兰先生和夫人做出断绝外交关系的姿态隐退到第一个客厅，单独留下德·夏吕斯先生一个人，而莫雷尔在台上只顾自己忙着套小提琴。“你快给我们说说究竟发生了什么。”维尔迪兰夫人贪婪地问她丈夫。“我不知道您对他说了些什么，他脸色很激动，”茨基说，“两眼噙满了泪水。”维尔迪兰夫人装傻地说：“可我觉得，我说的话，他听了好像根本无动于衷。”她耍这种花招不能骗过所有的人。她说这话的目的无非是为了催雕刻家再重复一遍，说夏利着实哭了。这眼泪使老板娘陶醉，心里充满了自豪。她怕的就是某某门客没有听清楚，以为夏利没有哭，她绝不愿意出现那样的危险。“不，恰恰相反，我亲眼看见，他眼眶里闪烁着豆大的泪珠。”雕刻家压低嗓门，带着一副不怀好意的笑脸悄悄说；同时他又斜睨了一眼，看莫雷尔是否还在台上，直到肯定他没有听见他们的谈话，这才放下心来。可是有一个人听得真切，就是那不勒斯女王。谁要是早发现她在场，那立刻会使莫雷尔恢复已经失去的希冀。女王参加了另外一个晚会，离开时发现自己把扇子忘在维尔迪兰夫人处了，她觉得自己亲自来取一下比较好。她有些尴尬，悄悄走进来，等人一走空，准备道歉一番，寒暄几句即刻告辞。她进来时谁也没有发现，她正遇上这件事情。她立刻明白了这是怎么回事情，心中顿时燃起了怒火。“茨基说他眼含泪水，你看见了吗？我没有看见眼泪。噢！是的，是有眼泪，我记起来了。”她怕别人真信了她的话，赶紧改口说。“可是我们的夏吕斯，怎么那么局促不安，瞧他两腿在发抖，都快要站不住了。”她冷酷无情地数落道。这时候，莫雷尔朝她跑来：“这位夫人难道不正是那不勒斯女王吗？”女王正朝夏吕斯走去，莫雷尔用手指着女王（尽管他明知就是她），“唉！发生了刚才的事情，真可惜！这下我再也不能请男爵把我介绍给她了。”“等一等，我来给您介绍。”维尔迪兰夫人说，说着就朝正跟德·夏吕斯先生说话的女王走去，几个门客随后跟着。我和布里肖没有跟去，我们俩急于取出我们的衣物出来了。德·夏吕斯先生本要把莫雷尔介绍给那不勒斯女王，以为实现这一伟大愿望的唯一障碍，就是女王有可能突然驾崩。我们总是把未来想象成虚无空间对现实的一种折射，其实未来的出现是有原因的，只是大部分原因我们不了解而已。未来往往是即将要发生的事情的结果。不到一个小时以前，德·夏吕斯先生即便倾家荡产，也不会让莫雷尔认识女王。维尔迪兰夫人向女王行了个屈膝礼，见女王没有认出她来，便说：“我是维尔迪兰夫人呀，陛下怎么认不出来了呢？”“很好。”女王一边极其自然地跟德·夏吕斯先生聊着天，一边说。维尔迪兰夫人怀疑这一句“很好”究竟是否对着她说的，因为女王说这句话时神态完全心不在焉，声调彻底漫不经心。正处在失恋的痛苦之中的德·夏吕斯先生，听到这话，不由得拿出言行放肆专家和爱好者的样子，脸上露出一丝感激的微笑。莫雷尔在远处看清了介绍的准备过程已经就绪，赶紧走上前来。女王把手臂伸给了德·夏吕斯先生。她对德·夏吕斯先生不是没有怨怒，她责怪他对这类卑鄙的侮辱者怎么没有采取更加严厉的态度；维尔迪兰夫妇竟敢如此对待他，她为他感到羞耻，满脸涨得通红。几个小时前她不拘身份对大妇俩表现出充分的同情和好感，而眼下却对他们盛气凌人、傲慢不逊。其实两种态度源于同一心态。女王是个心地极其善良的人，但她的善良首先表现为对自己喜爱的人的感情忠贞不移。她爱亲友，爱本家族的所有王子，其中包括德·夏吕斯先生。谁善于尊敬她所爱的人，她就爱谁，不管他们是布尔乔亚，甚而是平民百姓，她都报以善良的情感。她对维尔迪兰夫人表示同情和好感就是出于如此的善良本能和天赋。毫无疑问，这是一种狭隘的、近乎托利党式的、日趋陈旧的善良观，但是这并不意味着她的善良是不够真诚和不够热情的。古人们本喜欢社会集团，为之效忠，因为社会集团并不超越城邦的范围；今人极其喜爱自己的祖国，而将来的人喜欢的可能是全球性的合众国。我只举与我最为亲近的母亲为例。德·康布尔梅夫人和德·盖尔芒特夫人就未能使我母亲下决心参加任何慈善事业或任何爱国工作，她从未做过售货员或女施主。我母亲把丰富的爱心和慷慨首先都留给了自己的家族、仆人和路遇的不幸者。我远不是说她这么做是有道理的。但我很清楚，她那丰富的爱心和慷慨之心，如同我外祖母的心一样，是永不枯竭的，远远超过了德·盖尔芒特或德·康布尔梅夫人的能力和作为。那不勒斯女王的情况跟德·康布尔梅夫人和德·盖尔芒特夫人就完全不同。我们还必须承认，她对好人的评价，与陀思妥耶夫斯基的小说——阿尔贝蒂娜在我书柜上取走后占为己有——也是根本不同的；对她来说，那些阿谀奉承的寄生虫和盗贼，那些时而卑躬屈膝、时而蛮横无理的酒鬼以及一切荒淫无度者或者杀人犯都一概不能算在好人之列。可是事物的两极往往是相接的。

女王出面保护的贵族和遭受凌辱的亲戚是德·夏吕斯先生，也就是说尽管夏吕斯出身望族，跟女王又是近亲，女王保护的毕竟是一个道德败坏、沾满恶习的人。“您脸色不好，我亲爱的表弟。”她对德·夏吕斯先生说，“请靠在我的手臂上。请相信，我的手臂一定能支撑住您。对付这种事情，它是很坚实的。”然后，她抬起头来，正视前方（茨基告诉我，当时她正面就是维尔迪兰夫人和莫雷尔），说：“您知道，从前在加埃特，我这手臂曾经叫流氓恶棍闻风丧胆，不敢轻举妄动；如今，它会为您竖起城墙，为您效劳。”就这样，伊丽莎白女王的妹妹手挽着男爵，未让人介绍莫雷尔，昂首阔步地走了出去。

按照德·夏吕斯先生那可怕的脾气，他六亲不认，说翻脸就翻脸，对人进行百般折磨，叫人望而生畏；人们想当然，这次晚会以后，他一定会大发雷霆，对维尔迪兰夫妇进行大肆报复。可是一点儿也没有。其主要原因大概是晚会过后几天他着了凉，得了当时常见的传染性肺结核，一连几个月医生和他自己都认为已病入膏肓，生死未决。在此以前，他患有神经官能症，盛怒之下不能自已，现在是否神经官能症为另一种疾病所代替？他的无声是否纯粹由于出现了病体的转移？从社会观点来看，夏吕斯从来没有拿维尔迪兰夫妇当一回事，现在他更不能抬举他们，把他们当作具有同等地位的人来对待，对他们大加责难。这么解释未免过于简单。换一个角度，我们知道，大凡神经质的人喜欢凭空想象，把安分守己的人也想象成敌人，无缘无故地朝他们发怒。可是一旦遇到有人向他们主动攻击，他们却反而变得老老实实了。要神经质的人息怒，与其说劝告他们发怒是无济于事的，不如朝他们脸上猛泼冷水来得有效。这么解释，未免仍过于简单。德·夏吕斯先生没有能怀恨在心的原因，也许不应该到病体转移之中而应该到疾病自身之中去寻找。疾病已经使男爵身心疲惫，以至于他再也没有多少闲暇来顾及维尔迪兰夫妇。他已是半死不活的人。我们刚才谈到攻击，即令是没有效果的攻击，若要好好“来一下”，也需要消耗一部分精力。可德·夏吕斯先生已心有余而力不足，连准备攻击的精力也一丝不存。我们常常说不共戴天的死敌们到临终都睁着眼睛，虎视眈眈，然后幸福地闭上双目。这种情况是罕见的，除非我们生活得好好的，死亡猝然而至。当人们到了已经没有任何东西可以失去的时候，人们不会为了生命强盛之时都轻易对待的事，这时反而殚精竭虑起来。复仇之心是生命的组成部分。最常见的是——尽管有例外存在，我们将会看到，同一个人自身的性格也会充满矛盾，这是合乎人情的——当我们站在死亡门槛前的时候，复仇之心就离开了我们。德·夏吕斯先生想了一会儿维尔迪兰夫人，感到实在太累了，便面向墙壁，什么也不去想了。这并不是因为他的雄辩已经枯竭，而是因为他已不如从前精力充沛。尽管他说话仍然是滔滔不绝，但是事情已经发生了变化。他的口才已经离了原先如此常见的慷慨激昂，而变成一种只是由柔声细语和福音书比喻来装点的几近神秘的雄辩术，变成了一种对死亡的表面依顺。他只有在觉得生命有救的时日里才大展口才。病情复发，他便又缄口默言了。他的雄浑刚烈的气质里移植了基督徒式的温柔（正如《以斯帖》所表现的天才精神与《安德洛玛克》[1] 是如此不同),获得他周围亲友的一致赞赏；他这种精神也许同样会获得维尔迪兰夫妇的赞赏。尽管他们对夏吕斯的缺陷曾经恨之入骨，但他们禁不住仍会对他崇拜不已。当然，他只是披着基督徒的外衣，旧有的思想依然存在，不时沉渣泛起。他乞求加百列大天使像报告先知那样来告诉他，救世主将过多少时间才能来临。他痛苦而又温柔地微笑了一下，打断自己的思绪说："大天使可不能像对但以理所说的那样，叫我耐心等待'七个星期再加六十二个星期'[2],我肯定活不到那一天就会死去的。"夏吕斯心里等待的人就是莫雷尔。因此他也请求拉斐尔大天使把小多比给他带来。然后，他又掺杂使用一些更打动人心的办法（正如病榻之中的教皇一边请人代做弥撒，另一边没有忘记遣人去唤自己的医生来），他对前来看望他的人暗示说，如果布里肖把他的小多比快速带来，那么拉斐尔大天使也许会像对多比的父亲那样，同意让小多比眼睛复明，或者让他去牺牲洗涤池。[3] 尽管出现一些合乎人情的反复，但德·夏吕斯先生语言的纯洁性和道德化已达到脍炙人口的程度。虚伪凶狠、恶语中伤，这一切都已消失殆尽。道德上，德·夏吕斯先生已经得到升华，远远超过了他以前的水平。他的道德改观感化了不少人，本可以使他的演说艺术蒙骗一下听众，可是由于他深受疾病折磨，改进了的道德也

[1] 法国悲剧诗人拉辛（1639—1699）的两部悲剧。

[2] 大天使加百列预言，七个星期，再加六十二个星期为耶路撒冷建城的期限。

[3] 据《圣经》记载，多比之子多比亚斯给其父带来一位陌生人，即拉斐尔大天使。他使多比双目复明。牺牲洗涤池指牺牲者临死之前沐浴净身之处。

就随之消失了。德·夏吕斯先生重新走到了下坡路上，而且我们将渐渐看到，其滑坡的速度越来越快。不过维尔迪兰夫妇对他的所作所为已经成为一件渐渐远去的往事，有些触人发怒的近事使他对这件往事再也记不起来了。

我们再回过头来，说说维尔迪兰的晚会。那天晚上，当公馆只剩下夫妻俩以后，维尔迪兰先生对他妻子说："你知道戈达尔为什么没有来吗？他正在萨尼埃特身边呢。萨尼埃特在交易所想捞回本钱，玩了那一手，结果一败涂地。萨尼埃特知道自己已经分文不名，还背了一百万法郎的债，心里受了打击。""可是他为什么还要玩那东西？真蠢，他哪有这号本事。比他狡猾钻营的人在那玩意上都输得精光呢，更何况他这种人，不被众人碾得粉碎才怪呢。""那可不是，我们早就知道他是个蠢货了。"维尔迪兰先生说。"有何法子呢，覆水难收哇。这一下，他明天就会被赶出门去，一贫如洗了。他的父母又不喜欢他。别指望福什维尔会帮他什么忙。我想过了，我当然不愿意做什么叫你不高兴的事，可是我们也许可以给他一份小小的年金，别让他一天到晚感觉自己破产完蛋了，让他可以在家里好生养息养息。""我完全同意你的意见，你想到这些非常好。可是你说'在家里'，这蠢货占着那套房间太贵了，那不行，必须给他租一套两间式的房间才行。我想目前他住着的那套间准要六七千法郎。""是六千五百法郎。可是他非常喜欢他的住所。总之他受了严重打击，活不了两三年了，三年之中最多也就为他花费一万法郎。我觉得，这一点我们是力所能及的。譬如，我们今年不再续租拉斯普利埃，可以租一个较为简单的地方。按我们的进款，一万法郎分三年支付不是办不到。”“就算如此，讨厌的是，这事儿会不胫而走。你能为他如此，就不得不对别人也一视同仁。”“你放心，这我已经考虑到了。只有明确说好条件，对这事绝对保密，我才能这么做。谢谢你的好意，我可没想要做全人类的大善人。别来慈善家那一套！我们可以这么办，即对他说这笔钱是谢巴多夫公主留给他的。”“可是他会相信吗？她为遗嘱的问题征询过戈达尔的意见。”“实在不行，我们可以把实情告诉戈达尔，他有保守秘密的职业习惯。他挣的钱很多，永远也不会像那种半官方人士，迫使我们来掏腰包。他甚至还会主动承担此事，说公主就是请他做经纪人的。这样的话，我们甚至都不用亲自出面，可以免去致谢应酬，拉拢感情，应付那一套套烦人的东西。”维尔迪兰先生加了最后这个词。这个词暗指的自然是那些他们希望避免的感人场面和动人语言。但是犹如我们在家中在指某件事情，尤其是令人讨厌的事情的时候，为了把这件事情只向有关的人做个示意，而不让别人明白，我们就使用一个特别的词汇，维尔迪兰先生的那个词我就没有听清楚。一般来说，这类词汇是祖先留下来的后遗症。譬如，在一个犹太人家庭里，整个家族现在已经法兰西化了，那个词汇就是全家族唯一熟悉的希伯来语，就是一个改变了原意的惯用词；在一个外省气息浓郁的家庭里，那个词汇就是一个方言词，尽管这家人已经不说也不懂某一省的方言，但这个方言词还在使用；在一个来自南美但只会说法语的家庭里，那就是一个西班牙语词汇。在下一代人眼里，伴随那种词汇存在的只是童年的回忆。我们记忆犹新，父母在吃饭的时候悄悄说一个什么词，暗指正在伺候的仆人，但仆人听不明白，而孩子们更是彻底不知道这个词究竟指的是什么，也不知道是西班牙语、希伯来语、德语还是土语，甚至怀疑这个词是否属于什么语言，怀疑这恐怕是一个专有名词，或是完全生造出来的词。唯独我们如果有幸有什么舅公或年长的堂兄健在，使用了这个词，那疑团才有可能解开。由于维尔迪兰夫妇家的亲属我一个也不认识，所以我未能确切地弄明维尔迪兰先生那个词究竟是什么意思。不管怎么说，维尔迪兰先生让夫人绽开了笑脸。因为这种语言比日常语言用得少，更富有心照不宣的特点，因此使懂得这种语言的人产生别人无法分享的自得其乐的感觉。快乐的时刻过去以后，维尔迪兰夫人反问道：“可是如果戈达尔说出去怎么办？”“他不会说的。”他说了，至少对我说了，几年以后，在萨尼埃特的葬礼上，我就是通过戈达尔了解到这件事情原委的。我很遗憾，没能更早地了解事情真相，否则，我的思想本会发生变化，即永远不要责怪别人，不要光凭别人的一件坏事，用对此事耿耿于怀的心情来评判别人。我们只看见了别人心灵的坏的一面，只凭这一次就断定此人的坏心还会故态复萌，殊不知人的心灵是极其丰富的，除了坏的一面，还会表现出其他许多形式，我们对心灵在其他时候可能表现的真诚希望和可能实现的美好事情还不了解；我们不能因为看见了心灵丑恶的一面，便对其温柔美好的一面也视而不见，从我个人角度而言，戈达尔如果早日把这秘密告诉我，也许会驱散我关于维尔迪兰夫妇在我和阿尔贝蒂娜之间所扮演的角色的疑团。可是真要驱散了我的疑团，这事情也许却是错误的。维尔迪兰先生虽然积德行善，但是他同样喜欢戏弄别人，甚至残酷地迫害别人；他沉湎于在小圈子里发号施令、主宰一切，甚至不惜一切手段，造谣中伤、无事生非，门客们相互之间的关系本来就不是以加强小圈子的团结为唯一宗旨，经他这么一挑，他们更是纷纷反目为敌。维尔迪兰先生可能是个不藏私心、默默无闻、乐施善助的人，但这并不一定意味着他就是一个悲天悯人、谨慎行事、忠诚老实、永远善良的人。也许，在我了解这件事以前，维尔迪兰先生身上已经局部存在着善良的天性——在此，我外祖母朋友家庭的遗风也许还依然存在——正如美洲或北极在哥伦布以前业已存在一样。然而我得知那件事以后，未曾料到，维尔迪兰先生的天性向我显露出一种崭新的面貌。我得出结论，无论是某人的性格、社会或者爱欲，想就其框出一幅固定不变的图画，都是难而复难的事，它们是在不断变化的。谁想就人的性格摄下一幅相对静止的照片，谁就会发现人的性格会相继呈现各种面貌（意味着它不会保持不动，而是动个不停），致使镜头不知所措。

我看时辰已经不早，怕阿尔贝蒂娜已等得不耐烦，便离开了维尔迪兰公馆。我问布里肖，是不是可以先送我回家，然后再用我的车子送他。他对我这样直接回家表示赞同，并不知道家里有一位姑娘正等着我。我还庆幸，这样一次晚会这么早就结束了，其实，晚会的开场都被我耽误了。接着布里肖跟我谈起了德·夏吕斯先生。要是德·夏吕斯先生听到教授这么毫无顾虑地对他和他的生活品头论足，一定会大吃一惊。教授平时对他总是客客气气，还总是说："我永远守口如瓶。"当德·夏吕斯先生对布里肖说："别人肯定地告诉我，您在背后说我坏话。"布里肖真诚地表示惊奇和愤怒。事实上布里肖对男爵是有好感的。他说男爵，绝不就事论事，而只是说一些大家都在议论的事情；他虽然参照大家的议论，但脑子里出现更多的是自己对男爵的好感。布里肖说："我说您的时候，心里充满了友情。"他说这话，不相信自己是在撒谎，因为在他议论德·夏吕斯先生的时候，内心确实荡漾着某种友情。布里肖这位教授在上流社会首先需要的就是魅力。而德·夏吕斯先生恰恰具有这种魅力，他向教授提供了教授到处寻求的诗人创造力的实例。布里肖对维吉尔[1]《牧歌》的第二章已做了多年的讲解，却不敢肯定这部虚构之作是否真有现实依据，不想晚年跟德·夏吕斯先生神聊，居然尝到不少乐趣；他深知他的师辈梅里美先生和勒南[2]先生以及他的同人马斯贝罗[3]在游历西班牙、巴勒斯坦、埃及的时候，发现当地的山水和居民就是自己书本研究中的古代历史的舞台背景和亘古不变的演员，他们尝到的就是类似的乐趣。"这么说他不是要得罪这位出身望族的勇士，"布里肖在送我们回家的时候，向我声明，"简单地说，当他像夏朗东疯人院的疯子那样，慷慨陈词，固执己见地讲解他那撒旦教义时，他真是非凡，我是说他就像西班牙的流亡贵族那样，如白

[1] 古罗马诗人（公元前 70—前 19）：著有《牧歌》十章。
[2] 勒南（1823—1892）：法国作家。
[3] 马斯贝罗（1846—1916）：法国古埃及专家。

垩粉一般天真洁白。我向您保证，他听任自己高贵人种的本能摆布，带着所多玛的赤诚之心，为了捍卫阿多尼斯[1]，向我们这个时代的异教徒发动十字军东征。但是，如果我说话用于尔斯特大主教[2]的语气，那么碰到那些接待这位封建主来访的日子，我就没有什么可怕的了。”我听着布里肖讲话，但仿佛不是单独一个人跟他在一起。此刻我感到——无论这种感觉是多么模糊——我跟此刻待在卧室里的姑娘是连在一起的。我从家里出来到现在，这种心情一直没有停止过，即便是在维尔迪兰公馆里跟此人或彼人交谈，我也一直隐约感到她就在我的身边。我对她的感觉，就如我们对自身的四肢一样，是模糊不清的。我有时想到她，也像是我们在想自己的身体，但是感觉就像是个奴隶一样，被死死拴在这个身体上，毫无自由。“这位圣徒，”布里肖继续说道，“说的都是些什么闲言闲语，足够做《月曜日漫谈》[3]的续编了！我有一位令人尊敬的同人，写了一本伦理学专著，我始终把它尊为当今时代的道德丰碑，可是您能想到吗，夏吕斯告诉我，我那某某可敬的同人最初的构思居然得之于一个年轻的邮差。我们毫不犹豫就可以立即承认，我们这位杰出的朋友在论述过程中忘了向我们交代这位英俊小伙子的尊姓大名。从这一点来说，较之菲迪阿斯[4]他对人尊重较多，感激较少，因为菲迪阿斯毕竟还把自己所喜爱的竞

---

[1] 阿多尼斯：希腊神话中富有女性魅力的美男子。

[2] 于尔斯特大主教（1841—1896）：曾任天主教学院院长。

[3] 法国文学批评家圣伯夫（1804—1869）的文学评论集。

[4] 菲迪阿斯（死于公元前 431 年）：古希腊伟大的雕刻家。

技人的名字镌刻在他雕塑的奥林匹亚朱庇特的戒指上呢。原先男爵对这最后一段史实一无所知。但不用对您说，这段史实减弱了他的正统观念。您很容易想象，有一次我跟那位同人就一篇博士论文展开讨论，我在他那已经玄而又玄的辩证法中，每每另又发现某种趣味。犹如圣伯夫觉得，夏多布里昂的作品中内心抒发的情味还不够浓，又将自己刺激性的发现当佐料加进去，增加鲜味；我那同人的某种趣味就如同这增添的鲜味。送电报的小伙子先师从我们的同人，但虽然其智慧如金子闪闪发光，可是拥有的钱财却寥寥无几，于是小伙子转到了男爵手里。‘有多少钱财，受多少尊敬。’（应该听清楚他说这话时的口吻）我们这位撒旦是最乐于助人的，他为受自己保护的人在殖民地谋了一个职位。小伙子具有一颗报答之心，没有忘恩负义，不时从殖民地给他捎一些上品水果来。男爵收到后就分送给一些上流关系。最近一次，小伙子的菠萝出现在孔蒂滨河公馆的桌子上，维尔迪兰夫人没有开玩笑，一本正经地说：‘德·夏吕斯先生，您收到这么好的菠萝，莫非您有舅舅或外孙在美洲吧！’我承认，我一边吃着，心里洋溢着某种喜悦之情，暗自背诵着狄德罗喜欢引用的贺拉斯一段颂歌的起首。总之，正如我的同人布瓦西埃[1]尽兴漫游于帕拉丁和蒂布尔[2]，我从男爵的言谈中也对奥古斯丁时代的作家获得了更加生动、更加有趣的认识。我们姑且不谈罗马帝国末期的作家，也不用一直上

[1] 布瓦西埃（1823—1908）：法国历史学家。

[2] 帕拉丁为罗马城的一个山丘，蒂布尔在罗马城郊，贺拉斯多有赞颂。

溯到古希腊，尽管我有一次对这位杰出的德·夏吕斯先生说，和他在一起，我有一种柏拉图置身阿斯巴西雅[1]家中的感觉。说真的，我极度地扩大了两个人物的比例，犹如拉封丹所说，我的例子取自‘更小的动物’[2]。不管怎么说，我想您总不会以为，男爵的自尊心受了伤害吧。我从来没有见过他那么天真纯朴，痛快高兴。一种孩子般的狂醉，使他一反常态，抛弃了贵族固有的老成持重。‘你们这些索邦大学的臭教授真会阿谀奉承！’他喜不自胜地嚷道，‘想不到我得等到这把年纪才被比作阿斯巴西雅！我都人老珠黄了！噢，我的青春啊！’我真希望您能看到他说这话时的模样。这把年纪了还老是使劲地涂脂抹粉，像个花花公子，浑身洒满香水。不过，他对家族谱系的研究，称得上是个盖世无双的人才。出于这种种原因，今晚他们一刀两断，我感到很难受。倒是小伙子反叛的那种方式使我觉得奇怪。其实最近一段时间，他在男爵面前的一举一动都变得像个十足的心腹和忠臣，丝毫看不出有什么倒戈的迹象。不管发生什么情况，哪怕男爵不能再回孔蒂河滨了（Dii omen avertant[3]），我也希望他们的分裂不要波及我。我们俩相互切磋，取长补短，我用自己浅薄的知识，换取他的丰富阅历，实在是相得益彰（我们会看到，尽管德·夏吕斯先生对布里肖没有耿耿于怀、恨之入骨，但他对教授的好感基本上已完

---

[1] 阿斯巴西雅：生活于公元前 5 世纪前半叶，据说许多古希腊哲学家都受到她的启示。

[2] 见《拉封丹寓言》第十二篇《鸽子与蚂蚁》。

[3] 西塞罗的话，意为但愿诸神改变这一预言。

全消失，致使他对教授做了毫不宽容的评价）。而且我向您发誓，交流是极不相等的，完全是入大于出，男爵把生活的教义传授给我们以后，我再也不敢苟同希尔韦斯特 · 波纳尔[1]的观点，以为如今仍然是在图书馆里才能做出最美好的生命之梦。”

布里肖和我到达了我家门口。我从车上下来，把布里肖的地址告诉车夫。我从街沿望去，看见了阿尔贝蒂娜卧室的窗户。以往阿尔贝蒂娜不住在这幢屋子里的时候，这窗户一到晚上总是黑乎乎的。此刻室内的灯光被百叶窗的斜片切成一条条的，由上而下溢射出一道道金光。这是扇魔窗，我的眼睛看得十分清楚，它在我安宁的心扉勾勒出一幅清晰的图像；这图像近在咫尺，而且待会儿就要为我所有。可是待在车子里的布里肖什么也看不见，即便看见了，也看不出什么名堂。教授跟晚餐前阿尔贝蒂娜散步回来时前来看我的朋友们一样，根本不知道有一个完全属于我的姑娘在我隔壁房间等着我。车子开走了。我独自在街沿上滞留了片刻。我站在楼下，能一清二楚地看见这条条光亮，换一个人都会觉得完全子虚乌有；是我给了这光线完整无损坚不可摧的特性，这是因为我在其背后放置了全部的意义，那是一笔别人猜想不到的宝藏。金银财宝在那里，那里自然就射出了这一道道细横的光带。但是这笔宝藏的交换条件是我不能享受自由，独自一人，静思遐想，如果阿尔贝蒂娜不在楼上，或者如果我只希望肉体享乐

[1] 法国作家阿纳托尔 · 法朗士的小说《希尔韦斯特 · 波纳尔的罪行》（1881 年）中的主人公，整天生活于书堆中。

一下，我可以去向一些陌生女子提出要求，也许是去威尼斯，或者至少去夜巴黎的哪个角落，试着插入她们的生活。可是现在，对我来说，缱绻亲热的时刻来到的时候，我必须做的，不是远出旅行，甚至不是出门散步，而是回家。回家不是为了独自一人，不是在外别人向你提供了思想食粮以后，回来至少逼着自己再从自身寻找一下思想食粮。情况恰恰相反。回家以后反而不如在维尔迪兰家里感到单独安静了，因为我要受到一个人的接待，我将让位与她，把身心彻底地交给她，于是我再也没有一时一刻的闲暇来想我自己，甚至连她也不用费心去想，因为她就在我的身边。我在楼外，抬起头来朝我待会儿就要置身其间的房间窗户最后又瞧了一眼。我似乎看到，是我自己铸就了坚不可摧的金色栏杆，要划出一块永久性的地域，现在这金光闪闪的栅栏就要关闭，即将把我自己圈在里面。

阿尔贝蒂娜从未对我说起过，她猜疑我对她抱有嫉妒之心，对她做什么事情都缺乏信任。关于嫉妒问题我们仅仅交换过一次意见。真的，那都已经是很久以前的事了。但那次交谈似乎证明情况恰恰相反。我记忆犹新，有一个夜晚，皓月当空——我们刚结识不久，最初有一次我用车送她回家，其实我宁可不送她，而是离开她再去追逐别的女子——我对她说：“您知道，我之所以建议送您回家，这并不是出于嫉妒，如果您有什么事情要办，我可以悄悄地离开。”她回答我说：“噢！我知道您没有嫉妒心，您对此毫不在乎，可是我没有别的事情要办，我只要跟您在一起。”另有一次，那是在拉斯普利埃，德·夏吕斯先生偷偷地朝莫雷尔瞥了一眼，然后公开向阿尔贝蒂娜大献殷勤。我对她说："怎么样，他盯您盯得非常紧吧。"接着我又半带讥讽地说："我可是受尽了嫉妒的折磨。"听了这话，阿尔贝蒂娜用属于她出身的阶层或属于她经常接触的低级阶层的粗俗语言说："您真会打哈哈！我知道您不是一个爱嫉妒的人。一则您对我说了，再则这也看得出，行了吧！"自此以后，她从来没有对我说过，她已改变看法了。但是关于这个问题，她内心一定已经产生许多新的想法。她虽然对我隐瞒着，但是一遇到机会，她就可能言不由衷地流露出来。那天晚上，我一回家就到她的房间找她，把她带到我的房间里，对她说（我说时有些尴尬，自己也不明白为什么。我清楚地告诉过阿尔贝蒂娜，我要到上流社会去。我对她说，我不知道上哪一家，也许是德·维尔巴里西斯夫人家，也许是德·盖尔芒特夫人家，也许是德·康布尔梅夫人家。但我偏偏没有提到维尔迪兰的名字）："你猜猜我去了谁家？去了维尔迪兰夫妇家。"我这句话尚未说完，阿尔贝蒂娜脸已变色，怒不可遏地爆出一句："我早料到了。""我并不知道我去维尔迪兰家会惹您不高兴。"（她确实没对我说，这事惹得她不高兴了，但她的生气是显而易见的。我也确实没有想到这事会惹她不高兴，然而，看一看她的雷霆大发，看一看那些用某种双重眼光回顾一下就知道是故态复萌的事情，我觉得我从来就不可能还指望会有别的结果。）"我不高兴？您以为这事跟我有什么相干？这对我反正还不一样！他们大概不会请凡德伊小姐吧？"听了这话我失去了自制："那天您遇见了她，可您没有告诉我。”我对她这么说，是想向她表明，我可比她想象的更了解情况。可她还以为，我指责她遇见了却没有告诉我，说的是维尔迪兰夫人，而不是凡德伊小姐。“难道我见了她吗？”她若有所思地问道，那神色既像是在问自己，在搜寻记忆，回想往事，可又像是在问我，仿佛我告诉她什么似的。其实，她也许是为了引诱我把知道的事情说出来，也许同时为了拖延时间，然后再对这个困难的问题做出回答。但是，对凡德伊小姐的事我倒并没有怎么担心，而只是有一种恐惧感。以前就有恐惧感掠过我的心头，现在这种感觉越来越强烈。不过我想，维尔迪兰夫人纯粹是出于虚荣心才佯称凡德伊小姐和她的女友来参加晚会的，我这么一想，回家的时候，心绪也就宁静了。只有阿尔贝蒂娜对我说：“凡德伊小姐不会没去吧？”这句话证明我起初的怀疑是不错的。但是总而言之，以后在这种事上我可以放心了。因此我答应不再去维尔迪兰家，阿尔贝蒂娜也因此为我牺牲了凡德伊小姐。

“另外，”我气呼呼地对她说，“还有好多事情，您也瞒着我，甚至包括那些根本无关紧要的事，譬如我随便举个例子，您的巴尔贝克三日行。”我加“我随便举个例子”这一句，为的是在“甚至包括那些根本无关紧要的事”后面补充一句。这样，万一阿尔贝蒂娜对我说：“我去巴尔贝克旅行有什么错？”我便可以回答：“我已经记不清了，别人对我说的话在我脑子里都混成一团了，其实我对这事根本没有放在心上！”事实上，我虽然举了她跟司机一起到巴尔贝克——她从那里给我发来的明信片我很晚才收到——去了三天的例子，但我完全是随口道来的，而且我后悔自己选了这么一个不好的例子，因为说实在的，三天跑一个来回，时间是够紧的，不可能有时间去跟谁偷偷约会。可是阿尔贝蒂娜根据我刚才的话，猜测我对事情的底细已经一清二楚，就是不愿意告诉她。何况她近来深信不疑，我千方百计不择手段盯梢她，正如她上星期对安德烈说的，我对她的生活“比她本人还清楚”。阿尔贝蒂娜打断我的话头，对事情做了承认。但她这么坦白是毫无用处的。尽管我对她的话一概不予置信，但是听了她的话我的心情却十分沉重，因为一方面是经过说谎者乔装改扮过的真相，另一方面是爱着这位说谎者，通过说谎者的谎言，对这个真相所做的判断，两者之间的可能有巨大的差距。我几乎还未说完“我是随便举个例子，您的巴尔贝克三日行”这句话，阿尔贝蒂娜便打断了我，顺理成章似的对我宣称：“您是说我没有去成巴尔贝克？当然没有！而且我总是很纳闷，您为什么要那么相信这件事情，其实说出来对谁也没有害处。司机要用三天时间办他的私事。他不敢对您直说。出于对他的好意（我就是这样的人！而且这种事情总是该我碰上！），我就瞎编了所谓的巴尔贝克之行。他只不过把我带到奥特依圣母升天街我女友家。我在朋友家过了三天，无聊极了。您瞧，这事又有什么严重的，又有什么可大惊小怪的。当我发现，您因为晚了一个星期才收到明信片而笑起来的时候，我猜想您一定什么都知道了。我承认这事很可笑，真不该有什么明信片。可这不能怪我。我事先买了这些明信片，在司机把我送到奥特依以前已经交给了司机，不想这个笨蛋放在口袋里忘得一干二净，而没有按我的吩咐装进信封，寄给他一个在巴尔贝克附近的朋友，由他再转寄给您。我一直以为这些明信片早已寄出了。这个傻瓜过了五天才想起这件事。可是他没有告诉我，却把它们寄到巴尔贝克去了。当他把这件事告诉我的时候，我真想砸破他的脑袋，呸，给我滚。这个蠢驴，我把自己整整关了三天，让他笃笃定定去办自己的家庭杂事，换取的报答却是叫您白白地担心了一场。我怕被人看见，躲在奥特依都不敢出门。我只出去过一次，还不得不乔装成男人，这无非是为了逗逗乐。可是运气偏偏跟我作对，别人没遇见，第一个就撞见了您的犹太朋友布洛克。不过我不相信，会是他告诉您我没有去巴尔贝克，因为看上去他似乎没有认出我来。”我不知说什么好，我不愿意显露出十分惊诧、被如许的谎言所压倒的样子。我产生一种厌恶感，但我并不希望赶走阿尔贝蒂娜，我只是在厌恶感上更添了一层极度想哭的欲望，我之所以想哭，其原因不在于谎言本身，也不是因为我曾经如此信以为真的东西，现在全化为泡影，以至于我觉得是身处于一座被夷为平地、光秃秃无一建筑、仅有堆堆废墟的城市；我之所以想哭，原因在于内心忧伤。我想，阿尔贝蒂娜宁可在奥特依她女友家里极度无聊，空待三天，却一次也没有希望甚或想到要悄悄到我这里来过上一天，或者寄一份气压急件，请我到奥特依去见她。但我没有时间扎在这些想法里。我微微一笑，那种神色就像一个心中有数却秘而不宣的人：“我只举了一个例子。其实这类事情是举不胜举的。这不，今晚去维尔迪兰家我就发现，您对我说的关于凡德伊小姐的话……”阿尔贝蒂娜目不转睛地凝视着我，试图从我的目光里看出来我究竟知道些什么。我知道的，和我将要告诉阿尔贝蒂娜的是凡德伊小姐其人。我了解她是怎样一个人，但那不是在维尔迪兰家，而是以前在蒙舒凡。由于我从未向阿尔贝蒂娜正式谈起过她，我可以装作是今晚才了解到的。我几近充满了喜悦——可是在此之前，在小有轨电车上我经历了内心这般的痛苦——因为这蒙舒凡的往事，只有我一人知道，这回忆属我一人所有。我虽然把这件往事的日期往后做了推移，但对阿尔贝蒂娜来说，这件事依然是一个无以抵赖的铁证，对她依然是一个沉重的打击。这一次我至少不用“装作知道”，“引诱”阿尔贝蒂娜“坦白出来”。我自己了解这件事。这件事是我曾经透过蒙舒凡亮着的窗户亲眼看见的。阿尔贝蒂娜对我说，她跟凡德伊及其女友的关系是非常纯洁的，她这么说无济于事。我向她发誓（发誓说的是真话），我对这两个女子的品行是了解的。她何以向我证明，她既然跟她们朝夕相处、亲密无间，称她们为“我的姐妹”，她怎么没有接受她们的建议，而既然她没有接受她们的建议，她们怎么仍然跟她保持亲密关系，而没有跟她一刀两断。不过我未及说出真相。跟巴尔贝克之行一样，阿尔贝蒂娜以为我对事情真相已一清二楚——如果凡德伊去维尔迪兰夫妇家的话，我有可能通过凡德伊小姐了解到；我也有可能直接通过维尔迪兰夫人，因为维尔迪兰夫人有可能向凡德伊小姐谈起过阿尔贝蒂娜——她未让我说话，自己就先承认了。她们供认虽然与我原来的想象相反，但她自我供认的行为本身向我证明她从未停止过对我说谎，因此仍然使我十分痛苦（尤其是我不再像刚才所说的，对凡德伊小姐抱有嫉妒了）。总之，阿尔贝蒂娜先声夺人，说："您言下之意是我声称我一半是由凡德伊小姐的女友抚养成人的，您今晚发现我这话向您撒了谎。这确实不错。可是我觉得您不把我放在眼里，您一心迷恋的是那位凡德伊的音乐，我便天真地以为，既然我有一个同学是凡德伊小姐的女友的女友——我向您发誓，这是真的——如果我编造说，我跟这些姑娘都很熟悉，这样我就比较能够引起您的兴趣。我感到，您讨厌我，把我看成是个蠢妇。我想，我如果对您说，我跟这些人有过交往，我可以向您提供与凡德伊作品有关的一切细节，我可以在您眼里提高一下自己的形象，可以借机接近您。谁想到，非要等到这倒霉的维尔迪兰晚会，您才了解真相，而且别人还可能歪曲了事实真相。我敢打赌，凡德伊小姐的女友肯定对您说，她根本不认识我。可是她在我同学家至少见到过我两次。不过这事也很自然，在这些成名的人看来，我还不够格，所以他们宁可说从未见过我这个人。"可怜的阿尔贝蒂娜，她以为如果对我说，她与凡德伊小姐的女友曾经有过十分密切的关系，以此便能延迟她被"遗弃"的时间，便能更加接近我，她的这个想法达到了真理。只是，她为达到真理，不是走了一条她想走的路，而是另外一条道路。这种情况时有发生。那天晚上在小有轨电车上，她表现出对音乐十分懂行，而且精通的程度超出了我的想象，尽管如此，这仍然阻止不了我要跟她一刀两断。但是，为了表现她的音乐理解力，她说了一句话，就是这句话不仅使断绝关系成为不可能，而且还引起其他许多事情。她犯了一个解释性的错误，不是错在这句话应该产生的效果上，而是错在她借此应该制造这一效果的原因上。这一原因使我了解到的，不是她的音乐素养而是她的不良关系。致使我突然决定跟她接近，甚至跟她融为一体的，不是我对某种快乐产生了希冀——说快乐，这是言过其实，只能说某种轻微的消遣——而是因为我被某种痛苦紧紧地拥抱住了。

这一回，我仍不可能保持过多的沉默，那样会让她怀疑我是因为惊奇而感到语塞了。我听她把自己看得那么寒酸，在维尔迪兰圈子里被人那么瞧不起，我于心不忍，温柔地对她说："可是，我亲爱的，这事我不是没有想到过，我非常乐意给您几百法郎，您喜欢去哪儿都行，您可以做一个漂亮的夫人，还可以邀请维尔迪兰夫妇，吃一顿美味的晚餐。"可惜，阿尔贝蒂娜是一个具有多重性格的人，其最为神秘、最为纯朴、最为残酷的一面，表现在她用厌恶的神情，并且说实在的，用我无法听清的话（连起初说什么我也听不清，因为她的话没有结束）来向我作答。只有过一会儿，当我猜到她的所思所想以后，我才得以把她的话前后连起来。对于别人的话，我们都是先有所领悟，然后才听明白的。"谢谢您的好意！为这帮老家伙破费，哼！我还不如去他妈的让人砸……[1]"顷刻间，她满脸涨得通红，神色沮丧，用手捂住嘴巴，仿佛这样就能把她说到一半、我还没有听懂的话收回去似的。"您说什么，阿尔贝蒂娜？""不，没什么，我都快睡着

[1] 下文为"坛子"。"让人砸坛子"，谓跟人有不正常的性行为。在此及下文我们都采用直译。

了。”“不，没有的事儿，您非常清醒。”“我想着请维尔迪兰吃饭的事，您心真好。”“不，不，我是说您刚才说什么来着。”她百般地向我解释，可是这些解释不仅跟那些闪烁其词、模棱两可的话是充满矛盾的，而且跟那语塞本身以及伴随着语塞突然出现的脸红，也是不相一致的。“得了，我亲爱的，您刚才想说的不是这意思吧，要不然怎么会停顿不说了呢？”“因为我觉得我的要求是不慎重的。”“什么要求？”“请一顿晚饭。”“不，这无所谓，我们之间不存在慎重不慎重的问题。”“不，恰恰相反，这个问题是存在的，我们不应该对我们所爱的人提得寸进尺的要求。总之，我向您发誓，我说的就是这件事。”但我的理智对她的解释又不能满足，因此我仍紧追不舍地问。“不管怎么说，您至少应该有勇气把您刚才那句话说完吧，您刚才只说到砸……”“噢！别缠我了！”“为什么？”“因为这话粗俗得可怕，我当着您的面说出这话，真是羞死人了。我不知道自己在胡思乱想些什么。这些话，我不知道究竟是什么意思，是一天在街上偶然听见一些非常下流的人说的，我也不知道怎么的，莫名其妙顺口说出来了。这跟我、跟谁都没有关系，我的脑子太糊涂了。”我已感到，不能再从她嘴里掏出什么话来。她向我撒了谎，她刚才还直向我发誓，她收住话头，是因为怕有失上流社会的慎重，可是现在却变为羞于在我面前说出过分粗俗的话。这显然已是第二个谎言。因为当我跟阿尔贝蒂娜在一起互相亲热的时候，再诲淫诲盗、粗俗不堪的话她都说得出口。总之，眼下多说了也是枉然。可是我的记忆被“砸”这个字所缠住不放。阿尔贝蒂娜经常说“朝某人砸木头，砸糖”，或者干脆说“啊！我把他砸了个痛快！”，以代替“我把他骂了个狗血喷头！”。既然她在我面前经常说这类话，如果她刚才想说的的确是这类话，又何必突然住口呢？为什么她面红耳赤，把手放在嘴前，整个重新换了一句话，发现我听清了“砸”这个字便虚假地道歉一番？不过，既然我不准备继续进行毫无效果的审问，还是装作不想此事为好。我想到阿尔贝蒂娜责备我去老板娘家的话，便用一种愚蠢的谦辞极其笨拙地对她说：“我原先想请您今晚一起去维尔迪兰夫妇的晚会。”这句话是蠢而又蠢，如果我真有诚意，又同她朝夕相处，为什么至今没有向她建议过？她被我的谎言激怒了，趁我怯懦，一反刚才的态度变得大胆起来。“您哪怕请我一千遍，”她对我说，“我也不会去。这批人总是跟我过不去，不择手段地欺弄我。在巴尔贝克我对维尔迪兰夫人要多热情有多热情，可现在却落得个恩将仇报。即令她寿终正寝，派人来请我，我也不会去。有些事情是不能原谅的。至于您，这是第一次对我要不老实。弗朗索瓦丝告诉我（哼！她告诉我这件事时，那神情多得意啊）您出门去了，我真希望别人不如把我劈成两半。我竭力保持镇静，不让别人看出什么，可是我生平从未受过这等侮辱。”

她在跟我说话，可是我却已沉浸在极其活跃和富有创造性的无意识睡眠中（在这梦乡之中，有些一掠而过的事情在此留下了深深的印记，至此万般寻觅，一无所获的启门钥匙被沉睡的双手所抓住），继续寻找她只说了前一半，我想知道后一半的那句话的含义。突然间，有两个我起先万万没有想到的字眼不期而现：“坛子”[1]。我不能说这个字眼是突如其来的。有时候，我们长时间囿于一个不完整的回忆，尽管谨小慎微、步步为营地扩大这一回忆的范围，但毕竟畏缩在不完整的回忆里，与其相依为命，这时候，回忆里冒出一个字眼会有突如其来的感觉。不，我一反习惯的回忆方式采用了两条同时并进的寻觅道路。一条道路就是顺着阿尔贝蒂娜的那句话去找，而另一条道路就是回忆我建议出钱让她请人吃饭时她那厌烦的目光。这目光似乎在说：“谢谢，我讨厌的事情您破费也没用，碰上我喜欢的事情，我不花一文也能办到！”也许正是回忆起了她流露出来的这一目光我才改变了方法，寻找到了她的后半句话。在此之前，我一直纠缠于最后一个“砸”字不放，她想说砸什么？砸木头？不。砸糖？也不对。砸、砸、砸。我回想起，我建议她请客吃饭的时候，她那眼神，她那耸肩的动作，我立刻返回她那句话的字眼里面去。于是我发现，她没有说“砸”，而是说“让人砸”。无耻！原来她的所好就是这个。无耻至极！再低等的妓女，即便同意干这种事或想干这种事，也不会对乐意干这种事的男人说出这等不堪入耳的话，她说出这话会受人糟践和鄙视。一个女人只有对另一个女人，并且爱另一个女人，才会说出这话，对自己先前委身于一个男人表现歉意。看来阿尔贝蒂娜说她已快睡着了，这话一点不假。她心不在焉，听凭感情驱使，忘了是跟我在一起。她耸耸肩开始说话，还以为是在跟哪个女人，也许是在跟哪一个簪花少女在说话。她突然头脑清

[1] 俗语，意为屁股。

醒，回到现实，于是满脸羞红，急忙将险些说出口的话收了回去。别无他法之中，她索性闭口，不吐一字。如果我不想让她发觉我的绝望，那我分秒不能延迟。可是我狂怒刚过，泪水却已涌上眼眶。如同那天晚上在巴尔贝克，她告诉我她跟凡德伊父女的友情时一样，我现在必须替自己的忧伤立即编造一个原因。这原因必须可信，并能深深打动阿尔贝蒂娜，这样我就可以给自己几天喘息，找时间再做计议。因此，当她对我说，她从未受过我出门这事给她带来的这般侮辱，她宁死不要听到弗朗索瓦丝说起这事时，我被她可笑的敏感性激怒了，想对她说，我出门一事哪里值得大惊小怪，这事于她毫无损害；同时这工夫，我对她“砸”字后想说的话，通过无意识的寻觅，获得了结果。我们突然发现致使我再也无法彻底掩盖自己的绝望心情，于是我将自我辩护改为自我控告：“我的小阿尔贝蒂娜，”我带着初涌而至的眼泪所造成的温柔口吻对她说，“我可以对您说您错了，我做的事情是无关紧要的，但我这样说便是对您说谎。还是您说得对，您明白了事情原委。我可怜的小乖乖，放在三个月、半年以前，我对您充满了友情，那时候我绝对不会做这种事。这虽然是件区区小事，但是关系重大，我的心里已发生了巨大的变化，这件事就是一个迹象。我原希望向您掩饰这一变化，既然您已经猜出来了，那我不得不对您说：我的小阿尔贝蒂娜，”我温柔而又忧愁地对她说，“您瞧，您在这里的生活是无聊的，我们还是分手的好。鉴于最美满的分手是最迅速的分手，我请求您，为了减轻我将要产生的忧伤，今晚就跟我告别，明早趁我熟睡就离开，不要让我再看见您。”她显得十分惊异，对我的话感到难以置信，不过她立刻愁眉苦脸地说：“怎么，明天？您真这样想？”我把两人分手作为已经发生了的事情来谈，心中充满了痛苦。但尽管如此，也许部分地也由于这痛苦本身，我开始就阿尔贝蒂娜离开住所后需要办的事情，向她做了最仔细的建议。千叮咛万嘱咐，我很快便进入一些细枝末节的问题上。“请您行行好，”我无限惆怅地说，“把在您姨妈那儿的贝戈特的书寄还给我。这事一点儿也不着急，过三天，一星期，由您看着办，不过请别忘记，免得我遣人来催取，这样我会很不好受。我们一度十分幸福，现在我们感到我们将要十分难受。”“别说我们感到将要十分难受，”阿尔贝蒂娜打断我的话说，“不要说‘我们’，只有您自己这么觉得！”“对，反正，您或者我，出于这个原因或者那个原因，您爱怎么说就怎么说。可是现在都什么时候了，您该去睡了……”“您决定了，我听从您的，因为我不想叫您难受。”“就算如此，是我决定的，可是对我来说，这同样是很痛苦的。我没有说这会长久痛苦下去，您知道我的头脑缺少长久记忆的功能，但是您走后的头几天，我肯定十分烦恼。所以我觉得不要用写信来重温旧梦，应该断得干脆。”“对，您说得在理。”她神色悲伤，加之夜深了，脸部表情疲顿而又慵困，“与其说伸出手来一个接一个地砍断手指，不如干脆直接伸出头来。”“我的天哪，一想到我待会儿要让您去睡觉，我就害怕，我简直是疯了。好在这是最后一晚。您一辈子有的是时间睡觉。”我对她说，我们总应该互相道一声晚安，我千方百计拖延时间，让她再晚一些跟我道别。“您要愿意，我叫布洛克把他表妹爱丝苔尔送到您将来住的地方去，陪您散散心？他会替我办这事的。”“我不明白您为什么要说这话（我说此话是为了设法引阿尔贝蒂娜自己招供出来），我只要一个人，就是您。”阿尔贝蒂娜对我说。听了她的话我的心里充满了温馨。但是旋即她又使我陷入了痛苦。她说：“我记得十分清楚，我把我的相片给了这个爱丝苔尔，一方面是她缠着我要，另一方面我当时想，给了她，她一定会很高兴，可是要说跟她产生过什么友情或者说我想见她，那从来没有这回事！”阿尔贝蒂娜的性格十分轻浮易变，随口又补充道：“如果她想见我，我也不反对，她人很好。不过我一点儿也不坚持一定要见她。”无怪乎，我曾经告诉阿尔贝蒂娜，布洛克把爱丝苔尔的照片寄给了我（我告诉她此事的时候，其实我还未收到照片），阿尔贝蒂娜居然理解为布洛克把她给爱丝苔尔的一张照片给了我看。我做过最坏的设想，但我无论如何未曾想到阿尔贝蒂娜跟爱丝苔尔之间竟会有这等亲密的关系。我跟她说起相片一事，她无言以对。现在她以为我对事情已了如指掌——这完全是错觉——觉得还是主动承认为上策。我忍耐不住说：“阿尔贝蒂娜，我还有一件事要恳求您，永远也不要想办法见我。如果万一过一年、两年或者三年，我们在同一个城市不期相遇，请您避开我。”我见她对我的恳求未做肯定的答应，又说：“我的阿尔贝蒂娜，请您别那样，今生今世永远别再见我。这会给我造成太多的痛苦。我对您是怀有真诚友情的，这您知道。我知道，那天我告诉您，我想再见一面我们在巴尔贝克谈到过的那个女友，您以为事情已经安排妥当了。不，我向您保证我对这事是绝对无所谓的。您肯定深信不疑，我早已下定决心要离开您，我的脉脉温情只是演戏而已。”“哪里，您是疯了，我根本没有这么想。”她忧伤地说。“您这就对了。不应该这么想。我是真心爱您的。也许不是爱情，是很深极深的友爱，深得远远超出您的想象。”“这我相信。但您却胡思乱想，以为我不爱您！”“离开您，我非常痛苦。”“我呢，更比您痛苦一千倍。”阿尔贝蒂娜回答我说。已经有了一会儿，我感到我再也无法克制，泪水涌上了眼窝。这眼泪不是来自我从前对希尔贝特说“我们还是不见为好，生活把我们分开了”时那种忧伤，这是完全不同类型的泪水。诚然，我给希尔贝特的信中写这话，我是在想，我不再爱她，而去爱另外一个女子，这是一种过度的爱情，但这过度的爱情是为了避免把爱情过度地花在一个人身上；有两个人的时候，命中注定有相当数量的爱情可在其间进行调剂，这一方爱情拿得太多了，就应该抽出一些来给另一方；而爱情到了这一方，比如到了希尔贝特这一方，我同样注定是要将爱情抽出来与她分道扬镳的。但是现在的情况截然不同，其原因多种多样，而首要的原因——由此又产生其他原因——是因为我缺乏意志。在贡布雷时我外祖母和我母亲就已经为我担心过，一个病人居然有如此的精力，来强迫别人接受他的意志匮乏，为之她俩都相继投降了。而这缺乏意志的毛病日益加重，速度越来越快。当我感到，我的存在使希尔贝特感到疲倦，这时候，我还有相当的力量拒绝见她。当我在阿尔贝蒂娜这里发现同一个事实时，我已精疲力竭，我只想到要强行挽留她。我对希尔贝特说，我跟她一刀两断，我内心确实不再想见她；然而，我对阿尔贝蒂娜说这话，纯粹是在撒谎，倒过来是为了取得和解。我和阿尔贝蒂娜之间，相互显示的是一个与现实相距甚远的表象。毫无疑问当两个人对坐而视的时候，情况总是如此，因为双方对另一方的内心总有一部分是不了解的，即使了解，也有一部分不理解；双方表现出来的只是各自最少属于自己个人的东西。这种情况或许是由于人们自己也未厘清什么是属于自己个人的隐私，对此不加注意，或许是因为人们对某些不属于自己个人的毫无意义的实利性东西倒看得很重，更加喜爱。另一方面，有些人们喜欢的东西，人们却没有。但为了不受别人轻视，人们没有，却装出样子，对那东西似乎不屑一顾，甚至厌恶至极。可是在爱情中，这种误会发展到了登峰造极的程度。除了天真的孩提时，我们通常都是尽力使自己的外表，不是去忠实地反映我们的思想，而是使其成为我们的思想认为最适宜于使我们获得自己希望获得的东西的样子。自我回家以后，在我看来最合适的外表，便是能够使阿尔贝蒂娜保持不变，跟以往一样顺从，别在气头上要求我给她更多的自由的样子。我希望有朝一日能给她更多的自由，但现在我怕她会心血来潮要求独立，这会使我嫉妒心大发。过了一定的年龄，出于自尊心和见识，越是我们向往的东西，我们越是看上去毫不在乎。但在爱情上，稍有见识——也许这并不是真正的明智——我们很快就会强迫自己接受这种双重特性。我孩提时，梦幻中最温柔的爱情，甚至爱情的本质，不外乎是面对我心爱的女子，倾诉我的温情，对她的善良表示感激，希望两人白头偕老。然而，我的亲身经历以及我亲朋好友的经历，使我再清楚不过地认识到，这类感情的表白是毫无感染作用的。

类似德·夏吕斯先生那样的人，忸怩作态，简直像个老太婆了，可是他老是把自己想象成一个漂亮的小伙子，久而久之，便以为自己真的成了一个英俊青年。其实他那矫揉造作的阳刚气派，恰恰日益露出滑稽可笑的女人态来。夏吕斯的这种情况，符合这种规律，但这种规律的覆盖范围完全超出夏吕斯类型的人，它的分布之广，即令是爱情，也未必能完全取尽用竭。我们自己的身体，我们视而不见，别人却看得真切；我们“紧跟”我们的思想，因为这是处在我们眼前的物体，但别人却无法看见（有时候，作家在作品中使思想有形可见，由此，当作家的崇拜者们的思想偶尔为作者所征引时，他们每每大失所望，因为他们从作家的脸上发现，内心之美反映出来后，竟有如此缺憾）。一旦我们发现了这一点，我们就不再“听之任之”。今天下午我忍住没有告诉阿尔贝蒂娜，她没有留在特罗卡德罗，我是多么感激不尽。今天晚上，因为我害怕她离我而去，假装希望主动跟她分手。我这样作假是因为有了前几次爱情的教训，不想让此次爱情重蹈覆辙。但我们过一会儿将会看到，我并非仅仅听从了这些教训。

我害怕阿尔贝蒂娜对我说：“我希望一个人出去一下，需要离开两天。”我不知道她会向我提出哪一类自由的要求，我不打算给她的要求下定义，但它使我恐惧。这种恐惧在维尔迪兰晚会上曾有一刻掠过我的心头，但是现在已烟消云散了。另外，回想起阿尔贝蒂娜不断对我说，她待在家里如何如何希望幸福，这话与我的恐惧也格格不入。阿尔贝蒂娜想要离开我的内心意图，表现得十分隐晦，仅仅流露出一丝忧愁的目光，一阵烦躁的神色，一些前言不搭后语的话。但是如果我们再仔细推敲一下的话，我们只能将隐藏在她心底的东西解释为一种感情（我们甚至没有必要进行推敲，因为明白这种表示强烈情感的语言，普通百姓也能听懂，把它解释为虚荣、记仇和嫉妒。这些感情虽然不是直言表达出来的，但对话者若有直觉功能，即如笛卡尔称为“良知”的，“世上最为普遍的东西”的话，就可一眼识破）。阿尔贝蒂娜的内心感情有可能导致她制订计划，离开我另建生活。阿尔贝蒂娜要离开我的意图，在她的谈吐中表述得毫无逻辑，同样，我今晚对这意图的预感，在我心里始终是十分模糊的。我继续生活在这样的假设中，即承认阿尔贝蒂娜对我所说的一切都是真实的，但是也有可能，在这段时间内，有一个完全相反的、我并不愿意去想的假设在紧紧盯着我，这完全是有可能的。不然，我告诉阿尔贝蒂娜，我去了维尔迪兰家，根本不会为此感到难堪；不然，她的发怒为什么只引起一阵小小的惊奇？因此，在我内心也许活动着一个想法，有一个与我理智中的阿尔贝蒂娜，与她自己的描绘完全相左的阿尔贝蒂娜，存在于我内心。但这不是一个完全杜撰的阿尔贝蒂娜，因为她如同一面前置镜，反映着她内心产生的某些情绪，譬如我去维尔迪兰家后她的恶劣情绪。此外，长久以来我忧心忡忡，怕对阿尔贝蒂娜说我爱她。所有这些正与另外一个假设相吻合。这个假设说明了许多事情，而且还有一点，如果我采用第一种假设，第二种假设就变得更有可能，因为我听任自己对阿尔贝蒂娜吐露温情，但从她那里得到的却只是一场愤怒（但她觉得这一愤怒出于另一个原因）。

我必须说，我觉得最为严重、使我印象最深、事先表明她将会驳回我的指控的迹象，是她对我说过：“我估计他们今晚会请凡德伊小姐。”我竭力残酷地回答道：“您没有对我说起过您遇见过维尔迪兰夫人。”每当我发现阿尔贝蒂娜表现得不客气，我不是对她说我很伤心，而是反而变得凶狠起来。

根据这一点，根据与我感觉背道而驰、永恒不变的反驳体系来进行分析，我可以断定，那天晚上我之所以对她说要离开她，是由于——甚至在我意识到这一点以前——我害怕她希望得到自由（我说不清楚，这使我战栗的自由究竟是什么，总之，这是诸如她可能欺骗我的这类自由），我出于孤傲和狡诈，想向她表明，我对此毫无畏惧。在巴尔贝克的时候，我就曾要求她不要过低地估计我，稍后我又希望，她跟我在一起不要有分秒无聊。

末了，有人会对这第二个假设——尚未明确表达的假设——提出反诘，说阿尔贝蒂娜对我说的话，恰恰意味着她喜欢的生活，就是在我家里的这种生活，休憩，读书，喜欢清闲，厌恶萨福式的爱情，等等。为这种反驳花费笔墨是毫无意义的。如果阿尔贝蒂娜对我，跟我对她一样，以我对她所说的话为基准，来判断我的所思所想，那她得到的东西恰恰与事实相反，因为我向来只有在再也不能缺少她的情况下才向她表示，希望离开她，反之在巴尔贝克，我曾两度向她坦白，我爱着另一个女子，一次是爱上安德烈，另一次是爱上一个神秘的女子，然而两次坦白都是发生在嫉妒心使我回心转意，反过来爱阿尔贝蒂娜的时候。因此我的言表丝毫不能反映我的感情。如果读者对此只有相当淡薄的印象，那是因为我作为叙述者，在向读者表述我的感情，在不断重复我的言语的同时，也向读者交代了我的感情本身。如果我向读者隐瞒感情，仅仅让读者了解我的言谈，那我的行为跟我的言谈就关系甚少，读者就一定会经常感到，我十分奇怪，喜怒无常，一定会以为我是个疯子。然而这种推理方式并不比我所采用的方式有更多的错误，因为促使我行动的意象与我言谈中所描绘的意象是截然相反的，但在那时候，前一种意象还是非常模糊的。我对我行为所遵循的本性知之甚少。如今我对这一本性的主观事实认识得十分清楚。至于它的客观事实，即对这一本性的直觉是否比我的理性推断更能准确地抓住阿尔贝蒂娜的真正意图，我信赖于这种本性是否有理，或者相反，这种本性是不是虽然抓住了她的意图，却没有改变她的意图，这些是我难以断言的。

我在维尔迪兰家感到阿尔贝蒂娜会离开我而隐约产生的恐惧起初已经烟消云散。我回到家里的时候，心里的感觉不是见到了一名囚徒，而是自己成了一名囚徒。但是当我告诉阿尔贝蒂娜我去了维尔迪兰家，我见她的脸上增添了一层神秘莫测的愠色——这愠色已不是第一次掠过她的脸颊了——此时消失了的恐惧重新更加有力地攫住了我。我十分清楚，这是她那些感情思想的肉体凝聚：她表现不满，是经过深思熟虑的，只是把真正的思想藏在心底，缄口不言而已。这愠色就是她内心想法的综合表现，它虽然明晰可见，却无法做理性说明。我们从心上人脸上采撷蛛丝马迹；但不明白心上人内心所发生的事情，为此，我们试图对这综合表现进行分析，把它重新分解为理性成分。阿尔贝蒂娜的思想，对我来说就是一个未知数，为此我给它列了一个近似方程：“我知道他在怀疑我，他肯定设法证实他的怀疑，为了避我耳目，他的一切工作都在暗地里进行。”但是，如果阿尔贝蒂娜从不向我吐露，却真是带着这样的想法生活着，那她对现在的生活为什么还不厌恶，还苟且偷生着，不趁早一走了之呢？因为在现在的生活中，一方面，她光有一丝欲望，也被认为有罪，始终受我的猜疑和盯梢，我的嫉妒不消除，她就根本无法满足她的癖好。另一方面，即使她的意欲和行为都清白无辜、无可指摘，她最近得到的仍是失望和泄气的权力，因为自从离开巴尔贝克以后，尽管她一直尽力避免跟安德烈单独接触，今日又拒绝去维尔迪兰家，留在特罗卡德罗，可是她却发现，她仍丝毫不能取得我的信任。另一点，我说不出她的举止仪表有什么地方可受指责的。在巴尔贝克的时候，每当有人谈到作风不好的姑娘，她总是哈哈大笑，还扭扭身子，模仿那些姑娘的动作。我猜测得出，对她的女友们来说这些动作意味着什么，为此我心里备受折磨。但是自从她了解到我对这个问题的看法以后，凡有人稍稍提及这类事情，她便退出了谈话，不仅话语停断，而且面部表情也中止了。她这样做，也许是因为别人对某某姑娘说长道短，她不愿助兴，也许完全出于别的缘故，总之当时最为惊人的是，她那表情如此丰富的脸，在涉及这类话题时，既显出心不在焉的样子又一丝不变地保持着瞬时前的表情。这似表情非表情的定相犹如死寂一般凝重。我们说不出，这神色对那些事情究竟是表示谴责还是赞成，是表达了解还是无知。她的表情只是跟脸上各部分发生关系。鼻子、嘴巴、眼睛形成一个完美和谐的统一体，但跟脸外的世界是隔绝的。她只是一幅水彩画，别人刚才说些什么，她一点儿也没有听见，仿佛别人刚才是在对拉图尔[1]的肖像谈话。

我把布里肖的住址告诉车夫，看见窗户灯光，我当时感到自己如同处在奴隶受禁的境遇之中，但是过了一会儿，我发现阿尔贝蒂娜强烈地感到，她也处于这种境遇时，我先前的感觉便从我的心头释落了。为了不让她为这种境遇过多地感到压抑，从而突生念头，自行打破这种境遇，我觉得最巧妙的办法莫过于给她造成一种印象，即这种境遇不是一成不变的，我本人就希望它早日结束。我看见自己的伪装获得了成功，本该值得十分庆幸。首先，我本来日夜担心的事情，即我原来估计阿尔贝蒂娜会下决心离去，现在这一可能已经排除。其次，撇开我力求达到的效果不谈，单就我伪装成功这件事本身而言，就证明了我在阿尔贝蒂娜眼里还不完全是一个分文不值的情夫，一个样样花招均被戳穿、只配受人嘲笑的嫉妒者；这件事把某种贞德还给了我们的爱情。在我们的爱情生活中，诸如她在巴尔贝克时轻易相信我另有所爱的时代重新诞生了。当然她现在不再会相信我另有所爱，但是对我希望今晚两人就分手告别的假意则深信不疑。

她表示怀疑，不相信个中的原因出在维尔迪兰夫妇那里。我对她说，我遇见一位剧作家，叫布洛克，是莱娅的一位亲密朋友。什么千奇百怪的事情莱娅都告诉过他（我想用这番话诱她相

---

[1] 拉图尔（1593—1652）：法国画家。

信，我对布洛克表姐妹的事情了如指掌，只是心照不宣而已）。由于我佯装需要分手，被弄得有些心烦意乱，出于稳定情绪的需要，我对她说：“阿尔贝蒂娜，您能对我发誓，您从来没有对我说过谎吗？”她目光呆滞，望着空气回答道：“能，也就是说不能。我错了，我不该对您说安德烈对布洛克一往情深，我们根本就没有见过他。”“那您为什么要这么说呢？”“因为我怕您会对她有另外一种想象，我说这话就为这个。”她依旧目光呆滞，说：“我跟莱娅一起游玩过三个星期，我不该瞒着您，不告诉您。可那时候我跟您还不那么熟悉。”“是在巴尔贝克以前吗？”“是的，是在第二次去巴尔贝克以前。”今天早晨她还亲口对我说，她跟莱娅素不相识！我仿佛见到，我千万个小时呕心沥血写成的小说，突然间化成一场春梦，付诸东流。早知今日，何必当初？阿尔贝蒂娜把这两件事情透露给我，是因为她觉得我已经从莱娅那里间接地打听到了，而且她一定觉得谁也没有道理否认，这类事情多得举不胜举；我也明白，每当我盘问阿尔贝蒂娜，她的回答从不会有半句真话，而真话只有当一方面决意缄口隐瞒事实，另一方面坚信别人已经了解了这些事实，这两种心理在她身上突然发生混合作用的时候，她才会不由自主脱口吐露出来。“不就是两件事嘛，这又有多大关系，”我对阿尔贝蒂娜说，“不如痛痛快快说出四件事来听听，也好给我留下一个记忆。您能不能向我再透露几件事来？”她仍然木然地看着。她是要使自己的谎言适应于对未来生活的某一种信仰呢，还是要跟某些未及她想象得那么随和的神祇妥协呢？看来这大概都不尽容易，因为她已沉默和呆滞了好久。“不，没有什么别的事了。”她终于开口说。现在不论我如何追问，她都倔强地紧咬牙关，一口咬定没有别的。弥天大谎！从她陷足于这类邪癖之日起，直到她被禁锢于我家，其间在多少个地方，在多少次散步中，她都已无数次满足了这邪欲！蛾摩拉人虽为数不多，却又不可胜计，不管是在什么地方，也不论是在人群之中，她们一眼就能认出对方，立刻就能沆瀣一气。

那年有一个晚上，发生了一件事，我每想起来就感到恶心，可当时我只是觉得有些奇怪。我有一位朋友，请我上饭馆吃饭，他带着自己的情妇，他另外一个朋友也带了自己的情妇。进饭馆没过多久，她俩早已心领神会，都急不可待地要占有对方。刚上浓汤，两人的脚就已开始相互寻找起来，经常找到我的脚上。不一会儿，腿都缠到一块儿去了。我的两位朋友什么也没有察觉，我却在受罪。其中一个女人再也克制不住，借口说有东西掉到地上，索性钻到桌子底下去了。接着一位说偏头痛发了，告辞要到盥洗室去一下，另一位猛然发现时间到了，该陪一位女友去看戏了。头痛女子从盥洗室出来，道歉先行退席，一人回家等候情夫，以便服一些阿司匹林。此后她们成了亲密朋友，常常一起外出散步。一位喜欢身着男装，身边抚养着一批小女孩，时常把她们带到另一位家里，对她们进行教化。另一位身边有一个小男孩，她假装对他很不满意，时常交给她的女友来管教，女友当然是责无旁贷、毫不留情。由此可见，她们这种人随时随地都可能干出那些最难以见人的事情，无所谓大庭广众，无惧于光天化日。

“可是在整个旅行过程中，莱娅在我面前始终都是规规矩矩的，”阿尔贝蒂娜对我说，“跟许多上流女子比，她要谨慎持重得多。”“阿尔贝蒂娜，难道上流女子中也有人对您放肆吗？”“从来没有。”“那您这话是什么意思？”“嗯，她说话不像那些上流女子那么随便。”“举例说说。”“她不像我们接待的许多女子，从来不用‘讨厌’这个词，也不说‘无所谓’那种话。”我觉得，我一部分原来未曾付之一炬的小说也终于化成了灰烬。本来的话，我的失望也许还会持续下去。每当我想到阿尔贝蒂娜的话，都会产生一股疯狂的怒火，可是这怒火总是碰到某种温柔，于是便降落下来。平心而论，我自己不也一样，我回到家里，宣布希望一刀两断，我不也在撒谎。况且，回过头来想一想，阿尔贝蒂娜在认识我以前过的是何等的纵乐生活，而现在则表现出囚人般的顺服，我不能不加倍珍惜，于是我不再责怪她了。

不过，我虽然是伪装，内心却涌上一股凄凉之情。本来非有真实的意图不会有这份伤感，可我为了装出忧伤，不得不想象一份忧伤出来。在我们共同生活的过程中，我一直不断地暗示阿尔贝蒂娜，我们这种生活只能是暂时的。我做这样的暗示，目的是让阿尔贝蒂娜继续感到我们的生活还有吸引力。可是今晚我走得更远，因为我怕，用含糊不清的暗示，对她进行一刀两断的威胁，已经不够有效，怕阿尔贝蒂娜心里产生念头与之抗衡，仍以为伟大的爱情使我产生了嫉妒心，似乎说是这爱情嫉妒心促使我去维尔迪兰家明察暗访的。那天晚上我想，导致我突然决定演出断情戏的原因——对此我是后来才逐渐发觉的——中，有一个主要的原因，即我跟父亲有一个相仿的地方，有时会心血来潮，会对一个好好的平安无事的人进行威胁。为了不让人觉得这一威胁只是空头吓唬而已，我便在假戏真演的路上走得很远，一直到对手错以为我真的会说到做到，开始浑身战栗的时候，我才收兵落幕。

不过，我们清楚地感到，谎言之下必有实情。如果生活不给我们的爱情带来变化，我们自己就会想法创造或者伪造变化；我们之所以想谈分别，因为我们强烈地感到，爱情和万事万物一样，都迅速地朝着永别的方向演进。永别之时远未来临，我们已经希望先为它流淌眼泪。当然，这一回我演这场戏，有一个实际的原因。我突然坚持要挽留她，因为我感到她分心于其他的人，我无法阻止她跟那些人走到一起去。如果她拒绝所有人，永世专心于我，我也许会更加坚定，决心与她永不分离。嫉妒变分离为残酷，而感激化分离为不能。总之，我感到我发动了一场大战，我非胜则死。我本来可以在一小时之内便把拥有的一切拱手交给阿尔贝蒂娜。我心想：一切都取决于这场战役。但是这场战役与从前的战役有所不同，不是几个小时就能决出胜负，它更像一场当代战役，两天、三天，乃至两个星期都不见分晓。人们总以为这是最后一刻拼刺，所以不遗余力。然而一年过去了，却还没有“决出雌雄”。

当我害怕阿尔贝蒂娜离我而去，恐惧感占有了我的时候，我无意识中来到了德·夏吕斯先生身边，回想起他说谎的一些场景；恐惧感的上面又增添了一层无意识回忆。我曾经听我母亲叙说过一件事情，我当时一无所知，但后来这件事使我相信，那种说谎场面的所有因素都是我自身内部一个隐蔽的遗传储存所提供的。

正如有些烈性酒或咖啡一类的药物对我们潜在的精力会发生作用一样，某种感情冲动在此也会发生作用，会把这种遗传储存挖掘出来为我们所用：我的莱奥妮姑妈听欧拉莉报信说，弗朗索瓦丝自以为女主人永远不会再出门了，便暗中玩弄手腕，准备瞒着我姑妈擅自偷偷出门。于是，我姑妈在前一天佯装决定第二天要出去走走。她把这话对弗朗索瓦丝说了。弗朗索瓦丝起先还将信将疑。我姑妈让她事先将所需衣物全部备好，将那些锁在箱柜里过久的衣物都拿出来晾晒，不仅如此，而且还订好了汽车，快到正式出门的时候又把一天的日程安排都做了详细交代，吩咐妥当，直到弗朗索瓦丝对此深信不疑，或至少再也沉不住气终于不得不向我姑妈说了实话，说她预先已有安排，我姑妈这才放弃自己的计划，说为的是别妨碍了弗朗索瓦丝的安排。我的情况与此相仿。为了不让阿尔贝蒂娜以为我是在虚张声势，让她以为我们即将相互离别，并让她这个想法在脑海中越扎越深，我必须自己对自己的分手建议做一番结论，于是我将从翌日才开始，然后将永远持续下去的时间，即我们分别以后的时间做了提前，向阿尔贝蒂娜千叮咛万嘱咐，仿佛我们过一会儿肯定不会再和解一般。正如将军们所言，要使佯攻能够蒙蔽对方，必须把佯攻变成真攻。我在扮演分手的这场戏中投入的感情精力，就仿佛真有其事一样；这场离别的假戏结果演成真的生离死别一样，叫我充满了无限的忧伤。也许这是因为两名演员中的一名，阿尔贝蒂娜信以为真，反过来增加了另一名演员的幻觉。本来我们是得过且过，尽管这样很不舒服，但还能忍受，在习惯的负荷下，庸庸碌碌，相信明天的日子尽管残酷难熬，但毕竟仍有我们依恋的人留在身边。我这下发疯似的，整个毁了这沉重的生活。虽然我只是虚假地摧毁了它，但这足够使自己黯然神伤。因为即使我们是用谎言的形式说出了忧伤，但这语言自身便缠绵悱恻，那苦涩深深地注入我们的血液；因为我们知道，我们在扮演永别的时候，其实只是将日后注定的一个时刻提前道出而已。何况我们难以断定，我们刚才触发的就一定不是鸣响这一时刻的启动装置。我们尽管可以虚张声势，但是被欺骗一方将做何种反响，这里总含有一部分难以预料的因素，不管这些因素的比重是多么微弱。要是这场演剧变成一场真的离别怎么办！想到这种可能性——尽管这是不可能的可能性——我们忍不住有一阵心酸。现在我们产生了双重的忧虑。分别来临的时候，正是我们对分别已经无法忍受的时候，正是我们从女子那儿遭受了痛苦，她未及将您治愈，或至少减轻您的痛苦，就要离开您的时候。另外，我们平日即使是处在忧伤之中，但至少还可以依靠习惯的支撑借以休养生息，现在这一点我也将丧失殆尽。是我们自己自愿放弃这习惯支撑点的。我们把眼前的时日看得非凡的重要，把其余的时日全部抛开。我们的想象就如遇上了动身出发的日子，失去了根系，随波逐流。它不再为习惯所麻痹，整个苏醒过来。我们在自己日常的爱情中突然注入了一缕感情幻想。这幻想将日常爱情无限地扩大，偏偏把一个已经绝不再可靠的人变成一个不可或缺的人。毫无疑问，正是为了保证将来这样一个人能存在于我们身边，我们才展开了这场驱逐这人的游戏。我们咎由自取，自己陷进了这场游戏，受到百般捉弄。我们重新产生了痛苦，因为我们干了一件新的不同寻常的事情；这事情恰似某种创新疗法，日后定能治愈百病，但最初的疗效却是病上加痛。

我两眼噙满了泪水。犹如有些人独自关在卧室里，随着起伏不定、变幻莫测的幻想，想象着一个喜爱的人去世了，设想自己会多么痛苦，想得如此仔细，以至于最后竟痛不欲生了。我对阿尔贝蒂娜反复叮嘱，请她注意今后应该对我采取什么态度。我说这些话，觉得我们过一会儿大概不会再言和了，充满了忧伤。再则，我难道就那么自信，一定能使阿尔贝蒂娜回心转意，恢复共同生活的愿望吗？即使我今晚成功了，用这场戏驱散了她从前的精神状态，难道她就一定不会故态复萌吗？我感觉到自己是未来的主人，但我又怀疑自己，因为我明白，我们这种感觉仅仅来自尚未存在的东西，因此这种感受还未必不可避免，将我压垮。另外，我虽然是在撒谎，但谎话中的实话成分也许超过我的想象。刚才就有一例，我对阿尔贝蒂娜说，我很快就会将她忘却的。这是实话，跟希尔贝特就是这样的情况，我现在摈弃旧念，不再去见她，倒不是怕痛苦，而是怕劳苦。当然，我写信告诉希尔贝特我不再见她，痛苦一阵也就过去了，因为我当时只是偶尔才去希尔贝特家。可是，阿尔贝蒂娜的每时每刻都属于我。在爱情上，放弃一种感情比失掉一种习惯更为容易。好在我之所以有力量说出这些两人分别的痛苦语言，是因为我知道那是一派谎言。相反，从阿尔贝蒂娜口中吐出的却是诚实之言。我听她大声说：“啊！一言为定！我永远不再见您了。这总比看见您这么苦着脸好，我亲爱的。我不想让您伤心。既然有必要，我们可以从此不见。”这话由我口中说出，不可能是诚实之言，但在阿尔贝蒂娜却是发自肺腑的，因为阿尔贝蒂娜对我有的是纯粹的友情，她答应不再相见，对她没有多大损失。另一则，我掉眼泪，在一个伟大的爱情中只是一件如此微不足道的事情，但是转移到她身处的友谊领域里，在她眼里就变成了非同寻常的事情，足以使她心慌意乱。按她刚才的那番话，她的友谊要大于我的友谊；之所以是按她刚才的说法，是因为在离别的时候，说温柔缱绻之语的，都是没有爱情之爱的人，而真的爱情，是无以直接言表的；之所以是按她刚才的说法——她的话也许并非完全没有道理——还因为，爱情具有成千上万的善行，有人能激发起别人的爱情，自己却感受不到爱情，爱情最终能在这种人身上唤起一种温情和感激之情。然而，跟激发起这两种感情的爱情相比，这两种感情本身没有那么自私；在一对情人离别若干年之后，在原来的情夫那里，爱情早已不翼而飞，而情妇的心里却依然荡漾着温情和感激之情。

我今晚仅仅是对凡德伊小姐怀有妒意，对阿尔贝蒂娜的愤恨和硬要留住她的想法都仅仅持续了片刻时间。所以，想到特罗卡德罗的事情，我毫不在乎。首先，是我为了使她避开维尔迪兰夫妇，才把她送到那儿去的；其次，即便是在那儿遇见了莱娅，为了不让阿尔贝蒂娜跟此人认识，我把阿尔贝蒂娜叫回来了，我现在说出莱娅的名字，也完全是出于无意。可是她却疑神疑鬼，以为也许有人告诉了我更多的事情，便先声夺人。她稍稍遮住脸，滔滔不绝地说：“我跟她很熟悉，去年我跟女友们一起去看过她的演出。散场以后我们到她化妆室去了，她就当着我们的面卸妆更衣，真有意思。”于是我的思绪不得不放弃凡德伊小姐，去做绝望努力，明知不可能再现真实场景，却偏要奔向深渊，却抓住女演员，抓住阿尔贝蒂娜走进化妆室的那个晚上。她用如此真切的口吻向我指天发誓，又如此彻底地牺牲了自己的自由，我怎么可能还加罪于她？然而，我的怀疑难道不是伸向事实真相的触角吗？她虽然为我牺牲了维尔迪兰夫妇，去了特罗卡德罗，但是维尔迪兰夫妇家原来毕竟要有凡德伊小姐；她虽然后来又为我牺牲了特罗卡德罗跟我到别处散步，但在特罗卡德罗毕竟又有那位莱娅——这是把她叫回来的原因。莱娅本来似乎并不叫我担心，然而有一件事我并没有问阿尔贝蒂娜，她自己说了出来，那件事说明她认识莱娅，认识的程度超出了我担心的程度。另外，阿尔贝蒂娜一定是在非常可疑的场合下认识莱娅的，不然谁有可能把她带到莱娅的化妆室去呢？我今天一天之间就碰到两个刽子手。我受苦于莱娅就再也不能受苦于凡德伊小姐，这一定是因为我的心灵残缺不全，无法同时想象过多的场景，或者是因为我神经质的激动相互发生了干扰——而我的嫉妒仅仅是其回声。为此我可以得出结论，我对莱娅和凡德伊小姐是同样嫉妒的，我不恨莱娅，只是因为我还在受着凡德伊小姐的苦。其实这是因为我的嫉妒心泯灭了——有时候会相继苏醒。但是反过来这也并不意味着每一次嫉妒心都是凭空而起，没有一个预感中的事实为根据。我说预感中的事实，这是因为我不能占有所有一切时空，也不会有什么灵性，发现此人与彼人之间存在着默契。阿尔贝蒂娜神出鬼没，一会儿和莱娅，一会儿跟巴尔贝克的姑娘，一会儿又跟与她曾擦肩而过的夫人的女友，再加上捅过她的网球姑娘，还有凡德伊小姐，等等，等等，我怎么可能某时某刻出其不意把她抓住呢？

“我的小阿尔贝蒂娜，您向我这么保证，您心地真好。至少在未来几年里，您去的地方，我就不去。您还不知道今年夏天去不去巴尔贝克，是吗？如果您要去的话，我就安排好不去。”我现在之所以这么向前推进，在我的谎言虚构中把时间大大提前，这既是为了吓唬阿尔贝蒂娜，也是为了自作自受。犹如一个人起先没有什么充分的理由发怒，可是自己嗓门响亮，渐渐兴奋起来，及至一发不可收拾，最终发展到真的暴跳如雷起来。这不是出于对某事不满，而全是自身的怒火不断上升的结果。我顺着自我忧愁的坡道越来越快地往下滑，滑向越来越深的绝望之渊。犹如一个缺乏活力的人，遇到逼人的寒气，不是试图斗争，反而觉得瑟瑟发抖也有一番情趣。我希望，过一会儿，我能有力量恢复镇静，采取反应，停止下滑。但是，阿尔贝蒂娜待会儿跟我道晚安的时候，应该跟我吻别，给我以安慰。她今天只要吻我一下，就会减轻我的忧伤——这绝对不是她如此冷淡地迎接我回家而给我造成的忧伤，而是我自己在想象中办理离别手续甚至看见离别的后果所感到的忧伤。但是，这一声晚安，不应该由她主动向我来说，这样会使我难以改变态度，不再向她建议放弃原来的想法，即两人不再分手。因此，我一再提醒她，互道晚安的时刻早已到了，这样我始终掌握着主动权，可以把这互道晚安的时间再拖延片刻。我在向阿尔贝蒂娜提问过程中，频频暗示，告诉她夜已这么深了，我们也疲倦了。“我不知道自己会去哪儿。”她忧心忡忡地回答我最后一个问题，“也许我会去土兰我姨妈家。”她草拟的这第一个计划叫我的心已经凉了半截，仿佛它已开始真正实现我们的决裂。她瞧瞧房间，瞧瞧自动钢琴和蓝绣面的椅子。“一想到明天和后天，永远也见不到这一切了，我真接受不了。可怜的小卧室！我觉得这不可能。我脑子里装不进这种想法。”“您必须这么想。您在这儿不幸福。”“不，至此之前我没有什么不幸福，从现在开始我才会不幸福。”“不，我向您保证，这样对您更好。”“也许是对您自己更好！”我呆呆地看着，仿佛无限犹豫之中受着百般的折磨，挣扎着与一个浮现于我心头的念头进行着殊死的抗争。最后我突然说：“听着，阿尔贝蒂娜，您说您在这里更加幸福，走了以后您会不幸福的。”“那当然。”“这真叫我难办了。您愿不愿意我们先不分手，再试几个星期？谁说得准？一个星期接着一个星期，也许我们可以发展得很好。您知道，有些暂时的东西最后竟可能永久性地持续下去。”“嗯！那您心太好了！”“只是那样的话，我们这一连几个小时，不是在白白地自寻烦恼，在闹发疯吗？就好比忙了半天，准备出去旅行，结果又走不了一样。我是伤心透了。”我让她坐在我的膝盖上，取出她向往已久的贝戈特的手稿，在封面上写道：“赠予我的小阿尔贝蒂娜，续约纪念。”“现在，”我对她说，“去睡吧，一直睡到明天晚上，我亲爱的，因为您一定累极了。”“我不累，我是高兴极了。”“您爱我一些了吗？”“比以前要爱一百倍。”

我不应该为这场小戏的得胜而高兴。这场戏尽管没有发展到精心导演的程度，尽管两人分手的问题仅仅是纸上谈兵而已，但是事情已经够严重了。我们以为这只不过是说说罢了，而且又是随便说说，并非带有真正的动机——事实确实如此。殊不知，这样随便的谈话，虽然是低声的轰隆，我们却经常想不到这已是一场暴风雨的前奏。事实上，我们在谈话中表达的东西，与我们的欲望（我们的欲望是要跟所爱的女子永远生活在一起）是背道而驰的，但同时它正说明了共同生活是不可能的。这种不可能性造成了我们日常的痛苦。比起离别，我们情愿忍受这种痛苦，但是最终总由不得我们，痛苦总会致使我们分离的。通常而言，分离并非一下子就能实现。经常发生的情况是——我们将会发现，我跟阿尔贝蒂娜的情况属于例外——我们说了一些自己不予置信的话，若干时间以后，我们实行一次不定型的分离试验。这是一种自愿的、无痛苦的、暂时的分离。为了使女人过后跟我们一起生活能更加欢快，同时也为了我们自己能暂时逃避不断的忧愁和疲倦，我们请求她撇下我们，或者我们撇开她，单独去进行一趟若干天的旅行。几天之中，我们度日如年，觉得离开了她无法度日。几日以后她很快又回到了家里，恢复了她在家庭中的位置。问题只是，这次分别虽然短暂，然而却是实现了，它并不是我们想象的那样，是随意决定的，是一次性的，不会重演。忧愁重又开始，共同生活的困难重又不断加剧，唯有分离已成为一件不那么困难的事。我们开始谈论分离，然后客客气气地付诸实施。那都是一些我们没有认出的预兆。不久，暂时性的微笑式离别终于由我们自己在无意中酿成为残酷的永久性离别。

“过五分钟，请到我房间里来，我亲爱的小乖乖，我要看您一眼。您要对我非常的亲切。不过我很快就会睡觉的，我已经像个死人儿了。”过后我走进她房间的时候看见她确实像个死人儿。她刚躺下就睡着了。床单包住她的身躯，如同裹尸布一般，漂亮的皱褶显出石雕般的硬度。这仿佛是中世纪一幅表现最后的审判的画，只见人的头露出坟墓，昏昏沉睡，等待着大天使吹响号角。由于睡意突然袭来，她头发蓬乱，脸仰翻着。我看着这躺卧在那里的、平凡至极的身躯，捉摸着这身躯究竟构成什么对数，为什么它所参与的一切行为——从推推肘臂到碰碰裙衫——竟至于在我心里引起如此的痛苦和焦虑。我的焦虑是无限伸展的，她的身躯在何时何地活动，我的焦虑就随之出现。我的焦虑还不时地随着记忆而突然复发。其实我知道，我的焦虑是由她的情绪和欲望所决定的。但是如果换一个女子，即便是她本人，要是在五年以前或者五年以后，她的情绪和欲望就与我完全无关了。我知道这是自欺欺人的谎言。但是由于这一谎言，我已缺乏勇气去寻找其他的解决办法，唯有一死了之。我就这样，穿着从维尔迪兰家回来一直没有脱下的皮袄，呆呆地凝视着这歪扭的身躯，这尊寓意像。什么寓意？我的死亡，还是我的爱情？不一会儿，我听见她发出了均匀的呼吸声。我坐到她的床沿上，进行那微风静观式的镇静治疗。然后，我怕闹醒她就蹑手蹑脚退出了房间。

这时，时间已经很晚，所以一清早我就嘱咐弗朗索瓦丝，如果她要从阿尔贝蒂娜房前经过，请她把脚步放轻一些。于是弗朗索瓦丝坚信，我们这一晚一定是在所谓的酒神节中度过的，便嘲讽地嘱咐其他仆人，不要“吵醒公主”。这正是我担心的一件事情。我怕弗朗索瓦丝有朝一日再也克制不住，对阿尔贝蒂娜蛮横无理，这样会把我们的生活搞得更加复杂。弗朗索瓦丝此时已不像年轻的时候看着欧拉莉受我姑妈宠爱，还能忍气吞声。她现在已没有这么勇敢，能够忍受嫉妒心的折磨。嫉妒使我们这位女仆脸形歪扭瘫痪，其程度之严重，以至于有时候我不禁在想，我可别蒙在鼓里，她这么怒火发作之后，会不会小病一场。我请求别人不要破坏阿尔贝蒂娜的睡眠，可自己却找不到丝毫的睡意。我试图弄个明白，阿尔贝蒂娜究竟处于什么精神状态。在演了这幕悲喜剧以后，我是否真正绕过了险滩暗礁呢？尽管她口口声声说在这里十分幸福，但她有时候会不会仍有要求自由的想法呢？相反我是否应该相信她的话？两种假设，哪一种是成立的呢？如果说当我想弄明白一个政治事件的时候，我通常——我必须如此——将我昔日生活的一个事例提到历史的高度来看待，那么相反，我在那天早晨，不断地将前夕的这出戏的意义与当时发生的一个外交事件——两者具有天壤之别，此处只是为了弄明白这出戏的意义起见——做一等量齐观。

我也许有权进行这样的推理。因为我曾经多次看见德·夏吕斯先生精湛地组织这类骗局，他的形象很有可能潜移默化地在我前夜这场戏中起到了引导作用。另外，从这场戏本身而言，它无意之中不正是将德意志种族的深刻倾向——狡诈和傲慢引起的挑动性，必要的情况下产生的好斗性——引入了私生活领域吗？

有不少人，包括摩纳哥王子，都向法国政府暗示过，如果法国政府不与德尔卡塞[1]先生分手，那么德国就会咄咄逼人，真的发动一场战争。于是外交部部长被迫提出辞呈。法国政府接受了一个假设，即如果我们不做让步，别人就会向我们宣战。但是也有人认为，那纯属“虚张声势”，如果法国稳住阵脚，德国绝不敢轻易拔剑。毫无疑问，两个剧本，两套情节。阿尔贝蒂娜从未扬言，从未威胁过我要跟我一刀两断。但是正如法国政府对德国抱有疑心一样，一系列的印象又使我疑窦丛生，坚信她是想到过要威胁我的。但再说回来，如果德国有的倒是和平的意图，那么引起法国政府多心，以为德国想发动战争，那就是危险的机智在作怪，必须加以反对。诚然，如果阿尔贝蒂娜是以为我永远下不了决心跟她彻底决裂，这才产生独立愿望的话，那我的举动是相当聪明机灵的了；但是，她得知我去了维尔迪兰家以后，这么火冒三丈，嚷着“我敢肯定”，最后又全部揭去面纱地说：“他们一定把凡德伊小姐也请到家里去了。”只要看看她的这种态度，说她没有以为我下不了决心，这岂不令人难以置信吗？她过着隐秘的生活，朝着满足自己异癖的方向发展，难道我们对此视而不见吗？安德烈给我透露过，阿尔贝蒂娜和维尔迪兰夫人会过面，这就证实了上述这一切。我尽力与自己的本能抵抗。此时我想，她突然需要自由独立的愿望——假设这一愿望是存在的——也许源于，或最终会源于一个相反的想法，即我从来没有想过要娶她为妻，我无意

[1] 德尔卡塞（1852—1923）：1898 年至 1905 年任法国外交部长。在任期间主张与俄国结盟，与英国言好。由于法国和德国在摩洛哥问题上关系紧张，于 1905 年 6 月 6 日辞职。

识地暗示我们即将分离的时候，道出了真心话；无论如何，迟早有一天我会离开她的。我今晚扮演的这场戏只能加强了她的这个信念。她的心里最终可能酝酿出这样一个决心：“既然注定有朝一日会发生此事，不如趁早说断就断。”按照荒唐之至的格言所鼓吹的理论，要想和平，就得备战，但是这一理论的效果却适得其反。首先敌对双方都误以为是对方希望关系破裂；这一误解所导致的结果便是关系真正的破裂。关系破裂以后，双方又都以为这是对方的意图所造成的。所以威胁即便不是出于真心，只是虚张声势，但它一旦成功，便会怂恿人们变本加厉；而虚张声势究竟进行到哪一步才能获得成功，这是很难预言的事情。如果一方走得太远，另一方虽然一直退让，到后来也会发起反攻的。如果一方不知道改变战略，以为坚持装出不怕破裂的气概，就是避免破裂的最好方式（我今晚对阿尔贝蒂娜就采取了这一方式），同时又一味地傲视阔步，宁死不屈，坚持威胁下去，其结果会把双方都逼到绝路上面。虚张声势中也可能掺杂着真实的用意，两者交替轮换着，昨日是场游戏，翌日就会变为事实。最后，还有可能发生另一种情况，即敌对一方确实决心一战；阿尔贝蒂娜迟早就会想到，不要再这样生活下去了；也许她心里并未产生过这种想法，是我自己想入非非，胡编乱造。这就是那天早晨她睡着的时候，我做出的几种不同假设。说起最后这个假设，在这以后的一段时间里，我之所以吓唬阿尔贝蒂娜，说要跟她一刀两断，这纯粹是因为她所要求获得的是一种不好的自由，我是为了回敬她的这种想法才这么先声夺人的。她虽然没有直接挑明过她的想法，但我觉得某些暗中的不满，某些言谈举止却能充分说明问题。只有这种想法才能解释她为什么有那类言谈举止，而反过来她对自己的这些言谈举止从不做任何解释。而且在我暗示要分手以前，我已经常发现她有这些言谈举止。我当时希望这只不过是她一时情绪不好，过一天就会结束的。可是她恶劣的情绪有时会一连持续好几个星期，仿佛她知道在一个或远或近的地方有着奇趣乐事，她却被幽禁着，失去了前去共欢的可能；这些乐事不到结束，对她的影响就不会停止，正如哪怕在巴利阿里群岛的远疆发生了气候变化，我们坐在炉边也能感受得到，我们的神经也难免受到影响。

那天早晨，趁阿尔贝蒂娜睡着，我竭力猜测她内心究竟藏着什么隐秘。这时我收到母亲的一封来信，信中说我的决定她一无所知，表示十分担忧。她援引了德·塞维尼夫人的一句话："在我看来，我深信他不会结婚，他既然决定永远不娶这位姑娘，为什么还要把她的心搅乱？为什么要弄得她对别的求婚者冷眼相看，拒不相见？如此容易离开的姑娘，为什么不离开她，而偏要去搅扰她的心灵？"[1]我母亲这封信把我带回了地面。我为什么一定要寻找一颗神秘的灵魂，解释一种脸部的表情，明明预感到身边有可疑之处，却又不敢深入追究？我扪心自问道。是我在胡思乱想，事情十分简单。我本来就是一个举棋不定的年轻人，眼下又牵涉到一桩需要若干时间才能弄清是否可行的婚姻大事；我和阿尔贝

[1] 这是德·塞维尼夫人1679年10月25日写给其女儿信中的一段话。作者的引文只是大意，并不准确。

蒂娜的事情，毫不例外，也需要深思熟虑。想到此，我的神经为之一松。但是这种心情持续时间很短，我很快便又想：“如果从社会角度来看事情，我们确实可以把一切都归结为最普通的社会新闻。站在事情的外部，我也许就会这样看问题。但我很清楚，真实的东西，至少是真正的东西，乃是我自己的所思所想，是我自己在阿尔贝蒂娜眼中看出的神情，是折磨我的恐惧感，是我关于阿尔贝蒂娜向自己提出的一系列问题。”那些有关犹豫的未婚夫和告吹的婚姻等等故事就可能属于社会新闻一类，这就好比稍有头脑的专栏记者写戏剧报道的时候，都能将易卜生的戏说出个故事来一样。但是故事传说背后毕竟隐藏着别的东西。如果我们善于仔细观察，犹豫的未婚夫和拖拉的婚姻里面都可能包含着别的东西，因为日常生活完全有可能蕴藏着秘密。所以对有些人的生活秘密，我有可能身在局外，一无所知。但是阿尔贝蒂娜的生活和我自己的生活，我是从内部加以体验的。

那天晚上以后，阿尔贝蒂娜一如既往，没有对我说：“我知道您对我不信任，我要尽力驱散您的疑团。”她从来没有明说过这个想法，不然的话，这一想法可以作为她某些行动的解释。她想方设法安排妥当，一刻也不让自己一人待着。这样即使我不相信她的自我声明，我也不能再说不知道她干了些什么。另外即使当她要打电话给安德烈，给车库，给驯马场，或给别的地方，她总是声称要她一个人待着打电话，等着小姐们慢慢给接通电话，那实在太无聊了，她就想方设法让我那时候待在她身边，要是我不在，她就拉上弗朗索瓦丝，她仿佛怕我怀疑她通电话秘订约会，怕受指责似的。

唉！这一切真不让我安心。埃梅把爱丝苔尔的相片寄还给了我，告诉我这不是她。难道还有别的人？是谁呢？我把相片寄回给布洛克。我想看的是阿尔贝蒂娜与爱丝苔尔的那张相片。她在相片上是什么模样？也许是袒胸露肩。谁知道她们有没有合过影？这事我不敢直接跟阿尔贝蒂娜谈，因为我会在她面前露馅，说明我没有见过那张照片；我也不敢跟布洛克谈及此事，因为我不愿意让他觉得我对阿尔贝蒂娜感兴趣。

凡是了解我的疑虑，了解阿尔贝蒂娜奴隶般的囚禁状况的人都会承认，这种生活对我和对她都是十分残酷的。然而，身在局外的弗朗索瓦丝却认为，这是一种寻欢作乐的生活，不应该有这种生活。照她的话来说，这个“女骗子”，这个“江湖女骗子”——她嫉妒的对象主要是女人，所以较多地使用阴性，而不是阳性——是在玩弄花招，想法叫人赐予自己这寻欢作乐的生活。更有甚者，弗朗索瓦丝在跟我的接触中，增加了不少新的词汇，但她按照自己的方式进行了加工改造。谈到阿尔贝蒂娜，她就说，她从未见过有那么“背信弃义性”的人，那么装腔作势，那么会演戏（弗朗索瓦丝很容易将特殊错混为一般，又将一般错混为特殊，而且对戏剧艺术的分类又只有相当模糊的概念，所以她把阿尔贝蒂娜会演戏叫作“会演哑戏”），千方百计“抠我的钱”。弗朗索瓦丝对阿尔贝蒂娜和我之间的真实生活产生误解，对此我本人应负部分责任，因为我跟弗朗索瓦丝交谈的时候，有时候是为了逗弄她一下，有时候是为了故意炫耀，表明自己即便不被阿尔贝蒂娜所爱，至少心情也是愉快的，所以我对一些事情故意半遮半露，并不否认，含糊其词地表示默认。然而，我的嫉妒，我对阿尔贝蒂娜实行的监视（这些我是多么希望弗朗索瓦丝不要有所察觉），弗朗索瓦丝不久就猜出了几分。正如一个懂得招魂术的人蒙住双眼也能找到东西一样，弗朗索瓦丝也受着一种直觉的引导。我遇上什么事情可能心情不快，她都有一种直觉。无论我怎样迷惑她，对她谎话连篇，无论她自己怎样对阿尔贝蒂娜充满忌恨——弗朗索瓦丝一忌恨，不是把敌手想象得快活非凡、诡计多端、虚情假意，而是设法探明什么事情能够叫敌手甘拜下风、迅速完蛋——都无法使她的直觉随便偏离目标。

我说两人分手，只是恐吓而已，但是我怀疑，阿尔贝蒂娜如果感到自己在受监视，会不会把恐吓变成现实；由于我们的生活处在变化之中，我们能用无稽之谈和骗人的谎言来创造现实。我每听到开门的声音，就禁不住战栗一下，犹如我外祖母在弥留之际，我一按门铃，她就要颤抖一下一样。阿尔贝蒂娜会不跟我说一声就出门，这我不大相信，那只是我的无意识在猜测而已，犹如外祖母当时已经神志不清，门铃一响，只是无意识还在颤动一样。一日早晨，我突然感到一阵不安，怕她不仅出门了，而且出走了。我听到开门的声音，觉得很像是她卧室的门。我蹑手蹑脚一直走到她的卧室前，推门后停在门槛处。半明半暗之中，我发现床单鼓成一个半圆形，大概是阿尔贝蒂娜蜷着身子，头和脚对着墙睡着，又浓又黑的头发散在床沿边上。我放心了，她在，她没有开门，没有走动。我感到这半圆形的床单虽然一动不动，但却充满了活力，因为床单里面裹着一个完整的生命；这个生命是我唯一视若至宝的东西，我感到它在那儿，为我所控制和占有。

弗朗索瓦丝跟阿尔贝蒂娜肯定从来没有争吵过，但我领教过弗朗索瓦丝指桑骂槐的本领。她善于利用时机，策划导演出颇有意味的戏来。我不相信她每天都会那么老实，不设法让阿尔贝蒂娜明白，阿尔贝蒂娜在家里扮演的是怎样一个受尽屈辱的角色；她一定会绘声绘色、夸大其词地告诉我的女友，她过的生活其实是一种近乎软禁的生活。有一次，我发现弗朗索瓦丝戴了一副大眼镜，在我的稿纸中翻找什么，又把我记载着有关斯万以及他离不开奥黛特的故事的一张纸放回原处。她无意之中是否曾把这张纸随便放到阿尔贝蒂娜的房间里去过？虽然弗朗索瓦丝含沙射影起来话音很高——她只有在幕后策划不可告人的事情时才是窃窃私语、低声说话的——但是相比之下，维尔迪兰夫妇凭空诬陷、恶语中伤的嗓音大概要比她更高、更清楚、更咄咄逼人；他们发现阿尔贝蒂娜无意之中牵制住了我，我又故意地牵制住她，以至于两人都远离了小圈子，不由得怒火冲天。

至于我为阿尔贝蒂娜花钱的事，那是一点也别想瞒过弗朗索瓦丝，任何开支都逃不过她的眼睛。弗朗索瓦丝缺点不多，但是她却创造了为这些缺点服务的真才实学；可惜除了发挥她的缺点，她的真才实学经常得不到表现。她主要的缺点是，别人为她花钱她毫不在意，但一旦我们为别人花钱，她就会产生好奇。我如果要结清一笔账或者要支付一笔小费，想躲到一边避开她，那是白费心机，她总会找到一个盘子，来把它收好，发现一块餐巾，来把它取走，她总是寻找机会走近我的身边。我不给她时间停留，气愤地把她撵走。这个女人视力已经不行，算账也不熟练，可她却像一个裁缝，一看见你便本能地量起来，立刻算出你的衣服用料，甚至禁不住前来摸你一下；她又像一名画家，对某种色彩效果特别敏感。她受着类似裁缝画家嗜好的驱使，在一旁偷偷看着我究竟付了多少，然后立刻核算起来。有时候，为了不让她告诉阿尔贝蒂娜，我在贿赂她的司机，我采取先发制人的办法，对自己给了小费表示道歉，说："我是想对司机客气一些，给了他十法郎。"弗朗索瓦丝是铁面无私的，而且她那半瞎的鹰眼投一瞥，就会对任何事情一目了然。她回答我说："不，先生给了他四十三法郎的小费。他对先生说车费是四十五法郎，先生给了他一百法郎，他只找还给先生十二法郎。"连我自己都还不知道，她却已经把小费看得一清二楚，并一分不差地算了出来。

如果阿尔贝蒂娜是希望我恢复平静，那她已经达到了一半目的。我的理智不断地要求我向自己证明，要说我对阿尔贝蒂娜用心不良，那只是一种错觉，正如要说她有邪恶的本能，那也可能是我对她的一种错觉。我的理智提供了论据，我希望这些论据是有说服力的。但是为了公正起见，为了有幸发现事实真相——除非从来只有通过预感和心灵感应我们才能认识事实真相——我难道不应该对自己说，虽然为了我的康复，我的理智在听凭我的欲望操纵，但是，一涉及凡德伊小姐，涉及阿尔贝蒂娜的异癖、她另立生活的意图以及她离我而去的计划——后两者是她异癖的必然结果——等等事情，我的本能却可能听任我的嫉妒把理智引入迷途，使我旧病复发。不过，阿尔贝蒂娜闭门不出——她自己想尽办法，巧妙地把闭门不出变成了自我囚禁——解除了我的痛苦，并渐渐消除了我的疑心。每当晚上我焦虑不安的时候，有阿尔贝蒂娜在，我的心绪就能恢复往日的宁静。她坐在我的床边，跟我说这件或那件头饰，这件或那件摆设；那都是我赠送给她的，我想尽力改善她的生活，使她的监狱变得更加美丽。但是，有时我又有些担心，怕她会同意拉罗什富科夫人的观点；有人问过拉罗什富科夫人，问她居住在利昂库尔这么漂亮的公馆里是不是高兴，拉罗什富科夫人回答说，她还没有见到过漂亮的监狱是什么样子。

我之所以要向德·夏吕斯先生打听法国银器的事情，是因为我们打算要购置一艘游艇——阿尔贝蒂娜认定这个计划是不可能实现的，我自己也认为这一计划可能会落空，因为虽然我一旦对她的德行不再怀疑，嫉妒心随之下降，有些欲望就会抑制不住地产生出来，但是这些排除了嫉妒心的欲望需要有钱才能得到满足——尽管她认为我们永远不会拥有游艇，我们还是去听取了埃尔斯蒂尔的意见。关于游艇的装饰，就像妇女的衣着一样，画家的趣味是细腻而挑剔的。他认为游艇里只能布置英式陈设和老式银器。阿尔贝蒂娜起初只对自身的服饰和室内的陈设表示关心，由此银器也使她产生了兴趣。我们从巴尔贝克一回来，她就开始阅读有关银器艺术和旧时雕镂匠专印的著作。老式银器有过两次回炉销毁，一次发生在乌德勒支协议[1]签订的时候，连国王都交

[1] 乌德勒支协议签订于1713—1715年，宣告了西班牙独立战争的结束。

出了自己的银餐具，大贵族们当然只能纷纷效仿；另一次发生在一七八九年。所以老式银器现在已成了稀世珍品。时下的银器都是银匠根据菜桥[1]的图案进行复制的，那都是白费工夫，埃尔斯蒂尔觉得这不老不新的东西，哪里配得上趣味高雅的女子住宅，哪怕是水上住宅。我知道阿尔贝蒂娜读过描写罗基埃[2]为巴里夫人所制作的珍奇首饰的书籍。如果这些首饰尚有几件传世，她一定渴望能够饱饱眼福，我却十分渴望能够奉赠给她。她已经开始收集了几件漂亮的东西，放在一个玻璃橱内，陈列的样子十分可爱。每看到这些东西，我心里的同情感和恐惧感就油然而生。因为她陈放的技艺充分反映了智慧和耐心，反映了怀旧的囚徒们特有的精湛技艺。

在服饰打扮方面，眼下最使她倾心的，是福迪尼[3]的一切制品。福迪尼设计的长裙，我见德·盖尔芒特夫人穿过一次。埃尔斯蒂尔跟我们谈起过，卡帕契奥和提香时代的人衣着是如何精美绝伦，那时他就曾向我们预告，有一种款式不久就将问世，他指的就是这种长裙。这种长裙从灰烬中获得新生，卓越多姿；犹如圣马可教堂的拱门上写着的一样，犹如拜占庭式的大理石和碧玉柱头上刻着的、那同时象征着死亡和复活的壶罐汲水鸟所宣布的

---

[1] 菜桥，巴黎彩釉陶器作坊，建于 18 世纪下半叶。

[2] 法国路易十五时代王宫首饰匠。

[3] 福迪尼（1871—1949）：原籍西班牙。1907 年在威尼斯创建布匹与地毯工场。他集艺人、工匠和技师的身份于一身，创造了在绫罗绸缎及普通棉布上直接绘画的印染技术。

一样，一切都将卷土重来。刚有人穿上这种长裙，阿尔贝蒂娜就想起埃尔斯蒂尔的预言，立刻动了心，要去选购。这种长裙毕竟不属于地道的古式衣裙，今天的女子穿在身上戏装的感觉太重，还不如作为收藏品保存起来更为漂亮（我也在为阿尔贝蒂娜收集此类东西）；但它却又缺乏仿古服装那种素淡的气质。这种长裙很像塞尔、巴克斯特和伯努瓦[1]所绘制的布景；时下他们在俄罗斯芭蕾中，借助富有个性和特性的艺术作品，来展现最令人喜爱的各时代艺术风姿。福迪尼的长裙就是如此，它忠实于古风古貌，但又富有坚定的个性；它宛如布景，但又比布景更富有表现力，因为布景毕竟还需要依靠现象；威尼斯女子穿着福迪尼长裙，威尼斯的东方气息油然而生，它胜于圣马可教堂内圣人遗骸盒中的圣骨，能显示太阳的异彩及其头帕似的光晕，能给威尼斯增添光怪陆离、神秘闪烁的色韵。那个时代的一切都已消泯，但是灿烂的景色和灰暗的生活交相辉映，总督夫人的衣着时隐时现；那个时代正在复苏，历历再现。关于这方面的问题，我曾有一两次想启齿请教德·盖尔芒特夫人，可是公爵夫人不喜欢戏装式的服饰，她向来只穿饰有钻石的黑天鹅绒，才略感雍容华贵。所以关于福迪尼一类的长裙，她的指教未必实用。况且，我还有一些顾忌，我这么前去请她指点，她会不会觉得，我临时需要她了才想到去见她。很久以来，她每周要邀请我，但好几次我都回绝了。如此频繁的邀请，并不只有她一个人。其他不少女子和她一样，对我

[1] 此三位画家曾为俄罗斯芭蕾画过布景。

也都非常客气。我闭门谢客，足不出户，肯定十倍地增加了她们的殷勤好客。社交生活只是爱情生活的微弱折射，如要别人央求见您，最妙的办法莫过于闭门谢客。如果男士处心积虑，将自己引以为豪的优尊一展无余，并且勤换衣着，修饰仪表，以此来取悦于一个女子，他唯一能博得的便是那女子的不屑一顾。可是，如果他欺骗女子，尽管他在她眼里不修边幅，缺乏取悦女子的手段，他却能永远地拴住她。同样，如果有哪位人士觉得社交界对他有所冷落，那我不会劝他多去主动登门造访，多注意衣着服饰，出门要备更加豪华的车马随从；我要劝他谢绝一切邀请，蛰居卧室，不见一人，届时他的门前反而会排成长龙。我也许对他不加一句劝告，因为要保证别人来主动追求你，就如同保证别人来主动爱你一样，只有当你不是刻意追求这一目的，而是无意之中采用了这个方法的时候，这个方法才会灵验。譬如，你一直闭门不出，是因为你身染重疴，或者是仅仅觉得自己身患疾病，或者把一个情妇关于家里，情愿守着情妇，也不愿意前去上流社会（或者三个原因同时并存），上流社会并不知道有这样一个女子存在，而仅仅以为是你自己不愿出入社交场合，就凭这一条，你就胜过了自己投上门去的人，上流社会就有充分的理由喜欢你，并对你依依不舍。

"说到卧室，我们应该赶紧办一下您的福迪尼睡裙的事。"我对阿尔贝蒂娜说。她对这些睡裙向往已久，她会跟我前去仔细地进行挑选。她不仅在衣柜里，而且在想象中已为这些睡裙腾好了空位。在决定选购以前，她一定会在众多的款式中了解每一个细节。阿尔贝蒂娜毕竟还不是柜中衣裙过剩，对此不屑一顾的奢华女子，购买睡裙的事毕竟不会使她无动于衷。但是，尽管她含着微笑，向我致谢说：“您真好。”我仍发觉，她神情十分憔悴，甚至十分忧伤。

有几次，她所盼望的衣裙还未完工，我就租几件衣裙，先给她穿上，或者直接买了裙料来，替她披在身上。她在卧室里走来走去，颇像一位总督夫人和模特儿，气度非凡，雍容华贵。不过我一看到这些睡裙，就想起威尼斯，于是我被关在巴黎的处境越发令我难受。但是相比之下，阿尔贝蒂娜似乎更像一名囚女。这件事说起来也十分奇特，使人脱胎换骨的命运之神仿佛穿越了监狱的高墙，从本质上改变了阿尔贝蒂娜，把她从一个巴尔贝克的小姑娘变成了一个既令人讨厌又温柔顺从的囚女。是的，监狱的厚墙未能阻挡命运女神的影响，甚至也许还是监狱厚墙本身产生了这种影响。阿尔贝蒂娜已经起了很大的变化，她已不像在巴尔贝克那样，动辄骑车逃跑，溜得无影无踪，到一处处小海滩去，跟女朋友们一起过夜；再加上她经常撒谎，就使她更加难以捉摸。现在她在我家里，独自一人，唯命是从，与巴尔贝克时相比，她已判若两人。那时候，即便我在海滩上找到了她，她也是出言谨慎，闪烁其词。她诡计多端，巧妙地掩饰了众多的约会。这些约会越叫人痛苦，越叫人对她喜欢。从她对人的冷漠以及她那平淡的回答中，我们可以感觉到她前一天或后一天都排满了约会，这些约会充满了对我的轻蔑和狡诈。现在海风不再鼓起她的衣服，我剪断了她的飞翼，她已不再是个胜利女神，而成了一个我难以忍受、很想摆脱的奴隶。

为了改变我的思绪，我没有请阿尔贝蒂娜跟我一起玩扑克或跳棋，而是请她来为我弹几段音乐，我躺在床上。她向房间尽头走去，走到夹在书柜两个撑架之间的钢琴前坐下。她选的曲子或是全新的，或是她从未为我弹奏过的，或者就是只弹奏过一两次的。她对我开始有所了解，知道我喜欢挑选对自己来说尚处在黑暗之中的音乐，我能够随着连续的演奏，用渐增的、可惜歪曲原物特性的智力外光，将那起初淹没在迷雾之中的巍巍音乐之楼照亮，将那支离破碎、断断续续的轮廓重新连为一体。阿尔贝蒂娜知道，而且我相信她也明白，最初几次我为这一团未成形状的云雾进行加工塑造，我的心灵是何等欣慰。她弹奏的时候，那浓密的头发形如心脏，光如蛋壳，两旁顺贴着耳朵，与委拉斯开兹[1]画中公主头上的发结颇为相似。音乐天使的音量是由多重行程构成的——从我心中对她不同回忆点到不同的符号，从视觉到帮助我深入她内心存在去的我自身最深刻的内心感觉，同样，阿尔贝蒂娜所弹奏的音乐也有一个音量，这是由乐句不同的可见性所构成的；我的乐句里投入的智慧之光有多有少，因此那些几近全部淹没在迷雾之中的音乐之楼的轮廓连接起来的程度也有所不同。阿尔贝蒂娜知道，她向我推荐半明半暗和混沌无形的东西，让我的思想对它们进行塑造，我十分高兴。她猜到，一段音乐弹奏到第三第四遍，我的智慧便对各个部分有所企及，将各个部分置于同一视线。对这些部分，我已没有任何活动需要开展，只需将它们

---

[1] 委拉斯开兹（1599—1660）：西班牙画家。

展开，并固定在同一个面上即可。然而，阿尔贝蒂娜并不急于改奏一段新的曲子。尽管她未必觉察得出我内心所展开的工作，但她清楚，每当我的智力工作驱散一部作品的神秘，完成了其艰苦的任务以后，作为补偿，它很少没有获得这样或那样有益的反省，及至哪一天阿尔贝蒂娜说："这卷乐谱我们要交给弗朗索瓦丝，叫她替我们去换一个了。"对我来说，这经常意味着世界上少了一段乐曲，但多了一个真理。

我非常清楚地意识到，阿尔贝蒂娜丝毫没有要求重见凡德伊小姐及其女友，而且在我们一起制订的所有度假计划中，由于贡布雷离蒙舒凡太近，她主动提出避开贡布雷。既然如此，我再对她们表示嫉妒，就不免有些荒唐可笑了。所以我经常请阿尔贝蒂娜为我弹奏凡德伊的音乐，心里不再产生痛苦。只有一次，凡德伊的音乐成了产生我嫉妒之心的间接原因。阿尔贝蒂娜知道我在维尔迪兰家听过莫雷尔演奏凡德伊的作品。有一天晚上，她跟我谈起莫雷尔，向我表示要去听他演奏，并十分希望跟他认识。在此以前两天，我正好听说莱娅给莫雷尔写了一封信，无意中被德·夏吕斯先生截得。我便怀疑，是不是莱娅对阿尔贝蒂娜谈起了莫雷尔。"肮脏的女人""淫邪的女人"的话不由得浮上我的心头，使我恶心。这样，凡德伊的音乐与莱娅——而不是与凡德伊小姐及其女友——痛苦地联系在一起了。只有当莱娅所引起的痛苦消减了，我才可能没有痛苦地听凡德伊的音乐。一个痛苦治好了我，阻止了其他痛苦产生的可能性。在维尔迪兰夫人家里听到的音乐，当时听起来，有些乐句只是一些浑然模糊的幼体，很难分辨清楚，现在这些乐句却变成了雄伟辉煌的大殿；有些乐句当时我难以认清，认清了也觉得十分丑陋，现在却变成了女友。我万万没有想到，这些乐句会像有些人一样，初看十分令人讨厌，但一旦被我们所了解，就立刻变成了我们现在所发现的样子。两个状态之间，发生了一个真正的嬗变。另有一种情况，有些乐句本来十分清晰，我当时听不出来，现在听起来却一清二楚，听得出它们与其他作品的联系。譬如，在维尔迪兰夫人家里听到的七重奏中，有一句管风琴宗教变奏乐句，当时就未曾引起我的注意，然而，这句乐句犹如从天堂神宇顺着台阶而下的圣女，来到音乐家熟悉的仙女中间，与她们融为一体。此外，我曾经觉得有些表现正午钟声欢腾快乐气氛的乐句，缺乏悦耳的音调，节奏过于机械，现在却成了我最喜欢的乐句。这不是因为我习惯了它的丑陋，就是因为我发现了它的美丽。我们对任何杰作，起初感到失望，后来做出相反的反应，究其原因，是因为起初的感受在弱化，或者因为我们为发掘真理做出了努力。这是适用于一切重要问题——艺术现实的问题、现实的问题以及灵魂永恒的问题——的两种假设。这两种假设，必须选择其一。就凡德伊的音乐而言，时刻都需要做这种选择，而且选择的表现形式是多种多样的。譬如，我之所以认为凡德伊的音乐是比任何名书更为真实的东西，我不时想，其原因就在于我们对生活的感受不是以思想的形式出现的。我们是靠文学转译，即精神转译才使人们对我们的生活感受产生意识，分析阐释的。但是文学转译还不能像音乐那样，对生活的感受进行重新组织，音乐似乎就是跟随我们变化、再现我们内心感受的最高音符，是赋予我们特殊陶醉的声音；有时候我们就处在这种特殊陶醉之中。当我们说“天气多好！阳光多么明媚”时，这种陶醉，旁边的人是绝对无法共享的。同一个太阳，同一种天气，在人们的心里激起的震颤是完全不同的。凡德伊的音乐中就有这样一些景象，这些景象是完全无以言传的，我们也无法凝视静观。我们在入睡的时候会受到这些奇观妙景的抚摸，但就在这个时刻，理智已经抛弃了我们，我们的眼睛已经闭上，还未及认识这不可言喻和不可视见的东西，我们已经进入了睡乡。我觉得，当我沉浸于艺术就是真实这一假设时，音乐所能提供的，不仅是晴朗之日或鸦片之夜所能激发的那种纯粹的神经愉悦，而是一种更加真实、更加丰富的陶醉。我的感觉至少如此。一件雕塑、一段乐曲，它们之所以能够激起高尚、纯洁、真实的感情，不可能不以任何精神现实为依据，否则生活就是毫无意义的。因此，任何东西都比不上凡德伊一个漂亮的乐句，都比不上它那样，能充分表现我生活中时而感到的那种特殊愉悦，也就是我面对马丹维尔钟楼，面对巴尔贝克路边树木，或者简单地说，本书开卷谈到的品茶时所感到的那种特殊愉悦。凡德伊的创作就犹如这一杯茶，从音乐世界为我们送来了光怪陆离的感觉。明亮的喧哗、沸腾的色彩在我的想象前欢快地舞动着，挥动着——但速度之快，我的想象根本无法抓住——散发老鹳草芬芳的绫罗绸缎。虽然这种模糊不清的感觉在回忆中是不能深化的，但是时间场合特征能够告诉我们，为什么某种味觉会使我们回忆起光的感觉；根据时间场合特征，模糊的感觉至少可以得到澄清。然而，凡德伊作品引起的模糊感觉并非来自一种回忆，而是来自一种感受（如对马丹维尔钟楼的感受）。因此，从他音乐散发的老鹳草芬芳中，应该寻找的不是物质的原因，而是深层的原因。应该发现，这是世人不知的、五彩缤纷的欢庆（他的作品似乎就是这种欢庆的片段，是露出鲜红截面的片段），是他“听到”世界以后，把世界抛出体外的方式。任何音乐家都未向我们展示过这一独特世界，其特性鲜为人知。我对阿尔贝蒂娜说，最能证实真正天才的，正是这一世界的特性，而根本不是作品的本身。“难道文学也是如此吗？”阿尔贝蒂娜问我。“文学也是如此。”我反复回味着凡德伊作品单调重复的特点，向阿尔贝蒂娜解释说，大凡伟大的文学家，向来都是靠同一部作品震惊世界，确切地说，他们通过社会各界向世界折射出的是同一种美感。“我的小乖乖，如果时间不是那么晚了，”我对她说，“我可以拿您在我睡觉时阅读的所有作家来做例子说明这一点。我可以向您说明，凡德伊作品就具有类似的同一性。我的小阿尔贝蒂娜，您跟我一样，现在也开始能够辨认那些典型的乐句了；这些典型乐句，在奏鸣曲中出现，在七重奏中出现，在其他作品中也出现。这些反复出现的都是同一些乐句。这就好比巴尔贝·多尔维利[1]的作品，总有一种隐蔽但露出蛛丝马迹的现实。这里有中魔女人[2]和埃梅·德·斯邦[3],有拉克劳特[4]的生理性脸红和《深红色窗帘》中的手[5]，有传统的习惯，有昔日的风俗和古老的字眼，还

[1] 巴尔贝·多尔维利（1808—1889）：法国作家。

[2] 多尔维利同名小说中的主人公。

[3] 同一作者小说《击剑骑士》中的主人公。

[4] 《中魔女人》中的人物。

[5] 指同名小说中女主人公阿尔贝特小姐在饭桌下偷偷拉住年轻军官的手。

有蕴含着过去的古老而奇特的手艺；我们从中可以看到当地牧人口授的故事，充满英国香气、美如苏格兰村镇的高贵的诺曼底旧城，以及诸如费利尼[1]、牧羊人[2]等那些使人们束手无策的厄运预言者。无论是《老情妇》中妻子寻夫，还是《中魔女人》中丈夫跑遍沙漠，而中魔女人却刚做完弥撒走出教堂，字里行间总是弥漫着同一种焦虑不安的气氛。连托马斯·哈代[3]的小说中石匠凿出的几何形石块也依然可以跟凡德伊的典型乐句做同等看待。”

凡德伊的乐句使我想起了另外一个小乐句。我对阿尔贝蒂娜说，另外那个小乐句曾经仿佛是斯万和奥黛特两人爱情的圣歌。“我说的就是希尔贝特的父母。我想您一定认识希尔贝特。您告诉过我，她这人品行不端。她难道没有设法同您有点什么关系吗？她倒跟我说起过您。”“是的，有时候碰上天气不好，她父母就派车子到学校来接她。我想，有过一次她带我一起回去，还吻了我。”她隔了一会儿笑着说，仿佛这番秘密说出来十分有趣。“她有一次突然间问我是不是喜欢女人（如果她认为自己至多只能大致回忆起希尔贝特曾经用车带过她，她怎么又能那么准确无误地说出希尔贝特曾经向她提过这个蹊跷的问题？），我不知道当时为什么突然想要骗骗她，我便回答她说，喜欢（阿尔贝蒂娜似乎担心希尔贝特已把这件事情告诉了我，不希望让我发现她是在撒谎）。可是我们什么也没有干（她们互相交换了内心秘密，而且

[1] 同一作者小说《老情妇》中的主人公。
[2] 《中魔女人》中的人物。
[3] 托马斯·哈代(1840—1928)：英国作家。

照阿尔贝蒂娜自己的话说，在此之前，她们还接了吻，但又说她们什么也没干，这不免有些奇怪）。她就这样用车带过我四五次，也许更多，不过，仅此而已。”我不再提什么问题。我心里很难受，但我尽力克制自己，以表示自己对这一切毫不在乎，泰然处之。我重又回到托马斯·哈代笔下石匠的问题上。“您肯定还记得《无名的裘德》[1]吧，在《心爱的人儿》[2]中也有描写，父亲从岛上采了石头，用船运回，堆放在儿子的工作室里，那些石头就变成了雕像；在《一双蓝蓝的眼睛》[3]中，坟墓的排列是互相对称的，船舶的线条也是对称的，两个情人和女死者处在两个毗邻的车厢里。《心爱的人儿》描写的是一个男人爱三个女人，《一双蓝蓝的眼睛》描写的是一个女人爱三个男人。这些小说都是相互呼应，叠床架屋，犹如岛上石屋一样，垂直向上，层层相叠。靠这么一分钟的时间，跟您谈论伟大的作家，我实在无能为力，但您在司汤达的作品中就可以看到，地势的高度，跟内心活动就有紧密的联系：于连·索雷尔是被囚禁在一个高地上；法布里斯[4]被关闭在一座塔楼顶端；布拉内斯教士[5]在钟楼上研究星相，法布里斯在钟楼上眺望美丽的景色。您说您看到过维米尔的一些画，您一定发现，这些画只不过是同一个世界的不同断面。不管这一

[1] 哈代的小说。
[2] 同上。
[3] 同上。
[4] 司汤达小说《巴马修道院》中的主人公。
[5] 《巴马修道院》中的人物。

美感世界得到如何的创造，那始终是同一张桌子、同一块地毯和同一个女子。如果我们只是注意色彩的特殊效果，而不善于从主题上将这美感世界联系起来，那么这个美感世界对当今时代就是一个谜，任何东西都与之毫不相像，任何东西都无法对它做出解释。这种新的美感，在陀思妥耶夫斯基的所有作品里都具有同一的特征：陀思妥耶夫斯基笔下的女子（跟伦勃朗笔下的女子特征一样明显）表情神秘莫测，可爱的美貌会风云突变，和蔼善良会骤然变得凶恶狰狞（尽管实质上她仍是一个好人）。但千变万化，他塑造的总是同一种女子。[1] 娜斯塔西娅·菲里波夫娜先写信给阿格拉娅说，她喜欢她，继而又说十分恨她。在一次与此完全相同——另一次娜斯塔西娅·菲里波夫娜辱骂加尼亚父母与此也完全相同——的造访中，卡捷琳娜·伊凡诺芙娜虽然曾经觉得格鲁申卡非常凶恶，但格鲁申卡在卡捷琳娜家里却非常客气。可是格鲁申卡突然开口辱骂卡捷琳娜，露出一副凶狠的神态（尽管格鲁申卡心底仍然十分善良）。其实这些女子都有异曲同工之处。格鲁申卡也好，娜斯塔西娅也罢，她们的形象不仅跟卡帕契奥画中的宫女一样，而且跟伦勃朗画中的拔士巴一样，具有神秘莫测的特征。请注意，那阴阳两变、得意扬扬的脸，使女子显示出完全异于天性的样子（“你不是这样的。”拜访加尼亚父母的时候，梅思金对娜斯塔西娅说；拜访卡捷琳娜·伊凡诺芙娜的时候，阿辽沙

---

[1] 普鲁斯特在此引用的是陀思妥耶夫斯基的三部作品：《罪与罚》、《白痴》和《卡拉马佐夫兄弟》。

也可以对格鲁申卡这么说），对此，陀思妥耶夫斯基倒是无意写来的。相反，当他刻意追求‘画面效果’的时候，获得的却总是愚蠢的效果，描绘出来的画面至多只抵得上蒙卡奇[1]画中某时某刻的死囚或某时某刻的圣母一类的水平。但我们再回过来看陀思妥耶夫斯基创造的新的美感世界，它跟维米尔的画一样，这里不仅有灵魂的塑造，而且有衣着和地点色彩的描绘。在陀思妥耶夫斯基的作品里不仅对人物精心刻画，而且对人物的住宅也做了浓墨渲染。《罪与罚》中的看门人以及那凶杀之屋，《白痴》中罗果仁杀死娜斯塔西娅·菲里波夫娜的那宽高阴暗的凶杀之屋，两者的描写难道不一样妙不可言吗？这崭新的、可怕的住所美，这一崭新的、混合的女客美，这就是陀思妥耶夫斯基独创的世界。批评界将他与果戈理[2]或和保尔·德·戈克[3]做比较，这是毫无意义的，因为这种比较根本无法揭示各人所有的秘密美感。另外，我这里对你[4]谈到的是，两部小说会出现同一种场景。如果一部小说篇幅很长，那么在同一部小说里，就会反复出现同一场景和同一些人物。我可以举《战争与和平》为例，很容易地向你说明这一点。有些车子里的场景……”“我不想打断您，不过既然您刚说完陀思妥耶夫斯基，我是怕过后忘了。我的小宝贝，不知哪一天您对我说过：‘这就好比德·塞维尼夫人也有陀思妥耶夫斯基的风格。’

[1] 蒙卡奇（1844—1900）：匈牙利画家。

[2] 果戈理（1809—1852）：俄罗斯作家，著有《死魂灵》。

[3] 戈克（1793—1871）：法国作家。

[4] 在此和下一句，叙述者破例地用“你”称呼阿尔贝蒂娜。

我向您承认，我没有理解您这句话的含义。在我眼里，两位作者是那么的不同。”“我的小姑娘，过来，让我亲亲您，感谢您把我的话记得那么清楚，您过一会儿再过去弹钢琴。我承认，我说那番话是相当愚蠢的。不过我说那番话有两个原因。第一个原因十分特殊。德·塞维尼夫人有时和埃尔斯蒂尔和陀思妥耶夫斯基一样，陈述事情不是遵照逻辑顺序，即先说原因，后说结果，她是先交代结果，致使我们得到的是强烈的幻觉。陀思妥耶夫斯基表现人物就是如此。埃尔斯蒂尔表现海水，效果就如大海倒悬于天空一般；陀思妥耶夫斯基笔下的人物也具有强烈的欺骗性。我们起初读到的是个老奸巨猾的人物，后来才发现，那其实是个杰出的好人，或者恰恰相反，结果个个大为惊奇。”“这您说得对。不过能不能举一个德·塞维尼夫人的例子。”“我承认，”我笑着回答她道，“德·塞维尼夫人的例子有些牵强附会。不过我能找到例子。”[1]

“不过，陀思妥耶夫斯基平生杀过人吗？我读过他的小说，全都可以取名为凶杀始末。凶杀在他的头脑里是个顽念，他反复写这题目，似乎有些不正常。”“我的小阿尔贝蒂娜，我不这么认为。我不太了解他的生平，但可以肯定，他跟众人一样，用不同形式，也许还用法律禁止的形式，犯过原罪。从这个意义上说，他和自己笔下的人物一样，大概有些罪过，不过那些人物也不是十恶不

[1] 普鲁斯特手稿中留有一张半空白的纸，准备举例所用。但例子没有用在此处，而是用在第二卷之中。

赦的，在判决的时候都得到了减刑。再说作者本人不一定有罪。我不是小说家，但我认为，艺术创造者确实受某些生活形式的吸引，力图表现它们，但他未必身体力行。如果按原先商定，您跟我一起去凡尔赛宫的话，我就给您看一幅肖德洛·德·拉克洛[1]的肖像，他是一个典型的仁人君子，公认的最佳丈夫，但他却写了一本诲淫诲盗的书。他的肖像对面，是德·让莉丝夫人[2]的肖像，她写过充满伦理道德的寓言故事，但是欺骗了德·奥尔良公爵夫人还不够，还要把她的孩子也拐走，以此来折磨她。当然我必须承认，陀思妥耶夫斯基对谋杀问题的关注是极其特殊的，这使我对他感到相当陌生。我听波德莱尔写道：

> 如果匕首、毒药、放火以及强奸……
> 那是由于我们的心，唉，不够大胆。[3]

我已经目瞪口呆，不过我至少可以相信，波德莱尔说的不是真话。至于陀思妥耶夫斯基……他的这一切我觉得离我无限的遥远，除非我对自身的有些东西自己也不知道，因为我们的自我认识都是

---

[1] 拉克洛（1741—1803）：法国作家。著有《危险的关系》，当时被认为是淫秽之书。

[2] 德·让莉丝夫人（1746—1830）：奥尔良公爵的情妇。著有《道德童话》等。

[3] 此两句诗出自波德莱尔《恶之花》开卷的“致读者”中第七小节。全小节四句为：
如果匕首、毒药、放火以及强奸，
还没用它们那种有趣的构图，
装点我们可怜的命运的平凡画布，
那是由于我们的心，唉，不够大胆。

逐渐完成的。在陀思妥耶夫斯基的作品里，我发现确实有几口深不可测的井，但是，那几口井都是打在人类灵魂的几个孤立的点上。他毕竟是一个伟大的艺术创造者。首先，他描绘的世界，完全像是他独创的。那些反复出现的小丑，如列别捷夫、卡拉马佐夫、伊夫尔金、谢格列夫，这一系列人物是多么令人难以置信，这芸芸众生比起伦勃朗《夜巡》中的人物还要怪诞奇异。然而，这芸芸众生虽说怪诞，形式却没有什么特殊，他们也需要借助灯光和服装，说到底他们也十分平常。总之，陀思妥耶夫斯基的人物，深刻独特之中充满了真实。这些小丑，犹如古代喜剧中的有些人物，扮演着一种濒临绝迹的角色，但是他们却极其真实地反映了人类灵魂的某些侧面。可是，有人在评论陀思妥耶夫斯基的时候，笔调之严肃庄重，不能不令我咋舌。不知您注意到了没有，自尊心和傲慢在陀思妥耶夫斯基人物的身上起着重要的作用？对作者来说，爱情和深仇大恨，善良和背信弃义，腼腆和傲慢不逊，这些都不过是同一本性的两种表现。由于自尊心和傲慢，阿格拉娅、娜斯塔西娅、被米基亚扯胡须的老中校以及跟阿辽沙是敌人兼朋友的克拉索特金等人物，都未能‘如实’表现出各自的本质；还有其他许多人物也是如此。我对他的作品知之甚少。卡拉马佐夫的父亲致使可怜的白痴女人怀了孕。他的罪过犹如一个神秘莫测的动物性行动，它致使做母亲的，并不知道自己已经成为命运之神复仇的工具，暗中听从母亲的本能，怀着对施奸者的怨恨和对肉体承认这双重感情，到卡拉马佐夫家去分娩。这难道不是一个无愧于古老艺术中那纯朴动人的雕塑主题吗？这段情节犹如奥维耶多[1]教堂雕塑上的女人形象，神秘伟大，令人肃然起敬。这是第一段情节，与之呼应的是第二段情节。二十余年以后，卡拉马佐夫父亲被白痴女人所生的那个儿子斯麦尔佳科夫杀害，致使卡拉马佐夫一家名声扫地。但是接踵发生的一幕，跟白痴女人在卡拉马佐夫父亲花园里分娩一节一样，具有雕塑般神秘莫测的色彩，同样具有模糊的自然美。结果斯麦尔佳科夫自缢身亡，至此他的罪行宣告彻底完成。我刚才要谈托尔斯泰，其实，不像您认为的那样，谈托尔斯泰就抛开了陀思妥耶夫斯基。其实，托尔斯泰对陀思妥耶夫斯基有很多模仿。在陀思妥耶夫斯基的作品里，有许多内容十分浓缩，是一种低声的埋怨，到了托尔斯泰的笔下，这些内容成了绽开的笑容。陀思妥耶夫斯基的作品有一种原始派作品的阴沉格调，后继的弟子驱散了云雾，带来了阳光。”“我的小宝贝。您这么懒惰真让人讨厌。您瞧，您对文学的见解不是比别人塞给我们的方法有意思多了嘛。别人教我们做《以斯帖》的作业，开头总是一句老套：‘先生’曾记否。”她笑着对我说。她这并不是在讥讽她的老师或者在自嘲自讽，而是因为她在自己的记忆里，在我们共同的记忆里，寻找到一件已经略微久远的往事，因此感到十分高兴。

在她跟我说话的时候，我想到了凡德伊。于是，另一个假设，即有关虚无的唯物主义假设，再度在我的心灵出现，我重又产生怀疑。我心想，归根结底，凡德伊的乐句虽然似乎表达了类似我

[1] 地处意大利。

在品尝浸于茶中的小玛德莱娜点心时感受到的某种心灵状态，可是没有任何东西可以使我肯定，这种心灵状态的模糊性即标志着其深刻性；它仅仅标志着我们还不善于分析这些状态。所以这些心灵状态可能比其他任何心灵状态都具有更多的真实性。我品尝那杯茶，我在香榭丽舍大街上闻到古树的香味，那时候我产生的幸福感，那种肯定自己置身于幸福之中的感觉，那绝不是幻觉。我的怀疑精神告诉我，由于这些心灵状态投入了过多的我们还未意识到的力量，所以即令这些心灵状态在生活中比其他心灵状态更加深刻，但是其深刻性本身就证明它是无法分析的。这是因为这些心灵状态牵涉的许多力量，我们都无法察觉。凡德伊的某些富有魅力的乐句使人想到这些心灵状态，因为它们也是无法分析的，但这并不能证明它们跟这些心灵状态具有同样的深度。纯音乐的乐句之所以美，之所以容易形象地显示我们的非智力感受，或类似的东西，那纯粹是因为音乐的乐句本身就是非智力的。那么，我们为什么要认为这些反复出现于凡德伊某些四重奏和这“合奏”中的神秘乐句是特别的深刻呢？

其实，阿尔贝蒂娜为我弹奏的，不仅仅是她的乐曲。钢琴对我们来说，有时候就像一盏科学的（历史的和地理的）魔灯。这间巴黎的卧室，比贡布雷的卧室富有更现代化的创造。阿尔贝蒂娜弹奏着拉摩或者鲍罗丁的作品。随着音乐的起伏，我在卧室的墙上时而看见缀满爱神的十八世纪玫瑰红壁毯，时而看见辽阔无垠、白雪皑皑、万籁俱寂的东方大草原。这些稍纵即逝的装饰就是我卧室的唯一点缀。我在继承莱奥妮姑妈遗产的时候，曾经立下誓言，要像斯万一样，致力收藏，购买书画雕塑，结果我却把所有的钱都用来替阿尔贝蒂娜买了车马、衣服和首饰。但是，我的房间不是拥有一件比任何东西都要珍贵的艺术品吗？那就是阿尔贝蒂娜本人。我瞧着她。一想到是她，我就觉得十分奇怪。曾有好长时间，我一直觉得要认识她真是难上加难，不想今天她却已成了驯服的野兽，成了需要我供给支柱、框架和靠墙的蔷薇，每天每日待在家里与我朝夕相处，背靠着我的书架，在钢琴前坐着。她的肩膀，当她描述高尔夫俱乐部的情景时，我看见它低垂着，很难让人看清，现在却依靠在我的书架上。她美丽的大腿，我第一天就合情合理地想象过，在她整个少年时代，她的腿脚一直操纵着自行车的脚蹬，而如今，它们却在钢琴踏板上轮流起落。阿尔贝蒂娜坐在钢琴前面，脚上蹬一双金色的皮鞋，显得绰约多姿。这时，我更觉得她是属于我的。她能神采焕然，都是我所给的；她的手指原来只与自行车车把有缘，现在却如圣塞西尔[1]的纤指在琴键上飞快地舞动；她的颈项，坐在床上看过去，丰腴粗壮，在灯光的照耀下，泛着桃晕；她那斜侧的脸庞犹显得更加粉艳，我的眼光从我内心深处射发，满载着回忆，燃烧着欲望，给她的脸庞增加了一种光彩和活力。瞬间，阿尔贝蒂娜的脸似乎附着了魔力，其立体感不翼而飞了。犹如那一天在巴尔贝克旅社，我很想吻她一下，我的视觉因这过于强烈的欲望而模糊了，她脸的每一个侧面都发生了延伸，越出了我的视觉范围。但是我的感

---

[1] 圣塞西尔：于公元 232 年殉教，主司音乐。

觉却更加清楚。她眼皮半合着，蒙住了眼睛；头发垂落着，遮住了大部分脸颊。我能看到的虽然只是层层相叠的平面，但我却能感受到那藏于平面背后的立体感。她的眼睛就像乳白的矿石包含着的两块魔光片，它们比金属还要坚硬，比阳光还要灿烂，夹在无光材料中间，宛如我们压在玻璃下面那两片淡紫色的蝴蝶薄翅。她回过头来问我弹奏什么曲子，那乌黑卷曲的头发立时显出丰富协调、独具一格的花样。它有时上尖下宽，形成一个羽毛丰盛的黑色三角形，很像一羽美丽的翅膀；有时候弯曲的发环隆成一堆，形成一片雄浑起伏的山脉，山脊、分水岭以及断崖峭壁尽收眼底。卷曲的环形多彩多姿，变幻无常，似乎早已超出了大自然通常所能实现的森罗万象，唯有雕塑家的愿望才能与之呼应——雕塑家善于施展精湛的技艺，讲究刚柔相济，奔放不失和谐，刀法要有力度：光如漆木、艳如桃红的脸庞，在乌发的一截一盖之中，更显出其生动旋转的曲线来。房间的这一角放着书架和钢琴——钢琴犹如管风琴的木壳，将她的身体遮掩了一半——它们跟她的窈窕多姿形成了鲜明的对照，但又十分协调，因为她善于使自己的姿态适应钢琴和书架的外形以及用途，与它们融为一体。于是，房间的这一角整个化为这位音乐天使的辉煌圣殿和诞生地，而这音乐天使又如一件珍贵的艺术品，片刻之后将听从温柔的魔法，脱离其栖身之所，把粉红的精髓赠予我的亲吻。但不，对我来说，阿尔贝蒂娜根本不是一件艺术品。我知道什么叫用艺术眼光来欣赏女子，我了解斯万。我不行，不管是什么女子，我都不会用艺术眼光来欣赏，我缺乏外部观察的精神，从来不知道自己看见的是什么东西。有一个女子，在我看来，根本不足称道，可是斯万一见，却立刻在她身上添加一层艺术尊严——他在她的面前大施殷勤，在我面前把她比作卢伊尼[1]的肖像，又说她的服饰打扮反映着乔尔乔涅画中人物的服饰——对他这套本领，我是五体投地，我丝毫没有这份天赋。从实而言，我一旦把阿尔贝蒂娜视为我有幸占有的古色古香的音乐天使，就立刻会对她失去兴趣，无动于衷，同她在一起不久就感到无聊了，不过无聊的日子为时不长。我们所喜欢的东西，仅仅是我们还未占有的东西，仅仅是因为这东西可资我们追求不可企及的东西。我很快又开始发现，我并未占有阿尔贝蒂娜。我从她的眼睛里看见，她时而对纵乐充满希冀，时而充满回忆，也许时而还充满怀念。我猜不透她的心思。她宁可不去纵乐，也不愿把这些心思告诉我。我从她的眸子中抓住的只是一柔微光，犹如那些被拒之场外，贴住门窗玻璃使劲瞅看，却一点也看不到舞台演出的观众一样，我也看不出什么名堂（所有欺骗我们的人，都是坚持说谎的人，我不知道她是否属于这种人。但是这事未免有些奇怪，犹如最不信教的人却铮铮表示，他们对善良具有坚定不移的信仰。如果我们对说谎者说，说谎比坦白更加使人痛苦，那是白费口舌。尽管他们对此是有认识的，但那无济于事，他们稍过片刻仍会撒谎。他们起初对我们说过，他们自己是什么人，我们在他们眼里又是什么人，说了这话以后他们不能出尔反尔，因此只能一骗到底。正

[1] 卢伊尼：16 世纪意大利画家。

因如此，有一个无神论者，别人都认为他十分正直勇敢，为了不打破别人对他的这种看法，他情愿抛弃对生活的眷恋，甘心殉身）。从她的目光和微笑中，从她的一噘嘴中，我有时候可以看出她的内心活动。尽管我被拒绝观看这些内心景致，但那些晚上我仍凝神静观。我发现她跟我有所不同，离我很远。“您在想什么，我亲爱的？”“没想什么。”有时候，我责备她不该什么都瞒着我。作为补救，她便告诉我一些众人所知的事情（犹如政治家们从来不会拿一些小道消息当什么正经的事情，而只会就前一天报上已经发表的重要消息大发议论），或者模棱两可，故作神秘地告诉我，在认识我的前一年，她曾骑车到巴尔贝克做过旅行。我根据她那神秘的微笑进行推理，得出结论，她是一个非常自由、能做长时间郊游的姑娘。我的结论仿佛是正确的。她一回忆起那些远游，嘴角上便会掠过一丝我初到巴尔贝克海堤，那深深打动了我的微笑。她还向我叙述过，她跟女友们到荷兰乡村远足，晚上很晚才回阿姆斯特丹，马路和河边人群熙熙攘攘，充满了欢乐。她跟那些人几乎个个都熟悉。那些往事反映在她的眼睛里，就仿佛是我坐在疾驶的车辆里，隔着模糊的玻璃窗所看见的无数稍纵即逝的灯光。对阿尔贝蒂娜生活过的地方，对她某天晚上所能做的事情，对她施过的微笑和秋波，对她说过的言语，对她受过的吻，我一次又一次充满了痛苦的好奇。相比之下，所谓的审美好奇只配称作无动于衷！我对圣卢产生过一次嫉妒，尽管它久久留在我的心里，但它根本比不上阿尔贝蒂娜给我造成的这无限的忧伤。女子间的爱情实在过于神秘，我们无论如何也无法确切地想象出其乐趣和质量究竟是什么。想到阿尔贝蒂娜，我就好像站在剧院门口，一一点着数，放自己的一大批随从过去，让他们进入剧场。我未多加注意，其实阿尔贝蒂娜已把多少人和多少地方（尽管那些地方跟她没有直接关系，那只是一些她得以尝到乐趣的寻欢作乐之地，一些人群熙攘、比肩继踵之地）从我想象和回忆的门槛，引入了我的心房！如今，我对这些地方已经有了内在的、直接的、痉挛的和痛苦的认识。爱情，就是心灵可以感觉的时空。

如果我自己是忠贞不渝的，那我对水性杨花就无法设想，因此也就不会痛苦；我之所以想象着阿尔贝蒂娜做这做那，心灵备受折磨，正是因为我自己始终存在着喜新厌旧的欲望，喜欢取悦新的女子，起草新的小说。那一天我跟她一起去布洛涅森林，桌边坐着一批骑车姑娘，我禁不住瞟上一眼，这就得归结于这永恒的欲望。所谓认识，只有对自身的认识可言。我们几乎也可以说，所谓嫉妒，只有对自身的嫉妒可言；别人的行为是无足轻重的；我们只有从自身感到的快乐中才能引出智慧和痛苦。

有时候，阿尔贝蒂娜脸色突然起火，双目闪烁，我感到，仿佛有一道情热的闪电无声地划过她的回忆区。她的回忆在回忆区内不断发展，我却一无所知，要企及这一地区，简直要比登天还难。我想到，在巴尔贝克也好，在巴黎也罢，我认识阿尔贝蒂娜虽有多年，但直到最近我才发现，我的女友有一种特殊的美。她虽然发生了诸多的变化，但是已经流逝的时日却多少仍保存在她的身上。对我来说，这种美是一种令人心碎的东西。在这张泛着红晕的脸庞后面，我感到蕴藏着一个万丈深渊，蕴藏着我未认识阿尔贝蒂娜以前那些无止境的夜晚。我虽然可以让阿尔贝蒂娜坐在自己的膝上，双手捧住她的脸，可以在她身上随意抚摸，但是，我手中仿佛在摆弄着一块含有太古海洋盐量的石块，或者是一颗天星的光亮。我感到，我触摸到的，只是一个生物体封闭的外壳，而生物在其壳内却可以四通八达。大自然只是创造了人体的分工，却没有想到使灵魂的相互渗透成为可能。由于大自然的疏忽，我们如今落到这种境地，我为之多么痛苦！我把阿尔贝蒂娜藏在家里，前来拜访我的人谁都想不到，在走道尽头的房间里居然有她这个人存在。我把她藏得如此严密，犹如那瞒着众人，将中国公主封藏在一个瓶里的人一样。我曾经以为，这样，阿尔贝蒂娜就成了一个美妙的女囚，从此能够充实我的住宅。我发现原来事实并非如此（她的身体虽然被控制在我的法力之下，但她的思想却逃脱了我的控制）。她不如说像一个时间女神，不由分说地敦促我去寻找过去。虽然我为她不得不损失了若干年时间，损失了我的财产——但愿我能对自己说，财产丝毫未受损失；可惜得很，这事未必肯定——对此，我无所惋惜。也许一人孤独地生活会更有价值，更加丰富，更少痛苦。尽管斯万建议过我搞搞收藏，德·夏吕斯先生也曾带着风趣和傲慢对我说："您家里真丑！"责备我一点不懂收藏，但是这又于事何济？我们四方寻觅雕塑和画幅，把它们占为己有；甚至不是出于什么功利，专做欣赏之用；我们的小伤口就此很快愈合了。但是我们一不注意，或是阿尔贝蒂娜，或是那些无动于衷的人，甚或是我们自己的思想无意中干出了蠢事，伤口就立刻会重新破裂。因此，有什么书画雕刻能够给我打开一个走出自身的出口，使我走上个人之间的交流之路，继而走向一条大道——这条路上通过的，是我们受其痛苦才能获得认识的东西，即他人的生活？

有时候皓月当空，十分美丽。阿尔贝蒂娜上床已近一个小时。但我还是走到她的床边，想叫她瞧瞧窗外的景色。我敢肯定，我这是真的为了让她赏月，而不是为了放不下心，看她在屋里好不好我才去她卧室的。她希望怎样装假，而且能够怎样装假来逃离卧室呢？她必须和弗朗索瓦丝串通好了，否则此事绝对不能成功。走进幽暗的房间，除了白色的枕头上有一圈薄薄的冠冕形黑发，我什么也看不见。但是我能听见阿尔贝蒂娜的呼吸声。她已睡得很熟，我十分犹豫。但我还是走到她的床前，在床沿上坐了下来。睡眠带着喃喃的低语继续流动着。她惊醒过来，无法言喻有多么快活；我刚吻她，推了她一下，她便醒了，一下子咯咯笑了起来，两臂缠住我的脖子，对我说："我正在想你会不会来呢。"说完笑得更加厉害，更加温柔了，仿佛她睡着的时候，那美丽动人的头颅里装进去的尽是快乐、温情和笑声。我唤醒她，犹如掰开了一只水果，只见那解渴的果汁喷溅而出。

这段时间，冬天已经过去，美丽的季节重又归来。阿尔贝蒂娜仅仅向我道安才来我的卧室。经常当我的房间窗帘以及上面的墙壁都还漆黑无光的时候，我听见隔壁修道院花园里，有一只不知名的鸟儿已经开始啁啾鸣唱，寂静之中那丰富细雅的乐调，犹如教堂风琴一般；鸟儿借着吕底亚调式[1]，已经唱起了晨经，用丰富辉煌的音符，将它看见的太阳洒入我昏暗的卧室。

不久，夜就缩短了。按原来的时间推算，还没有到早晨我的窗帘上面已经透进了乳色的亮光，而且时间越来越提前了。尽管阿尔贝蒂娜矢口否认自己过着囚徒的生活，但我却有这种感觉。我之所以继续让她过这种生活，仅仅是因为我每天都在想，第二天我肯定就可以起床出门，开始为迁居的事做些准备工作。我们要购置一处房产，在那里，阿尔贝蒂娜可以不用为我担心，更加自由地过一种乡村生活或海滨生活，划船狩猎，由她高兴。可是到了第二天，情况又发生了变化。阿尔贝蒂娜身上包蕴的昔日的时光，我有时喜欢，有时憎恶（换了是现今的时光，双方出于利益、礼貌或者怜悯，都在用被我们奉为事实的谎言，努力在时间和我们之间编织一道幕帘）。我原来以为，我对这过去的某些时日是了解的，可是突然间它向我呈现出一个崭新的面貌。她没有设法向我掩盖这种新的面貌，但跟以往出现在我眼前的面貌毕竟是截然不同的。我现在从她眼神背后看出的，不是以前那种善良的意图；我突然间发现的，是至此我从未预料的一种欲望。我原以为阿尔贝蒂娜与我同心同德，其实她与我是离心离德的。譬如，安德烈七月份离开巴尔贝克的时候，阿尔贝蒂娜不久就要同她见面；但她只字不提，我估计，她甚至比她想象的还要早，就已重新见到了她。由于我在巴尔贝克产生了巨大的悲伤，九月

[1] 中世纪宗教音乐调式。

十四日那天晚上她为我做出了牺牲，没有留在巴尔贝克，当即随我回了巴黎。十五日她到达巴黎以后，我就请求她去见安德烈，并问她：“她见到了您高兴吗？”眼下，邦当夫人给阿尔贝蒂娜带来了一些东西。我注视了她片刻，对她说阿尔贝蒂娜跟安德烈一起出去了：“她们到郊外去散步了。”“是的，”邦当夫人回答我说，“说到郊外，阿尔贝蒂娜不是个爱挑剔的人。譬如三年以前，她每天都免不了要去肖蒙岗。”我一听到肖蒙岗这地名，忽然想起阿尔贝蒂娜对我说过，她从未去过那地方，我的呼吸都快停止了。事实是最狡猾的敌人，它往往向我们心脏防备薄弱的部位发动突击。阿尔贝蒂娜对她姨妈说，她每天都去肖蒙岗，是不是在对她姨妈说谎，而此后对我说根本不认识那地方，是不是又在对我说谎？“幸好，”邦当夫人补充道，“这可怜的安德烈不久就要动身去一个乡村了，去真正的乡村，她很需要，这对她的健康有好处，她脸色那么不好。今年整个夏天她都没有呼吸到她所需要的空气。想一想，她七月份离开巴尔贝克，本来以为九月份就能回来的，没料到她的兄弟摔脱了膝盖骨，结果就没能回来。”如此看来，阿尔贝蒂娜是在巴尔贝克等她，她却瞒了我！确实，建议我回去，这样显得比较客气。莫非……“对，我记得阿尔贝蒂娜跟我谈起过这事……（这不是真的）那么这意外的事故，是什么时候发生的？对这一切，我脑子里有些糊涂了。”“从某种意义上说，这事发生的正是时候，因为迟了一天，别墅就开始租用了，那样安德烈的祖母就要白白多付一个月的租金。他的腿是九月十四日摔坏的，安德烈十五日早晨赶紧发电，告诉阿尔贝蒂娜，说她不来了，阿尔贝蒂娜赶紧通知租房介绍所。拖一天的话，房租就要付到十月十五日了。”原来是阿尔贝蒂娜改变了主意。她对我说：“我们今晚就走吧。”她说这话，眼前其实已经出现了一间我不认识的套房，即安德烈祖母的套房。在巴尔贝克没有见到那位女友，现在一回去就能见到了。这一切我原来都蒙在鼓里。

她提出要跟我一起回来。提出如此客气的建议，与她前不久一味拒绝的态度相比，真是起了天大的变化。我曾经以为，她说话那么和蔼客气，说明她回心转意了。其实，这些话恰恰反映出不知不觉中情况已发生了突变。这种情况的突变，正是不爱我们的女人特有的复杂品行的全部秘密所在。这种女人显得十分固执，对第二天的约会一口拒绝，说是她们疲倦了，再加上她们的祖父会强行留她们在家吃饭的。“那您可以吃完饭再来嘛。”我们坚持说。“他会把我留到很晚的，还会一直把我送到家里。”说到底，她们纯粹是已经跟喜欢的人订好了约会。不想某君临时改说有要事缠身，不能赴约。于是她们便来对我们说，怠慢了我们，她们感到非常遗憾，现在她们已设法打发了祖父，可以跟我们待在一起了，哪怕天塌地崩也不离开我们。离开巴尔贝克那天，阿尔贝蒂娜就对我使用过这套语言。对那套言辞我大概还有鉴别能力，当然要阐释这套语言，仅仅有鉴别能力还不够，还需要回顾一下阿尔贝蒂娜性格上的两大特点。

阿尔贝蒂娜的两大性格特点此刻浮上了我的心灵。我们在记忆中找到的东西是形形色色、纷繁复杂的。记忆就如药房和化学实验室，有时候我们侥幸将手放入一瓶镇静药水中，有时无意中放入了危险的有毒药水。因此，阿尔贝蒂娜的性格特点，一个对我起到了安慰的作用，另一个却使我沮丧不堪。阿尔贝蒂娜的第一个特点，是她做一件事情，习惯于要一举多得，让多人受益，使多人快活；这是阿尔贝蒂娜的典型特征。她要回巴黎（安德烈不回巴尔贝克，这件事虽然使她感到难受，但这并不意味着她缺了安德烈就活不下去），她要借这趟旅行的机会，设法使她真心爱的两个人都受感动，这就完全是她的性格所决定的。她一方面使我相信，这次旅行是为了不撇下我一个人，她这是出于对我的忠诚，不愿让我痛苦。另一方面，她又让安德烈深信，她本来在巴尔贝克多留一段时间，纯粹是为了能够见到她，现在既然来不了巴尔贝克，她在那儿多待一分钟也毫无意义了，所以当机立断就赶回巴黎去见她。事实确实如此。阿尔贝蒂娜要跟我一起动身回巴黎，她是在我惆怅不堪，表示要回巴黎的愿望以后，同时是在收到安德烈的电报以后，才做出这一决定的。安德烈和我，我们两人互不通气，她不知道我忧心如焚，我也不知道她发了电报。阿尔贝蒂娜的决定之突然，以至于安德烈和我都自然而然地以为，阿尔贝蒂娜的动身是出于我们俩各自有数的原因，而且动身这一结果离着原因又是只差几个小时，因此多么出人意料，让人喜出望外。所以，我一直到现在都可以认为，陪我同行这就是阿尔贝蒂娜的真实动机，但她一箭双雕，又向安德烈讨了头功，使她感激不尽。不幸的是，我随即又想起了阿尔贝蒂娜的另一个性格特点，那就是她一经快乐的诱惑，任何力量也阻挡不住她。我记忆犹新，她决定跟我一起起程，就立刻急于要去赶火车。当时神甫想挽留我们一会儿，她就怕神甫误了我们的火车，使劲地催促。坐上小火车以后，德·康布尔梅先生问我们，是否能够推迟一星期动身，她暗中向我耸肩，致使我深为感动。原来，她如此坐立不安、急于动身，就是迫不及待地想要见到那间空闲套房。那间套房我见过一次，它是安德烈祖母的财产，富丽堂皇；正午有一个老仆人看着，空旷、幽静，阳光犹如一层薄纱覆盖在沙发和卧室的椅子上。阿尔贝蒂娜和安德烈就嘱咐门卫，她们在卧室休息，别让任何人前来打扰；门卫或是天真无邪，或是狼狈为奸，总是唯命是从。现在这间套房时刻都在我眼前摇晃。它空关着。每当阿尔贝蒂娜心情烦躁，神情严肃，她便去那儿跟她女友会面。她的女友无疑比她先到一步，因为她要空闲得多。在此以前，我从未想到过这间套房，可是现在对于我来说，它带着一个可恶女人的影子。人类生活的秘密和大自然的秘密是相同的。每一次科学的发现对秘密的疆域只能是一次推移，而不是消除。一个嫉妒者把心爱的女子千万个小乐趣给剥夺了，自然是要把她激怒的。尽管嫉妒者有时才智超人，富有洞察力，又靠第三者提供最佳消息，但是那些乐趣已经成了女子生活的实质，所以她必将其深藏在他意想不到的地方，使他无处寻觅。归根结底，安德烈至少要走了。但是我不愿意因为我上了阿尔贝蒂娜和安德烈的当，因此受阿尔贝蒂娜的蔑视，有朝一日我会对她把话挑明，让她明白，她尽管可以把什么事情都瞒着我，但有些事我是了如指掌的。这样，我也许可以逼她说出些实话来。但是，我现在还不愿意把这件事抖出来。首先，她姨妈才来访不久，她一猜就能猜到，我的消息是从什么地方来的，她会断了我的这条消息源，而对没有来源的消息又毫无畏惧，其次，因为我还没有完全把握，愿留阿尔贝蒂娜多久就留多久，我不愿意冒险，过多地引她发怒，其后果只能促使她希望更早地离开我。如果我根据她的话语——她对我的计划总是表示赞成，表示十分喜欢这种生活，囚禁生活对她来说只剥夺了微乎其微的东西——来推理，按此去寻找事实真相和预测未来，我可以毫不怀疑，她会永远地留在我的身边。为此，我甚至还感到十分为难。我感到，有许多生活天地我都还未体验过，而且再也体验不到了，因为我的生活已经做了交换，只能跟这么一个已毫无新鲜之处的女人一起生活，害得我现在连威尼斯也去不了，因为一到那里，我睡下以后心灵就会不得安宁，害怕她会被船夫、旅馆伙计和威尼斯姑娘勾引去。我这些想法也许不错。但是，如果我根据另一种假设，即不是根据阿尔贝蒂娜的话语，而是根据她的沉默和目光、她的汗颜和赌气，甚至于根据她的动怒——我可以毫不费力地告诉她，她只是在发无名之火，我只是置若罔闻而已——来进行一番相反的推理，那么我的想法是，这种生活在她是无法忍受的；她所喜爱的东西，每时每刻都受到剥夺，这样，她注定有朝一日要离我而去。如果她真要决定离开我，那我的唯一希望就是，能够选择一个有利时机让她走，也就是说，她走的时候，我已经不再感到太痛苦，她走的那个季节也应当是我想象不出她能到什么地方去寻欢作乐，譬如，她不可能到阿姆斯特丹、安德烈家或凡德伊小姐家去。当然几个月以后，她还是见到了凡德伊小姐。可是，从此到几个月以后，我的心情会平静下来，对这一切会变得无动于衷。前后相距几个小时，阿尔贝蒂娜从决定不想离开巴尔贝克一变为决定立即离开，我发现了个中的原因，内心留下了小小的创伤。要想达到心绪平静、无动于衷的那一天，必须等到这创伤愈合以后才行。如果从此我不再受到什么新的打击，那么病症就会逐渐减轻，直至完全消失。现在已经可以看出，分手虽然不是迫在眉睫，但已是势在必行的事情。但是，由于我目前病症还未减退，现在就实行分手，必定要增加痛苦和困难，所以还是以“冷处理”为上策。时机的选择要由我来做主。如果在我决定分手之前，她抢先一步，宣布说她厌透了这一生活，一定要走，届时仍然来得及考虑如何击倒她。我可以给她更多的自由，向她许愿，保证让她立即得到她企盼已久的乐趣；如果只能靠打动她的心来获得援救，我还可以向她吐露我的内心惆怅。所以关于这一点，我心底泰然。其实在这一点上，我自己也常常缺乏逻辑，跟她说话，告诉她我的想法，从来不加注意，前后发生矛盾。基于这一假设，我猜想牵涉到分手的事情，她肯定会早早地提出她的理由来。这样我可以从容地驳回她的理由，说服她。

我感到，我跟阿尔贝蒂娜的生活，不嫉妒则是无聊，一嫉妒便是痛苦；即便是有幸福，也是不得长久。那天晚上，在德·康布尔梅夫人来访以后，尽管我们两人心情都十分愉快，但我仍凭着在巴尔贝克时的明智，决意离开她，因为我很清楚，发展下去，对我并不会有什么好处。只是我到现在都仍这么想象，我对她的思念将是我俩分别时刻所留下来的一个颤音；一个加了持续音的颤音。因此，我愿意选择一个甜蜜温柔的时刻，以后好让我内心继续震颤着这美好的时刻。不应该挑剔，左盼右顾，应该要明智。可是既然已经等了那么久，与其说眼看她像我从前一样，妈妈未再吻我并道晚安或者到火车站给我送别，我就一气之下走开，还不如耐心地再等几天，一直到出现一个可以接受的时刻，不然那就太没有理智了。我不顾一切，对她百般献殷勤。买福迪尼长裙的事情，我们终于共同商定，还是用金蓝面料、玫瑰衬里定制一件，现在刚刚做好。我一共预购了五件，很遗憾，她都没要，单单喜欢那一件。春天来临，她姨妈对我说的话过了两个月，有一天晚上，我终于忍不住发了火。那天晚上，她就是穿着那件福迪尼长裙。裙子使我想到威尼斯，更使我想到我为她做出的牺牲，然而她却没有丝毫感激之情。我虽然从未见过威尼斯，但是自从我孩提时要去那儿度复活节假，甚至更早一些，自从在贡布雷时斯万送给我提香的版画和基多的摄影以后，我对威尼斯就一直日夜向往。阿尔贝蒂娜那晚穿上那件福迪尼长裙，就仿佛是那诱人的，却又隐而不见的威尼斯幽灵出现了。她浑身披满了阿拉伯首饰，使人想起威尼斯城，想起犹如苏丹脸上缀满珠宝的面纱和金碧辉煌的威尼斯宫殿，想起安布罗瓦兹图书馆[1]的精装图书，想起雕刻着东方鸟的石柱；这些象征着生死轮回的东方鸟，在绸光之中交相辉映，闪烁出深蓝的颜色，然而随着我目光的移动，深蓝

[1] 位于意大利米兰，收藏有大量珍贵的古籍和手抄本。

色又变化为柔和的金色。这色彩的瞬息变化，犹如坐在威尼斯尖舟上，随着小船轻轻地划移，湛蓝的大运河瞬时会泛出火焰焰的金光一样。更别提那两袖里衬的樱红，那更是典型的威尼斯色调，也就是通常所谓的提埃坡罗[1]玫瑰色。

那天白天，弗朗索瓦丝无意中说漏了嘴，告诉我，阿尔贝蒂娜觉得什么事都不称心；我让弗朗索瓦丝传话给她，建议她一起出去走走，或者告诉她我不出门，车子会来接她；不管车子来接不来接，不管跟她说什么，她几乎一概耸耸肩，爱理不理。那天晚上，我觉得她脾气不好，又逢上天气第一次暴热，我心情烦躁，再也憋不住一肚子的火，终于指责她忘恩负义："对，您可以去问问所有人，"我失去了控制，声嘶力竭地叫道，"您可以去问问弗朗索瓦丝。我这只不过是嚷嚷而已。"我这一嚷，立刻回想起阿尔贝蒂娜曾经对我说过，我发怒的时候，她觉得我的脸色有多么难看。她还给我引过一段《以斯帖》中的台词：

瞧，这愤怒的前额冲着我，
我惊魂失魄知几多？
唉！面对您眼中喷射的火，
试问哪颗勇敢的心不哆嗦？

我对自己的暴怒十分羞愧，我要对自己的所作所为表示后悔。

---

[1] 提埃坡罗（1696—1770）：意大利画家。

但是，我不能甘拜下风、自认失败。我要向她显示，我的讲和是有武装的、具有威吓力的讲和；同时我觉得，要她去除一刀两断的念头，就有必要表示，我根本不怕一刀两断。于是我说："原谅我，我的小阿尔贝蒂娜，我对自己这么发怒十分惭愧，后悔莫及。如果我们不再能和睦相处，如果我们必须分手，那也不应该这样，这与我们不相配。如果必要，我们可以分手，但最重要的是，我真诚地请求您原谅我。"我思忖着，如何弥补这一切，保证她打算接下去再留一段时间，至少留到安德烈走了以后——过了三个星期安德烈走了——最好第二天就讨好她一下，给她找一些她曾经有过，但已有好久没再尝到过的乐趣。既然我要消除自己给她造成的烦恼，也许我应该趁此机会向她表明，我比她想象的要更了解她的生活；到明天，她不愉快的心情将烟消云散，但是，我对她的警告会留在她的脑中："是的，我的小阿尔贝蒂娜，我多么暴怒，请您原谅我。不过，我不是完全像您想象的那样，是个十恶不赦的人。有些坏人总是千方百计挑拨我们俩的关系。为了不让您遭受痛苦，我从未愿意把这些事情告诉您。有时我听到一些告发以后，简直要气疯了。"我想趁机向她表明，我对她去巴尔贝克一事了如指掌，便说："比如说吧，您知道，那天下午您去特罗卡德罗，凡德伊小姐要到维尔迪兰夫人家来。"她一阵脸红。"是的，这事我知道。""您能向我起誓吗？这不是要跟她重拉关系吧。""我当然能够向您起誓。可是为什么要说'重拉关系'？我跟她从来就没有过什么关系，我向您发誓。"听到阿尔贝蒂娜这么当面撒谎，我十分伤心。明明是事实，这脸红就是最彻底不过的坦白，可她还偏偏矢口否认。她的不诚实叫我伤心。然而，这不诚实却还包含着一层纯洁心的抗议——我无意识中是准备相信她的纯洁的。相比之下，她的诚实对我的刺痛更大。我问她："您至少是否能够对我发誓，您想去维尔迪兰夫人家白日聚会跟您希望与凡德伊小姐重逢是毫无关系的？"她回答我说："不，这我不能对您发誓。我确实很希望再见到凡德伊小姐。"还在一分钟以前，我恨她至今还要掩盖与凡德伊小姐的关系，可是现在，她老老实实地承认，要能再见到凡德伊小姐她非常高兴，我听了又从头凉到脚。毫无疑问，当时我从维尔迪兰夫妇家回来，她问我："维尔迪兰夫妇是不是没有请到凡德伊小姐？"她为的是要向我表明，她知道凡德伊小姐要来，目的就是要我痛苦不堪。但是过后我大概形成了这样一个推理："她知道她要来，这对她来说并不是一件值得十分高兴的事。只是事后她意识到，如果明说出来，就等于让我发现，凡德伊小姐是个臭名昭著、在巴尔贝克如此使我绝望、差一点逼我自杀的人，她居然与此人认识，为此她对我闭口不谈此事。"现在可好，她觉得似乎有必要向我承认，凡德伊小姐来了她很高兴。其实，她当时想去维尔迪兰夫妇家那神秘的样子本来就足以为证，可是我对这一点没有足够的考虑。尽管我现在心想："她为什么只承认一半？这岂不可恶可鄙，更兼愚蠢？"可是我精神如此崩溃，以至于我再也没有勇气在这一点上再跟她争论不休，况且在这一问题上我缺乏证据，不占上风。为了恢复我的优势，我话锋急转，立刻提到安德烈，因为安德烈发急电一事是一重大秘密，它将帮助我彻底击垮阿尔贝蒂娜。"再说一件事，"我对她说，“现在有人折磨我，逼得我不得安宁，不断地告诉我您在外面的关系，不过说的是您跟安德烈的关系。”“跟安德烈？”她叫道。由于怒气上升，脸上生火；又由于惊讶，或者故作惊讶，她的两眼直眨。“多……多动听！！能否请教一下，都是谁告诉了您这么些动人的事情？我能亲自跟这些人交谈一下吗？能请教一下，他们这么恶语伤人，有什么凭据？”“我的小阿尔贝蒂娜，我没法告诉您，我收到的是一些匿名信，但写的人您也许很容易找到（我这么说目的是告诉她，我才不信她真会去找），这些人似乎对您十分了解。我得承认，最后一封信（我指的就是这一封，因为信中涉及的是区区小事，说出来毫不困难）的确把我惹恼了，我得向您承认。信中说，那一天我们离开巴尔贝克，您之所以先想留下，后又改变主意走了，就是因为在这当儿，您收到了安德烈一封信，告诉您她将来不了了。”“安德烈给我写信说她来不了，她甚至还给我发了电报，这事我很明白。我不能拿出来给您看，是因为我没有留着。但是信不是那一天来的。再说，即便是那一天，安德烈来不来巴尔贝克，这事跟我又有什么相干？”“这事跟我又有什么相干”是发怒的表示，证明这事就是“跟她有点相干”，但这并不一定证明阿尔贝蒂娜回来纯粹是为了见到安德烈。每当阿尔贝蒂娜发现，她向某人谎编一个行为动机，结果真正的行为动机被此人看穿了，她就会发怒，哪怕此人就是她实实在在替他做了那件事的人她也不管。阿尔贝蒂娜以为，有关她所作所为的这些情报，并不是那些人写匿名信主动告诉我的，而是我拼命向他们索取的，这一点从她接下去跟我说的一番话里丝毫听不出来，因为她那番话听起来似乎已经接受了我匿名信的说法；这一点只有从她冲着我的一脸怒气上可以看得出来。这怒火看来只能是她先前不快心情的总爆发了，就为此她认定，我从事的间谍活动，只能是我对她的行动进行监视而发展出的结果，对此她早已深信不疑。她的怒火一直发到了安德烈的头上。她心里肯定在嘀咕，现在可好，她连跟安德烈一起出去我也不能忍受了。她说："再说，安德烈也叫人恼火，叫人讨厌。她明天回来，我可再也不愿意跟她一起出去了。您可以把这一点告诉那些对您说我是冲着她才回巴黎的人。我确实对您说过我认识安德烈已有多年，可是要让我说她长得什么模样，我却说不上来，因为我见她也见得太少了！"可是第一年在巴尔贝克她却对我说："安德烈长得真动人！"诚然，这句话并不意味着阿尔贝蒂娜跟她有什么爱情关系，而且每次我听到她谈起这类关系都是充满了愤怒。但是，难道没有另外一种可能性吗？由于她不认为跟一位女朋友搞那些游戏就等于是有不道德的关系，这种关系在别人身上打上了烙印，在她心里却相当模糊；这一点就可以证明她自己已经在无意之中起了变化。这种可能性还在于这一变化和对这一变化的无意识都反映于她跟我的关系之中。她在巴尔贝克时如此气愤地拒绝了吻我，然而后来每天都是自己主动来吻我；我希望她再这么长时间地吻我，待会儿就吻我。"可是，我亲爱的，您要我怎么去告诉他们，这些人我认也不认识。"我的回答如此坚定，本该可以消除凝聚在阿尔贝蒂娜眼中的异议和疑虑了，可是她的目光却一丝不动。我缄默不语，可是她仍然聚精会神地看着我，就像面对着一个话还没说完的人。

我再一次向她道歉。她回答说我没有什么可向她道歉的。她重又变得十分温柔。但是我从她忧郁憔悴的脸上看出，她心中形成了一个秘密。我很清楚，她不可能不告而别，而且她也不可能想要离开我（要过一个星期她才能试穿福迪尼新长裙），也不可能做到得体，因为我母亲和她姨妈周末都要回来。既然她立时不可能走掉，我为何还要跟她强调，我想送她一套威尼斯玻璃器皿，想第二天跟她一起出去看看，而听到她回答说就这么说定了，我又如释重负？她终于跟我道了晚安，我也吻了她，可是这时她却一反常态，转过了身去，没有还吻我；而恰恰就在一秒钟前我还在想念这她在巴尔贝克拒绝了的，而后每天晚上都给予我的吻。由于赌了气，她似乎不愿意向我表示温存，以免过后让我觉得这场不和只是假的；她似乎是在使自己的行动跟这场不和协调一致。然而，虽然她嘴上不说，虽然她与我断绝了肉体关系，但仍然希望有分寸地保持朋友关系。我又吻了她一次，把那大运河熠熠如镜的金蓝和成双成对的象征生死的鸟紧紧抱在心怀里。然而再一次地，她没有还吻我，而本能地带着预示死亡的凶兽那种不祥的顽固劲，抽开了身子。她身上反映出来的这死亡的预感似乎也侵袭了我，使我充满恐惧和焦虑，以至于当阿尔贝蒂娜走到门口的时候，我已没有勇气让她离开，又叫住了她。“阿尔贝蒂娜，”我对她说，“我一点也没有睡意。如果您也不想睡觉，如果您愿意的话，您完全可以再待一会儿。不过我并不一定要您这样，我特别不想叫您累着。”我觉得，我要是能让她脱掉衣服，换上白睡衣，她的肌肤就会显得较红，较刺激，更容易刺激我的感官，这样和解就会更加彻底。但是我有些犹豫，因为她的长裙的蓝边给她的面容增加了一层美丽，一道光韵，一片天色，失去了这些，我就会觉得她比较冷酷。她款款地走回来，充满了无限的温存，但仍带着忧郁憔悴的表情对我说："只要您愿意，我可以留下来，我没有睡意。"她的回答使我静下了心来。因为只要她人不走，我就觉得我可以考虑将来的事情。而且她的回答里也包含着友谊和顺从。不过这是带有某种特性的顺从，我觉得其界限就在于从这忧郁的目光后面透露出来的秘密，在于她改变了的举止仪态——她之所以改变，一半是出于不知不觉，一半是她事先就要使自己的举止与什么事情采取同步一致；而究竟是什么事情，我却不知道。尽管她人在，我还是觉得，她只有像在巴尔贝克时躺在床上，穿着白睡衣，露出颈项，我才有相当的胆量，使她不得不让步。"您既然如此客气，留下来安慰我，您应该把长裙脱了才是，穿着多热，又不随便，我都不敢碰您，怕把裙子碰皱了。把裙子脱了吧，我亲爱的。""不，在这里脱裙子不太方便。我待会儿到自己屋里去脱。""那么在我床边上坐一会儿总愿意吧？""那当然愿意。"不过她离着我，坐在我的脚边上。我们谈着话，突然听见一声呻吟，节奏均匀，原来是鸽子在咕咕叫。"这说明天已经亮了。"阿尔贝蒂娜说。她几乎皱起眉头，似乎在我家里生活，错过了美丽季节的乐趣一样，对我说："鸽子又出现了，春天来临了，才会这样。"鸽子的咕咕和公鸡的报晓，两者之间的相似既深刻又晦涩，犹如在凡德伊的七重奏里面，柔板的主题是建筑在第一段和结尾段的主旋律基础上的，自然相互间有相似之处，但是调性和节奏的变化已将它们变得大不相同；一个门外汉打开一本有关凡德伊的书，会惊奇地发现，这三个乐段同是以四个音符为基础，他在钢琴上用一个手指就能弹出这四个音符，然而却无法弹出这三段曲子。鸽子演奏的这段感伤曲就是一种小调鸡鸣，它不会扶摇直升，飞向天空，却像驴叫，平稳柔和，从一个鸽子叫到另一个鸽子，只做横线移动，从不升腾，不能将这平平的呻吟转换成序曲快板以及最后乐章反复出现的欢乐高亢。我知道，我说“死亡”这个字，仿佛阿尔贝蒂娜马上就会离开人世似的。看起来，事情本身其实要比事情发生的时候来得更加广泛，发生事情的这一时刻不能包容事情的全部广度。由于我们对事情保持记忆，所以事情能够延及将来，这是毫无疑义的；但是事情在事情发生以前也要求有自己的一席地位。当然，有人会说，事情在将来是个什么模样，我们无法看见，但是事情在回忆当中不一样也变了模样？

我发现她不再主动吻我，心里已经明白，要她吻我纯属白费心机，然而只有从亲吻开始，才可能真正得到安静，于是我对她说“晚安，时候太晚了”，我这么说，可以叫她来亲吻我，然后我们还可以继续下去。但是，她跟前两次一模一样，说了一句“晚安，好好睡一觉”，只是在我脸颊上亲了一下。这一次我没敢再叫住她。可是我的心跳得非常厉害，没办法再躺下。我如同笼中小鸟，来回跳动，一会儿担心阿尔贝蒂娜会走，一会儿又相对平静了一些，左思右想，心绪不宁。我心情能有相对平静的时刻，是因为我每分钟都多次反复进行这样一种推理：“她不可能不告而别，她一点儿也没有跟我说起她要走。”这么一推理我心里基本上就好受一些了。但是我立刻又想到:“可是要是明天我发现她走了怎么办!我这么担心本身就说明是事出有因的。她为什么没有亲吻我?”这么一想，我的心又剧烈地疼痛起来。接下去我重又开始原来的推理，心痛方始得到减缓。可是这头脑运动如此频繁，如此机械，结果闹得我头昏脑涨。由此可见，有些心理状态，例如焦虑，只提供两项选择，结果就会像肉体痛苦那样，残酷地把您拴在方寸之地上。我无止休地一会儿进行赞同我焦虑心情的推理，一会儿进行驳斥我焦虑心情，并给我以安慰的推理，其空间之狭窄，犹如病人靠内心运动不断地触摸那使其痛苦的器官，刚离开一会儿，片刻之后仍又回到了镇痛点上。万籁俱寂之中突然传来一阵声音，听起来没有什么特殊，但却叫我充满了惊恐。是阿尔贝蒂娜房间窗户猛然打开发出的响声。等一切恢复静寂以后，我扪心自问，为什么这响声叫我如此害怕?这响声本身毫无可惊之处，但我觉得它使我惊恐万状是出于两层意义。首先，我们两人生活有一条公约，由于我怕风，晚上绝不开窗。这事儿阿尔贝蒂娜到这里来住时我跟她解释过;尽管她坚持认为这是我的一种怪癖，但仍然保证绝不违反这项约定。因此对这类事情她都非常小心谨慎。她知道，哪怕她诅咒这些事情，我都要，我都敢肯定，她宁可让壁炉烟火味熏着睡觉，也不会打开窗户，就如早晨哪怕发生了天塌下来的大事，她也不敢让人把我叫醒。这只不过是我们生活的一项小小的公约。然而既然现在她可以不告诉我一声，擅自违反这项约定，那还不意味着她从此可以肆无忌惮，违反其他一切公约了吗?其次，打开窗户这声音极其猛烈，几乎是缺乏教养，她打开窗户时似乎怒火满腔地在说：“这日子憋死我了，我管他呢，我需要透气！”我心里没有完全这么想，而是继续在想，阿尔贝蒂娜开窗的声音，似乎比猫头鹰的叫声还要神秘，还要令人毛骨悚然。自从斯万那天晚上到贡布雷来吃饭，至今我也许一直没有像现在这么焦躁不安过，我一晚就在过道里走来走去，想以此响动来引起阿尔贝蒂娜的注意，她也许会可怜我，叫唤我。可是她屋子里没有传出任何响声。在贡布雷的时候，我叫我母亲来。但跟我母亲在一起，我就怕她生气。我善于用向她表示我的感情的办法，来保持她对我的感情。这么想着，我就迟迟没有叫唤阿尔贝蒂娜。渐渐地我感到时辰太晚了，她大概已经睡着好久了。我也就回屋睡觉去了。早晨不管发生了什么事情，我不叫唤，别人绝不会到我房间来；第二天我一醒过来，我按铃叫唤弗朗索瓦丝。我在想：“我要告诉阿尔贝蒂娜，我要给她定造一艘游艇。”我接过信件，目光没有瞧着弗朗索瓦丝就对她说：“过一会儿我有话要对阿尔贝蒂娜说，她起身了吗？”“起身了，起得很早。”一听这话，我顿时觉得，一阵狂风卷起千层焦虑之浪，在我心里翻腾不息；风急浪涌，击得我喘不过气来。“是吗？那现在她人在哪儿？”“大概在她自己屋里。”“啊！那好，那好。我待会儿见她。”风浪过了，我开始呼吸。阿尔贝蒂娜还在这儿，对此我几乎有点无动于衷，然而我又猜测她可能不在，这难道不几近荒唐？我睡着了。尽管我敢肯定她不会离开我，我还是睡得不深，不过不深也只是相对她而言。因为，院子里修理工程发出的声响，我睡眠中虽然隐约听到，但毫不影响我继续静静睡下去；然而，从她屋里发出任何细小的颤动，她出来进去再蹑手蹑脚，她按门铃再小心翼翼，都会使我惊醒，全身颤抖，心跳不止；哪怕我是在昏昏沉睡之中听到这声音也会这样。这就跟我外祖母一样，临终前几天，她早已一动不动，进入静止状态，医生们称之为休克；可是别人告诉我，当我按习惯按了三下门铃叫唤弗朗索瓦丝时，外祖母听到以后就像树叶似的开始颤抖起来；然而那个星期内，我为了不搅扰灵室的肃穆，按铃的时候比平时都轻。不过弗朗索瓦丝告诉我，我自己不知道，其实我按铃有特别之处，不可能跟别人的铃声混同起来。这么说，我是否也已进入垂暮之日，死亡已经渐渐逼近？

那一天以及继后一天，由于阿尔贝蒂娜不愿意跟安德烈一起出去，结果我们两个就一起出去了。我都没有跟她谈及游艇的事。一起散步使我的心情完全平静下来了。可是晚上她吻我时继续使用她那新的方式，为此我十分生气。我只能把这看作她借此表明仍在跟我赌气，我向她赔了那么多的礼，对她那么客气，她还要那样，这未免有些不可思议。我从她身上再也得不到我需要的肉体满足，她心情不好我就更觉得她丑陋。为此我更加强烈地感到，初晴之日，万欲萌动，为了她我却失去了众多女子和四方游兴的机会。中学时和女子们在浓荫下的幽会，我早已忘却了，现在又断断续续地回忆起来。也许是由于这些回忆，这春天的世界别有一番情趣。我们的住宅在旅途中穿越了一年三季，到达这春天的世界刚刚三天，只见这地方晴空万里，条条大路都一溜逃跑，去参加乡间野餐，划船嬉戏；在我眼里这既是花草绿荫的国度，也是翩翩女子的国度，到处充满欢声笑语，连我病后乏力的身子也有权去分享欢乐。然而，听从于每日的惰性，严守贞洁，只能跟一个并非我所爱的女子交欢，被迫囿于家中，不能出户远足，这一切在昨日的旧世界，在荒凉的冬天世界似乎还可能，而在这郁郁葱葱的新世界里则令人觉得再也不可思议；我在这新世界里醒来，就像年轻的亚当，第一次遇到生存的问题、幸福的问题，没有以前消极方案的包袱。阿尔贝蒂娜却压着我；我瞧着她，一脸的冷漠和阴郁。我感觉到，我们没能一刀两断，实为一种不幸。我想去威尼斯，在此之前我想去卢浮宫看看威尼斯画，去卢森堡博物馆观赏埃尔斯蒂尔的两幅作品——据别人刚告诉我的消息，德·盖尔芒特亲王夫人刚将这两幅画卖给该博物馆；我在德·盖尔芒特公爵夫人家见到时曾欣赏不已：《舞之乐》和《某家庭肖像》。但我害怕，怕前一幅画上有些猥亵的姿势别挑起阿尔贝蒂娜对民间乐事的欲念和怀念，使她心想，有些生活她没有经历过，那焰火屏开下的生活，那郊外咖啡舞厅的生活，也许是很有味的。而且，埃尔斯蒂尔的画上，南方绿荫丛中还有裸体女性，尽管埃尔斯蒂尔本人只是将此看作一种雕塑美——但那岂不降低了作品的价值？说得更美一些，把那些生在绿荫丛中的女子裸体看作具有白玉雕像的美，那些裸体女子仍有可能叫阿尔贝蒂娜想到某种乐趣。因此，我不得不放弃这些计划，改为去凡尔赛。阿尔贝蒂娜不愿意跟安德烈出去，一个人待在屋里，穿着福迪尼浴衣看书。我问她愿不愿意去凡尔赛。她这人就是这一点非常动人，干什么事非常痛快，也许她过去一半时间都生活在别人家里，因此早已养成这种习惯。决定跟我们来巴黎，她也只用了两分钟考虑。她对我说："如果我们不下车，我就可以跟您去。"她要披一件大衣，盖住她的睡衣，她在两件福迪尼大衣之间犹豫了一下，犹如她拿不定主意要带哪个朋友一起出去一样，最后挑了一件深蓝的，非常漂亮，然后又在帽上扎了一枚饰针。一分钟内她已穿戴完毕，我还是在她之后才披好外套的。然后我们就一起出发去了凡尔赛。她行动之迅速，态度之温顺，使我较为放心了，仿佛虽然我没有什么确切的理由要担心，却需要放心似的。去凡尔赛的路上，我思忖着："我毕竟没什么可担心的，尽管那一天晚上发出开窗的声音，我叫她做什么，她还是百依百顺的。我一说要出去，她二话没说就在浴衣外披上了蓝大衣跟我来了，如果是一个反抗的人，一个跟我闹翻的人，那是不会这么做的。"我们在凡尔赛待了很长时间。晴空万里，犹如闲步的人有时仰卧田野所能看见的天空，一片湛蓝，略透苍白，然而颜色是如此纯一，如此浓厚，让人觉得苍穹所用之蓝色不掺任何杂质，而又深不见底，无穷无尽，任凭你在其间纵深遨游，除了这蓝色，不可能发现任何一粒其他物质。我想到外祖母，不管是人类艺术，还是自然风光，她都喜欢宏伟壮观，她就喜欢看见圣蒂莱尔教堂的钟楼直刺这蔚蓝的天幕。突然我对失去的自由重又泛起一股怀念之情，因为我听到一种声音，虽然我一时还分辨不出是什么声音，但我外祖母听到，跟我一样，也会非常喜欢。这声音听起来如同胡蜂嗡嗡一般。"瞧，"阿尔贝蒂娜说，"有一架飞机，它飞得很高，非常高。"我朝上空环视了一下，但就像躺在田野上的闲步者那样，只见那一片纯质的蔚蓝，不见任何黑点。但我确实听见翅翼的震颤发出的嗡嗡声。突然那翅翼进入了我的视野。高空之处，一对小小的褐色翅翼，一闪一闪，在纯蓝不变的天幕上打了一个小褶。我终于找到了这嗡嗡声的来源，原来是这只小虫子在也许有两千米的高空上来回折腾。我看见了它在嗡嗡作响。以前长年之中，由于地面距离还未被今天的速度所缩短，两千米外传来的火车汽笛声使我们激动不已。如今，并在今后一段时间内，使我们激动的是两千米上空飞机传来的嗡嗡轰鸣；两者具有同样的美感，因为纵向旅行所跨越的距离与地面距离是相等的；凌空中的度量之所以让人看来是超然另定的，这纯粹是由于我们觉得无法企及的缘故，其实两千米以外的飞机并不比两千米以外的火车更远，甚至还更近，因为飞机是飞行于更为纯净的空间，旅人并未切断与出发点的联系，犹如风和日丽的海面和平原，船只驶远或微风轻拂，便会在万顷海洋和无际的麦田上留下道道涟漪。

我们的车子开到一家点心店门前停下。这家店几乎坐落在城外面，当时颇有点名气，一位夫人行将出来，在向老板娘索取衣物。那位夫人一走，老板娘忙着收拾杯子、碟子和剩下的点心，因为时辰已经不早。阿尔贝蒂娜朝老板娘瞧了多次，仿佛是要引她注意似的。老板娘只是走到我的身边，问我要点什么。老板娘长得又高又大，此刻站着给我们上点心，阿尔贝蒂娜坐在我旁边。阿尔贝蒂娜为了吸引老板娘的注意，每每直线地将目光往上举，可是因为老板娘紧靠着我们，阿尔贝蒂娜不仅要尽可能高地抬起眼珠，而且目光还要直爬陡坡，没有倾斜一点的可能。她不能过高地抬头，只能将目光升到那不像样的高度，去够老板娘的眼睛。阿尔贝蒂娜出于对我的礼貌，迅速将目光降下来，老板娘未加注意，仍在忙她的。这样，阿尔贝蒂娜的目光做了一系列的上升运动，去企盼那望尘莫及的神。之后，老板娘开始收拾旁边一张大桌子。这下阿尔贝蒂娜的目光能运转自如了，偏偏老板娘的目光没有一次停留在我朋友的目光上。对此我并不惊奇。这种女人我认识一些，我知道她尽管结了婚，却仍还有着几个情人，但事情又瞒得滴水不漏，见她那愚不可及的样子，我对这一点大惑不解。我们吃完点心的时候，我看了这女人一眼。她全神贯注地收拾东西，我朋友如此反复地瞧她，她都未予正视一眼，我朋友的目光又没有什么不合适的地方，这未免有些失礼。她收拾了又收拾，手脚不停，毫不歇息。把小调匙和水果刀放回原处等等这些工作，即便不是由漂亮的高个女人来干，而是节省人力，扔给机器去完成，那我们也就不会看见她对阿尔贝蒂娜的注意竟那么全然不放在眼里。可是，她眼睛并没有低下，并没有全神贯注于她的工作，而是任眼波四溢，任妩媚横流。确实，如果这个老板娘不是一个蠢而又蠢的女人（这不仅出自她的名声，光凭我的经历，我也一目了然），这淡漠倒可能是一种极度的巧智。我很清楚，再愚蠢的人，事情一旦牵涉到他们的欲望和利益，尽管他们在愚蠢的一生中一事无成，在这种特殊的情况下，却能立刻适应最为错综复杂的形势。不过不管怎么说，对老板娘这样一个笨女人来说，这个假设未免过于复杂了一点。这种笨傻甚至还呈现出无礼的形态，这真是不可思议！她连一眼也不瞧阿尔贝蒂娜，然而又不可能不看见她。这对我的朋友确实有失敬意，但是我心底又暗自高兴，阿尔贝蒂娜也得到了一个教训，看到了对她不注意的女人毕竟大有人在。我们告别点心店，回到车上，已经踏上了归途，突然我后悔起来，由于我经常到店里订点心，老板娘一定知道我的姓名住址，我忘了顺便把她拉到旁边叮嘱她一句，请她别把我的姓名住址告诉我们来时遇到的刚出门来的那位太太。其实即使那位太太从点心店间接打听到阿尔贝蒂娜的住处，那也纯属枉然。我只是觉得走回头路太远了，而且为这区区小事专程赶回去，在愚蠢且爱说谎的老板娘看来，也未免有些小题大做。我只是想，一星期以后我得回这儿来吃点心，来补这嘱咐；我们每每把要说的话忘了一半，把十分简单的事情分好几次做，这很讨厌。

我们很晚才踏上归途，路边一条红裤紧挨着一条短裙，让你不时发现一对对情侣。我们车子驶过马约门回去。巴黎的建筑失去了立体感，成了一幅线描画，犹如一座城市被毁之后，我们画此类画来勾勒其原有图景似的。然而，图景四周勾出一条极其柔和的蓝线，将图景烘托得更加美丽。我们的眼睛四处贪婪地搜寻，这吝啬而又美妙的色调从何而来，原来是一轮明月。阿尔贝蒂娜无限欣赏。我不敢对她说，我如果是单身一人，或者是在追逐陌生女子，这景色会使我更加心旷神怡。我给她吟诵了几段咏月诗和散文，告诉她从前的银月怎么到了夏多布里昂笔下和雨果的《埃维拉尼斯》以及《泰雷兹家的晚会》诗里变成了蓝色，又怎么通过波德莱尔及勒孔德·里尔复变为金黄色。然后，我向她回忆起《沉睡的博兹》末尾象征新月的意象，吟诵了整部诗篇。

每当我重忆旧事，我说不清她一生的欲望多么反复无定，时时充满矛盾，谎言无疑又使事情变得更为复杂，我记不确切当时我们谈话的内容了，只记得她对我说：“噢！瞧这姑娘多漂亮，高尔夫球又打得那么好。”我问她姑娘叫什么名字，她立刻摆出一副若无其事而又桀骜不驯的样子——这类撒谎者每次要避开一个问题，都千篇一律地采取这种姿态——回答说：“啊！我不知道（无法奉告，实在遗憾），我从来不知道她的名字，我光看到她打高尔夫球，但从来就不知道她叫什么名字。”可她明明就知道。一个月以后，我对她说：“阿尔贝蒂娜，你上次说到的那个姑娘，即那个高尔夫打得很漂亮的姑娘，你认识她吧。”“啊，对！”她不假思索地回答道，“说的是爱弥丽·达尔梯耶啊，真的，我都不知道她最近怎么样了。”撒谎犹如构筑野战防御工事，既然姓名守卫战失利了，就必须赶紧转移，寻找可能，守卫其他防线。“啊，我不知道，我从来不知道她住什么地方。我看不出有谁能告诉你她的住址。啊，不！安德烈不认识她。她不是我们小帮子里的，如今我们这帮人也各奔东西了。”另一些时候，谎言如同无赖：“唉！我要有三十万法郎的年金多好……”她咬紧嘴唇。“有了这些钱你想干什么呢？”“我就要请求您允准我留在你家里，”她吻着我说，“到哪儿我才会更加幸福呢？”但是即使将其谎言考虑在内，也叫人难以置信，她的生活是何等的水性杨花，她的欲望是何等的朝三暮四。她爱某人爱之发疯，可三天一过，她已不愿再接受此人的拜访；她要画画，两天之中表现得急不可耐，几乎是急出了眼泪——不过眼泪一流出来就干了——反正急得就像被人抢走了奶妈的孩子。可及至我真遣人替她去买颜料画布，她却一个小时也不能等待。她对人，对物，对事，对艺术，对国家，感情都是如此多变，其实她对万事万物都是如此性格，所以，如果她喜欢钱财的话——我对此有些不信——也不会比喜欢别的东西更为长久。当她说“唉！我要有三十万法郎的年金多好”时，尽管她表达了一个不好的想法，但她绝不会抓住此念，紧紧不放，犹如她看了我外祖母手中的德·塞维尼夫人著作版本的插图，她就希望去参观罗歇，又好比她要寻找高尔夫朋友，要坐飞机，要去姨妈家度圣诞，或要重握画笔，等等，她都是说过即忘。

“说真的，我们俩谁也不饿，不如到维尔迪兰夫妇家去，”她说道，“正好是今天，又是时候。”“可是您要也对她们有看法怎么办?”“噢！有好多关于他们的传言，可是说到底，他们也不至于那么坏，维尔迪兰夫人对我向来不错。再说，一个人也不能总是跟人人都闹翻吧。他们是有缺点，可是缺点谁还能没有?”“可是您没怎么打扮，该回去打扮一下，那样时间又晚了。”“对，还是您说得对，我们还是回家省事。”阿尔贝蒂娜回答道，那百依百顺的态度，每次都让我十分惊奇。

那天晚上，犹如寒暑表上升一度一样，晴暖的天气又跳了一级。春天的晨曦，催人早醒。我在床上听见电车穿行于馨香之中；空气中热量越聚越多，直至中午变得凝固起来。相反，我的屋子较为凉爽，稠密的空气渗进来以后，将盥洗室的气味、衣橱的气味和沙发的气味一道道隔得清清楚楚。昏暗的光线中泛着一层珠光，给窗帘和蓝缎沙发添了一道柔和的折射。在这半明半暗之中，道道气味并列直立着，互不混淆。不是异想天开，而是确属可能，我仅借着这清晰可辨的气味，就立刻觉得自己仿佛来到了郊外的一个新区——与巴尔贝克布洛克所住的街区相仿——我仿佛走在太阳灼烈的街道上，眼中看见的并不是乏味的肉铺和白色的方石，而是充满乡村野趣的餐室；待会儿我一经到达，果盘中的樱桃和杏子、苹果酒以及格律耶尔奶酪便散发出阵阵香味，馥郁缭绕，在若明若暗之中轻轻雕饰出玛瑙一般的钟乳纹，而棱镜玻璃的餐刀架却往昏暗中折射道道彩虹，或在桌布上撒下点点孔雀花斑。

犹如风在逐渐增大，楼下驶过一辆汽车，我听到异常高兴。我闻到了汽油味。善于挑剔的人会觉得，空气中飘荡着汽油味，是一大遗憾（他们是一些讲究实际的人，在他们看来，这气味把乡村的空气搞糟了）。另有一些思想家，也是一些讲究实际的人。当然他们有自己的方式，他们注重事实，认为如果人类的眼睛能看到更多的色彩，鼻孔能辨别更多的香味，那么人类就会更加幸福，就将富有更浓的诗意，这其实不过等于说，不穿僧袍，换上豪华套装，生活就会更加美丽，这不过是将天真无知套上哲学外衣而已。对于我来说，这汽油味却是另一回事（与此相仿，樟脑和香根草，其香型本身并不好闻，却能使我激动，它唤起我对到达巴尔贝克的当天那湛蓝的大海的回忆）。在我去古维尔的拉埃斯圣约翰教堂的日子里，这气味和着机器喷冒的黑烟，曾多少次消散于苍白的蓝空；多少个夏日的午后，阿尔贝蒂娜画画，是它伴随我出门溜达。现在我身卧暗室，这气味又在我身边吹开了矢车菊花、丽春花和车轴草。它如田野的芬芳，使我陶醉；它不像山楂树前的馥香，受其浓烈成分的牵制，固定在山楂树篱前的范围内，不能向远处飘发。它是四处飘扬的芳香，大路闻之奔驰，土地闻之改样，宫殿纷纷跑来迎客，天空大放晴朗；它使力量倍增，它是动力腾飞的象征；它唤起了我巴尔贝克的旧梦，登上钢筋水晶罩的双翼飞机，但此次并非偕同过于熟悉的女子共访旧友，而是邀陌生女子同行，飞向一处新地做爱。这气味时时伴随着汽车喇叭声，我就像为军营起床号那样为这喇叭声填词：“巴黎人，起来吧！起来吧！到郊外去野餐；到河里去划桨！和漂亮姑娘去到那树荫下！起来吧！起来吧！”这翩翩浮想真让人感到心旷神怡，我连连庆幸自己订下了“严规”，非我叫唤，任何“胆怯者”，无论是弗朗索瓦丝，还是阿尔贝蒂娜，都不敢到“深宫内庭”来打搅我，真可谓：

> 君权严酷，把我禁锢，
> 难见吾民吾土。[1]

突然景致变了。回忆中出现的已不再是昔时的印象，而是旧日的欲望。近时金蓝的福迪尼衣裙唤醒了这一欲望。它在我眼前展现了另一种春天的景色，不见嫩绿满枝，甚至不见花草绿荫，但见一个名字——威尼斯。此处的春天是经过提炼，只剩精华的

---

[1] 见拉辛悲剧《以斯帖》第一场第三幕。

春天，春时的绵延、趋暖和开花不是表现为一块浊土的萌发，而是一片净水的翻腾。这里的春天没有花冠。回答五月的呼唤，只能用流光倒影；五月拍打着春水，春水则闪烁着蓝宝石的幽光，赤裸着全身拥抱这五月。四季更替，海湾未曾开花，年复一年，城池仍一派哥特式风韵。我很清楚，我不能想象，或者说我偏要想象，正是这欲望，在我孩提时代，由于出发心切，结果反而摧毁了我出发的力量：威尼斯之梦给我一片遐想。大海犹如一条蜿蜒的河流，曲曲弯弯环抱着一个精心雕琢的城市文明。城池有一条湛蓝的纽带绕着全身，与世相隔，独立发展之中开创了独树一帜的绘画和建筑流派。它是一座神奇的花园，比比皆是彩色的水果和花鸟；它亭亭玉立于大海之中，海水拍击着柱子，为其爽身，而大海又像一对黑暗中永不闭息的蓝宝石的眼睛，投射在重雕的柱头上，使之永远五光十色，斑驳陆离。

是的，该是动身的时候了。自从阿尔贝蒂娜不再挂着跟我赌气的样子，我觉得她已不是我值得牺牲一切而占有的财富了（我们牺牲其他一切财富，也许是为了摆脱忧愁，摆脱焦虑，现在这些都已平息）。我们穿过了一度以为穿不过去的布圈；我们驱散了风暴，找回了晴天的微笑；深不可测的无名的仇恨，或许说无底的仇恨，也烟消云散了。从此，原先暂时撇开的问题现在又回到了我们面前：我们知道，幸福是不可能的。现在我跟阿尔贝蒂娜共同生活重又成了可能，我感到我从中所能得到的只能是不幸，因为她并不爱我。趁她温顺地赞同——她的温柔我还可以用回忆来细加回味——这时离开比较好。是的，时机已到。我应该打听清楚，阿尔贝蒂娜何日离开巴黎，在邦当夫人这里采取果断的行动，以肯定阿尔贝蒂娜那时候既不能去荷兰，也不能去蒙舒凡。到那时候此次动身已看不出什么不便，就挑选一个像今天这样，我对阿尔贝蒂娜毫无牵挂、心里充满无限欲望的晴天——晴天接下去有的是。应该不见她，让她出去以后我再起身，迅速梳洗完毕，给她留个条。既然她这时节要去的地方，一处也不可能叫我心烦意乱，我应该趁此机会，相信自己在旅途中心里不会去想她会做出什么不良行为——何况此刻我对此已完全无动于衷——不要再见她，赶紧去威尼斯。

我按铃叫唤弗朗索瓦丝，让她替我去买一本导游书和一份火车时刻表。跟我孩提时准备动身去威尼斯一样，此刻要实现的欲望跟当时一样强烈。我忘了，在此之前我实现过一次欲望，即巴尔贝克之行，那一次毫无乐趣可言；威尼斯既然也是一个可感知的现象，也许跟巴尔贝克所差无几，也未必能实现我无以言表的梦幻，即哥特式时代带来的梦幻。这时代伴随着一江春水，不时冲击着我的心灵，产生妩媚动人而神秘莫测的景幻。弗朗索瓦丝听到我的铃声走了进来："先生今天怎么这么晚才按铃，"她对我说，"我很着急。我不知道该怎么办才好。今天早晨八点钟，阿尔贝蒂娜小姐向我要箱子，我没敢不给。我又怕来叫醒先生，先生会骂我。我想先生很快会按铃的，就叫她再等一个小时，可是白搭。她没听我的，留了这封信给先生，九点钟的时候就走了。"听到这儿，我气已接不上来——我还深信自己对阿尔贝蒂娜已无动于衷，可见我们对自身是多么缺乏了解。我双手捂住胸口，双手突然汗湿，自从我朋友在小火车上告诉我有关凡德伊小姐女友的事情之后，我双手还是头一次出这么多汗。“啊！很好，弗朗索瓦丝，谢谢！您没来叫醒我，当然做得很对。现在您让我一个人待一会儿，过一会儿我再按铃叫您。”我再也说不出别的话来。

图书在版编目（CIP）数据

追忆似水年华.第五卷，女囚/（法）马塞尔·普鲁斯特著；周克希，张小鲁，张寅德译.—南京：译林出版社，2022.9（2026.2重印）
ISBN 978-7-5447-9088-8

Ⅰ.①追… Ⅱ.①马… ②周… ③张… ④张… Ⅲ.①长篇小说－法国－现代 Ⅳ.①I565.45

中国版本图书馆CIP数据核字（2022）第038116号

追忆似水年华（第五卷）女囚 ［法国］马塞尔·普鲁斯特 ／ 著
周克希 张小鲁 张寅德／译

责任编辑 唐洋洋 鲍迎迎
装帧设计 山川制本workshop
插图绘制 Moeder Lin
校　　对 蒋　燕
责任印制 董　虎

原文出版 Gallimard, 1984
出版发行 译林出版社
地　　址 南京市湖南路1号A楼
邮　　箱 yilin@yilin.com
网　　址 www.yilin.com
市场热线 025-86633278
排　　版 南京展望文化发展有限公司
印　　刷 南京爱德印刷有限公司
开　　本 880毫米×1240毫米 1/32
印　　张 121.875（全七卷）
插　　页 10
版　　次 2022年9月第1版
印　　次 2026年2月第5次印刷
书　　号 ISBN 978-7-5447-9088-8
定　　价 780.00元（全七卷）

版权所有·侵权必究
译林版图书若有印装错误可向出版社调换。质量热线：025-83658316